本書出版得到國家古籍整理出版專項經費資助

劉崇德 編

全宋金曲

上册

中華書局

圖書在版編目(CIP)數據

全宋金曲/劉崇德編. —北京:中華書局,2020.9(2022.5重印)
ISBN 978-7-101-14693-6

Ⅰ.全…　Ⅱ.劉…　Ⅲ.戲曲文學-選集-遼宋金元時代　Ⅳ.I237

中國版本圖書館CIP數據核字(2020)第144929號

責任編輯:李碧玉　李若彬　錢　蕾

全宋金曲

(全二册)

劉崇德 編

*

中華書局出版發行

(北京市豐臺區太平橋西里38號　100073)

http://www.zhbc.com.cn

E-mail:zhbc@zhbc.com.cn

三河市航遠印刷有限公司印刷

*

850×1168毫米 1/32・33印張・4插頁・800千字

2020年9月第1版　2022年5月第2次印刷

印數:2001-3000册　定價:158.00元

ISBN 978-7-101-14693-6

前　言

一

詞曲同源而異流，二者皆源於唐曲子。唐曲子本爲宫廷樂舞技藝，其樂即天寶十三載（七五四）以來二十八宫調與曲牌體之燕樂。詞興於唐而盛於宋，曲則興於宋而盛於元。宋曲初爲大曲、法曲，後衍爲鼓曲、賺曲、纏令嘌唱、諸宫調等，或從「九重傳出」，或爲文人游戲之筆。漢唐以來宫廷之俳優百戲，在宋初與燕樂歌舞曲辭結合，形成一種時稱「雜劇」的舞臺表演。這種演員角色僅有五人，曲牌一套，即一折的「官本雜劇」（見周密《武林舊事》），即金元人所稱的「院本」，北宋宣和年間流入民間市廛，加入了唱賺、諸宫調敷演話本故事，於是生旦淨末諸角色漸備，情節關目日臻完善，發展爲每本數折至數十折之「戲文」。

南宋都臨安（即杭州），自紹興初（一一三一）高宗恢復安饗登歌，至宋亡的一個半世紀，宫廷「官本雜劇」即院本相沿「昔之京語」（汴京語），而民間戲文即南戲，以及諸宫調、唱賺等則已變成「今之浙音」（見《事林廣記》音譜類「正字清濁」）。正如王國維《宋元戲曲史》所講：「蓋南北曲之形式及材料，在南宋已全具矣。」（第四章宋之樂曲）尤其是南曲，從現存《舊編南九宮譜》（錢南揚定其十三調譜出自宋人）看，南曲樂律的宫譜與六攝十一則，曲體的引近慢過，以及製曲的套數間架，都已具備了精密的體系。至于諸如九山書會、遏雲社、永嘉書會的蜂起，創作出《張協狀元》《樂昌分鏡》《王魁負桂英》等戲文，《董解元西厢記》諸宫調，《圓裏圓》等唱賺，可謂是宋曲最繁盛的時期。

至元十五年（一二七八），在金滅亡半個世紀後，南宋亦覆没於元。元人承宋金之舊，以散曲爲「樂府」，稱戲曲作「傳奇」。當「北方諸俊」以「中原正韻」取代「昔之京語」（汴京語），規範樂府並將宋金院本衍爲四折一楔子之新傳奇，即「元雜劇」時，遂開啓了元北曲的一代風氣。而居於下民的南宋遺民——「南人」，却固守「浙音」，「隔江猶唱《後庭花》」。元周德清泰定甲子（一三二四）秋在其《中原音韻後序》中説：「今又搬演南宋戲文」如「《樂昌分鏡》等類，唱念呼吸皆如（沈）約韻，昔陳之《後庭花》曲未必無此聲也。總亡國之音奚足爲明世法」！這就是入元二三十年後宋南曲的處境。此時的南宋戲文及南曲被鄙視，作爲孤島文化，猶如强弩之末。古杭書會、武林書會所創作的如《小孫屠》《宦門子弟錯立身》，遺民作家的《黄孝子傳奇》，以及明代徐渭《南詞敘録》所謂「宋元舊篇」、徐于室《九宫正始》標注爲「元傳奇」「元散套」的那些宋亡前後之作品，皆可稱爲南宋戲文散曲的餘響與尾聲。當身居官腔的浙音流爲海鹽、餘姚、弋陽諸腔之時，前代曲譜已無人知曉，前代劇目已不可歌，蹩脚使用中原音韻的《琵琶記》欲謀元曲的一席之地時，元人的政權又將被明朝所取代了。

宋戲文南曲既被元北曲雜劇所掩，初期樂舞散曲又久存於詞集中。明朝以來世人已不曉宋曲爲何物，宋曲成爲戲曲史、文學史上「一個失去了的環節」（錢南揚《〈宋元戲文輯佚〉序》）。幸近年來《永樂大典戲文三種》漸出，更有前賢如王國維《宋元戲曲史》、錢南揚《宋元戲文輯佚》諸著述揭示出宋曲之廬山真面目，失去了的這一環節才得以接續。

二

一、本編作品斷代既參照宋詞通常做法，又根據宋曲本身情況。元周德清《中原音韻後序》言泰定甲子（一三二四）南人猶在「搬演南宋戲文」，且一應南宋唱念聲腔。按泰定甲子距宋亡（一二七九）已有四十五年，此時張炎剛剛去世，陳深猶在，然都歸之宋代詞人。武林書會、古杭書會的曲家才人亦爲由宋入元，所作戲文南曲依舊「宋家樣」。如《永樂大典戲文三種》中的《小孫屠》《宦門子弟錯立身》以及「宋元舊篇」中《崔護》《西厢》（主要在錢南揚《宋元戲文輯佚》中）等，另外還有這一時期宋遺民寫宋遺民故事的《黄孝子傳奇》。這些宋末元初的作品，本編皆按宋曲收入。

二、本編所收金曲中入元遺民止于杜仁傑等諸家，大體限在金亡後五十年左右。如今本元《青樓集序》，朱經將白樸、關漢卿列入金遺民之説，過於寬泛，不予採納。

三、莊一拂《古典戲曲存目彙考》「張協狀元」條：

戲中下場詩有「不許留人到四更」之語，乃宋人口語，因終宋之世無五更。

按「四更」之語僅見於南宋，非「終宋之世無五更」。孟元老《東京夢華録》寫北宋汴京「天曉諸人入市」：

每夕交五更，諸寺院行者打鐵牌子或木魚，循門報曉。

至南宋吴自牧寫臨安「天曉諸人出市」時，則爲：

每日交四更，諸山寺觀已鳴鐘，庵舍行者頭陀打鐵板兒或木魚兒沿街報曉。

稱「五更」爲「四更」，爲南宋一朝之特徵。如周密《武林舊事》卷二「元夕」：

每夕樓燈初上……往往至四鼓乃還。

洪邁《夷堅志》補卷十六「嵊縣山庵」：

且四更，心頗動。

補卷二十一「海外怪洋」：

> 或出或没……約四更始散去。

《支志》庚卷第九「金山婦人」：

> 禱於佛，乞使妻早受生，罷時已四更。少焉，僮奴掃地。

似此不暇枚舉。《張協狀元》下場詩中有「不許留人到四更」，《董解元西廂記》卷八〔中吕調古輪臺〕：

> 去昨宵半夜以來，四更前後，不覺鶯鶯隨人私走，教人怎不忿？

明成化本《劉知遠還鄉白兔記》：

> 推開窗看一看。呀！鷄犬亂鳴了，敢是四更天氣了。（旦唱）〔鎖南枝〕星月上，傍四更，莊前犬鷄籬外鳴。

亦證其是南宋人手筆。

四、一九六二年人民文學出版社出版的凌景埏校注本《董解元西廂記》前言中曾對董解元爲「金章宗時人」的説法提出質疑：

> 一説他可能是一個擅長寫作的民間藝人，在宋朝南渡時移居武林（今杭州）的。〔引詞〕中所謂「太平多暇」大概指的即是南宋偏安停戰之時。按照這個説法，董解元生存的時期當早於金章宗在位時期，或者竟是南宋初期的人也説不定。

我們上條所舉「四更」説已證《董解元西廂記》出自南宋人手筆，用語多與徐渭《南詞敘録》所列「南詞方言字義」相同。至其韻律、宫調亦與南九宫十三調符合。自明沈璟《增定南九宫曲譜》、徐于室《九宫正始》已用《董西厢》規範南曲韻律，動摇了「北曲之祖」定論。至康熙雍正間的《曲譜大成》南曲譜中更是收入大量的《董西厢》的曲子作爲曲例。另外一條證明《董西厢》爲南宋作品的證據：今本《録鬼簿》「已死才人不相知者」所記「辭世已三十年」之杭人胡正臣：

《董解元西厢記》自「吾皇德化」至於終篇悉能歌之。至于古之樂府、慢詞、李霜涯賺令，無不周知。

言胡正臣諳於南曲，將《董西厢》與李霜涯賺令並舉，顯係南宋遺響。然此條不見於《録鬼簿》早期版本如《説集》本與孟稱舜本，或别有所據。至於謂董解元爲金章宗時人出自鍾嗣成《録鬼簿》，則是僞説。《録鬼簿》根本不可能將董解元冠於首條。董解元並非首條之「前輩已死名公，有樂府行於世者」，而應當屬第二條「前輩已死名公才人，有所編傳奇行於世者」。況《録鬼簿》最早版本之《説集》本，頭條「已死名公有樂府行於世者」首起爲「太保劉公」，末爲「劉時中待制」，而「董解元」三字則被人爲地添在「太保劉公」後面，夾在「太保劉公」與「商正叔」之間，後之版本又將「董解元」移至「太保劉公」之前。爲掩人耳目，遂加注「金章宗時人」。又感將董解元列於頭條不合原書體例，遂加入「以其創始，故列諸首」，更是欲蓋彌彰。董解元究爲「樂府」之創始，還是「傳奇」之創始？《録鬼簿》作者鍾嗣成不會如此自亂體系。

五、宋人戲文、諸宮調並稱，蓋戲文樂舞本自諸宮調，故兩者韻律、宫調、曲牌、套數皆爲南曲。並且每折（套）都有「下場詩」。前證《董解元西廂記》爲南宋之曲，而百年前出土之《劉知遠諸宮調》殘卷是否爲金人作品尚存疑問，究竟是金之平陽書坊所刻「北本」，還是「南本」，尚有探討餘地。元人將雜劇與院本並稱，蓋元雜劇即通常爲四折一楔子之院本。元雜劇每本又有「題目」，或爲宋金院本舊有。宋金院本今僅存其目，作品無跡可尋。然今傳金遺民杜仁傑（般涉調耍孩兒）《莊家不識勾欄》或有可能爲金院本遺曲。

六、《風流王焕賀憐憐》《王魁負桂英》《陳巡檢梅嶺失妻》《樂昌公主破鏡重圓》四種宋戲文殘曲，錢南揚《宋元戲文輯佚》已有收録，并考定《風流王焕賀憐憐》爲宋黄可道所作，《王魁負桂英》爲宋永嘉人作，《陳巡檢梅嶺失妻》與南宋話本時代接近，《樂昌公主破鏡重圓》亦是宋人作品。據此則以上四種皆可確定爲宋戲文，而不必籠統地以「宋元」目之。因此不避重複，將以上四種戲文收入本書，以使讀者得窺宋曲之全貌。曲文則參考錢著及王季思《全元戲曲》的校理成果，並校以清初無名氏《曲譜大成》，重作釐訂。

七、今人據《録鬼簿》「方今已亡才人，係相知者」沈和（字合甫）條中「以南北調合腔，自和甫始」，定南北合套爲入元以後出現。本編所收杜仁傑〔商調集賢賓〕《七夕》一套，已是非常規範之南北合套，可見南北合腔應産生在宋金割據時期的南宋。

八、明成化本《劉知遠白兔記》署有「永嘉書會才人編此」字樣，其中浙音方言隨處可見，更有如「四更」之南宋用語，當係據宋本壓縮之場上用本，尚存宋曲原貌，故收入。又此本與《永樂大典戲文三種》中《宦門子弟錯立身》定爲南宋，亦採用了鄭孟津先生之説。

九、今存《舊編南九宫譜》源自宋元《九宫譜》與《十三調譜》二譜，其中《十三調譜》有目無詞，錢南揚以之爲南宋傳譜。先是蔣孝舊譜已存宋元舊篇，後徐于室《九宫正始》又將兩譜補益增加大量宋元傳奇散套，概稱「元人」作。戲文部分錢南揚《宋元戲文輯佚》已經録出。本人曾將其標爲「元散套」部分收入《全元散曲補輯》（未刊）。其中多有南宋遺曲，今摭取《歲時豐稔》《大攞袖》《鐵鎖放星橋》等南宋燈詞殘套收入此編。

十、「同源而異流」之詞曲，宋人皆稱作歌曲、樂府，或統稱詞曲，而收入一集。歷來詞家皆編爲詞集，其曲或存或佚。如沈瀛《竹山樂府》，明《百家詞》以〔太平令〕爲曲，删其詞而存其目。至《彊村叢書》，又將集中〔駐馬廳〕〔野庵曲〕〔風入松〕等曲連詞帶目一併删除。歷來詞家如《全宋詞》例將宋人集中大曲、法曲、鼓子詞、轉踏及其他後世稱作散曲者，統作爲詞體收入。清康熙《詞譜》更是將諸宫調以至金元散套小令視作詞體。本編悉從宋人詞曲集與史傳、筆記文字中將曲析出。其角度與《全宋詞》《詞譜》不同，讀者鑒之。

十一、趙萬里《校輯宋金元人詞》第一册《箕潁詞》目録校語云：

謔詞見於小説平話者居多，當時與雅詞相對稱。宋時諸帝如徽宗高宗均喜其體，《宣和遺事》《歲時廣記》載之。此外尚有俳詞，亦兩宋詞體之一，與當時戲劇，實相互爲用。此談藝者所當知也。

故此所謂與戲劇相互爲用之「俳詞」「謔詞」，實即曲之一體。本編摘選古來公認爲俳詞、謔詞者適量收入，以備一格。

十二、「樂語」本樂舞雜劇表演時主持人之導語引言，亦場上之文字，古來已視作曲體，明人《嘯餘譜》專存此一卷，然僅數則而已。本編據宋人文集與史傳筆記一總録入。

十三、明清曲譜中多有將宋金人詞作爲曲牌收入者，「詞曲不分」相沿已久。今人又因之將曲譜中詞作輯入曲集，如《全元散曲》見《太和正音譜》中有趙秉文詞一首，遂作爲金人佚曲補入集中，實爲不妥。本編悉將元明清曲譜及曲集中宋金詞輯出，作爲附録，以備其格，以免詞曲界限不清，濫收溢入。

十四、優語中殘存宋金雜劇中人物對白，今所見皆非劇本原文，故不録。

十五、本編中所録鼓子詞〔商調醋葫蘆〕《刎頸鴛鴦會》一則，蓋出自白話本小説，其曲間文字過分鋪敘，故作删節。鼓詞曲文則一仍原本。

三

本人二十年來專治燕樂與詞曲音樂，其間曾隨手摭録宋曲資料，遂將翻檢所得並前賢論著中徵引之宋代大曲、法曲、鼓子詞、轉踏、唱賺，與諸宮調、戲文並樂語彙成一編。因其中《董解元西厢記》《劉知遠諸宫調》相沿作金人已久，故又採入金入元遺民曲數家，命之《宋金曲彙鈔》。今幸得中華書局易以《全宋金曲》出版，不勝感荷之至。幾年來「項目」壓身，衰憊不堪。此書得以出版，全賴李碧玉、李若彬二位編輯精心編校，與田玉琪、李連生、李俊勇、劉紹坤、齊紅霞、王杏瑶、張雪瑩諸學弟鼎力襄助，尤其是王杏瑶幫助整理了附録中明清曲選、曲譜所收録的宋金詞部分。謹此一併誌謝。

劉崇德　二〇一八年十二月十六日

本編零散叢雜，且校審數易其人，最後得以成書付梓，全賴錢蕾編輯精編細校，全面把握之功。

作者又識　二〇二〇年七月二十八日

凡例

一、本書爲宋金時期樂舞歌詞、散曲戲文之彙録，各卷以文體劃分。但因曲體文學兼具音樂性，具體篇目的歸屬，以其主要屬性爲依據。如卷二王義山《壽崇節致語》，前有致語，後有曲唱，具備一部大曲的完整體制。爲不破壞作品的整體性，依音樂體制劃歸大曲，而不將其中致語另歸樂語類。各卷略依此例。

一、宋金曲選、曲譜、筆記等所收曲文，多以作者相繫，故僅首篇署名。收入本書時亦保留原有體例。同一作者收入多篇作品的，下同者不署。無名氏作品另行標明。《遏雲致語》《風月笑林》《煙花判筆》諸曲都出自《事林廣記》，原不題撰者，本書一仍其舊。

一、本編曲文自史傳、方志、筆記、曲選、曲譜、詞集等各類文獻中輯出，各書對宫調、曲牌、脚色、科介等標示各異，本書依通行體例略作統一。

一、全書所輯戲文及詞曲，不同版本多有異文，體現版本差異的重要異文出校記。囿於觀念，前人對詞曲、戲文的傳鈔、刊刻，多不甚精良，舛錯頗多，爲行文和閱讀的方便計，有些明顯的誤字、脱字，則隨文徑改，以括注標示。

一、卷九所輯《永樂大典戲文三種》及《明成化本新編劉知遠還鄉白兔記》，原不分齣，同前之曲牌，及「唱」「白」「上」「下」等舞臺提示，也往往缺落，今據文意分齣，凡補入之字，除必要時在注釋中加以説明外，均加著重號標示。

一、卷十所輯宋戲文佚曲，係從曲譜、曲選中輯出，文中稱引概用簡稱，主要有以下幾種：

《彙纂元譜南曲九宫正始》，簡稱正始。

《舊編南九宫譜》，簡稱舊譜。

《南九宫十三調曲譜》，簡稱沈譜。

《廣輯詞隱先生增定南九宫詞譜》，簡稱新譜。

《寒山曲譜》，簡稱寒山。

《新編南詞定律》，簡稱定律。

《新定九宫大成南北詞宫譜》，簡稱大成。

《曲譜大成》。

《太古傳宗》。

目録

全宋金曲卷三　鼓子詞

全宋金曲卷四 轉踏

全宋金曲卷七　金散曲

全宋金曲卷八　諸宫調

全宋金曲卷九　宋戲文

全宋金曲卷十　宋戲文輯佚

全宋金曲卷十一　樂語

全宋金曲卷一　法曲

法曲道情

曹　勛

散　序

飛金走玉常奔馳，日上還西。自古待著長繩繫。算塵心、謾勞役堪悲。盤古到此際，桑田變海，海復成陸高低。噫嘻。下土是凡質容儀，壽考能消，幾日支持。念一世、真若朝榮暮落難期。幸有志、日傳得神仙希夷。希夷，堪爲千古人師。

歌　頭

柱史乘車，青牛駕軛，紫雲覆頂，函關令已前知。西昇稍駐，尹喜虔恭誓。求老子，親談道德微旨。五千餘言，俱救末俗，度脱令咸歸生理。體玄機，人間方解道術，兼明治身，與國階梯。更有黄庭，專分二境，内外皆舉璇題。羽客見者，傾誠懇誦合彝儀。萬神潛禮，密奉二經，炷香静默，心無競，靡端倪。得失掃去，意海澄流要體。内景防愆失，外景忘疲。閬風蓬島豈能移？念誦靈辭，指群迷。

遍第一

麗景早春時，正花漏初遲。東君出震，太和應物，恍惚中立丹基。天風卦成隨象，記合成□□□□□□□必相契。三千六百火候，密運精微。蒸入肌膚，嫩紅潮頰，自然舊容生輝。情志鄙凡塵，瑶圃滿眼，都看桃李。晴雲萬疊開異色，靈光湛湛增秀逸。與道合。真境丹房，隨時沐浴，亦向朝夕。

遍第二

向虚靖晨起，朝元意達，沖漠怡怡。三天澄映，九光霽碧，如有鶴舞鸞飛，泛空際。瑶室明輝，動與真期。至理常寂，户庭無遠，欣欣端比。侍宴日在瑶池。師友多閒，抱琴沽酒度曲。笑採華芝，九節倚笻時。何須釣月眠石，尋覓占淵静逸。樂修持，澹然靈府泳真諦，怡養丹光裏。春已收功，自育火棗交梨。

遍第三

珠星璧月，晝景夜色相催。正陽炎序火府，龍珠藴照，冰海融澌。洞天春常好，日日琪花，瓊蕊芳菲。絳景無别，惟似琉璃。平地環繞清沘。火中生蓮，會成真物，更取海底龜兒。勝熱滌暑風，全形瑩若冰肌。常存道意。鑠石流金無畏，共協混元一氣。入沖極，覺自己，乾體還歸。

第四攧

南薰殿閣，捲窗户新翠。池沼十頃淨，俯橋影横霓。龜魚自樂，潺潺螭口，流水照碧，芰荷緑滿長堤。柳煙水色，一派漣漪。松竹陰中，細風緩引涼吹。琴韻響、玉德鳳軫，聲轉瑶徽。疏襟曳履，或行或憑几。待飲徹、玉鼎雲英，怎更有炎曦。

入破第一

秋容應節，漸肅景入窗扉，碧洞連翠微。商律回巖桂，金精壯盛時。擁蟾輪、生素輝。啓口天爲侣，是列仙行綴。心均太上，欲度世緣無虧。用定力堅持，奉真常，惟凝寂。忱誠貫斗極，賜長生，仍久視。洞達虚皇位，德壽高與天齊。

入破第二

清晝静居香冷，風動萬年枝。涼應兑卦體，秋色鳴輕飈。冥心運正一。御鐵牛，耕寸地，都種金錢花，秀色照戊己。新霜萬物凋謝，我常無爲。衝起浩然氣，抱沖和，人間世。登高共賞宴，泛東籬，菊盡醉。誰會登高意表，迥出凡塵外。

入破第三

光鋪曉曦，雲影拂霜低。空闊飛鴻過，兩三行、向天際。晴景乍昇，晃疏櫺，蜂翅迷。密障紅爐暖，香縷飄煙細。超然坐久，幽徑試尋寒梅，酥點竹間稀。正疏菩吐南枝，微陽動細蕊。任斜日、沈澹暉。慘慘寒威，晚知皓雪欲垂垂。

入破第四

黃鍾正嚴凛，飛舞屑瓊瑰。清賞豐年瑞，雲液喜傳杯。陰爻會見復，動一陽，生浩氣。誰問添宮線，鍊功在金液。晴檐試暖，表裏瑩如無疵。庭柳漏春信，更萱色、侵苔砌。優游歲向晚，歎人間時序疾。還棒椒觴〔一〕，羽衣禮無極。

〔一〕「棒」，疑作「捧」。《全宋詞》録此首改作「捧」。

第五煞

多景推移，便似風燈裏。將塵寰喻，塵裏白駒過隙。今世過卻，來生何處覓。失時節，生死到來嗟何及！勤而行之，競力待與、鍾呂相期。三千行滿，連環脱下已，駕青鸞素鶴朝太微。彊村叢書本《松隱樂府》卷一應制

全宋金曲卷二　大曲

水調歌頭　馮燕傳

曾布

排遍第一

魏豪有馮燕，年少客幽并。擊毬鬥雞爲戲，遊俠久知名。因避仇、來東郡，元戎留屬中軍。直氣淩貔虎，須臾叱吒風雲，凛凛坐中生。偶乘佳興，輕裘錦帶，東風躍馬，往來尋訪幽勝，遊冶出東城。堤上鶯花撩亂，香車寶馬縱横。草軟平沙穩，高樓兩岸春風，語笑隔簾聲。

排遍第二

袖籠鞭敲鐙，無語獨閒行。绿楊下、人初静，煙澹夕陽明。窈窕佳人，獨立瑶階，擲果潘郎，瞥見紅顔横波盼，不勝嬌軟倚銀屏。曳紅裳，頻推朱户，半開還掩，似欲倚，咿啞聲裏，細説深情。因遣林間青鳥，爲言彼此心期，的的深相許，竊香解珮，綢繆相顧不勝情。

排遍第三

説良人滑將張嬰，從來嗜酒，還家鎮長酩酊狂酲。屋上鳴鳩空鬥，梁間客燕相驚。誰與花爲主，蘭房從此，朝雲夕雨兩牽縈。似遊絲飄蕩，隨風無定。奈何歲華荏苒，歡計苦難憑。惟見新恩繾綣，連枝並翼，香閨日日爲郎，誰知松蘿託蔓，一比一毫輕。

排遍第四

一夕還家醉，開户起相迎。爲郎引裾相庇，低首略潛形。情深無隱，欲郎乘間起佳兵。授青萍，茫然撫弄，不忍欺心。爾能負心於彼，於我必無情。熟視花鈿不足，剛腸終不能平。假手迎天意，一揮霜刃，窗間粉頊斷瑶瓊。

排遍第五

鳳凰釵，寶玉凋零。慘然悵，嬌魂怨，飲泣吞聲。還被凌波呼喚，相將金谷同遊，想見逢迎處，揶揄羞面，妝臉淚盈盈。醉眠人、醒來晨起，血凝螓首，但驚喧，白鄰里，駭我卒難明。思致幽囚推究，覆盆無計哀鳴。丹筆終誣服，闤門驅擁，銜冤垂首欲臨刑。

排遍第六　帶花遍

向紅塵裏，有喧呼攘臂，轉身辟衆，莫遣人冤濫，殺張室，忍吞聲。僚吏驚呼呵叱，狂辭不變如初，投身屬吏，慷慨吐丹誠。彷彿縲紲，自疑夢中，聞者皆驚歎，爲不平。割愛無心，泣對虞姬，手戮傾城寵。翻然起死，不教仇怨負冤聲。

排遍第七 攧、花十八

義城元靖賢相國，嘉慕英雄士，賜金繒。聞斯事，頻歎賞，封章歸印，請贖馮燕罪，日邊紫泥封詔，闔境赦深刑。萬古三河風義在，青簡上，衆知名。河東注，任流水滔滔，水涸名難泯。至今樂府歌詠，流入管絃聲。《玉照新志》卷二

薄媚 西子詞

董穎

排遍第八

怒潮卷雪，巍岫布雲，越襟吳帶如斯。有客經游，月伴風隨。值盛世，觀此江山美。合放懷、何事卻興悲。不爲回頭，舊谷天涯。爲想前君事，越王嫁禍獻西施，吳即中深機。闔廬死，有遺誓，勾踐必誅夷。吳未干戈出境，倉卒越兵，投怒夫差，鼎沸鯨鯢。越遭勁敵，可憐無計脱重圍。歸路茫然，城郭丘墟，飄泊稽山裏。旅魂暗逐戰塵飛，天日慘無輝。

排遍第九

自笑平生，英氣凌雲，凛然萬里宣威。那知此際，熊虎塗窮，來伴麋鹿卑棲。既甘臣妾猶不許，何爲計。争若都燔寶器。盡誅吾妻子，徑將死戰決雄雌。天意恐憐之。偶聞太宰，正擅權，貪賂市恩私。因將寶玩獻誠，雖脱霜戈，石室囚縶。憂嗟又經時。恨不如巢燕自由歸。殘月朦朧，寒雨蕭蕭，有血都成淚。備嘗險厄返邦畿，冤憤刻肝脾。

第十攧

種陳謀，謂吴兵正熾，越勇難施。破吴策，惟妖姬。有傾城妙麗，名稱（一作字）西子，歲方笄。算夫差惑此，須致顛危。范蠡微行，珠貝爲香餌。苧蘿不釣釣深閨，吞餌果殊姿。　素肌纖弱，不勝羅綺。鸞鏡畔、粉面淡匀，梨花一朵瓊壺裏。嫣然意態嬌春，寸眸剪水，斜鬟鬆翠。人無雙，宜名動君王，繡履容易，來登玉陛。

入破第一

窣湘裙，摇漢珮，步步香風起。斂雙蛾，論時事，蘭心巧會君意。殊珍異寶，猶自朝臣未與。妾何人、被此隆恩，雖令效死，奉嚴旨。　隱約龍姿忻悦，重把甘言説。辭俊雅，質娉婷，天教汝、衆美兼備。聞吴重色，憑汝和親，應爲靖邊陲。將别金門，俄揮粉淚，靚妝洗。

第二虛催

飛雲馭，香車故國難回睇。芳心漸搖，迤邐吴都繁麗。忠臣子胥，預知道，爲邦祟。諫言先啓。願勿容其至。周亡褒姒，商傾妲己。　吴王卻嫌胥逆耳，纔經眼、便深恩愛，東風暗綻嬌蕊。彩鸞翻妒伊。得取次、于飛共戲。金屋看承，他宫盡廢。

第三衮遍

華宴夕，燈搖醉，粉菡萏，籠蟾桂。揚翠袖，含風舞，輕妙處，驚鴻態。分明是、瑶臺瓊榭，閬苑蓬壺，景盡移此地。花繞仙步，鶯隨管吹。　寶帳暖留春，百和馥郁融鴛被。銀漏永，楚雲濃，三竿日、猶褪霞衣。宿酲輕腕，嗅宫花、雙帶繫。合同心時，波下比目，深憐到底。

第四催拍

耳盈絲竹，眼遥珠翠〔一〕。迷樂事，宫闈内。争知、漸國勢陵夷。姦臣獻佞，轉恣奢淫，天譴歲屢饑。從此、萬姓離心解體。　越遣使，陰窺虚實。蚤夜營邊備。兵未動，子胥存，雖堪伐，尚畏忠義。斯人既戮，又且嚴兵卷土，赴黄池觀釁，種蠡方云可矣。

〔一〕「遥」，《詞譜》作「摇」。

第五衮遍

機有神，征鼙一鼓，萬馬襟喉地。庭喋血，誅留守，憐屈服，斂兵還，危如此。當除禍本，重結人心，争奈竟荒迷。戰骨方埋，靈旗又指。　勢連敗，柔荑攜泣。不忍相拋棄。身在兮，心先死；宵奔兮，兵已前圍。謀窮計盡，唳鶴啼猿，聞處分外悲。丹穴縱近，誰容再歸。

第六歇拍

哀誠屢吐，甬東分賜。垂暮日，置荒隅，心知愧。寶鍔紅委，鸞存鳳去。辜負恩憐，情不似虞姬。尚望論功，榮還故里。　降令曰：吴亡赦汝，越與吴何異。吴正怨，越方疑。從公論、合去妖類。蛾眉宛轉，竟殞鮫綃，香骨委塵泥。渺渺姑蘇，荒蕪鹿戲。

第七煞衮

王公子，青春更才美。風流慕連理。耶溪一日，悠悠回音凝思。雲鬟煙鬢，玉珮霞裾，依約露妍姿。送目驚喜。俄迂玉趾。　同仙騎，洞府歸去，簾櫳窈窕戲魚水。正一點犀通，遽別恨何已。媚魄千載，教人屬意。況當時，金殿裏。詞學叢書本《樂府雅詞》卷上

採蓮 壽鄉詞

史浩

延遍

霞霄上，有壽鄉廣袤無際。東極滄海，縹緲虛無，蓬萊弱水。風生舞浪，鼓楫揚旍，不許凡人得至。甚幽邃。　試右望金樞外，西母樓閣，玉闕瑶池，萬頃琉璃。雙成倩巧，方朔詼諧。來往徜徉，霓裳飄飖，寶砌更希奇。

攧遍

南鄰丹幄宮，赤伏顯符記。朱陵曜綺繡，箕翼烔、瑞光騰起。每歲秋分老人見，表皇家、襲慶迎祺。　天子當膺，無疆萬歲。北窺玄冥，魁杓擁佳氣。長拱極、終古無移。論南北東西。相值何啻千萬里，信難計。

入破

璇穹層雲上覆，光景如梭逝。惟此過隙緩征轡。垂象森列昭回。碧落卓然躔度，炳曜更騰輝。永永清光曄煒。繇四野、金璧爲地。蕊珠館、瓊玖室，俱高峙。千種奇葩，松椿可比。暗香幽馥，歲歲長春，陽烏何曾西委。

衮　遍

遍此境，人樂康，挾難老術，悟長生理。盡阿僧衹劫，赤松王令安期。彭籛盛矣，尚爲嬰稚。鶴算龜齡，絳老休誇甲子。鮐背聳、黄髮垂髫。更童顔、長鼓腹，同游戲，真是華胥。行有歌，坐有樂，獻笑都是神仙，時見群翁啓齒。

實　催

露華霞液，雲漿椒醑。㳄玉斝金罍。交酬成雅會，拚沈醉。中山千日，未爲長久，今此陶陶一飲，動經萬祀。　陳果蓏，皆是奇異，似瓜如斗盡備。三千歲、一熟珍味。飣坐中，瑩似玉。爽口流涎，三偷不枉，西真指議。

衮　遍〔一〕

有珍饌，時時饋，滑甘豐膩。紫芝熒煌，嫩菊秀媚。貯瑪瑙琥珀精器。延年益壽莫儗。人間烹飪徒費，休説龍肝鳳髓。動妙樂、仙音鼎沸。玉簫清，瑶瑟美，龍笛脆。雜遝飛鸞，花裀上、趁拍紅牙，餘韻悠颺，竟海變桑田未止。

〔一〕「遍」，原缺，據四庫本《鄮峰真隱漫録》（下同）補。

歇拍

其間有洞天侶，思游塵世，珠葆摇曳。華表真人，清江使者，相從密議。此老遨嬉，我輩應須隨侍。正舉步，忽思同類。十八公、方聳壑，宜邀致。夙駕星言，人争圖繪。揭來鄞山甬水。因此崇成，四明里第。

煞衮

吾皇喜，光寵無貳，玉帶金魚榮貴。或者疑之，豈識聖明，曾主斯鄉，嘗相與。儘繾綣，膠漆何可相離。今日風雲合契，此實天意。吾皇聖壽無極，享晏粲千載相逢，我翁亦昌熾。永作昇平上瑞。

採蓮舞

五人一字對廳立，竹竿子勾念：

伏以濃陰緩轡，化國之日舒以長；清奏當筵，治世之音安以樂。霞舒絳彩，玉照鉛華。玲瓏環佩之聲，綽約神仙之伍。朝回金闕，宴集瑶池。將陳倚棹之歌，式侑回風之舞。宜邀勝伴，用合仙音。女伴相將，採蓮入隊。

勾念了，後行吹雙頭蓮令。舞上，分作五方。竹竿子又勾念：

伏以波涵碧玉，摇萬頃之寒光；風動青蘋，聽數聲之幽韻。芝華雜遝，羽幰飄飖。疑紫府之群英，集綺筵之雅宴。更憑樂部，齊迓來音。

勾念了，後行吹採蓮令，舞轉作一直了，衆唱採蓮令：

練光浮，煙斂澄波渺。燕脂溼，靚妝初了。緑雲繖上露滾滾，的皪真珠小。籠嬌媚輕盈，佇眺無言，不見仙娥，凝望蓬島。　玉闕葱葱，鎮鎖佳麗春難老。銀潢急、星槎飛到。暫離金砌，爲愛此、極目香紅繞。倚蘭棹，清歌縹緲。隔花初見，楚楚風流年少。

唱了，後行吹採蓮令，舞分作五方。竹竿子勾念：

伏以遏雲妙響，初容與於波間；回雪奇容，乍婆娑於澤畔。愛芙蕖之艷冶，有蘭芷之芳馨。躞蹀淩波，洛浦未饒於獨步；雍容解珮，漢皋諒得以齊驅。宜到階前，分明祇對。

花心出，念：

但兒等玉京侍席，久陟仙階；雲路馳驂，乍游塵世。喜聖明之際會，臻夷夏之清寧。聊尋澤國之芳，雅寄丹臺之曲。不慚鄙俚，少頌昇平。未敢自專，伏候處分。

竹竿子問，念：

既有清歌妙舞，何不獻呈？

花心答，問：

舊樂何在？

竹竿子再問，念：

一部儼然。

花心答，念：

再韻前來。

念了，後行吹採蓮曲破，五人衆舞。到入破，先兩人舞出，舞到裀上住。當立處訖。又二人舞，又住。當立處。然後花心舞徹，竹竿子念：

伏以仙裾摇曳，擁雲羅霧縠之奇；紅袖翩翻，極鸞翮鳳翰之妙。再呈獻瑞，一洗凡容。已奏新詞，更留雅詠。

念了，花心念詩：

我本清都侍玉皇，乘雲馭鶴到仙鄉。輕舠一葉煙波闊，嗜此秋潭萬斛香。

念了，後行吹漁家傲。花心舞上，折花了，唱漁家傲：

蕊沼清泠涓滴水，迢迢煙浪三千里。微孕青房包繡綺。薰風裏，幽芳洗盡閒桃李。

羽氅飄蕭塵外侣，相呼短棹輕偎倚。一片清歌天際起。聲尤美，雙雙驚起鴛鴦睡。

唱了，後行吹漁家傲。五人舞，换坐，當花心立人念詩：

我昔瑶池飽宴游，朅來樂國已三秋。水晶宫裏尋幽伴，菡萏香中蕩小舟。

念了，後行吹漁家傲。花心舞上，折花了，唱漁家傲：

翠蓋參差森玉柄，迎風浥露香無定。不著塵沙真體淨。蘆花徑。酒侵酥臉霞相映。棹撥木蘭煙水暝〔一〕，月華如練秋空靜。一曲悠颺沙鷺聽。牽清興，香紅已滿蒹葭艇。

唱了，後行吹漁家傲。五人舞，換坐，當花心立人念詩：

我弄雲和萬古聲，至今江上數峰青。幽泉一曲今憑棹，楚客還應著耳聽。

念了，後行吹漁家傲。花心舞上，折花了，唱漁家傲：

草軟沙平風掠岸，青蓑一釣煙江畔。荷葉爲裀花作幔。知誰伴，醇醪只把鱸魚換。盤縷銀絲杯自暖，篷窗醉著無人喚。逗得醒來橫脆管。清歌緩，彩鸞飛去紅雲亂。

唱了，後行吹漁家傲。五人舞，換坐，當花心立人念詩：

我是天孫織錦工，龍梭一擲度晴空。蘭橈不逐仙槎去，貪擷芙蕖萬朵紅。

念了，後行吹漁家傲，花心舞上，折花了，唱漁家傲：

太華峰頭冰玉沼，開花十丈干雲杪。風散天香聞四表。知多少？亭亭碧葉何曾老。試遡霏煙登鳥道，丹崖步步祥光繞。折得一枝歸月嶠。蓬萊島，霞裾侍女争言好。

唱了，後行吹漁家傲。五人舞，換坐。當花心立人念詩：

我入桃源避世紛，太平纔出報君恩。白龜已閱千千歲，卻把蓮巢作酒樽。

念了，後行吹漁家傲。花心舞上，折花了，唱漁家傲：

珠露溥溥清玉宇，霞標綽約消煩暑。時馭清風之帝所。尋舊侶，三千仙仗臨煙渚。

舴艋飄飖來復去，漁翁問我居何處。笑把紅蕖呼鶴馭。回頭語，壺中自有朝天路。

唱了，後行吹漁家傲，五人舞，换坐如初。竹竿子勾念：

伏以珍符薦至〔二〕，朝廷之道格高深；年穀屢豐，郡邑之和薰遐邇。式均歡宴，用樂清時。感游女於仙衢，詠奇葩於水國。折來和月，露浥霞顋；舞處隨風，香盈翠袖。既徜徉於玉砌，宜宛轉於雕梁。爰有佳賓，冀聞清唱。

念了，衆唱畫堂春：

彤霞出水弄幽姿，娉婷玉面相宜。棹歌先得一枝枝，波上畫鯨飛。　向此畫堂高會，幽馥散、堪引瑶卮。幸然逢此太平時，不醉可無歸。

唱了，後行吹畫堂春。衆舞，舞了又唱河傳：

蕊宫閬苑，聽鈞天帝樂，知他幾遍。争似人間，一曲採蓮新傳。柳腰輕，鶯舌囀。　逍遥煙浪誰羈絆。無奈天階，早已催班轉。卻駕彩鸞，芙蓉斜盼。願年年，陪此宴。

唱了，後行吹河傳，衆舞。舞了，竹竿子念遣隊：

浣花一曲湄江城，雅合鳧鷖醉太平。楚澤清秋餘白浪，芳枝今已屬飛瓊。歌舞既闌，相將好去。

念了，後行吹雙頭蓮令。五人舞，轉作一行，對廳杖鼓出場。

〔一〕「棹」，原作「掉」，據四庫本改。　〔二〕「薦」，原作「洊」，據四庫本改。

太清舞

後行吹道引曲子，迎五人上，對廳一直立。樂住，竹竿子勾念：

洞天門闕鎖煙蘿，瓊室瑶臺瑞氣多。欲識仙凡光景異，歡謡須聽太清歌。

花心念：

伏以獸鑪縹緲噴祥煙，玳席熒煌開邃幄。諦視人間之景物，何殊洞府之風光。恭惟衮繡主人，簪纓貴客，或碧瞳漆髪，或緑鬢童顔。雄辯風生，英姿玉立。曾向蕊宫貝闕，爲逍遥游；俱膺丹篆玉書，作神仙伴。故今此會，式契前蹤。但兒等偶到塵寰，欣逢雅宴。欲陳末藝，上助清歡。未敢自專，伏候處分。

竹竿子念，問：

既有清歌妙舞，何不獻呈？

花心答，念：

舊樂何在？

竹竿子問，念：

一部儼然。

花心答，念：

再韻前來。

念了，後行吹太清歌。衆舞訖，衆唱：

武陵自古神仙府，有漁人迷路。洞户迸寒泉，泛桃花容與。尋花迤邐見靈光，舍扁舟、飄然入去。注目渺紅霞，有人家無數。

唱了，後行吹太清歌，衆舞，舞訖，花心唱：

須臾卻有人相顧，把肴漿來聚。禮數既雍容，更衣冠淳古。漁人方問此何鄉，衆顰眉、皆能深訴。元是避嬴秦，共攜家來住。

唱了，後行吹太清歌。衆舞，换坐。當花心一人唱：

當時脱得長城苦，但熙熙朝暮。上帝錫長生，任跳丸烏兔。種桃千萬已成陰，望家鄉、杳然何處？從此與凡人，隔雲霄煙雨。

唱了，後行吹太清歌，衆舞，换坐。當花心一人唱：

漁舟之子來何所，盡相猜相語。夜宿玉堂空，見火輪飛舞。凡心有慮尚依然，復歸指、維舟沙浦。回首已茫茫，歎愚迷不悟。

唱了，後行吹太清歌。衆舞，换坐。當花心一人唱：

我今來訪煙霞侣，沸華堂簫鼓。疑是奏鈞天，宴瑤池金母。卻將桃種散階除，俾華實、須看三度。方記古人言，信有緣相遇。

唱了，後行吹太清歌。衆舞，换坐。當花心一人唱：

雲軿羽幰仙風舉，指丹霄煙霧。行作玉京朝，趁兩班鵷鷺。玲瓏環佩擁霓裳，卻自有、簫韶隨步。含笑囑芳筵，後會須來赴。

唱了，後行吹太清歌。衆舞，舞訖，竹竿子念：

欣聽嘉音，備詳仙迹。固知玉步，欲返雲程。宜少駐於香車，佇再聞於雅詠。

念了，花心念：

但兒等暫離仙島，來止洞天。屬當嘉節之臨，行有清都之覲。芝華羽葆，已雜遝於青冥；玉女仙童，正逢迎於黄道。既承嘉命，聊具新篇。

篇曰：

仙家日月如天遠，人世光陰若電飛。絶唱已聞驚列坐，他年同步太清歸。

念了，衆唱破子：

游塵世、到仙鄉。喜君王，躋治虞唐。文德格遐荒，四裔盡來王。干戈偃息歲豐穰，三萬里農桑，歸去告穹蒼，錫聖壽無疆。

唱了，後行吹步虚子。四人舞上，勸花心酒。花心復勸，勸訖，衆舞，列作一字行。竹竿子念遣隊：

仙音縹緲，麗句清新。既歸美於皇家，復激昂於坐客。桃源歸路，鶴馭迎風。抃手階前，相將好去。

念了，後行吹步虚子，出場。彊村叢書本《鄮峰真隱大曲》卷一

柘枝舞

五人對廳一直立，竹竿子勾念：

伏以瑞日重光，清風應候。金石絲竹，間六律以皆調；僸佅兜離，賀四夷之率伏。請翻妙舞，來奉多歡。鼓吹連催，柘枝入隊。

念了，後行吹引子半段，入場連吹柘枝令，分作五方舞。舞了，竹竿子又念：

適見金鈴錯落，錦帽蹁躚。芳年玉貌之英童，翠袂紅綃之麗服；雅擅西戎之舞，似非中國之人。宜到階前，分明祗對。

念了，花心出，念：

但兒等名參樂府，幼習舞容。當芳宴以宏開，屬雅音而合奏。敢呈末技，用讚清歌。未敢自專，伏候處分。

念了，竹竿子問，念：

既有清歌妙舞，何不獻呈？

花心答，念：

舊樂何在？

竹竿問，念：

一部儼然。

花心答，念：

再韻前來。

念了，後行吹三臺一遍。五人舞，拜，起舞。後行再吹射鵰遍連歌頭。舞了，衆唱歌頭：

（フ）人奉聖（ㄥ八）朝（八リ久フ）主，（フ八ㄓ山尺）留伊得荷雲戲。幸遇文明堯階上，太平時。（六ㄓㄓ尺）何不罷歲（久）征，舞柘枝。

唱了，後行吹朵肩遍。吹了，又吹撲胡蝶遍，又吹畫眉遍。舞轉，謝酒了，衆唱柘枝令：

我是柘枝嬌女，（八ム）多風措。（ムフタ一人）（住）深妙學得柘枝舞。（八リ）頭戴鳳冠，（フロム）纖腰束素。（人ム）遍體錦衣裝〔一〕，來獻呈歌舞。

又唱：

回頭卻望塵寰去，喧畫堂簫鼓。整雲鬟、搖曳青綃，愛一曲柘枝舞。好趁華封盛祝笑，共指南山煙霧。蟠桃仙酒醉昇平，望鳳樓歸路。

唱了，後行吹柘枝令，衆舞了，竹竿子念遣隊：

雅音震作，既呈儀鳳之吟；妙舞迴翔，巧著飛鸞之態。已洽歡娛綺席，暫歸縹緲仙都。再拜階前，相將好去。

念了，後行吹柘枝令出隊。彊村叢書本《鄮峰真隱大曲》卷一

〔一〕括弧中譜字據北京大學藏乾隆間刊本與四庫鈔本《鄮峰真隱漫録》補。

花舞

兩人對廳立，自勾念：

伏以騷賦九章，靈草喻如君子；詩人十詠，奇花命以佳名。因其有香，尊之爲客。欲知標格，請觀一字之褒；爰藉品題，遂作群英之冠。適當麗景，用集仙姿。玉質輕盈，共慶一時之會；金尊瀲灩，式均四坐之歡。女伴相將，折花入隊。

念了，後行吹折花三臺。舞，取花瓶。又舞上，對客放瓶，念牡丹花詩：

花是牡丹推上首，天家侍宴爲賓友。料應雨露久承恩，貴客之名從此有。

念了，舞唱蝶戀花。侍女持酒果上，勸客飲酒。

貴客之名從此有，多謝風流，飛馭陪樽酒。持此一卮同勸後，願花長在人長壽。

舞唱了，後行吹三臺。舞轉，換花瓶。又舞上，次對客放瓶，念瑞香花詩：

花是瑞香初擢秀，達人鼻觀通廬阜。遂令聲價滿寰區，嘉客之名從此有。

念了，舞唱蝶戀花。侍女持酒果上，勸客飲酒。

嘉客之名從此有，多謝風流，飛馭陪樽酒。持此一卮同勸後，願花長在人長壽。

舞唱了，後行吹三臺，舞轉，换花瓶。又舞上，次對客放瓶，念丁香花詩：

花是丁香花未剖，青枝碧葉藏瓊玖。如居翠幄道家妝，素客之名從此有。

念了，舞唱蝶戀花。侍女持酒果上，勸客飲酒。

素客之名從此有，多謝風流，飛馭陪樽酒。持此一卮同勸後，願花長在人長壽。

舞唱了，後行吹三臺。舞轉，换花瓶。又舞上，次對客放瓶，念春蘭花詩：

花是春蘭棲遠岫，竹風松露爲交舊。仙家劍佩羽霓裳，幽客之名從此有。

念了，舞唱蝶戀花。侍女持酒果上，勸客飲酒。

幽客之名從此有，多謝風流，飛馭陪樽酒。持此一卮同勸後，願花長在人長壽。

舞唱了，後行吹三臺。舞轉，换花瓶。又舞上，次對客放瓶，念薔薇花詩：

花是薔薇如綺繡，春風滿架暉晴晝。爲多規刺少拘攣，野客之名從此有。

念了，舞唱蝶戀花。侍女持酒果上，勸客飲酒。

野客之名從此有，多謝風流，飛馭陪樽酒。持此一卮同勸後，願花長在人長壽。

舞唱了，後行吹三臺。舞轉，换花瓶。又舞上，次對客放瓶，念酴醿花詩：

花是酴醿紆翠袖，釀泉曾入真珠溜。更無塵氣到杯盤，雅客之名從此有。

念了，舞唱蝶戀花。侍女持酒果上，勸客飲酒。

雅客之名從此有，多謝風流，飛馭陪樽酒。持此一卮同勸後，願花長在人長壽。

舞唱了，後行吹三臺。舞轉，換花瓶。又舞上，次對客放瓶，念荷花詩：

花是芙蕖冰玉漱，人間暑氣何曾受。本來泥滓不相關，淨客之名從此有。

念了，舞唱蝶戀花。侍女持酒果上，勸客飲酒。

淨客之名從此有，多謝風流，飛馭陪樽酒。持此一卮同勸後，願花長在人長壽。

舞唱了，後行吹三臺。舞轉，換花瓶。又舞上，次對客放瓶，念秋香花詩：

花是秋香偏鬱茂，姮娥月裏親栽就。一枝平地合登瀛，仙客之名從此有。

念了，舞唱蝶戀花。侍女持酒果上，勸客飲酒。

仙客之名從此有，多謝風流，飛馭陪樽酒。持此一卮同勸後，願花長在人長壽。

舞唱了，後行吹三臺，舞轉，換花瓶。又舞上，次對客放瓶，念菊花詩：

花是菊英真耐久，長年只看臨風嗅。東籬況乃見南山，壽客之名從此有。

念了，舞唱蝶戀花。侍女持酒果上，勸客飲酒。

壽客之名從此有，多謝風流，飛馭陪樽酒。持此一卮同勸後，願花長在人長壽。

舞唱了，後行吹三臺。舞轉，換花瓶。又舞上，次對客放瓶，念梅花詩：

花是寒梅先節候，調羹須待青如豆。爲於雪底倍精神，清客之名從此有。

念了，舞唱蝶戀花。侍女持酒果上，勸客飲酒。

清客之名從此有，多謝風流，飛馭陪樽酒。持此一卮同勸後，願花長在人長壽。

舞唱了，後行吹三臺。舞轉，換花瓶。又舞上，次對客放瓶，念芍藥花詩：

芍藥來陪群客後，矜其末至當居右。奇姿獨許侍花王，近客之名從此有。

念了，舞唱蝶戀花。侍女持酒果上，勸客飲酒。

近客之名從此有，多謝風流，飛馭陪樽酒。持此一卮同勸後，願花長在人長壽。

舞唱了，後行吹三臺。舞轉，換花瓶。又舞上花裀，背花對坐，唱折花三臺：

算仙家，真巧妙，能使衆芳長繡組。羽軿芝葆，曾到世間，誰共凡花爲伍。　桃李漫誇艷陽，百卉又無香可取。歲歲年年長是春，何用芳菲分四序。

又唱：

對芳辰，成良聚，珠服龍妝環宴俎。我御清風，來此縱觀，還須折枝歸去。　歸去蕊珠繞頭，一一是東君爲主。隱隱青冥怯路遥，且向臺中尋伴侣。

唱了，起舞。後行吹折花三臺一遍。舞訖，相對坐。取盆中花插頭上，又唱：

歎塵寰，烏兔走，花謝花開能幾許？十分春色，一半遣愁，那堪飄零風雨。　争似此花自然，悄不待根生下土。花既無凋春又長，好帶花枝傾壽醑。

又唱：

是非塲，名利海，得喪炎凉徒自苦。至樂陶陶，唯有醉鄉，誰向此間知趣？　花下一杯一杯，且莫把光陰虚度。八極神游長壽仙，蜾蠃螟蛉休更覷。

唱了，侍女持酒果置裀上，舞，相對自飲。飲訖，起舞三臺一遍，自念遣隊：

伏以仙家日月，物外煙霞。能令四季之奇葩，會作一筵之重客。莫不香浮綺席，影覆瑤階。森然群玉之林，宛在列真之府。相逢今日，不醉何時？敢持萬斛之流霞，用介千春之眉壽。歡騰絲竹，喜溢湖山，觀者雖多，歎未曾有。更願九重萬壽，四海一家，屢臻年穀之豐登，永錫田廬之快樂。於時花驄嘶晚，絳蠟迎宵。飲散瑤池，春在烏紗帽上；醉歸蕊館，香分白玉釵頭。式因天上之芳容，流作人間之佳話。尚期再集，益侈遐齡。歌舞既終，相將好去。

念了，後行吹三臺，出隊。

劍舞

二舞者對廳立裀上，竹竿子勾念：

伏以玳席歡濃，金樽興逸，聽歌聲之融曳，思舞態之飄颻。爰有仙童，能開寶匣。佩干將莫邪之利器，擅龍泉秋水之嘉名。鼓三尺之瑩瑩，雲間閃電；橫七星之凜凜，掌上生風。宣到芳筵，同翻雅戲。

二舞者自念：

伏以五行擢秀，百鍊呈功，炭熾紅鑪，光噴星日，硎新雪刃，氣貫虹霓。斗牛間紫霧浮游，波濤裏蒼龍締合。久因佩服，粗習迴翔。兹聞閬苑之群仙，來會瑶池之重客，輒持薄技，上侑清歡。未敢自專，伏候處分。

竹竿子問：

既有清歌妙舞，何不獻呈？

二舞者答：

舊樂何在？

竹竿子再問：

一部儼然。

二舞者答：

再韻前來。

樂部唱劍器曲破，作舞一段了，二舞者同唱霜天曉角：

熒熒巨闕，左右凝霜雪。且向玉階掀舞，終當有、用時節。　唱徹。人盡説，寶此剛不折。内使奸雄落膽，外須遣、豺狼滅。

樂部唱曲子，作舞劍器曲破一段。（舞罷二人分立兩邊。别兩人漢裝者出，對坐。桌上設酒果。）竹竿子念：

伏以斷蛇大澤，逐鹿中原。佩赤帝之真符，接蒼姬之正統。皇威既振，天命有歸。量勢雖盛於重瞳，度德難勝於隆準。鴻門設會，亞父輸謀，徒矜起舞之雄姿，厥有解紛之壯士。

想當時之賈勇，激烈飛颺；宜後世之效顰，回旋宛轉。雙鸞奏技，四坐騰歡。

樂部唱曲子，舞劍器曲破一段。（一人左立者上裀舞，有欲刺右漢裝者之勢。又一人舞進，前翼蔽之。舞罷，兩舞者並退，漢裝者亦退。復有兩人唐裝出，對坐。桌上設筆硯紙。舞者一人換婦人裝，立裀上。）竹竿子勾念：

伏以雲鬟聳蒼璧，霧縠罩香肌。袖翻紫電以連軒，手握青蛇而的皪。花影下、遊龍自躍；錦裀上、蹌鳳來儀。軼態橫生，瓌姿譎起。傾此入神之技，誠爲駭目之觀。巴女心驚，燕姬色沮。豈唯張長史草書大進，抑亦杜工部麗句新成。稱妙一時，流芳萬古。宜呈雅態，以洽濃歡。

樂部唱曲子，舞劍器曲破一段。（作龍蛇蜿蜒曼舞之勢。兩人唐裝者起，二舞者一男一女，對舞。結劍器曲破徹。）竹竿子念：

項伯有功扶帝業，大娘馳譽滿文場。合兹二妙甚奇特，堪使佳賓釂一觴。霍如羿射九日落，矯如群帝驂龍翔。來如雷霆收震怒，罷如江海凝清光。歌舞既終，相將好去。

念了，二舞者出隊。

漁父舞

四人分作兩行，迎上，對筵立。漁父自勾念：

鄮城中有蓬萊島，不是神仙那得到。萬頃澄波舞鸞鏡，千尋疊嶂環旌纛。光天圓玉夜長清，襯地濕紅朝不掃。賓主相逢欲盡歡，昇平一曲漁家傲。

勾念了，二人念詩：

渺渺平湖浮碧滿，奇峰四合波光暖。綠簑青笠鎮相隨，細雨斜風都不管。

念了，齊唱漁家傲，舞，戴笠子。

細雨斜風都不管，柔藍軟綠煙堤畔。鷗鷺忘機爲主伴。無羈絆，等閒莫許金章换。

唱了，後行吹漁家傲。舞，舞了，念詩：

喜見同陰垂帀地，瓊珠簌簌隨風絮。輕絲圓影兩相宜，好景儂家披得去。

念了，齊唱漁家傲。舞，披簑衣。

好景儂家披得去，前村雪屋雲深處。一棹清歌歸晚浦，真佳趣，知誰畫得歸縑素。

唱了，後行吹漁家傲。舞，舞了，念詩：

波面初驚秋葉委，風來又覺船頭起。滔滔平地盡知津，濟涉還渠漁父子。

念了，齊唱漁家傲。舞，取楫鼓動。

濟涉還渠漁父子，生涯只在煙波裏。練静忽然風又起，贏得底，吹來別浦看桃李。

唱了，後行吹漁家傲。舞，舞了，念詩：

碧玉粼粼平似掌，山頭正吐冰輪上。水天一色印寒光，萬斛黄金迷俯仰。

念了，齊唱漁家傲。將楫作摇艣勢。

萬斛黄金迷俯仰，輕舠不礙飛雙槳。光透碧霄千萬丈，真堪賞，恰如鏡裏人來往。

唱了，後行吹漁家傲。舞，舞了，念詩：

手把絲綸浮短艇，碧潭清泚風初静。未垂芳餌向滄浪，已見白魚翻翠荇。

念了，齊唱漁家傲。取釣竿作釣魚勢。

已見白魚翻翠荇，任公一擲波千頃。不是六鰲休便領，清晝永，悠颺要在神仙境。

唱了，後行吹漁家傲。舞，舞了，念詩：

新月半鈎堪作釣，釣竿直欲干雲表。魚蝦細碎不勝多，一引修鱗吾事了。

念了，齊唱漁家傲。釣出魚。

一引修鱗吾事了，棹船歸去歌聲杳。門俯清灣山更好，眠到曉，鳴榔艇子方雲擾。

唱了，後行吹漁家傲。舞，舞了，念詩：

提取頳鱗歸竹塢，兒孫迎笑交相語。西風滿袖有餘清，試倩霜刀供玉縷。

念了，齊唱漁家傲。取魚在杖頭，各放魚，指酒樽。

試倩霜刀供玉縷，銀鱗不忍供盤俎。擲向清波方圉圉，休更取，小槽且聽真珠雨。

唱了，後行吹漁家傲。舞，舞了，念詩：

明月滿船唯載酒，漁家樂事時時有。醉鄉日月與天長，莫惜清樽長在手。

念了，齊唱漁家傲。取酒樽斟酒對飲。

莫惜清樽長在手，聖朝化洽民康阜。説與漁家知得否，齊稽手，太平天子無疆壽。（起，面外稽首祝聖）

唱了，後行吹漁家傲。舞，舞了，漁父自念遣隊：

湖山佳氣靄紛紛，占得風光日滿門。賓主相陪歡意足，卻橫煙笛過前村。歌舞既終，相將好去。

念了，後行吹漁家傲。舞者兩行引退，出散。彊村叢書本《鄮峰真隱大曲》卷二

附 《鄮峰真隱大曲》跋

吴 梅

宋時大曲有〔水調歌〕〔道宫薄媚〕〔道遥樂〕諸種，大抵以詞聯綴之其中。節目有散序、靸、排遍、攧、正攧、入破、虚催、實催、衮遍、歇拍、煞衮，始成一曲，謂之大遍。其詞段數繁簡不同，類皆文人爲之。曾慥《樂府雅詞》可證也。陳暘《樂書》云，大曲前緩疊不舞，至入破，則羯鼓、襄鼓、大鼓與絲竹合作，勾拍益急，姿制俯仰，百態横出。據此，則當時舞態猶可想見。第宋代作者如六一、東坡，往往僅作勾放樂語，而不製歌詞；鄭僅、董穎之徒則又止有歌詞，而無樂語。二者鮮有兼備焉。《鄮峰大曲》二卷，有歌詞，有樂語，且諸曲之下各載歌演之狀，尤爲歐蘇鄭董諸子所未及。宋人大曲之詳無有過於此者矣。彊村先

生，詞家之南董也。比年校刻宋元諸詞，不脛而遍天下。近得此曲，謂足以盡詞之變也。爲刊而傳之。夫詞之與曲，犁然爲二，及究其變遷蟬蜕之迹，輒不能得其端倪。今讀此曲，則江出濫觴，河出崑崙，源流遞嬗之所自，昭若發矇，錫惠來學，豈有既哉。乙卯季夏長洲吴梅跋。同上

勾降黄龍舞

洪　适

伏以玳席接歡，杯灩東西之玉；錦裀唤舞，釵横十二之金。咸駐目於垂螺，將應聲而曳繭。豈無本事，願吐妍辭。

答

眄流席上，發水調於歌唇；色授裾邊，屬河東之才子。未滿飛鵜之願，已成别鵠之悲。折荷柄而愁縷無窮，剪鮫綃而淚珠難貫。因成絶唱，少相清歡。

遣

情隨杯酒滴郎心，不忍重開翡翠衾。封卻軟綃看錦水，水痕不似淚痕深。歌罷舞停，相將好去。

勾南呂薄媚舞

羽觴棋布，洽主禮於良辰；翠袖弓彎，奏女妖之妍唱。游絲可倩，本事願聞。

答

踏軟塵之陌，傾一見於月膚；會采蘋之洲，迷千嬌於雨夢。且蛾眉有伐性之戒，而狐媚無傷人之心。既吐艷於幽閨，能齊芳於節婦。果六尺之軀，不庇其伉儷；非三寸之舌，可脱於艱難。尚播遺聲，得塵高會。

遣

獸質人心冰雪膚，名齊節婦古來無。纖羅不蜕西州路，争得人知是艷狐。歌舞既闌，相將好去。

漁家傲引

伏以黄童白叟，皆是煙波之釣徒；青笠緑蓑，不識衣冠之盛事。長浮家而醉月，更輟棹以吟風。樂哉生涯，翻在樂府。相煩女伴，漁父分行。

正月東風初解凍，漁人撒網波紋動。不識雕梁并綺棟。扁舟重，眠鷗浴雁相迎送。溪北畫橋彎蝃蝀，溪南古岸添青葑。長把魚錢尋酒甕。春一夢，起來拈笛成三弄。

二月垂楊花糝地，荻芽迸緑春無際。細雨斜風渾不避。青笠底，三三兩兩鳴榔起。新婦磯邊雲接袂，女兒浦口山堆髻。一擁河豚千百尾。搖食指，城中虛卻魚蝦市。

三月愁霖多急雨，桃江緑浪迷洲渚。西塞山邊飛白鷺。煙横素，一聲欸乃山深處。紅雨繽紛因水去，行行尋得神仙侶。樓閣五雲心不住。分鳳侶，重來翻恨花相誤。

四月圓荷錢學鑄，鱗鱗波暖鴛鴦語。無數燕雛來又去。魚未取，釣絲直上蜻蜓聚。風弄碧漪摇島嶼，奇雲醮影千峰舞。騎馬官人江上駐。天且暮，借舟送過滄浪渡。

五月河中菱荇遍，絲綸欲下相縈絆。卻棹船來芳草岸〔一〕。呼侶伴，簑衣不把金章换。碧落雲高星爛爛，波心舉網星光亂。躍出鯉魚長尺半。回首看，孤燈一點風吹散。

六月長江無暑氣，怒濤漱壑侵沙觜。颭颭輕舟隨浪起。何不畏，從來慣作風波計。別溆藕花舒錦綺，采蓮三五誰家子？問我買魚相調戲。飄芰製，笑聲咭咭花香裏。

七月凛秋飛葉響，長吟杳杳澄江上。秃尾槎頭添一網。絲自紡，新炊菰飯更相餉。渡口青煙藏疊嶂，岸旁紅蓼翻輕浪。鸂鶒沈浮雙漾漾。聞鳴槳，高飛拍拍穿林莽。

八月紫蓴浮緑水，細鱗巨口鱸魚美。畫舫問漁篙暫檥。欣然喜，金齏頃刻嘗珍味。　湧霧驅雲天似洗，静看星斗迎蟾桂。枕棹眠簑清不睡。無名利，誰人分得逍遥意。

九月蘆香霜旦旦，丹楓落盡只江岸。長瀨黄昏張蟹斷。燈火亂，圓沙驚起行行雁。　半夜繫船橋北岸，三杯睡著無人唤。睡覺只疑橋不見。風已變，纜繩吹斷船頭轉。

十月橘洲長鼓枻，瀟湘一片塵纓洗。斬得釣竿斑染淚。中夜裏，時聞鼓瑟湘靈至〔二〕。白髮垂綸孫又子，得錢沽酒辰長醉。小艇短篷真活計。家雲水，更無王役并田税。

子月水寒風又烈，巨魚漏網成虚設。圉圉從它歸丙穴。謀自拙，空歸不管旁人説。　昨夜醉眠西浦月，今宵獨釣南溪雪。妻子一船衣百結。長歡悦，不知人世多離别。

臘月行舟冰鑿罅，潛鱗透暖偏堪射。歲歲年年篷作舍。三冬夜，牛衣自暖何須借。　滕六晚來方命駕，千山絶影飛禽怕。江上雪如花片下。宜入畫，一簑披著歸來也。

〔一〕原作「掉」，據四庫本《盤洲文集》改。　〔二〕原作「妃」，此據四庫本。

破子

漁父飲時花作蔭，羹魚煮蟹無它品。世代太平除酒禁。漁父飲，緑簑藉地勝如錦。

漁父醉時收釣餌，魚梁暾翅閒烏鬼。白浪撼船眠不起。漁父醉，灘聲無盡清雙耳。

漁父醒時清夜永，澄瀾過盡征鴻影。略略風來欹舴艋。漁父醒，月高露下衣裳冷。

漁父笑時鶯未老，提魚入市歸來早。一葉浮家生計了。漁父笑，笑中起舞漁家傲。

遣隊

春留冬及一年中，杜若洲邊西又東。舞散曲終人不見，一天明月一溪風。水緑山青，持竿好去。彊村叢書本《盤洲樂章》卷一

前筵勾曲

程　珌

百世基圖，光祚聖神之主；九天雨露，恩濃帝王之州。上奉台顔，後部獻曲。

醉蓬萊

望皇都清曉，瑞日祥煙，洞開閶闔。一朵紅雲，映重曈日月。萬歲山高，九霞杯暖，正想宸游洽。絶塞庭琛，重闈天笑，年年仙闕。　韶鳳徘徊，蒲魚演漾，鎬酒恩濃，龍蟠建業。玉瑑麟符，分付人中傑。奠國安民，持將祝壽，樂作君臣悦。看取頭廳，押班稱賀，明年天節。

後筵勾曲

天容不老，千齡已祝於堯年；地限無邊，四海均聞於舜樂。至和一鼓，萬象皆春。上侑清

歡，後部獻曲。

茶詞西江月

歲貢來從玉壘，天恩拜賜金奩。春風一朵紫雲鮮，明月輕浮盞面。　想見清都絳闕，雍容多少神仙。歸來滿袖玉爐煙，願侍年年天宴。

湯詞鷓鴣天

飲罷天厨碧玉觴，仙韶九奏少停章。何人採得扶桑椹，擣就藍橋碧紺霜。　凡骨變，驟清凉，何須仙露與瓊漿。君恩珍重渾如許，祝取天皇似玉皇。四庫本《洺水集》卷十六

樂　語

文章末技耳。至於駢辭俳語，技之尤小者也。司馬公自謂不能四六，歐陽子不肯爲人作四六，鄒道鄉不作樂語，而余皆犯之矣。惟肖類於卷尾，姑存之，以紀一代儀文之末云。

壽崇節致語　隆興府　王義山

萬年介壽，星辰拱文母之尊；四海蒙恩，雨露寵周臣之宴。頌聲交作，協氣横流。與天同心，爲民立命。以聖子承承繼繼，九州悉臣；奉太后怡怡愉愉，億載永久。寶册加徽稱於

漢典，綵衣絢瑞色於舜庭。捧金鑪香，胥慶壽崇之旦；□玉卮酒，永延長樂之春。躬稟聰明，性純愛敬。晉福介王母，三千年之桃暈新紅；華封祝聖人，八九葉之蓂開並緑。耳鳳韶之雅奏，身魚藻之深仁。臣等幸囿明時，忻逢盛事。遥瞻禁衛，謅播衢謡。

東極承顏肅紫宸，恩醲湛露宴群臣。香傳禁柳鳴球瑟，影顫宫花藹縉紳。璀璨神光三殿曉，怡愉和氣萬年春。明朝又紀流虹瑞，更效封人祝聖人。

對廳致語

怡愉奉太后，稱觴盛長樂之儀；普率皆王臣，會宴接鎬京之飲〔一〕。歡浮魚藻，光射斗牛。恭惟特進大觀文大丞相國公四海儒宗，兩朝元老。巨川舟楫，旱歲霖雨。不有其功，清時鐘鼓，勝事園林。自樂以道，暫游洛社，更築沙堤。宫使端明相公吟遍玉堂，來尋緑野。聽星辰履，久聯紫殿之清；依日月光，已覺黄扉之近。宫使閣學尚書爲國喉舌，同姓腹心。寄興西山，雖喜林泉瀟散；召還北闕，要推社稷經綸。觀使提刑户部曾策駒騆，肯盟鷗鷺。入直天上，尚記青藜；趣起山中，便持紫橐。提刑詔使提刑部灑人寒露，厲古清風。衡岳雲開，會見郎官列宿；甘泉地近，即依天子九重。觀使提刑判府監丞玉節猶香，幅巾自適。胸中宇宙，素存開濟之心；足下風雲，直峻清華之武。觀使判府刑部老成器局，光霽襟懷。贊白雲之司，早培朝望；翔紫霄之表，簡在帝心。衆位判府郎卿金石春鳴，琳琅映照。吟萬柳陰中之句，香入詔芝；接五花影裏之班，望高玉筍。及梓里滿前之材俊，皆蘭臺向上之鎡基。我知府、運使、華文、國史、祕監、侍郎，渠觀聯輝，節麾疊組。不知晝錦爲邦家之光，閭里之榮；但喜陽春在天庭之間，湖山之外。嘉與十一郡黎獻之衆，載歌萬億載慈祥之詩。壽崇方慶於坤闈，既醉共分於天禄。合星垣之賓佐，偕月乘之儒流。蓉府材能，柳營韜略。客坐聯杏壇之秀，男邦藹花縣之英。籩豆肆陳，笙簧迭奏。福介於王母，幸永瞻慈極之尊；河清生聖人，更同效華封之祝。某等敷陳俚詞〔二〕，揚厲休期。

八葉蓂香夏氣清，坤闈有慶佛同生。楓宸稱壽雲霄迴，苹野霑恩雨露深。祚永萬年齊晉福，孝濡九有樂升平。電樞又報祥光繞，虎拜揚休天子明。

〔一〕「宴」，原缺，今據四庫本《稼村類稿》卷三十補。下同。　〔二〕「某」，原缺，今補。

唱　瑤臺第一層

金闕深深，正夏日初長禁柳青。祥煙紛簇，紅雲一朵，飛度彤庭。千妃隨步處，覺薰風、微拂觚稜。天顔喜，向東朝長樂，獻九霞觥。　分明。西崑王母，來從光碧駕飛軿。爲言今日，金仙新浴，共慶長生。捧桃上壽，天一笑、賜宴蓬瀛。沸歡聲，道明朝前殿，又祝椿齡。

勾問隊心

妾聞舜殿重華，薰風初奏；唐宫興慶，壽日新逢。遠方稱讚效微誠，女隊蹁躚呈妙舞。腰翻翠柳，步趁金蓮。豈無皓齒之歌，可表丹心之祝。相攜纖手，共躡華裀。

唱柘枝令

西山元是神仙境，瑞氣鬱森森。彩鸞飛下五雲深，急管遞繁音。碧鬟影斜花欲顫〔一〕，輕盈蓮步移金。柴檀催拍莫沈吟，傳入柘枝心。

〔一〕「影」，原缺，今補。

花心唱

慈元宫殿五雲開，壽獻九霞杯。步隨王母共徘徊，仙子下瑶臺。紅袖引翻鸞鏡媚，婆娑雪□風回。繁絃脆管莫相催，齊唱柘枝來。

四角唱

風吹仙袂飄飄舉，底事下蓬萊。東朝遥祝萬年杯，玉液瀉金罍。天上蟠桃又熟，暈酡顔、紅染芳顋。年年摘取獻天階，齊舞柘枝來。

遣　隊

銅壺漏轉，屢驚花影之移；桂櫂風輕，已覺蓬萊之近。覆裀已蹙，雪鼓重催。歌舞既周，好去好去。

勾　隊

瞻壽星於南極，瑞啓東朝；移仙馭於西山，望傾北闕。式歌且舞，共祝無疆。

吴仙詩

一曲清歌艷彩鸞，金鑪香擁氣如蘭。西山高與南山接，剩有當時卻老丹。

唱

千年紫極鎖煙蘿，艷質含羞斂翠蛾。遠睇慈元稱壽處，不妨連臂，大家重與，楚舞更吴歌。

諶仙詩

冉冉飛霜綴綺裳，遥知諶母下丹陽。黄金鍊就三山藥，來採蒲花獻壽觴。

唱

祕傳玉訣自靈修，家在仙山最上頭。更有仙茅香馥郁，年年今日，薰風時候，掇取獻龍樓。

鶴仙詩

飲馬池邊號浴仙，仙姿化鶴古今傳。金經尤有延年訣，未數莊椿壽八千。

唱

自在雲間白鶴飛，晴川浴罷不勝衣。旋裁五色冰蠶錦，千花覆處，三呼聲裏，惹得御香歸。

龍仙詩

楚尾吴頭風乍薰，滄波深擁小龍君。願朝帝母龍樓晚，來曳霞裾駕五雲。

唱

閒雲潭影日悠悠，暮倚朱簾更少留。龍壽本齊箕與翼，□從今日，一年一度，東極慶千秋。

柏仙詩

古柏林間小劍仙，雲鬟低綰髀輕蟬。願持天上長生籙，來祝東朝億萬年。

唱

新吴曾遇許旌陽，寶氣横空一劍長。願祝慈闈長不老，天長地久，有如此柏，萬古鎮蒼蒼。

遣　隊

花朝日轉，覩妙舞之初停；蓮步雲生，學飛仙之難駐。遥瞻翠閬，已啓金扃。待擬重來，不妨好去。

王母祝語

長樂宫中，永壺天之日月；蓬萊島上，曳洞府之煙霞。不辭弱水之遥，來祝南山之壽。恭惟體坤至静，與佛同生。德比周任，知文王之所以聖；尊爲太后，喜唐帝之孝於親。和藹一堂，慶流萬宇。崑圃五城宅，幸居至治之朝；雲璈九霞觴，因獻長生之籙。恭惟丕丞慈訓，克紹洪休。八九葉蓂開，接虹流於華渚；三千年桃熟，侑宴飲於瑶池。薰風迭奏於虞絃，湛露載沾於周澤。臣等喜遊化國〔一〕，適際昌辰。密依天闕之光，好誦仙家之句。

壺嶠天低樂聖時，南薰初試度蘭池。影飛霞佩朝金殿，曲奏雲和獻玉卮。稽首萬年堯曆永，承顔五色舜衣垂。仙家更有蟠桃在，明日重來謁帝墀。

〔一〕「等」，原缺，今補。

唱　玉女摇仙珮

龍樓日永，鶴禁風薰，拂曉壽星光現。無限霞裾，欣傳帝母，與佛同生華旦。佳氣慈闈，看龍顏歡動，玉卮親勸。捧祝殷勤，對萱草青鬆，菖蒲翠軟。奇香噴，階前芍藥，頻繁紅深紫淺。　遥望千官鷺序，曉仗初齊，趨覲慈元宫殿。更喜明朝，虹流佳節，同聽嵩山呼萬。湛露重重，燕慶兩宫，盛事如今親見。齊祝願、西崑凝碧，南山增緑，與天齊算。身長好，年年拜舞宫花顫。

勾　隊

萬歲山前，三呼祝壽；千花海裏，一□□□。從來無日不春，況是薰風初夏。薔薇□□，芍藥翻階。葵欲向陽，榴將噴火。正好共尋奇卉，來獻芳筵。對仙李之盤根，今朝一轉；慶蟠桃之結實，明日重來。上侑清歡，千花入隊。

萬年枝詩

百子池邊景最奇，無人識是萬年枝。細花密葉青青子，常得披香雨露滋。東風向晚薰風早，禁路飛花沾壽草。年年聖主壽慈闈，先獻此花名字好。

唱　蝶戀花

先獻此花名字好，密葉長青，翠羽摇仙葆。紫禁風薰鶯夏到，花飛細□香堪掃。　拂曉宫娃争報道，無限瓊妃，縹緲來蓬島。來向慈闈勤頌禱，萬年枝□同難老。

長春花詩

東風不與世情同，多付春光向此中。葉裏儘藏雲外緑，枝頭剩帶日邊紅。百花能占春多少，何似春顔長自好。清和時候轉紅綃，端的長春春不老。

唱　蝶戀花

端的長春春不老，玉頰微紅，酒暈精神好。多謝天工相懊惱，花間不問春遲早。風外新篁揺翠葆，長樂宫邊，緑蔭籠馳道。此際稱觴非草草，絳仙親下蓬萊島。

菖蒲花詩

昔年有母見花輪，富貴長年不記春。今報紫茸依碧節，獻來慈極壽莊椿。漢家天子嵩山路，又見蒲仙相與語。而今帝母兩怡愉，莫忘九疑山上侶。

唱　蝶戀花

莫忘九疑山上侶，住在山中，白石清泉處。好與長年沾雨露，靈根下遣蟠虬護。青青九節長如許，早晚成花，教見薰風度。十二節添須記取，千年一節從頭數。

萱草花詩

當年子建可詩章，緑葉丹花有曄光。爲道宜男仍永世，福齊太姒熾而昌。猶記夏侯曾與賦，灼灼朱華凝瑞露。紫微右極是慈闈，歲歲丹霞天近處。

唱 蝶戀花

歲歲丹霞天近處，借問殷勤，何以逢蘭杜。碧砌玉欄春不去，清香長逐薰風度。況是恩光新雨露，緑葉青青，蔥翠長如許。端的萱花仙伴侶，年年今日階前舞。

石榴花詩

待闕南風欲上場，陰陰稚緑繞丹牆。石榴已著乾紅蕾，無盡春光儘更强。不因博望來西域，安得名花出安石。朝元閣上舊風光，猶是太真親手植。

唱 蝶戀花

猶是太真親手植，猩染鮮葩，歲歲如曾拭。絳節青旌光耀日，分明是個神仙匹。引領金扉紅的的，下有仙妃，纖手輕輕摘。爲道朱顔常似得，今朝摘取呈慈極。

梔子花詩

當年曾記晉華林，望氣紅黄梔子深。有敕諸宫勤守護，花開如玉子如金。此花端的名薝蔔，千佛林中清更潔。從知帝母佛同生，移向慈元供壽佛。

唱　蝶戀花

移向慈元供壽佛，壓倒群花，端的成清絶。青萼玉包全未拆，薰風微處留香雪。　未拆香包香已冽，沈水龍涎，不用金鑪爇。花露輕輕和玉屑，金仙付與長生訣。

薔薇花詩

碎剪紅綃間緑叢，風流疑在列仙宫。朝真更欲薰香去，争擲霓衣上寶籠。　忽驚錦浪洗春色，又似宫娃逞妝飾。會當一遣移花根，還比蒲桃天上植。

唱　蝶戀花

還比蒲桃天上植，穉緑陰中，蜀錦開如織。萬歲藤邊嬌五色，宜春館裏香尋覓。　七十二行鮮的的，歲歲如今，早趁薰風摘。金掌露濃堪愛惜，龍涎華潤凝光碧。

芍藥花詩

倚竹佳人翠袖長，阿姨天上舞霓裳。嬌紅凝臉西施醉，青玉欄干説疊香。　晚春早夏揚州路，濃妝初試鵝紅妬。何如御繖掖垣中，日日傳宣金掌露。

唱　蝶戀花

日日傳宣金掌露，當殿芳菲，似約春長駐。微紫深紅渾謾與，淡妝偏趁泥金縷。　拂早薰風花裏度，吹送香塵，東殿稱觴處。歌罷花仙歸洞府，彩鸞駕霧來南浦。

宫柳花詩

御牆側畔緑垂垂，接夏連春花點衣。好似雪茵胡旋舞，樓臺簾幕燕初飛。薰風日永彤墀曉，宫妃簇仗呈千巧。就中妙舞最工奇，戲衮玉毬添一笑。

唱　蝶戀花

戲衮玉毬添一笑，笑道輕狂，似恁人間少。偏倚龍池依鳳沼，隨風得得低回繞。掠面點衣誇百巧，似雪飛花，點束梁園好。惹住金虬香篆裊，上林不放春光老。

蟠桃花詩

蕊珠仙子駕紅雲，來説瑶池分外春〔一〕。道是當年和露種，三千花實又從新。紅雲元透西崑路，青鳥銜枝花顫舞〔二〕。薰風初動子成初，消息一年傳一度。

〔一〕「分外」，原缺，今補。　〔二〕「顫舞」，原缺，今補。

唱　蝶戀花

消息一年傳一度，萬歲枝香，總是留春處。曾倚東風嬌不語，玉階霞袂飄飄舉。蓬萊清淺紅雲路，結子新成，要薦金盤去。一實三千須記取，東朝宴罷回青羽。

衆　唱　蝶戀花

十樣仙葩天也愛，留住春光，一一嬌相賽。萬里鶯花開世界，園林點檢隨時採。照作十眉仙體態〔一〕，天與司花，舞徹歌還再。獻與千官頭上戴，年年萬歲聲中拜。彊村叢書本《稼村樂府》

〔一〕「照作十」，原缺，今補。

獻仙桃　大晟府贈高麗樂

舞隊（皂衫）率樂官及妓（樂官黑衣幞頭，妓黑衫紅帶）立于南。樂官及妓重行而坐。妓一人爲王母，左右各一人爲二挾，齊行横列。奉蓋三人，立其後。引人丈二人，鳳扇二人，龍扇二人，雀扇二人，尾扇二人，左右分立。奉旌節八人。每一隊間立樂官，奏會八仙引子。奉竹竿子二人，先舞蹈而入，左右分立。樂止。口號致語曰：

邈在鼇臺，來朝鳳闕。奉千年之美實，呈萬福之休祥。敢冒宸顔，謹進口號。

訖，左右對立，樂官又奏會八仙引子，奉威儀十八人如前舞蹈而進。左右分立，王母三人，奉蓋三人，舞蹈而進。立定，樂止。樂官一人，奉仙桃盤授妓一人（擇年少者）。妓傳：奉進王母。王母奉盤唱獻仙桃元宵嘉會詞曰：

元宵嘉會賞春光，盛事當年憶上陽。堯顙喜瞻天北極，舜衣深拱殿中央。歡聲浩蕩連韶曲，和氣氤氲帶御香。壯觀太平何以報？蟠桃一朵獻千祥。

訖。樂官奏獻天壽慢，王母三人唱日暖風和詞曰：

日暖風和春更遲，是太平時。我從蓬島整容姿，來降賀丹墀。幸逢燈夕真佳會，喜近天威。神仙壽算遠無期。獻君壽，萬千斯。

訖。樂官仍奏獻天壽令嗺子：

閬苑人間雖隔，遥聞聖德彌高。西離仙境下雲霄，來獻千歲靈桃。上祝皇齡齊天久，猶舞蹈、賀賀聖朝。梯航交湊四方遥〔一〕，端拱永保宗祧。

訖。樂官又奏金盞子慢。王母不出隊，周旋而舞。訖，樂止。王母少進，奉袂唱（金盞子慢）麗日舒長詞曰：

麗日舒長，正葱葱瑞氣，遍滿神京。九重天上，五雲開處，丹樓碧閣崢嶸。盛宴初開，錦帳繡幕交横。應上元佳節，君臣際會，共樂昇平。廣庭，羅綺紛盈。動一部笙歌，盡新聲。蓬萊宫殿神仙景，浩蕩春光，邐迤王城。烟收雨歇，天色夜更澄清。又千尋火樹，燈山參差，帶月鮮明。

訖。退立。樂官奏金盞子令嗺子。兩挾舞，舞進舞退，復位。樂止，兩挾舞唱（金盞子令嗺子）東風報暖詞曰：

東風報暖，到頭嘉氣漸融怡。巍峩鳳闕，起鰲山萬仞，爭聳雲涯。梨園弟子，齊奏新曲，半是塤篪。見滿筵、簪紳醉飽，頌鹿鳴詩。

訖。樂官奏瑞鷓鴣慢。三成訖，王母少進，唱（瑞鷓鴣慢）海東今日詞曰：

海東今日太平天，喜望龍雲慶會筵。尾扇初開明黼座，畫簾高捲罩祥烟。梯航交湊瑞門外，玉帛森羅殿陛前。妾獻皇齡千萬歲，封人何更祝遐年。

訖。復位。樂官奏瑞鷓鴣慢嗺子。兩挾舞，齊行，舞進舞退，復位。樂止。兩挾舞唱（瑞鷓鴣慢嗺子）北暴東頑詞：

北暴東頑，納款慕義争來。日新君德更明哉。歌詠載衢街。清寧海宇無餘事〔二〕，樂與民同燕春臺。一年一度上元回，願醉萬年杯。

樂官奏千年萬歲引子，奉威儀十八人，回旋而舞，三匝退，復位。樂止。奉竹竿子少進致語曰：

斂霞裾而少退，指雲路以言旋。再拜階前，相將好去。

訖。樂官奏會八仙引子，竹竿子舞蹈而退。奉蓋王母各三人亦從舞蹈而退。奉威儀十八人亦如之。

〔一〕原作「來」，據《詞譜》卷十改作「遥」。　〔二〕原作「字」，從《全宋詞》改作「宇」。

壽延長

舞隊樂官及妓衣冠行次如前儀。樂官奏宴太清引子。妓二人奉竹竿子足蹈而進，立于前。樂止。口號致語曰：

虹流繞殿布禎祥，瑞氣雲霞映聖光。萬方歸順來拱手，梨園樂部奏中腔。

訖。左右分立，樂官又奏宴太清引子。妓十六人分四隊，隊四人，齊行舞蹈而進。立定，唱中腔令彤雲映彩色詞曰：

彤雲映彩色相映，御座中、天簇簪纓。萬花鋪錦滿高庭，慶敞需宴歡聲。千齡啓統樂功成，同意賀、元珪豐擎。寶觴頻舉俠群英，萬萬載，樂昇平。

樂官奏中腔令，各隊回旋而舞。三匝訖，各隊頭一人，隊隊分立爲四人，或面或背而舞。訖，退坐。低頭以手控地。各隊第二人如前儀，訖。各隊第三人亦如之。各隊第四人亦如之，循環而畢。如前儀向北立。樂官奏破字令。各隊四人不出隊，一面一背而舞，奉袂唱破字令青春玉殿詞曰：

青春玉殿和風細，奏簫韶絡繹〔一〕。瑞繞行雲飄飄曳。泛金尊，流霞艷溢。瑞日暉暉臨丹扆，廣布慈德宸遐邇。願聽歌聲舞綴〔二〕，萬萬年，仰瞻宴啓。

樂官奏中腔令。竹竿子二人少進于前，口號致語曰：

太平時節好風光，玉殿深深日正長。花雜壽香薰綺席，天將美禄泛金觴。三邊奠枕投戈戟，南極明星獻瑞祥。欲識聖朝多樂事，梨園新曲奏中腔。

訖。樂官又奏中腔令如前儀，足蹈而退。各隊四人亦從舞蹈而退。

〔一〕「絡」，原作「絶」，據《詞譜》卷十改正。　〔二〕《詞譜》失「舞」字。

五羊仙

舞隊（皂衫）率樂官及妓（樂官朱衣，妓丹粧）立于南。樂官重行而坐。妓一人爲王母，左右各二人爲四挾，齊頭横列。奉蓋五人立其後。引人丈二人，鳳扇二人，龍扇二人，雀扇二人，尾扇二人，左右分立。奉旌節八人，每一隊間立。立定，舞隊摧拍，樂官奏五雲開瑞朝引子。奉竹竿子二人先入，左右分立。樂止，口號致語曰：

雲生鵠嶺，日轉鰲山。恱逢羊駕之真仙，並結鸞驂之上侣。雅奏值於儀鳳，華姿妙於翩鴻。冀借優容，許以入隊。

訖。對立。奉威儀十八人前進，左右分立。王母五人，奉蓋五人，前進，立定。王母少進致語曰：

式歌且舞，聊申頌禱之情；俾熾而昌，用贊延洪之祚。妾等無任激切屏營之至。

訖。退。樂官又奏五雲開瑞朝引子。王母五人斂手足蹈而進。立。樂官奏萬葉熾瑶圖令（慢）。王母五人齊行横立而舞。王母向左而舞，左二人對舞，右二人在後；向右而舞，右二人對舞，左二人在後。舞訖。樂官奏嗺子令。王母舞而中立，餘四人舞而立四隅。樂官奏中腔令。王母五人不出隊，周旋而舞。訖，唱步虚子令碧烟籠曉詞曰：

碧烟籠曉海波閑，江上數峰寒。佩環聲裏〔一〕，異香飄落人間。弭降節、五雲端。　宛然共指嘉禾瑞，開一笑、破朱顔。九重嶢闕〔二〕，望中三祝高天。萬萬載、對南山。

訖。急拍樂隨之。訖，又奏步虚子令（中腔）。王母向前左而舞，前左回旋對舞。王母向前右亦如之。向後左亦如之，向後右亦如之。舞訖，就位。樂官仍奏中腔令。奏威儀十八人歌中腔令彤雲映彩色詞。舞蹈而回旋，三匝，唱訖，退位。樂官奏破字令。王母五人舞訖，奉袂唱破字令縹緲三山詞曰：

縹緲三山島，十萬歲、方分昏曉。春風開遍碧桃花，爲東君一笑。　祥飆暫引香塵到，祝高齡、後天難老。瑞烟散碧，歸雲弄暖，一聲長嘯〔三〕。

訖。樂官奏中腔令。竹竿子少進，立，口號致語曰：

歌清别鶴，舞妙回鸞。百和沈烟紅日晚，一聲遼鶴白雲深。再拜階前，相將好去。

訖，舞蹈而退。十八人相對少進，舞蹈而退。王母五人齊頭横列。王母少進，口號致語曰：

寰海塵清，共感昇平之化；瑶臺路隔，遽回汗漫之遊。伏候進止。

舞蹈而退，奉蓋五人亦從舞蹈而退。

〔一〕原誤作「裏」，據《詞譜》卷十二更正。　〔二〕「嶢」，《詞譜》作「曉」。　〔三〕原不分段，此依《詞譜》卷八。

抛毬樂

舞隊（皂衫）率樂官及妓（樂官朱衣，妓丹粧）立于南。東上重行而坐，奏折花令。妓二人，奉竹竿子立于前。樂止。口號致語曰：

雅樂鏗鏘於麗景，妓童部列於香階。争呈綽約之姿，共獻蹁躚之舞。冀容入隊，以樂以娱。

訖。左右分立。樂官又奏折花令。妓十二人，分左右隊，隊六人，舞入竹竿子後。分四隊立。樂止。唱折花令三臺詞曰：

翠幕華筵，相將正是多歡宴。舉舞袖、回旋遍。羅綺簇宫商，共歌清羨。瓊漿泛泛滿金尊，莫惜沈醉，當永日、長遊衍。願樂嘉賓，嘉賓式燕〔一〕。

訖。樂官又奏折花令。隊頭妓二人對舞，進花瓶，前作折花狀。舞退。樂官奏水龍吟令。兩隊十二人，回旋而舞。訖。唱水龍吟令洞天景色詞曰：

洞天景色常春，嫩紅淺白開輕萼。瓊筵鎮起，金爐烟重，香凝錦幄。窈窕神仙，妙呈歌舞，攀花相約。彩雲月轉，朱絲網徐在，語笑抛毬樂。　繡袂風翻鳳舉，轉星眸、柳腰柔弱。頭籌得勝，歡聲近地，光容約。滿座佳賓，喜聽仙樂，交傳觥爵。龍吟欲罷，彩雲搖曳，相將歸去寥廓。

訖。樂隊奏小抛毬樂令。左隊六人，舞，一面一背。訖，齊立。樂止。全隊唱小抛毬樂令兩行花竅詞曰：

兩行花竅占風流，縷金羅帶繫抛毬。玉纖高指紅絲網，大家著意勝頭籌。

訖。隊頭一人進毬門前唱：

滿庭簫鼓簇飛毬，絲竿紅網總擡頭。

作抛毬戲。中則全隊拜，訖，右隊六人舞。一面一背，訖。齊立，樂止。全隊唱小抛毬詞。訖。隊頭一人進毬門前，唱前詞，作抛毬戲。中則全隊拜。訖。左二人如上儀，唱：

頻歌覆手抛將過，兩行人待看回籌。

訖。右二人如上儀，唱前詞，訖。左三人如上儀，唱：

五花心裏看抛毬，香腮紅嫩柳烟稠。

訖。右三人如上儀，唱前詞，訖。左四人如上儀，唱：

清歌疊鼓連催促，這裏不讓第三籌。

訖。右四人如上儀，唱前詞，訖。左五人如上儀，唱：

簫鼓聲聲且莫催，彩毬高下意難裁。

訖。右五人如上儀，唱前詞，訖。左六人如上儀，唱：

恐將脂粉均粧面，羞被狂毫抹污來。

訖。右六人如上儀，唱前詞，訖。樂官奏清平令。左右隊向北立，舞破子，訖，唱：

滿庭羅綺流粲，清朝畫樓開宴。似初發芙蓉正爛熳，金尊莫惜頻勸。近看舞腰似折，更看舞回流雪。是歡樂宴遊時節，且莫催歡歌聲闋。

訖。樂官奏小抛毬樂令。竹竿子二人，少進。樂止。口號致語曰：

七般妙舞，已呈飛燕之奇；數曲清歌，且冀貫珠之美。再拜階前，相將好去。

訖。退。左右十二人以次舞退。

〔一〕此依《詞譜》卷十，《全宋詞》此首文字淆亂。

蓮花臺

舞隊樂官及妓衣冠行次如前儀，置二蛤笠于前。兩童女齊行橫立。樂官奏五雲開瑞朝引子。妓二人奉竹竿子分左右入于前。童女坐。樂止。竹竿子口號曰：

綺席光華卜晝開，千般樂事一時來。蓮房化出英英態，妙舞妍歌不世才。

訖。對立。樂官奏衆仙會引子。童女入，舞訖，退，復位。奏白鶴子，訖。左童女起，而與右童女唱微臣詞：

住在蓬萊下，生蓮蕊，有感君王之德化，來呈歌舞之歡娛。

訖，樂官奏獻天壽令（慢），左童女左右手三跪，舞訖，樂止。兩童女唱獻天壽令日暖風和詞。訖。樂官奏嗺子令。左童女舞訖，兩童女唱嗺子令閬苑人間詞。訖，樂官奏三臺令。左童女舞，訖。樂官奏賀聖朝，左先舞，訖，右舞，訖。樂官奏班賀舞。兩童女或面或背，三進退。舞蹈而進，跪而取笠起著。舞如前儀，三進退。訖，樂官奏五雲開瑞朝引子。竹竿子少進而立，口號曰：

雅樂將終，拜辭華席。仙軺欲返，遥指雲程。

訖。退。兩童女再拜而退。

〔蓮花臺〕本出於拓跋魏。用二女童，鮮衣帽。帽施金鈴，抃轉有聲。其來也，於二蓮花中藏之。花坼而後見。舞中之雅妙者，其傳久矣。《高麗史》卷七十一

惜奴嬌　巫山神女

紹興九年，張淵道侍郎家居無錫縣南禪寺。其女謂大仙，忽書曰：九華天仙降。問爲誰？曰：世人所謂巫山神女者是也。賦惜奴嬌大曲一篇，凡九闋。

惜奴嬌其一

瑶闕瓊宫，高枕巫山十二。覩瞿塘、千載灔灔雲濤沸。異景無窮好，閒吟滿酌金卮。憶前時，楚襄王、曾來夢中相會。吾正鬢亂釵横，斂霞衣雲縷。向前低揖，問我仙職。桃杏遍開，緑草萋萋鋪地。燕子來時，向巫山，朝朝行雨暮行雲，有閒時，只恁畫堂高枕。

瑶臺景第二

繞繞雲梯，上徹青霄霞外。與諸仙同飲，鎮長春醉。虎嘯猿吟，碧桃香異風飄細。希奇，想人間難識，這般滋味。　姮娥奏樂簫韶，有仙音異品，自然清脆。遏住行雲不敢飛，空凝滯。好是波瀾澄湛，一溪香水。

蓬萊景第三

山染青螺縹緲，人間難陟。有珍珠光照，晝夜無休息。仙景無極，欲言時，汝等何知。且修心，要觀游亦非，大段難易。　下俯浮生，尚自争名逐利。豈不省，來歲擾擾兵戈起。天慘雲愁，念時衰如何是。使我輩、終日蓬宮下淚。

勸人第四

再啓諸公，百歲還如電急。高名顯位瞬息爾，泛水輕漚，霎那間，難久立。晝燭當風裏，安能久之。　速往茅峰，割愛休名避世。等功成、須有上真相引指。放死求生，施良藥，功無比。千萬記，此個奇方第一。

王母宫食蟠桃第五

方結實纍纍，翠枝交映，蟠桃顆顆，仙味真香美。遂命雙成，持靈刀割來，耳服一粒，令我延年萬歲。　堪笑東方，便啓私心盜餌。使宫中仙伴，遞互相尤殢。無奈雙成，向王母高陳之。遂指方，偷了蟠桃是你。

玉清宫第六

紫雲絳靄，高擁瑶砌。曉光中、無限剖列，肅整天仙隊。又有殊音欲舉，聲還止。朝罷時，亦有清香飄世。　玉駕纔興，高上真仙盡退。有瓊花如雪，散漫飛空裏。玉女金童，捧丹文、傳仙誨。撫諸仙，早起勞卿過耳。

扶桑宫第七

光陰奇，扶桑宫裏。日月常晝，風物鮮明可愛，無陰晦。大帝頻鑒於瑶池，朱欄外，乘鳳飛。教主開顔命醉。　寶樂齊吹，盡是瓊姿天妓。每三杯，須用聖母親來揖。異果名花幾千般，香盈袂。意欲歸，卻乘鸞車鳳翼。

太清宫第八

顯焕明霞，萬丈祥雲高布，望仙官衣帶，曳曳臨香砌。玉獸齊焚，滿高穹、盤龍勢。大帝起，玉女金童遍侍。　奉敕宣言，甚荷諸仙厚意。復回奏，感恩頓首皆躬袂。奏畢還宫，尚依然雲霞密，更奇異。非我君，何聞耳。

歸第九

吾歸矣，仙宫久離，洞户無人管之，專俟吾歸。欲要開金燧，千萬頻修己。言訖無忘之，哩囉哩，此去無由再至。事冗難言，爾輩須能自會。汝之言，還便是如吾意。大抵方寸平平，無憂耳。雖改易之，愁何畏。《夷堅乙志》卷十三

六幺大曲 殘曲

王子高

夢中共跨青鸞翼……一簇樓臺。《集注分類東坡先生詩》卷四《芙蓉城》詩趙次公注引

琵琶行大曲 殘曲

無名氏

別有暗愁深意。陳元龍評注周邦彦《片玉集》卷五《風流子》詞注引

娋聲譜

一乚𠂇ㄅ乃

小品譜

一フ乚アクㄥ乚一マフ乚ヤりタク一乚ム

正秋氣凄凉鳴幽砌向枕畔偏惱愁心盡夜苦

乃

吟

又

一乚ム乃フ乚ㄋクり乚一マ乚アフク乃一

戴花[女帶]酒酒泛金尊花枝滿帽笑歌醉拍手戴

乚ム乃

花[女帶]酒

南宋内府刊《樂府渾成集》殘譜

據明天啓四年刊本《詞律》

全宋金曲卷三　鼓子詞

採桑子

歐陽修

西湖念語

昔者王子猷之愛竹，造門不問於主人；陶淵明之臥輿，遇酒便留於道士。況西湖之勝概，擅東潁之佳名。雖美景良辰，固多於高會；而清風明月，幸屬於閑人。並遊或結於良朋，乘興有時而獨往。鳴蛙暫聽，安問屬官而屬私；曲水臨流，自可一觴而一詠。至歡然而會意，亦傍若於無人。乃知偶來常勝於特來，前言可信。所有雖非於己有，其得已多。因翻舊闋之辭，寫以新聲之調。敢陳薄伎，聊佐清歡。

一

輕舟短棹西湖好，綠水逶迤，芳草長堤。隱隱笙歌處處隨。　無風水面琉璃滑，不覺船移，微動漣漪。驚起沙禽掠岸飛。

二

春深雨過西湖好，百卉爭妍，蝶亂蜂喧。晴日催花暖欲然。　蘭橈畫舸悠悠去，疑是神仙，返照波間。水闊風高颺管絃。

三

畫船載酒西湖好，急管繁絃，玉盞催傳。穩泛平波任醉眠。　行雲卻在行舟下，空水澄鮮，俯仰留連。疑是湖中別有天。

四

群芳過後西湖好，狼籍殘紅，飛絮濛濛。垂柳欄干盡日風。　笙歌散盡遊人去，始覺春空，垂下簾櫳。雙燕歸來細雨中。

五

何人解賞西湖好，佳景無時，飛蓋相追。貪向花間醉玉卮。　誰知閑凭欄干處，芳草斜暉，水遠煙微。一點滄洲白鷺飛。

六

清明上巳西湖好，滿目繁華，争道誰家。綠柳朱輪走鈿車。　遊人日暮相將去，醒醉喧嘩，路轉堤斜。直到城頭總是花。

七

荷花開後西湖好，載酒來時，不用旌旗。前後紅幢綠蓋隨。　畫船撐入花深處，香泛金卮，煙雨微微。一片笙歌醉裏歸。

八

天容水色西湖好，雲物俱鮮，鷗鷺閑眠。應慣尋常聽管絃。　風清月白偏宜夜，一片瓊田。誰羨驂鸞，人在舟中便是仙。

九

殘霞夕照西湖好，花塢蘋汀，十頃波平。野岸無人舟自横。　西南月上浮雲散，軒檻涼生，蓮芰香清。水面風來酒面醒。

十

平生爲喜西湖好，來擁朱輪。富貴浮雲，俯仰流年二十春。　歸來恰似遼東鶴，城郭人民，觸目皆新。誰識當年舊主人。

十一

畫樓鍾動君休唱，往事無蹤，聚散怱怱。今日歡娱幾客同？　去年緑鬢今年白，不覺衰容。明月清風，把酒何人憶謝公？

十二

十年一别流光速，白首相逢，莫話衰翁。但鬥樽前笑語同。　勸君滿酌君須醉，盡日從容。畫鷁牽風，即去朝天沃舜聰。

十三

十年前是樽前客，月白風清。憂患凋零，老去光陰速可驚。　鬢華雖改心無改，試把金觥，舊曲重聽，猶似當年醉裏聲。《歐陽文忠公近體樂府》卷一

漁家傲　又續添

正月斗杓初轉勢，金刀剪綵功夫異。稱慶高堂歡幼稚，看柳意，偏從東面春風至。　十四新蟾圓尚未，樓前乍看紅燈試。冰散緑池泉細細，魚欲戲，園林已是花天氣。

同　前

二月春耕昌杏密，百花次第争先出。惟有海棠梨第一，深淺拂，天生紅粉真無匹。　畫棟歸來巢未失，雙雙款語憐飛乙。留客醉花迎曉日，金盞溢，卻憂風雨飄零疾。

同　前

三月清明天婉娩，晴川祓禊歸來晚。況是踏青來處遠，猶不倦，秋千别閉深庭院。　更值牡丹開欲遍，酴醾壓架清香散。滿注全樽誰解勸〔一〕，增眷戀，東風回晚無情絆。

〔一〕「滿注全樽」四字原缺，據四庫本《文忠集》卷一百三十二補。

同　前

四月園林春去後，深深密幄陰初茂。折得花枝猶在手，香滿袖，葉間梅子青如豆。

風雨時時添氣候，成行新筍霜筠厚。題就送春詩幾首，聊對酒，櫻桃色照銀盤溜。

同　前

五月榴花妖艷烘，緑楊帶雨垂垂重。五色新絲纏角粽，金盤送。生綃畫扇盤雙鳳。

正是浴蘭時節動，菖蒲酒美清尊共。葉裏黄鸝時一弄，猶鬙鬆，等閑驚破紗窗夢。

同　前

六月炎天時霎雨，行雲涌出奇峰露。沼上嫩蓮腰束素。風兼露，梁王宫闕無煩暑。

畏日亭亭殘蕙炷，傍簾乳燕雙飛去。碧盌敲冰傾玉處，朝與暮，故人風快涼輕度。

同　前

七月新秋風露早，渚蓮尚拆庭梧老。是處瓜華時節好，金樽倒，人間綵縷争祈巧。

萬葉敲聲涼乍到，百蟲啼晚煙如掃。箭漏初長天杳杳，人語悄，那堪夜雨催清曉。

同　前

八月秋高風歷亂，衰蘭敗芷紅蓮岸。皓月十分光正滿，清光畔，年年常願瓊筵看。

社

近愁看歸去燕，江天空闊雲容漫。宋玉當時情不淺，成幽怨，鄉關千里危腸斷。

同　前

九月霜秋秋已盡，烘林敗葉紅相映。惟有東籬黃菊盛〔一〕，遺金粉。人家簾幕重陽近。
曉日陰陰晴未定，授衣時節輕寒嫩。新雁一聲風又勁，雲欲凝，雁來應有吾鄉信。

〔一〕「東籬」二字原缺，據四庫本補。

同　前

十月小春梅蕊綻，紅爐畫閣新裝遍。鴛帳美人貪睡暖，梳洗懶，玉壺一夜清澌滿。　樓上四垂簾不卷，天寒山色偏宜遠。風急雁行吹字斷，紅日晚，江天雪意雲撩亂。

同　前

十一月新陽排壽宴，黃鍾應管添宮線。獵獵寒威雲不卷，風頭轉，時看雪霰吹人面。　南至迎長知漏箭，書雲紀候冰生研。臘近探春春尚遠，閑庭院，梅花落盡千千片。

同　前

十二月嚴凝天地閉，莫嫌臺榭無花卉。惟有酒能欺雪意，增豪氣，直教耳熱笙歌沸。　隴上雕鞍惟數騎，獵圍半合新霜裏。霜重鼓聲寒不起，千人指，馬前一雁寒空墜。

荆公嘗對客誦永叔小闋云：五綵新絲纏角粽，金盤送。生綃畫扇盤雙鳳。曰三十年前見其全篇，今才記三句，乃永叔在李太尉端愿席上所作十二月鼓子詞。數問人求之不可得。嗚呼！荆公之没二紀，余自永平幕召還，過武陵，始得於州將李君誼。追恨荆公之不獲見也。誼，太尉猶子也。□□（闕二字）年中秋日〔一〕，金陵□□□□（闕其名）。

政和丙申冬，余還自京師，過歙州。太守濠梁許君頌之席上，見許君舉荆公所記三句，且云此詞才情有餘，它人不能道也。後十二年，建炎戊申偶得此本於長樂同官方君。後四年，辛亥紹興二月朔自尤溪避盜，宿龍爬以待二弟。適無事，謾録于此。吏部員外郎朱松喬年。《歐陽文忠公近體樂府》卷二

〔一〕本句及下句缺字依四庫本。

又漁家傲

京本時賢本事曲子後集云：歐陽文忠公文章之宗師也，其於小詞尤膾炙人口。有十二月詞，寄漁家傲調中。本集亦未嘗載，今列之於此。前已有十二篇鼓子詞，此未知果公作否：

正月新陽生翠琯，花苞柳綫春猶淺。簾幕千重方半卷。池冰泮，東風吹水琉璃軟。

漸好凭欄醒醉眼，隴梅暗落芳英斷。初日已知長一綫。清宵短，夢魂怎奈珠宫遠。

又

二月春期看已半，江邊春色青猶短。天氣養花紅日暖。深深院，真珠簾額初飛燕。

漸覺銜盃心緒懶，酒侵花臉嬌波慢。一捻閑愁無處遣，牽不斷。游絲百尺隨風遠。

又

三月芳菲看欲暮，胭脂淚洒梨花雨。寶馬繡軒南陌路，笙歌舉。踏青鬥草人無數。

强欲留春春不住，東皇肯信韶容故。安得此身如柳絮，隨風去，穿簾透幕尋朱户。

又

四月芳林何悄悄，緑陰滿地青梅小。南陌采桑何窈窕，争語笑。亂絲滿腹吴蠶老。

宿酒半醒新睡覺，雛鶯相語怱怱曉，惹得此情縈寸抱。休臨眺，樓頭一望皆芳草。

又

五月薰風才一信，初荷出水清香嫩。乳燕學飛簾額峻。誰借問，東鄰期約嘗佳醖。

漏短日長人乍困，裙腰減盡柔肌損。一撮眉尖千疊恨。慵整頓，黄梅雨細多閑悶。

又

六月炎蒸何太盛，海榴灼灼紅相映。天外奇峰千掌迥。風影定，漢宫圓扇初成詠。

珠箔初褰深院静，絳綃衣窄冰膚瑩。睡起日高堆酒興，厭厭病，宿酲和夢何時醒。

又

七月芙蓉生翠水，明霞拂臉新粧媚，疑是楚宮歌舞妓。争寵麗，臨風起舞誇腰細。烏鵲橋邊新雨霽，長河清水冰無地。此夕有人千里外。經年歲，猶嗟不及牽牛會。

又

八月微凉生枕簟，金盤露洗秋光淡。池上月華開寶鑒。波瀲灧，故人千里應凭檻。蟬樹無情風苒苒，燕歸碧海珠簾掩。沈臂（疑作腰）冒霜潘鬢減。愁黯黯，年年此夕多悲感。

又

九月重陽還又到，東籬菊放金錢小。月下風前愁不少，誰語笑，吴娘擣練腰肢裊。槁葉半軒慵更掃，凭欄豈是閑臨眺。欲向南雲新雁道：休草草，來時覓取伊消耗。

又

十月輕寒生晚暮，霜華暗卷樓南樹。十二欄干堪倚處，聊一顧，亂山衰草還家路。悔別情懷多感慕，胡笳不管離心苦。猶喜清宵長數鼓。雙繡户，夢魂儘遠還須去。

又

律應黃鍾寒氣苦，冰生玉水雲如絮。千里鄉關空倚慕。無尺素，雙魚不食南鴻渡。

把酒遣愁愁已去，風摧酒力愁還聚。卻憶獸爐追舊處，頭懶舉，爐灰剔盡痕無數。

又

臘月年光如激浪，凍雲欲折寒根向（疑）。謝女雪詩真絶唱，無比況。長堤柳絮飛來往。　便好開樽誇酒量，酒闌莫遣笙歌放。此去青春都一餉，休悵望。瑶林即日堪尋訪。《歐陽文忠公近體樂府》卷二

望江南

王琪

江南柳，煙穗拂人輕。愁黛空長描不似，舞腰雖瘦學難成。天意與風情。　攀折處，離恨幾時平。已縱柔條縈客棹，更飛狂絮撲旗亭。三月亂啼鶯。

二

江南酒，何處味偏濃。醉卧春風深巷裏，曉尋香旆小橋東，竹葉滿金鍾。　檀板醉，人面粉生紅。青杏黄梅朱閣上，鰣魚苦筍玉盤中。酩酊任愁攻。

三

江南燕，輕颺繡簾風。二月池塘新社過，六月宫殿舊巢空。頡頏自西東。　王謝宅，曾

在綺堂中。煙徑掠花飛款款，曉窗驚夢語怱怱。偏占杏粱紅。

四

江南竹，清潤絶纖埃。深徑欲留雙鳳宿，後庭偏映小桃開。風月影徘徊。寒玉瘦，霜霰信相催。粉淚空留妝點在，羊車曾傍翠枝來。龍笛莫輕裁。

五

江南草，如種復如描。深映落花鶯舌亂，緑迷南浦客魂銷。日日鬥青袍。風欲轉，柔態不勝嬌。遠翠天涯經夜雨，冷痕沙上帶昏潮。誰夢與蘭苕。

六

江南雨，風送滿長川。碧瓦煙昏沉柳岸，紅綃香潤入梅天。飄灑正瀟然。朝與暮〔一〕，長在楚峰前。寒夜愁敧金帶枕，暮江深閉木蘭船。煙浪遠相連。

〔一〕「朝」，原作「昏」，此從《唐宋諸賢絶妙詞選》卷三。

七

江南水，江路轉平沙。雨霽高煙收素練，風晴細浪吐寒花。迢遞送星槎。名利客，飄泊未還家。西塞山前漁唱遠，洞庭波上雁行斜。征棹宿天涯。

八

江南岸，雲樹半晴陰。帆去帆來天亦老，潮生潮落日還沉。南北別離心。　　興廢事，千古一沾襟。山下孤煙漁市遠，柳邊疏雨酒家深。行客莫登臨。

九

江南月，清夜滿西樓。雲落開時冰吐鑒，浪花深處玉沉鈎。圓缺幾時休。　　星漢迥，風露入新秋。丹桂不知搖落恨，素娥應信別離愁。天上共悠悠。

十

江南雪，輕素剪雲端。瓊樹忽驚春意早，梅花偏覺曉香寒。冷影褫清歡。　　蟾玉迥，清夜好重看。謝女聯詩吟翠幕，子猷乘興泛平瀾。空惜舞英殘。

漁家傲　詠月

黄　裳

通一月而泛詠，已侑金卮；辨四時而各言，未勞檀板。晦朔乃取於盈闕，寒暑蓋資其往來。群動息而忙者閒，觀光臺上；衆景生而悲者笑，窺影杯中。飲闌夢覺，則斜月得其情；望重意新，則初月致其事。是宜擅有六義，離爲七章；盡入歌聲，共資一笑。

春　月

多幸春來雲雨少，且教月與花相照。清色真香庭院悄。前事杳，還嗟此景何時了。莫道難逢開口笑，夜遊須趁人年少。光泛雕欄寒料峭。迂步繞，不勞秉燭壺天曉。

夏　月

汗漫金華寒委地，火雲散盡奇峰勢。紈扇團圓休與比。秋可喜，恩情不怕凉飆至。夢冷魂高何處寄，琉璃砌上籠人睡。逃暑廣寒宫似水。緣有累，乘風卻下人間世。

秋　月

人在月中霄漢遠，仙槎乘得秋風便。寒信已歸砧上練。衣未翦，疏窗空引相思怨。須信嬋娟尤有戀，輕飛葉上清光轉。寒菊枝頭籠婉孌。人初宴，新妝更學鉛華淺。

中秋月

三月秋光今夜半，一年人愛今回滿。莫放笙歌容易散。須同翫，姮娥解笑人無伴。抱盡金精來碧漢，醉吟莫作尋常看。已過中天歡未斷。還同歎，時情已向明朝換。

冬　月

風入金波凝不住，玉樓閒倚誰飛舉。霜艷雪光來競素。風辨處，獨垂餘意窺庭户。

强薄羅衣催玉步，美人爲我當樽舞。醉到春來能幾度。愁今古，月華不去年華去。

新　月

方令庚生初皎皎，珠簾鈎上華堂曉。十二欄干多窈窕。妝欲妙，玉篦偷學娥眉小。

擾擾時人隨兔走，十分皆望菱花照。瑞莢莫嫌生得少。圓未了，已圓卻恐佳期窵。

斜　月

已送清歌歸去後，東南樓上人聲悄。冷落尤臨絃上調。歡意少，空將萬感收殘照。

窗外劍光初出鞘，斜窺夢斷人年少。未到蓋棺心未了，塵慮擾。雙眸竟入扶桑曉。四庫本

《演山集》卷三十

蝶戀花　月詞

伏以合歡開宴，奉樂國之賓朋；對景攄懷，待良時之風月。此者偶屈三益，幸逢四并。六幕星稀，萬檽風細。天發金精之含蓄，地揚銀色之光華。遠近萬情，若知而莫詰；滿虛一色，可攬以堆將。是故無累而翫之者，喜樂之心生；不足而對之者，悲傷之態作。感群動以無意，涵長空而不流。對坐北堂，方入陸生之牖；共離南館，便登韓子之臺。願歌三五之清輝，暫倒十千之芳醞。

忽破黄昏還太素，寒浸樓臺，縹緲非煙霧。江上分明星漢路，金銀閃閃神仙府。　影卧

清光隨我舞，邂逅三人，只願長相聚。今月亭亭曾照古，古人問月今何處。

又

滿到十分人望盡。仙桂無根，到處留光景。聽我樽前歡未竟，金卮已弄寒蟾影。銀色界中風色定。散了浮雲，寶匣初開鏡。歸去不須紅燭引，天邊自與人相趁。

又

古往今來忙裏過，今古清光，靜照人行道。難似素娥長見好，見頻只是催人老。欲駐征輪無計那。世上多情，卻被無情惱。夜夜烏飛誰識破，滿頭空恨霜華早。

又

娥落盞中如有戀，盞未乾時，還見霜娥現。說向翠鬟斟莫淺，殷勤此意應相勸。光景尤宜年少面。千里同看，不與人同怨。席上笑歌身更健，良時只願長相見。

又

千二百回圓未半。人世悲歡，此景長相伴。行到身邊瓊步款，金船載酒銀河畔。誰爲別來音信斷。那更蟾光，一點窺孤館。靜送忘言愁一段，會須莫放笙歌散。

又

人逐金烏忙到夜，不見金烏，方見人閒暇。天漢似來樽畔瀉，須知閒暇歡無價。　銀色滿身誰可畫，兩腋風生，爽氣駸駸馬。待入蟾宫偷造化，姮娥已許仙方借。

勸酒致語

適來已陳十二短章，輒歌三五盛景。纍纍清韻，尚慚梁上之飛塵；抑抑佳賓，須作鄉中之醉客。同樂當勤於今夕，相從或繫於他年。更賦幽情，再聲佳詠。

萬籟無聲天地静。清抱朱絃，不愧丹霄鏡。照到林梢風有信，擡頭疑是梅花領。　萬感只應閒對景。獨倚危欄，擾擾人初定。吟不盡中愁不盡，溪山千古沉沉影。

又

誰悟月中真火冷。能引塵緣，遂出輪回境。争奈多情都未醒，九回腸斷花間影。　萬古興亡閒事定。物是人非，杳杳無音信。問月可知誰可問，不如且醉樽前景。

又

忽送林光禽有語，飛入遥空，失數歸洲鷺。照處無私清望富，餘輝不惜人人與。　玉繩欲到中天路。且待飛觴，緩緩移瓊步。花下影圓良夜午，東南樓上還相顧。

又

一望瑶華初委地。更約幽人，共賞巖邊翠。試把方諸聊與試，無情争得無中淚。飛瀑恐從星漢至，漸向賓筵，但覺寒如水。自愛一輪方得意，輕隨箕斗還成累。四庫本《演山集》卷三十一

鷓鴣天

晁端禮

晏叔原近作鷓鴣天曲，歌詠太平。輒擬之爲十篇。野人久去輦轂，不得目覩盛事。姑誦所聞萬一而已。

霜壓天街不動塵，千官環珮賀成禋。三竿閶闔樓邊日，五色蓬萊頂上雲。隨步輦，卷香裀，六宮紅粉倍添春。樂章近與中聲合，一片仙韶特地新。

又

數騎飛塵入鳳城，朔方諸部奏河清。圜扉木索頻年静，大晟簫韶九奏成。流協氣，溢歡聲，更將何事卜昇平。天顔不禁都人看，許近黄金輦路行。

又

閬苑瑶臺路暗通，皇州佳氣正葱葱。半天樓殿朦朧月，午夜笙歌淡蕩風。車流水，馬

游龍，萬家行樂醉醒中。何須更待元宵到，夜夜蓮燈十里紅。

又

洛水西來泛緑波，比瞻丹闕正嵯峨。先皇祕書無人解，聖子神孫果衆多。民物阜，歲時和，帝居不用壯山河。卜年卜世過周室，億萬斯年入詠歌。

又

壁水溶溶漾碧漪，橋門清曉駐鸞旗。三千儒服鴛兼鷺，十萬犀兵虎與貔。春服就，舞雩歸，四方争頌育莪詩。熙豐教養今成效，已見夔龍集鳳池。

又

八彩眉開喜色新，邊陲來奏捷書頻。百蠻洞穴皆王土，萬里戎羌盡漢臣。丹轉轂，錦拖紳，充庭列貢集殊珍。宮花御柳年年好，萬歲聲中過一春。

又

聖澤昭天下漏泉，君王慈孝自天然。四民有養躋仁壽，九族咸親邁古先。歌舜日，詠堯年，競翻玉管播朱絃。須知大觀崇寧事，不愧生民下武篇。

又

日日仙韶度曲新，萬機多暇宴遊頻。歌餘蘭麝生紈扇，舞罷珠璣落繡裀。　金屋暖，璧臺春，意中情態掌中身。近來誰解辭同輦，似說昭陽第一人。

又

萬國梯航賀太平，天人協贊甚分明。兩階羽舞三苗格，九鼎神金一鑄成。　仙鶴唳，玉芝生，包茅三脊已充庭。翠華脉脉東封事，日觀雲深萬仞青。

又

金碧觚稜斗極邊，集英深殿聽臚傳。齊開雉扇雙分影，不動金爐一噴煙。　紅錦地，碧羅天，昇平樓上語喧喧。依稀曾聽鈞天奏，耳冷人間四十年。《閑齋琴趣外編》卷五

元微之崔鶯鶯商調蝶戀花詞

趙令畤

夫傳奇者，唐元微之所述也。以不載於本集而出於小說，或疑其非是。今觀其詞，自非大手筆孰能與於此。至今士大夫極談幽玄，訪奇述異，無不舉此以爲美話。至於倡優女子，皆能調說大略。惜乎不被之以音律，故不能播之聲樂，形之管絃。好事君子極飲肆歡之際，願欲一聽其說。或舉其末而忘其本，或紀其略而不及終其篇。此吾曹之所共恨者也。今於暇日，詳觀其文，略其煩褻。分之爲十章，每章之下，屬之以詞。或全摭其文，或止取其

意。又别爲一曲，載之傳前，先叙前篇之義。調曰商調，曲名蝶戀花。句句言情，篇篇見意。奉勞歌伴，先定格調，後聽蕪詞。

麗質仙娥生月殿，謫向人間，未免凡情亂。宋玉牆東流美盼，亂花深處曾相見。　密意濃歡方有便，不奈浮名，旋遣輕分散。最恨多才情太淺，等閒不念離人怨。

傳曰：余所善張君，性温茂，美丰儀，寓於蒲之普救寺。適有崔氏孀婦，將歸長安。路出於蒲，亦止兹寺。崔氏婦，鄭女也。張出於鄭，緒其親，乃異派之從母。是歲，丁文雅不善於軍，軍人因喪而擾，大掠蒲人。崔氏之家，財産甚厚，多奴僕。旅寓惶駭，不知所措。先是，張與蒲將之黨有善，請吏護之，遂不及於難。鄭厚張之德甚，因飭饌以命張，中堂讌之。復謂張曰：姨之孤嫠未亡，提攜幼稚。不幸屬師徒大潰，實不保其身。弱子幼女，猶君之所生也，豈可比常恩哉！今俾以仁兄之禮奉見，冀所以報恩也。乃命其子曰歡郎，可十餘歲，容甚温美，次命女曰鶯鶯：出拜爾兄，爾兄活爾。久之，辭疾。鄭怒曰：張兄保爾之命，不然，爾且虜矣，能復遠嫌乎？又久之，乃至。常服睟容，不加新飾。垂鬟淺黛，雙臉斷紅而已。顔色艷異，光輝動人。張驚爲之禮。因坐鄭傍，凝睇怨絶，若不勝其體。張問其年幾，鄭曰：十七歲矣。張生稍以詞導之，不對。終席而罷。奉勞歌伴，再和前聲。

錦額重簾深幾許，繡履彎彎，未省離朱户。强出嬌羞都不語，絳綃頻掩酥胸素。　黛淺愁紅妝淡竚，怨絶情凝，不肯聊回顧。媚臉未勻新淚汙，梅英（按：據《校輯宋金元人詞》本）猶帶春朝露。

張生自是惑之。願致其情，無由得也。崔之婢曰紅娘，生私爲之禮者數四，乘間，遂道其衷。翌日復至，曰：郎之言，所不敢言，亦不敢泄。然而崔之族姻，君所詳也，何不因其媒而求娶焉？張曰：予始自孩提時，性不苟合。昨日一席間，幾不自持。數日來，行忘止，食忘飯，恐不能踰旦暮。若因媒氏而娶，納采問名，則三數月間，索我於枯魚之肆矣。婢曰：崔之貞順自保，雖所尊，不可以非語犯之。然而善屬文，往往沉吟章句，怨慕者久之。君試爲諭情詩以亂之。不然，無由得也。張大喜，立綴春詞二首以授之。奉勞歌伴，再和前聲。

懊惱嬌癡情未慣，不道看看，役得人腸斷。萬語千言都不管，蘭房跬步如天遠。　廢寢忘餐思想遍，賴有青鸞，不必憑魚雁。密寫香箋論繾綣，春詞一紙芳心亂。

是夕，紅娘復至，持綵牋以授張曰：崔所命也。題其篇云：明月三五夜。其詞曰：待月西廂下，迎風户半開。拂牆花影動，疑是玉人來。奉勞歌伴，再和前聲。

庭院黄昏春雨霽，一縷深心，百種成牽繫。青翼驀然來報喜，魚牋微諭相容意。　待月西廂人不寐，簾影摇光，朱户猶慵閉。花動拂牆紅蕚墜，分明疑是情人至。

張亦微諭其旨。是夕，歲二月旬又四日矣。崔之東牆有杏花一樹，攀援可踰。既望之夕，張因梯其樹而踰焉。達於西廂，則户半開矣。無幾，紅娘復來，連曰：至矣，至矣。張生且喜且駭，謂必獲濟。及女至，則端服儼容，大數張曰：兄之恩，活我家厚矣，由是慈母以弱子幼女見依。奈何因不令之婢，致淫佚之詞。始以護人之亂爲義，而終掠亂而求之。是以亂易亂，其去幾何。誠欲寢其詞，則保人之姦不義；明之母，則背人之惠不祥。將寄於婢妾，又恐不得發其真誠。是用託於短章，願自陳啓。猶懼兄之見難，是用鄙靡之詞以求其必至。非禮之動，能不愧心。特願以禮自持，毋及於亂。言畢，翻然而逝。張自失者久之，復踰而出，由是絶望矣。奉勞歌伴，再和前聲。

屈指幽期惟恐誤，恰到春宵，明月當三五。紅影壓牆花密處，花陰便是桃源路。　不謂蘭誠金石固，斂袂怡聲，恣把多才數。惆悵空回誰共語，只應化作朝雲去。

後數夕，張君臨軒獨寢，忽有人，覺之，驚欻而起，則紅娘斂衾攜枕而至。撫張曰：至矣，至矣，睡何爲哉？並枕重衾而去。張生拭目危坐久之，猶疑夢寐。俄而紅娘捧崔而至，則嬌羞融治，力不能運支體。曩時之端莊，不復同矣。是夕，旬有八日，斜月晶熒，幽輝半牀。張生飄飄然，且疑神仙之徒，不謂從人間至矣。有頃，寺鐘鳴曉，紅娘促去。崔氏嬌啼宛轉，紅娘又捧而去，終夕無一言。張生辨色而興，自疑曰：豈其夢耶？所可明者，妝在臂，香在衣，淚光熒熒然，猶瑩於茵席而已。奉勞歌伴，同和前聲。

數夕孤眠如度歲，將謂今生，會合終無計。正是斷腸凝望際，雲心捧得嫦娥至。　玉困花柔羞抆淚，端麗妖嬈，不與前時比。人去月斜疑夢寐，衣香猶在妝留臂。

是後又十餘日，杳不復知。張生賦會真詩三十韻，未畢，紅娘適至，因授之以貽崔氏。自是復容之。朝隱而出，暮隱而入，同安於曩所謂西廂者，幾一月矣。張生將之長安，先以情諭之。崔氏宛無難詞，然愁怨之容動人矣。欲行之再夕，不復可見。而張生遂西。奉勞歌伴，再和前聲。

一夢行雲還暫阻，盡把深誠，綴作新詩句。幸有青鸞堪密付，良宵從此無虛度。　兩意相歡朝又暮，争奈郎鞭，暫指長安路。最是動人愁怨處，離情盈抱終無語。

不數月，張生復游於蒲，舍於崔氏者又累月。張雅知崔氏善屬文，求索再三，終不可見。雖待張意甚厚，然未嘗以詞繼之。異時，獨夜操琴，愁弄悽惻。張竊聽之，求之，則不復鼓矣。以是愈惑之。張生俄以文調及期，又當西去。當去之夕，崔恭貌怡聲，徐謂張曰：始亂之，今棄之，固其宜矣，愚不敢恨。必也君始之，君終之，君之惠也。則没身之誓，其有終矣，又何必深憾於此行。然而君既不懌，無以奉寧。君嘗謂我善鼓琴，今且往矣，既達君此誠。因命拂琴，鼓霓裳羽衣序。不數聲，哀音怨亂，不復知其是曲也。左右皆欷歔，張亦遽止之。崔投琴擁面，泣下流漣，趣歸鄭所，遂不復至。奉勞歌伴，再和前聲。

碧沼鴛鴦交頸舞，正恁雙棲，又遣分飛去。灑翰贈言終不許，援琴請盡奴衷素。曲未成聲先怨慕，忍淚凝情，强作霓裳序。彈到離愁淒咽處，絃腸俱斷梨花雨。

詰旦，張生遂行。明年，文戰不利，遂止於京。因貽書於崔，以廣其意。崔氏緘報之詞，粗載於此，曰：捧覽來問，撫愛過深。兒女之情，悲喜交集。兼惠花勝一合，口脂五寸，致耀首膏唇之飾，雖荷多惠，誰復爲容？覩物增懷，但積悲歎耳。伏承便於京中就業，於進修之道，固在便安。但恨鄙陋之人，永以遐棄。命也如此，知復何言！自去秋以來，嘗忽忽如有所失。於諠嘩之下，或勉爲笑語。閒宵自處，無不淚零。乃至夢寐之間，亦多叙感咽離憂之思。綢繆繾綣，暫若尋常。幽會未終，驚魂已斷。雖半衾如暖，而思之甚遥。一昨拜辭，倏逾舊歲。長安行樂之地，觸緒牽情。何幸不忘幽微，眷念無斁。鄙薄之志，無以奉酬。至於終始之盟，則固不忒。鄙昔中表相因，或同宴處；婢僕見誘，遂致私誠。兒女之情，不能自固。君子有援琴之挑，鄙人無投梭之拒。及薦枕席，義盛恩深。愚幼之情，永謂終託。豈期既見君子，不能以禮定情〔一〕，致有自獻之羞，不復明侍巾櫛。没身永恨，含歎何言。儻若仁人用心，俯遂幽劣，雖死之日，猶生之年。如或達士略情，捨小從大，以先配爲醜行，謂要盟之可欺，則當骨化形銷，丹忱不泯；因風委露，猶託清塵。存殁之誠，言盡於此。臨紙嗚咽，情不能申。千萬珍重！奉勞歌伴，再和前聲。

〔一〕《芸窗》《稗海》本此處有「松柏留心」句。

別後相思心目亂，不謂芳音，忽寄南來雁。卻寫花牋和淚卷，細書方寸教伊看。獨寐良宵無計遣，夢裏依稀，暫若尋常見。幽會未終魂已斷，半衾如暖人猶遠。

玉環一枚，是兒嬰年所弄，寄充君子下體之佩。玉取其堅潔不渝，環取其終始不絶。兼致綵絲一絇，文竹茶合碾子一枚。此數物不足見珍，意者欲君子如玉之潔，鄙志如環不解。淚痕在竹，愁緒縈絲。因物達誠，永以爲好耳。心邇身遐，拜會無期。幽憤所鍾，千里神合。千萬珍重。春風多厲，强飯爲佳。慎言自保，毋以鄙爲深念也。奉勞歌伴，再和前聲。

尺素重重封錦字，未盡幽閨，别後心中事。佩玉綵絲文竹器，願君一見知深意。　環玉長圓絲萬繫，竹上斕斑，總是相思淚。物會見郎人永棄，心馳魂去神千里。

張之友聞之，莫不聳異，而張之志固絶之矣。歲餘，崔已委身於人，張亦有所娶。適經其所居，乃因其夫言於崔，以外兄見。夫已諾之，而崔終不爲出。張怨念之誠，動於顔色。崔知之，潛賦一詩寄張曰：自從消瘦减容光，萬轉千迴懶下牀。不爲旁人羞不起，爲郎憔悴卻羞郎。竟不之見。後數日，張君將行，崔又賦一詩以謝絶之。詞曰：棄置今何道，當時且自親。還將舊來意，憐取眼前人。奉勞歌伴，再和前聲。

夢覺高唐雲雨散，十二巫峰，隔斷相思眼。不爲旁人移步懶，爲郎憔悴羞郎見。　青翼不來孤鳳怨。路失桃源，再會終無便。舊恨新愁無計遣，情深何似情俱淺。

逍遥子曰：樂天謂微之能道人意中語，僕於是益知樂天之言爲當也。何者？夫崔之才華婉美，詞彩艷麗，則於所載緘書詩章盡之矣。如其都愉淫冶之態，則不可得而見。及觀其文，飄飄然彷彿出於人目前。雖丹青摹寫其形狀，未知能如是工且至否？僕嘗採摭其意，撰成鼓子詞十一章，示余友何東白先生。先生曰：文則美矣，意猶有不盡者。胡不復爲一章於後，具道張之於崔，既不能以禮定其情，又不能合之於義。始相遇也，如是之篤；終相失也，如是之遽。必及於此，則完矣。余應之曰：先生真爲文者也，言必欲有終始箴戒而後已。大抵鄙靡之詞，止歌其事之可歌，不必如是之備。若夫聚散離合，亦人之常情，古今所共惜也。又況崔之始相得而終至相失，豈得已哉。如崔已他適，而張詭計以求見，崔知張之意，而潛賦詩以謝之，其情蓋有未能忘者矣。樂天曰：天長地久有時盡，此恨綿綿無盡期。豈獨在彼者耶？予因命此意，復成一曲，綴於傳末云。

鏡破人離何處問，路隔銀河，歲會知猶近。只道新來消瘦損，玉容不見空傳信。棄擲前歡俱未忍，豈料盟言，陡頓無憑準。地久天長終有盡，綿綿不似無窮恨。知不足齋本《侯鯖録》卷五

附　校輯宋金元人詞《聊復集》提要

趙萬里

《聊復集》一卷，宋時有長沙書肆《百家詞》本，見《直齋書録解題》，久佚不傳。兹於《樂府雅詞》《花菴詞選》外，於其自撰《侯鯖録》中輯得商調蝶戀花十二首，咏鶯鶯故事，與曾布《水調歌頭》咏馮燕事（《玉照新志》二）、董穎《道宮薄媚》咏西施事（《樂府雅詞》上）體製相似。惟曾、董所作爲大曲，故曲外無叙事之文。德麟則置本事於曲前，以首闋起，末闋結之。觀堂先生以爲視後世戲曲之格律，幾於具體而微，其説良是。《警世通言》卷三十八以商調醋葫蘆小令十篇咏蔣淑真刎頸鴛鴦會故事。叙事文雖改語體，然文末亦有「奉勞歌伴」二語，與德麟同，蓋即仿此篇而作。宋時鼓子詞以一調連成十數闋，歐陽修、洪适集中均有之。張掄且以道情鼓子詞名集，殆即此體之濫觴，惟不搬演故事耳。厥後諸宮

調體即由此遞變而成，余别於《兩宋樂府考》中詳之，兹不復贅。萬里記。

南徐好

僧仲殊

一　甕城

南徐好，鼓角亂雲中。金地浮山星兩點，鐵城横鎖甕三重。開國舊誇雄。　春過後，佳氣蕩晴空。渌水畫橋沽酒市，清江晚渡落花風。千古夕陽紅。

二　花山李衛公園亭

南徐好，城裏小花山。淡薄融香松滴露，蕭疏籠翠竹生煙。風月共閑閑。　金暈暗，燈火小紅蓮。太尉昔年行樂地，都人今日散花天。桃李但無言。

三　渌水橋

南徐好，橋下渌波平。畫柱千年嘗有鶴，垂楊三月未聞鶯。行樂過清明。　南北岸，花市管絃聲。邀客上樓雙榼酒，艤舟清夜兩街燈。直上月亭亭。

四　沈内翰宅百花堆

南徐好，溪上百花堆。宴罷歌聲隨水去，夢回春色入門來。芳草遍池臺。　文彩動，奎璧爛昭回。玉殿儀刑推舊德，金鑾詞賦少高才。丹詔起風雷。

五　刁學士宅藏春塢

南徐好，春塢鎖池亭。山送雲來長入夢，水浮花去不知名。煙草上東城。歌榭外，楊柳晚青青。收拾年華藏不住，暗傳消息漏新聲。無計奈流鶯。

六　多景樓

南徐好，多景在樓前。京口萬家寒食日，淮南千里夕陽天。天際幾重山。鶯啼處，人倚畫闌干。西寨煙深晴後色，東風春減夜來寒。花滿過江船。

七　金山寺化城閣

南徐好，浮玉舊花宮。琢破琉璃開世界，化城樓閣在虛空。香霧鎖重重。天共水，高下混相通。雲外月輪波底見，倚闌人在一光中。此景與誰同。

八　陳丞相宅西樓

南徐好，樽酒上西樓。調鼎勳庸還世事，鎮江旌節從仙遊。樓下水空流。桃李在，花月更悠悠。侍燕歌終無舊夢，畫眉燈暗至今愁。香冷舞衣秋。

九　蘇學士宅緑楊村

南徐好，橋下緑楊村。兩榭風流稱郡守，二蘇家世作州民。文彩動星辰。書萬卷，今日富兒孫。三徑客來消永晝，百壺酒盡過芳春。江月伴開尊。

十　京口

南徐好，直下控淮津。山放凝雲低鳳翅，潮生輕浪卷龍鱗。清洗古今愁[一]。天盡處，風水接西濱。錦里不傳溪上信，楊花猶見渡頭春。愁殺渡江人。《全宋詞》録自《嘉定鎮江志》卷二十一

〔一〕《全宋詞》注：案「愁」字未叶韻，誤。

蝶戀花　六花冬詞

王安中《樂府雅詞》卷中又作趙令時詞

長春花口號

露桃煙杏逐年新，回首東風迹已陳。頃刻開花公莫愛，四時俱好是長春。

曲徑深叢枝㮚㮚，暈粉揉綿，破蕊烘清曉。十二番開寒最好，此花不惜春歸早。青女

飛來紅翠少，特地芳菲，絶艷驚衰草。只殢東風終甚了，久長欲伴姮娥老。

山茶口號

無窮芳草度年華，尚有寒來幾種花。好在朱朱兼白白，一天飛雪映山茶。

詞

巧剪明霞成片片，欲笑還嚬，金蕊依稀見。拾翠人寒妝易淺，濃香別注脣膏點〔一〕。竹雀喧喧煙岫遠，曉色溟濛，六出花飛遍。此際一枝紅緑眩，畫工誰寫銀屏面。

〔一〕《全宋詞》注：「脣」原作「蜃」，改從毛扆校本《初寮詞》。

蠟梅口號

雪裏園林玉作臺，侵寒錯認暗香迴。化工清氣先誰得，品格高奇是蠟梅。

詞

剪蠟成梅天著意，黄色濃濃，對萼勻裝綴。百和薰肌香旖旎，仙裳應漬薔薇水。雪徑相逢人半醉，手折低枝，擁髻雲争翠。嗅蕊撚枝無限思，玉真未洒梨花淚。

紅梅口號

千林臘雪綴瑶瑰，晴日南枝暖獨回。知有和羹尋鼎實，未春先發看紅梅。

詞

青玉一枝紅類吐，粉頰愁寒，濃與胭脂傅。辨杏猜桃君莫誤，天姿不到風塵處。　雲破月來花下住，要伴佳人，弄影參差舞。只有暗香穿繡户，韶華一曲鶯吹去。

迎春口號

年年節物欲争新，玉頰朱顔一笑頻。勾引東風到池館，春前花發自迎春。

詞

雪霽花梢春欲到，餞臘迎春，一夜花開早。青帝迴輿雲縹緲，鮮鮮金雀來飛遶。　繡閣紗窗人嫋嫋，翠縷紅絲，鬥剪旛兒小。戴在花枝争笑道，願人長共春難老。

小桃口號

鴛瓦鋪霜朔吹高，畫堂歌管醉香醪。小春特地風光好，艷粉嬌紅看小桃。

詞

穠艷夭桃春信漏，弄粉飄香，楓葉飛丹後。酒入冰肌紅欲透，無言不許群芳鬥。　樓外何人揎翠袖，剪落金刀，插處濃雲覆。肯與劉郎仙去否？武陵曲路相思瘦〔一〕。

〔一一〕「曲」，《全宋詞》依毛扆校本改作「回」。

安陽好

九首并口號破子

口　號

賦盡三都左太沖，當年偏説鄴都雄。如今別唱安陽好，勝日佳時一醉同。

一

安陽好，形勝魏西州。曼衍山河環故國，昇平歌鼓沸高樓。和氣鎮飛浮。籠畫陌，喬木幾春秋。花外軒窗排遠岫，竹間門巷帶長流。風物更清幽。

二

安陽好，戟户府居雄。白晝錦衣清宴處，鐵梁丹樹畫圖中。壁記舊三公。棠訟悄，池館北園通。夏夜泉聲來枕簟，春風花影透簾櫳。行樂興何窮。

三

安陽好，物外占天平。疊疊挼藍煙岫色，淙淙鳴玉晚溪聲。仙路馭風行。松路轉，丹碧照飛甍。金界花開常爛熳，雲根石秀小崢嶸。幽事不勝清。

四

安陽好，泮水戲儒宫。金字照碑光射斗，芸香書閣勢凌空。肅肅採芹風。　來勸學，鄉究首文翁。歲歲青衿多振鷺，人人彩筆競騰虹。九萬奮飛同。

五

安陽好，耆舊迹依然。醉白垂楊低掠水，延松高檜老參天。曾映兩貂蟬。　王謝族，蘭玉秀當年。畫隼朱輪人繼踵，丹臺碧落世多賢。簪紱看家傳。

六

安陽好，負郭相君園。緑野移春花自老，平泉醒酒石空存。月館對風軒。　人選勝，幽徑破苔痕。擁砌翠筠侵坐冷，穿亭玉溜落池喧。歸意黯重門。

七

安陽好，曲水似山陰。咽咽清泉巖溜細，灣灣碧甃篆痕深。永晝坐披襟。　紅袖小，歌扇畫泥金。鴨緑波隨雙葉轉，鵝黄酒到十分斟。重聽繞梁音。

八

安陽好，□□（御諱）又翬飛。撥壠旋栽花密密，著行重接柳依依。鴛瓦蕩晴輝。　池面渺，相望是榮歸。兩世風流今可見，一門恩數古來稀。誰與賦緇衣。

九

安陽好，千古鄴臺都。繐帳歌人春不見，金樓鳴鳳夜相呼。輦路舊縈紆。　閑引望，漳水繞城隅。暗有漁樵收故物，誰將宮殿點新圖。平野漫煙蕪。影刊宋金元明本詞汲古閣鈔本《初寮詞》

點絳唇　上元鼓子詞并口號

王庭珪

鐵鎖星橋，已徹通宵之禁；銀鞍金勒，共追良夜之遊。況逢千載一時，如在十洲三島。有勞諸子，慢動三撾。對此芳辰，先呈口號：

萬家簾幕捲青烟，火炬銀花耀碧天。留得江南春不夜，爲傳新唱落樽前。

一

玉漏春遲，鐵關金鎖星橋夜。暗塵隨馬，明月應無價。　天半朱樓，銀漢星光射。更深也，翠娥如畫，猶在涼蟾下。

又

春入西園，數重花外紅樓起。倚欄金翠，人在非煙裏。　風月佳時，蓬島開平地。笙歌沸，畫橋燈市，一夜驚桃李。

醉花陰　梅　并鼓子詞

口號

人在花陰醉未歸，玉樓絲管咽春輝。請君暫聽花陰曲，爲惜梅花笛裏吹。

一

玉妃謫墮煙村遠，猶似瑶池見。缺月掛寒梢，時有幽香，飛到朱簾畔。　春風嶺上淮南岸，曾爲誰魂斷。依舊瘦稜稜，天若有情，天也應須管。

二

月娥昨夜江頭過，把素衫揉破。冷逐曉雲歸，留與東風，吹作千千朵。　雲殘香瘦春猶可，玉笛愁無那。倚著畫橋人，且莫教他，吹動些兒箇。唐宋名賢百家詞本《蘆溪詞》

木蘭花　十梅

未開

一枝和露珍珠貫，月下回來尋幾遍。今朝忽見數枝開，未有十分如待伴。　莫將新妝不比徐妃面，雪艷冰姿寒欲顫。外邊多少掃春人，春信莫教容易斷。

晨景

梅邊曉景清無比，林下詩人呵凍指。玉龍留住麝臍煙，銀漏滴殘龍腦水。晨光漸漸收寒氣，昨夜遺簪猶在地。好生折贈鏡中人，只恐緑窗慵未起。

雪裏

清姿自是生寒瘦，更在春前並臘後。誰叫六出巧遮藏，爭似一番先透漏。謝娘莫把翻衣袖，無限瓊英飄玉甃。開時朵朵見天真，可奈碧溪和粉溜。

晴天

寒梢雨裏愁無那，林下開時宜數過。夕陽恰似過清溪，一樹橫斜疏影臥。朱唇莫比桃花破，鬢裊黄金花欲墮。剩看春雪滿空來，觸處是花尋那個。

風前

尋梅莫背東風路，路在花前知去處。真香破鼻驀然聞，試問幽叢知幾步。多情更被無寒助，萬物枯時神物護。一枝和雪倚闌干，昨夜初開春信度。

月　下

暗香浮動黄昏後，更是月明如白晝。看來都坐玉壺冰，折贈徐妃丹桂手。賞酬風景無過酒，對影成三誰左右。勸君攜取董妖嬈，拱得醉翁香滿袖。

雨　中

花時人道多風雨，梅蕊都來無幾許。何須飄洒濕芳心，粉面琳琅如淚注。家童莫掃花陰土，留浥瓊林枝上露。若教燕子早銜泥，徑裏餘香應滿户。

欲　謝

眼前欲盡情何限，風外南枝無一半。東君何事莫教開，及至如今都不管。高樓三弄休吹攢，一片驚人腸欲斷。杏花開後莫嫌衰，如豆青時君細看。

望　梅〔一〕

前村雪裏雖然早，争似横斜開處好。直饒隔水是江南，也恐一枝春未到。延賓莫恨花陰小，見説芳林今古抱。集花瀟灑洞天深，永夜玉山應自倒。

〔一〕此首録自《全宋詞》。《全宋詞》注：案此首見景宋本《梅苑》，楝亭本無。此首題與下一首互置，今更正。

吟詠

少陵長被花爲惱，況是梅花非草草。臨歧争奈不吟詩，此度詩人宜可老。詩成莫惜尊罍倒，不醉花前花解笑。醒時分付兩三枝，酒後憶君清夢到。《梅苑》卷七

減蘭十梅[一] 并序

李子正

竊以花雖多品，梅最先春。始因暖律之潛催，正值冰澌之初泮。前村雪裏，已見一枝；山上驛邊，亂飄千片。寄江南之春信，與隴上之故人。玉臉娉婷，如壽陽之傅粉；冰肌瑩徹，逞姑射之仙姿。不同桃李之繁枝，自有雪霜之素質。香欺青女，冷耐霜娥。月淺溪明，動詩人之清興；日斜煙暝，感行客之幽懷。偏宜淺蕊輕枝，最好暗香疏影。況是非常之標格，别有一種之風情。劇憐好景難拚，那更綵雲易散。憑欄賞處，已遍南枝兼北枝；秉燭看時，休問今日與昨日。且輟龍吟之三弄，更停畫角之數聲。庾嶺將軍，久思止渴；傅巖元老，專待和羹。豈如凡卉之嬌春，長賴化工而結實。又況風姿雨質，曉色暮雲。日邊月下之妖嬈，雲裏霜中之艷冶。初開微綻，欲落驚飛，取次芬芳，無非奇絶。錦囊佳句，但能髣髴芳姿；皓齒清歌，未盡形容雅態。追惜花之餘恨，舒樂事之餘情，試綴蕪詞，編成短闋。曲盡一時之景，聊資四座之歡。女伴近前，鼓子祗候。

〔一〕原題作《減字木蘭花十首》，此從《花草粹編》卷二。

總題

梅梢香嫩，雪裏開時春粉潤。雨蕊風枝，暗與黄昏取次宜。日邊月下，休問初開兼欲

謝。卻最妖嬈，不似群花春正嬌。

風

東風吹暖，輕動枝頭嬌艷顫。片片驚飛，不似城南畫角吹。香英飄處，定向壽陽妝閣去。莫損柔柯，今日清香遠更多。

雨

瀟瀟細雨，雨歇芳菲猶淡泞。密灑輕籠，濕遍柔枝香更濃。瓊腮微膩，疑是凝酥初點綴。冷艷相宜，不似梨花帶雨時。

雪

六花飛素，飄入枝頭無覓處。密綴輕堆，只似香苞次第開。欄邊欲墜，姑射山頭人半醉。牆外低垂，竊送佳人粉再吹。

月

寒蟾初滿，正是枝頭開爛熳。素質籠明，多少風姿無限情。暗香疏影，冰麝蕭蕭山驛靜。淺蕊輕枝，酒醒更闌夢斷時。

日

騰騰初照，半拆瓊苞還似笑。莫近柔條，只恐凝酥暖欲消。　三竿已上，點綴胭脂紅蕩漾。剛道宜寒，不似前村雪裏看。

曉

急催銀漏，漸漸紗窗明欲透。點綴花枝，曉笛吹時幾片飛。　淡煙初破，髣髴夜來飛幾朵。淺粉餘香，晨起佳人帶曉妝。

晚

天寒欲暮，別有一般姿媚處。半墜斜陽，寶鑒微開試晚妝。　淡煙輕處，漸近黃昏香暗度。休怕春寒，秉燭重來仔細看。

早

陽和初布，入萼春紅纔半露。暖律潛催，與占百花頭上開。　香英微吐，折贈一枝人已去。楊柳貪眠，不道春風已暗傳。

殘

香苞漸少，滿地殘英寒不掃。傳語東君，分付南枝桃李春。　東風吹暖，南北枝頭開爛

熳。一任飄吹，已占東風第一枝。《梅苑》卷六

點絳唇　聖節鼓子詞

呂渭老

扇列紅鸞，赭黄日色明金殿。御香葱茜，寳仗香風暖。咫尺天顔，九奏朝陽管。群臣宴，醉霞凝面，午漏傳宫箭。唐宋名賢百家詞本《呂聖求詞》

聖節鼓子八隊致語[一]

歐陽澈

伏以一朝露湛，仰瞻天子之餘光；萬國山呼，俯效封人之祝壽。德風清玉宇，愛日上珠簾。纖腰舞而回雪輕，皓齒歌而行雲駐。金樽瀲灩，琪管鏘揚。雍容俱解榻之賓，欵曲盡絶纓之容。冰霜論極，麈揮夷甫之風流；錦繡詩成，筆掃鮑昭之俊逸。藏鬮睹忘憂芳草，侑觴列解語花枝。揄揚四海之歡心，鼓舞一人之有慶。試憑鼓杖，略助杯行。未容禰氏獻三撾，且聽韓娥謳一曲：

踏莎行

雁字書空，橘星垂檻，江天水墨秋光晚。香絲裊裊祝堯年，公庭錫宴揮金盌。醉索蠻牋，狂吟象管。珠璣燦燦驚人眼。遏雲更倩雪兒歌，從教拍碎象牙板。四庫本《歐陽修撰集》卷六

〔一〕彊村叢書本、《全宋詞》皆無此致語。

生查子

洪　适

盤洲曲

帶郭得盤洲，勝處雙溪水。月榭間風亭，疊嶂横空翠。團欒情話時，三徑參差是。聽我一年詞，對景休辭醉。

又

正月到盤洲，解凍東風至。便有浴鷗飛，時見潛鱗起。高柳送青來，春在長林裏。緑萼一枝梅，端是花中瑞。

又

二月到盤洲，繁纈盈千萼。恰恰早鶯啼，一羽黄金落。花邊自在行，臨水還尋壑。步步肯相隨，獨有蒼梧鶴。

又

三月到盤洲，九曲清波聚。修竹蔭流觴，秀葉題佳句。紅紫漸闌珊，戀戀鶯花主。芍藥擁芳蹊，未放春歸去。

又

四月到盤洲，長是黄梅雨。屐齒滿莓苔，避濕開新路。極望緑陰成，不見鳥飛處。雲采列奇峰，絶勝看廬阜。

又

五月到盤洲，照眼紅巾蹙。勾引石榴裙，一唱仙翁曲。藕步進新船，鬥楫飛雲速。此際獨醒難，一一金鍾覆。

又

六月到盤洲，水閣盟鷗鷺。面面納清風，不受人間暑。彩舫下垂楊，深入荷花去。淺笑擘蓮蓬，去卻中心苦。

又

七月到盤洲，枕簟新涼早。岸曲側黄葵，沙際排紅蓼。團團歌扇疏，整整鑪煙裊。環坐待横參，要乞蛛絲巧。

又

八月到盤洲，柳外寒蟬懶。一掬木犀花，泛泛玻瓈琖。蟾桂十分明，遠近秋毫見。舉酒勸嫦娥，長使清光滿。

又

九月到盤洲，華髮驚霜葉。緩步繞東籬，香蕊金重疊。　橘緑又橙黄，四老相迎接。好處不宜休，莫放清尊歇。

又

十月到盤洲，小小陽春節。晚菊自争妍，誰管人心别。　本末簇芙蓉，禁得霜如雪。心賞四時同，不與癡人説。

又

子月到盤洲，日影長添線。水退露溪痕，風急寒蘆戰。　終日倚枯藤，細看浮雲變。洲畔有圓沙，招盡雲邊雁。

又

臘月到盤洲，寒重層冰結。試去探梅花，休把南枝折。　頃刻暗同雲，不覺紅鑪熱。隱隱緑簑翁，獨釣寒江雪。

又

一歲會盤洲，月月生查子。弟勸復兄酬，舉案燈花喜。　曲終人半酣，添酒留羅綺。車馬不須喧，且聽三更未。彊村叢書本《盤洲樂章》卷三

點絳脣　詠春十首

張掄

何處春來，惠風初自東郊至。柳條花蕊，迤邐爭明媚。　造化難窮，誰曉幽微理。都來是，自然天地。一點沖和氣。

又

昨夜東風，又還吹遍閒花草。翠輕紅小，觸處驚春草。　草舍茅□，□□□□□。誰□□，□□丹竈。別有陽和□。

又

陽氣初生，萬花潛動根荄暖。暗藏芳艷，未許東君見。　恰似温温，鉛鼎丹初轉。功猶淺，九回烹煉，日月光華滿。

又

暖日遲遲，亂鶯聲在垂楊裏。晝眠驚起，花影閒鋪地。　試問榮名，何以花前醉。陶陶地，任他門外，車駕喧朝市。

又

花滿名園，萬紅千翠交相映。畫闌幽徑，行樂迷芳景。　惟有幽人，不與浮華競。便幽靜，興來獨飲，花下風吹醒。

又

春入山家，杖藜獨步登巖岫。野花争秀，弄蕊香盈袖。　對景開懷，莫遣雙眉皺。春難久。亂紅飛後，留得韶光否。

又

氣體沖融，四時長在陽春裏。玉田瓊蕊，養就靈苗異。　堪笑□□，□□□□□。□□□，□□流水。半落蒼□□。

又

樂事難并，少年常恨春宵短。萬花叢畔，只恐金杯淺。　方喜春來，又歎韶華晚。頻相勸，且聞强健，莫厭花經眼。

又

一瞬光陰，世人常被芳菲惱。玉壺頻倒，惟恨春歸早。何以逍遥，物外尋三島。春長好。瑞芝瑶草，春又何曾老。

又

浮世如何，問花何事花無語。夜來風雨，已送韶華暮。念此堪驚，得失休思慮。從今去，醉鄉深處，莫管流年度。

阮郎歸 詠夏十首

亭亭槐柳午陰圓，薰風拂舜絃。一輪紅日貼中天，乾坤如火然。觀上象，想丹田，陽精色正鮮。□從煉得體純全，朱顔無歲年。

又

欲如臭腐化神奇，當觀蟬蛻時。脱然飛上緑槐枝，炎炎晝景□。□□□，□如斯，□□□□迷。靈軀一旦脱□□，□□□□歸。

又

深亭邃館鎖清風，榴花芳艷濃。陽光染就欲燒空，誰能窺化工。觀物外，喻身中，靈砂別有功。若將一粒比花容，金丹色又紅。

又

炎天何處可登臨，須於物外尋。松風澗水雜清音，空山如弄琴。宜散髮，稱披襟，都無煩暑侵。莫將城市比山林，山林興味深。

又

豪家大厦敞千楹，風摇玉柄輕。金盆弄水復敲冰，熱從何處生。低草舍，小茅亭，如何安此身。元來一念静無塵，蕭然心自清。

又

金烏玉兔最無情，馳驅不暫停。春光纔去又朱明，年華只暗驚。須省悟，莫勞神，朱顔不再新。滅除妄想養天真，管無寒暑侵。

又

動時思静暑思寒，塵勞擾擾間。翻雲覆雨百千般，幾時心地閒。□□□，□□難，將

□□□然。自然寒暑不相□，□□□地仙。

又

誰言無處避炎光，山中有草堂。安然一枕即仙鄉，竹風穿户凉。　名不戀，利都忘，心閒日自長。不須辛苦覓瓊漿，華池神水香。

又

炎炎曒日正當中，澄潭忽此逢。金丹乍浴表深功，通明照水紅。　丹浴罷，樂無窮，怡然百體融。人間何處不清風，此懷誰與同。

又

寒來暑往幾時休，光陰逐水流。浮雲身世兩悠悠，何勞身外求。　天上月，水邊樓，須將一醉酬。陶然無喜亦無憂，人生且自由。

醉落魄　詠秋十首

流光轉轂，烏飛兔走爭相逐。火雲方見奇峰簇，颯颯西風，驚墮井梧緑。　隙駒莫歎年華速，新凉且喜消炎酷。休將閒事縈心曲，紅滴真珠，初醉玉醅熟。

又

紅芳紫陌，韶華□□□□□。□花弄□□□色，不比西風，吹落□□□。乾坤造化□□□，都緣一氣潛相易。觀時感事成嗟惜，惟有喬松，不改舊時碧。

又

清秋夜寂，圓蟾素影流空碧。都無一點浮雲隔，河漢光微，星斗淡無色。日精欲煉須陰魄，更深猶望清宵立。坎離二物都收得，獨步瀛洲，方表大丹力。

又

秋高氣肅，西風又拂盈盈菊。挼金弄玉香芬馥，桃李雖繁，其奈太粗俗。淵明雅興誰能續？東籬千古遺高躅。人生所貴無拘束，且採芳英，瀲灩泛醽醁。

又

流年迅速，君看敗葉初辭木。若非壽有金丹續，石火光中，難保鬢長緑。區區何用争榮辱，百年一夢黄粱熟。人生要足何時足，贏取清閒，即是世間福。

又

秋光瑩徹，園林□□□□□。如何宋玉□□切，作賦悲涼，草木□□□。□人自與□

□□，長歌清嘯無時節。甕頭且飲□如雪，不管春花，亦不管秋月。

又

虛窗透月，寒莎敗壁蛩吟切。沈沈永漏燈明滅，只爲愁人，不爲道人設。愁人對此成愁絶，道人終是心如鐵。一般景趣情懷別，笛裏西風，吹下滿庭葉。

又

光輝皎潔，古今但賞中秋月。尋思豈是月華別，都爲人間，天上氣清徹。廣寒想望峨瓊闕，琤琤玉杵聲奇絶。何時賜我長生訣，飛入蟾宫，折桂餌丹雪。

又

湖光湛碧，亭亭照水芙蕖拆。緑羅蓋底争紅白，恍若凌波，仙子步羅襪。如今霜落枯荷折，清香無處重尋覓。浮生似此初無别，及取康强，一笑對風月。

又

秋宵露結，清晨□□□□□。□□潤□□□冽。名體纔分，功用□□□。□兒本是□□□，養成方見仙凡隔。神仙不肯分明説，多少迷人，海上訪丹訣。

西江月 詠冬十首

有限光陰過隙，無情日月飛梭。春花秋月暗消磨，一歲相看又過。　逢酒須成痛飲，臨風莫厭高歌。虚名微利兩如何，識破方知恁麽。

又

雪似瓊花鋪地，月如寶鑑當空。光輝上下兩相通，千古誰窺妙用？　若悟珠生蚌腹，方知非異非同。陰陽相感有無中，恍惚已萌真種。

又

卷地朔風凛凛，漫天瑞雪霏霏。園林萬木變枯枝，因甚松篁獨翠。　只爲春花競發，卻教秋葉争飛。若無榮盛便無衰，悟此方明達理。

又

密布同雲萬里，六飛玉糝瓊鋪。清歌妙舞擁紅爐，猶恨寒侵尊俎。　誰念山林路險，獨行跣足樵夫。莫驚苦樂□殊途，陽□皆由陰注。

又

雅士常多雅□，□□□□懷。雪溪□□□舟來，興盡何須見戴。恰似□雲出岫，豈拘宇内形骸。超然物外遠塵埃，到此方爲自在。

又

冬至一陽初動，鼎爐光滿簾幃。五行造化太幽微，顛倒難窮妙理。遇此急須進火，速修猶恐遲遲。茫茫何處問天機，要悟須憑師指。

又

一夢浮生未覺，三冬短晷堪驚。天高誰解挽長繩，繫住流年光景。須信陰陽有定，非關歲月無情。若教心地湛然清，日在壺中自永。

又

四序常如轉轂，百年須待春風。江梅何事向嚴冬，早有清香浮動。只爲六陰極處，一陽已肇黄宫。陰陽迭用事何窮，此是乾坤妙用。

又

獨坐閒觀瑞雪，方知造化無偏。不論林木與山川，白玉一時裝遍。梁苑休尋賦客，山陰莫上溪船。三杯醉□意陶然，夢後瑶臺閬苑。

又

仙道於人不□，□□□□□□。坎離□□□無窮，不信浮生若夢。　君看□□窅雪，尋常見晛消鎔。能令新舊再相逢，此是如何作用。

踏莎行　山居十首

朝鎖煙霏，暮凝空翠，千峰迴立層霄外。陰晴變化百千般，丹青難寫天然態。　人住山中，年華頻改，山花落盡山長在。浮生一夢幾多時，有誰得似青山耐。

又

一道飛泉，來從何許，空山積翠無人處。潺湲時和七絃琴，溟濛忽散千巖雨。　不問春秋，何拘今古，清音一聽忘千慮。纓塵濯盡百神閒，飄然襟袖思輕舉。

又

一片閒雲，山頭初起，飄然直上虛空裏。殘虹收雨聳奇峰，春晴鶴舞丹霄外。　出岫無心，爲霖何意，都攀行止難拘繫。幽人心已與雲閒，逍遥自在誰能累。

又

人遠山深，草□□□，□□□□天真性。□□□長在山中，肯□□□□□□。□似幽□，□□心盡，超然心□□□隱。□□□水作生涯，百年甘守空山靜。

又

堪笑山中，春來風景，一聲啼鳥煙林靜。山泉風暖奏笙簧，山花雨過開雲錦。短棹桃溪，瘦藤蘭徑，獨來獨往乘幽興。韶光回首即成空，及時樂取逍遥性。

又

人問山中，因何無暑，山堂恰在山深處。藤陰滿地走龍蛇，泉聲萬壑鳴風雨。且弄青松，休揮白羽，相逢況有煙霞侣。長天一任火雲飛，夜凉踏月相將去。

又

秋入雲山，物情瀟灑，百般景物堪圖畫。丹楓萬葉碧雲邊，黄花千點幽巖下。已喜佳辰，更憐清夜，一輪明月林梢掛。松醪常與野人期，忘形共説清閒話。

又

雪擁群峰，静□□□，□□□□□居□。□□破殼粟黄香，柴□□□□□□。□□□

□，□和衣倒，寂寥氣□□君好。□□□貴足人争，山中恬淡能長保。

又

割斷凡緣，心安神定，山中採藥修身命。青松林下茯苓多，白雲深處黄精盛。百味甘香，一身清淨，吾生可保長無病。八珍五鼎不須貪，葷羶濁亂人情性。

又

身世浮漚，利名韁鎖，省來萬事都齊可。尋花時傍碧溪行，看雲獨倚青松坐。雲片飛飛，花枝朵朵，光陰且向閒中過。世間蕭散更何人，除非明月清風我。

朝中措 漁父十首

吴淞江影漾清輝，山遠翠光微。楊柳風輕日永，桃花浪暖魚肥。東來西往，隨情任性，本自無機。何事沙邊鷗鷺，一聲欸乃驚飛。

又

湖光染翠□□□，□□□□□。□愛江湖光景，不曾别做□□。□□□□，□□□□，□□儂家。醉卧水雲□□，□□□□□□。

又

碧波深處錦鱗游，波面小漁舟。不爲來貪香餌，如何賺得吞鈎？　緑簑青蒻，吾生自斷，終老汀洲。買斷一江風月，勝如千户封侯。

又

沙明波淨小汀洲，楓落洞庭秋。紅蓼白蘋深處，晚風吹轉船頭。　鱸魚釣得，銀絲旋鱠，白酒新篘。一笑月寒煙暝，人間萬事都休。

又

松江西畔水連空，霜葉舞丹楓。謾道金章清貴，何如簑笠從容。　有時獨醉，無人繫纜，一任斜風。不是蘆花惹住，幾回吹過橋東。

又

嗚榔驚起鷺鷥飛，山遠水瀰瀰。米賤茅柴酒美，霜清螃蟹螯肥。　人生所貴，逍遥快意，此外皆非。卻笑東山太傅，幾曾夢見簑衣。

又

午陰多處□□□，楊柳□□□。翠羽無情飛去，紅蕖有意□□。　□□□□，□□□

□，□□吾生。爲報凌煙□□，□□□□□名。

又

紅塵光景事如何，擾擾利名多。若問儂家活計，扁舟小笠輕簑。一尊美酒，一輪皓月，一弄山歌。選甚掀天白浪，未如人世風波。

又

蕭蕭蘆葉暮寒生，雪壓凍雲平。密酒一篷煙火，驚鴻飛起沙汀。收綸罷釣，空江有浪，短棹無聲。便是天然圖畫，何須妙手丹青。

又

慕名人似蟻貪羶，擾擾幾時閒。輸我吴松江上，一帆點破晴煙。青莎卧月，紅鱗薦酒，一醉陶然。此是人間蓬島，更於何處求仙。

菩薩蠻 詠酒十首

人間何處難忘酒，遲遲暖日群花秀。紅紫鬥芳菲，滿園張錦機。春光能幾許，多少閒風雨。一琖此時疏，非癡即是愚。

又

人間何處難忘酒，小舟□□□楊柳。柳影蘸湖光，薰風拂□□。□□□□□，□□□□。一琖此時傾，□□□□□。

又

人間何處難忘酒，中秋皓月明如晝。銀漢洗晴空，清輝萬古同。涼風生玉宇，只怕雲來去。一琖此時遲，陰晴未可知。

又

人間何處難忘酒，素秋令節逢重九。步屧繞東籬，金英爛漫時。折來驚歲晚，心與南山遠。一琖此時休，高懷何以酬。

又

人間何處難忘酒，六花投隙瓊瑶透。火滿地爐紅，蕭蕭屋角風。飄飄飛絮亂，浩蕩銀濤卷。一琖此時乾，清吟可那寒。

又

人間何處難忘酒，閉門永日無交友。何以樂天真，雲山發興新。聽風松下坐，趁蝶花邊過。一琖此時空，幽懷誰與同。

又

人間何處難忘酒，□□□□□□鬥。不是慕榮華，惟愁月□□。□□□□□，□□□□。一琖此時慳，□□□□□。

又

人間何處難忘酒，山村野店清明後。滿路野花紅，一帘楊柳風。田家春最好，簫鼓村村鬧。一琖此時辭，將何樂聖時。

又

人間何處難忘酒，興來獨步登巖岫。倚杖看雲生，時聞流水聲。山花明照眼，更有提壺勸。一琖此時斟，都忘名利心。

又

人間何處難忘酒，水邊石上逢山友。相約老山林，幽居不怕深。浮名心已盡，傾倒都無隱。一琖此時無，交情何以舒。

訴衷情 詠閒十首

閒中一卷聖賢書，眈玩意□□。潛心要游閫奥，須是下工夫。今何異，古何殊，本同途。若明性理，一點靈臺，萬事都無。

又

閒中一片□□，□□□□□。□□□澄秋水，明月夜□□。□□□，□□□，□□□。鶴長鳧短，前定難□，□□□□。

又

閒中一畝小□□，臨水對遥岑。茅茨□□低小，竹徑要幽深。逢酒醉，遇花吟，日登臨。四時無限，好景良辰，莫負光陰。

又

閒中一篆百花香，裊裊翠□□。低回宛轉何似，行路繞羊腸。深竹户，小山房，雅相當。清心默坐，燕寢無風，永日芬芳。

又

閒中一琖甕頭春，養氣又頤神。莫教大段沈醉，只好帶微醺。　心自適，體還淳，樂吾真。此懷何似，兀兀陶陶，太古天民。

又

閒中一琖建溪茶，香嫩雨前芽。磚鑪最宜石銚，裝點野人家。　三昧手，不須誇，滿甌花。睡魔何處，兩腋清風，興滿煙霞。

又

閒中一弄七絃琴，此曲少知音。多因淡然無味，不比鄭聲淫。　松院靜，竹林深，夜沈沈。清風拂軫，明月當軒，誰會幽心〔一〕。

〔一〕原本缺字甚多，此據清姜紹書《韻石齋筆談》卷下「楊妹子」條。

又

閒中一葉小漁舟，無線也無鈎。□□□雲深處，適性自遨游。　波渺渺，興悠悠，意休休。一船明月，一棹清風，換了封侯。

又

閒中一覺日高眠，都没利□□。黑甜自來無比，百計總輸先。花轉影，篆凝煙，意悠然。華胥何處，蝶化逍遥，此意誰傳。

又

閒中一首醉時歌，此樂信無過。陽春自來寡和，誰與樂天和。言不盡，意何多，且蹉跎。功名莫問，富貴休言，到底如何。

減字木蘭花 修養十首

五行顛倒，火裏栽蓮君莫□。□要東牽，引取青龍來西邊。一陽時候，□□温温光已透。消盡群陰，赫赤金丹色漸深。

又

陰陽均配，□□□□□□□。□□□□，争得靈苗不解□。□□□□，□□□□□□□。□是真鉛，只□□□□□□。

又

至言妙道，□□□□□□□。□□□□，□是蓬萊頂上仙。　歸根□□，□□□□方復命。復命常存，此事幽微好細論。

又

神仙何處，若有宿緣須□□。□□□□，不在山林及市朝。　丹爐休守，須信人人皆自有。此外非真，莫認凡砂與水銀。

又

天機深遠，不遇真仙争得見。欲下工夫，須是先尋偃月爐。　抽添運用，火候不明□妄動。毫髮纔差，只恐靈根□□芽。

又

咽津納氣，鼎内須□□□。□□□□，□□空鐺枉誤人。　有真不□，□□□□□□□。□□修持，超出□□□□□。

又

冥冥窈窕，□□□□□□□。□□□□，□□□□□□□。　□□□□，□□□□□□□

□。□□□□，□□□□□□□。

又

澄神靜慮，□□□□□□□。□□□□，□□□崙水滿池。　無中養□，□□□□□□。□□凡胎，五彩雲生鶴駕來。

又

乾坤入手，談笑三關雲□□。□□□□，鬼駭神驚一黍光。　逍遥宇内，□□□□□數外。功滿三千，獨跨斑麟入紫煙。

又

還元返本，作用難明須細論。神氣□□，窈窕之中復混成。　勤修不倦，直到無爲功始見。此是天機，不遇真仙莫強知。

蝶戀花　神仙十首

碧海沈沈西極遠，閒訪□□，□□□□□。恰值群仙來閬苑，相將□□□□□。　□□□□誰得見，五彩□□，□□□□□。□□□□□□□，人間幾度□□□。

又

□□□□□□□，□□□□，□□□□□。□影□□□□□，□□□□□□□。□□□□長不老，天□□□，□□□□□。□□□□□物表，廣寒宮殿□□□。

又

碧落浮黎光景異，瓊□□□，□□□□□。□有寶珠如黍米，天真□□□□□。□□□□憑玉几，花雨霏霏，散入諸天□。□□□□傳妙旨，至今流演無終紀。

又

弱水茫茫三萬里，遥望蓬萊，浮動煙霄外。若問蓬萊何處是，珠樓玉殿金鰲背。惟是飛仙能馭氣，霞袖飄飖，來往如平地。除□飛仙誰得至，只緣山在波濤底。

又

絶想凝真天地表，九□□□，□□□□□。行處旌幢參羽葆，五雲隨□□□□。□□神仙春不老，煙□□□，□□□□□。□□□□多與少，下窺海□□□□。

又

□□□□□□□，□□□□，□□□□□。□□□□□□□，□□□□□□□。□□

□□□露採，□□□□，□□□□□。□□□□□□□，飄然直□□□□。

又

碧海靈桃花朵朵，阿母□□，□□□□□。昨夜海風吹玉顆，分明□□□□□。□□□□苞已破，散液流□，馥郁□□□。□□三偷誰可那，如今先手還輸我。

又

莫笑一瓢門户隘，任意游行，出入俱無礙。玉殿珠宮都不愛，別藏大地非塵界。東海揚塵瓢不壞，寒暑□移，瑞日何曾改。一住如今知幾載，主人不老長春在。

又

清夜凝然□□□，□□□□，□□□□□。□界森羅星□□，□□□□□□□。□□□□縈碧霧，上□□□，□□□□□。□□□□□紫府，歸來□□□□□。

又

不假□□□□□，□□□□，□□□□□。□□□□□□□，□□□□□□□。□□□□□□□，□□□□，□□□□□。□□□□□，□□□□□□□。

張掄材甫《蓮社詞》一卷，見《直齋書録解題》，已佚，不傳。此道情鼓子詞乃應詔所撰，初不見于著録。此本卷末殘缺，首九闋係從花庵《中興絶妙詞選》録入，遂改其標題，疑汲古毛氏所爲。予又從《陽春白雪》補得一首，此十闋則《蓮社詞》中作也。非見丁氏鈔本，何從證其僞耶？咸豐丙辰七月羃卿手識。彊村叢書本《蓮社詞》

新荷葉　金陵府會鼓子詞

侯寘

柳幄飛綿，風池暖泛新萍。燕壘泥香，玉麟堂外春深。晴雲麗日，花濃處、蜂蝶紛紛。儧春一醉，管絃聲裏歡聲。　況是清時，錦衣重到臺城。故國江山，向人依舊多情。趁閒行樂，休辜負、冶葉繁英。彤庭歸覲，恁時難駐前旌。

點絳唇　金陵府會鼓子詞

春日遲遲，柳絲金淡東風軟。緑嬌紅淺，簾幕飛新燕。　玉帳優游，贏得花間宴。香塵遠，暫停歌扇，沈醉深深院[一]。

〔一〕「沈」字《全宋詞》缺，汲古閣本不缺。

菩薩蠻　木犀十詠

帶月

緑帷剪剪黄金碎，西風庭院清如水。月姊更多情，與人無際明。濃陰遮玉砌，桂影冰壺裏。滅燭且徜徉，夜深應更香。

又　披風

靚妝金翠盈盈晚，凝情有恨無人管。何處一簾風，故人天際逢。從教香撲鬢，只怕繁華盡。牢落正悲秋，□非誰解愁。

又　照溪

江梅占盡江頭雪，忍寒玉骨誇清絶。不似杜秋娘，婆娑秋水傍。波光涵晚日，照影從教密。隱隱認遥黄，隔溪十里香。

又　浥露

黄昏曾見凌波步，無端暝色催人去。一夜露華濃，香銷蘭菊叢。縷金衣易濕，莫對西風泣。洗盡夜來妝，温泉初賜湯。

又　命觴

休文多病疏盃酌，被花惱得心情惡。碧樹又驚秋，追歡懷舊遊。　與君聊一醉，醉倒花陰裏。斜日下闌干，滿身金屑寒。

又　簪髻

交刀剪碎瑠璃碧，深黄一穗瓏鬆色。玉蕊縱妖嬈，恐無能樣嬌。　緑窗初睡起，墮馬慵梳髻。斜插紫鸞釵，香從鬢底來。

又　熏沈

黄姑青女交相忌，眼看塵土占芳蕊。急掃滿闌金，小奩熏水沈。　博山銀葉透，濃馥穿羅袖。猶欲問鴻都，太真安穩無。

又　來夢

午庭栩栩花間蝶，翅添金粉穿瓊葉。曾見羽衣黄，瑶臺淡薄妝。　醒來魂欲斷，摻摻芳英滿〔一〕。夢裏尚偷香，何堪秋夜長。

〔一〕《全宋詞》注：原校疑「糝糝」。按《全宋詞》依校汲古閣本《孏窟詞》。

又　寫真

霓裳舞罷難留住，湘裙緩若輕煙去。動是隔年期，生綃傅艷姿〔一〕。　精神渾似舊，碧暗黄金瘦。永夜對西窗，何緣襟袖香。

〔一〕《全宋詞》注：原校「傅」疑「傳」。

又　怨别

揉香嗅蕊朝還暮，無端卻被西風誤。底死欲留伊，金塵蔌蔌飛。　茂陵頭已白，新聘誰相得。耐久莫相思，年年秋與期。汲古閣六十名家詞本《孏窟詞》

朝中措　勸酒

周必大

二老堂會七兄樂語　戊午

伏以履道七人之宴，播唐代之詩章；耆英諸老之游，形聖朝之圖畫。眷此二難之集，居然四者之并。睎洛汭之高風，作廬陵之佳話。恭惟致政提舉監丞、致政少傅國公，世傳素業，仕偶清時。戎監銓曹，内同超於閶闔；州麾使節，外俱綰於絲綸。念異時襲韋布以起家，喜今日掛衣冠而居里。問一得三，遠其子懷哉，學禮於童蒙；踰七望八，孰非翁幸矣，得年於耄耋。乃迎長至，爰秩初筵。芰堂之酒親篘，梅塢之花對插。莫問三山五竺，此會何如；庶幾四皓二疏，其風未墜。某等雖居下俚，均仰高明。不度蕪才，敢呈口號。

口號

早似機雲入帝鄉，晚如廣受出咸陽。舊游應憶魚同隊，倦翼還欣雁著行。甲子八百九十朔，醉鄉三萬六千場。新陽漸漏春消息，二老風流日月長。

詞

乘成臺上曉書雲，黃色映天庭。已謝浮名浮利，也知來應長生。　邊庭臥鼓，餘糧棲畝，朝野歡聲。從此四時八節，弟兄常醉金觥。彊村叢書本《平園近體樂府》

減字木蘭花 聖節鼓子詞

姚述堯

薰風解慍，手握乾符躬揖遜。廊廟無爲，天子親傳萬壽巵。　恩覃湛露，和氣歡聲均海宇。嵩嶽三呼，父子唐虞今古無。

又

琴堂無事，滿酌金罍承帝祉。樂奏簫韶，更與封人共祝堯。　君王萬歲，歲歲今朝歌既醉。主聖臣賢，從此鴻圖萬萬年。彊村叢書本《簫臺公餘詞》

減字木蘭花 竹齋侑酒辭

沈瀛

竹齋陋止，坐客無氈爲客喜。壁不遮風，八達門窗更四通。鄰家覓酒，赤脚扶翁翁老壽惡妾壽乃翁。子曰其何，除卻渠儂没事多。

又

荷公臨止，賓客慣看兒亦喜慣看賓客兒童喜。歌雅歌風，通鑑通書濂溪又史通。欲相酹酒，瓦缶田家羞出壽莫笑田家老瓦盆。甚欲舟何，愧没瑶觴玉斝多何以舟之，惟玉及瑶。

又

棋枰響止，勝負豈能全兩喜。不競南風，忽爾三生六劫通。客方對酒，一片捷音來自壽淝水即壽春縣。甚快人何，大勝呼盧百萬多。

又 頭勸

酒巡未止，先説一些兒事喜。别調吹風，佛曲由來自普通梁武年號〔一〕。長鯨吸酒，面對沈香山刻壽坡有壽子由沈香山子賦。吸盡如何，吸了西江説甚多。

〔一〕「佛」字原缺，據彊村本補。

又　二勸

酒巡未止，聽説二疏歸可喜。隨意乘風，拄杖深村狹巷通。　淵明漉酒，更與龐公龐媪壽。切莫譏何何充與弟準崇佛，謝氏譏之曰二何佞佛，唤取同來作隊多。

又　三勸

酒巡未止，更號三般楊氏喜楊子拜司業，兩子登科，號楊三喜。上苑春風，寶帶靈犀點點通通天犀帶。　聽歌侑酒，富貴兩全添箇壽。人少兼何，彭祖人言只壽多。

又　四勸

酒巡未止，説著四并須著喜良辰美景，賞心樂事。好月兼風，好箇情懷命又通。　明朝醒酒，起看佳人妝學壽壽陽妝。定問人何，昨夜何人飲最多。

又　五勸

酒巡未止，更説五行人聽喜。康節淳風，説道諸公運數通。　乞漿得酒歲在申酉，乞漿得酒，更檢戊申前定壽。亥子推何，甲子生年四百多。

又　六勸

酒巡未止，鼓吹六經爲公喜。也没回風，只有村中鼓數通。　長鬚把酒，自當長頭杯捧壽賈長頭。問得窮何，一坐靴皮笑面多。

又 七勸

酒巡未止，且聽七言餘韻喜。彈到悲風，醒酒風吹路必通。　休休避酒，末後茶仙來獻壽。七碗休何，不獨茶多酒亦多。

又 八勸

八巡將止，八節四時人賀喜。漢俗成風，薛老之言貴尚通漢以至日休吏，張扶不肯休，薛宣曰：人道尚通，宜對妻子，設酒肴，請鄰里相笑樂。　妻兒設酒，更得比鄰相慶壽。虛度時何，只恐妻兒怪汝多。

又 九勸

九巡將止，留讀九歌章句喜。盡溘渴合切，掩也埃風，發軔蒼梧萬里通見《離騷》。　楚歌發酒，讀到人生何所壽《天問》：延年不死，壽何所止。試問原何，爾獨惺然枉了多痛飲讀《離騷》。

又 十勸

十巡今止，樂事要須防極喜淳于□□：酒極則亂，樂極則悲。燭影摇風，月落參横影子通。　粗茶淡酒，五十狂歌供宴壽。敬謝來何，再得尋盟後日多。唐宋名賢百家詞本《竹齋詞》

漁家傲　讚淨土并序

僧可旻

我家漁父，不比泛常。一丈六之身材，三十二之相好。説聰明也，孔仲尼安可齊肩；論道德也，李伯陽故應縮首。絶倫武略，獨戰退八萬四千魔兵；蓋世良才，復論敗九十六種外道。拱身誓水，坐斷愛河。披忍辱之簑衣，遮無明之煙雨。慈悲帆掛，方便風吹。撑般若之扁舟，游死生之苦海。誓山月白，覺海風清。釣汩没之衆生，歸涅槃之籃籠。如斯旨趣，即是平生。暫歇釣竿，乃留詩曰：

家居常寂本優游，來執漁竿苦海頭。直待衆生都入手，此時方始不垂鈎。

曾講彌陀經十遍，孤山疏鈔頻舒卷。事理圓融文義顯。多方便，到頭只勸生蓮苑。　本性彌陀隨體現，唯心淨土何曾遠。十萬程途從事見。休分辨，臨終但自親行轉。

又

四色蓮華間緑荷，一蓮華載一彌陀。莫疑淨土程途遠，日日人生雨點多。

我佛蓮華隨步踏，黄金妙相青螺髮。因地曾將洪誓發。四十八，衆生盡度成菩薩。　宫殿紅香華影合，寶階三道瑠璃闊，水鳥樹林皆念法。聲嘈囋，空中零亂天華撒。

又

行樹陰陰布七重，寶華珠網共玲瓏。百千種樂俱鳴處〔一〕，天雨曼陀散碧空。

彼土因何名極樂，蓮華九品無三惡。雖有頻伽并白鶴，非彰灼〔二〕，如來變化宣流作。九品一生離五濁，自然身掛珠瓔珞。宛轉白毫生額角，長輝爍，百千業障都消卻。

〔一〕《全宋詞》注：「鳴處」一作「時作」。〔二〕《全宋詞》注：「彰灼」一作「真託」。

又

六方諸佛説誠言，舌相三千廣讃宣。池上托生蓮九品，未知生向那枝邊。

佛讃西方經現在，廣長舌相三千界。爲要衆生生信解，臨終邁，不修淨業猶何待。七寶池塘波一派，蓮華朵朵車輪大。華内托生真自在。分三輩，阿鞞跋致長無退。

又

但得蓮中托化來，從教經劫未華開。華中快樂同忉利，不比人間父母胎。

鸚鵡頻伽知幾隻，音聲和雅鳴朝夕。演暢五根并五力，令人憶，心飛恨不身生翼。從是西方十萬億，山長水遠誰人識。唯是觀門歸路直，真消息，坐澄劫水瑠璃碧。

又

兀坐初修水觀成，微風不動翠波平。幽深境界誰人見，一片瑠璃照眼明。

清淨樂邦吾本郡，娑婆流浪因貪吝。冉冉思歸霜入鬢〔一〕。深嗟恨，塞鴻不解傳音信。落日盡邊沙隱隱〔二〕，向西望處歸應近。天樂是時相接引。宜精進，紫金臺上誰無分。

〔一〕〔二〕《全宋詞》注：「冉冉」一作「荏苒」，「沙」一作「山」。

又

樂邦清淨本吾家，既有歸期豈憚賒。行計會須勤策進，淹留無慮在天涯。

理性本來長自在，靈通昭徹光無礙。因被無明風惱害。真如海，等閒吹動波千派。五蘊山頭雲靉靆，遮藏心月無光彩。六賊會須知悔改，除貪愛，刹那跳出娑婆界。

又

混然凡聖本同途，一點靈明體一如。只爲妄情隨物轉，至今顛倒未逢渠。

爲厭娑婆求淨土，馳情送想存朝暮。誰信不勞移一步，西方去，樓臺隱隱雲深處。珠網爲光華作雨，金沙布地無塵土。怎不教人思去路。心專注，坐觀落日如懸鼓。

又

清風爲我拂寥泬，不許殘雲遮屋角。禪居深掩静無人，坐看一輪紅日落。

四相相催生病老，死魔不定朝難保。争似寅昏持佛號，西方好，樹林水鳥稱三寶。磨滅等閒髭鬢皓，樂邦行計唯宜早。萬億國邦非遠道，休煩惱，一彈指頃能行到。

又

經讚彌陀願力强，劣夫爲喻從輪王。四天一日行周遍，西去應非道路長。

人世罪冤知底數，前程不是無冥府。争似静焚香一炷，無行住。聲聲稱念彌陀父。　罪業盡消生有處，彌陀願力堪憑據。十念一心存旦暮。西方路，功成足步紅蓮去。

又

萬事到頭無益已，尋思只有修行是。若送此心游寶地，還容易。坐觀落日當西墜。　萬頃紅光歸眼際，眼開眼閉長明媚。此觀成時知法味。心歡喜，臨終决定生蓮裏。

誰知端坐卻能游，頃刻心飛到玉樓。竹影月移來户牖，便疑行樹在簷頭。

又

西望樂邦雲杳隔，一鈎新月彎彎白。意欲往生何計策，勞魂魄。彌陀一念聲千百。　金殿玉樓爲屋宅，七重行樹强松柏。華裏托生非血脈。真高格〔一〕，樂天不是蓬萊客。

九品蓮華次第排，也應荷葉翠相挨。未知何日生蓮界，無奈晨昏甚掛懷。

〔一〕《全宋詞》注：「格」一作「極」。

又

富貴經中談淨域，赤珠瑪瑙爲嚴飾。彼土衆生當曉色，擎衣裓。妙方供養他方佛。　稚小嬉游隨没溺〔二〕，娑婆是苦何曾識。忻厭邇來方有力。從朝夕，静焚一炷香凝碧。

遍看玉軸與琅函，苦勸勞生脱世凡。淨土好修還不肯，莫教披卻有毛衫。

〔一〕《全宋詞》注：「没」一作「波」。

又

既有身心求淨土，可無門路去娑婆。修行也只無多子，十念功成一刹那。

文墨尖新無處用，已將名利渾如夢。一串數珠隨手弄，休千種。唯聞念佛心歡勇。滉漾空中仙樂動，笙簫聲細天風送。接引凡夫歸聖衆。香雲捧，男兒此日方崇重。

又

覽遍經文與律儀，頻頻唯勸念阿彌。一聲消盡千生業，何況嘮嘮久誦持。

休縱心猿馳意馬，牢將繫念繩頭把。説破十疑因智者，争傳寫，廬山又結蓮華社。十八大賢居會下，功成五色雲西駕。諸上善人都在那。相迎迓，聚頭只説無生話。

又

池邊行樹不全遮，裊裊金橋露半斜。忽見化生新佛子，紅蓮開處噪頻伽。

三十六般包一袋，膿囊臭穢猶貪愛。恰似蜣螂推糞塊。無停待，朝朝只在塵中勔。若解堅心生重悔，寧拘惡逆並魁膾。一念能消千劫罪。生華内，滿身瓔珞鳴珂佩。

又

紛紛世態盡空華，講外無餘掛齒牙。一串數珠新换線，阿彌陀佛做冤家。

一點神魂初托魄，青蓮華裏瑠璃宅。毫相法音非間隔，雖明白，到頭不似金臺客。九品高低隨報獲，或經劫數華方拆。若是我生心性窄，應煎迫，未開須把蓮華擘。

又

菊腦姜芽一飯餘，其他安敢費功夫。從今十指無閒暇，且盡平生弄數珠。

淨土故鄉嗟乍別，天涯流浪經時節。老去染沾眉鬢雪。思歸切，聞聲願寄遼天月。念念時時修淨業，臨終佛定來迎接。有誓表爲誠實說，廣長舌，三千遍覆紅蓮葉。

又

唯將梵誦是平生，夜夜嘮嘮一二更。隻影自憐塵世外，風前月下恣經行。

善導可嗟今已往，化來老少皆歸嚮。佛念一聲分一鑼，聲纔響，一聲一佛虛空上。八萬四千奇妙相，光明壽命皆無量。金色臂垂千萬丈。鵝王掌，誓來迎接歸安養。

又

暮鼓晨雞不住催，逡巡容貌變衰頹。莫言白髮渾閒事，總是無常信息來。

西土紋成東土壞，星飛一點千華界。勿訝神魂生去快，無遮礙。樂邦只在同居内。八德池深華又大，跏趺端坐蓮華載。耳聽法音心悟解，低頭拜，從今跳出胞胎外。《全宋詞》

望江南

吴潛

家山好，好處是三春。白白紅紅花面貌，絲絲裊裊柳腰身，錦繡底園林。　行樂事，都付與閒人。挈榼攜壺從笑傲，踏青挑菜恣追尋，贏得箇天真。

又

家山好，好是夏初時。習習薰風回竹院，疏疏細雨灑荷漪，萬緑結成帷。　呼社友，長日共追隨。瀹茗空時還酌酒，投壺罷了卻圍棋，多少得便宜。

又

家山好，好處是秋來。緑橘黄橙隨市有，巖花籬菊逐時開，管領付尊罍。　新築就，別館共閒臺。摇手出離名利窟，掉頭擺脱簿書堆，只在念頭灰。

又

家山好，好處是三冬。梨栗甘鮮輸地客，魴鯿肥美獻溪翁，醉滴小槽紅。　識破了，不用計窮通。下澤車安如駟馬，市門卒穩似王公。一笑等雞蟲。

又

家山好，結屋在山椒。無事琴書爲伴侶，有時風月可招邀，安樂更相饒。伸腳睡，一枕日頭高。不怕兩衙催判事，那愁五鼓趣趨朝。此福要人消。

又

家山好，底事尚忘歸。但我辭榮還避辱，從渠把是卻成非，跳出世關機。將五十，老相已相催。争得氣來有甚底，更加官後亦何爲。奉勸莫癡迷。

又

家山好，一室白雲中。時喚道人談命蔕，也呼和尚説禪宗。孔佛老相同。淘汰盡，八面總玲瓏。欲把捉時無把捉，道虛空後不虛空。且問主人公。

又

家山好，負郭有田園。蠶可充衣天賜予，耕能足食地周旋。骨肉盡團圓。旋五福，歲歲樂豐年。自養雞豚烹臘裏，新抽韭薺薦春前。活計不須添。

又

家山好，有底尚縈牽。馬後樂聽餘十載，眼前赤看也多年。滋味只如然。身外事，不用强採拈。自古幾番成與敗，從來百種醜和妍。細算不由賢。

又

家山好，好處是安居。無事不須干郡縣，有餘但管濟鄉閭。及早了王租。　隨日力，也著幾般書。静裏精神偏爽快，閒中光景越舒徐。臘月盡工夫。

又

家山好，無事掛心懷。早課畦丁勤種菜，晚科園户漫澆花。祇此是生涯。　塵世裏，擾擾正如麻。散復聚來羶上蟻，左還右旋壁間蝸。只爲那紛華。

又

家山好，百事盡如如。渴飲飢餐都屬我，倒横直立總由渠。更不要貪圖。　三徑裏，恰好小茅廬。種竹梅松爲老伴，養龜猿鶴助清娱。扣户有樵漁。

又

家山好，不是撰虚名。世上盛衰常倚伏，天家日月也虧盈。退步是前程。　且恁地，捲索了收繩。六字五胡生口面，三言兩語費顔情。贏得鬢星星。

又

家山好，凡事看來輕。一壑盡由儂飽飣，三才不欠你稱停。有耳莫閒聽。　靜地裏，點檢這平生。著甚來由爲皎皎，好無巴鼻弄醒醒。背後有人憎。彊村叢書本《履齋先生詩餘》

擣練子　八梅

無名氏

擣練子，賦梅枝，暖借東風次第吹。自是百花留不住，讓教先發放春歸。

擣練子，賦梅芳，柳緑桃紅謾點妝。試問仙標橫竹外，敢同高節伴冰霜。

擣練子，賦梅紅，玉體凝酥半醉中。詩酒興來須要早，忍看紅雨落西東。

擣練子，賦梅香，蕙魄蘭魂又再陽。只爲人間無著處，借他龍笛返仙鄉。

擣練子，賦梅英，枝上商量細細生。不是根株貪結子，被吹羌笛兩三聲。

擣練子，賦梅妝，鏡裏佳人傅粉忙。額子畫成終未是，更須插向鬢雲傍。

擣練子，賦梅音，雲底江南樹樹深。悵望故人千里遠，故將春色寄芳心。

擣練子，賦梅青，休共檀梨取次争。葉底青青如豆小，已知金鼎待和羹。《梅苑》卷五

商調醋葫蘆 刎頸鴛鴦會

秋山

武林門外落鄉村中一個姓蔣的生的女兒，小字淑珍，生得甚是標致，只是好些風月，恨芳年不偶，鬱鬱不樂。未知此女幾時得偶素願，因成商調醋葫蘆小令十篇，繫於事後，少述斯女始末之情。奉勞歌伴，先聽格律，後聽蕪詞。

湛秋波，兩剪明；露金蓮，三寸小。弄春風楊柳細身腰，比紅兒態度應更嬌。他生的諸般齊妙，縱司空見慣也魂消。

這蔣家女兒心性有些蹺蹊，描眉畫眼，喬模喬樣，因此閭里皆鄙之，所以遷延歲月，不覺二十餘歲。隔鄰有一兒子名叫阿巧，未曾出幼，常來女家嬉戲。其女相誘入室强合焉。忽聞扣户聲急，阿巧驚遁，回家驚氣衝心而殞。女聞之死，哀痛彌極，但不敢形諸顔頰。奉勞歌伴，再和前聲。

鎖修眉，恨尚存。痛知心，人已亡。霎時間雲雨散巫陽。自別來幾日行坐想，空撇下一天情況，則除是、夢裏見才郎。

這女兒自因阿巧死後，心中好生不快活，精神語言恍惚。常言道女大不中留。一日王嫂嫂來説，嫁與近村某二郎爲妻。過門之後，兩個頗説得着。瞬忽間十有餘年。某二郎年將五十之上，此心已灰，奈何此婦正在妙齡，仍與夫家西賓有事。某二郎一見病發身故。這婦人眼見斷送兩人性命了。奉勞歌伴，再和前聲。

結姻緣，十數年。動春情，三四番。蕭牆禍起片時間，到如今反爲難上難。把一對鸞鳳驚散，倚欄干、無語淚偷彈。

那某大郎斥退西賓，自思留此無益，不若逐回，庶免辱門敗户。遂唤原媒，眼同將婦罄身趕回。家父母只得收留。一日張二官過門，因見本婦，心甚悦之。俾人説合，求爲繼室。張二官是個行商，多在外，少在内，不曾打聽得備細，就下盒盤羊酒，涓吉成親。是夜畫燭摇光，粉香噴霧。奉勞歌伴，再和前聲。

喜今宵，月再圓；賞名園，花正芳。笑吟吟攜手上牙牀，恣交歡恍然入醉鄉。不覺的渾身通暢，把斷弦重續兩情償。

他兩個花燭之後，婦羡夫之殷富，夫憐婦之丰儀。過了一月，一日張二官人早起分付虞候，收拾行李，要往德清取賬。别去又半月光景，閑望對門店中一後生，約三十以上年紀，資質豐粹，舉止閑雅。遂問隨侍阿滿，阿滿道此店乃朱理秉中開的，人稱朱小二哥。樓外乃是官河，舟船歇泊之處，將及二更，忽聞稍人嘲歌聲，隱約記得後二句曰：有朝一日花容退，雙手招郎郎不來。婦人自此復萌覬覦之心，往往倚門獨立，朱秉中時來調戲。彼各相慕，自成眉語，但不能一叙款曲爲恨也。奉勞歌伴，再和前聲。

美温温，顔面肥；光油油，鬢髮長。他半生花酒肆顛狂。對人前扯拽都是謊，全無有風雲氣象。一謎裹、竊玉與偷香。

且説朱秉中因見其夫不在，乘機去這婦人家賀節，留飲了三五盃，意欲做些暗昧之事。奈何往來之人應接不暇，取便約在燈宵相會。其夜秉中老早的更衣着靴，只在街上往來。本婦也在門首抛聲衒俏。兩個相見暗喜，就便上樓，解衣相抱，曲盡于飛。再説秉中已回，張二官又到，本婦便害些木邊之目，田下之心，要好只除相見。奉勞歌伴，再和前聲。

報黄昏，角數聲。助淒凉，淚幾行。論深情海角未爲長，難捉摸這般心内癢。不能够相偎相傍，惡思量、縈損九迴腸。

這婦人自慶前夕歡娛，直至佳境，又約秉中晚西相會，誰知張二官家來，心中氣悶，就害起病來。本婦病中但瞑目，就見向日之阿巧支手某二郎偕來索命，勢甚獰惡。本婦懼怕，難以實告。張二官逕往洞虛先生卦肆卜下卦來，判道此病大分不好，爲禍非今生，乃宿世之冤。今夜就可辦備福物酒果冥衣各一分，向西鋪設，苦苦哀求，庶有少救。不然不可也。奉勞歌伴，再和前聲。

椰榆來，若怨咱。朦朧着，便見他。病懨懨害的眼兒花，瘦身軀怎禁没亂殺。則説不和我甘罷，幾時節離了兩冤家。

張二官正依法祭祀之間，本婦在牀又見阿巧和某二郎擊手言曰：我輩已訴于天，着來取命。你央後夫張二官再四懇求，意甚虔恪。我輩且容你至五五之間，待同你一會之人，卻假弓長之手，與你相見。言訖歘然不見了。本婦當夜似覺精爽些，看看復舊。一日，張二官入城催討貨物，回家進門，正見本婦與秉中執手聯坐。張二官當時見他殷勤，已自生疑七八分了，今日輳個滿懷，自思量道，他兩個若犯在我手裏，教他死無葬身之地。遂往德清去做買賣。到了德清已是五月初一日，安頓了行李，上街買一口刀懸掛腰間，至初四日連夜奔回，匿於他處。五日阿滿又來請赴鴛鴦會，秉中勉强赴之。樓上已張筵水陸矣。兩個遂轟飲，亦不顧其他也。奉勞歌伴，再和前聲。

緑溶溶，酒滿斟；紅焰焰，燭半燒。正中庭花月影兒交，直吃得玉山時自倒。他兩個貪歡貪笑，不隄防門外有人瞧。

兩個正飲間，秉中自覺耳熱眼跳，心驚肉戰，欠身求退。本婦怒曰：你殊不知我做鴛鴦會之主意。夫此二鳥飛鳴宿食，鎮常相守。爾我生不成雙，死作一對。張二官提刀在手，潛步至門梯，竊聽見他兩個戲謔歌呼，按捺不下，連打三塊磚，本婦教秉中先睡，開了大門，正要罵間，張二官跳將下來。本婦唬得戰做了一團，延頸待盡。秉中赤條條驚下牀來，匍匐口稱死罪。則見刀過處，一對人頭落地。當初本婦卧病，已聞阿巧、某二郎言道：五五之間，待同你一會之人，假弓長之手，再與相見。果至五月五日被張二官殺死。一會之人，乃秉中也。禍福未至，鬼神必先知之，可不懼歟。在座要備細，漫聽秋山一本刎頸鴛鴦會，又調南鄉子一闋于後。奉勞歌伴，再和前聲。

見抛磚，意暗猜；入門來，魂已驚。舉青鋒過處喪多情，到今朝你心還未省。送了他三條性命，果冤冤相報有神明。

南鄉子

春雲怨啼鵑，玉損香消事可憐。一對風流傷白刃，冤冤，惆悵勞魂赴九泉。　抵死苦留連，想是前生有業緣。景色依然人已散，天天，千古多情月自圓。

正所謂：當時不解恩成怨，今日方知色是空。《清平山堂話本》（樂語有節略）

全宋金曲卷四　轉踏

梅花曲　三首　以王安石三詩度曲

劉几

漢宮嬌額半塗黃，粉色凌寒透薄妝。好借月魂來映燭，恐隨春夢去飛揚。風亭把盞酬孤艷，雪徑回輿認暗香。不爲調羹應結子，直須留此占年芳。

漢宮中侍女，嬌額半塗黃。盈盈粉色凌時，寒玉體，先透薄妝。好借月魂來，娉婷畫燭旁。惟恐隨，陽春好夢去，所思飛揚。宜向風亭把盞，酬孤艷，醉永夕何妨。雪徑蕊，真凝密，降回輿，認暗香。不爲藉我作和羹，肯放結子花狂。向上林，留此占年芳。

又

結子非貪鼎鼐嘗，偶先紅杏占年芳。從教臘雪埋藏得，卻怕春風漏洩香。不御鉛華知國色，祇裁雲縷想仙妝。少陵爲爾牽詩興，可是無心賦海棠。

結子非貪，有香不俗，宜當鼎鼐嘗。偶先紅紫，度韶華、玉笛占年芳。衆花雜色滿上林，未能教，臘雪埋藏。卻怕春風漏洩，一一盡天香。不須更御鉛黃，知國色禀自，天真殊常。祇裁雲縷，奈芳滑，玉體想仙妝。少陵爲爾東閣，美艷激詩腸。當已陰未雨春光，無心賦海棠。

又

淺淺池塘短短牆，年年爲爾惜流芳。向人自有無言意，傾國天教抵死香。鬚裊黄金危欲墮，蔕團紅蠟巧能妝。嬋娟一種如冰雪，依倚春風笑野棠。

淺淺池塘，深深庭院，復出短短垣牆。年年爲爾，若九真巡會，寶惜流芳。向人自有，綿邈無言，深意深藏。傾國傾城，天教與，抵死芳香。　裊鬚金色，輕危欲壓，綽約冠中央。蔕團紅蠟，蘭肌粉艶巧能妝。嬋娟一種風流，如雪如冰衣霓裳。永日依倚，春風笑野棠。

《詞譜》卷四十

調笑歌

黄庭堅

詩曰：

海上神仙字太真，昭陽殿裏稱心人。猶思一曲霓裳舞，散作中原胡馬塵。方士歸來説風度，梨花一枝春帶雨。分釵半鈿愁殺人，上皇倚欄獨無語。

無語，恨如許。方士歸時腸斷處，梨花一枝春帶雨。半鈿分釵親付，天長地久相思苦。渺渺鯨波無路。

武進陶氏續刊景宋金元明本詞本《山谷琴趣外編》卷三

調笑轉踏

鄭　僅

良辰易失，信四者之難并；佳客相逢，實一時之盛事。用陳妙曲，上助清歡。女伴相將，調笑入隊。

秦樓有女字羅敷，二十未滿十五餘。金鐶約腕攜籠去，攀枝折葉城南隅。使君春思如飛絮，五馬徘徊芳草路。東風吹鬢不可親，日晚蠶饑欲歸去。

歸去，攜籠女。南陌柔桑三月暮，使君春思如飛絮。五馬徘徊頻駐。蠶饑日晚空留顧，笑指秦樓歸去。

石城女子名莫愁，家住石城西渡頭。拾翠每尋芳草路，採蓮時過緑蘋洲。五陵豪客青樓上，醉倒金壺待清唱。風高江闊白浪飛，急催艇子操雙槳。

雙槳，小舟蕩。喚取莫愁迎疊浪，五陵豪客青樓上。不道風高江廣。千金難買傾城樣，那聽繞梁清唱。

繡户朱簾翠幕張，主人置酒宴華堂。相如年少多才調，消得文君暗斷腸。斷腸初認琴心挑，么絃暗寫相思調。從來萬曲不關心，此度傷心何草草。

草草，最年少。繡户銀屏人窈窕，瑶琴暗寫相思調。一曲關心多少。臨邛客舍成都道，苦恨相逢不早。

湲湲流水武陵溪，洞裏春長日月遲。紅英滿地無人掃，此度劉郎去後迷。行行漸入清流淺，香風引到神仙館。瓊漿一飲覺身輕，玉砌雲房瑞煙暖。

煙暖，武陵晚。洞裏春長花爛熳，紅英滿地溪流淺。漸聽雲中雞犬。劉郎迷路香風遠，誤到蓬萊仙館。

少年錦帶佩吴鈎，鐵馬迎風塞草秋。憑仗匣中三尺劍，掃平驕虜取封侯。紅顔少婦桃花臉，笑倚銀屏施寶靨。明眸妙齒起相迎，青樓獨占陽春豔。

春豔，桃花臉。笑倚銀屏施寶靨，良人少有平戎膽。歸路光生弓劍。青樓春永香幃掩，獨把韶華都占。

翠蓋銀鞍馮子都，尋芳調笑酒家胡〔一〕。吴姬十五夭桃色，巧笑春風當酒壚。玉壺絲絡臨朱户，結就羅裙表情素。紅裙不惜裂香羅，區區私愛徒相慕。

相慕，酒家女。巧笑明眸年十五，當壚春永尋芳去。門外落花飛絮。銀鞍白馬金吾子，多謝結裙情素。

〔一〕「胡」，原作「徒」，此從四部叢刊影印舊鈔本鮑校。

樓上青帘映緑楊，江波千里對微茫。潮平越賈催船發，酒熟吴姬唤客嘗。吴姬綽約開金盞，的的嬌波流美盼。秋風一曲采菱歌，行雲不度人腸斷。

腸斷，浙江岸。樓上青帘新酒軟，吴姬綽約開金盞。的的嬌波流盼。採菱歌罷行雲散，望斷儂家心眼。

花陰轉午漏頻移，寶鴨飄簾繡幕垂。眉山斂黛雲堆髻，醉倚春風不自持。偷眼劉郎年最少，雲情雨態知多少。花前月下惱人腸，不獨錢塘有蘇小。

蘇小，最嬌妙。幾度樽前曾調笑，雲情雨態知多少。悔恨相逢不早。劉郎襟韻正年少，風月今宵偏好。

金翹斜嚲淡梳粧，綽約天葩自在芳。幾番欲奏陽關曲，淚濕春風眼尾長。落花飛絮青門道，濃愁不散連芳草。孤鸞乘鶴上蓬萊，應笑行雲空夢悄。

夢悄，翠屏曉。帳裏薰爐殘蠟照，賞心樂事能多少。忍聽陽關聲調。明朝門外長安道，悵望王孫芳草。

綽約妍姿號太真，肌膚冰雪怯輕塵。霞衣乍舉紅摇影，按出霓裳曲最新。舞釵斜嚲烏雲髮，一點春心幽恨切。蓬萊雖説浪風輕，翻恨明皇此時節。

時節，白銀闕。洞裏春情百和爇，蘭心底事多悲切。消盡一團冰雪。明皇恩愛雲山絶，誰道蓬萊安悦。

江上新晴暮靄飛，碧蘆紅蓼夕陽微。富貴不牽漁父目，塵勞難染釣人衣。白鳥孤飛烟柳杪，採蓮越女清歌妙。腕呈金釧棹鳴榔，驚起鴛鴦歸調笑。

調笑，楚江渺。粉面修眉花鬥好，擎荷折柳争相調。驚起鴛鴦多少。漁歌齊唱催殘照，一葉歸舟輕小。

千里潮平小渡邊，帘歌白紵絮飛天。蘇蘇不怕梅風遠，空遺春心著意憐。燕釵玉股横青髮，怨託琵琶恨難説。擬將幽恨訴新愁，新愁未盡絲聲切。

聲切，恨難説。千里潮平春浪闊，梅風不解相思結。忍送落花飛雪。多才一去芳音絶，更對珠簾新月。

放　隊

新詞宛轉遞相傳，振袖傾鬟風露前。月落烏啼雲雨散，游童陌上拾花鈿。詞學叢書本《樂府雅詞》卷上

調笑令

秦　觀

王昭君

詩曰：

漢宫選女適單于，明妃斂袂登氈車。玉容寂寞花無主，顧影低回泣路隅〔一〕。行行漸入陰山路，目斷征鴻入雲去〔二〕。獨抱琵琶恨更深，漢宫不見空回顧。

曲子：

回顧，漢宫路。桿撥檀槽鸞對舞，玉容寂寞花無主。顧影偷彈玉筯。未央宫殿知何處，目送征鴻南去。

〔一〕「低回」，毛本作「徘徊」。　〔二〕「斷」，毛本作「送」。

其二　樂昌公主

詩曰：

金陵往昔帝王州，樂昌主第最風流。一朝隋兵到江上，共抱恓恓去國愁〔一〕。越公萬騎鳴笳鼓，劍擁玉人天上去。空攜破鏡望紅塵，千古江楓籠輦路。

曲子：

輦路，江楓古。樓上吹簫人在否，菱花半壁香塵汙。往日繁華何處。舊歡新愛誰爲主，啼笑兩難分付。

〔一〕原本「抱」作「把」，從毛本。「恓恓」，毛本作「悽悽」。

其三　崔徽

詩曰：

蒲中有女號崔徽，輕似南山翡翠兒。使君當日最寵愛，坐中對客常擁持。一見裴郎心似醉，夜解羅衣與門吏。西門寺裏樂未央，樂府至今歌翡翠。

曲子：

翡翠，好容止。誰使庸奴輕點綴，裴郎一見心如醉。笑裏偷傳深意。羅衣深夜與門吏，暗結城西幽會。

其四 無雙

詩曰：

尚書有女名無雙，蛾眉如畫學新妝。姊家仙客最明秀〔一〕，舅母惟只呼王郎。尚書往日先曾許，數載睽違今復遇。聞説襄江二十年，當時未必輕相慕。

曲子：

相慕，無雙女。當日尚書先曾許，王郎明俊神仙侶。腸斷别離情苦。數年睽恨今復遇，笑指襄江歸去。

〔一〕毛本「姊」作「伊」，「秀」作「俊」。

其五 灼灼

詩曰：

錦城春暖花欲飛，灼灼當庭舞柘枝。相君上客河東秀，自言那得旁人知。妾願身爲梁上燕，朝朝暮暮長相見。雲收月墮海沈沈〔一〕，淚滿紅綃寄腸斷。

曲子：

腸斷，繡簾捲。妾願身爲梁上燕，朝朝暮暮長相見。莫遣恩遷情變。紅綃粉淚知何限，萬古空傳遺怨。

〔一〕毛本「墮」作「墜」。

其六 盼盼

詩曰：

百尺樓高燕子飛，樓上美人顰翠眉。將軍一去音容遠，只有年年舊燕歸。春風昨夜來深院，春色依然人不見〔一〕。只餘明月照孤眠，唯望舊恩空戀戀〔二〕。

曲子：

戀戀，樓中燕。燕子樓空春色晚，將軍一去音容遠。空鎖樓中深怨〔三〕。春風重到人不見，十二闌干倚遍。

〔一〕「色」，毛本作「日」。〔二〕「唯」，毛本作「回」。〔三〕「怨」，毛本作「院」。

其七 崔鶯鶯

詩曰：

崔家有女名鶯鶯，未識春風先有情〔一〕。河橋兵亂依蕭寺，怨紅愁緑見張生〔二〕。張生一見春情重，明月拂牆花影動。夜半紅娘擁抱來，脈脈驚魂若春夢。

曲子：

春夢，神仙洞。冉冉拂牆花樹動，西厢待月知誰共。更覺玉人情重。紅娘深夜行雲送，困嚲釵横金鳳。

〔一〕毛本「風」作「光」。〔二〕「怨紅愁緑」，毛本作「紅愁緑慘」。

其八　採蓮

詩曰：

若耶溪邊天氣秋，採蓮女兒溪岸頭。笑隔荷花共人語，煙波渺渺蕩輕舟。數聲水調紅嬌晚，棹轉舟回笑人遠。腸斷誰家游冶郎，盡日踟躕臨柳岸。

曲子：

柳岸，水清淺。笑折荷花呼女伴，盈盈日照新妝面。水調空傳幽怨。扁舟日暮笑聲遠，對此令人腸斷。

其九　煙中怨

詩曰：

鑑湖樓閣與雲齊，樓上女兒名阿溪。十五能爲綺麗句，平生未解出幽閨。謝郎巧思詩裁剪，能使佳人動幽怨。瓊枝璧月結芳期，斗帳雙雙成眷戀。

曲子：

眷戀，西湖岸。湖岸樓臺侵雲漢〔一〕，阿溪本是飛瓊伴。風月朱扉斜掩。謝郎巧思詩裁剪，能動芳懷幽怨。

〔一〕毛本「岸」作「面」。

其十　離魂記

詩曰：

深閨女兒嬌復癡，春愁春恨那復知。舅兄唯有相拘意，暗想花心臨別時。離舟欲解春江暮，冉冉香魂逐君去。重來兩身復一身，夢覺春風話心素。

曲子：

心素，與誰語。始信别離情最苦，蘭舟欲解春江暮。精爽隨君歸去。異時攜手重來處，夢覺春風庭户。彊村叢書本《淮海居士長短句》卷下

憶秦娥〔一〕

灞橋雪

驢背吟詩清到骨，人間别是閒勳業。雲臺烟閣久銷沉，千載人圖灞橋雪。

灞橋雪，茫茫萬逕人蹤滅。人蹤滅，此時方見，乾坤空闊。　騎驢老子真奇絶，肩山吟聳清寒冽。清寒冽，衹緣不禁，梅花撩撥〔二〕。

〔一〕調名據《詞譜》卷五補。　〔二〕《詞譜》卷五：按秦詞四首，每首前各有口號四句，即以口號末句三字爲起句，亦如調笑令例。樂府舞曲轉踏類如此。

又　曲江花

帝城東畔富韶華，滿路飄香爛綵霞。多少春風年少客，馬蹄踏遍曲江花。

曲江花，宜春十里錦雲遮。錦雲遮，水邊院落，山下人家。　茸茸細草承香車，金鞍玉勒争年華。争年華，酒樓青旆，歌板紅牙。

又　庾樓月

碧天如水纖雲滅，可是高人清興發。徙倚危闌有所思，江頭一片庾樓月。

庾樓月，水天涵映秋澄徹。秋澄徹，涼風清露，瑶臺銀闕。　桂花香滿蟾蜍窟，胡牀興發霏談雪。霏談雪，誰家鳳管，夜深吹徹。

又　楚臺風

誰將綵筆弄雌雄，長日君王在渚宫。一段瀟湘凉意思，至今都入楚臺風。

楚臺風，蕭蕭瑟瑟穿簾櫳。滄江浩渺，綺閣玲瓏。　飄飄綵筆摇長虹，泠泠仙籟鳴虚空。鳴虚空，一闌修竹，幾壑疏松。《草堂詩餘新集》卷三

調　笑　　晁補之

蓋聞民俗殊方，聲音異好。洞庭九奏，謂踊躍于魚龍；子夜四時，亦欣愉于兒女。欲識風謡之變，請觀調笑之傳。

上佐清歡，深慚薄伎。

西子

西子江頭自浣紗，見人不語入荷花。天然玉貌非朱粉，消得人看隘若耶。游冶誰家少年伴，三三五五垂楊岸。紫騮飛入亂紅深，見此踟躕但腸斷。

腸斷，越江岸。越女江頭紗自浣，天然玉貌鉛紅淺。自弄芙蓉日晚。紫騮嘶去猶回盼，笑入荷花不見。

宋玉

楚人宋玉多微詞，出游白馬黄金羈。殷勤扣户主人女，上客日高無乃飢。琴彈秋思明心素，女爲客歌客無語。冠纓定掛翡翠釵，心亂誰知歲將暮。

將暮，亂心素。上客風流名重楚，臨街下馬當窗户。飯煮雕胡留住。瑶琴促軫傳深語，萬曲梁塵不顧。

大堤

妾家朱户在横塘，青雲作髻月爲璫。常伴大堤諸女士，誰令花艷獨驚郎。踏堤共唱襄陽樂，軻峨大艑帆初落。宜城酒熟持勸郎，郎今欲渡風波惡。

波惡，倚江閣。大艑軻峨帆夜落，横塘朱户多行樂。大堤花容綽約。宜城春酒郎同酌，醉倒銀缸羅幕。

解　珮

當年二女出江濱，容止光輝非世人。明璫戲解贈行客，意比驂鸞天漢津。恍如夢覺空江暮，雲雨無蹤珮何處。君非玉斧望歸來，流水桃花定相誤。

相誤，空凝竚。鄭子江頭逢二女，霞衣曳玉非塵土。笑解明璫輕付。月從雲墮勞相慕，自有驂鸞仙侶。

回　紋

竇家少婦美朱顏，藁砧何在山復山。多才況是天機巧，象牀玉手亂紅間。織成錦字縱横説，萬語千言皆怨别。一絲一縷幾縈回，似妾思君腸寸結。

寸結，肝腸切。織錦機邊音韻咽，玉琴塵暗薰爐歇。望盡牀頭秋月。刀裁錦斷詩可滅，恨似連環難絶。

唐　兒

頭玉磽磽翠刷眉，杜郎生得好男兒。惟有東家嬌女識，骨重神寒天妙姿。銀鸞照衫馬絲尾，折花正值門前戲。儂笑書空意爲誰，分明唐字深心記。

心記，好心事。玉刻容顏眉刷翠，杜郎生得真男子。況是東家妖麗。眉尖春恨難憑寄，笑作空中唐字。

春草

劉郎初見小樊時，花面丫頭年未笄。千金欲置名春草，圖得身行步步隨。郎去蘇臺雲水國，青青滿地成輕擲。聞君車馬向江南，爲傳春草遥相憶。

相憶，頓輕擲。春草佳名慚贈璧，長洲茂苑吴王國。自有芊綿碧色。根生土長銅駝陌，縱欲隨君争得。詞學叢書本《樂府雅詞》卷上

調笑

毛滂

掾白語

竊以緑雲之音，不羞春燕；結風之袖，若翩秋鴻。勿謂花月之無情，長寄綺羅之遺恨。試爲調笑，戲追風流。少延重客之餘歡，聊發清尊之雅興。

詩詞

珠樹陰中翡翠兒，莫論生小被雞欺。鸖鵲樓高蕩春思，秋瓶盼碧雙琉璃。御酥作肌花作骨，燕釵横玉雲堆髮。使梁年少斷腸人，凌波襪冷重城月。

城月，冷羅襪。郎睡不知鸞帳揭，香凄翠被燈明滅。花困釵横時節。河橋楊柳催行色，愁

黛有人描得。

右一崔徽

隼旟佩馬昌門西，泰娘紺幰爲追隨。河橋春風弄鬟影，桃花髻暖黄蜂飛。繡茵錦薦承回雪，水犀梳斜抱明月。銅駝夢斷江水長，雲中月墮韓香歇。

香歇，袂紅黦。記立河橋花自折，隼旟紺幰城西闕。教妾驚鴻回雪。銅駝春夢空愁絶，雲破碧江流月。

右二泰娘

武寧節度客最賢，後車摛藻争春妍。曲眉豐頰亦能賦，惠中秀外誰取憐。花嬌葉困春相逼，燕子樓頭作寒食。月明空照合歡牀，霓裳罷舞猶無力。

無力，倚瑶瑟。罷舞霓裳今幾日，樓空雨小春寒逼。鈿暈羅衫煙色。簾前歸燕看人立，卻趁落花飛入。

右三盼盼

臨邛重客蜀相如，被服容冶人閑都。上宮煙娥笑迎客，繡屏六曲紅氍毹。霰珠穿簾洞房晚，歌倚瑶琴半羞懶。天寒日暮可奈何，掛客冠纓玉釵冷。

釵冷，鬢雲晚。羅袖拂人花氣暖，風流公子來應遠。半倚瑶琴羞懶。雲寒日暮天微霰，無處不堪腸斷。

右四美人賦

寒雲夜卷霜倒飛，一聲水調凝秋悲。錦靴玉帶舞回雪，丞相筵前看柘枝。河東詞客今何地，密寄軟綃三尺淚。錦城春色隔瞿塘，故華灼灼今憔悴。

憔悴，何郎地。密寄軟綃三尺淚，傳心語眼郎應記。翠袖猶芳仙桂〔一〕。願郎學做蝴蝶子，去去來來花裏。

右五灼灼

〔一〕「芳」，原作「芬」，據《詞譜》卷四十改。

春風户外花蕭蕭，緑窗繡屏阿母嬌。白玉郎君恃恩力，尊前心醉雙翠翹。西廂月冷濛花霧，落霞零亂牆東樹。此夜靈犀已暗通，玉環寄恨人何處。

何處，長安路。不記牆東花拂樹，瑶琴理罷霓裳譜。依舊月窗風户。薄情年少如飛絮，夢逐玉環西去。

右六鶯鶯

白蘋溪邊張水嬉，紅蓮上客心在誰。丹山鸞雛雜鷗鷺，暮雲晚浪相逶迤。十年東風未應老，斗量明珠結里媪。花房著子青春深，朱輪來時但芳草。

芳草，恨春老。自是尋春來不早，落花風起紅多少。記得一枝春小。緑陰青子空相惱，此恨平生懷抱。

右七苕子

半天高閣倚晴江，使君宴客羅紈香。一聲離鳳破凝碧，洞房十三春未央。沙暖鴛鴦堤上下，煙輕楊柳絲飄蕩〔一〕。佩瑶棄置洛城東，風流雲散空相望。

相望，楚江上。縈水繚雲聞妙唱，龍沙醉眼看花浪。正要風將月傍。雲車瑶佩成惆悵，衰柳白鬚相向。

右八張好好

〔一〕此二句原佚，據《詞譜》卷四十補。

破　子

酒美，從酒貴。濯錦江邊花滿地，鸕鶿换得文君醉。暖和一團春意。怕將醒眼看浮世，不换雲芽雪水。

破　子

花好，怕花老。暖日和風將養到，東君須願長年少。圖不看花草草。西園一點紅猶小，早被蜂兒知道。

遣　隊

歌長漸落杏梁塵，舞罷香風卷繡裀。更擬緑雲弄清切，尊前恐有斷腸人。彊村叢書本《東堂詞》

調笑

邵伯温

翻翻繡袖上紅裀，舞姬猶是舊精神。坐中莫怪無歡意，我與將軍是故人〔一〕。《過庭録》

〔一〕《全宋詞》注：案宋人調笑詞前，例有口號八句。此四句蓋口號，非詞文。

調笑令 並口號

曾慥

五柳門前三徑斜，東籬九日富貴花。豈惟此菊有佳色，上有南山日夕佳。

佳友菊

佳友，金英輳。陶令籬邊常宿留，秋風一夜摧枯朽。獨艷重陽時候。剩收芳蕊浮卮酒，薦酒先生眉壽。《全宋詞》録自《百菊集譜》卷四

清友梅

清友，群芳右。萬縞紛披玆獨秀，天寒月薄黄昏後。縞袂亭亭招手。故山千樹連雲岫，借問如今安否。

淨友蓮

淨友，如妝就。折得清香來滿手，一溪湛湛無塵垢。白羽輕摇晴晝。遠公保社今何有？

帳望東林搔首。

玉友酒

玉友，平生舊。相與忘形偏耐久，醉鄉徑到無何有。莫問區區升斗。人生一笑難開口，爲報速宜相就。

破子

花好，被花惱。庭下嫣然如巧笑，曾教健步移根到。各是一般奇妙。賞心樂事知多少，亂插繁華晴昊。

酒美，直無比。小甕新醅浮玉蟻，空傳烏氏並程氏。不數雲安麴米。十花更互來相對，常伴先生沉醉。《花草粹編》卷一

調笑令

李邴

伏以長安麗人，杜工部水邊瞥見；洛川神女，陳思王夢裏相逢。雖賦詠之盡工，亦纖穠之未備。若乃吟煙吐月，鏤玉雕花。衆中喚作百宜嬌，詩裏裝成十様錦。漢鬢楚腰呈妙伎，竹枝桃葉換新聲。綵袖初呈，傳踏來至。

睡起斜痕印枕檀，弄羞未怕指尖寒。紫綿香軟紅膏滑，不惜春嬌對舞鸞。裊鬟細鬟金罤鬫，春工只在纖纖玉。卻月彎環未要深，留著伊來畫雙緑。

雙緑，淡匀拂。兩臉春融光透玉，起來卻怕東風觸。本是一團香玉。飛鸞臺上看未足，貯向阿嬌金屋。《永樂大典》卷六五二三妝字韻引李邴詩集

番禺調笑

洪　适

勾　隊

蓋聞五嶺分疆，說番禺之大府；一尊屬客，見南伯之高情。摭遺事於前聞，度新詞而屢舞。宫商遞奏，調笑入場。

羊　仙

黄木灣頭聲闃然，碧雲深處起非煙。騎羊執穗衣分錦，快覩浮空五列仙。騰空昔日持銅虎，嘉瑞能名灼前古。羽人叱石會重來，治行於今最南土。

南土，賢銅虎。黄木灣頭騰好語，騎羊執穗神仙五。拭目摩肩争覩。無雙治行今猶古，嘉瑞流傳樂府。

藥　洲

傳聞南漢學飛仙，鍊藥名洲雉堞邊。鑪寒竈毁無蹤跡，古木閒花不計年。惟餘九曜巉巖石，寸寸瀹漪湛天碧。畫橋彩舫列歌亭，長與邦人作寒食。

寒食，人如織。藉草臨流羅飲席，陽春有腳森雙戟。和氣歡聲洋溢。洲邊藥竈成陳迹，九

曜摩挲奇石。

海山樓

高樓百尺邇嚴城，披拂雄風襟袂清。雲氣籠山朝雨急，海濤侵岸暮潮生。樓前簫鼓聲相和，戢戢歸檣排幾柁。須信官廉蚌蛤回，望中山積皆奇貨。

奇貨，歸帆過。擊鼓吹簫相應和，樓前高浪相掀簸。漁唱一聲山左。胡牀邀月輕雲破，玉麈飛談驚座。

素馨巷

南國英華賦衆芳，素馨聲價獨無雙。未知蟾桂能相比，不是人間草木香。輕絲結蕊長盈穗，一片瑞雲縈寶髻。水沉爲骨麝爲衣，剩馥三熏亦名世。

名世，花無二。高壓闍提傾末利，素絲縷縷聯芳蕊。一片雲生寶髻。屑沉碎麝香肌細，剩馥熏成心字。

朝漢臺

尉佗怒臂帝番禺，遠屈王人陸大夫。只用一言回倔強，遂令魋結換襟裾。使歸已實千金橐，朝漢心傾比葵藿。高臺突兀切星辰，後代登臨奏音樂。

音樂，傳佳作。蓋海旌幢開觀閣，綺霞飛渡青油幕。好是登臨行樂。當時朝漢心傾藿，望斷長安城郭。

浴日亭

扶胥之口控南溟，誰鑿山尖築此亭。俯窺貝闕蛟龍躍，遠見扶桑朝日升。蜃樓縹緲擎天際，鵬翼繽翻借風勢。蓬萊可望不可親，安得輕舟凌弱水。

弱水，天無際，相去扶胥知幾里，高亭東望陽烏起。杲杲晨光初洗。蓬萊欲往寧無計，一展彌天鵬翅。

蒲　澗

古澗清泉不歇聲，昌蒲多節四時青。安期駕鶴丹霄去，萬古相傳此化城。依然丹竈留巖穴，桃竹連山仙境别。年年正月掃竹闕，飛蓋傾城賞佳節。

佳節，初春月。飛蓋傾城尊俎列，安期駕鶴朝金闕。丹竈分留巖穴。山中花笑秦皇拙，祠殿荒凉虚設。

貪　泉

桄榔色暗芭蕉繁，中有貪泉湧石門。一杯便使人心改，屬意金珠萬事昏。晉時賢牧夷齊比，酌水題詩心轉厲。只今方伯擅真清，日日取泉供飲器。

飲器，貪泉水。山乳涓涓甘似醴，懷金嗜寶隨人意。枉受惡名難洗。真清方伯端無比，未使吴君專美。

沈香浦

炎區萬國侈奇香，稛載歸來有巨航。誰人不作芳馨觀，巾篋寧無一片藏。飲泉太守回瓜戍，搜索越裝舟未去。薏苡何從起謗言，沉香不惜投深浦。

深浦，停舟處。只恐越裝相染污，奇香一見如泥土。投著水中歸去。令公早晚回朝著，無物遲留鳴艣。

清遠峽

腰支尺六代難雙，霧鬢風鬟巧作妝。人間不似山間樂，身在帝鄉思故鄉。南來萬里舟初歇，三峽重過驚久別。玉環留著綴相思，歸向青山嘯明月。

明月，舟初歇。三峽重過驚久別，玉環留與人間説。詩罷離腸千結。相思朝暮流泉咽，霧鎖青山愁絶。

破　子

南海，繁華最。城郭山川雄嶺外，遺蹤嘉話垂千載。竹帛班班俱在。元戎好古新聲改，調笑花前分隊。

高會，尊罍對。笑眼茸茸回盼睞，蹋筵低唱眉彎黛。翔鳳驚鸞多態。清風不用一錢買，醉客何妨倒載。

遣　隊

十眉争艷眼波横，蜺袖回風曲已成。絳蠟飄花香卷穗，月林烏鵲兩三聲。歌舞既終，相將好去。彊村叢書本《盤洲樂章》卷一

調笑令

李　吕

笑

掩袖低迷情不禁，背人低語兩知心。煙蛾漸放愁邊散，細靨從教醉裏深。小梅破萼嬌難似，喜色著人吹不起。莫將羽扇掩明波，灩灩光風生眼尾。

眼尾，寄深意。一點蘭膏紅破蕊，鈿窩淺淺雙痕媚。背面銀牀斜倚。燭花先報今宵喜，管定知人心裏。

前　調　飲

摘蕊和香滴得成，更將白玉琢飛鯨。殢嬌一任香羅涴，更折花枝作令行。香泛金鱗翻蕊琖，笑裏桃花紅近眼。粉壺琥珀爲君傾，弄翠挼紅歸去晚。

歸晚，思何限。玉墜金偏雲鬢亂，傷春誰作嬉游伴。只有飛來花片。幾回愁映眉山遠，總

被東風驚散。

前　調　坐

玉笙吹遍古梁州，暗學芙蓉一樣愁。倚窗重整金條脱，對檻不卸紅臂韝。淺淺緑靴雙鳳困，柳弱花慵斂新悶。嬌多無力凭熏籠，又報杏園春意盡。

春盡，斂新悶。暗傍銀屏撩緑鬢，攢眉不許旁人問。簾外冷紅成陣。銀釭挑盡睡未肯，腸斷秦郎歸信。

前　調　博

緑檀屏下玉成圍，唤擁金盆出注時。多情故與諸郎戲，不惜春嬌兩鬢垂。珠璣滿斗猶慵起，玉馬象盤還得意。漏冷銅烏唤不應，更移紅燭桃花底。

花底，錦鋪地。繡浪瓊枝光似洗，一心長在金盆裏。翠袖懶遮纖指。珠璣滿斗猶慵起，過盡紅樓春睡。

前　調　歌

賢川六疊小香檀，玉筍纖纖不奈寒。淺破朱脣促新調，紅絲短瑟未須彈。金字兩行妝寶扇，扇中鸞影迷嬌面。蘭葉歌翻春事空，孤鳳離鸞兩含怨。

含怨，兩顰淺。羽髻雲鬟低玉燕，緑沈香底金鵝扇。隱隱花枝輕顫。當筵不放紅雲轉，正是玉壺春滿。彊村叢書本《澹軒詩餘》

調笑集句[一]

無名氏

蓋聞行樂須及良辰，鍾情正在吾輩。飛觴舉白，目斷巫山之暮雲；綴玉聯珠，韻勝池塘之春草。集古人之妙句，助今日之餘歡。

珠流璧合暗連文，月入千江體不分。此曲只應天上有，歌聲豈合世間聞。

〔一〕此篇爲宋曾慥《樂府雅詞》首篇，其序云：九重傳出以冠于篇首，諸公轉踏次之。

巫　山

巫山高高十二峰，雲想衣裳花想容。欲往從之不憚遠，丹峰碧障深重重。樓閣玲瓏五雲起，美人娟娟隔秋水。江天一望楚天長，滿懷明月人千里。

千里，楚江水。明月樓高愁獨倚，井梧宮殿生秋意。望斷巫山十二。雪肌花貌參差是，朱閣五雲仙子。

桃　源

漁舟容易入春山，別有天地非人間。玉顔亭亭花下立，鬢亂釵横特地寒。留君不住君須去，不知此地歸何處。春來遍是桃花水，流水落花空相誤。

相誤，桃源路。萬里蒼蒼煙水暮，留君不住君須去。秋月春風閒度。桃花零亂如紅雨，人面不知何處。

洛　浦

艷陽灼灼河洛神，態濃意遠淑且真。入眼平生未曾有，緩步佯羞行玉塵。凌波不過橫塘路，風吹仙袂飄飄舉。來如春夢不多時，天非花艷輕非霧。

非霧，花無語。還似朝雲何處去，凌波不過橫塘路。燕燕鶯鶯飛舞。風吹仙袂飄飄舉，擬倩遊絲惹住。

明　妃

明妃初出漢宫時，青春繡服正相宜。無端又被東風誤，故著尋常淡薄衣。上馬即知無返日，寒山一帶傷心碧。人生憔悴生理難，好在氈城莫相憶。

相憶，無消息。目斷遥天雲自白，寒山一帶傷心碧。風土蕭疏胡國。長安不見浮雲隔，縱使君來争得。

班　女

九重春色醉仙桃，春嬌滿眼睡紅綃。同輩隨君侍君側，雲鬢花顔金步摇。一霎秋風驚畫扇，庭院蒼苔紅葉遍。蕊珠宫裏舊承恩，回首何時復來見。

來見，蕊宫殿。記得隨班迎鳳輦，餘花落盡蒼苔院。斜掩金鋪一片。千金買笑無方便，和淚盈盈嬌眼。

文君

錦城絲管日紛紛，金釵半醉坐添春。相如正應居客右，當軒下馬入錦裀。斜倚緑窗鴛鑒女，琴彈秋思明心素。心有靈犀一點通，感君綢繆逐君去。

君去，逐鴛侶。斜倚緑窗鴛鑒女，琴彈秋思明心素。一寸還成千縷。錦城春色知何許，那似遠山眉嫵。

吴娘

素枝瓊樹一枝春，丹青難寫是精神。偷啼自揾殘粧粉，不忍重看舊寫真。珮玉鳴鸞罷歌舞，錦瑟華年誰與度。暮雨瀟瀟郎不歸，含情欲説獨無處。

無處，難輕訴。錦瑟華年誰與度，黄昏更下瀟瀟雨。況是青春將暮。花雖無語鶯能語，來道曾逢郎否。

琵琶

十三學得琵琶成，翡翠簾開雲母屏。暮雨朝來顔色故，夜半月高弦索鳴。江水江花豈終極，上下花間聲轉急。此恨綿綿無絶期，江州司馬青衫濕。

衫濕，情何極。上下花間聲轉急，滿船明月蘆花白。秋水長天一色。芳年未老時難得，目斷遠空凝碧。

放隊

玉爐夜起沉香烟，唤起佳人舞繡筵。去似朝雲無處覓，游童陌上拾花鈿。

九張機

無名氏

醉留客者，樂府之舊名；九張機者，才子之新調。憑戛玉之清歌，寫擲梭之春怨。章章寄恨，句句言情。恭對華筵，敢陳口號：

一擲梭心一縷絲，連連織就九張機。從來巧思知多少，苦恨春風久不歸。

一張機，織梭光景去如飛。蘭房夜永愁無寐，嘔嘔軋軋，織成春恨，留著待郎歸。

兩張機，月明人静漏聲稀。千絲萬縷相縈繫，織成一段，迴紋錦字，將去寄呈伊。

三張機，中心有朵耍花兒。嬌紅嫩緑春明媚，君須早折，一枝濃艷，莫待過芳菲。

四張機，鴛鴦織就欲雙飛。可憐未老頭先白，春波碧草，曉寒深處，相對浴紅衣。

五張機，芳心密與巧心期。合歡樹上枝連理，雙頭花下，兩同心處，一對化生兒。

六張機，雕花鋪錦半離披。蘭房别有留春計，爐添小篆，日長一線，相對繡工遲。

七張機，春蠶吐盡一生絲。莫教容易裁羅綺，無端翦破，仙鸞彩鳳，分作兩般衣。

八張機，纖纖玉手住無時。蜀江濯盡春波媚，香遺囊麝，花房繡被，歸去意遲遲。

九張機，一心長在百花枝。百花共作紅堆被，都將春色，藏頭裏面，不怕睡多時。

輕絲，象牀玉手出新奇。千花萬草光凝碧，裁縫衣著，春天歌舞，飛蝶語黄鸝。

春衣，素絲染就已堪悲。塵世昏汙無顏色，應同秋扇，從兹永棄，無復奉君時。

歌聲飛落畫梁塵，舞罷香風捲繡茵。更欲縷成機上恨，尊前忽有斷腸人。斂袂而歸，相將好去。

同前

一張機，採桑陌上試春衣。風晴日暖慵無力，桃花枝上，啼鶯言語，不肯放人歸。

兩張機，行人立馬意遲遲。深心未忍輕分付，回頭一笑，花間歸去，只恐被花知。

三張機，吴蠶已老燕雛飛。東風宴罷長洲苑，輕綃催趁，館娃宫女，要换舞時衣。

四張機，咿啞聲裏暗顰眉。回梭織朵垂蓮子，盤花易綰，愁心難整，脉脉亂如絲。

五張機，横紋織就沈郎詩。中心一句無人會，不言愁恨，不言憔悴，只恁寄相思。

六張機，行行都是耍花兒。花間更有雙蝴蝶，停梭一晌，閒窗影裏，獨自看多時。

七張機，鴛鴦織就又遲疑。只恐被人輕裁剪，分飛兩處，一場離恨，何計再相隨。

八張機，回紋知是阿誰詩。織成一片凄凉意，行行讀遍，厭厭無語，不忍更尋思。

九張機，雙花雙葉又雙枝。薄情自古多離别，從頭到底，將心縈繫，穿過一條絲。詞學叢書本

《樂府雅詞》卷上

全宋金曲卷五　唱賺

圓社市語

〔中吕宫〕圓裏圓

〔紫蘇丸〕相逢閑暇時，有閑底打唤瞞兒。呵喝囉聲嗽道膁厮，俺嗏歡喜。纔下脚，須和美，試問伊家有甚夾氣。又管甚官場側背，算人間落花流水。

〔縷縷金〕把金銀錠打旋起，花星臨照我，怎彈避？近日閑遊戲，因到花市簾兒下，瞥見一個表兒圓，咱每便著意。

〔好女兒〕生得寶粧蹺，身分美，繡帶兒纏脚，更好肩背。畫眉兒入鬢春山翠，帶着個粉鉗兒，更綰個朝天髻。

〔大夫娘〕忙入步，又遲疑，又怕五角兒衝撞我没蹺踢。網兒盡是扎，圓底都道鬆例〔一〕。要拋聲忒壯果難爲，真個費脚力。

〔好孩兒〕供送飲三盃，先入氣，道今宵打歇處，把人拍惜。怎知他水脈透不由得你，咱們只要表兒圓時，復地一合兒美。

〔入賺〕春遊禁陌，流鶯往來穿梭戲。紫燕歸巢，葉底桃花綻蕊。賞芳菲，蹴鞦韆高而不遠，似踏火不沾地。見小池風擺，荷葉戲水，素秋天氣。正翫月斜插花枝，賞登高佶料沙羔美。最好當場落帽，陶潛菊遶籬。仲冬時，那孩兒忌酒怕風，帳幕中纏腳忒稔膩。講論處下梢團圓到底，怎不則劇！

〔越恁好〕勘腳并打，打步步隨定伊〔二〕。何曾見走衮，你於我，我與你，場場有踢。没些拗背，兩個對壘，天生不枉作一對腳頭，果然廝綢密密。

〔鶻打兔〕從今後一來一往，休要放脱些兒。又管甚攪閑底拽，開定白打膁廝去〔三〕。有千般解數，真個難比。

〔尾聲〕五花叢裏英雄輩，倚玉偎香不暫離。做得個風流第一。

〔一〕王國維《宋元戲曲史》依日本翻元泰定本無「道」字，劉永濟《宋代歌舞劇曲録要》從之。〔二〕「打」，諸本作「二」，實爲前一打字之疊筆，此調尾句「密二」，即「密密」可證。〔三〕「開」，王國維《宋元戲曲史》依日翻元本作「閑」，誤。

附　遏雲要訣

夫唱賺一家，古謂之道賺。腔必真，字必正。欲有墩亢掣拽之殊，字有唇喉齒舌之異；抑分輕清重濁之聲，必別合口、半合口之字。更忌馬嚣鐙子、俗語鄉談，如對聖案。但唱樂道山居水居清雅之詞，切不可以風情花柳艷冶之曲，如此則爲瀆聖。社條不賽，筵會吉席、上壽慶賀不在此限。假如未唱之初，執拍當胸，不可高過鼻。須假鼓板攛掇。三拍起引子，唱頭一句又三拍。至兩片結尾三拍煞，入序尾三拍巾斗煞。入賺頭一字當一拍。第一片三拍，後仿此。出賺三拍，出聲巾斗。又三拍煞尾聲。總十二拍，第一句四拍，第二句五拍，第三句三拍〔一〕，此一定不踰之法。

〔一〕「句」，原刻本訛作「向」。

附　唱賺俗字譜

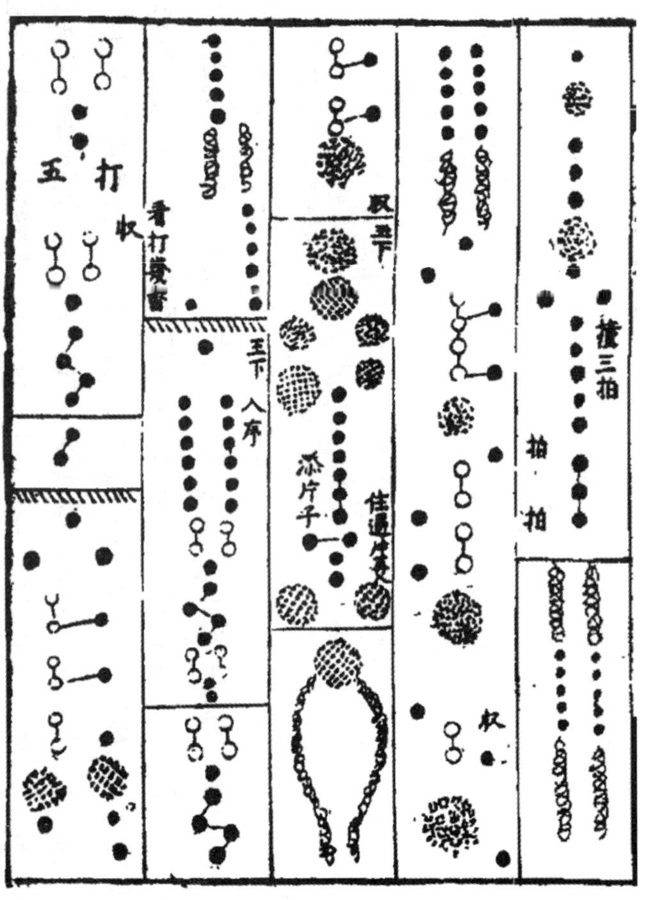

元至順本《事林廣記》唱賺《願成雙》俗字譜(一)

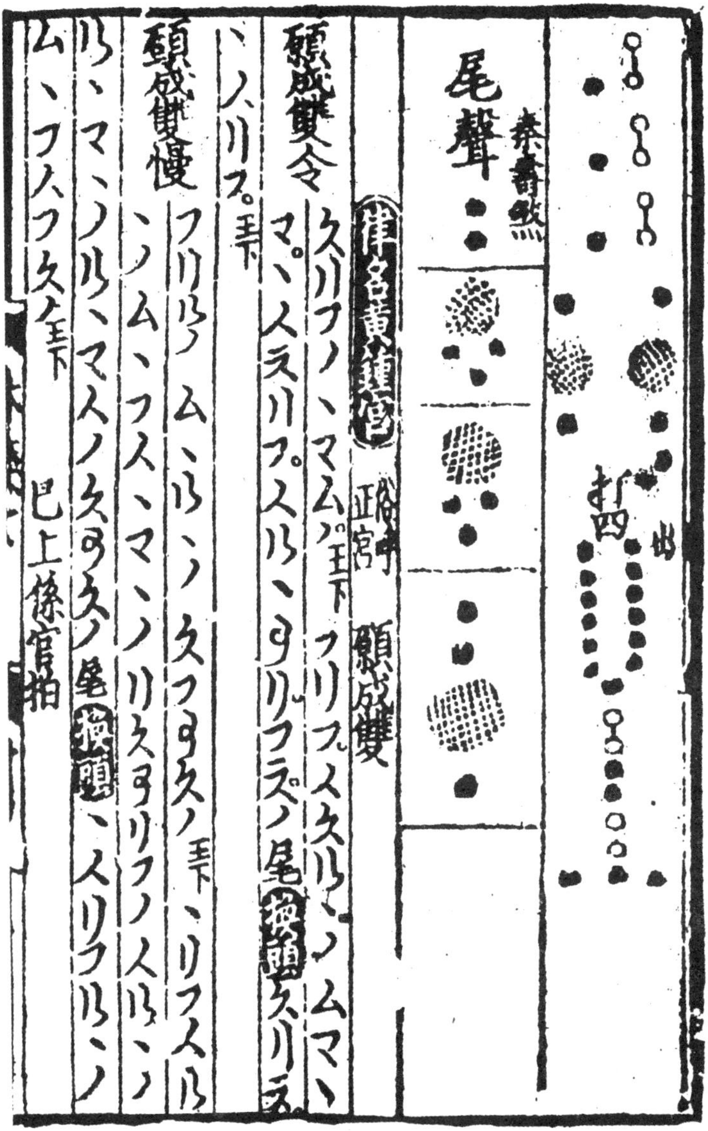

尾聲　春音煞

律名黄鍾宫　俗呼正宫　願成雙

願成雙令

願成雙慢

已上係官拍

元至順本《事林廣記》唱賺《願成雙》俗字譜（二）

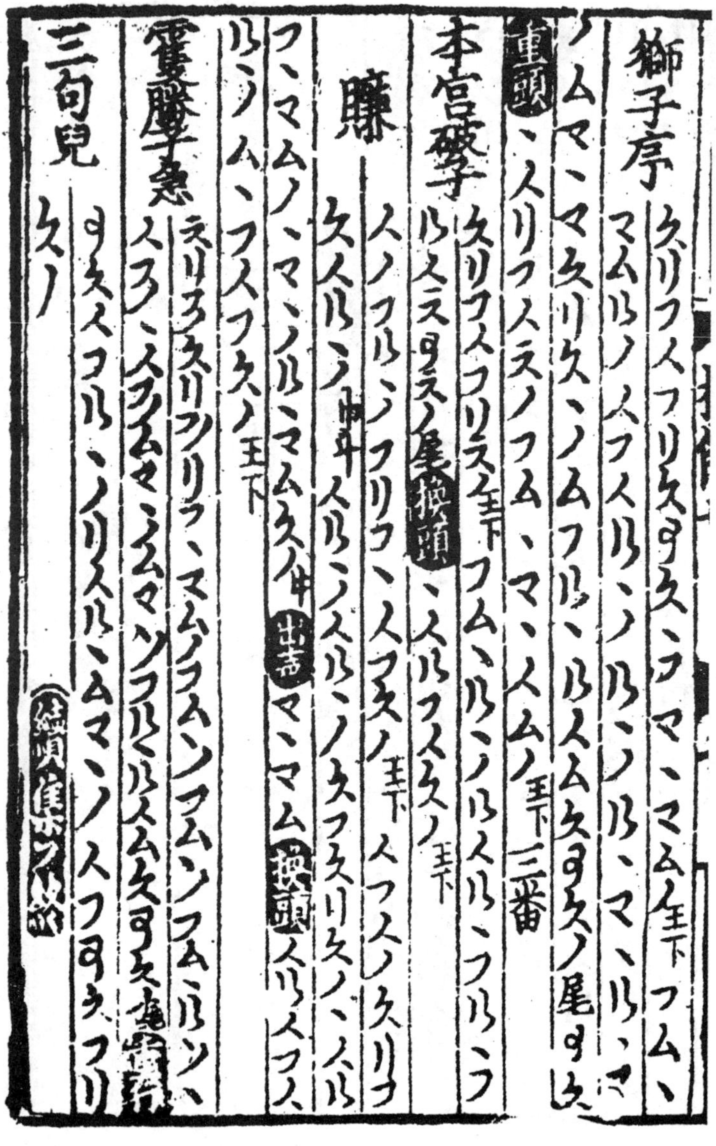

元至順本《事林廣記》唱賺《願成雙》俗字譜（三）

全套

鼓板棒數

元至元本《事林廣記》唱賺《願成雙》俗字譜(一)

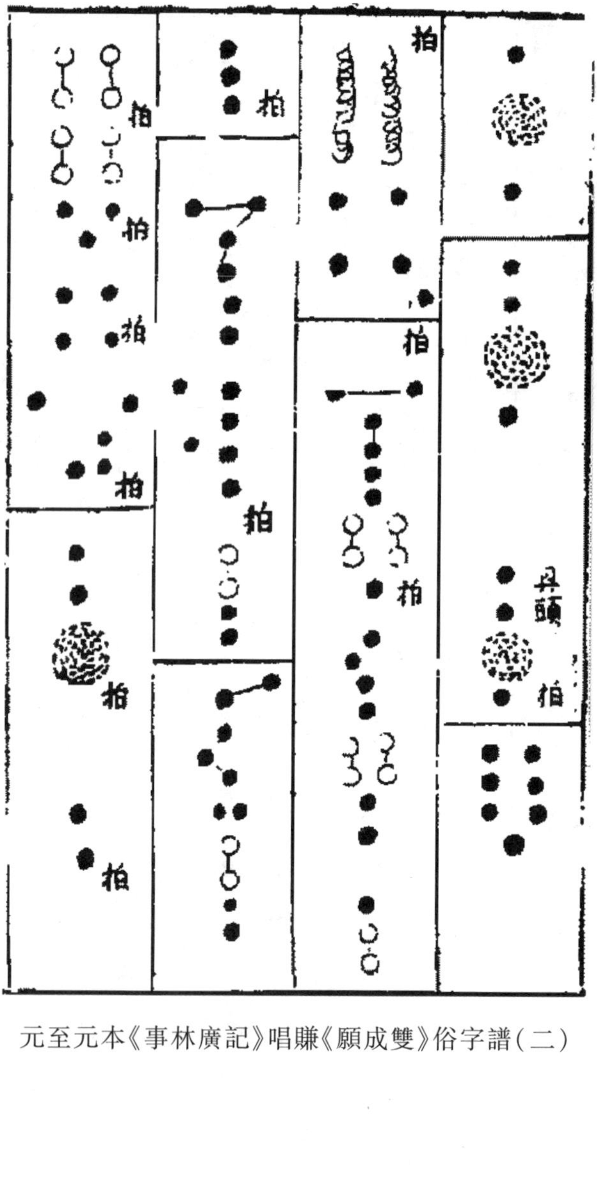

元至元本《事林廣記》唱賺《願成雙》俗字譜（二）

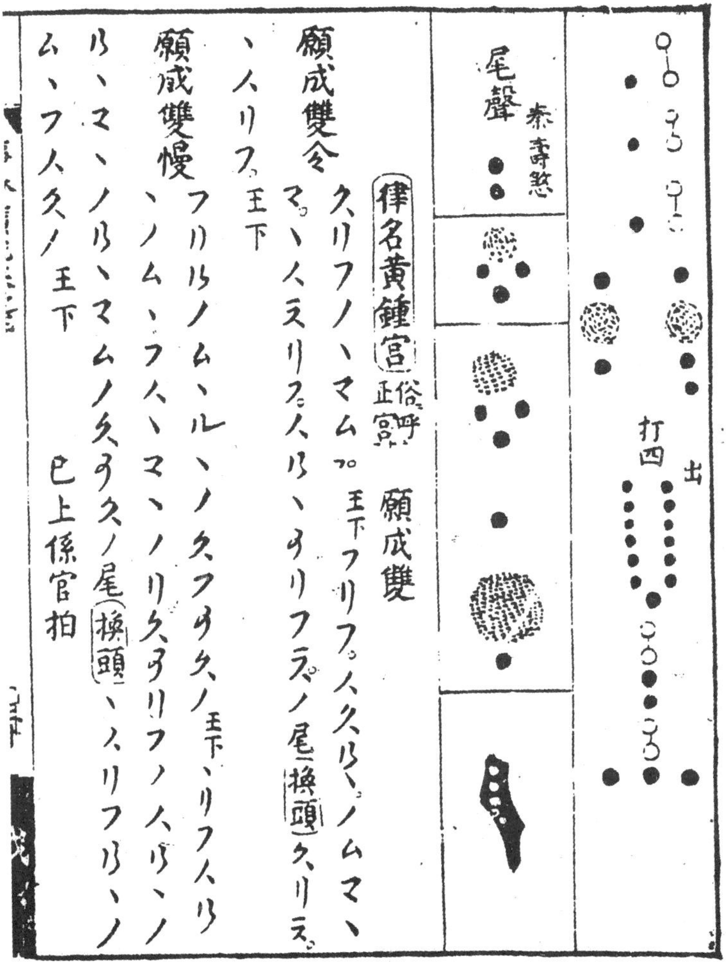

打四　出

尾聲　賽壽慾

律名黃鍾宮　俗呼正宮　願成雙

願成雙令

願成雙慢

已上係官拍

日本元禄翻刻本《事林廣記》唱賺《願成雙》俗字譜（一）

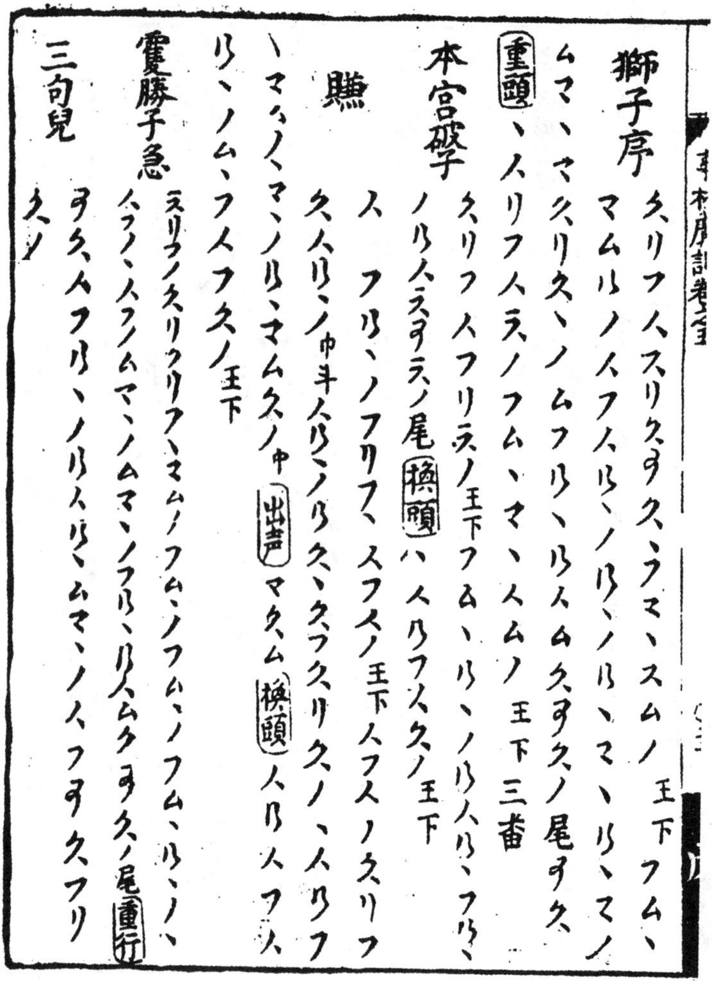

事林廣記卷之

獅子序

王下

尾

重頭

王下 三畨

本宮破

王下

尾 換頭

八

賺

王下

中

出声

換頭

王下

雙勝子急

尾 重行

三句兒

日本元禄翻刻本《事林廣記》唱賺《願成雙》俗字譜(二)

全宋金曲卷六　宋散曲

四時樂

李公麟

春

桃李花開春雨晴，聲聲布穀迎村鳴，家家場頭酹酒觥。爲告莊主東作興，黄犢先破東南村。

夏

火雲蔽日當空浮，田頭耨草汗欲流，緑竹人寂鳥聲休。暫來歇午乘清幽，山妻送餉扇遮頭。

秋

黄雲萬里秋有成，村村酒熟家家迎，封羊賽社人未醒。醉後鼓腹歌昇平，欣然同樂倉滿盈。

冬

寒風十月雪欲飛，居人木榻添紙幃，地爐活火酒頻煨。瓦杯不設羊羔肥，醉來曲肱歌聲微。《花草粹編》卷一

飲馬歌

曹勛

此腔自虜中傳至邊，飲牛馬即橫笛吹之，不鼓不拍，聲甚淒斷。聞兀朮每遇對陣之際，吹此則鏖戰無還期也。

邊頭春未到，雪滿交河道。暮沙明殘照，塞烽雲間小。斷鴻悲，隴月低，淚濕征衣悄。歲華老。彊村叢書本《松隱樂府》卷三

八音諧

芳景到橫塘，宮柳陰低覆，新過疏雨。（春草碧首句至三句）望處藕花密，映煙汀沙渚。（望春回四句至五句）波静翠展琉璃，（茅山逢故人第六句）似竚立、飄飄川上女。（迎春樂第三句）弄曉色、正鮮粧照影，（飛雪滿群山第十二句）幽香潛度。水閣薰風對萬姝，共泛泛紅緑，鬧花深處。（蘭陵王十四至十七句）移棹採初開，嗅金纓留取。趁時凝賞池邊，預後約、淡雲低護。（孤鸞十三至十六句）未飲且凭欄，更待滿、荷珠露。（眉嫵末二句）《新定九宫大成南北詞宫譜》卷四十三

歸去來兮引

楊萬里

儂家貧甚訴長飢，幼稚滿庭闈。正坐瓶無儲粟〔一〕，漫求爲吏東西。

偶然彭澤近鄰圻，公秫滑流匙。葛巾勸我求爲酒，黄菊怨，冷落東籬。五斗折腰，誰能許事，歸去來兮。

老圃半榛茨，山田欲蕪藜。念心爲形役，又奚悲。獨惆悵前迷，不諫後方追。覺今來是了，覺昨來非。

扁舟輕颺破朝霏，風細漫吹衣。試問征夫前路，晨光小，恨熹微。

乃瞻衡宇載奔馳，迎候滿荊扉。已荒三徑存松菊，喜諸幼入室相攜。有酒盈尊，引觴自酌，庭樹遣顔怡。

容膝易安棲，南窗寄傲睨。更小園、日涉趣尤奇。儘雖設柴門，長是閉斜暉。縱遐觀矯首，短策扶持。

浮雲出岫豈心思〔二〕，鳥倦亦歸飛。翳翳流光將入，孤松撫處淒其。

息交絶友塹山溪，世與我相違。駕言復出何求者，曠千載，今欲從誰。親戚笑談，琴書觴詠，莫遣俗人知。

邂逅又春熙，農人欲載菑。告西疇、有事要耘耔。容老子舟車，取意任委虵。歷崎嶇窈窕，丘岳隨宜。

欣欣花木向榮滋，泉水始流澌。萬物得時如許，此生休笑吾衰。

寓形宇内幾何時，豈問去留爲。委心任運無多慮，顧皇皇，將欲何之？大化中間，乘流歸盡，喜懼莫隨伊。

富貴本危機，雲鄉不可期。趁良辰、孤往恣遊嬉。獨臨水登山，舒嘯更哦詩。除樂天知命，了復奚疑。四部叢刊影宋寫本《誠齋集》卷九十七

〔一〕「正」，原作「政」，此據彊村叢書本《誠齋樂府》。王國維《戲曲考原》曰：要之曾、董大曲開董解元之先，此曲則爲元人套數雜劇之祖。　〔二〕「思」，原作「田」，據《全宋詞》改。

野菴曲

沈　瀛

野叟最昏迷。嘆世間、光陰奔走如馳。逢這閑時，忽尋忖、一生裏事都非。從頭到尾，都改了，重立根基。枕上披衣，渾無寐，時時摩挲行氣。

才睡起，閉户扉，爇一炷清香，烟氣霏霏。膜拜更歸依，冥心坐，看經念佛行持。消除機惡〔一〕，光洒洒、禪律威儀，佛力慈悲。願今世、永没冤債相隨。

食將慚愧，才飯了，一枕茶香美。遲遲日長，覓伴相對圍棋。安排勢子，相望相窺。閉心機，輸贏成敗、卻似人居世。跳脱去、唤方帽杖藜。爲伴侣、小橋那面一庵兒。登高望遠輸情思。嘆物榮物枯，節换時移。

春到園中，見寒梅、同春雪亂飛。冷艷冰肌，須臾李杏開遍，一日芳菲。和風駘蕩，兩岸細柳撚金絲。清明時候，景物尤韶媚。

春事退，嘆萬紅狼籍飛滿堤。水平池，風到卷漣漪。荷花一望如霞綺。對好些景物，敵去炎威。

秋景凄凄，長空明月正揚輝。蒹葭岸、浮雲側畔坐釣磯。正桂花香噴鼻，黄花滿眼，風勁霜墜，做寒來天氣。秋光老，草木一齊似洗。獨修篁徑青松路，殘歲方知。

日將斜，園裏緩行歸。聽流水，明窗淨几，調數徽。到妙處，古曲幽閑韻漸稀，徐徐彈了融心意。忽然驚起，外時聞車履，故人來相對。

甕浮蟻，草草盃盤燈正輝。漏聲遲，浮斝飛觴，言漸嘻嘻。軒渠一笑，高歌野庵新唱、勸些兒。人聽村歌，一霎時，好娛戲。休笑顛狂，也是大奇。能踶氣悶憂悲，自然沉醉。

客都去後，睡齁齁地，一枕華胥驚又起。曉雞啼，重起着衣。心火燒臍，龍行虎馳。依前囉囉哩哩。

從頭到尾今如此，若唱此曲没休時。保取長年到期頤。

〔一〕「機」，《全宋詞》本作「穖」。

醉鄉曲

説與賢瞞，這軀殼，安能久仗憑。幸尊中有酒澆磊塊，先交神氣平。醉鄉道路無他徑，任陶陶、現出真如性。没閑惱，没閑争。也能使情懷長似春，也能使飄然逸氣如雲。饒君萬劫修功行，又争如一盞樂天真。這些兒、休放過，且重斟。

駐馬聽

人都道四者難并，也由在人心。煩惱歡喜元無定，姦峭底自能稱停。你待前面怎那，且隨任咱分。　自家有後自未奔，枉勞人方寸。眼前推辭怎？那知他人也心悶。

風入松

金榜初登，綺閣朱樓對娉婷。軟紅塵，有人相等。歸來寢立功名，油蓋擁著一書生。開宴處，笙歌頻奏聲。眼前光景，人生如意享歡榮，得酒娛情。沒事漢，清閑人，任自由，毀譽利害不上心，恣閑吟。登山翫水且閑行，來主他，風花雪月盟。相逢道友，握手閑語百事真。得酒忘情〔一〕。唐宋名賢百家詞本《竹齋詞》

〔一〕原本〔風入松〕後有〔太平令〕一調，無詞。彊村叢書本删去〔野菴曲〕及以下三曲。《全宋詞》訂補續記：據今人胡忌考證，〔野菴曲〕及〔醉鄉曲〕均爲套曲。

四犯剪梅花

劉過

水殿風涼，賜環歸、正是夢熊華旦。（解連環第一、二、三句）疊雪羅輕，稱雲章題扇。（醉蓬萊第四、五句）西清侍宴，望黄傘、日華寵輦。（雪獅兒第六、七句）金券三王，玉堂四世，帝恩偏眷。（醉蓬萊第九至十一句） 臨安記、龍飛鳳舞，信神明有後，竹梧陰滿。（解連環第一、二、三句）笑折花看，裛荷香紅淺。（醉蓬萊第四、五句）功名歲晚，帶河與、礪山長遠。（雪獅兒第六、七句）麟脯杯行，狨韉坐穩，内家宣勸。（醉蓬萊第九至十一句）《詞律》卷十四　《詞譜》卷二十三

《詞律》按：此調爲改之所創，採各曲句合成。前後各四段，故曰四犯。柳詞醉蓬萊屬林鐘商調，或解連環、雪獅兒亦是同調也。《詞譜》按：凡集四調，故曰四犯，本屬三調，故又曰三犯。

又一體

翠眉重掃，後房深、自喚小蠻嬌小。繡帶羅垂，報濃妝纔了。堂虛夜悄，但依約、鼓簫聲鬧。一曲梅花，尊前舞徹，梨園新調。　高陽醉、玉山未倒。看輾飛鳳翼，玉釵微裊。秋滿東湖，更西風涼早。桃源路杳。記流水、泛舟曾到。桂子香濃，梧桐影轉，月寒天曉。

《詞譜》卷二十三

遏雲致語　筵會用

鷓鴣天

遇酒當歌酒滿斟，一觴一詠樂天真。三盃五盞陶情性，對月臨風自賞心。　環列處，總佳賓，歌聲繚亮遏行雲。春風滿座知音者，一曲教君側耳聽。

駐雲主張　集曲名

滿庭芳

共慶清朝，四時歡會，賀筵開會集佳賓。風流鼓板，法曲獻仙音。鼓笛令、無雙多麗，十拍板、音韻宣清。文序子，雙聲疊韻，有若瑞龍吟。當筵，聞品令，聲聲慢處，丹鳳微鳴。聽清風八韻，打拍底、更好精神。安公子、傾盃未飲，好女兒、齊隔簾聽。真無比，最高樓上，一曲稱人心。

詩曰：

鼓板清音按樂星，那堪打拍更精神。三條犀架垂絲絡，兩隻仙枝擊月輪。笛韻渾如丹鳳叫，板聲有若靜鞭鳴。幾回月下吹新曲，引得嫦娥側耳聽。

水調歌頭

八蠻朝鳳闕，四境絶狼煙。太平無事，超烘聚哨傚梨園。笛弄崑崙上品，篩動雲陽妙選，畫鼓可人憐。亂撒真珠迸，點滴雨聲喧。韻堪聽，聲不俗，駐雲軒。諧音節奏，分明花裏遇神仙。到處朝山拜岳，長是爭籌賭賽，四海把名傳。幸遇知音聽，一曲讚堯天。

詩曰：

鼓似真珠綴玉盤，笛如鸞鳳嘯丹山。可憐一片雲陽水，遏住行雲不往還。

西江月 雙陸打變六例

么六把門已定，二四三五成梁。須知四六做煙梁，五六單行無障。擲得么三采出，填

胲此處高强。到家先起妙無雙，號曰金贏取賞。元至元本《事林廣記》辛集卷上

圓社摸場

四海齊雲社，當場蹴氣毬。作家偏着所，圓社最風流。況是青春年少，同輩朋儔，向柳巷花街翫賞，在紅塵紫陌追遊。脱履搿來憑眼活，認真爲有準；杈兒扶住惟口鳴，識踢乃無憂。右搭右花跟，似烏龍兒擺尾；左側左虚扢，似丹鳳子摇頭。下住處全在低美，打着人惟仗推收。使力藏力，以柔取柔。集閑中名爲一絶，决勝負分作三籌。俺也絲鞋羅袴，短帽輕裘。襟沾香汗濕，襪污軟塵浮。佩劍仙人時側目，擲梭玉女巧凝眸。粉鉗兒前後仰身，身移不浪；金剪刀往來移步，步過頻偷。況乎奢華治世，豪富皇州。春風喧鼓吹，化日沸歌謳。歡笑對吴姬越女，繁華勝桑瓦潘樓。湖山風物，花月春秋。四聖觀柳邊行樂，三天竺松下優游。樂事賞心，難并四美；勝友良朋，無非五侯。心向閑中着，人於倬裏求。凡來踢圓者，必不是方頭。

滿庭芳

若論風流，無過圓社，拐臁蹬躡搭齊全。門庭富貴，曾到御簾前。灌口二郎爲首，趙皇上下腳流傳。人都道，齊雲一社，三錦獨争先。

花前并月下，全身繡帶，偷側雙肩，更高

而不遠，一搭打鞦韆。毬落處、圓光臁拐，雙佩劍、側躡相連。高人處，翻身佶料，天下總呼圓。

又

十二香皮，裁成圓錦，莫非年少堪收。綠楊深處，恣意樂追遊。低拂花梢慢下，侵雲漢月滿當秋。堪觀處、偷頭十字拐，舞袖拂銀鈎。　肩尖，并拐搭，五陵公子，恣意忘憂。幾回沈醉，低築傍高樓。雖不遇、文章高貴，分左右、曾對王侯。君知否，閑中第一，占斷是風流。元至元本《事林廣記》辛集卷上

風月笑林　嘲戲綺談

滿江紅　勸和羅槌

世事乾忙，都緣是、這些喫着。縱撰得、百思千慮，萬般嬌薄。兄弟至親争爾我，朋儕吾舊應難託。有些兒、不到便參商，成冤惡。　無克己，安知錯；無端的，情難摸。近生得一計，勝他三着。打諢不如陪笑語，争强何似吞些弱。勸世凡、且與和羅槌，裝癡騃。

踏莎行　借意詠米

有一佳人，身如玉體，朝朝常在花街市。被人招漉不能言，商量便入羅幃裏。　既入羅幃，如魚似水，思量不久隨炊淚。乙日不得兩三回，行行坐坐思量你。

步步隨　佳人在轎

行隨步，見擡得個轎兒去。速見雙雙、紗籠書燭，引行人駐目。　淡掃娥眉横録，風飄飄異香芬馥。若得今宵共宿，平生願足。

瑞鷓鴣　壁間畫梅

毫端髣髴奪真材，素壁横斜爛熳開。月下應無疏影動，風前全没暗香來。　可憐驛使空傳信，雅稱東君用作魁。蝴蝶誤看驚粉翅，翠環貪着拂塵埃。

鼓笛令　妓借梅意乞從良

妾似一枝梅，天付與紅腮。當初不合路傍開，惹盡塵埃。　等待一枝春信，不知誰是多才。欲得東君爲主，移傍亭臺。

南鄉子　蚊蟲可人

蚊子太輕盈，偏向紗厨耳伴鳴。日裏不知何處去，潛形，一夜還它三兩叮。　叵耐忒無情，苦苦教人夢不成。唧唧飛來紅臉上，輕輕，一拍教它不做聲。

紅窗迥　浪子入花衢

花衢裏，好景致。兩壁厢盡是，歌姬舞妓。饒你便是神仙，也惹得，凡心都起。內有丙丁并壬癸，兩尊神爲你出氣。火星道、待我逞些神通，不怕你是水。

採桑子　相思成病

當初不信相思病，把謂尋常。面色痿黄，骨瘦如柴鬢染霜。千般妙藥醫不可，檢盡名方。枕上思量，只有情人是藥方。

惜花香　□犯奸遭捉

這個和尚，不成模樣，披三世如來衣，誚如佛相。它不問好人家，便要同鴛帳。料想不是唐三藏。伽藍土地，全無指望。釋迦佛怎知空飽肚，一乃壞了門徒，二則骨臀遭杖。傍人道、爲小和尚，壞了大和尚。

黄鶯兒令　村姑學倬梳頭

没興，撞着幾個村姑胡啞。近來縱髪梳頭，也學京城行徑。怎知美貌是天生，粧點誰爲比並。咱們嘗記古人云，石頭不堪磨鏡。

柳梢青　以錢酒尋篋兒

珠淚盈盈，篋兒失了，苦痛殺人。玉笋纖纖，絲來線去，幾個金針。須當問卜求神，更許齋僧念經。若還尋得，茶錢五貫，細酒三瓶。

朝中措　詠美人寫照

麗兒天賦巧精神，謾綰鬢雲輕。露影生綃紈上，虧人微笑無聲。淡掃娥眉卻嫌，脂粉容貌傾城。莫道昭君自負，等閑不顧丹青。

一落索　花意詠間阻

井裏掘墳好個濕墓，膽包紅豆相思苦。晴天擎傘着油衣，一心總待成雲雨。解木人圓全無一句，文人正是當門户，荷花開後綵船空，更没一個偷蓮處。

鷓鴣天　嘲煮稀煮

水性瀰漫穀氣稀，分明照見我鬚眉。喫時不用湯和水，啜處何須筯與匙。田道叔，笑嘻嘻，假饒百椀不充飢，滔滔流入腸中去，三十六牙都不知。

少年遊　嘲宿娼被脱衣當

衣單不整，醉與妓同宵。覆雨翻雲，五更繾綣，百媚千嬌。曉來去也，王婆篋兒，煥質生綃。回頭告道不成，教我歸去赤條。

阮郎歸　詠婦人着相

當初相見小孩兒，腰肢一捻兒。走來花下拍蜂兒，偷閑做口兒。　斜插朵玉梅兒，生得俏倬兒，抱來懷裏脱倔兒，做個春畫兒。

月當庭　借意詠鼠

最得人憎，無過是偷油老鼠。去窟來、東虧西虧，背脊聯拳、雙眉卓豎。髭鬚上惹塵惹土。　意欲進前，連忙退步，向紅窗走來走去，縱然偷得，有何風措。莫教一日，被猫兒捉住。

畫堂春　詠春畫

風流才子到皇都，因此寄來書。買得一本蹺蹊畫，端的好工夫。　奴哥千萬牢收取，料想世間無。待我歸來鴛帳裏，依這本畫葫蘆。

浪淘沙　奴婢私通

惱子與挨風，密意相通。尋思作謝主人公，打合一雙真個好，畫老和同。　結你作院婆，我做門公。算夾下到斷靴，縱結髮夫妻三載後，養個安童。

感皇恩　怕妻嘔氣

入腳倚門兒，情知不是。每夜何曾恁歸遲，被人留住使。千方百計，未曾拈動盞，忒忒地。　打殺罵殺，都共由你。搵着手兒甚則劇。我兒多病，凡事且明日理會。夜深人靜也，你嘔氣。

望江南　嘲宿娼無錢留當

無錢宿，愁怕五更過。衣服脱將還姐姐，更無□水與婆婆。密地去如梭。　羞人見，一路打呆哥。會使不在家豪富，風流不在着衣多。凍損鄭元和。

憶故人　嘲打吕咬碎舌

風流好事，人皆悦，得恁地、疏狂拙。舌尖咬破渾閑縱，有語如何説。　王孫今夜偎香雪，且得恁，嬌性劣。鳳幃深處痛憐時，閉口深藏舌。

臨江仙　酒筵客鬧

酒食待人無惡意，東君喜氣臨門。誰知酒後偶生嗔，一時懷舊恨。筵上鬧紛紛。　不論尊卑高與下，反顔將臂揮拳。筵前驚倒孟嘗君，何時一樽酒，重與細論文。

望梅花　集鳥名爲詞罵僧犯奸

只爲鷺鷥頭撞，貪愛畫眉歌唱。繡眼嬌波，語如鶯燕，鵜鶘願同鴛帳。山和尚、鸞鳳成雙。提葫蘆沽酒宴賞，孔雀經故不望，效比翼不歸方丈。提住秃鶖告天，不應繫在啄木兒上。鴛鴦散只爲家鵓，卻教老鴉喫杖。

卜算子　相思寄鴈

雲淡天如水，鴈過聲嘹唳。鴈去分明好寄書，奈書重，如何寄？　鴈去須千里，奴有深深意。若到瀟湘見薄情，請你排個相思字。

眼兒媚　佳人歡偶

鴛鴦貪睡一些兒，此恨只天知。歡猶未足，看猶未足，剗地驚飛。　臨岐多樣叮嚀語，巴着未爲遲。惱人最是、忺時情態，要底腰肢。

浣溪沙　嘲婦人有二夫

人間好事，雙鳳雙鸞同一處。錦帳綢繆，那有鴛鴦三個頭。　棋分四角，不知誰先下着。贊字難書，背上分明兩個夫。

七娘子　罵啞子錢亞　黄連喫

從來不語鴉鴉叫，對人時只靠摇拏。鸚鵡能言，猩猩會道，爲人卻不如禽獸。着空眉皺，奈口中自苦難分剖。前世罪因，今生業報，是非只爲多開口。

蘇幕遮〔一〕　嘲妓粗醜

入花衢，穿柳巷，覩個佳人，蹊起簾兒望。兩塊朱砂搽臉上。不直三文，做盡死模活樣。　朱砂神，一合相，夜叉見了寒毛壯。不是無常怎敢傍。好做桃符，與我釘在當門上。

〔一〕「蘇幕遮」，原本不清，今據《詞律》定此調名。

蝶戀花　詠偷期　懊惱

小院深深朱户亞，玉笋相攜，共過西廊夜。多少□誤驚又怕，一團嬌顫花陰下。　霎時雲雨罷，離恨匆匆，月上葡萄架。兜上鞋兒歸去也，偎人尤説些兒話。

訴衷情　詠頭巾

誰造漆頭巾，元是蘇學士，頭角巍峨總不凡，渾與師冠似。　一派好精神，瑩徹秋江水。不怕狂風着意吹，只恁崢崢地。

憐殺人　嘲中秋月

月到中秋偏瑩，乍團圓、早欺我孤影。穿簷透幕夾尋趁，窗兒裏面，故把燈兒撲燼。看盡古今歌詠，狀玉盤、又擬金瓶。花言巧語胡廝啞，只道你是，照人業鏡。

浪淘沙　僧尼犯奸

和尚犯師姑，罪不容誅。口中只管念南無，色即是空、空即是色，密地歡娛。　非婦亦非夫，誰辨雄雌。兩人頭髮一般無。今日階前雙吊起，兩個葫蘆。

黃鶯兒令　口兒咬舌

失笑，有個孤兒去買俏，抱定奴哥做口兒，卻因甚，把舌頭便咬。　孤兒惡發連聲叫，唬得奴哥連忙分剖告，官人念妾酒後昏迷，錯認是鳥。

臨江仙　犯女學生

有個秀才偏積學，年來開個書堂。固窮守道欲名彰。學生諸子弟，劣相怎生當。　就中唯有一女子，薄施朱粉新粧。東司相遇效鸞凰。狀元應没分，且作探花郎。

漁家傲　漢子偷期

紅粉佳人春困極，閑眠繡帳嬌無力，半露酥胸香汗滴。人寂寂，檀郎一見偷憐惜。　鬢亂釵横斜翠側，雲收雨散留蹤跡，及至覺微喘息。得得得，饒君作個風流賊。

臨江仙　東司偷期

密約偷期從古有，伊家忒殺乖張。東司直上效鸞凰，貪花并折柳，韓壽去偷香。　司馬文君曾暗約，秦皇太后偷雙。兩情雲雨正慌忙。登東人早至，驚散屎鴛鴦。

黄鶯兒令　陽事不興

寃屈，整半年價不曾得則劇，副能撰得個歡娱，早又軟了這判筆。　非是我不將息，鹿茸圓整捧價喫。孜孜地虧定鵪兒道，我養兵千日。

黄鶯兒令　换易左道

作怪，見幾個不男不女尴尬，賣卻藤箱買柳箱，不圖利只圖快。　一拜須還一拜，且免作來生債。似那雜貨鋪裏交關，每日常買常賣。

如夢令　相遇偷期

那日迴廊曲處，略略與伊相聚。相會苦匆匆，只得霎時雲雨。且住，且住，做個口兒卻去。

紅窗迥　女人貌黑

惡精神，猥異體，好一似揚州古器。有厨舍下重炙，年深變成、一個精魅。　一夜偎隨抱着，睡魂夢裏，鬼神來賀喜。更不由我半口分張，道我是，竈王女婿。

臨江仙　婦人狐臭

奴子自來生體氣，此般病係胞胎。簷兒若向逆風擡，後人須掩鼻，臭氣滿長街。

想會檀郎相痛惜，偎眠不離嬌懷。酥胸玉體稱郎才。情知不是雪，爲有暗香來。

臨江仙　婦人麻臉

一副骨骰安盆内，知它幾個點兒。又如翻轉石榴皮，米篩斜照日，木屐踏沙泥。

罩籬不尚搽紅粉，蜂窠怎抹胭脂。任他容貌逞多儀，有時燈下看，一似箭盤兒。

臨江仙　妓者眼大

歎子精神多韻相，風流全在雙眸。秋波瀲灎最嬌羞，踏開龍眼核，闞對漆燈毬。

仰望賽過千里眼，何須更上層樓。傍人争敢浪擡頭，開時神也怕，怒後鬼應愁。

臨江仙　妓者口闊

一顆櫻珠無恁大，遠看早見唇端。獅形虎相一般般。有時開口笑，冷氣逼人寒。

半兩胭脂搽不過，十茄同喫猶寬。便須把做直人看，語言知肺腑，開口見心肝。

紅窗迥　妓者脚大

姐姐(大)脚，真罕見，要五丈春紗夾纏。斫倒侵天大棗木，方做得一副鞋楦。　昨宵枕上叮嚀遍，交爲買些鞋面。思量道買則何難，只消兩疋大絹。

煙花判筆

戚氏訴情詞狀　集曲名

西河戚氏兒　女兒小名七娘子。兒夫因謁金門賀聖朝歸，聞到小重山後，兒遂跨風馬兒，同女使醜奴、小童八六子等前往迎接。至鷰山溪畔，欲買夜行船次，時定風波，恨棹孤舟者未至。見月華清朗，烏夜啼聲，臨江仙館寂然無人。鷰見少年遊蕩，吴音子、江城子二人，手持番鎗子，將蠻牌兒前來恣行恐赫，被牽住繡帶兒，扯破西地錦襖。稱是兒生得端正好精神，要願成雙美事。其人暴强，一向待夜合花，大犯兒身。已及其巫山雲雨，散後，此煩惱殺人。當叫唤四園竹畔人家，獨有漁家傲睨，不肯前來救應。當有南浦安公子、南鄉謝三郎等同至，賊人乃散去。當驗得被解連環一隻，所帶玉山枕一事，滴滴金釵一對，皂襖兒、女冠子各一件，宜男草花一朵，盡被搶去。重念兒親兄踏歌，見對蘭陵王虞美人。

又兒之母不甘被風流子弟陵欺，欲投本縣宜春令京兆訴衷情，不爲縣官好金錢子□□香山會慣饒人罪。卻令青玉案吏謝池春等不與窮治，反被聲聲慢罵。今狀投陳，八聲甘州，若蒙重念奴嬌，使兒身再宣清潔，恩意難忘。伏乞直鳳凰閣大夫具法申奏朝中措置施行。

慶豐年長情月日西河戚氏兒狀

奉判牒小鎮西黑漆弩手追人，限十二時到。追逮各人掛金索累日，及職人一落索後，反稱陽關曲斷。

判府大怒，判云：各決神仗兒一百，吴音子配伊州三臺，江城子罪減一等，編管凉州。

判僧奸情

鎮江僧名法聰，犯童尼，尼訴之。判望江南云：

江南竹，巧匠織成籠。贈與吾師藏法體，碧潭深處伴蛟龍，色即是成空。

張狀元判妓狀

張魁判潭州日，有妓楊賽賽訟人負約欠錢，投狀于帳。時值風雨，賽賽立于廳下，張未覽狀，先素筆判：

踏莎行

鳳髻堆鴉，香酥瑩膩，雨中花占階前地。弓鞋濕透立多時，無人爲問深深意。　眉上新愁，手中文字，如何不倩鱗鴻去。想伊只訴薄情人，官中不管閑公事。元至元本《事林廣記》辛集

子瞻判和尚遊娼

靈京寺有僧名了然，不遵戒行，常宿娼妓李秀奴家。往來日久，衣鉢爲之一空。秀奴屢絶之，僧迷戀不已，乘醉往秀奴家，不納，因擊秀奴，隨手而斃。縣官得實，具申州司。時内翰蘇子瞻治郡，一見大駡曰：「秃奴有此横爲！」送獄院推勘則見僧臂上刺字云「但願同生極樂國，免教今世苦相思」之句，及見款狀招伏，即行結斷，舉筆判成一詞，名

踏莎行

這個秃奴，修行忒㦬，雲山頂上持齋戒。一從迷戀玉樓人，鶉衣百結渾無奈。　毒手傷人，花容粉碎。空空色色今何在，臂間刺道苦相思，這回還了相思債。

判訖，押赴市曹處斬。日本元禄本《事林廣記》癸集卷一三《花判公案》

玳筵行樂　舉令飲酒

卜算子令

先取花一枝，然後行令。口唱其詞，逐句指點舉動，稍誤即行罰酒。後詞准此。

我有一枝花，指自身，復指花。斟我些兒酒。指自，令斟酒。唯願花心似我心，指花，指自身頭。歲歲長相守。放下花枝叉手。滿滿泛金盃，指酒盞。重把花來嗅。把花以鼻嗅。不願花枝在我旁，把花向下座人。付與他人手。把花付下座接去。

浪淘沙令

今日□筵中，指席上。酒侶相逢。指同餘人。大家滿滿泛金鍾。指衆賓，指酒盞。自起自斟還自飲，自起身，自斟酒，舉盞。一笑春風。止可一笑。傳語主人翁，執盞向主人。𠆧且饒儂。指主人，指自身。儂今沉醉眼朦朧，指自身，復拭目。此酒可憐無伴飲，指酒。付與諸公。指酒付鄰座。

調笑令

花酒，指花，指酒。滿筵有。指席上。酒滿金盃花在手，指酒，指花。頭上戴花方飲酒。以花插頭上，舉盃飲。飲罷了，放下盃。高叉手。叉手。琵琶撥盡相思調，作彈琵琶手勢。更向當筵舞袖。起身，舉兩袖舞。

花酒令

花酒，左手把花，右指酒。是我平生結底親朋友。指自身及衆賓。十朵五枝花，以手伸五指，反覆應十朵。又舒五指應五枝，仍指花。三盃兩盞酒。伸三指，又伸二指，應三盃兩盞數，指酒。休問南辰共北斗，伸手作休問狀，指南北。任從他烏飛兔走。以手發退作任從狀，又作飛走狀。酒滿金卮花在手。指酒尊，指酒盞，指花。且戴花飲酒。左手插花，右手持酒飲。同前書癸集卷一二

婚姻燕喜　婚禮

迎仙客　入席

小登科，好時節，合座欣欣皆喜色。醉又歌，手須拍，且請大家，齊唱迎仙客。麝蘭香，綺羅側，燭影摇紅月華白。引新郎，離綺席，步入桃源，尋訪神仙宅。

迎仙客　出席

人間世，歡娱地，玳筵珠躉三千履。語聲喧，簫韻止，拍手高歌，齊唱囉囉哩。少年郎，逡巡起，酒紅微襯眉間喜。逞客儀，縱佳麗，兩行絳臘，引入蓬壺裏。

迎仙客　開門

繡簾垂，同心結，祥煙靄靄迷仙闕。送芳音，憑巧舌，一簇笙歌，賓客都排闥。請開門，莫宅説，劉郎進□步歡悦〔一〕。腳兒輕，心兒熱，綺羅叢裏，儘放些乖劣。

〔一〕□原失字。

迎仙客 門開

門已開，怎奈向，彩霧祥雲遮絳帳。也須知，莫惆悵，但借清風，千里來開放。仙郎來，是雄壯，得見姮娥欲偎傍。惱情悰，莫相放，眼去眉來，做盡些模樣。

迎仙客 開帳

頸交鴛，儀舞鳳，芙蓉繡遍紅羅幌。鬢雲低，花霧重，仔細看來，便是桃源洞。好郎君，真出衆，玉蝴蝶戀花心動。未身低，先目送，看看歡合，不數襄王夢。

迎仙客 下牀

夜將深，催玉漏，新郎帳外專祇候。倩雙娥，扶窈窕，款下牙牀，步步金蓮小。鞋兒弓，裙兒釣，這個新人誠要峭。玉能行，花解笑，便是真妃，乍出蓬萊島。

撒帳 集曲名

竊以滿堂歡洽，正鵲橋仙下降之辰；夜半樂濃，乃風流子佳期之夕。幾歲相思會，今日喜相逢。天仙子初下瑶臺，虞美人乍歸香閣。訴衷情而雙心款密，合歡帶而兩意綢繆。蘇幕遮中，象鴛鴦之交頭；綺羅香裏，如魚水之同歡。繫裙腰解而百媚生，點絳唇偎而千嬌集。款款抱柳腰輕細，時時看殢人嬌羞。憮遂永同歡，宜歌長壽樂。

是夜一派安公子，盡欲賀新郎。幸對帳前，敢呈五撒。

風流子，撒帳前，紅娘子是洞中仙。玉山枕上相偎處，深惜潘郎正少年。

風流子，撒帳後，枕屏兒畔偎檀口。兩同心處鳳棲梧，福壽必應天長久。

風流子，撒帳左，粉郎似蝶戀花朵。徘徊更懶剔銀燈，更漏子催愁夜過。

風流子，撒帳右，佳人腰裊江南柳。吴國西施貌未妍，漢宫戚氏顔猶醜。

風流子，撒帳中，一叢花占世間紅。自此常宜晝夜樂，佇看佳婿步蟾宫。同上壬集卷二

附　撒帳文

史　浩

綺羅叢裏寶蠟千枝，簫鼓聲中金釵幾行。神女深居紫府，仙郎穩下青霄。彼人此人，好是相看冰雪；今夕何夕，將期結約松筠。未移緩步之金蓮，先啓漫空之斗帳。敢持珍果，作濺雨之明珠；少薦蕪詞，間遏雲之雅唱。

撒帳東，光生滿幄繡芙蓉。仙姿未許分明見，知在巫山第幾峰。

撒帳西，看風匝地瑞雲低。夭桃夾岸飛紅雨，始信桃源路不迷。

撒帳南，珠宫直在府潭潭。千花綽約籠西子，今夕青鸞試許驂。

撒帳北，傅粉初來人不識。紅圍緑繞護芳塵，笑揭香巾拜瑶席。

撒帳中，鴛鴦枕穩睡方濃。麝煤不斷薰金鴨，休問日高花影重。

伏願撒帳之後，鸞鳳偕老，琴瑟和鳴。恩光浮閬苑之春，美態厭瑶池之侣。畫眉粧閣，攜手雲衢。歲歲年年，同上翁姑之壽；孫孫子子，永彰門閥之榮。《鄮峰真隱漫録》卷三十九

陽關三疊　無名氏小令

渭城朝雨浥輕塵，更洒遍客舍青青。弄柔凝千縷。更洒遍客舍青青，弄柔凝翠色。更洒遍客舍青青，弄柔凝柳色新。休煩惱，勸君更盡一盃酒，人生會少，富貴功名有定分。

么

休煩惱，勸君更盡一盃酒。舊遊如夢，只恐怕西出陽關，眼前無故人。休煩惱，勸君更盡一杯酒，只恐怕西出陽關，眼前無故人。《元明小令鈔》

古陽關

渭城朝雨，一霎裛輕塵。更灑遍、客舍青青。弄柔凝、千縷柳色新。更灑遍，客舍青青，千縷柳色新。休煩惱。勸君更盡一杯酒，人生會少，自古富貴功名有定分。莫遣容儀瘦損。休煩惱。勸君更盡一杯酒，只恐怕西出陽關，舊遊如夢，眼前無故人。只恐怕西出陽關，眼前無故人。《花草粹編》卷十一引《古今詞話》

芙蓉掛漁燈 宋詞

〔玉芙蓉〕寒生易水盟，氣食秦淮罄。〔喜漁燈〕短長亭，踏碎了黄錦鈎，鉅辨吼逼青錚。一時那管荆軻領，看七萃七屯孤另。三更，燃燈，几凭，風掠耳，看兜鍪峰，墮頂。

醉太師

〔醉太平〕休嘲，只爲家鄉路杳。怕他年歸去遭强遇暴，還因就學，與園公幼子爲曹。思着，〔太師引〕他每年紀剛湊巧，還配你弱冠的兒曹。恩光照，無福可消，忙頓首堦前，謝得榮耀。續修四庫本《寒山曲譜》

小桃帶芙蓉

〔小桃紅〕待將你來期問，又恐怕言無準。尾生萬古全忠信，王魁半路忘根本。對蒼天誓無欺諢。〔玉芙蓉〕負心的便殞，但若咱害相思，折倒莫認了負心人。同上

歸來樂

傳蘇軾

罷罷耍耍，茫茫世界儘寬大。五斗米折不得彭澤腰，一椀飯受不得淮陰跨。種幾畝邵平瓜，卜幾文君平卦。哈哈，快活煞。心窩裏無牽掛，耳跟廂没嘈雜。哈哈，世上人勞勞堪訝。

你看那秦代長城替别人打，漢朝陵寢被偷兒挖。魏時銅雀臺，到如今無片瓦。哈哈，名利場最兜搭。班定遠玉門關，枉白了青絲髮。馬新息銅柱標，抵不得明珠價。哈哈，卻更有幾般堪訝。

身不關陶唐禹夏，夢不想謀王定霸。容膝的是竹椽茅簷，點景的是琴棋書畫，忘機的是鷗魚鳧鴨。更有那橘柚園遮周匝，蘭地平坡凸凹。俺可也不癡又不呆，不聾又不啞。誰肯把韶光來虛那。哈哈，俺歸去也呀。

從負郭問桑麻，遇鄰翁數花甲。鐵笛兒在牛角上掛，酒瓢兒在漁竿上插，詩囊兒在驢背上跨。眼底事抛卻了萬萬千千，杯中物直飲到七七八八，歡百歲誰似咱。哈哈，要罷便罷，分付與風月煙霞，準備着歸家來耍耍。《九宮大成》卷三十九小石角隻曲　《全元散曲》無名氏條校以《堅瓠集》

歲時豐稔　殘套

無名氏

〔黄鍾宫〕〔畫眉序〕薄日乍烘晴，檻外梅梢墜粉飄零。扇東風，消盡岸北殘冰。

〔玉漏遲〕疊疊鰲峰，月明間着燈明……。

〔么〕游人慢行，問誰家愛月，何處閙燈。才子佳人，並肩笑語盈盈。買玉梅斜插，鬢雲彈金鳳。寒籠花影。（和）琉璃宫殿，今宵暫借來人慶。

〔雙聲子〕觸處笙歌競，笙歌競，家家宴賞相邀命。教我側耳聽，側耳聽，聽得歡笑聲。相映花街柳市行，秦樓楚館燈。見銀燭光中，綺羅叢裏許多娉婷。

〔耍鮑老〕看的每囉唣，挨挱市井。滚燈毬不暫停。耍鮑老，喬相領，弓鞋燈挑過，舞得來時有笑聲。

〔喜看燈〕紗籠兒過處，過處人争競。盡説道今夜燈似彩雲，移下一天星。桂魄澄澄一樣明。（和）謝吾皇，與民同樂喜看燈。

〔翫仙燈〕無限俏勤，買市的都静勝。酒肆歌樓相招請，格範盡學京城。人如在廣寒宫殿，風味勝蓬萊仙境。火樹銀花爛暗塵，飄香麝噴馨。

〔神仗兒〕家家啓華筵，共樂，舉杯相慶……。《九宫正始》黄鍾過曲注「元散套」

大擺袖 殘套

無名氏

〔雁過聲〕現團團桂輪，光皎潔相映。耿耿碧天澄清。遍天街人烟湧盛。見佳人觀賞元宵景。（合）擺着袖兒月下行。

〔前腔第二换頭〕天生，自然娉婷。西施臉兒堪稱，媚態兒濟楚輕盈，比觀音只少個净瓶。向華燈密處，偏他逞。（合前）

〔前腔第三换頭〕萬般嚴穩，萬般鶻伶。做院體時樣新粧，巧身材千般媚生。黛眉顰，掩映秋波瑩。（合前）

〔前腔第四换頭〕天生，自然娉婷。西施臉兒堪稱，媚態兒濟楚輕盈，比觀音只少個净瓶。向華燈密處，偏他逞。（合前）

〔衮衮令〕舞的俊，作耍鬥夜逞。幕次捲珠簾，高掛寶燈。兩行仕女每，遍體銷金。指揮買市步芳英。聽歌謳聲競。

〔前腔〕回還道，玉勒趁雕軿。隊隊紗籠，僕從玩引。都是貴戚豪家，相府簪纓，將相宅眷御街行。盡嬉戲游人静。

〔攤破第一〕好時好景，夜色澄澄，不負此宵佳境。六街九衢歌聲競，笑聲喧鬧駢闐。看瀲灩傾國傾城，引行人渾不轉睛。另巍巍萬般都厮稱，擺着袖兒月下行。

〔四邊静〕……擺着袖兒行。

〔傾杯賺〕總入都城，御樓前仰觀舜庭。風傳帝樂，御香飄散滿宸京。勝蓬瀛，似神仙紫府降迎。龍啣詔寶光熒熒。棘盤裏，金杯賜酒，人盡飲，競起歡聲。

〔前腔〕念吾皇同樂與編氓。萬姓山呼賀聖明。傳帝旨，撒金錢，墜落端門。須臾間，聽鳴鞘聲聲漸杳，俄然早鴐興人静。天街湧盛，經紀鬧熱好市井，可人時景。《九宫正始》正宫調注「遏雲奇選元散曲」

鐵鎖放星橋　殘套

無名氏

〔中吕宫〕〔沁園春〕暖送鵝黄上柳條，香飄宫粉褪梅梢，玉壺解凍漸冰消，歲稔時豐民富饒。鳳城三五夜，還又賞元宵。

〔粉孩兒〕綵結鰲山侵漢表，望珠樓翠幕萬燭高燒。天街王孫駿馬驕。競豪奢，五陵年少。問誰見月聞燈，肯辜負如此良宵。

〔會河陽〕院院燒燈珠翠繞，家家開宴管絃調。玉人何處教吹簫，携舞妓歌姬來到。座間自有十分俏，醉中勝買千金笑。

〔紅芍藥〕……百忙裏嬌眼偷瞧。《九宫正始》中吕宫注云「元散套」

以上舊注爲元人燈詞三套（殘套），所寫情景與南宋人詩詞筆記小説之臨安舊都風華相合，當爲南宋人手筆。

芙蓉花漸開　殘套

無名氏

〔南吕宫〕〔奈子花〕告雁兒，停翅駐雲飛。訴衷腸説與伊知，相煩寄一封書去。他家在三仙橋住，過賺西。囑罷悶歸房睡。《九宫正始》南吕宫注云「元散套」

失　題　殘套

無名氏

〔道宫〕〔解紅序〕頓成縈繫，對美景虚負好天良夕。人生最苦，歡正美静忍恩情、翻成離恨。鴛鴦各自飛，悶手撚花枝自嘆息。傷悲，把春愁萬思千慮付雙眉。

〔第一换頭〕岑寂，困人天氣。剪牡丹、猶記去年今日。餘香未歇，難拚却一縷相思，懸腸掛肚，何日得見你。怕日遠日疎，戀那人終日，恣迷花戀酒，不道有人憶。

〔第二换頭〕静知，憔悴損，玉容怎受持。須念咱千種看承你，如何下得頓忘却，玉體同雕，香雲雙剪，靈神設誓時。想薄劣冤家在那裏？孩兒没前程，負心薄倖有天知。

〔第三换頭〕思之，料想我前生曾負你。今世裏教我填還你。臨風對月，無限事横在心頭，教人難棄。衷腸竟訴誰，更羞覩梁間燕雙飛。殘紅亂落隨流水，悶轉添、子規不住啼。《九宫正始》道宫近詞注云「遏雲奇選元散套」

全宋金曲卷七　金散曲

元好問

〔中呂宮〕陽春曲

春　宴

春盤宜剪三生菜，春燕斜簪七寶釵。春風春醖透人懷，春宴排，齊唱喜春來。

梅殘玉靨香猶在，柳破金梢眼未開。東風和氣滿樓臺，桃杏折，宜唱喜春來。

梅擎殘雪芳心奈，柳倚東風望眼開。温柔樽俎小樓臺，紅袖繞，低唱喜春來。

攜將玉友尋花寨，看褪梅粧等杏腮。休隨劉阮到天台，仙洞窄，且唱喜春來。《朝野新聲太平樂府》卷四

〔雙調〕驟雨打新荷

緑葉陰濃，遍池塘水閣。偏趁涼多。海榴初綻，妖艷噴香羅。老燕攜雛弄語，有高柳鳴蟬相和。驟雨過。珍珠亂糝，打遍新荷。　人生有幾，念良辰美景，一夢初過。窮通前定，何用苦張羅。命友邀賓玩賞，對芳樽淺酌低歌。且酩酊，任他兩輪日月，來往如梭。同前卷二

殘曲

〔雙調〕新水令

一聲啼鳥落花中。惜花心又還無用。深院宇，小簾櫳。點檢春工。夕陽外緑陰重。

〔喬牌兒〕病將愁斷送。愁把病搬弄。春山兩葉愁眉縱。斷腸詩和泪封。《北詞廣正譜》十七帙雙調

〔越調〕天淨沙

商衜

寒梅清秀誰知，霜禽翠羽同期。瀟灑寒塘月淡。暗香幽意，一枝雪裹偏宜。

剡溪梅壓群芳，玉容偏稱宫粧。暗惹詩人斷腸。月明江上，一枝弄影飄香。

野橋當日誰栽，前村昨夜先開。雪散珍珠亂篩。多情嬌態，一枝風送香來。

雪飛柳絮梨花，梅開玉蕊瓊葩。雲淡簾篩月華。玲瓏堪畫，一枝瘦影窗紗。《樂府新編陽春白雪》前集卷五

〔正宫〕月照庭

問花

萬木争榮，各逞嬌紅嫩紫。呈濃淡，鬥妍蚩。爲誰開，爲誰落，何苦孜孜。吾來問，汝有私。

〔么〕雲幕高張，捧出天然艷質。顔如玉，體凝脂。緑羅裳，紅錦帔，貌勝西施。蒙君問，盡妾詞。

〔最高樓〕發生各自隨時，艷冶非人所使。鉛華滿樹添粧次，遠勝梨園弟子。

〔喜春來〕清香引客眠花市，艷色迷人殢酒卮。東風舞困瘦腰肢，猶未止，零落暮春時。

〔六么遍〕聽花言，巧才思，直待伴落絮遊絲，披離滿徑點胭脂。乾忙煞燕子鶯兒，芳苞拆盡誰掛齒，道杏花不看開時。早尋人做主遮護你，煞强如花貌參差。憑誰賦，斷腸詩。

〔么〕妾斟量，自三思，正芳年不甚心慈。仗聰明國色兩件兒，覷五陵英俊。因而漸消香減玉剥幾姿。但温存誰敢推辭。想游蜂戲蝶有正事，向眼前面配了雄雌。閃下我，害相思。

〔尾〕先生教妾感承，妾身言君試思。如今羅紈錦故人何似。闌珊了春事，惜花人誰肯折殘枝。《朝野新聲太平樂府》卷六

〔雙調〕新水令

彩雲聲斷紫鸞簫，夜深沉綉幃中冷落。愁轉增，不相饒。粉悴烟憔，雲鬢亂，倦梳掠。

〔喬牌兒〕自從它去了，無一日不呫道。眼皮兒不住了梭梭跳。料應它作念着。

〔雁兒落〕愁聞砧杵敲，倦聽賓鴻叫。懶將烟粉施，羞對菱花照。

〔掛玉鈎〕這些時針線慵拈懶綉作，愁悶的人顛倒，想着燕爾新婚那一宵，怎下得把奴抛調。意似痴，肌如削，只望他步步相隨，誰承望拆散鸞交。

〔亂柳葉〕爲它，爲它曾把香燒，怎下的將咱，將咱抛調。慘可可曾對神明道，也不索，和它，和它叫。緊交，誓約，天開眼，自然報[一]。

〔太平令〕駡你個短命薄情才料，小可的無福怎生難消。想着咱月下星前期約，受了些無打算凄涼煩惱。我呵，你想着，記着，夢着，又被這雨打紗窗驚覺。

〔豆葉黄〕不覺的地北天南，抵多少水遠山遥。一個粉臉兒它身上何曾忘却。鐘送黄昏鷄報曉，昏曉相催，斷送了愁人多多少少！

〔七兄弟〕懊惱，這宵，受煎熬。被凄涼一弄兒相刮躁。畫簷間鐵馬兒晚風敲，紗窗外促織兒頻頻叫。

〔梅花酒〕孤幃兒静悄悄，燭滅烟消，枕冷衾薄〔二〕。撲簌簌淚點拋，急煎煎眼難交。睡不着，更那堪雨蕭蕭。

〔收江南〕淅零零和淚上芭蕉，孤眠獨枕最難熬。絳綃裙褪小蠻腰，急煎煎瘦了。相思滿腹對誰學。

〔尾〕急煎煎每夜傷懷抱，撲簌簌淚點腮邊落。唱道是廢寢忘飡，玉減香消。小院深沉，孤幃裏静悄，瘦影兒緊相隨，一盞孤燈照。好教我急煎煎心癢難揉，則教我幾聲長吁到的曉。《梨園按試樂府新聲》卷上

〔一〕「報」，原作「招」，此從《詞林摘艷》。　〔二〕「冷」，原作「盛」，此從《詞林摘艷》。

〔雙調〕夜行船

風裏楊花水上萍，蹤跡自來無定。席上温存，枕邊僥倖，嫁字兒把人來領。

〔么〕花底潛潛月下等，幾度柳影花陰。錦機情詞，石鐫心事，半句兒幾時曾應。

〔風入松〕都是些鈔兒根底假恩情，那裏有倘買的真誠。鬼胡由眼下唵光陰，終不是久遠前程。自從少個蘇卿，閑煞豫章城。

〔阿那忽〕合下手合平，先負心先贏。休只待學那人薄倖，枉和它急竟。

〔尾聲〕俏家風，説與那小後生。識破這酒愁花病，再不留情。分開寶鏡，既曾經，只被紅粉香中賺得醒。同前

〔雙調〕風入松

嫩橙初破酒微温，銀燭照黄昏。玉人座上嬌如許，低低唱白雪陽春。誰管狂風過處，那知瑞雪屯門。

〔喬牌兒〕畫堂更漏冷，金爐串烟盡。廝偎廝抱心兒順，百年姻，兩意肯。

〔新水令〕曉鷄三唱鳳離群，空回首楚臺雲褪。枕上歡，霎兒恩。漏永更長，怎支持許多悶。

〔攪箏琶〕縈方寸，兩葉翠眉顰。萬想千思，行眠立盹，半世買風流，費盡精神。呆心兒掩然容易親，吃不過温存。

〔離亭燕煞〕客窗夜永愁成陣，冷清清有誰存問。漢宫中金闈夢斷，秦臺上玉簫聲盡。昨夜歡，今宵恨，都只爲風風韻韻。相見話偏多，孤眠睡不穩。同前

〔南吕〕一枝花

遠寄

粘花惹草心，招攬風流事。都不似今日個這嬌姿。伶變知音，雅有林泉志。合歡連理枝，兩意相投，美滿夫妻相似。

〔梁州第七〕甘不過輕狂子弟，難禁受極紂勤兒。撞聲打怕無淹潤，倚强壓弱，滴溜着官司。轟盆打甑，走踢飛拳，查核相萬般街市。待勉强過從枉費神思。是他慣追陪濟楚高人，見不得村沙謊厮。欽不定冷笑孜孜。可人，舉止，爲他十分吃盡，不肯隨時，變除此外没瑕玼。聚少離多信有之，古今如此。

〔賺煞〕好姻緣眼見得無終始。一載恩情似彈指。別離怨草次。感恨無言謾搔耳，後會何時。唱道痛淚連灑，花箋悶寫相思字。托魚雁寄傳示。我志誠心一點無辭。無辭憚去伊身上死。

〔南吕〕梁州第七

戲三英

暖律回春過臘，融和布滿天涯。禁城元夜生和氣，況金吾不禁，良宵歡洽。九衢三市，萬户千門，重重綉簾高掛。列銀燭熒煌家家門騁奢華。玉簾燈細撚瓊絲，金蓮燈匀排艷葩，梔子燈碎剪紅紗。壁燈兒，巧畫。過街燈照映，紗燈戲燈機關妙，滾燈轉甏燈耍。月燈高懸水燈戲，將天地酬答。

〔么〕綵結鰲山對聳，簫韶鼓吹喧嘩。仕女王孫知多少，寶鞍錦轎，來往交叉。酒豪詩俊，謝館秦樓，會傳杯笑飲流霞。見游女行歌盡落梅花。向杜郎家酒館裏開樽，玉厨家食店裏飯罷，張胡家茗肆裏分茶。玉人，嬌姹。愛雲英辨利絳英天然俊，共聯臂同把。偶過平康賞茗妓，越女吴姬。

〔賺煞〕綺羅珠翠金釵插，蘭麝風生異香撒，絃管相煎聲咿啞。民物熙熙，誰道太平無象，聽歌舞見風化。酩酊歸來，控玉驄不記得還家。唱道玉漏沉沉，樓頭彷彿三更打。燈影伴月明下，醉醺醺婉英扶下馬。

〔南吕〕一枝花

嘆秀英

釵橫金鳳偏，鬢亂香雲彈。早是身是名染沉疴。自想前緣，結下何因果。今生遭折磨，流落在娼門，一旦把身軀點污。

〔梁州第七〕生把俺殃及做頂老，爲妓路剗地波波。忍恥包羞排場上坐。念詩執板，打和開呵。隨高逐下，送故迎新，身心受盡摧挫。奈惡業姻緣好家風俏無些個。紂撅丁走踢飛拳〔一〕，老妖精，縛手纏脚。揀挣勤到下鍬钁。甚娘，過活，每朝分外説不盡無廉耻，顛狂相愛左。應有的私房貼了漢子，恣意淫訛。

〔賺煞〕禽唇撮口由閑可，毆面梟頭甚罪過。聖長里廝搽抹，倒把人看舌頭廝繳絡。氣殺人呵，唱道曉夜評薄。待嫁人時要才定囫圇課。驚心碎，謔膽破。只爲你没情腸五奴虔婆，毒害相扶持得殘病了我。同前

〔一〕「撅」，原字不清，今從《全元散曲》。

〔商調〕玉抱肚 殘

渭城客舍，微雨過陌塵輕浥。絲絲嫩柳摇金，情裊爲誰牽惹。海棠影裏啼子規，落花香亂迷蝴蝶。物華表，景色凄，芳菲歇。正值暮春時節，雲歸楚岫，鸞孤鳳隻，釵分鑑破，瓶墜簪折。

〔么〕好風光又逢花謝，美姻緣又遭離缺。似無情一派長波，聲聲漸替人嗚咽。這一聲保重言未絶。珠淚痛流雙頰，怨滿懷，恨萬叠，愁千結。兩情牽惹，玉纖捧盃，星眸擎淚。羞蛾蹙損，檀口咨嗟。《北詞廣正譜》十四帙商調

〔三煞〕只有今宵無明夜，都因自家緣分拙。更做道走馬兒恩情，甚前時聚會。昨宵飲宴，今朝祖送，來日離別。

〔么〕千種恩情對誰説，酒醒時半窗殘月。哭啼啼遠送人來，怎下得教他回去，欲留無計，欲辭難捨。《北詞廣正譜》九帙般涉調

〔隨調煞〕陽關曲莫謳徹，酒休斟，寧奈些。只恐怕歌罷酒闌人散也。《北詞廣正譜》十四帙商調

搗練子

王喆

猿騎馬，呈顛傻，難擒難捉怎生捨。哩囉唛，哩囉唛。　慧刀開，齊下殺，教君認得根源也。哩囉唛，哩囉唛。

又

水兼火，坎和離，兩般消息怎生知。哩囉唛，哩囉唛。　休燒鍊，莫修持，元來只是這些兒。哩囉唛，哩囉唛。

又

搗練子，害風哥，一身躍出死生波。哩囉唛，哩囉唛。　便是逍遥真自在，没人拘管信吟哦。哩囉唛，哩囉唛。

又

用刀圭，剖昏迷，合和一處怎生攜。哩囉唛，哩囉唛。　人頭落，現虹霓，白蓮花朵出青泥。哩囉唛，哩囉唛。

又

名利海，是非河，王風出了上高坡。哩囉唛，哩囉唛。纔候十年功行滿，白雲深處笑呵呵。哩囉唛，哩囉唛。

又

三丹寶，難分剖，昏昏默默怎生保。哩囉唛，哩囉唛。在虛空，長懷抱，緋衫裏子新烏帽。哩囉唛，哩囉唛。

減字木蘭花　辭世

凡軀四假，便做長年終不藉。水葬魚收，教你人咱業骨骰。這迴去也，一顆明珠無有價。正是真修，穩駕逍遥得岸舟。

又　自詠

小名十八，讀到孝經章句匝。爲慶清朝，愛向樽前舞六么。呼盧總會，六隻骰兒三没賽。傻得唯新，刮鼓叢中第一人。

反會做他出舍郎，便風狂。成功行，到蓬莊。奉報那人如惺悟，好商量。五更裏，細消詳。

五更出舍郎

又

一更哩囉出舍郎，離家鄉。前程路，穩排行。便把黑飆先捉定，入皮囊。牢封繫，任飄颻。

又

二更哩囉出舍郎，變銀霜。湯燒火，火燒湯。夫婦二人齊下拜，住丹房。同眠宿，卧牙牀。

又

三更哩囉出舍郎，最相當。神丹就，養兒娘。一對陰陽真箇好，坐車廂。金牛子，載搬忙。

又

四更哩囉出舍郎，得清涼。重樓上，飲瓊漿。任舞任歌醒復醉，愈堪嘗。真滋味，萬般香。

又

五更哩囉出舍郎，没隄防。無遮礙，過明堂。一顆明珠顛倒袞，瑞中祥。崑崙上，放霞光。

又

認得五般出舍郎，黑白彰。當中赤，間青黃。哩囉囉唆哩囉哩，妙玄良。玲瓏了，便玎璫。

驀山溪　歎驢兒

驢驢模樣，醜惡形容最。長耳嘴偏大，更四隻、脚兒輕快。肌膚粗僂，佗處不能留，挨車買，更馱騎，拽遍家家磑。　任鞭任打，肉爛皮毛壞。問你爲何因，緣箇甚，於斯受罪。忽然垂淚，下語向余言，爲前□，忒蹺蹊，欠負欺瞞債。

換骨骰　歎脱禍不改過

昨遇饑年，爲甚累增勸教。怎奈向、人人忒㥏。越貪心，生狠妬，百端奸巧，計較。騁風流賣俏。也兀底。　忽爾臨頭，却被閻王來到。問罪過，諱無談矯。當時間，令小鬼，將業鏡前照。失尿。和骨骸軟了，也兀底。

刮鼓社

刮鼓社，這刮鼓本是仙家樂。見箇靈童，於中俊俏，自然能做作。長長把玉繩輝霍，金花一朵頭邊爍，便按定五方跳躍。早展起踏雲脚，早展起踏雲脚。會戲謔，正洽真歡樂。顯現玲瓏，玎璫了了，遍體纓絡。遂引下、滿空鸞鶴。迎來接去同盤礴。共舞出、九光丹藥。蓬萊路有期約，蓬萊路有期約。

迎仙客

或曰，既是修行，因何齒落髮白。答云，我今年五旬五，尚辛苦爲收穫耳。

五旬五，過半百，諸公把我頻搜索。眼如遮，耳如聞，口中齒豁，頦上髭鬚白。外容蒼，内容黑，金花地上真粟麥。稈兒釤，穗兒摘，三車搬過，便是迎仙客。

啄木兒

觀浮世，爲人貴。捨榮華，全神氣。保養丹田絶滋味，便將來，免不諱。自諳自諱，修取長生計。自誓自誓，今朝説子細。且通邊際。開靈慧，酒色財氣一齊制。做深根永固蒂。怎生得、虎龍交位。如何令、姹嬰同睡。把塵勞事，俱捐棄。二道合和歸本類，想玄玄，尋密秘。

又

自行自行，見性不用命。自惺自惺，黑飆先捉定。使倒顛併，唯堪詠。兩脉來迴皆吉慶，辨清清，與靜靜。　烏龜兒，從兹警省。放眼耀，光明焕炳。恣水中遊，濤間逞。望見赫曦山上景，轉波恬，又浪静。

又

自住自住，離宫受坎户。自悟自悟，汞中建鉛庫。好頻頻顧，長相覷。上下沖和知去處，漸漸入，雲霞路。　赤鳳儿，飛來振羽。欲盡烏江見水府。與神爲主作宗祖。只把刀圭長安撫，方能教，子伴午。

又

自坐自坐，木上見真火。自帤自帤，從前没災禍。雨東方妥，誠堪可。潤葉滋枝成花朵。結團團，寶珠顆。　翠霧騰空外遍鎖，白露凝虚上負荷。换搆交睡同舒他。性命方知無包裹，不由天，只由我。

又

自卧自卧，西方憩息麽。自佐自佐，靈臺聚真火。發庚辛課，相應和。物物拈來都打破，元來現此一箇。　跳出後，無小無大。敲着後，不剛不懦。便却如這音聲那。響喨玎璫明堂過，遇玲瓏，共慶賀。

又

自知自知，只此分明是。自此自此，得一並無四。在虚空裏，撒金蕊。萬道霞光通表裏，復元初，見本始。　要練正，靈真範軌。更不用，木金火水。把良因壘，從心起。方寸清涼無憂喜。證長生，並久視。重陽子，害風是。王喆名，知明字。説修行，旨没虚詭。啄木詞，中開真理。向諸公，取知委。

《全金元詞》原注：啄木兒共五首，第一首前多出數句似總序，第五首復多出數句似總結。

聖葫蘆

這一葫蘆兒有神靈，會會做惺惺。占得逍遥真自在，頭邊口裏，長是誦仙經。　把善因緣，却腹中盛。淨淨轉清清，玉杖挑將何處去，緊隨師父，雲水是前程。

憨郭郎

深憎憎愈甚，深愛愛尤多。兩般都在意，看如何？　他歡如自喜，他病似身痾。心中成一體，各消磨。

又

清閑真道本，無事小神仙。謹修增些福，免黄泉。　愚迷都不曉，只愛幾文錢。一朝大限至，告蒼天。

迎仙客

做修持，須搜索，真清真静真心獲。這邊青、那邊白。一頭烏色，上面殷紅赫。　共同居，琉璃宅，瓊苞瓊蕊瓊花折。玉童歌，金童拍。皇天選中，山正是仙客。

又

這曲破，先入破，迎仙客處休言破。勘得破，識得破，看看把我，肚皮都鱉破。　會做麽，是恁麽，奈何子午貪眠麽。説甚麽，道甚麽，自家暗裹，獨自行持麽。

又

這害風，心已破，咄了是非常持課。也無災，亦無禍，不求不覓，不肯做墨大。　大仙唱，真人和，全真堂裹無煙火。無憂子，共三箇，頓覺清涼，自在逍遥坐。

蕊珠宮

栗子二三箇，這芋頭的端六箇。分付清閑唯兩箇。尋思箇，甘甜味，怎生箇。五臟明明箇，又六腑，不差些箇。更有金丹此一箇。十二箇，請翁婆，會則箇。《全金元詞》

風馬兒

馬　鈺

意馬顛狂自由縱，來往走、瓃滴瑠玎。更加之、心猿廝調弄。歌迷酒惑財色引，瓃滴瑠玎。　幸遇風仙把持鞚，便不敢、瓃滴瑠玎。待清清、堪歸雲霞洞。渾身白徹再不肯，瓃滴瑠玎。

巫山一段雲　在南京乞化

穿茶坊，入酒店，後巷前街，日日常遊遍。只爲飢寒仍未免，度日隨緣，展手心無倦。　願人人，懷吉善，捨一文錢，亦是行方便。休笑山侗無識見，内養靈明，自有長生驗。

又　贈李哥緣再要出家

李先生，難捨俗，出去還來，壞了崑山玉。覆水重收絃斷續，一事無成，惹得空撈漉。

悔前非，明性燭，火滅煙消，心上休懷毒。欲與馬風閑廝逐，直待年深，看透伊心腹。

搗練子　華州王待詔乞詞

王待詔，善傳神，日常心意在他人。便都忘，自己身。如省覺，出迷津。逍遥坦蕩囉哩㖫，樂清閑，得悟真。同上

搗練子

譚處端

搗練子，具如何，從前罪孽暗消磨。囉哩㖫，哩㖫囉。從初得，認波羅，色財勘破撲燈蛾。囉哩㖫，哩㖫囉。

又

聽分剖，這風哥，尋常只恁囉哩囉。囉哩㖫，哩㖫囉。些兒話，不須多，交賢會得笑呵呵。囉哩㖫，哩㖫囉。

又

清淨法，越婆娑，神舟穩駕渡沉波。囉哩㖫，哩㖫囉。早下手，出迷河，伊還不悟轉蹉

跎。囉哩唛，哩唛囉。

又

浮華事，夢南柯，流年電閃下輪坡。囉哩唛，哩唛囉。早脱離，出漩渦，兩輪日月疾如梭。囉哩唛，哩唛囉。

又

風人唱，破迷歌，迴心與我見彌陀。囉哩唛，哩唛囉。十搗練，要調和，風情慾愛是冤魔。囉哩唛，哩唛囉。同上

太平令

侯善淵

芝堂無事啓丹經，香煙裊，慧燈明。聲和流水玉音清。雲收絶霧歛，旿平一色瑶池淨。洞天玄照瑞光凝，分明見，豁然惺。迴眸返入道圓成，便忘形羽化，虚皇付我天符令。同上

侯善淵集

金盞兒

劉志淵

放心閑，樂林泉，山檀瓦鼎龍涎暖。寒罇興，冷茶煙。情湛湛，腹便便，陪游鹿，伴啼猿。

淨靈源，火生蓮，清涼照見諸塵遺。明五眼，證重玄。珠瑩海，月沉淵，圓明相，應無邊。同上

〔越調〕小桃紅

楊　果

碧湖湖上採芙蓉，人影隨波動。涼露沾衣翠綃重，月明中，畫船不載凌波夢。都來一段，紅幢翠蓋，香盡滿城風。

滿城烟水月微茫，人倚蘭舟唱。常記相逢若耶上，隔三湘，碧雲望斷空惆悵。美人笑道，蓮花相似，情短藕絲長。

採蓮人和採蓮歌，柳外蘭舟過。不管鴛鴦夢驚破，夜如何，有人獨上江樓卧。傷心莫唱，南朝舊曲，司馬泪痕多。

碧湖湖上柳陰陰，人影澄波浸。常記年時對花飲，到如今，西風吹斷回文錦。羨他一對，鴛鴦飛去，殘夢蓼花深。

玉簫聲斷鳳凰樓，憔悴人別後。留得啼痕滿羅袖，去來休，樓前風景渾依舊。當初只恨，無情烟柳，不解繫行舟。

芡花菱葉滿秋塘，水調誰家唱。簾捲南樓日初上，採秋香，畫船穩去無風浪。爲郎偏愛，

蓮花顏色，留作鏡中粧。

錦城何處是西湖，楊柳樓前路。一曲蓮歌碧雲暮，可憐渠，畫船不載離愁去。幾番曾過，鴛鴦汀下，笑煞月兒孤。

採蓮湖上棹船迴，風約湘裙翠。一曲琵琶數行泪，望君歸，芙蓉開盡無消息。晚涼多少，紅鴛白鷺，何處不雙飛。《樂府新編陽春白雪》前集卷五

〔越調〕小桃紅

採蓮女

採蓮湖上採蓮嬌，新月凌波小。記得相逢對花酌，那妖嬈，殢人一笑千金少。羞花閉月，沉魚落鴈，不恁也魂消。

採蓮人唱採蓮詞，洛浦神仙似。若比蓮花更强似，那些兒，多情解怕風流事。淡粧濃抹，輕顰微笑，端的勝西施。

採蓮湖上採蓮人，悶倚蘭舟問。此去長安路相近，恨劉晨，自從別後無音信。人間好處，詩籌酒令，不管翠眉顰。《朝野新聲太平樂府》卷三

〔仙吕〕賞花時

秋水粼粼上〔一〕，古岸蒼，蕭索疏籬偎短岡。山色日微茫，黄花嫩也，粧點馬蹄香。

〔勝葫蘆〕見一簇人家入屏帳，竹籬折補苔牆。破設設柴門上，張着破網。幾間茅屋，一竿風旆，摇曳掛長江。

〔賺尾〕晚風林。蕭蕭響。一弄兒凄涼旅況。見壁指一似桑榆，侵着道旁，草橋崩柱摧梁。唱道向紅蓼籬頭，見箇黑足吕的漁翁鬢似霜，靠着那駝腰拗椿。瘻㶉垂脖項，一鈎香餌釣斜陽。

水到湍頭燕尾分，橋掂河梁龍持穩，流水繞孤村。殘霞隱隱，天際褪殘雲。

〔么〕客況凄凄又一春，計載區區已四旬，猶自在紅塵。愁眉鎮鎖，白髮又添新。

〔煞尾〕腹中愁，心間悶，九曲柔腸悶損。白日傷神猶自輕，到晚來更關情。唱道則聽得玉漏聲頻，搭伏定鮫綃枕頭兒盹。客窗夜永，有誰人存問。二三更睡不得，被兒温。

〔一〕《北宫詞紀》卷四此句無「上」字。

又

花點蒼苔綉不匀，鶯唤垂楊語未真。簾幕絮紛紛，日長人困，風暖獸煙噴。

〔么〕一自檀郎共錦衾。再不曾暗擲金錢卜遠人，香臉笑生春。舊時衣褙，寬放出二三分。

〔賺煞尾〕調養就舊精神，粧點出嬌風韻，將息劃損苔牆玉筍。拂掉了香冷粧奩寶鑑塵，舒開繫東風兩葉眉顰，曉粧新。高綰起烏雲。再不管暖日朱簾鵲噪頻。從今聽鴉鳴不嗔。燈花誰信，一任教子規聲啼破海棠魂。

麗人春風三月天，準備西園賞禁烟。院宇立秋千。桃花噴火，楊柳綠如烟。

〔么〕倚定門兒語笑喧，來往犀眸厮顧戀，比各正當年。花陰柳影，月底共星前。

〔尾〕口兒咭，心兒怨，時急難尋輕便。天也似閑愁無處着，蘸霜毫寫滿雲箋，唱道各辦心堅。休教萬里關山靠夢傳。不是雙生自專，小卿緊勸。只休教花殘鶯老了麗春園。《樂府新編陽春白雪》後集卷二，署名據《北詞廣正譜》三帙「仙吕宫暢道有四格」條

〔仙吕〕翠裙腰

鶯穿細柳翻金翅，遷上最高枝。海棠零亂飄階址，墮胭脂。共誰同唱送春詞。

〔金盞兒〕減容姿。瘦腰肢。綉牀塵滿慵針指。眉懶畫，粉羞施，憔悴死。無盡閑愁將甚比？恰如梅子雨絲絲。

〔綠窗愁〕有客持書至，還喜卻嗟咨。未委歸期約幾時，先拆破鴛鴦字，原來則是賣弄它風

流浪子。誇翰墨，顯文詞，枉用了身心空費了紙。〔賺尾〕總虚脾，無實事，喬問候的言辭怎使。復別了花箋重作念，偏自家少負你相思。（唱道）再展放重讀，讀罷也無言暗切齒，沉吟了數次。駡你個負心賊堪恨，把一封寄來書都扯做紙條兒。同上，署名據《太和正音譜》卷上仙吕緑窗愁

〔雙調〕鴈兒落帶過得勝令

杜仁傑

美色

他生得柳似眉蓮似腮，櫻桃口芙蓉額。不將朱粉施。自有天然態。半折慢弓鞋，一搦俏形骸。粉腕黄金釧，烏雲白玉釵。歡諧，笑解香羅帶。疑猜，莫不是陽臺夢裏來。《朝野新聲太平樂府》卷三

〔般涉調〕耍孩兒

莊家不識构闌

風調雨順民安樂，都不似俺莊家快活。桑蠶五穀十分收，官司無甚差科。當村許下還心願，來到城中買些紙火。正打街頭過，見吊箇花碌碌紙榜。不似那答兒鬧穰穰人多。

〔六煞〕見一箇人手撑着椽做的門。高聲的叫請，請。道遲來的滿了無處停坐。説道前截兒院本調風月，背後么末敷演劉耍和。高聲叫，趕散易得，難得的粧哈。

〔五〕要了二百錢放過咱，入得門上箇木坡。見層層疊疊團圞坐，擡頭覷是箇鐘樓模樣，往下覷卻是人旋窩。見幾箇婦女向臺兒上坐，又不是迎神賽社。不住的擂鼓篩鑼。

〔四〕一箇女孩兒轉了幾遭，不多時引出一夥。中間裏一箇央人貨，裹着枚皂頭巾，頂門上插一管筆，滿臉石灰更着些黑道兒抹。知他待是如何過？渾身上下，則穿領花布直裰。

〔三〕念了會詩共詞，説了會賦與歌。無差錯。脣天口地無高下，巧語花言記許多。臨絶末，道了低頭撮脚，爨罷將么撥。

〔二〕一箇粧做張太公，他改做小二哥，行行行説向城中過。見箇年少的婦女向簾兒下立，那老子用意鋪謀，待取做老婆。教小二哥相説合。但要的豆穀米麥，問甚布絹紗羅。

〔一〕教太公往前那，不敢往後那，擡左脚不敢擡右脚，翻來復去由他一箇。太公心下實焦懆，把一箇皮棒槌則一下打做兩半箇。我則道與詞告狀，剗地大笑呵呵。

〔尾〕則被一胞尿，爆的我没奈何。剛捱剛忍更待看些兒箇，枉被這驢頹笑殺我。

喻情

我當初不合鬼擘口和你言盟誓，惹得你鬼病厭厭掛體。鬼相撲不曾使甚養家錢，鬼廝赶刁蹬的心灰。若是攛得歌妓家中去，便是袖得春風馬上歸。司獄司蹬弩㔟神力，望梅止渴，畫餅充飢。

〔哨遍〕鐵毬兒漾在江心内，實指望團圓到底。失群孤鴈往南飛，比目魚永不分離。王屠倒臟牽腸肚，毛寶心毒不放龜。老母狗跳牆做得箇抉勢，把我做撲燈蛾相戲。掠水燕雙飛。

〔五煞〕臘月裏桑採甚的，肚臍裏爆豆實心兒退。木猫兒守窟瞧他甚，泥狗兒看家守甚嘿。天長觀裏看水庵相識，濟元廟裏口願把我抛持。

〔四〕唐三藏立墓銘空費了碑，閑槽枋裏趖酒無巴避，悲田院裏下象無錢遞，左右司蒸糕省做媒，蓼兒洼裹太廟乾不濟。鄭元和在曲江邊擔土，閑話兒把咱埴持。

〔三〕泥捏的山不信是石，相撲漢賣藥干陪了擂。鏡臺前照面你是你，警巡院倒了牆賊見賊，大蟲窩裏蒿草無人刈。看山瞎漢，不辨高低。

〔二〕小蠻婆看染紅擔是非，張果老切鱠先施鯉。布博士踏鬼隨機而變，囊大姐傳神反了面皮，沙三燒肉牛心兒炙。没梁的水桶，掛口休提。

〔一〕秦始皇鞋無道履，綿帶子拴腿無繩繫。開花仙藏撅過瞞得你，街道司衙門謊得過誰，尉遲恭搗米胡支對。蜂窩兒呵欠，口口是虛脾。

〔尾〕楮樹下梯要摘梨，葬瓶中灰骨是箇不自由的鬼。穀地裏瓜兒單單的記着你。同上

〔商調〕集賢賓

七夕

暑纔消大火即漸西，斗柄往坎宫移。一葉梧桐飄墜，萬方秋意皆知。暮雲閑聒聒蟬鳴，晚風輕點點螢飛。天階夜凉清似水，鵲橋圖高掛偏宜。金盆内種五生，瓊樓上設筵席。

〔集賢賓南〕今宵兩星相會期，正乞巧投機。沉李浮瓜餚饌美，把幾箇摩訶羅兒擺起。齊拜禮，端的是塑得來可嬉。

〔鳳鸞吟北〕月色輝，夜將闌銀漢低。鬬穿針逞艷質，嬉蛛兒奇，一絲絲往下垂，結羅成巧様勢。酒斟着緑蟻，香焚着麝臍，引杯觴大家沉醉。櫻桃妬水底紅，葱指剖冰瓜脆，更勝似愛月夜眠遲。

〔鬬雙雞南〕金釵墜金釵墜玳瑁整齊，蟠桃宴蟠桃宴衆仙聚會，彩衣彩衣輕紗織翠。禁步

搖，繡帶垂，但願得同歡宴，團圓到底。

〔節節高北〕玉葱纖細，粉腮嬌膩。爭妍鬬巧，笑聲舉，歡天喜地。我則見管絃齊動。商音夷則，遥天外斗漸移。喜陰晴今宵七夕。

〔耍鮑老南〕團圈笑令心盡喜，食品愈稀奇。新摘的葡萄紫，旋剥的雞頭美。珍珠般嫩實。歡坐間夜涼人静已，笑聲接青霄内。風淅淅，雨霏霏，露濕了弓鞋底。紗籠罩，仕女隨。燈影下人扶起。尚留戀懶心回。

〔四門子北〕畫堂深寂寂重門閉，照金荷紅蠟輝。斗柄又横，月色又西。醉鄉中不知更漏遲。士庶每安，烽燧又息，願吾皇萬歲。

〔餘音〕人生願得同歡會。把四季良辰須記。乞巧年年慶七夕。《詞林摘艷》卷七

〔雙調〕蝶戀花

鷗鷺同盟曾自許。怕見山英，怪我來何暮。風度脩然林下去，琴書共作烟霞侣。

〔喬牌兒〕去絶心上苦，參透静中趣。春潮盡日舟横渡，風波無賴阻。

〔金娥神曲〕世俗，看取，花樣巧番機杼。乾坤腐儒，天地逆旅，自嘆難合時務。

〔二〕仕途，文物，冠蓋擁青雲得路。恩詔寵金門平步，出入裏雕輪綉轂，坐卧處銀屏金屋。

〔三〕是非，榮辱，功名運前生天注。風雲會一時相遇，雷霆震一朝天怒。榮華似風中秉燭，品秩似花梢露。

〔四〕至如，有些官禄，辨甚麽賢共愚。更那，有些金玉，識甚麽親共疏。命福，有些乘除，問甚麽有共無。

〔離亭宴帶歇指煞〕天公教富須還富，人心待足何時足。叮嚀寄語玉堂臣，休作抱官囚金谷。民漫作貪才漢，銅山客枉教看錢虜。脱塵緣隱華山，遠市朝歸盤谷。雲林杜曲。種青門數畝邵平瓜，釀白酒五斗劉伶醁，賞黄花三逕淵明菊。誦漆園秋水篇，讀屈原離騷賦。一任番雲覆雨，看烏兔走東西，聽漁樵話今古。《全元散曲》據羅振玉舊藏明鈔本《陽春白雪》後集卷二

全宋金曲卷八　諸宮調

劉知遠諸宮調

知遠走慕家莊沙佗村入舍第一

〔商調〕〔迴戈樂〕引子　悶向閑窗檢文典，曾披攬，把一十七代看。自古及今，都總有罹亂。共工當日征於不周，蚩尤播塵寰。湯伐桀、周武動兵取了紂江山。○併吞吴越，七雄交戰，即漸興楚漢。到底高祖洪福果齊天，整整四百年間。社稷中腰有姦篡，王莽立，昆陽一陣，光武盡除剪。○末後三分，舉戈鋋，不暫停閑。最傷感，兩晉陳隋長是有狼煙。大唐二十一朝帝主，僖宗聽讒言，朝失政，後興五代，飢饉嗷艱難。

〔尾〕自從一個黄巢反，荒荒地五十餘年。交天下黎民受塗炭。

如何見得五代史罹亂相持？古賢有詩云：

自從大駕去奔西，貴落深坑賤出泥。

邑號盡封元亮牧，郡君却作庶人妻。

扶犂黑手番成笏，食肉朱唇强喫齏。

只有一般憑不得，南山依舊與雲齊。

〔正宮〕〔應天長纏令〕自從罹亂士馬舉，都不似梁晉交兵多戰賭。豪家變得貧賤，窮漢却番作榮富。幸是宰相爲黎庶，百姓便做了台輔。○話中只説應州路，一兄一弟，艱難將着老母。哥喚做劉知遠，兄弟知崇同共相逐。知遠成人過弱冠，知崇八九歲正癡愚。

〔甘草子〕在鄉故，在鄉故，上輩爲官，父親多雄武。名目號光珽，因失陣身亡歿。○蓋爲新來壞了家緣，離故里，往南中趁熟。身上單寒，没了盤費，直是凄楚。

〔尾〕兩朝天子，子争時不遇，知崇是隱跡河東聖明主，知遠是未發跡潛龍漢高祖。

五代史漢高祖者，姓劉，諱知遠，即位更名暠。其先沙陀人也。父曰光珽，失陣而卒。後散家産，與弟知崇逐母趁熟於太原之地。有陽盤六堡村慕容大郎，娶母爲後嫁，又生二子，乃彦超、彦進。後長立，弟兄不睦，知遠獨離莊舍，投託於他所。奈别無盤費。

〔仙吕調〕〔六么令〕常如目下，何日顯雄威？有朝福至，須交名播滿華夷。無價荆山美玉，未遭卞和知。蹄凹淺水，蛟龍潛避，命通專等順雲霓。○行路闕少盤費，途陌受飢○。時行凝睛，忽觀村疃無三里。舉步如飛，來到見莊院，景堪題。前臨官道，新開酒務，一竿斜刺出疏籬。

〔尾〕飄飄招颭任風吹，布望高懸長三尺。思憶，勝如邊塞見征旗。

數間茅屋道傍邊，空裏高將布望懸。

竈下柴燒蘆葫葉，牛屎泥牆畫醉仙。

開務主人姓牛，排房第七。潛龍入務，來見主人。

〔仙吕調〕〔勝葫蘆〕牛七翁莊頭賣務場，劉知遠試端詳。不納王堯并二税，百年光景，假饒總醉，三萬六千場。○瓦鉢磁鋼列土牀，滋味勝高陽。一椀了時添一椀，淋淋漉漉，咂（原闕三四兩頁）

鬚冒掃似頦下坎熊皮。○七翁望見先皺眉，客人聽我説細微。若言這人所爲，做處只要便宜。掇坐善能飲醉酒，衝蓆整頓喫餘餜。在村第一，欺良善，没尊卑，不近道理。若還撞着犇如鬼祟，纏繳殺你，不肯放東西。

〔尾〕惡如當界土地，滿村裏不叫做李洪義，一方人只呼做活太歲。

此人在沙陀小李村住，姓李，名洪義。爲無賴，只呼做活太歲。客人宜避之。俄見洪義入務中，將七翁嘆唾，詬駡不已。潛龍聽而怒發，欲報一飯之恩。

〔南吕宫〕〔瑶臺月〕村夫舉措，看待老兒渾如無物。高聲叱喝，驅使有若奴僕。謊翁起敢擡頭，問着後只言得一句，親身與斟醁醑。却争敢離一步，覷覷，眉接上下，心懷恐拒。○見他喜笑也歡欣，見煩惱也將眉聚。百般毁謗，傍裏知遠嗔怒。叫一聲不若春雷，待報答一飯恩故。言：「村漢聽我語，雖然你不讀書，也合思慮，尊卑大小，學人做處。」

〔尾〕許來大年甲恁般毁辱，你須也家内有父母，想這畜生是大小大無禮度。

「豈不聞『家有老敬老，家有牛羊敬野草』，『五福之中，唯壽最尊』。據爾無狀，與禽獸何別！」洪義大怒。

〔般涉調〕〔牆頭花〕老兒諕得，七魄三魂蕩。想料郎君也性剛，料不識此个兇徒，你如今却待侵傍。○好意勸諫，越越嗔容長。眼見得今朝壞了務場。俗言道：「兩硬相逢，必有一个損傷。」○村夫用拳戳，知遠也不忙。側身早閃過，撲一个水牛另有方。使筋力掿定拳頭，恰渾如繭線模樣。

〔尾〕臉上敲，着鼻梁，難爲整理身軀仰，直倒在槐木酒桌上。

知遠勢況，渾如夯浪出波龍；

村叟力虧，恰似重傷摧爪虎。

可憐未遇諸侯，輸與埋名天子。洪義重傷，牛七翁勸免方休。滿務中人皆喝采，須臾去了活太歲。

〔正宮〕〔文序子〕針關裏脱得命，豈敢停待。鮮血滿身邊，骨傷肉擦。如猛虎牙爪潛伏，折挫了慷慨。每番只是人前走踢行拳，兇頑無賴。○天罰下此个年少，與村夫降災。羞懶不擡頭，雙眼怎開。兩隻腳走出莊門，高聲一派。口中只道：「得得，兩度三迴，不放了你才！」

〔尾〕讎冤結下如江海，此一个村夫向後來，專與潛龍做冤害。

知遠聞之，不以爲事。當夜只宿在牛七翁莊。至次日，辭主人，又迤邐轉疃尋村，身如落花飛絮。

〔歇指調〕〔枕屏兒〕未遇潛龍，此夜宿於莊舍。至天明，辭七翁，重遊迴野。又思想，前程事，越無與決，終久待如何去也。○迤邐登途時節，正當三月。落花飛，柳絮舞，慵鶯困蝶。陌地臨莊院，榆槐相接。樹影下，權時氣歇。

但見：院後披牛厰，柴門向日開。家麻遮嫩草，野鼓映蒼苔。知遠困，歇於槐陰之下，不覺睡着。自莊中有一老翁攜笻至於樹下，見一人卧於塵土。

〔商角〕〔定風波〕老兒離莊院，料他家中，須是豪强。衣服噭齊整，手把定笻竹柱杖，行田野，出村房，約半里，風吹滿目麥浪。○忽地心驚訝，見槐影之間，紫霧紅光。覰金龍戲寶珠，到移時由有景像，罩一人，鼻如雷，卧偃仰，萬千福相。

〔尾〕翁翁感嘆少年郎，這人時下别無向當，久後是一个潛龍帝王。

老兒歎曰：「此人異日必貴，未知姓字名誰。」暫候移時，少年睡覺。因詢鄉貫姓名，意欲結識，知遠便説。

〔商調〕〔抛毬樂〕老兒詢問，潛龍不能推免，欲待説難言，轉添悲怨。兩臉淚流如線，謾哽咽，短嘆長吁，叉定手前來分辨。「不肖欲話行蹤，披着麻被，把宗祖怎施展。論門風家業也曾榮顯。上稍幾輩，爲官在京輦。俺父陣前亡，值唐末荒荒起塞煙。老母遂將定俺兩个弟兄，離了仙原。○波波漉漉驅驅，受此般飢寒怎過遣。陽盤村一个豪民，見求母親同爲姻眷。也生二子，長大來爲人不善。唤作進兒、超兒，聽人唆調，與俺怒叫喧。便分星百兩，道俺不姓慕容，漢家怎受小兒薄賤。瘻蹩上離了慈親，誤然地兩腳到您莊院，深丞丈丈，便恁好見。」

〔尾〕家住應州金城縣，爲罹亂傷殘了土田。言着姓名，自覺愚濁心先倦，是逐粮趁熟底劉知遠。

翁翁既聞此語，便一言再問：「如肯不相棄家門卑賤，老漢莊中田土甚廣，客户嘹少。肯庸力相守一年半歲？」知遠便從。引至莊上，請王學究寫文契了畢。

〔正宫〕〔錦纏道〕又思憶，未發跡潛龍皇帝，不得已，迤邐尋村轉疃求乞。誤至沙陀小李。逢老丈語話因依，便相隨書文立契。「半年已外别商議，也子强如你但衣食。」〇也合是，來到翁翁家裏。向堂前，兩个婆娘便生不喜。是大嫂忙呼大哥，劉知遠試與觀窺，陌驚疑，元來却是，務中昨日要酒喫，我曾與了一頓死拳踢。

〔尾〕寃家濟會非今世，惡業相逢怎由你，恰正是雠人李洪義。

李洪義亦認得是雠人，提荒桑棒向前來便打。潛龍性命怎生云云，翁翁姓李，排房最大，爲多知古事，善書算陰陽，時人美呼三傳。二子不賢，大者李洪義，小者洪信。二婦女皆有外名，大者倒上樹，小者棘針棍。見知遠皆有不喜之色。大哥欲打，被三傳扯住。説與洪義：「此人立契庸身，見爲客户，我兒何怒？」

〔黄鍾宫〕〔願成雙〕李三傳頻告訴：「我兒你爲何發怒？」指定新來少年郎：「此人也家豪大富。〇傷心陣上亡了慈父，這家親娘嫁人爲婦，獨自一身尚漂蓬，向咱家中拈錢受雇。

〔尾〕你恁兇頑騁粗鹵，交外人怎生存住，待你再打着，共你兩个没好處。」

洪義對父不言昨日務中相打之事，只言不喜這人。「兒子弟兄因爲縣中税賦未了，須索理會去，比至迴來，休交在莊。」道罷，備馬而去。大翁不問，引知遠宿於西房。當夜，三傳女子號曰三娘，外燒夜香，明月之下，見一金蛇，長約數寸，盤旋入於西房。

〔中吕調〕〔安公子纏令〕雖是个莊家女，顔貌傾城誰堪並。洛浦西施共妲己，也難似這佳人。年紀方當笄歲，未曾有良婚。柳眉桃臉朱櫻口，似玉肌膚，腰細金蓮步穩。○體掛衣相稱，一套羅裳金縷盡。每夜焚香對皓月，忽爾心驚。地上見金光一道分明，認是一个小蛇兒迭七寸，直入西房，門户不曾關定。

〔柳青娘〕佳人趕着到房中，壁燈昏，着金釵再挑光焰忒分明。土牀上卧着个年少人。七尺堂堂貌美，御驅凛凛如神，閉雙眸熟睡着，一事罕曾聞。

〔酥棗兒〕紅光紫霧罩其身，那些福氣説不盡。蛇通鼻竅來共往，三娘時下好歡欣。

〔柳青娘〕昔有相師算奴家，合發奮，得爲正宫，做國母，嫁明君。今宵果應先生語，唐末龍蛇未辨，布衣下官家潛隱，好莊中先結識這个貴人。

〔尾〕如還脱了這門親，我幾時到得昭陽寶殿，眼裏無真一世貧。

三娘遂取頭上金釵，分其一股，等得潛龍覺來，兩手度與。知遠燈下見而且驚曰：「某乃貧困之人，謝尊君見愛，庸力莊中。願娘子速去，恐二兄嫂知，某必有禍。」三娘笑爲劉郎：「無得怕拒，故與君相結。」

〔黄鍾宫〕〔女冠子〕此夜潛龍向心中倒大驚然，連忙土榻邊，躬身施禮問當：「姐姐寅夜之間，因何來到此？早離西房是爲長便。翁翁知道定見，小人必有禍愆。」〇三娘全更不羞慘，待結識天子，望他居宮苑。低低分辨：「劉家你休怕，那日見你來俺莊院，伊非貧賤者，先許咱兩个，待爲姻眷。」取金釵分破，遂將一股，與他知遠。

〔尾〕未作夫妻分釵願，待你發跡恁時團圓，咱效學他樂昌徐德言。

知遠不獲已，授釵股，餘外並無他事。至次日，三娘對父私言夜來見金蛇通竅之事，翁翁大喜。

〔南呂宮〕〔應天長〕三娘子背着莊院，把嫂嫂過謾，分釵股與了一半。絶早侵晨見爹娘，便再言情款：「昨宵燒夜香，西厦内着眼頻觀，見一條蛇兒金色甚分朗，更來往打盤桓。〇白走上青春布衫，認得新來底那漢。向鼻竅内胡鑽。客人又不曾番轉。此般希差事，我慈父你試猜團。」這翁翁聞説道：「姓劉人那底，久後必榮顯。」

〔尾〕我女兒曾有牙推算，不久咱門風也改換，你管有分帶盤龍九鳳冠。

□（三）娘無得逆父，召取少年，交爲入舍。佳人微笑，母亦相隨。便請房弟三翁也順，更不問兩人弟兄并妯娌。立三翁爲媒，使問陰陽牙推，揀擇个吉日。

〔黄鍾宫〕〔快活年〕一雙老父母，解放眉頭結。三翁也隨順，孅容生兩頰。妯娌傍邊弩觜牓脣，不喜些些。三娘内心喜悦，也難捨。〇只愁李洪義與洪信生脾鱉，中間做板障，爲人忒性劣。結下讎冤，怎肯成親，恰是言絶。走一人向前訴説。

〔尾〕樂極悲來也凋厥，這好事果然磨滅，道大哥共二哥來到也。

二人下馬入莊，聽得議論親事，意欲不許，被三傳并三翁先言：「劉郎異日奮發榮貴，和你改換門風。」

〔仙吕調〕〔六么令〕洪信洪義，嗔怒尚難消。不能解割，兩人時下好心焦。不住地偷覷知遠，發願將酬報。如今入舍，俺爲親舅，恣情終日打和拷。○坐上三翁見了，叱喝怒聲高：「愚濁匹夫，直恁折敢無禮道！時下劉郎未遇，病龍潛牙爪。風雷若順，此人發跡，定和您也做官寮。」

〔尾〕門安綽削免差徭，足上皮幫鞋使靴換了，京朝，布衫改作紫羅袍。

更不由二人洪信、洪義，選定吉日良時，請諸親相見。磨麥造酒，排喜慶筵席。至天晚，二人過禮。

〔商調〕〔玉抱肚〕衆多親戚，各帶笑容。覷三娘模樣，知遠狀貌，夫婦相同。三娘眼横秋水急，知遠眉惹陣雲濃。如連理，如比翼，似鸞鳳，絶倫出衆。滿村都喜，唯只有洪信洪義夫婦氣冲冲。○那村夫濂，飲酒篩椀中。盡熏沉醉臉上紅。争拳弩踢，殺呼叫唤，交錯賓朋。樂聲盡不依調弄，似堯民圖上畫底行蹤。牛羊入圈爲時分，李三翁與先生相從。安帳地東南上，牙推道：「這間房舍没災凶。」

〔尾〕比着寢殿是貧窮，交兩个未遇皇后與潛龍，借一間草屋爲正宫。

當夜祥光籠瓦舍，瑞氣覆團苞。未遇萬乘之君，隱跡正宫皇后，喜成婚禮，得結姻親。一宵序百載之歡期，此夜論盡平生之恩愛。您咱兩口兒夫妻似水如魚，這壁四口兒心生狠劣。常言道，樂極悲來。知遠入舍不及百日，丈人丈母併亡，依禮掛孝披頭，殯埋持服，已經三七。早是弟兄不仁，兩个妯娌唆送，致令李洪義、洪信鰲燥。

〔般涉調〕〔耍孩兒〕翁母兩口兒亡了三七，墓頂上由然土濕。無端洪信和洪義，兩人倒大來愚迷。使機關待損劉知遠，更怎禁傍邊兩个妻，聒聒地向耳邊唆送，快與凌持。〇開口只叫做劉窮鬼，唤知遠堦前侍立。洪義叫呼新女婿：「略聽這漢分析，既然入舍深村裏，這農務終朝合演習，抄着手入來，大乾漢任甚不會。

洪義手持定荒桑棒，展臂一手捽定劉知遠衣服。

〔尾〕身上穿，羅綺衣，不鋤田，不使牛，不耕地，伊自道怎生莊家裏放得你？」

知遠别三娘太原投事第二

李洪義笴剥知遠身上衣服與布衫、布袴穿着了，使交看桃園去，潛龍不知是計，大郎黑處先等。

〔中呂調〕〔牧羊關〕雲兒來往不寧貼，唯現出些小籠月。洪義心腸倒大來乖劣。專等着劉知遠，即漸裏更深也，隱約過二鼓，清風觸兩頰。〇向西北上一搭牆摧缺，陌然地見他豪傑，跳過頽垣，怎恁地健捷。欲倂草房去，洪義生歡悦。這漢合是死，讎寃都報徹。

〔尾〕腦後無眼怎遮迭，李洪義到此恨心不捨，待一棒攔腰颩做兩截。

洪義致怒，兩手掿得棒煙生。

假使石人，着後應當也傷損。

攔腰棒中躲無因，七尺身軀仆地倒。

〔仙呂調〕〔醉落托〕洪義怒嗔，兩手内氣力使盡。其人倒卧心由狠，欲打身亡，聽得言語諕了三魂。○低頭扶起觀身分，籠月之下把臉兒認。元來不是那窮神。子細端詳，却是李洪信。

洪義且驚且笑，洪信且疼且忍。「小弟恐兄落窮神恁使，故來覷你。」始信道天網恢恢，疏而不漏。須臾，見知遠與數人相從，帶酒而來。被洪義扯住：「新近亡却丈人丈母，爾怎敢飲酒？」衆村人言：「俺與收淚。」二人終是不休，至天曉，用繩索綁定，欲要入官，三翁見。

〔黄鍾宫〕〔雙聲疊韻〕李洪信，李洪義，綁定潛龍帝。一布地高叫起，只是無休底。自入舍，做女婿，覷俺咱，似兒戲。使自後道東説西，暢撇氣。○交他去，桃園内，喫得勳勳醉。俺撞着他到惡，便把人毆擊。願叔叔，鑒是非。那三翁聽説訖，叱喝道：「畜生懣悄地。」

〔尾〕往日與他有讎隙，只冤他知遠無禮，您兩个也不是平善地。

三翁曰：「若您弟兄送他，我却官中共您理會。」兼着傍人勸免，已此洪義方休。後經數日，弟兄定計，交劉郎草房内睡。「怕今夜乳牛生犢。」三娘也不知道，知遠不宜。到夜深，草房中長嘆。

〔南呂宫〕〔應天長〕知遠早悶瘦心緒，但淚流如雨，時覆地又長吁。暗思量，高祖本是豪家，奈散失財物，分離了兄弟母，天指引到來此處。丈人相見便神和，招入舍好擡舉。○妻與我如水似魚，不曾惡一个親故。奈哀哉不幸，兩口兒亡歿。洪義和洪信，協冤恨把人凌辱。三翁常見後免得災隅，須有日中他機謀。

〔尾〕戀着三娘欲去不能去，待往後如何受辛苦，這煩惱渾如孝經序。

據三娘恩愛，盡老永不分離。想二子冤讎，目下便待拆散。交人去住無門，這煩惱何時受徹？到夜深，潛龍困睡。李洪義門外聽沉，發起毒心，安排下手。

〔般涉調〕〔麻婆子〕洪義自約末，天色二更過。皓月如秋水，款款地進兩腳。調下个折針也聞聲，牛欄兒傍裏遂小坐。側耳聽沉久，心中暢歡樂。○記得村酒務，將人恁折剉。入舍爲女婿，俺爺爺護向着。到此殘生看怎脱？熟睡鼻氣似雷作。去了俺眼中釘，從今後好快活。

〔尾〕團苞用，草苫着，欲要燒毁全小可，堵定个門兒放着火。

論匹夫心腸狠，麗涓不是毒。説這漢意乖訛，黄巢真佛行。哀哉未遇官家，性命亡於火内。

〔商角〕〔定風波〕熟睡不省悟，鼻氣若山前哮吼猛虎。三娘又怎知，與兒夫何日相遇。不是假也非干是夢裏，索命歸泉路。○當此李洪義，遂側耳聽沉兩迴三度。知遠怎逃命，早點火燒着草屋。陌聽得一聲響，諕匹夫、急擡頭覷。

〔尾〕星移斗轉近三鼓，怎顯得官家分福，没雲霧平白下雨。

苦辛如光武之勞，脱難似晉王之聖。雨濕煞火，知遠驚覺，方知洪義所爲，亦不敢伸訴。至次日，知遠引牛驢，拽拖車，三教廟左右做生活。到日午，暫於廟中困歇，熟睡。須臾，衆村老攜笻避暑，其中有三翁。

〔般涉調〕〔沁園春〕拴了牛驢，不問拖車，上得廟堦。爲終朝每日多辛苦，撲番身起，權時歇侍。傍裏三翁，守定志遠，兩個眉頭不展開，堪傷處、便是荆山美玉，泥土裏沉埋。○老兒正是哀哉。忽聽得長空發噀雷。聽驚天霹靂，眼前電閃，諕人魂魄，幽幽不在。陌地觀占，擡頭仰視，這雨多應必嘹乖。傷苗稼，荒荒是處，飢饉民災。

〔尾〕行雨底龍必得鬼使差，布一天黑暗雲靄靄，分明是拚着四坐海。

電光閃灼走金蛇，霹靂喧轟撾鐵鼓。風勢揭天，急雨如注。牛驢驚跳，拽斷麻繩，走得不知所在。三翁唤覺知遠，急趕牛驢，走得不見。至天晚，不敢歸莊。

〔高平調〕〔賀新郎〕知遠聽得道，好驚慌。别了三翁，急出祠堂。不故泥污了牛皮鞾，且向泊中尋訪。一路里作念千場，那兩个花驢養，着牛繩綁我在桑樹上，少後敢打五十棒。○方今遭五代，值殘唐，萬姓失途，黎庶憂徨。豪傑顯赫英雄旺，發跡男兒氣剛。太原府文面做射糧，欲待去，却彷徨。非無决斷，莫怪頻來往，不是難割捨李三娘。

見得天晚，不敢歸莊。意欲私走太原投事，奈三娘情重，不能棄捨。於明月之下，去住無門，時時歎息。

〔道宫〕〔解紅〕鼓掌笥指，那知遠月下長吁氣，獨言獨語：「怎免這場拳踢。没事尚自生事，把人尋不是。更何況今日將牛畜都盡失。若還到莊説甚底，怕見他洪信與洪義。勸人家少年諸子弟，願生生世世，休做女婿。○妻父妻母在生時，凡百事做人且較容易。自從他化去，欺負殺俺夫妻。兩个男女，鴻着嘴兒厮羅執，滅良削薄得人來怎敢喘氣。道我長貧没富多不易，酸寒嘴臉只合乞。百般言語難能喫，這般才料怎地發跡？

〔尾〕大男小女滿莊裏，與我一个外名難揩洗，都交人唤我作劉窮鬼。」

天道二更已後，潛身私入莊中，來别三娘。

〔仙吕調〕〔勝葫蘆〕月下劉郎走一似煙，口兒裏尚埋冤。只爲牛驢尋不見，擔驚忍怕，捻足潛蹤，迤邐過桃園。○辭了俺三娘入太原，文了面再團圓。擡腳不知深共淺，只被夫妻恩重，跳離陌案，腳一似線兒牽。

〔尾〕恰才撞到牛欄圈，待朵閃應難朵閃，被一人抱住劉知遠。

驚殺潛龍！抱者是誰？回首視之，乃妻三娘也。「兒夫來何太晚？兼兄嫂持棒專待爾來。」知遠具説因依：「今夜與妻故來相别，不敢明白見你。」

〔正宫〕〔錦纏道〕轉驚拒，認得是三娘扯住。告兒夫：「早來生活大段難做，自從你前辰去了，直等到日色昏暮，好憂慮，不知蹤序。惱得兄嫂生嗔怒，等你來時節没輕恕。」○甚情緒，知遠聞言淚簌，告妻兒：「三教堂中避他炎暑，正熟睡，盆傾也似雨降，覺來後不見牛驢。半陂泊根尋到天晚，夜深不敢依門户，跳過牆來見新婦。」

〔尾〕沙陀村裏難爲住，你且向莊中奈辛苦，我待辭你往并州太原去。

三娘洒淚告曰：「夫往太原，如何過日？」知遠却對：「今有九州安撫即目招軍，我去投事，特來與妻相别。」三娘聞語，心若刀劍：「妾已懷身，將近數月。」不免付囑。

〔中呂調〕〔木笪綏〕李三娘，黛眉歛，愁容掬，纖纖手，扯定劉知遠破碎衣服：「若太原聞了面，早早來取。我懷身三个月，你咱思慮。○李洪義，李洪信，如狼虎，棘針棍，倒上樹。曾想他劣缺名目，向這濨眉尖眼角上存住。神不和，天生是卯酉子午。○我這口，無虚語，道一句，只一句。生時節是你妻，便死也是賢婦。任自在，交胡道，我誰秋故，全不改貞潔性，效學姜女。○莫憂拒，待交我，尋活路。嗔不肯，止不過將我打着皮肉。祇吾怕底一死，難熬他，掙揣不去，刀自抹，繩自繫，覓個死處。○道罷後，垂珠淚，淚點將、羅衣污。哭着告，告着哭，也不敢放聲高哭。莫道是感血氣，口飡五穀，石頭鐫，生鐵鑄，也傷情緒。

〔尾〕似梨花一枝帶春雨，如何見得月下悲啼皇后，便似泣竹底湘妃別了舜主。」

愁鎖眉尖，吴邦西子不爲嬌；淚滴臉邊，漢宫戚氏非爲媚。「兒夫若是太原不來，妾當專倚柴門等候。劉郎略等，取些小盤費去。」去移時不至，知遠自來觀覷。

〔黄鍾宫〕〔快活年〕俔家尚未來，去了迭時餉。交人候夜深，全然無影響。躡足潛蹤，來到閨房。關上重門，窗眼裏探頭試望見三娘。○手攜斫桑斧，豈故他身喪。生時没兩度，死來只一場。不故危亡，自古及今，罕有這婆娘。貞烈賽過孟姜。

〔尾〕把頭髮披開砧子上，斧舉處謕殺劉郎，救不迭扢插地一聲響。

長城姜女非爲烈，垓下虞姬未是賢。三娘性命如何？却原來是用斧截青絲一縷，并紫皂花綾團襖一領，開門付與劉郎：「願兒夫無得忘妾。」相送到堦下。

〔般涉調〕〔哨遍〕二儀初分天地，也有聚散别離底，想料也不似這夫妻，今宵難捨難棄。謾更説錢塘小卿，雙生兩个，祖送郵亭驛。徐都尉，隋兵所逼，與樂昌公主分鏡在荒陂。霸王垓下别虞姬，織女牽牛過七夕。雲雨輕分，感恨巫娥，宋玉慘悽。○「大花綾襖貸賣，你且爲盤費。」恩義重如山，恰來解開雲髻，用斧截青絲一縷，付與劉郎，「此夜恩常記」。欲去時，臨行情緒，想世間煩惱，無可堪比。痛極時復淚珠滴。地慘天愁日無輝，當陽佛見也攢眉。

〔尾〕鴛侶分，連理劈，無端洪信和洪義，阻隔得鸞孤共鳳隻。

洪信似通天板障，洪義如就地屏風。棘針棍有若拆放同心錐，倒上樹便是解開連理鋸。終朝使計趕離門，致令夫妻分兩處。正是相别，陌聞人叫。

〔歇指調〕〔耍三臺〕李三娘劉知遠，兩口兒難爲相守。淚點兒多如雨點，舊愁難壓新愁。「若到并州早來取，休交人倚門專候。常記取此夜相别，凡百事劉郎念舊。」○陌聽得人高叫，謕殺夫妻兩口，打扮身份别樣，生得臉道搊搜。光皂頭巾綴要線，皮幫鞋兔兒先愁。裹肚是三尺緋花，布衫是粗麻織就。○手中提荒桑棒，曾贏了五村教頭。耳朵似枯乾桑葉，鼻偃蹇眼腦嘔啕。胯大肫高決片牛唇，口粗能飲村酒。罵：「斬娘打脊窮神，把小妹孩兒引逗！」

〔尾〕張開喫椹子麻糖口，叫一聲真同牛吼。休道是劉知遠，便是麒麟見後走。

弟兄兩個，提短棒待把貴人傷；
妯娌二人，扯衣襟欲將皇后打。
可憐鸞鳳不逢時，哀哉燕雀相欺負。

〔南呂宮〕〔應天長〕李洪義弟兄嗔怒，勢如狼虎。提短棒振威呼：「無端窮鬼失了牛驢，更有何面目由來莊院裏廝逗你咱妻女？好好地去後免殘生，如不去棒齊舉。」○早是兩個粗鹵，更怎禁妯娌譖言語。似傾下野鵲，把女婿扯辱。潛龍怎住得也，須索離他莊户。怒言道：「久後順風雷，把三娘子却來取。」

〔尾〕「我去也，我去也。」匆匆去，知遠回故三娘，三娘覷丈夫，一个悲感一个心酸，兩人放聲哭。

知遠臨行，怒叫：「夫妻四口！異日得志，終不捨汝輩！」弟兄笑道：「你發跡後，俺向鼻内呷三斗三升釅醋！」兩个妯娌也道：「俺喫三斗三升鹽！」

〔黄鍾宮〕〔出隊子〕知遠高聲，道：「我時下遭困罰。若風雷稍遂顯榮華，却來莊中取艷娃。儹底須儹，恩底報答。」○洪義洪信，由然罵：「待你發跡，俺把三斗醋鼻内呷！」兩个妯娌更乖角：「待你久後身榮并奮發，把三斗鹹鹽須喫他！」

〔尾〕「莫想青涼傘兒打，休指望坐騎著鞍馬，你不是凍殺須餓殺！」

道罷，四口兒捽扯三娘歸莊。劉知遠獨上太原古道。次日到并州，詢問居民，人説先索土渾營，見司公岳金尚招人，數未足。知遠依言至營，參司公畢，先交試拽弓，知遠嫌弓軟。司公怒，取到鎮庫弓交拽。

〔中吕調〕〔拂霓裳〕十將都頭，看了知遠盡有笑容。立似松，似松七尺堂堂，凛凛氣雄。諸武藝，稍曾攻，演習到數年中。時值□□，備院防莊，且將使用。○慷慨豪傑，弧矢忙怙好施英勇。語似鐘，似鐘應喏如雷，面西背東。推鐵欛，吼寒風，施角力有誰同。欛去稍來廳上，團練愕然驚恐。

〔尾〕幾乎不諕殺岳司公，見條八爪滲金龍，拽滿三石黄樺弓。

司公見知遠頭上有紅光結成門龍形勢，暗歎曰：「此人異日富貴不可言盡。」便賜酒一瓶，錢三貫，着令營中熟歇。又叫節級李辛暗令作媒：「有女笄年，未曾嫁侍，欲召新人，汝當一言，無令推阻。」李辛會意，私見知遠，言司公親事。潛龍淚下，説前妻三娘。

〔歇指調〕〔永遇樂〕知遠聞言，欠身叉手，着言咨告：「李小三娘，沙陀村裏，立等回音耗。剪頭祖送，臨行盤費，偷與俺大花綾襖。若營司文了面後，取妻且宜聞早。○如今待交，知遠作綴，定把上名違拗。貌賽常娥，顔過洛浦，只是不敢要。從恩忘義，古今皆説，那底甚般禮道。不成爲新妻，便把舊妻忘了。」

「知遠已有妻，焉敢作綴？」李辛笑爲潛龍：「公何愚也！足下豈不知，閉上營門，司公是一朝天子。你若不順，禍在旦夕。」知遠沉吟，不得已，把定物收了。

〔般涉調〕〔沁園春〕李辛着言，虎嚇新人，要他做媒。知遠不免，來接定物，憂愁滿面。促損雙眉，當□□□。□□□□，□□□□誰是誰。争知道□□□□□。○□□□，□□□□。□□□，便是綿裏鋼針密裏砒。又休言昔日湯敦傳，莫道往日宗道休妻。毒賽黃巢，狠如龐相，蝮蝎頑蛇心上堆，分明是合冠李免，雙棒王魁。

〔尾〕着手指，村内妻：「知遠到此不得已，發短倖辜恩悟賺了你。」

頂中雲髻，棄如足上暗塵隨；
枕上恩情，恰似耳邊秋風起。
非干知遠辜前約，合是新妻换舊妻。

知遠既許親事，立節級妻李嫂并王嫂二人爲媒。

知遠充軍三娘剪髮生少主第三

〔仙吕調〕〔六么令〕新人知遠，已把定來收。滿營軍健，都皆喜悦笑無休。五百年前姻眷，相會躲無由。男如潘岳，女生越艷，媒人口一似蜜舌頭。○待害是營司家口，火巷裏鬧悠悠。王嫂李婆，説得兩个太搊搜。岳氏娘子好女，花見自然羞。團練常便不圖豪貴，故招知遠做班鳩。

〔尾〕求親不肯揀高樓，怕倒了高樓一世休。司公、故交他女嫁敵頭。

選揀吉日良時，知遠準備入門。司公作宴待親，六營皆慶。至天晚，潛龍與皇后過禮。

〔商調〕〔玉抱肚〕六親喜慶，夫妻過禮，漸熒煌絳蠟、沉煎寶鴨、煙裊金猊。屏山畫出魚戲水，描成鴛鴦共鸂鶒。連理枝合歡帶，此時繫雙雙對對。酒斟醁蟻共分飲，長春百載名喚鳳銜盃。○嬌羞可慣羅幃裏，如描星眼情似痴。把仙裳欲褪，輕拈綉衾，籠罩香肌。腰輕最喜牙牀穩，鬢鬆偏稱枕斜欹。鸞押着鳳，嬌聲顫語聲低，時時喘息。把天下美收拾聚，比不得知遠今夜做女婿。

〔尾〕福齊底是夫妻，一个是隱跡潛龍開基帝，一个明聖未顯底賢德妃。

是夜嬌聲穿綉幌，香汗濕絞綃，俄聽架上雞鳴，鍾聲報曉。知遠夫妻再見司公參賀，門人報覆。

〔高平調〕〔賀新郎〕團練并節級，共十將賀喜，營中滿酌觥觴。知遠瞬目觀廳上，恐爲丈人問當。覩門吏走至堦傍，來報覆喏忽忙，道：「兩個大漢多厥狀，打扮得是莊鄉。○絮襖粗紬做，染得深黃。裏肚是緋花綉出麻糖。行纏白布牛皮幫，光皂頭巾帶脹。言語紂舉動村桑，沙陀住李家莊。向手中提着條荒桑棒，尋知遠叫咱劉郎。」

當初作綴，不望村裏人瞧。
今日成親，怎想莊中早覺。
休書一紙終須與，恩重三娘不再逢。

知遠出營門來覷，來者非是二舅，乃李四叔、沙三。

〔雙調〕〔喬牌兒〕知遠心恐怖，出營來外邊覷。不是洪信并洪義，認是沙三、李四叔。○下拜連忙向街衢，自來□些兒遠親故。向沙陀村裏爲頭目，也曾做三大户。

李四叔是李三傳房弟，知遠並丈人。沙三是莊客。劉郎因問何來？沙三道：「您妻子交來打聽消息，你却這裏又做女婿！」知遠説：「營中軍法，不得已而爲之。」

〔南吕宫〕〔一枝花〕被問情似痴，勉首無言對〔一〕。沉吟多時節話真實：「營内軍法，知遠不由己。四叔你也休見罪。凡百事息言，莫學與洪信、洪義。○兩個又無徒多性氣，儘交休理會。知遠有一事莫相違，道難不難，道易非容易。村内還陌地，院後莊前見俺三娘傳示。」

（自此以下原缺至十一之第三頁）

〔一〕藍立蓂校注本以「勉」爲「俛」之訛。

知遠探三娘洪義斯打第十一

村南□改嫁，爲不肯把頭剪却。綺羅□□，布衣交□。

〔尾〕負心人，窮劉大，都爲□□父兩个，日往月來煩惱殺我。

淚痕染得布衣紅，盡是相思眼内血。

嬌聲重問：我兒別後在和亡？

迴告劉郎：但對奴家聞早説。

〔南吕宫〕〔瑶臺月〕喜色滿腮，知遠從頭，一一開解。您兒見在，三娘且放心懷。當年裏雪降天寒，也是您洪義毒害，蠶連卷，毛袋帶，并州内，送將來。頗耐，向營前、鬧了一條大街。○孩兒撇向雪中埋，這冤讎想來最大。土軍營内，覓个婆娘交奶，到如今許大身材。眉目秀，腮紅耳大。昨日个莊門外，柳陰裏問情懷。你作怪，見他年幼，看成痴矮。

〔尾〕對我曾説道俺娘乖，子母間别十二載，道你呆着人見他佯不睬。

知遠説罷，三娘尋思道：「是見來，昨日打水處見个小禿廝兒。身上一領布衫似打魚網，那底管是，更還兩个月深秋奈何？」

〔黄鍾宫〕〔願成雙〕李三娘聽説透，孩兒果然實有。我覷身上嗽藍縷，向耶行無替新换舊。○前生注在今生受，俺子母躲閃無由。這兩幅布裙較些新，且與恁托肩换袖。

〔尾〕你又營中恁般生受，我向莊中喫□□駡無休，怎生交俺子母窮厮守？

知遠笑道：

「不用布裙三兩幅，恁兒身穿錦綉衣。

小禿廝兒也不是你兒，聽我説：

〔仙吕調〕〔繡帶兒〕昨日个向莊裏，臂鷹走犬，引着諸僕吏，打獵爲戲。因渴交人買水，郭彦威將身去，欲取水，陌見伊家，成祐甚驚悸。前者作夢，火坑見伊將身立，稱言救我離此地。他心疑忌，唤到根底。○問伊因甚著麻衣，青絲髮剪得眉齊。你把行蹤去迹細説真實，他垂雙淚騎馬便歸城内。甚你却抵諱，問我兒安樂存亡，剗地道不知。你須曾見眉眼耳腮口和鼻，比我只争些年紀，如今恰是一十三歲。

〔尾〕恁子母説話整一日，直到了不辨个尊卑，你嬌兒便是劉衙内。」

三娘怒喝：「衙内却道是伊兒，

想你窮神，怎做九州安撫使。」

知遠恐他妻不信，懷中取一物：「伊覷。」

三娘見，喜不自勝：「真个發迹也！」

體掛布衣，翻做錦綉；棉□草索，變作金冠。

是甚物？是九州安撫使金印。三娘接得，懷中揣了。

〔黄鍾宫〕〔出隊子〕知遠驚來魂魄俱離殼，前來扯定告嬌娥：「金印將來歸去呵，紅日看看西下落。」○三娘變得嗔容惡，駡：「薄情聽道破，你咱實話没些个。且得相逢知細鎖，發迹高官非小可。

〔尾〕金印奴家緊藏着，休疑怪不與伊呵，又怕是脱空謾謊我。」

知遠再取，三娘終不與。知遠：「收則收着，不管無失，不限三日，將金冠霞帔依法取你來，你聽祝付。」

〔般涉調〕〔麻婆子〕是日劉知遠，頻頻地又祝托，又告三娘子：「如今聽信我。重鎮官封長山河，四方國柄我權握。二十五兩造，莫看成做小可。○有印後爲安撫，無印後怎結末？上面有八个字，解説着事務多。被你一生在村泊，不知國法事如何，有多少蹺蹊處，不忍對你學。

〔尾〕此貴寶，勞覷着，若還金印有失挫，怎向并州做經略？」

三娘見道牢收金印。「告兒夫聽。」

〔仙吕調〕〔醉落托〕三娘告啓劉知遠：「伊自參詳。我因伊喫盡兄打棖。今日高遷，寶印我收藏。○孤眠每夜何情況，一十三歲阻鸞凰。」知遠聽説相偎傍，雖着粗衣，體上有餘香。

〔尾〕抱三娘欲意窩穰，六地權牙牀，這麻科假做青羅帳。

三娘言「夫婦雖團圓」，起拜知遠：「兒夫肯發慈悲行，救度三娘離火坑。」再三告「早來取我」。

〔高平調〕〔賀新郎〕福至心伶俐，李三娘今日有言，祝付劉郎。「來朝領取兵和將，早犯沙陀莊上。你言語也不中倚仗，此貴寶奴收賞。」百方千計不肯放，「咱這裏好商量。○斬娘脱空漢，不尋常□□交人，獨守空房。遲來你便休指望。莫道二十五□□，莫是玉印金箱。聽得蛇皮鼓不琅琅，尋村轉疃、撚得聲焦響，將金印敢换了麻糖。」

攜手相别處，不忍兩分離。

知遠再三祝付謾收此物。

〔仙呂調〕〔戀香衾〕金印祝付牢收賞，又辭别小李三娘。去住來往，返覆徊徨。霞帔金冠看看帶，十二載寧奈心腸，管不枉交你守待劉郎。〇陌聽高呼如雷響，見一人走得荒忙。光皂頭巾，絮扎鵝黄。叫喊語言喬身份，但舉動萬般村桑。被匹夫時下，驚散鴛鴦。

〔尾〕手中握定荒桑棒，變作通天板障，李洪義撞到頭直上。

雙眉踢豎，便是收秋虎獬絡絲娘；

兩眼争圓，恰似初夏握翻採桑子。

見知遠可曒怒，

再見貪金撾底岐路，重逢賣假藥底牙推。

可惜知遠、三娘，難脱今朝大禍。

怎結末兩口兒？

洪義道：「你害飢，交三叔取飯，却覓不着。兩个在這裏。」向破罐盛着殘飯，知遠見，怒。

〔仙呂調〕〔相思會〕洪義將食與，一一重分訴。告得劉郎：「别來且喜得安否？咱家不惡，到底是親故。自今後好商量，與你妻女。」〇知遠接得，陡發心嗔怒：「厮欺厮負，難斷畜生爲做，一片瓦𡨴，盛着些殘羹粥。這茶飯豬不喫，狗不覷。」

洪義不知吾發迹，猶自看人似舊時。

〔般涉調〕〔蘇幕遮〕李洪義頻折挫，怎表知遠九州爲經略。只見身邊布衣破，由自將他，唤做窮劉大。○當時間知遠惡，忿氣填胸，怎納無明火。璧玉似牙嚼欲將破，兩眼如鐶，大叫如雷作。

〔尾〕把瓦㼜，着手掇，道：「打脊匹夫莫要躲。」遥望着洪義面上潑。

知遠善如玉帝昇金殿，惡似羅睺撞月宫。

知遠忿怒，三娘諕得一團嬌顫。

一團嬌顫將何似？上苑瓊花弄曉風。

知遠把瓦㼜内羹飯都潑着洪信面上。洪義怒，呼哨一聲，洪信和兩個婦人以聖至。諕殺三娘，告兄嫂：「放劉郎交去。」洪信喝交家去。

〔般涉調〕〔沁園春〕洪信生嗔，洪義發惡，兩个㜺子忿起，一齊圍定劉知遠，罵：「窮神怎敢這般無知！好飯好食充你驢肚，試想俺咱無弱意，稱鱉氣。喫和不喫，也即由伊。○平白便發無明，不改從前窮性氣！」四人言訖一齊上，知遠不懼，顯些雄威。傍裏三娘，心中作念，苦告神天少助力。一團兒顫，愁損艷態，蹙破宫眉。

〔尾〕劉知遠，多勇鋭，一條扁擔使得熟會，獨自个當敵四下裏。

豈不聞梁國彦璋，運拙遭五龍圍困。可憐壯士雖存爲主之心，争奈孤力，使絶興邦之意。那裏君王鬥着臣死，這裏臣鬥着君亡。知遠雖是英雄，其力寡不敵衆。五人决戰起悲風，便似霧罩天神擒鬼魅。鬥敵底知遠是遭危困未成憂；立着底三娘歛定羞娥説不盡怕。四人只道得偏宜，争曉二人來阻力。

不曉殺身禍，難防喪體災。

〔高平調〕〔賀新郎〕洪信和洪義好鰲燥，引兩个妻兒，盡總來到，乾虔村叟喬頭腦，畫工丹青怎描。一謎地殺呼高叫，把貴人齊圍繞。休言智遠憂懷抱，麒麟見也魂消。○望將潛龍困打身夭，争曉高坡上，兩人英豪，遥觀安撫有災惱。提扁擔渾如勝到。那勇健古今稀少，一个儀容惡，一个好顏貌。一个諸侯相態，一个真天表。一个是郭彦威，一个是史洪肇。

群妖返帝，遭逢護法天神；

衆怪魔佛，偶遇那吒太子。

兩个殺人魔君來。

知遠欲求身免難，情懷由未比三娘。

當日四口兒性命？

君臣弟兄子母夫婦團圓第十二

〔正宮〕〔應天長〕知遠愁怯聚眉頭，神天指引兩人來護祐。洪肇郭彦威，一見了嗔怒無休。若争分毫遲來救，想一命掩泉幽。○兩條扁擔向前彫，洪信洪義更强怎措手？他濾雖勇躍，這三个福氣搊搜，内中兩个潛龍帝，一个是諸侯。

〔尾〕洪信洪義難爲鬥，四口傷折怕命休，簇定三娘奔莊走。

煩惱莫過三四口，懷愁誰似兩情人。
玉貌救迴觀柳徑，英雄幾度望煙村。
三娘到莊定是喫殘害，知遠入府至衙，夫人、成祐接着，問事節如何，知遠説。

〔般涉調〕〔耍孩兒〕安撫天晚歸衙内，對岳氏從頭説破：「早來私地奔沙陀，一星星見了本末。無圖兄嫂由然在，往日兇頑不斷却。傷心處，向莊中，常把我妻凌虐。○因吾打得渾身破，折到得髯頭露腳。長交擔水負柴薪，終日搗碓推磨。論貞心誰似三娘子，早起莊南厮撞着。夫人鑒，不曾改嫁，尚自守我。

〔尾聲〕貪喜歡，失計度，瞬間金印他奪却，還博換了麻糖怎奈何！」

一宵無寐，商量專意取三娘，
復旦臨衙，忍聽堦前聲叫屈。
門子攔不住，二人叫屈，知遠觀是洪信、洪義。問論誰？洪義説。

〔仙吕調〕〔戀香衾纏令〕洪義堦前説始末：「念小人久住沙陀，自有莊田，種養爲活。十三年前招女婿，名知遠窮困難過，爲人剛硬性氣乖訛。○不因嗔責些兒个，便投軍在太原營幕，把妹子三娘陡成抛朵。生下个孩兒曾送與那辜恩，世上誰過！向岳司公宅裏，又就了个嬌娥。

〔整花冠〕昨朝不期是他來到，覷了窮神添驚愕。唤即榮貴來臨鄉臨廓，身襤褸，說不得萬千寂寞。○自言是經略在衙本破，倖實俺兄和弟忍不過，着言詞相戲弄厮辱厮抹，是他家騁窮性，便生嗔惡。

〔繡裙兒〕一聲大叫如雷作，把村黑醜臉變却，一雙眼睜得環來大，扁擔向手中揣。○俺兩人怎生禁持過？不免得向前鬥他。早是那匹夫難擒捉，莊門外又兩个。○一个唤彦威，一个史洪肇，着兩條擔打得來篤磨。妻兒傷中身偃卧，俺逃命走無那。○洪義重傷遭災禍，洪信肉皮坼破。兩个媳婦剛走脱，險些兒掩泉波。

〔尾〕不免具詞與經略，伏望台顔不錯，向衙中搜刷窮劉大。」

知遠怒將洪信喝：「匹夫開眼覷吾當！」

〔正宫〕〔文序子〕李洪信叨叨地何曾住口，知遠那窮神怎生甘受。「願安撫早與返勾，怕走了那窮狗。叫至此人，今日依法施行，感謝留守！」○劉知遠頻冷笑，忙呼左右。準備列群刀，一言説透。喝洪信：「你覷吾身！」兩人凝眸，認得經略却是女婿劉郎，那些个慘羞。

〔尾〕心頭憂悶雙眉皺，覷了兩人嘴臉後，便旲道、僧繇畫不就。

洪信洪義，渾如小鬼見天王；

知遠心嗔，指喚群刀交下手。
冤家聚會應難捨，惡業相逢看怎休？
十柄麻扎吊圈刀一時下，兩个性命如何？知遠喝住群刀休下：「待取得三娘，和妗子一齊斷罪。」

〔大石調〕〔紅羅襖〕傳令但忽忙，不得住時霎。五百人兵披凱甲，畫戟旌旗擺列，不管交雜。一量金鳳香車，幾疋寶鞍□馬。取夫人交顯榮華。帶金冠，霞帔身邊掛。○方欲出門行，一事好希差。門吏慌忙來報覆，有一个急腳言有機密臨衙。當時節安撫驚疑，把來人叫於堦下。那漢應喏聲絶，言緊切，有文解來申發。

〔尾〕九州經略觀占罷，不知有何事交加，叫聲苦不知天高下。

知遠失絶天日表，兩臉渾如經紙黄。
問來人虚實再説端的。

〔仙吕調〕〔繡帶兒〕排旌節，列隊仵，欲往沙陀待把夫人取。忽觀門吏，忙向堦前咨覆。走吏荒荒告道，言有機密公文，專來至本府。九州安撫把來叫至將公文覷，三魂七魄俱無主。手拍書案，不住言苦。○多時重問審實虚，其人便又話縱緒：「强人五百，威猛如虎，搽灰抹土。他又不通个名目，把小李村圍住。烜天地燒着草垛，一謎地大刀舉。壯丁首領欲待拏捉難當覩，三婆二婦號逃哭。忙即逃命，怎藉牛畜！

〔尾〕絲綿細絹搬了無數，搜盡寶貨財物，臨行擄得三娘去。」

世間好事不堅牢，彩雲易散琉璃碎。
有分受孤苦貧窮，無福任榮華富貴。

傳令急交史洪肇、郭彦威去捉。二人去。

〔大石調〕〔玉翼蟬〕劉安撫從怒惡，不似今番噭。一對眼睜圓，龍顔盡變改，失却紫玉似顔色。叫一派「史洪肇、郭彦威，都向堦前擺。這些功勞，余當仗您兩个，不得有些辭怠。○金裝袍凱，與您精兵五百，高鳴戰鼓，旗摇鑼篩。若逢强寇，决勝臨敵於野外。把你平生有底學才，刀舉把賊徒斬壞。有一事最大，救取夫人不管分毫有損害。

〔尾〕吾令精嚴休不睬，咱都是丈夫慷慨，只管擒賊不管敗」。

二人得令，豈敢遲延。東西幕下遣兒郎，慣甲披衣；
南北槽頭催戰馬，盤韁墜蹬。
喝聲那上繡旗摇，人馬催行三棒鼓。
離城二十里，與賊見陣。
旗幡不整，豈依孫子兵書；
袍甲烏雜，不按穰苴戰法。
見二人頭領出馬：便是墜雲軒降落天丁，戰馬似翻山磆石猛虎。洪肇見，不答話把賊人直取。

〔仙吕調〕〔一斛叉〕洪肇心嗔怒，忙匝征騘横寶刀。强寇旗前遥觀了，嘻嘻地遂冷笑。綽丈二方天寒戟，飛向堦前兩騎交。征鼙擂，兩軍助喊，殺氣陣雲高。○刀舉紛紛飛火焰，戟刺梨花空裏拋。彷彿約迭十合內，一將騁雄豪，叫聲渾如彪虎，便是那吒也難閃逃。展猿臂，手拈玉帶，提離馬鞍喬。

不鬥十合，一人得便。鬧中躲過器械，扯得兜毛側，搯得戰袍偏，手拈玉束帶，提離嵌花鞍。驚殺兩軍齊望。

虧輸底，似雨灑黃鶯金翅重；

得勝底，如風吹白鷺玉毛輕。

活提（捉）了底是誰？

〔高平調〕〔賀新郎〕强寇多英武，有誰如。把洪肇生擒虜，於軍仵。手橫寒戟匹馬出，雄猛賽交遼吕布。再向軍前高呼，指彥威：「聽吾語，休學這漢没思慮，與我待掙贏輸。○自古長言道，果無虛。冤恨有頭，債須有主。雖然你咱蒙嚴令，直恁存亡不顧。存仁義交您歸去。有一言却煩汝傳語，九州劉安撫，交親自來取媳婦。」

彥威聽説，睁雙目眼匝流光；

高喝賊徒，怒惡後髮鬚血滴。

飛一騎馬直取强人。

〔越調〕〔踏陣馬〕兩个怒，惡發不善。各施威勇，鬥騁英彥。交馬决戰，畫角聲催喧碧天，征鼙忙擂聒山川。踐起塵埃，土雨漫漫。○槍舉處，素光練。神鋒輪起，冷光飄散。戟尖迎面。只爲時間竟强弱，豈顧目下掩黃泉。約鬥移時，勝敗不見。

〔尾〕各自氣力難爲辨，暫時權歇於陣面，手凭凋鞍掇肩地喘。

二人决戰，武藝俱停。强人眼辨世中希，彦威手親天下少。五十合不分勝敗，各歸陣氣歇。旗前排軍，争奈意忽忙，復奪夫人還本府。兒郎重把綉旗摇，士卒再將鼙鼓擂。

歇罷力生再戰，雙手執刃從争。

〔般涉調〕〔蘇幕遮〕兩將軍權時歇，姓郭排軍，争奈心忙熱。重上征騗怒脾鱉，待與强人比个英和烈。○向馬前覩吏者，顫顫兢兢，荒急忙分説。口内頻言：「禍事也，五百兒郎盡索遭摧折。」

〔尾〕郭彦威，心膽怯，正北上有若雲摇拽，又一路賊兵到來也。

遠觀不審，只猜管又是賊徒，

至近觀窺，却是九州安撫使。

二百面帝賜綉旗影裹，三百條皇宣金槊叢中，甲光灼灼，遮圍着未遇君王；金蓋飄飄，罩一个開光明帝王。彦威急下馬，見經略，説與洪肇敗。知遠聽驚然，親出馬，叫强人。

强人一見，棄手中兵器離雕鞍。

拈頂上頭魁，兜凱甲，馬前忙跪膝。

經略見似有降意，問：「爾乃何人？」二人言：「某等非爲頭目，軍中另有尊長。」二人向軍内叫言：「經略在此，欲求相見。」一人出。

〔般涉調〕〔牆頭花〕强人當此，一一都分派。「今有并州大元帥，與親尊相見，休辭。」言絶旗幡綽開。〇一人出馬，衆軍都不解。無語心中盡暗猜。其人綽起絲鞭，高呼：「經略好在！〇從別你安樂，吾今到此來。」安撫定目觀，深認得容顔好驚駭。離凋鞍，卓下剛刀，摘了弓箭，脱下袍凱。

〔尾〕走向前，喜滿腮：「接待不着且休怪。」倒玉柱金山納頭拜。

九州安撫，與强人必定舊來親，若不如然，因甚見他施拜禮？甚親眷？二人同産弟兄，慕容彦超、慕容彦進，「捧婆婆乃吾母也。今知吾兄貴享，特來相□，不悟間劫了三娘，喜得弟兄夫妻相見。」交□小李村取李三翁、兩个妗子入并州大衙。命□官排筵，岳夫人親捧金冠霞帔與三娘，不受。

〔南吕宫〕〔一枝花〕三娘當此日，筵上還分析：「妹妹聽妾身話端的。是俺先招安撫爲女婿，一别十三載，都是賢德夫人擡舉，交他榮貴。〇今謝您夫妻特重意，取奴不相棄。三娘心願足、感恩惠。只子母團圓，與您拂牀并疊被。早是難將恩報得，失甚斟量，更敢要金冠霞帔。

〔尾〕我從小生長在村内，霞帔不知怎地披，金冠便與我後怎帶得！」

衙内告夫人嬷嬷：「尊察只取得他來，交爲一奶母足矣。」夫人不肯，如此讓數番。

〔黄鍾宫〕〔快活年〕金冠共霞帔，讓了十余起。其時小衙内，叉手還告啓：「難忘夫人，十二三年，好好看承，親生來也不恁地，感恩義。○那堪取慈母，火坑内得出離。争忍做正頭，乞交爲偏室。」岳氏微笑，怎消疑難：「我惜你親娘貞烈，古今誰比！

〔尾〕交他做姐姐，我做姊妹，俺兩个一个口兒裏出氣，想大婦小妻又争甚底？」

三娘見夫人是實意與金冠霞帔，心内悲。

〔仙吕調〕〔醉落托〕喜極嘆吁，想莊上受了辛苦。如今夫婿高遷禄，雖得身榮，一事不全處。○兄嫂堪恨如狼虎，把青絲剪了盡皆污。千方百計無門路，有分憂愁，無分受榮富。

〔尾〕鐵人也則傷情緒，覷着盤内冠梳，子每没亂殺一个鬏髻撮不住。

欲帶金冠，争奈髮污眉齊，難爲撮得，怎帶金冠？三娘起，對諸親：「奴有一願，問天買卦。」

〔南吕宫〕〔瑶臺月〕三娘離席今告諸親：「聽奴分析，生居村野，梢似不通禮義。當初是亡過親耶，招召這經略爲婿。因與舅争閑氣，夫婦便分離。傷悲一十三載，全無信息。○受辛懃打駡也甘心，又争知却有今日。劉郎豪貴，獨掌九州元帥，方知是苦盡甘來，自古道果無虚矣。這金冠想怎帶得？對天地卜个來意，大有分，三梳這髻髮重如舊日。」

〔尾〕休道空内没神祇，也合是貴人身發跡，那青絲只一梳長三尺。

着虔心問天買卦：「怕有□做正妻之位，用牙梳整理髻髮重生。只合做偏室之人，交青絲依然如故。」言絶，髻髮三梳，隨手青絲拂地。諸人言：「奇哉！」帶了冠梳。知遠之願足，又對李三翁告。

〔歇指調〕〔永遇樂〕大小官員，衆多公吏，筵間喧鬧。不飲金樽，低言悄語，兩兩三三道：

「三娘一片貞心不改，直守本夫取到觀從古，三貞九烈，算來也子難學。○九州安撫，三翁前面，捧盞跪勸香醪。」「泰山從前，遮頭朔影，看俺如珍寶。別無答賀，肯抛莊院，贏取快活喜笑。無煩惱，守着知遠，據玆地養老。」

三翁道：「你夫妻圓聚，老漢死也快活。」正飲，聞人報道：「兩个舅舅、妗子害飢也。」知遠笑道：「却望了，將取來。」四人告。

〔般涉調〕〔牆頭花〕堦前洪義，淚滴如秋雨。苦苦哀哀告安撫：「匹夫肉眼愚晦，且伏望尊官寬恕。」○三娘微笑：「兄嫂自思慮，十二三年發狠毒，休言道是俺夫妻，佛也應難擔負。」○知遠又回告：「夫人但息怒，不看是咱骨肉，不成今朝待淩辱？舅舅妗子休憂，有一事須管隨某。

〔尾〕喫盡那鹽，呷盡那醋，也不打不駡不誅戮，咱解割了冤讎做親故。」

洪信告道：「是當日戲言，貴人怎當以爲念？」經略大怒。貴顔變得如紫玉，鳳眼睜開似朗星。□□□□□□□□□□□至推得去也。洪□□□夫人不看弟兄面？」三娘聽，指住。

〔大石調〕〔伊州令〕三娘陌地聞此語，陡把龐兒變。不避大筵，諸多公吏，兼和骨肉親眷，覷着洪義叱喝：「據禮來不向分辨。交人難忘處，把俺夫妻薄賤。○自從劉郎相別了，莊上十二三年。最苦剪頭髮短，無冬夏交我幾曾飽暖？咱是的親爹娘生長，似奴婢一般摧殘。及至淩打，您也恁怯拒燠煎？

〔尾〕記得恁打考千千遍，任苦告不肯擔免，恁時却不看姊妹弟兄面！」

衙内見不肯放，起，跪告父母：「若非舅妗莊中嫉妬，也不能忿發。告我父高擡手放。」三娘、岳夫人、諸官一齊勸，經略難爲，交解放。

〔黄鍾宫〕〔出隊子〕岳氏夫人、三娘和衆官，諸親，衙内向筵間，苦告把安撫頻勸諫，知遠纔時息怒顔。○解放綁索都交免，諸人登筵休致難。其時洪義却迴言：「深感經略不處斷，思想從前悔萬千。

〔尾〕俺是个没鑒愚迷漢，枉爲人怎不羞懶，李洪義這裏自扎一對眼！」

言訖用手欲剜其目，衆人救了，共登筵飲會。人報：「門外一个後生，年甲三十。凛凛身材七尺，眉疏目秀，容止可觀。」將榜子與經略占親，知遠接榜子看了，與母賀喜。

〔般涉調〕〔沁園春〕知遠聞言，欠起身來，駭然驚恐。遂言左右「與吾請」。斯須年少得至衙中。大小官員，兼和骨肉，一見青春生得貴容。爭知道、此人也是，未遇潛龍。○安撫展放眉峰，喜極腮邊珠淚湧。彦超、彦進和老母，四口兒忙問年少行蹤。這个郎君，與他同産，知遠同胞親弟兄。後來他發迹，是河東天子、薛王劉崇。

〔尾聲〕都忿發，各命通，的親幾口兒皆相逢。喜賀團圓飲□□。

弟兄夫婦團圓日，龍虎君臣□會時。

〔仙吕調〕〔整乾坤〕諸親喜悦，置酒張筵，向堦前、笙篁奏樂聲喧。那安撫占仰了千迴萬遍，暗想來，交人怎不答賀神天。〇貴人忿發，一身榮顯，把妻兒還取，到得團圓。那慈母和弟兄，却重會面。後顯跡，口稱朕坐昇金殿。

〔尾〕曾想此本新編傳，好伏侍您聰明英賢，有頭尾結末劉知遠。國家圖書館藏宋金刻本《劉知遠諸宮調》

董解元西厢記諸宫調

古本董解元西厢記卷第一

〔仙吕調〕〔醉落魄纏令〕引辭吾皇德化，喜遇太平多暇，干戈倒載閑兵甲。這世爲人，白甚不歡洽。〇秦樓謝館鴛鴦幄，風流稍似有聲價。教惺惺浪兒每都伏咱。不曾胡來，俏倬是生涯。

〔整金冠〕攜一壺兒酒，戴一枝兒花。醉時歌，狂時舞，醒時罷。每日價，疏散不曾着家。放二四不拘束，儘人團剥。

〔風吹荷葉〕打拍不知箇高下，誰曾慣對人唱他説他？好弱高低且按捺，話兒不是，朴刀桿棒，長槍大馬。

〔尾〕曲兒甜，腔兒雅，裁剪就雪月風花，唱一本兒倚翠偷期話。

〔般涉調〕〔哨遍〕斷送引辭太皞司春，春工着意，和氣生暘谷。十里芳菲，儘東風，絲絲柳槎金縷；漸次第，桃紅杏淺。水緑山青，春漲生煙渚。九十日光陰能幾？早鳴鳩呼婦，乳燕攜雛。亂紅滿地，任風吹，飛絮蒙空有誰主？春色三分，半入池塘，半隨塵土。○滿地榆錢，算來難買春光住。初夏永，薰風池館，有藤床冰簟紗廚。日轉午，脱巾散髮，沉李浮瓜，寶扇摇紈素。着甚消磨永日？有掃愁竹葉，侍寢青奴。霎時微雨送新凉，些少金風退殘暑，韶華早暗中歸去。

〔耍孩兒〕蕭蕭敗葉辭芳樹，切切寒蟬會絮。淅零零疏雨滴梧桐，聽啞啞鴈歸南浦。澄澄水印千江月，淅淅風篩一岸蒲。窮秋盡，千林如削，萬木皆枯。○朔風飄雪江天暮，似水墨工夫畫圖。浩然何處凍騎驢，多應在灞陵西路。寒侵安道讀書舍，冷浸文君沽酒壚。黄昏後，風清月澹，竹瘦梅疏。

〔太平賺〕四季相續，光陰暗把流年度。休慕古，人生百歲如朝露。莫區區，好天良夜且追遊，清風明月休辜負！但落魄、一笑人間今古，聖朝難遇。○俺平生情性好疏狂，疏狂的情性難拘束。一回家想麽，詩魔多愛選多情曲。○比前賢樂府不中聽，在諸宫調裏却着數。一箇箇旖旎風流濟楚，不比其餘。

〔柘枝令〕也不是崔韜逢雌虎，也不是鄭子遇妖狐。也不是井底引銀瓶，也不是雙女奪夫。○也不是離魂倩女，也不是謁漿崔護，也不是雙漸豫章城，也不是柳毅傳書。

〔牆頭花〕這些兒古蹟，見在河中府，即目仍存舊寺宇。這書生是西洛名儒，這佳麗是博陵幼女。○而今想得，冷落了迎風户。唯有舊題句，空存着待月迴廊，不見了吹簫伴侣。○聰明的試相度，惺惺的試窨付，不同熱鬧話，冷澹清虚最難做。三停來是閨怨相思，折半來是尤雲殢雨〔一〕。

〔尾〕窮綴作，腌對付，怕曲兒捻到風流處，教普天下顛不剌的浪兒每許。

此本話説：唐時這箇書生，姓張，名珙，字君瑞，西洛人也。從父宦遊於長安，因而家焉。父拜禮部尚書，薨。五七載間家業零替，緣尚書生前守官清廉，無他蓄積之所致也。珙有大志，二十三不娶。

〔仙吕調〕〔賞花時〕西洛張生多俊雅，不在古人之下。苦愛詩書，素閒琴畫。德行文章没包彈，綽有賦名詩價。選甚嘲風詠月，擘阮分茶。○平日春闈較才藝，策名屢獲科甲。家業零凋，倦客京華。收拾琴書訪先覺，區區四海遊學，一年多半，身在天涯。

〔尾〕愛寂寥，耽瀟洒，身到處他便爲家，似當年未遇的狂司馬。

貞元十七年二月中旬間，生至蒲州，乃今之河中府是也。有詩爲證。詩曰：「濤濤金汁出天涯，滚滚銀波通海洼。九曲灣環衝孟邑，三門洶湧返中華。瞿塘瀲灩人虚説，夏口喧轟旅謾誇。傍有江湖競相接，上連霄漢泛浮槎。」這八句詩題着黄河。黄河那裏最雄？無過河中府。

〔仙呂調〕〔賞花時〕芳草茸茸去路遥，八百里地秦川春色早，花木秀芳郊。蒲州近也，景物盡堪描。○西有黄河東華嶽，乳口敵樓没與高，彷彿來到雲霄。黄流滚滚，時復起風濤。

〔尾〕東風兩岸緑楊摇，馬頭西接着長安道。正是黄河津要，用寸金竹索，纜着浮橋。

入得蒲州，見景物繁盛，君瑞甚喜。尋旅舍安止。

〔仙呂調〕〔醉落魄〕通衢四達，景物最堪圖畫。蘢葱瑞雲迷鴛瓦，接屋連甍，五七萬人家。○六街三市通車馬，風流人物類京華。張生未及遊州學，策馬攜僕，尋得箇店兒下。

有宋玉十分美貌，懷子建七步才能。如潘岳擲果之容，似封騭心剛獨正。時間尚在白衣，目下風雲未遂。張生尋得一座清幽店舍下了住。經數日，心中似有悶倦。

〔黄鍾調〕〔侍香金童〕清河君瑞，邸店權時住。又没箇親知爲伴侣，欲待散心没處去。正疑惑之際，二哥推户。○張生急問，道都知聽説，不問賢家别事故。聞説貴州天下，没有甚希奇景物？你須知處。

〔尾〕二哥不合盡説與，開口道不彀十句，把張君瑞送得來腌受苦。

被幾句雜説閑言，送一段風流煩惱。道甚的來？道甚的來？道蒲州東十餘里，有寺曰普救。自則天崇浮屠教，出内府財敕建。僧藍無麗於此，請先生一觀。

〔高平調〕〔木蘭花〕店都知，説一和，道國家修造了數載餘過，其間蓋造的非小可。想天宫上光景，賽他不過。（○）説謊後小人圖甚麽？普天之下，更没兩座。張生當時聽説破，道譬如閑走，與你看去則箇。

生出蒲州，隨喜普救寺，離城十餘里，須臾早到。

〔仙吕調〕〔醉落魄〕緑楊影裏，君瑞正行之次，僕人順手直東指，道：「兀底一座山門！」君瑞定睛視。○見琉璃碧瓦浮金紫，若非普救怎如此！張生心下猶疑貳，道普天之下行來，不曾見這區寺。

〔尾〕到跟前，方知是，覷牌額分明是敕賜，寫着簸箕來大六箇渾金字。

祥雲籠經閣，瑞靄罩鐘樓。三身殿琉璃吻，高接青虚；舍利塔金相輪，直侵碧漢。出牆有千竿君子竹，遶寺長百株大夫松。緑楊映一所山門，上明書金字牌額，簸箕來大顔、柳真書，寫「敕賜普救之寺」。秀才看了寺外景，早喜。入寺來謁，知客令一行童引隨喜，陡然頓豁塵俗之性。

〔商調〕〔玉抱肚〕普天下佛寺無過普救，有三簷經閣，七層寶塔，百尺鐘樓。正堂裏幡蓋懸在畫棟，迴廊下簾幕金鈎。一片地是琉璃瓦，瑞煙浮，千梁萬斗。寶階數尺是琉璃甃。重簷相對，一謎地是寶粧就。○佛前的供牀金間玉，香煙裊裊噴瑞獸。中心的懸壁，周迴的畫像，是吴生親手。金剛揭帝骨相雄，善神菩薩相移走。張生覷了，失聲的道「果然好」，頻頻地稽首。欲待問是何年建？見梁文上明寫着「垂拱二年修」。

〔尾〕都知説得果無謬，若非今日隨喜後，着丹青畫出來不信道有。

此寺蓋造真是富貴，搗椒紅泥壁，雕花間玉梁，沉檀金四柱，玳瑁壓堦石。松檜交加，花竹間列。覩此異景奢華，果爲人間天上。若非國力，怎生蓋得！

〔雙調〕〔文如錦〕景清幽，看罷絶盡塵俗意。普救光陰，出塵離世。明晃晃輝金碧，修完濟楚，栽接奇異，有長松矮柏，名葩異卉。時潺潺流水，凑着千竿翠竹，幾塊湖石。瑞煙微，浮屠千丈，高接雲霓。○行者道：「先生本待觀景致，把似這裏閑行，隨喜塔位。」轉過迴廊，見箇竹簾兒掛起。到經藏北，法堂西，厨房南面，鐘樓東裹。向松亭那畔，花溪這壁，粉牆掩映，幾間寮舍，半亞朱扉。正驚疑，張生覷了，魂不逐體。

〔尾〕瞥然一見如風的，有甚心情更待隨喜，立挣了渾身森地。

當時張生却是見甚的來？見甚的來？與那五百年前疾憎的冤家，正打箇照面兒。一天煩惱，當初指引爲都知；滿腹離愁，到此發迷因行者。一場旖旎風流事，今日相逢在此中。

〔仙吕調〕〔點絳唇纏〕樓閣參差，瑞雲縹緲香風暖。法堂前殿，數處都行遍。○花木陰陰，偶過垂楊院。香風散，半開朱户，瞥見如花面。

〔風吹荷葉〕生得於中堪羡，露着龎兒一半，宫様眉兒山勢遠。十分可喜，二停似菩薩，多半似神仙。

〔醉奚婆〕儘人顧盼，手把花枝撚。瓊酥皓腕，微露黄金釧。

〔尾〕這一雙鶻鴒眼，須看了可憎底千萬，兀底般媚臉兒不曾見。

手撚粉香春睡足，倚門立地怨東風。髻綰雙鬟，釵簪金鳳。眉彎遠山不翠，眼横秋水無光。體若凝酥，腰如弱柳。

指猶春笋纖長，腳似金蓮穩小。正傳道：「小生二十三歲，未嘗近於女色，其心雖正，見此女子頗動其情。」

〔中呂調〕〔香風合纏令〕轉過荼蘪架，正相逢着宿世那冤家。一時間見了他，十分地慕想他。不道措大連心，要退身却把箇門兒亞。唤别人不見吵，不見吵。○朱櫻一點襯腮霞，斜分着箇龐兒鬢似鴉。那多情媚臉兒，那鶻鴒淥老兒，難道不清雅。見人不住偷睛抹，被你風魔了人也嗏！風魔了人也嗏！

〔牆頭花〕也没首飾鉛華，自然没包彈，淡淨的衣服兒扮得如法。天生更一段兒紅白，便周昉的丹青怎畫？○手托着腮兒，見人羞又怕。覷舉止行處，管未出嫁。不知他姓甚名誰，怎得箇人來問咱？○不曾舊相識，不曾共説話，何須更買卦，已見十分掉不下。兀的般標格精神，管相思人去也嗎嗎！

〔尾〕你道是可憎麼，被你直羞落，庭前無數花。

門前縱有閑桃李，羞對桃源洞裏人。佳人見生，羞婉而入。

〔大石調〕〔伊州衮〕張生見了，五魂俏無主，道「不曾見恁好女，普天之下，更選兩箇應無」。膽狂心醉，使作不得顧危亡，便胡做。一向癡迷，不問其間是誰住處。○忒昏沉，忒粗魯，没掂三，没思慮，可來慕古。少正做事，大抵多失心粗。手撩衣袂，大踏步走至跟前，欲推户。腦背後箇人來，你試尋思怎照顧？

〔尾〕凜凜地身材七尺五，一隻手把秀才捽住，吃搭搭地拖將柳陰裹去。

真所謂「貪趁眼前人，不防身後患」。捽住張生的是誰？是誰？乃寺僧法聰也。生驚問其故。僧曰：「此處公不可往，請詣他所。」生曰：「本來隨喜，何往不可？」僧曰：「故相崔夫人宅眷，權寓於此。」

〔仙呂調〕〔惜黄花〕張生心亂，法聰頻勸：「這裹面狼籍又無看翫。不是厠（厮）遮攔，解元聽分辯。這一位也非是佛殿。〇舊來是僧院，新來做了客館。崔相國家屬，見寄居裹面。」君瑞道：「莫胡來，便死也須索看。這裹管塑蓋得希罕。」

〔尾〕「莫推辭，休解勸，你道是有人家宅眷，我甚恰纔見水月觀音現？」

僧笑曰：「子言謬矣！何觀音之有？此乃崔相幼女也。」生曰：「家有閨女，容艷非常，何不居驛而寄居寺中？」應曰：「夫人，鄭相女也。閨門有法，至於童僕侍婢，各有所役。間有呼召，得至簾下者，亦不敢側目。家道肅然。惡傳舍冗雜，故寓此寺。」生曰：「幾日見歸？」僧曰：「近日將作水陸大會，及今歲有忌而不得葬，權置相公柩于客亭，率幼女孤子，嚴祭祀之禮，待來歲通，方詣都塋葬。于此，今守服看靈而已。」怎見得當時有如此事來。有唐李紳公垂作《鶯鶯本傳歌》爲證，歌曰：「百勞飛遲燕飛疾，垂楊綻金花笑日。緑窗嬌女字鶯鶯，金雀鬒鬟年十七。黄姑上天阿母在，寂寞霜姿素蓮質。門掩重關蕭寺中，芳草花時不曾出。」

〔大石調〕〔驀山溪〕法聰頻勸，道：「先輩休胡想。一一話行藏，不是貧僧説謊。適來佳麗，是崔相國的女孩兒，十六七，小字唤鶯鶯，白甚觀音像？」〇張生聞語，轉轉心勞攘。使作得似風魔，説了依前又問當；顛來倒去，全不害心煩。貪説話，到日齋時，聽璫璫的鐘響。

語話之間，行者至，請生會飯。生不免從行者參堂頭和尚至德大師法本。法本見生服儒服，骨秀迥群〔二〕，離禪榻以釋禮敬待。

〔仙呂調〕〔戀香衾〕法本慌忙離禪榻，連披法錦袈裟。君瑞敬身，大師忙答。各序尊卑對榻坐，須臾飲食如法。一般般滋味，肉食難壓。○君瑞雖然腹中餒，奈胸中鬱悶如麻。待强喫些兒，嚥他不下。飯罷須臾却桌几，急令行者添茶。銀瓶湯注，雪浮浪花。

〔尾〕紙窗兒明，僧房兒雅，一椀松風啜罷，兩箇傾心地便説知心話。

氣合道和，如宿昔交。法本請其從來。生對以：「儒學進身，將赴詔選，游學連郡，訪諸先覺。偶至貴寺，喜貴寺清淨，願假一室，温閲舊書。」

〔般涉調〕〔夜游宫〕君瑞從頭盡訴：「小生是西洛貧儒，四海游學歷州府。至蒲州，因而到梵宇。○一到絶了塵慮，欲假一室看書，每月房錢併納與。問吾師，心下許不許？」

生曰：「月終聊備錢二千，充房宿之資。未知吾師允否？」

〔大石調〕〔吴音子〕張生因僧好見許，以他辭説，道：「比及歸去，暫時權住兩三月，欲把從前詩書温閲。」若不與後，而今没這本話説。

法本曰：「空門何計此利！寮舍稍多，但隨堂一齋一粥。欲得三箇月道話，何必留房緡，俗之甚也。」

〔吴音子〕大師曰：「先生錯，咱儒釋何分别？告言着錢物，自家齋舍却難借。況敝寺其間多有寮舍，容一儒生又何礙也！」

生曰：「和尚雖然有此心，奈容朝夕則可矣。歲寒過有騷擾，愚意不留房緡，更不敢議。有白金五十星，聊充講下二茶之費。」本不受。生堅納而起。本邀之，竟去。由是僧徒知生疏於財而重於義，過善之。乃呼知事僧引於塔位一舍後，有一軒，清肅可愛，生令僕取行裝而至。

〔中吕調〕〔碧牡丹〕小齋閑閉户，没一箇外人知處。一間兒半，擗掠得幾般來清楚。一到其間，絶去塵俗慮。紙窗兒明，湘簟兒細，竹簾兒疏。○晚來初過雨，有多少燕喧鶯語。太湖石畔，有兩三竿兒修竹。好寄閑身，眼底無俗物。有幾扇兒紙屏風，有幾軸兒水墨畫，有一枚兒瓦香爐。

〔尾〕其餘有與誰爲伴侣，有吟硯紫毫箋數幅，壁上瑶琴几上書。

閑尋丈室高僧語，悶對西厢皓月吟。是夜月色如晝，生至鶯庭側近，口占二十字小詩一絶。其詩曰：「月色溶溶夜，花陰寂寂春。如何臨皓魄，不見月中人？」詩罷，遶庭徐步。

〔中吕調〕〔鶻打兔〕對碧天晴，清夜月，如懸鏡。張生徐步，漸至鶯庭。僧院悄，迴廊静，花陰亂，東風冷。對景傷懷，微吟步月，都寫深情〔三〕。○詩罷躊躕，不勝情，添悲哽。一天月色，滿身花陰。心緒惡，説不盡。疑惑際，俄然聽，聽得啞地門開，襲襲香至，瞥見鶯鶯。

〔尾〕臉兒稔色百媚生，出得門兒來慢慢地行，便是月殿裏姮娥也没恁地撑。

青天瑩潔，瑞雲都向鬢邊來；碧落澄暉，秀色並顰眉上長。料想春嬌厭拘束，等閑飛出廣寒宫。容分一捻，體露半襟。嚲羅袖以無言，垂湘裙而不語。似湘陵妃子，斜偎舜殿朱扉；如月殿姮娥，微現蟾宫玉户。

〔仙吕調〕〔整花冠〕整整齊齊忒稔色，姿姿媚媚紅白。小顆顆的朱唇，翠彎彎的眉黛。滴滴春嬌可人意，慢騰騰地行出門來。舒玉纖纖的春笋，把顫巍巍的花摘。○低矮矮的冠兒偏宜戴，笑吟吟地喜滿香腮。解舞的腰肢，瘦岩岩的一搦。簌簌的裙兒前刀兒短，被你風韻韻煞人也猜。穿對兒曲彎彎的半折來大弓鞋。

〔尾〕遮遮掩掩衫兒窄，那些孃孃婷婷體態，覷着剔團圓的明月伽伽地拜。

不知心事在誰邊，整頓衣裳拜明月。佳人對月，依君瑞韻亦口占一絶。其詩曰：「蘭閨久寂寞，無事度芳春。料得行吟者，應憐長歎人。」生聞之驚喜。

〔仙吕調〕〔繡帶兒〕映花陰，靠小欄，照人無奈。月色十分滿。眼睛兒不轉，仔細把鶯鶯偷看。早教措大心撩亂。怎禁那百媚的冤家，多時也長歎。把張生新詩答和，語若流鶯囀。櫻桃小口嬌聲顫，不防花下，有人腸斷。○張生聞語意如狂，相拋着大地苦不遠。没些兒懼憚，便發狂言。手撩着衣袂，大踏步走至根前。早見女孩兒家心腸軟，諕得顫着一團。幾般來害羞赧！思量那清河君瑞，也是箇風魔漢。不防更被别人見，高聲喝道：「怎敢戲弄人家宅眷！」

〔尾〕氣撲撲走得掇肩的喘，勝到鶯鶯前面，把一天來好事都驚散。

真所謂佳期難得，好事多磨。來的是誰？來的是誰？張生覷，乃鶯之婢紅娘也。鶯鶯問所以。

〔仙吕調〕〔賞花時〕百媚鶯鶯正驚訝，道：「這妮子慌忙則甚那？管是媽媽便來吵。」紅娘低報：「教姐姐睡來呵！」促鶯同歸。○引調得張生没亂煞，把似當初休見他，越添我悶愁加。非關今世，管宿世冤家。

〔尾〕東風驚落滿庭花，玉人不見朱扉亞。孩兒莫不是俺無分共伊嘛？

生怏怏歸於寢舍，通宵無寐。

〔小石調〕〔梅稍月〕剗地相逢，引調得人來眼狂心熱。見了又休，把似當初，不見是他時節。惱人的一對多情眼，强睡些何曾交睫？更堪聽窗兒外面，子規啼月。○此恨教人怎説？待拚了依前又難割捨。一片狂心，九曲柔腸，剗地悶如昨夜。此愁今後知滋味，是一段風流冤業，下稍管折倒了性命去也。

自兹厥後，不以進取爲榮，不以干禄爲用，不以廉恥爲心，不以是非爲戒。夜則廢寢，晝則忘餐。顛倒衣裳，不知所措。蓋慕鶯鶯如此。

〔大石調〕〔玉翼蟬〕前時聽和尚説，空把愁眉斂，道：「相國夫人從來性氣剛，深有治家風範。」怎敢犯？尋思了空悶亂。難覩鶯鶯面，更有甚身心，書幃裏做功課？百般俏如風漢。○水乾了吟硯，積漸裏塵蒙了書卷。千方百計，無由得見。小庭那畔，不見佳人門畫掩。列翅着腳兒，走到千遍。數幅花牋，相思字寫滿，無人敢暫傳。正是咫尺是冤家，渾如天樣遠。

客窗錯種疏疏竹，細雨斜風故惱人。

〔雙調〕〔豆葉黄〕薄薄春陰，釀花天氣，雨兒䨨纖，風兒淅瀝。藥欄兒邊，釣（鈎）窗兒外，粧點新晴，花染深紅，柳拖輕翠。○採蕊的游蜂，兩兩相攜，弄巧的黄鸝，雙雙作對。對景傷懷恨自己。病裏逢春，四海無家，一身客寄。

〔攪箏琶〕窮愁淚，窮愁淚，淹了又還滴〔四〕。多病的情懷，孤眠況味，説不得苦厭厭。一箇少年身已，多因爲那薄倖種，折倒得不戲。○千般風韻，一捻兒年紀。多宜，多宜！不惟道生得箇龐兒美，那堪更小字兒得愜人意，蟲蟻兒裏多情的，鶯兒第一，偏稱縷金衣。你試尋思，自家又没天來大福，如何消得？

〔慶宣和〕有甚心情取富貴，一日瘦如一日。悶答答孩地倚着箇枕頭兒，俏一似害的。○寫箇帖兒倩人寄，寫得不成箇倫理。欲待飛去欠雙翼，甚時見你？

〔尾〕心頭懷着待不思憶，口中强道不憔悴，怎瞞得青銅鏡兒裏！

千方百計，無由得見意中人；使盡身心，終是難逢忔戲種。

〔正宫〕〔虞美人纏〕霎時雨過琴絲潤，銀葉龍香燼。此時風物正愁人，怕到黄昏，忽地又黄昏。○花憔月悴羅衣褪，生怕旁人問。寂寥書舍掩重門，手捲珠簾，雙目送行雲。

〔應天長〕兩眉無計解愁顰，舊愁新恨，這一番愁又新。淹不斷眼中淚，揾不退臉上啼痕，處置不下閑煩惱，磨滅了舊精神。○幾番修箇問寒温，又無人傳信。想着後先斷魂，書寫了數幅紙，更不算織錦迴文。我幾曾夢見人傳示，我虧你，你虧人！

〔萬金臺〕比及相逢奈何時下窘，你尋思悶那不悶？這些病何時可？待醫來却又無箇方本。飲食每日餐三頓，不曾飽吃了一頓。一日十二箇時辰，没一刻暫離方寸。

〔尾〕待登臨又不快，閑行又悶。坐地又昏沉。睡不穩，只倚着箇鮫綃枕頭兒盹。

生從見了如花，煩惱處治不下。本待欲睡，忽聽得櫳門兒低啞。見個行者道：「俺師父請喫椀淡茶。」生攝衣而起，免就方丈與法本閑話。

〔正宫調〕〔應天長〕僧齋搊掠得好清虚，有蒲團、禪几、經案、瓦香爐。窗間修竹影扶疏。圍屏低矮，都畫山水圖。銀瓶點嫩茶，啜罷煩渴滌除。有行者、法師、張君瑞，一箇外人也無。○許了林下做爲侣，説得言語真箇不入俗。高談闊論曉今古，一箇是一方長老，一箇是一代名儒，俗談没半句，那一和者也之乎。信道若説一夕話，勝讀十年書。

〔尾〕傾心地正説到投機處，聽啞的門開瞬目覷，見箇女孩兒深深地道萬福。

桃源咫尺無緣到，不意仙姬出洞來。生再覷久之，乃向者促鶯之人也。

〔般涉調〕〔牆頭花〕雖爲箇侍婢，舉止皆奇妙。那些兒鶻鴒那些兒掉。曲彎彎的宫樣眉兒，慢鬆鬆地合歡髻小。○裙兒窣地，一搦腰肢裊。百媚的龐兒，好那不好？小顆顆的一點朱唇，溜汈汈一雙淥老。○不苦詐打扮，不甚艷梳掠，衣服盡素縞，稔色行爲定有孝。見張生欲語低頭，見和尚佯看又笑。

〔尾〕道了箇萬福傳示了，姿姿媚媚地低聲道：「明日相國夫人待做清醮。」

法本令執事準備。紅娘辭去，生止之曰：「敢問娘子，宅中未嘗見婢僕出入，何故？」紅娘曰：「非先生所知也。」生曰：「願聞所以。」紅娘曰：「夫人治家嚴肅，朝野知名。夫人幼女鶯鶯，數日前，夜乘月色潛出，夫人竊知，令妾召歸。失子母之情，立鶯庭下，責曰：『爾爲女子，容艷不常。更夜出庭，月色如晝，使小僧、游客得見其面，豈不自恥。』鶯鶯泣謝曰：『今當改過自新，不必娘自苦苦然。』夫人怒色，鶯不敢正視。況姨奶敢亂出入耶？」言訖而去。生謂法本曰：「小生備錢五千，爲先父尚書作分功德。」師曰：「諾。」

〔中吕調〕〔牧羊關〕適來因把紅娘問，説夫人恁般情性。作事威嚴，治家廉謹。無處通佳耗，無計傳芳信。欲要成秦晉，天，天，除會聖！○悶答孩地倚着窗臺兒盹，你尋思大小大鬱悶？處治不下，擘劃不定。得後是自家采，不得後是自家命。更打着黄昏也，兀的不愁煞人！

〔尾〕儻或明日見他時分，把可憎的媚臉兒飽看了一頓，便做受了這恓惶也正本。

生曰：「來日向道場裏須見得你。」越睡不着，只是想着鶯鶯。

〔中吕調〕〔碧牡丹〕小春寒尚淺，前嶺早梅應綻。玉壺一夜，積漸裏冰澌生滿。業重身心，把往事思量遍。悶如絲，愁如織，夜如年。○自從人箇别，何曾考五經三傳。怎消遣？除告得紙和筆硯。待不尋思，怎奈心腸軟。告天，天，天不應，奈何天！

〔尾〕没一箇日頭兒心放閑，没一箇時辰兒不掛念，没一箇夜兒不夢見。

張生捱得天曉，來看做醮。已早安排了畢。

〔越調〕〔上平西纏令〕月兒沉，雞兒叫，現東方，日光漸擁出扶桑。諸方檀越，不論城郭與村坊。一齊齊隨喜道場來，罷鋪收行。○登經閣，游塔位，穿佛殿，立迴廊，遶着聖位，隨喜十王。供壇高壘，寶花香火間金幢。救拔亡過相公靈，滅罪消殃。

〔鬥鵪鶉〕法聰收拾，鼓鳴鐘響。衆僧雲集，盡臨壇上，有法悟、法空、慧明、慧朗。甚嚴潔，甚磊浪，法堂裏擺列着諸天聖像。○整整齊齊，自然成行。只少箇圓光，便似聖僧模樣。法本臨壇，衆人瞻仰，盡稽首，盡合掌，至心先把諸佛供養。

〔青山口〕衆鬔鬆簇捧着箇老婆娘，頭白渾一似霜。體穿一套孝衣裳，年紀到六旬以上。臨壇揖了衆僧，叩頭禮下當陽。左壁頭箇老青衣，拖着歡郎。右壁箇佳人舉止輕盈，臉兒説不得的搶。把蓋頭兒揭起，不甚梳粧，自然異常。鬆鬆雲鬢偏，彎眉黛長。首飾又没，着一套兒白衣，直許多韻相。

〔雪裏梅〕諸僧與看人驚晃，瞥見一齊都望。住了念經，罷了隨喜，忘了上香。○選甚士農工商，一地裏閙閙攘攘。折莫老的、小的、俏的、村的，滿壇裏熱荒。○老和尚也眼狂心癢，小和尚每掇頭縮項。立掙了法堂，九伯了法寶，軟癱了智廣。

〔尾〕添香侍者似風狂，執磬的頭陀呆了半晌，作法的闍黎神魂蕩颺。不顧那本師和尚，聒起那法堂。怎遮當！貪看鶯鶯，閙了道場！

禪僧既見，十年苦行此時休；行者先憂，二月桃花今夜破。餘者尚然，張生何似？

〔大石調〕〔吴音子〕張生心迷，着色事破了八關戒。佛名也不執，舊時敦厚性都改。抖搜風狂，擺弄九伯，作怪，作怪，作怪！○騁無賴，傍人勸他又誰偢睬。大師遥見，坐地不定害澀奈。覷着鶯鶯，眼去眉來。被那女孩兒，不倸，不倸！

〔尾〕短命冤家薄情煞，兀的不枉教人害，少負你前生眼兒債。

抵暮，暮食畢，大作佛事。

〔般涉調〕〔哨遍纏令〕是夜道場，同業大衆，衆僧都來到。寶獸爐中瑞煙飄，璫璫地把金磬初敲。衆僧早躬身合掌，稽首皈依佛、法、僧三寶。相國夫人煞年老，虔心豈避辭勞。鶯鶯雖是箇女孩兒，孝順別人卒難學。禮拜無休，追薦亡靈，救拔先考。○那作怪的書生，坐間俏一似風魔顛倒。大來没尋思，所爲没些兒斟酌，到來一地的亂道。幾曾懼憚相國夫人，不怕旁人笑。盛説法，打匹似閑唵諢；正念佛作偈，把美令兒胡嘌。秀才家那個不風魔，大抵這箇酸丁忒劣角，風魔中占得箇招討。

〔急曲子〕比及結絶了道場，惱得諸僧煩惱。智深着言苦勸：「解元休心頭怒惡。譬如這裏鬧鑊鐸，把似書房裏睡取一覺。」

〔尾〕道着悢也不悢，焦也不焦，眼𥉻睽地佯呆着，一夜葫蘆提鬧到曉。

日欲出，道場罷，衆僧請夫人燒疏。

〔商調〕〔定風波〕燒罷功德疏，百媚地鶯鶯不勝悲哭，似梨花帶春雨。老夫人哀聲不住。那君瑞醮臺兒旁立地不定，瞑子裏歸去。○法本衆僧徒，别了鶯鶯夫人子母，佛堂裏自監覷，覷着收拾鋪陳來的什物。見箇小僧入得角門來，大踏步走得來慌速。

〔尾〕口茄目瞠面如土，諕殺那諸僧和寺主，氣喘不迭叫苦。

天曉衆僧恰齋罷，忽走一小僧，慌急來稱禍事。

〔一〕此本原無分片，此從六幻本。〔二〕「迥」，黄嘉惠等本作「過」。〔三〕「都」，黄本作「淘」。

〔四〕「淹」，黄本作「掩」。

古本董解元西厢記卷第二

〔仙吕調〕〔剔銀燈〕堦下小僧報覆，觀了三魂無主：塵閉（蔽）了青天，旗遮了紅日，滿空紛紛土雨。鳴金擊鼓，擺槊搶刀，把寺圍住。○爲首强人英武，見了早森森地怯懼。裹一頂紅巾，珍珠如糝飯；甲掛唐夷兩副；靴穿抹緑；騎疋如龍，卷毛赤兔。

〔尾〕「彎一枝簸鐙黄華弩，擔柄簸箕來大開山板斧，是把橋將士孫飛虎。」

唐蒲關乃屯軍之處。是歲渾太師薨，被丁文雅不善御軍，其將孫飛虎半萬兵叛，劫掠蒲中。如何見得？《鶯鶯本傳歌》爲證〔一〕。歌曰：「河橋上將亡官軍，虎旗長戟交壘門。鳳皇詔書猶未到，滿城戈甲如雲屯。家家玉帛棄泥土〔二〕，少女嬌妻愁被虜。出門走馬皆健兒，紅粉潛藏欲何處？嗚嗚阿母啼向天，窗中抱女投金鈿。鉛華不顧欲藏艷，玉顔轉瑩如神仙。」

〔正宫〕〔文序子纏〕諸師長，權且住，略聽開解：不幸死了蒲州渾瑊元帥，把浮橋將文雅，荒淫素無良策。亂軍失統，劫掠蒲州，把城池損壞。○劫財物，奪妻女，不能挣揣。豈辯箇是和非，不分箇皂白。南鄰北里成灰，劫掠了民財。蒲城裹豈辯箇後巷前街，變做屍山血海。

〔甘草子〕騁無賴，騁無賴於中箇首將，罪過迷天大。是則是英雄臨陣披重鎧，倚仗着他家有手策，欲返唐朝世界。不來後是咱家衆僧采，來後怎當待？

〔脱布衫〕來後怎生當待？思量恁怪那不怪，由然甚矮也不矮，彷彿近此中境界。

〔尾〕那裹到一箇時辰外，㶁㶁騰騰地塵頭閉日色，半萬賊兵勝到來。

寺僧不及措手，惟掩户以拒軍。賊以劍扣門，飛鏃入寺，大呼曰：「我無他取，惟望一飯。」典寺者與僧衆議：「欲開門迎賊，法堂廊宇，足以屯衆。悉與會食，聊贈財賄，以悦衆心，庶惡人不生兇意。若不然，恐斬關而入，不問老幼善惡，皆被殘滅。大衆可否？」執事僧智深啓大師曰：「開門迎賊，於我何害？今寺有崔夫人幼女鶯鶯，年少貌麗。亂軍既入，若不彷佛〔三〕，必被虜掠而去。崔相姻親交朋，蒙恩被德，職司權路，不利後事。雖被賊掠，皆我開門迎賊所致。執作同情，何辭以辯？」

〔大石調〕〔伊州衮〕佛堂裏諸僧盡商議，開門欲迎賊。於中監寺道不可，對衆説及仔細：「亂軍賊黨，儻或擄了鶯鶯，怎的備？朝野所知，滿寺裏僧人索歸逝水。」○大師言道：「如何是？諸亂軍屯門首，不能戰敵。」衆中箇和尚，厲聲高叫如雷，道：「大師休怕！衆僧三百餘人，只管絮聒聒地，空有身材，枉吃了饅頭没見識！」

〔尾〕把破設設地偏衫揭將起，手提着戒刀三尺，道：「我待與群賊做頭抵。」

這和尚是誰？乃是法聰也。聰本陝右蕃部之後，少好弓劍，喜游獵，常潛入蕃國，盜掠爲事，武而有勇。一旦父母淪亡，悟世路浮薄，出家于此寺。「大丈夫之志決矣！既遇今之亂，安忍坐視？非仁者之用心也。願得寺僧有勇敢，共力破賊，易如振槁自斷。衆止一二作亂，餘必脅從。貪目前之利，忘反掌之災。我若敷陳利害，必使逆徒不能奮武作威，自令奔潰。」

〔仙吕調〕〔繡帶兒〕不會看經，不會禮懺，不清不淨，只有天來大膽。一雙乖眼，果是殺人不斬。自受了佛家戒，手中鐵棒，經年不磨被塵暗；腰間戒刀，是舊時斬虎誅龍劍。一從殺害的衆生厭，掛於壁上，久不曾拈。○頑羊角靶盡塵緘，生澀了雪刃霜尖。高呼：「僧行有誰隨俺？但請無慮，不管有分毫失賺。」心口自思念：「戒刀舉今日開齋，鐵棒有打塹。」立於廊下，其時遂把諸僧點：「搊搜好漢每兀誰敢？待要斬賊降衆，大喊故是不險。」

〔尾〕「開門但助我一聲喊，戒刀舉把群賊來斬，送齋時做一頓饅頭餡。」

殺人肝膽，翻爲濟衆之心；落草英雄，反作破賊之勇。聽大呼曰：「上爲教門，下爲僧衆。當此之時，各當勉力。有敢助我退賊者，出於堂右。」須臾，堂下近三百人，各持白棒戒刀，相應曰：「願從和尚決死！」

〔雙調〕〔文如錦〕細端詳，見法聰生得搊搜相。刁厥精神，蹺蹊模樣。牛膀闊，虎腰長，帶三尺戒刀，提一條鐵棒。一疋戰馬，似敲了牙的活象。偏能軟纏，只不披着介冑，八尺堂堂，好雄强，似出家的子路，削了髮的金剛。（○）從者諸人二百餘，一箇箇器械不類尋常。生得眼腦匾摳，人材猛浪。或拿首切菜刀，斡麪杖。把法鼓擂得鳴，打得齋鐘響。着綾幡做甲，把鉢盂做頭盔戴着頂上。幾個髯頭的行者，着鐵褐直掇，走離僧房。騁無量，道：「俺咱情願，若戰沙場。」

〔尾〕這每取經後不肯隨三藏，肩擔着掃帚藤杖，簇捧着箇殺人和尚。

執事者不及囑諭小心，聰已率衆至門。見賊勢大，不可立退，下馬登樓，敷陳利害，以駭衆心。

〔般涉調〕〔沁園春〕鐵戟侵空，繡旗映日，遍滿四郊。捧一員驍將，陣前立馬，披烏油鎧甲，紅錦征袍。鼻偃唇軒，眉粗眼大，擔一柄截頭古定刀。如神道，更胸高膀闊，胯大臀腰。○雄豪，舉止輕驍，馬上斜刀把寶鐙挑。覷來手下諸軍校，英雄怎畫，倜儻難描。或短或長，或肥或瘦，一箇箇精神没包彈〔四〕。掂詳了，縱六千來不到，半萬來其高。

〔牆頭花〕寺方五里，衆軍都圍繞。整整齊齊盡擺搠，三停來繫青布行纏，折半着黄紬絮襖。○鼕鼕的鼓響，畫角聲繚繞，獵獵征旗似火飄。催軍的聒地轟聲，納喊的揭天唱叫。○一時間怎堵當？從來固濟得牢。牆堅若石壘，鐵裹山門破後砭。待蹉踏怎地蹉踏？待奔吊如何奔吊？

〔柘枝令〕板鋼斧劈群刀砍，一地裏熱鬧和鐸。那法聰和尚對將軍，下情陪告。○「念本寺裏别無寶貝，敝院又没糧草。將軍手下有許多兵，怎地停泊？」

〔長壽仙衮〕「朝廷咫尺不曉？定知道。多應遣軍，定把賢每征討。不當穩便，恁時悔也應遲，賢家試自心量度！」○那賊將聞斯語，心生怒惡。「打脊的髡囚，怎敢把爺違拗？俺又本無心，把你僧家混耗。甚花唇兒故來相惱？」

〔急曲子〕「又不待奪賢寺宇，又不待要賢金寶。衆軍饑困權停待，甚堅把山門閉着？衆僧其間只有你做虎豹，叨叨地把爺淩虐。

〔尾〕你要截了手打破腦，雙割了耳朵牢縛了腳，倒吊着山門上瞅到老。」

聰曰：「公等息怒，願一一從命。且公等幾千人，與將軍安置飲食。敢告公等少退百步，使衆徐行，不至喧争，甚幸！」將軍曰：「爾既許我，吾不從命，非也。」於是軍退百步，聰已下樓上馬。

〔黄鍾調〕〔喜遷鶯纏令〕賊軍聞語，約退三二百步。下了長關，徹了大鎖，兩扇門開處。那法聰呼從者：「你但隨吾。」喊得一聲，撲碌碌地，離了寺門，不曾見，恁地蹺蹊隊伍。○盡是，没意頭，搊搜男女。覷賊軍，約半萬，如無物。那法聰橫着鐵棒，厲聲高呼：「叛國賊，請箇出馬，决勝負。不消得，埋杆竪柱。

〔四門子〕國家又不曾把賢每虧負，試自心窨腹。衣糧俸禄是吾皇物，恁咱有福。好乾，好羞，方今太平，征戰又無；好乾，好羞，你做得無功受禄。○不幸蒲州太守渾瑊卒，你便欺民叛國，劫人財産行粗魯，更蹉踏人寺宇。好乾，好羞，饅頭待要俺不與；好乾，好羞，待留着喂驢。

〔柳葉兒〕譬如蹉踏俺寺家門户，不如守着你娘墳墓。俺也不是厮虎，孩兒每早早地伏輸。

〔尾〕好也好教你回去，弱也弱教你回去，待不回去只消我這六十斤鐵棒苦。」

聰躍馬大呼：「軍中掌領相見。」一將出謂聰曰：「汝爲佛弟子，當念經持戒，如何出麄惡？」聰曰：「公等身充卒伍，忝預軍官。且國家養爾，本欲安邊，是以月終給粟，歲季支衣。四時無凍餒之憂，數口享富安之慶。豈以一時失統，忘國重恩，大掠良民，敢殘上郡。朝廷咫尺，旦夕必知。命將統兵，片時可至。汝等作沙場之血，汝族爲叛國之囚。族滅身亡，有財何益？公等宜熟計之！」賊將突出馬曰：「爾不爲我備食，何説我衆？」

〔大石調〕〔玉翼蟬〕賊頭領，聞此語，佛也應煩惱。嚼碎狼牙，睜察大小。「衆孩兒曹聽我教着〔五〕，只助我，一聲喊，只一合，活把髡徒捉。」衆軍聞言，鼕鼕擂戰鼓，滴流流地雜彩旗搖。○連天地叫殺不住，齊吹畫角。愁雲閉日，殺氣連霄。遂呼和尚：「休要狂獐等待着！緊掿着鐵棒，牢坐着鞍韉，想着西方極樂，見得十分是命夭。略等我仁事，與賢家一萬刀。」

〔尾〕掩耳不及如飛到，馬蹄踐碎霞一道，見和尚鼻凹上大刀落。

只聽得咭叮地一聲，和尚性命如何？

〔大石調〕〔伊川（州）衮纏令〕陰風惡，戈甲遍荒郊，殺氣黯青霄。六軍發喊，旗前二馬相交。法聰和尚，手中鐵棒眉齊，快賭當，咭叮地一聲，架過截頭古定刀。○馬如龍，人如虎，鐵棒輪，鋼刀舉，各按《六韜》。這一回，須定箇誰强誰弱。三合以上，賊徒氣力難迭。怎賭當？辯得箇架格遮截，欲勝那僧人砍上砍。

〔紅羅襖〕苦苦的與他當，强强地與他熬，似狡兔逢鷹鼠見貓。待伊揣幾合，贏些方便，便宜廝號。欲待望本陣裏逃生，見一騎馬俏如飛到。撚一柄丈二長槍，騁粗豪，粧就十分惡。○和尚果雄驍，兵法曒曾學。撥過鋼鎗，刀又早落。不緊不慌，不驚不怕，不忙不暴。不惟眼辨與身輕，那更馬疾手妙。盤得兩箇氣一似攛掇，欲逋逃，又恐怕諸軍笑。

〔尾〕把不定心中拘拘地跳，眼睜得七角八角，兩箇將軍近不得其腳。

六條臂膊，於中使棒的偏强；三箇英雄，鬧裏戴頭盔的先歇。使刀的對壘，使槍的好鬥。

〔正宫〕〔文序子〕纔歇罷，重披掛，何曾打話。不問箇是和非，覷僧人便扎。輕閃過捽住獅蠻，恨心不捨。用平生勇力，抱入懷來，鞍轎上一納。○聽得叫，一聲苦，連衣甲，頭攛得掉下。奈何使刀的，人困馬乏，欲待挣揣些英雄，不如趄撤，何曾敢與他和尚争鋒，望着直南下便迓。

〔甘草子〕怎拿挐？怎拿挐？法聰覷了，勃騰騰地無明發。彷彿趕相遮，叫聲如雷炸。和尚何曾動着，子喝一聲那時諕煞。賊陣裏兒郎濊眼不扎，道：「這禿廝好交加！」

〔尾〕怎禁那和尚高聲罵：「打脊賊徒每怎敢反國家！怕更有當風的快出馬。」

繡旗開隊，臨風散幾百里朝霞；戰鼓助威，從地湧一千箇霹靂。直惱得這箇將軍出馬。是誰，是誰？

〔仙吕調〕〔點絳唇〕這箇將軍，英雄名姓非仳仳。嫌小官不做，欲把山河取。○狀貌雄雄，人見森森地懼。法聰覷恐這人臉上，常帶着十分怒。

〔台（哈）台（哈）令〕生得鄧虜淪敦着大肚，眼三角鼻大唇粗。額闊頦寬眉卓竪，一部赤髭鬚。也麽台（哈）台（哈）。

〔風吹荷葉〕雲鴈征袍金縷，狼皮戰靴抹緑。磊落身材結束，紅彪彪地戴一頂紗巾，密砌着珍珠。

〔醉奚婆〕甲掛兩副，雄烈超今古。力敵萬夫，綽名喚孫飛虎。

〔尾〕帶一枝鐵胎弩，弧内插着百雙鋼箭，擔一柄簸箕來大開山斧。

適來壓路贏人，不意棋逢敵手。

〔般涉調〕〔麻婆子〕飛虎是真英烈，法聰是大丈夫。飛虎又能征戰，法聰甚是英武。飛虎專心取寺宇，法聰本意破賊徒。法聰有降賊策，飛虎有叛國圖。○法聰使一條鑌鐵棒，飛虎使一柄板鋼斧。恨不得一斧砍了和尚，恨不得一棒待搠殺飛虎。不道飛虎慣相持，思量飛虎怎當賭？法聰尋贏便，飛虎覓走路。

〔尾〕法聰贏，飛虎輸，法聰不合趕將去，飛虎扳番窽鐙弩。

那法聰唤做真實取勝，怎知是飛虎佯敗。把夾鋼斧搿在戰鞍中，靴入鐙，扳番龍筋弩，安上一點油，摇番銅牙利，會百步風裏穿楊，教七尺來僧人怎躲？

〔正宫〕〔文序子〕將軍敗，有機變。不合追趕，趕上落便宜，輸他方便。斜挑金鐙，那身十分得便。一聲霹靂，弩箭離弦，渾如飛電。○法聰早當此際，遥遥地望見。果是會相持，能征慣戰。不慌不緊不忙，果手疾眼辯。捽着寶勒，側坐着鞍韉，扢地勒住戰驃。

〔尾〕剔團圞的睜察殺人眼，嗔忿忿地斜横着打將鞭，咭叮地拈折點鋼箭。

鐵鞭舉大蟒騰空，鋼箭折流星落地。賊衆大駭。飛虎謂衆曰：「僧無甲，不可以短兵接戰，可以長兵敵。如僧再追，汝必齊發弓弩，僧必潰矣。」聰自度賊有變，又馬困不可久敵，因謂衆曰：「汝等退而保寺，我當衝陣而出，自有長策。」

〔中吕調〕〔喬捉蛇〕和尚定睛睃，見賊軍兵衆多，郊外列干戈。威風大，垓前馬上一箇將軍坐，肩擔着鐵斧來也麽。一箇越添忿怒精神惡。〇征戰噭僂儸，把法聰來來便砍斫。又砍不着。法聰出地過，誰人比得他驍果？禁持得飛虎心膽破，手親眼便難擒捉。

〔尾〕賊軍覷了頻相度：打脊的髡徒怎恁麽，措手不及早擸過我？

粗豪和尚，單身鏖戰，勇如九里山混垓西楚王；獨自征敵，猛似毛驅岡刺良美髯公。全然不顧殘生，走在飛虎軍内。

〔仙吕調〕〔一斛叉〕亂軍雖然衆，望見僧人忽地開。有若山中羊逢虎，恰似獸逢豺。弓弩如何近傍，鐵棒渾如遮箭牌。馬過處連天叫苦，血污濺塵埃。〔〇〕半箇時辰突圍透，和尚英雄果壯哉。上至頂門紅彪彪，事急怎生捱？粧就箇曜州和尚，撞着搊搜孟秀才。不合道渾如那話，初出産門來。

縱獨力不加，走出陣去。賊兵把寺圍了，孫飛虎隔門大叫：「我第一待交兵卒喫頓飯食，第二知崔相夫人家眷在此，來取鶯鶯。與我，大兵便退；不與我，目下有災。」人報崔氏子母，諕煞鶯鶯。

〔大石調〕〔玉翼蟬〕衝軍陣，鞭駿馬，一徑地西南上迓。更不尋思，手下衆僧行，身邊又無衣甲。怎禁他諸賊黨，着弓箭射，争敢停時霎？衆僧三百餘人，比及扣寺門，十停兒死了七八。〇幾箇參頭行者，着箭後即時坐化。頭陀中劍，血污了袈裟。幾箇誦經五戒，是佛力扶持後馬踐殺。一箇走不迭和尚，被小校活拿，諕得臉兒來渾如蠟滓，幾般來害怕。繡旗底飛虎道：「驅來詢問咱。」

〔尾〕欲待揪捽没頭髮，扯住那半扇雲衲，屹搭搭地直驅來馬直下。

飛虎問曰：「我求一飯，汝輩拒我？」僧曰：「大師欲邀將軍會食，執事者論及前相國崔公靈柩在寺。公有女鶯鶯，艷絶一時，恐公等擄去。奈（崔）公之親舊，權重朝野，致患在他時。」飛虎笑曰：「適來法聰所言，真有鶯鶯。我等河橋將丁文雅，好色嗜酒之外，百事不能動其情。我若使鶯鶯靚粧艷服獻之，文雅必大悦，可連師據蒲，雖朝廷興兵，莫我禦矣。」

〔正宫〕〔甘草子纏令〕聽説破，聽説破把黄髯撚定，徹放眉間鎖。遂唤幾箇小僂儸，傳令教擸掇。○隔着山門厲聲叫：「滿寺裏僧人聽呵：隨俺後抽兵便回去，不隨後您須識我。

〔脱布衫〕得鶯鶯後便退干戈，不得後目前生禍。不共你摇嘴掉舌，不共你鬥争鬥合。

〔尾〕寺牆兒便是純鋼裹，更一箇時辰打不破，屯着山門便點火。」

僧衆聞之大駭。法本領被傷者行來見夫人，説及賊事。夫人聞語，仆地諕倒。紅娘與鶯鶯連救多時稍甦。鶯泣曰：「且以相公靈柩爲念，鶯鶯乞從亂軍。一身被辱，上救夫人殘年，下解寺災，活衆僧之命。願不以女子一身見辱而誤衆人。」

〔道宫〕〔解紅〕驀聞人道，森森地諕得魂離殼。全家眷愛，多應是四分五落。先人化去，不幸斯間遭賊盜。思量了，兄弟歡郎忒年紀小。隔門又聽得賊徒叫，指呼着鶯鶯是他待要。心頭俏如千刀攪，孤孀子母没處投告。○心下徘徊自籌度，只除會聖一命難逃。尋思到底，多應被他誅勦。我隨强寇，年老婆婆有誰倚靠？添煩惱，地闊天寬没處着，到此怎惜我貞共孝！多被賊人控持了，有些兒事體夫人表：「若惜奴一箇，有大禍三條。

〔尾〕第一我母親難再保，第二諸僧都索命夭，第三把兜率般的伽藍枉火内燒。」

夫人泣曰：「母禮至愛，母情至親。汝若從賊，我生何益？吾今六十，死不爲夭。所痛鶯鶯幼年未得從夫，孤亡蕭寺！」言訖，放聲大慟。

〔大石調〕〔還京樂〕是時鶯鶯孤孀母子，抱頭哭泣號咷。放聲不住，哭得他衆僧心焦。思量這回，子母不能保。待覓箇身亡命夭，又恐賊軍，不知縷細，葫蘆提把寺院焚燒。我還取次隨賊寇，怕後人知道，這一場污名不小。做下千年恥笑，辱累煞我相公先考。○我尋思這事體，怎生是着？夫人與大師，議論評度煩惱。堦前僧行，一謎地向前哀告。擎拳合掌，要奴獻與賊盜。指約不住，一地裏閙護鐸，除死後一場足了。欲要亂軍不生怒惡，恁獻與妾身屍殼，儘教他陣前亂刀萬斫，假如死也名全貞孝。

〔尾〕覷着堦址恰待褰衣跳，衆人都諕得呆了，見堦下一人拍手笑。

「法聰施武，寺中難可退賊兵；不肖用謀，破盡許多强寇衆。」鶯鶯褰衣望堦下欲跳，欲跳被夫人與紅娘扯住。忽聽堦下一人大笑，衆人皆覷，笑者是誰？

〔黄鍾宫〕〔快活爾纏令〕子母正是愁，大衆情無那。忽聞得一人語言，稱將賊盜捉。一齊觀瞻，見箇書生，出離人叢，生得面顔相貌有誰過。○年紀二十餘，身品五尺大，疏眉更目秀，鼻直齒能粗。唇若塗朱，臉似銀盤，清秀的容儀，比得潘安、宋玉醜惡。

〔出隊子〕却認得是張生，僧人把他衣扯着。低言悄語喚哥哥：「又不比書房裏閑吟課，你須見賊軍排列着。○賢不是九伯與風塵，世言了怎改抹？見法聰臨陣恁比合，與飛虎衝軍惡戰討，也獨力難加他走却。

〔柳葉兒〕你肌骨似美人般軟弱，與刀後怎生掄摩？氣力又無些箇，與疋馬看怎乘坐？○春笋般指頭兒十箇，與張弓怎發金鏊？覷你人品兒矬懦，與副甲怎地披着？

〔尾〕你把筆尚猶力弱，伊言欲退干戈，有的計對俺先道破。」

笑者是誰，是誰？衆□（僧）再覷，乃張珙也。生言曰：「婦人女子，别無遠見，臨危惟是悲泣而已。寺僧游客，何愚之甚也！不能止此亂軍，坐定滅亡。儻用吾言，滅賊必矣。」法本大師仰知生間世之才，必有奇劃，可遏亂衆。法本就見生而囑曰：「僧衆無脱禍之計，先生既有奇策，願除衆難。」生笑曰：「師等佛家弟子，豈不悟此：生者死之原，死者生之路。生死乃人之常理，向者佛祖亦須入滅，况佛書分明自説因果。如師等前生行惡於賊，今生固當冤報。何能苟免耶？若前生與賊無因，今世不爲冤對，又何懼也？」師曰：「誠如是。但可惜寺門、佛殿、廊廡、鍾鼓、經閣，計其營造，不啻百萬。一旦火舉，便爲灰燼。願以功德爲念！」生愈笑曰：「師坐講《金剛經》，豈不知骨肉皮毛，亦非己有。性者，我也；身者，舍也。若當來限盡之後，一性既往，四大狼籍。妻子雖親，不能從其去；金珠雖寶，不可挈而行。是何佛殿鍾樓，欲爲己有哉？」師曰：「我等説道，不計生死，不恤寺宇。所悲者母子生離，故來上請。」生曰：「夫人與我無恩，崔相與我無舊。素不往還，救之何益？」僧曰：「子不救鶯，即夫人必不使鶯從賊。亂軍必怒，大舉兵來，先生奈何？」生曰：「我自有脱身計，師當自畫。」師又曰：「子爲儒者，行仁義之教。仁者愛人，惡所以害之者，固當除害。義者循理，惡所以亂之者，固當除亂。幼聞孀母，皆欲就死，子坐而笑之，豈仁者愛人之意歟？且亂軍餘黨，恣爲暴虐，子視而弗誅，豈義者循理之意歟？古者叔段有不弟之惡，鄭伯可制而不制；黎侯有狄人之患，衛伯可救而不救，《春秋》譏之。先生有安人退軍之策，卷而懷之。責以《春秋》，未爲得也。先生裁之！」生又笑曰：「師知其一，不知其二。聞諸夫子曰：『君子有勇而無義爲亂，小人有勇而無義爲盜。』故君子惡其勇而無禮也。我維負勇，他無所求，我何自舉？又曰：『禮聞來學，未聞往教。』是以君子不屑就也。」

〔般涉調〕〔麻婆子〕大師頻頻勸：「先生好性撇。衆人都煩惱，偏你恁歡悦。」君瑞聞言越越地笑：「吾師情性好佯呆。又不是儒書載，分明是聖教説。○『有生必有死，無生亦無滅。』生死人常理，何須恁怕怯！亂軍都來半萬餘，便做天蓬黑嗷般盡刁厥。但存得自家在，怎到得被虜劫。

〔尾〕不須騎戰馬，不須持寸鐵，不須對陣爭優劣。覷一覷教半萬賊兵化做硬血〔六〕。」

大師以生言語及夫人。夫人曰：「誠如是？」夫人以禮見生，泣而言曰：

〔小石調〕〔花心動〕「亂軍門外，要幼女鶯鶯，怎生結果？可憐自家，母子孤孀，投托解元子箇。」張生聞語先陪笑，道：「相國夫人且坐。但放心，何須怕怯子麽。○不是咱家口大，略使權術，立退干戈。除却亂軍，存得伽藍，免却衆僧災禍。恁一行家眷須到三五十口，大小不教傷着一箇。恁時節，便休却外人般待我。」

夫人曰「是何言也！不以見薄爲辭，禍滅身安，繼子爲親」云云。生謂僧曰：「先令人傳報亂軍：鶯非敵他，當辭母别靈，理粧治服，少頃即至。願不見逼。」亂軍稍緩。生曰：「亂軍不可以言說，人衆不可以力争。但可威服。」師與夫人皆曰：「孰爲有威者？」生曰：「吾一故人，以儒業進身，武勇治亂，内懷信義之心，外有威嚴之色。初典郡城，賊盜悉皆去境；再擢邊任，塞馬不敢嘶南。故知武備德修，人歸軍仰。臨軍常跨雪白馬，人目之曰『白馬將軍』。姓杜，名確。今鎮守蒲關，素得軍心，人莫敢犯。與僕爲死生交。我有書槀，上呈夫人。」其略曰：「辱遊張珙書上將軍帥府：倉惶之下，不備文章；慷慨之前，直陳利害。不幸渾太師薨于蒲郡，丁文雅失制河橋。兵亂軍叛，悉殘郡邑。蒲州兵火，盈耳哀聲。生靈有懼死之憂，黎庶有倒懸之急。伏啓將軍：天資神策，人仰洪威。有愛民治亂之謀，奮斬將破敵之勇。忍居住守，安振軍城？坐看亂軍，肆兇暴惡？公如不起，孰拯斯危？稍緩師徒，恐成大亂。公至，則斬賊降衆，守郡安民；百里無虞，一方甦泰。詔書將下，必推退亂之功；旌斾不行，自受怯敵之過。今賊兵見圍普救，陋儒何計逃生？但願上狀（扶）郡國，下救寒生。垂死之餘，鵠觀來耗；再生之賜，皆荷恩光。辱遊張珙再拜良契將軍帥府足下。」

〔一〕「證」，原誤作「詔」，據萬曆適適氏翻刻本改。　〔二〕「帛」，原誤作「鳴」，今從黄嘉惠本。〔三〕「彷彿」，黄本作「準備」。　〔四〕「包彈」，卷三越調鬥鵪鶉纏令作「彈制」。　〔五〕「聽」，原誤作「取」，此從黄本。　〔六〕「硬血」，黄本作「嵴血」。

古本董解元西厢記卷第三

〔中吕調〕〔碧牡丹纏令〕「是須休怕怖，請夫人放心無慮。亂軍雖衆，張珙看來無物。俺有箇親知，只在蒲關住。與俺好相看，好相識，好相於。○祖宗非仳仳，也非是庶民白屋，不襲門蔭，應中賢良科舉。是杜如晦的重孫，英烈超宗祖。開六鈞弓，閲八陣法，讀五車書。

〔木魚兒〕初間典郡城，一方盜賊没。後臨邊地職，塞馬胡兒不敢正覷。方今出鎮蒲關，掌着軍卒。普天下好漢果煞數着。有文有武有權術，熟嫺槍槊快弓弩。遮莫賊軍三萬垓，便是天蓬黑煞，見他應也伏輸。

〔鶻打兔〕愛騎一疋白戰馬，如彪虎。使一柄大刀，冠絶今古。扶社稷，清寰宇；宰天下，安邦國。爲主存忠，願削平禍亂，開疆展土。○自古有的英雄，這將軍，皆不許。壓着一萬箇孟賁，五千箇吕布、楚項籍、蜀關羽、秦白起、燕孫武。若比這箇將軍，兵書戰策，索拜做師父。

〔尾〕文章賈馬豈是大儒，智略孫龐是真下愚，英武笑韓彭不丈夫。

夫人曰：「杜將軍誠一時名將，威令人伏。與君有舊，書至則必起雄師，立殘諸惡。關城相去幾數十里。若候修書，師定見遲留。」生曰：「適於法聰出戰之時，已持此書報杜將軍矣。請夫人、大師待望於鐘樓之上，兵必至矣。」

〔大石調〕〔吴音子〕相國夫人，怕伊不信自家説。「請寬尊抱，是須休把兩眉結。」倚着闌干，凝望時節，寺宇週迴，賊軍間列稍寧貼。○堪傷處，見殺氣迷荒野。塵頭起處，遠觀一道陣雲斜。五百來兒郎，一箇箇刁厥，似初下雲端來的驅雷使者。

〔尾〕甲溜晴郊似銀河瀉，繡旗颭似彩霞招折，管是白馬將軍到來也！

夫人從長歡容，大衆便生喜色。

〔越調〕〔鬥鵪鶉纏令〕天昏昏兮，陣雲四合。垮騰騰地，塵頭俏如杴簸。栲栳大隊精兵，轉過拽腳慢坡。六百來少，半千來多。一心待把，群賊立破。○一字陣分開，盡都擺搠。一箇箇精神，俏没彈剥。三十的早年高，六尺的早最矬。把業龍擒捉，猛虎倒拖。亂軍雖衆，望他怕他。

〔青山口〕嘶風的驕馬弄風珂，雄雄軍勢惡。步兵卒子小僂儸。擂狼皮鼓，篩動金鑼。森森排劍戟，密密列干戈。待破賊軍解君憂，與民除禍。○簇捧着箇將軍狀貌雄雄，古今没兩箇。把金鐙笑踏，寶鞍斜坐。腕下鐵鞭是水磨。膀背到恁來闊，身材恁來大。挾矢負弧，甲掛熟銅，袍披茜羅。

〔雪兒（裹）梅〕行軍計若通神，揮劍血成河。莫道是亂軍，便是六丁黑殺，待子甚麼！○馬上笑呵呵，把賊衆欲平蹉。亂軍覰了，道：「這爺爺來也，咱怎生奈何！」

〔尾〕馬頷繫朱纓，栲栳來大一團火。肩上鋼刀門扇來闊，人似金剛，馬似駱駝。孫飛虎諕得來肩磨，魂魄離殼，自摧挫，管只爲這一頓饅頭送了我。

賊衆没精神，飛虎挫鋭氣。

〔般涉調〕〔牆頭花〕白馬將軍手下，五百來人衣鐵。一布地平原盡擺列。覷一覷飛虎魂消，喝一聲群賊腦裂。○賊軍厮見，道：「咱性命合休也！」半萬餘人看怎者，又不敢睹箇輸贏，又不敢争箇優劣。○賊軍俏似兒，來兵俏似爺。來兵勢若龍，害怕的賊軍俏似鱉。來兵似五百箇僧人，賊軍似六千箇行者。

〔尾〕把那弓箭解，刀斧撇，旌旗鞍馬都不藉。回頭來覷着白馬將軍，喝一聲爆雷也似喏。

杜將軍曰：「爾等以渾太師薨後無人統制。丁文雅恣其酒色，稍失訓練。因爲掠鬧，想無叛心。汝等父母妻子，皆處舊營。一忘國恩，悉皆誅戮。我今擁强出兵，振英武，殺爾無主亂軍，易如刈草。但恐其間有非叛者，吾實不忍。」又曰：「軍中不叛者，東向棄仗坐甲。叛者西向作隊，以備死戰。」言訖，軍衆皆棄仗，向東坐甲。杜取孫飛虎斬之，餘衆悉免。張生與大師出寺邀杜。杜與生兄弟禮畢，執手入寺。置酒於廊下，以道契闊。生曰：「君今有功於國，有義於朋友，有恩於蒲民。只在朝夕，朝廷必當重有封拜，即容上賀。」

〔仙吕調〕〔滿江紅〕相邀入寺，滿寺裏僧人盡歡悦。「有義於知交，有恩於寺舍，即時呈表聞帝闕。功業見得凌煙閣上寫，賞延後世，名傳萬劫。不是降了群賊後，蒲州百姓，幾時寧貼？弟兄休作外，幾盞兒澹酒，聊復致謝。」○白馬將軍飲了一盃，道：「君瑞何須恁般惕憹！」約退雜人，把知心話説。三巡酒外紅日斜，白馬將軍離坐起，道：「先生勿罪，小官索去也！」相送到山門外，臨岐執手，彼此難捨。更了一杯酒，比及再回，哥哥且略别。

馬離普救搖金勒，人望蒲關和凱歌。生次日見大師曰：「昨日亂軍至寺，夫人禱我退賊之策，願我繼親。未審親事若何？

〔高平調〕〔于飛樂〕念自家，雖是箇淺陋書生，於夫人反有深恩。是他家先許了，先許了免難後成親。十分裏九分，多應待聘與我鶯鶯。○細尋思，此件事對面難陳。師兄略暫聽聞：即爲佛弟子，須方便爲門。不合上煩，託付你作箇媒人。」

師笑許之曰：「先生少待，小僧徑往。」師詣夫人院，令人報夫人。出，請師坐。師乃勞問安慰，夫人陳謝而已。師徐曰：「張生，義人也。當時獻退賊之策，夫人面許繼親。張生託貧僧敬問一秏，未審懿旨若何？」夫人曰：「張生之恩，固不敢忘。方備蔬食，當與生面議。」師喜而退，以夫人語報生。

〔高平調〕〔木蘭花〕那法師，忙賀喜，道：「那每慇懃的請你，待對面商議。」張生曰：「今朝正是箇成婚日，那家多應管，準備那就親筵席。」○又問道：「吾師，那家裏做甚底？買了幾十瓶法酒，做了幾十分茶食。」法師笑道：「休打砌！我見舂了幾升陳米，煮下半瓮黄虀。」

生喜不自勝，整衣而待。

〔仙呂調〕〔戀香衾〕梳裹箱兒裏取明鏡，把臉兒挣得光瑩。拂拭了紗巾，要添風韻。窣地羅衫長打影，偏宜二色羅領。沈郎腰，道與絳絛兒厮稱。○鈴口鞋兒樣兒整，僧鞦襪兒恬淨。扮了書幃裏坐地不穩，鏡兒裏拈相了内心騁。窗兒外弄影兒行，恨日頭兒不到正南時分。

〔尾〕癢如如把心不定，肚皮兒裏骨轆轆地雷鳴，眼懸懸地專盼着人來請。

生更衣不作飯，專待來請。自早至晚，不蒙人至。生曰：「法本和尚何相戲我至此！夫人亦待我薄矣。」

〔高平調〕〔木蘭花〕從自齋時，等到日轉過，没箇人倸問，酩子裏忍餓。侵晨等到合昏箇，不曾湯箇水米，便不餓損卑末？○果是咱饑變做渴，咽喉乾燥肚兒裏如火。開門見法本來參賀：「您那門親事議論的如何？」

生作色曰：「我平日待師不薄，師何薄我如此？」師曰：「不知我所以薄公者。」生曰：「適來囑師問親，師報我以今日見請。自朝抵暮，殊不蒙召。非師薄我何？」師曰：「山僧過矣。夫人言明日作排，非今日矣。」生笑曰：「兩句傳示，尚自疏脱，怎背誦《華嚴經》呵？秃屌！」師笑而去。生通宵不寐。須臾，日色清晨，果見紅娘歛袵道：「夫人有請。」

〔仙吕調〕〔賞花時〕恰正張生悶轉加，驀見紅娘歡喜煞，叉手奉迎他。連忙陪笑，道：「姐坐來麽？」紅娘曰：「夫人使來，怎敢！」○相國夫人教邀足下，是必休教推避咱，多謝解元呵。張生道：「依命，我有分見那冤家！」

〔尾〕不圖酒食不圖茶，夫人請我别無話，孩兒，管教俺兩口兒就親吵！」

紅娘笑而去。

〔雙調〕〔惜奴嬌〕絶早侵晨，早與他忙梳裹，不尋思虚脾真箇。你試尋思，秀才家，平生餓。

無那，空倚着門兒嚥唾。○去了紅娘，會聖肯書幃裏坐？坐不定一地裏篤麽。覷着日頭兒，暫時間，齋時過。「殺剮！又不成紅娘鄧我？」

生正疑惑間，紅娘再至，生與俱往見夫人。

〔雙調〕〔惜奴嬌〕再見紅娘，五臟神兒都歡喜，請來後何曾推避。逐定紅娘，見夫人，忙施禮，道：「前日，想娘娘可來驚悸。」○相國夫人，謹陪奉張君瑞，道：「輒敢便屈邀先輩。子母孤孀，又無箇，别準備。可憐客寄，願先生高情勿罪。」

命生坐，茶訖，生起致辭曰：「前者兇人掩至，驚擾尊懷，且喜雅候無恙。」夫人稱謝，邀生坐，命進酒來。

〔仙吕調〕〔賞花時〕體面都輸富貴家，客館先來搿掠得雅。鋪設得更奢華，簾垂繡額，芸閣小窗紗。○尺半來厚花茵鋪矮榻，百和奇香添寶鴨。飲膳味偏佳。一托頭的侍婢，盡是十五六女孩兒家。

〔尾〕輕敲檀板送流霞，壁間簇吊兒是名人畫，如法膽瓶兒裏惟浸幾枝花。

生自思之，鶯鶯必爲我有。

〔黄鍾調〕〔侍香金童〕不須把定，不在通媒媾，百媚鶯鶯應入手。鄭氏起來方勸酒，張生急起，避席祇候。○一門親事，十分指望着九。不隄防夫人情性㧻，將下臉兒來不害羞。欺心叢裏，做得箇魁首。

〔尾〕把山海似深恩掉在腦後，轉關兒便是舌頭，許了的話兒都不應口。

道甚的來？夫人謂生曰：「妾之孤嫠，夫亡，提攜幼稚。不幸屬師徒大潰，實不保其身，弱子幼女，猶君之生也。豈可忘其恩哉？乃命弱子歡郎出拜。」

〔大石調〕〔紅羅襖〕酒行到數巡外，君瑞恩情試想，自家倒大采。百媚的冤家，風流的姐姐，有分同諧。紅娘滿捧金巵，夫人道箇無休外。想當日厚義深恩若山海，怎敢是常人般待。○低語使紅娘，叫取我兒來。須臾至髻角兒如鵶頭緒兒白。穿一領紬衫，不長不短，不寬不窄。繫一條水運條兒，穿一對兒淺面、鈴口僧鞋。都不到怎大小身材，暢好台孩，舉止没俗態。

〔尾〕怎不教夫人珍珠兒般愛？居中中地行近前來，依次第覷着張生大人般拜。

夫人指生曰：「當以仁兄禮奉。」歡郎拜，生不受。夫人令婢邀坐受拜。生自念之：歡郎，鶯之弟也。我不與鶯繼親，禮而得兄事，何濟？似有愠色。

〔仙吕調〕〔樂神令〕君瑞心頭怒發，忿得來七上八下。煩惱身心怎按捺，誦篤篤地酩子裏罵。○夫人可來夾衩，剛强與張生説話，道：「禮數不周休怪呵，教我女兒見哥哥咱。」

夫人令紅娘命鶯鶯「出拜爾兄」。久之，鶯辭以疾。夫人怒曰：「張兄保爾之命，不然，爾虜矣！不能報恩以禮，能復嫌疑乎？」又久之，方至。常服悴容，不加新飾，然而顔色動人。

〔黄鍾宫〕〔出隊子〕滴滴風流，做爲嬌更柔。見人無語但回眸。料得娘行不自由，眉上新愁壓舊愁。○天，天悶得人來殺，把深恩都變作仇。比及相面待追依，見了依前還又休，是背面相思對面羞。

〔尾〕怪得新來可喞嚠，折到得箇臉兒清瘦。瘦即瘦，比舊時越模樣兒好否？

當初救難報恩，望佳麗結絲蘿；及至免危答賀，教玉容爲姊妹。此時張生筵上無語，情懷似醉。偷目覷鶯，妍態迴別。

〔南吕宫〕〔瑶臺月〕冤家爲何，近日精神，直恁的消磨？渾如睡起，尚古子不曾梳裹。杏腮淺澹羞勾，緑鬢瓏璁斜嚲。眉兒細，凝翠娥；眼兒媚，剪秋波。嬌多，想天真，不許臙脂點污。○謾言天上有姮娥，算人間應没兩箇。朱唇一點，小顆顆似櫻桃初破。龐兒宜笑宜嗔，身分兒宜行宜坐。腰兒細，偏裊娜；弓脚小，繡鞋兒是紅羅。輕挪，伽伽地拜，百般的軟和。

〔三煞〕等得夫人眼兒落，斜着渌老兒不住睃。是他家佯不偢人，都只被你箇可憎姐姐，引得眼花心亂，俏似風魔。○酒入愁腸醉顔酡，料自家没分消他。想昨來枉了身心，初間唤做得爲夫婦；誰知今日，却唤俺做哥哥。○是俺失所算，謾摧挫，被這個積世的老虔婆瞞過我。

如何見得？有《鶯鶯本傳歌》爲證，歌曰：「此時潘郎未相識，偶住蓮館對南北。潛歎恓惶阿母心，爲求白馬將軍力。明明飛詔五雲下，將選金門兵悉罷。阿母深居鷄犬安，八珍玉食邀郎餐。千言萬語對生意，小女初笄爲姊妹。」鶯拜畢，因坐於鄭旁，凝睇怨絶，若不勝情。生目之，不知所措。

〔商調〕〔玉抱肚〕没留没亂，不言不語。儘夫人問當，夫人說話，不應一句。酒來後滿盞家没命飲，面磨羅地甚情緒！喫着下酒，没滋味，似泥土。自心窨腹，鶯鶯指望同鴛侶，誰知道打脊老嫗許不與。○可憎的臉兒堪捻塑，梅粧淺淺宜澹注。唱呵，好風風韻韻，捻捻膩膩，濟濟楚楚。鶻鴒的渌老兒說不盡的搶，儘人勞攘把我不覷。咫尺半，如天邊，謾長吁。奈何夫人間阻。苦煞人也天不管，剛待拚了，争奈煞腸肚！

〔尾〕婆婆娘兒好心毒，把如休教請俺去。及至請得我這裏來，却教我眼受苦！

生因問鶯齒。夫人曰：「十七歲矣。」生徐以辭道鶯，宛不蒙對。生彷徨愛慕而已。欲結良姻，未獲其便。因乘酒自媒云：「小生雖處窮途，祖父皆登仕版。兩典大郡，再掌絲綸。某弟某兄，各司要職。惟珙未伸表薦，流落四方。自七歲從學，於今十七年矣。十三學《禮》，十五學《春秋》，十六學《詩》《書》，前後五十餘萬言，置於胸中。二九涉獵諸子。至于禪律之說，無不著於心矣。後擬古而作相材時務内策，仗此決巍科，取青紫，亦不後於人矣。不幸尚書捐館，數年置功名於度外，乃躬祭祀於墓側。生事死葬之禮，於今畢矣。今日蒙聖天子下詔，乃丈夫富貴之秋，姑待來年，必期中鵠。願不以自陳見責者，東方朔求見武帝，尚自媒書。時異事同，吾不讓矣。今日旅食蕭寺，邂逅相遇。特叙親禮者，不自序行藏，夫人焉知終始。今因酒便，浪發狂詞，無罪，無罪！」夫人曰：「先生之言，信不誣矣。然尚困布衣，必關諸命。」生曰：「若承家蔭，踐仕途久矣。奈非本心。丈夫隱則傲世，起則衝天，況遇明時簡閱！然鶯鶯方年十七，未結良姻，請問夫人，願聞所以。」

〔仙吕調〕〔樂神令〕張生因而下淚以跪，說道：「不合問箇小娘子年紀。」相國夫人道：

「十七歲。」張生道：「因甚没佳配？」○夫人可來積世，瞧破張生深意。使些兒譬似閑腌見識，着衫子袖兒淹淚。

夫人泣下，徐而言曰：「先生之言，深會雅意。鶯鶯女子，容質粗陋，如若委身足下，其幸有三：一則謾塞重恩，二則身有所托，三則佳人得配才子。妾甚願也。」言未已，生起謝曰：「無狀竪子，敢繼良姻！」夫人急起謂生曰：「先相公秉政朝省，妾兄鄭相幼子恒，年今二十，鄭相以親見囑，故相不獲已，以鶯許之恒。鶯方及嫁，相公逝去，故未得成親。若非故相先許鄭相，必以鶯妻君，以應平生之舉。」

〔仙吕調〕〔醍醐香山會〕那張生聞説罷，喏喏地告退。夫人請「是必終席」。張生不免放身坐地，便是醍醐甘露酒怎再吃？○不語不言，聞着酒只推磕睡，枉了降賊見識。不正着頭避着，通紅了面皮，筵席上攻攤了半壁〔一〕。

鶯鶯見生敷揚己志，竊慕於己。心雖匪石，不無一動。

〔雙調〕〔月上海棠〕張生果有孤高節，許多心事向誰説？眼底送情來，争奈母親嚴切。空没亂，愁把眉峰暗結。○多情彼此難割捨，都緣只是自家孽。席上正喧嘩，不覺玉人低趄。鶯道：「休勸酒，我張生哥哥醉也。」

鶯謂夫人曰：「兄似不任酒力。」生開目視鶯微笑。夫人曰：「本欲終席，先生似倦於酒。」令紅娘扶生歸館，生亦不答而去。至舍，生取金釵一隻，以饋紅娘。紅娘驚謂生曰：「妾奉夫人懿旨，送先生歸館。是何以物見賜？竊先生有意於鶯，不能通殷勤，欲因妾以叙意。不然何賜之厚？」生曰：「慧哉，紅娘之問！吾實有是心。娘子侍鶯左右，但欲假你一言，申予肺腹。如萬一有成，不忘厚德。」紅娘笑曰：「鶯鶯幼從慈母之教，貞順自保，雖尊親不可以非語犯。下人之謀，固難入矣。」

〔仙吕調〕〔賞花時〕「酒入愁腸悶轉多，百計千方没奈何，都爲那人呵，知他你姐姐，知我此情麽？○眼底閑愁没處着，多謝紅娘見察。我與你試評度，這一門親事，全在你成合。

〔尾〕些兒禮物莫嫌薄，待成親後再有别酬賀，奴哥託付你方便之箇。」

紅娘曰：「先生醉矣！」竟不受金，忿然奔去。生不勝怏怏。况是無聊，又聞夜雨。

〔中吕調〕〔棹孤舟纏令〕不以功名爲念，五經三史何曾想。爲鶯娘近來粧就箇軃浮浪。也囉！老夫人做事搊搜相，做個老人家説謊。白甚鋪謀退群賊，到今日方知是枉。也囉！

〔○〕一陌兒來，直恁地難偎傍。死冤家，無分同羅幌。也囉！待不思量又早隔着窗兒望，贏得眼狂心癢癢。百千般悶和愁，盡總撮在眉尖上。也囉！

〔雙聲疊韻〕燭熒煌，夜未央，轉轉添惆悵。枕又閑，衾又凉，睡不着，如翻掌。謾嘆息，謾悒怏。謾道不想，怎不想？空贏得肚皮兒裏勞攘。○淚汪汪，昨夜甚短，今夜甚長。挨幾時東方亮？情似癡，心似狂，這煩惱如何向？待様下，又瞻仰；道忘了，是口强。難割捨我兒模樣。

〔迎仙客〕宜淡玉，稱梅粧，一箇臉兒堪供養。做爲掙，百事鎗，只少天衣，便是捻塑來的觀音像。〇除夢裏，曾到他行。燒盡獸爐百和香，鼠窺燈，偎着矮牀。一箇孽相的娥兒，遶定那燈兒來往。

〔尾〕淅零零的夜雨兒擊破窗，窗兒破處風吹着忒飄飄的響，不許愁人不斷腸。

早是夢魂成不得，濕風吹雨入疏櫺。異日，紅娘復至。曰：「夫人致意先生，經夜文候清勝。昨日酒不終席，先生不罪，多幸！」生謝曰：「不才小子，過蒙腆餉。然昨者兇賊叩門，夫人以親見許。以酒食饋我，令鶯娘以兄禮待，薄我何多！今當西歸長安，與夫人絶矣。」

〔大石調〕〔洞仙歌〕「當初遭難，與俺成親事，及至如今放二四。把如合下，休許咱家你恁地，我離了他家門便是。〇不如歸去，却往京師。見你姐姐、夫人俱傳示：你咱說謊，我着甚癡心没去就，白甚只管久淹蕭寺？」道得一聲「好將息」，早收拾琴囊，打疊文字。

〔雙調〕〔御街行〕張生欲去心將碎，却往京師裏。收拾琴劍背書囊，道：「保重，紅娘將息！」紅娘覷了高聲道：「君瑞先生喜！〇思量此事非人力，也是關天地。這書房裏往日曒曾來，不曾見這般物事。只因此物，不須歸去，你有分學連理。」

紅娘曰：「妾不忍先生悽愴，謾爲言之：世之好惠，乃知人之本情，順之則合，逆之則離。將有所謀，必有所好。今有一策，可使鶯啓門就此。願不以愚賤之言見棄。」生曰：「我思面鶯之計，智竭思窮，尚不可得。今娘子有屈鶯就見之策，敢不聽命！雖赴湯火，亦願爲之。乞賜一言，以慰愁苦。」紅娘曰：「鶯鶯稍習音律，酷好琴阮。今見先生囊琴一張，想留心積有日矣。如果能之，鶯鶯就見之策，盡在此矣。」生聞之，捧腹而笑。

〔仙吕調〕〔戀香衾〕是日張生正鬱悶，聞言點頭微哂。道：「九百孩兒，休把人廝啈。你甚胡來我怎信？」紅娘道：「先輩停頭，只因此物，有分成親。○婦女知音的從古少，知音的止有箇文君。着一萬個文君，怎比鶯鶯！多慧多嬌性靈變，平生可喜秦箏。若論彈琴擘阮，前後絶倫。

〔尾〕等閑要相見，見無門，着何意思得成秦晉？不須把定，這七弦琴便是大媒人。」

紅娘曰：「如先生深夜作兩三弄，鶯聞必至，妾當從行。如聞聲欸，乃鶯至矣。願先生變雅操爲和聲，以詞挑之，事必諧矣。鶯亦善賦者，恐因此而得成。先生裁之。但恐先生不能耳！」生曰：「吾雖不才，深善於此。」

〔一〕「攻」，黄本作「軟」，六幻本、九宫大成譜同作「軟」。

古本董解元西厢記卷第四

〔雙調〕〔文如錦〕「説恁心聽，算來有分自家共。若論着這彈琴，不是小兒得寵。從幼小，撫絲桐。啼烏怨鶴，離鸞别鳳，使了千百貫現錢，下了五七年笨功。曾師高士，向焚香窗下，煮茗軒中，對青松，彈得高山流水，積雪堆風。○三百篇新聲詩意盡通，一篇篇彈得，風賦雅頌，古操新聲，循環無始終。述壯節，寫幽悰，閑愁萬斛，離情千種。教知音的暗許，感懷者自痛。今夜裏彈他幾操，博箇相逢。若見花容，平生的學識，今夜箇中用。

〔尾〕紅娘，我對你不是打鬨，你且試聽一弄，休道你姐姐遮莫是石頭人也心動。」

紅娘歸。

〔仙呂調〕〔賞花時〕去了紅娘悶轉加，比及到黄昏没亂煞。花影透窗紗，幾時是黑，得見那死冤家。○先拂拭瑶琴寶鴨。只怕我今宵磕睡呵，先點建溪茶。猛吃了幾椀，慚愧啞，僧院已聞鴉。

〔尾〕碧天涯幾縷兒殘霞，漸聽得璫璫地昏鐘兒打。鐘聲纔罷，又戍樓寒角奏《梅花》。

是夜晴天澄徹，月色皓空，生横琴於膝。

〔中呂調〕〔滿庭霜〕幽室燈清，疏簾風細，獸爐香爇龍涎。抱琴拂拭，清興已飄然。此箇閣兒雖小，其間趣不讓林泉。初移軫，啼烏怨鶴，飛上七條弦。○循環成雅弄，純音合正，古操通玄。漸移入新聲，心事都傳。一鼓松風瑟瑟，再彈岩溜涓涓。空庭静，鶯鶯未寐寢，須到小窗前。

其琴操曰：琴，琴，軫玉，徽金。其操雅，其趣深。玄鶴集洞，啼烏遶林。洗滌是非耳，調和道德心。漱松風於石壁，迸遠水於孤岑。不是秦箏合衆聽，高山流水少知音。琅琅雅韻，寬遊子之愁懷；落落正聲，醒飲人之醉夢。紅娘報鶯曰：「張兄鼓琴，其韻清雅。可聽否？」鶯曰：「夫人寢未？」紅娘曰：「夫人已熟寐矣。」鶯潛出户，與紅俱出。

〔中呂調〕〔粉蝶兒〕何處調琴，惺惺地把醉魂呼醒？正僧庭夜凉人静。羽衣輕，羅襪薄，輕寒猶嫩。夜闌時，徘徊月移花影。○尋聲審聽，泠然出塵幽韻。過空庭漸穿花徑，躡金蓮，即漸到中庭。待側近，轉躊躇，聒聒地把心不定。

〔尾〕牙兒抵着不敢子聲，側着耳朵兒窗外聽，千古清風指下生。

紅娘聲欬於窗側，生聞之，驚喜交集，曰：「鶯即至矣！看手段何似？」

〔仙吕調〕〔惜黄花〕清河君瑞，不勝其喜。竇獸添香，稽首頂禮。十箇指頭兒，自來不孤你。這一回，看你把戲。○孤眠了一世，不閑了一日。今夜裏彈琴，不同恁地。還彈到斷腸聲，得姐姐學連理。指頭兒我也有福囉，你也須得替。

〔仙吕調〕〔賞花時〕寶獸沉煙裊碧絲，半折的梨花繁杏枝，粧一膽瓶兒。冰弦重理，聲漸辯雄雌。○説盡心間無限事，聲欬微聞鶯已至，窗下立了多時。聽沉了一晌，流淚濕却臙脂。

〔尾〕也不彈雅操與新聲，流水高山多不是，何似一聲聲盡説相思。

張生操琴歌曰：「有美人兮見之不忘，一日不見兮思之如狂。鳳飛翩翩兮四海求凰，無奈佳人兮不在東牆。張琴代語兮聊寫微茫，何時見許兮慰我彷徨？願言配德兮攜手相將，不得于飛兮使我淪亡。」其辭哀，其意切，悽悽然如别鶴唳天。鶯聞之，不覺泣下。但聞香隨氣散，情逐聲來。生知琴感其心，推琴而起。

〔雙調〕〔芰荷香〕夜凉天，泠泠十指，心事都傳。短歌纔罷，滿庭春恨寥然。鶯鶯感此，閣不定粉淚漣漣，吞聲窨氣埋冤。張生聽此，不托冰弦。○火急開門月下覷，見鶯鶯獨自，明月窗前。走來恨底〔一〕，抱定款惜輕憐。「薄情業種，咱兩箇彼各當年。休休，定是前緣。今宵免得，兩下裏孤眠。」

〔尾〕女孩兒諕得來一團兒顫，低聲道：「解元聽分辯，你更做摟荒，敢不開眼？」

抱住的是誰，是誰？張生拜覷。

〔中吕調〕〔鶻打兔〕暢忒昏沉，忒慕古，忒猖狂。不問是誰，便衆窩穰。説志誠，説衷腸，騁奸俏，騁浮浪。初喚做鶯鶯，孜孜地覷來，却是紅娘。○打慘了多時，癡呆了半晌。惟聞月下，環佩玎璫。蓮步小，腳兒忙；柳腰細，裙兒蕩。嚭嚭地心驚，微微地氣喘，方過迴廊。

〔尾〕朱扉半開啞地響，風過處惟聞蘭麝香，雲雨無緣空斷腸。

生問紅娘曰：「鶯適有何言？」紅娘曰：「無他言，惟悽怨泣涕而已。妾逆度之，似有所動。今夕察之，拂旦報公。」紅娘別生歸寢，鶯已卧矣。燭光照夜，愁思攪眠。

〔中吕調〕〔碧牡丹〕夜深更漏悄，鶯鶯更悶愁不小。擁衾無寢，心下徘徊籌度：君瑞哥哥，自爲我吃擔閣。你莫不枉相思，枉受苦，枉煩惱？○適來琴内排喚着，即自家大段不曉，自心思忖，怕咱做夫妻後不好？奴正青春，你又方年少。怕你不聰明，怕你不穩色，怕你沒才調。

〔鶻打兔〕奈老夫人，情性㥏，非草草。雖爲箇婦女，有丈夫節操。俺父親，居廊廟，宰天下，存忠孝。妾守閨門，些兒恁地，便不辱累先考。○所重者，奈俺哥哥，由未表。適來恁地，把人奚落。司馬才，潘郎貌，不由我，難偕老。怎得箇人來，一星星説與，教他知道？

〔雙聲疊韻〕夜迢迢，睡後着〔二〕，寶獸沉煙裊。枕又寒，衾又冷，畫燭愁相照。甚日休，幾時了？强合眼，睡一覺，怎禁夢魂顛倒，夜難熬！○背畫燭，魆魆地哭，淚滴了，知多少！哭得燭又滅，香又消，轉轉心情惡。自埋怨，自失笑，自解嘆，自敦搠。眼懸懸地，盼明不到。

〔尾〕昏沉的行者管貪睡着，業相的明月兒不疾落，慵懶的鷄兒甚不唱叫？

鶯通宵無寐，抵曉方眠。紅娘目之，不勝悲感。侵曉而起，以情告生。

〔黄鍾宫〕〔侍香金童纏令〕紅娘急起，心緒愁無那，忙穿了衣裳離繡閣。如與解元相見呵，一星星都待説與子箇。○急離門首，連忙開放鎖，直奔書幃裏來見他。天色兒又待明也，不知做甚麽，書幃裏兀自點着燈火。

〔雙聲疊韻〕把窗兒紙，微潤破，見君瑞披衣坐。管是文字忙，詩賦多，做甚閑功課。見氣出不迭，口不暫合，自埋怨，自摧挫，一會家自哭自歌。

〔出隊子〕俏一似風魔，眉頭兒厮繫着。紅娘不覺淚偷落。相國夫人端的左，酷毒害的心腸忒煞過！

〔尾〕做箇夫人做不過，做得箇積世虔婆，教兩下裏受這般不快活。

紅娘曰開書齋，張生見了，且喜且驚。

〔仙吕調〕〔勝葫蘆〕手取金釵把門打。君瑞問：「是誰家？」「是紅娘囉！待與先生相見咱。」張生聞語，連開門連問：「管是恁姐姐使來吵？○昨日因循誤見他，咫尺抵天涯，一夜教人没亂洒。」紅娘道：「且住，把鶯鶯心事，説與解元暇！」

紅謂生曰：「公勿憂，覩姐姐之情，於公深矣。聽訴衷腸。」

〔中吕調〕〔古輪臺〕莫心憂，解元聽妾話蹤由。俺姐姐夜來箇聞得琴中挑鬥，審聽了多時，獨語獨言搔首。手抵牙兒，喟然長嘆：『奈何慈母性搊搜，應難歡偶！』料來他一種芳心，盡知琴意，非不多情，自孱自僽。争奈他家不自由。我團着情，取箇從今後爲伊瘦。」○張生聞語，撲撒了滿懷裏愁。想料死寃家心中先有，琴感其心，見得十分能勾。教俺得來，痛惜輕憐，繡幃深處效綢繆，盡百年相守。據自家冠世文章，謫仙才調，胸卷江淮，腸撐星斗。臉兒又清秀，怎不教那稔色的人人掛心頭？

〔尾〕他家肯方便覷箇緣由，知自家果有相如才調，肯學文君隨我走。

生曰：「情已動矣，易爲政耳！」因筆硯作詩一章。

〔雙調〕〔御街行〕文房四寶都拈至，先把松煙試。墨池點得兔毫濃，拂拭錦牋一紙。筆頭灑落相思淚，盡寫心間事。〇也不打草不勾思，先序幾句俺傳示。一揮揮就一篇詩，筆翰與義之無二。須臾和淚一齊封了，上面顛倒寫一對鴛鴦字。

張生謂紅娘曰：「敢煩持此達鶯左右。」紅娘曰：「鶯素端雅，焉敢以淫詞致於前？然恃先生脱禍之恩，因鶯鶯慕郎之意，試爲呈之。」持牋歸，置於粧臺一邊。鶯起理粧，見其簡而視之。

〔仙吕調〕〔賞花時〕過雨櫻桃血滿枝，弄色奇花紅間紫。清曉雨晴時，起來梳裹，脂粉未曾施。〇把簡兒拈來擡目視，是一幅花牋，寫着三五行兒字，是一首斷腸詩。低頭了一晌，讀了又尋思。

〔尾〕覷着紅娘道：「怎敢如此！打脊風魔虔妮子！」這妮子合死，臉兒上與一照臺兒。

照臺舉綬帶飛空，寶鑑響花塼粉碎。紅娘急躲過曰：「死罪，死罪！」詩云：「相思恨轉深，謾托鳴琴弄。樂事又逢春，花心應已動。幽情不可違，虛譽何須奉。莫惡月華明，且憐花影重。」

〔仙吕調〕〔繡帶兒〕紙窗兒前，照臺兒後，一封兒小簡，掉在纖纖手。拆開讀罷，寫着淫詩一首。自來心腸㥯，更讀着恁般言語，你尋思怎禁受？低頭了一晌，把龐兒變了眉兒皺。道：「張兄淫濫如猪狗。若夫人知道，多大小出醜！〇不良的賤婢好難容，要砍了項上驢頭。多應是你，廝迤廝逗。兀的般言語，怎敢着我咱左右？這回且擔免，若還再犯後，孩兒多應没訴休。如今俺肯推窮到底胡追究，思量到底不必閑合口，且看當日把俺子母每曾救。

〔尾〕如還没事書房裏走，更着閑言把我挑鬥，我打折你大腿，縫合你口！」

鶯曰：「非汝孰能持詩至此？我以兄有活命之恩，不欲明言。今後勿得！」紅娘謝罪。鶯曰：「我不欲面折。」因筆左側，書於箋尾。令紅娘：「持此報兄，庶知我意。」紅娘精神失措，手足戰慄，趨至生前，生驚問之。

〔仙吕調〕〔點絳唇〕鶯見紅娘，淚汪汪地眉兒皺。生曰：「可憎姐姐，休把人僝僽。○百媚鶯鶯，管許我同歡偶。更深後與俺相約，欲學文君走。」

〔尾〕紅娘聞語道：「休！針喇放二四不識娘羞。待要打折我大腿，縫合我口。」

紅娘曰：「幾乎累我。」生曰：「何故？」紅娘盡訴鶯鶯意。生驚曰：「奈何？」紅娘示箋。生視之，微笑曰：「好事成矣！」紅娘曰：「鶯適甚怒，却有何言？」生指詩悉解其意：「題其篇曰：《明月三五夜》。其詩曰：『待月西厢下，迎風户半開。拂牆花影動，疑是玉人來。』今十五日，鶯詩篇曰《明月三五夜》，則十五夜也。故有『待月西厢』之句。『迎風户半開』，私啓而候我也。『拂牆花影動』者，令我因花而踰垣也。『疑是玉人來』者，謂我至矣。」紅娘笑曰：「此先生思慕之深，妄生穿鑿，實無是也。」言訖而去。生專俟天晚。

〔黄鍾宫〕〔出隊子〕咫尺抵天涯，病成也都爲他。幾時到今晚見伊呵？業相的日頭兒不轉角，敢把愁人刁虐殺？○假熱臉兒常欽定，把人心不鑒察。鄧將軍你敢早行麽？咱供養不曾虧了半恰，枉可惜了俺從前香共花。

〔尾〕一刻兒没巴避抵一夏，不當道你箇日光菩薩，没轉移，好教賢聖打。

是夕一鼓才過，月華初上。生潛至東垣，悄無人迹。

〔中吕調〕〔碧牡丹〕夜深更漏悄，張生赴鶯期約。落花薰砌，香滿東風簾幕。手約青衫，轉過欄干角。見粉牆高，怎過去，自量度。○又愁人撞着，又愁怕有人知道。見杏梢斜墮嫋，手觸香殘紅驚落。欲待踰牆，把不定心兒跳。怕的是：月兒明，夫人劣，狗兒惡。

〔尾〕照人的月兒怎得雲蔽却？看院的狗兒休唱叫，願劣相夫人先睡着。

〔黄鍾宫〕〔黄鶯兒〕君瑞，君瑞，牆東裏一跳，在牆西裏撲地。聽一人高叫道：「兀誰？」生曰：「天生會在這裏！」○聞語紅娘道：「踏實了地，兼能把戲。你還待教跳龍門，不到得恁的。」

見其人，乃紅娘也。紅娘曰：「更夜至此，得無嫌疑乎？」

〔雙調〕〔攪箏琶〕紅娘曰：「君瑞好乖劣！半夜三更，來人家院舍。明日告州衙，教賢分别。官人每更做擔饒你，須監收得你幾夜。」○張生聞語，急忙應喏。「聽説，聽説。不須姐姐高聲叫，懷兒裏兀自有簡帖，寫着『啓户迎風，西厢待月』。明道暗包籠，是您姐姐。紅娘你好不分曉，甚把我攔截？」

〔尾〕今宵待許我同歡悦，快疾忙報與你姐姐，道「門外『玉人來』也」。

怎見得有簡帖期生來？有《本傳歌》爲證。歌曰：「丹誠寸心難自比，寫在紅箋方寸紙。寄語春風伴落花，彷彿隨風緑楊裏。窗中暗讀人不知，剪破紅綃裁作詩。還把香風畏飄蕩，自令青鳥口銜之。詩中報郎含隱語，郎知暗到花深處。三五月明當户時，與郎相見花間路〔三〕。」生反復解詩中之意。紅娘曰「先生少待，容妾報之」云云。倏忽，紅娘奔至，連曰：「至矣，至矣！」張生但歡心謂得矣。及乎至，則端服嚴容，大怒生曰：「兄之恩，活我之家，厚矣。是以慈母以弱子幼女見托。奈何因不令之婢，致淫佚之詞？始以護人之亂爲義，而終以誨淫之語爲謀。以謀易亂，奪彼取此，又何異矣？誠欲寢其詞，則保人之姦不貞。明之於母，則背人之惠不祥。將寄詞婢僕，又懼不得發其真誠。是用託諭短章，願自陳啓。猶懼兄之見難，因鄙靡之詞，以求必至。非禮之動，能不愧心？願兄懷廉恥之心，無及於亂；使妾保謹廉之節，不失於貞。」

〔般涉調〕〔哨遍纏令〕是夜鶯鶯，從頭對着張生，一一都開解：「當日全家遇非災，夫人心下驚駭。與眷愛家屬，盡没進生之計，彷彿遭殘害。謝當日先生奇謀遠見，坐施了決勝良策。極深恩重若山海，不似尋常庶人般待。認義做哥哥，厚禮相於，未嘗懈怠。〇念兄以淫詞，適來奴婢遺奴側。解開遂披讀，兀然心下疑猜。故恰纔，令人許以親詞相約，果是先生届。料當日須曾讀先聖典教，五常中禮義偏大。弟兄七歲不同席，今日特然對兄白，豈不以是非爲戒？

〔急曲子〕思量可煞作怪，夜静也私離了書齋。走到寡婦人家裏，是別人早做賊捉敗。此言當記在心懷，知過後自今須改。

〔尾〕莫怪我搶，休怪我責，我爲箇妹妹你作此態，便不枉了教人喚做秀才！」

張生去住無門，紅娘失色云云。

〔般涉調〕〔夜游宮〕言罷鶯鶯便退，兀的不羞殺人也天地！怎禁受紅娘厮調戲，道：「成親也先生喜，喜！○賤妾是凡庸輩，詩四句不知深意。只唤做先生解經理，解的文義。羞，争知快扞詩謎。

紅娘曰：「羞煞我也，羞煞我也！」張生自笑，徐謂紅娘曰：

〔仙吕調〕〔繡帶兒〕「你尋思，甚做處，不知就裏，直恁沖沖怒？把人請到，是他做死地相搶，大小大没禮度。俺也須是你箇哥哥，看人似無物。據恰纔的做作，心腸料必如土木。剛誇貞烈，把人恥辱。這一場出醜，向誰伸訴？○紅娘姐姐，你便聰明，當初曾救他子母，誰知到今把恩不顧。恰纔據俺對面不敢支吾，白受恁閑驚怖。細尋思吾也乾白，俺捺撥那孟姜女。之乎者也，人前賣弄能言語。俺錯口兒又不曾還一句。這些貌羞懶，怎能擔負？

〔尾〕如今待欲去又關了門户，不如是兩箇權做妻夫。」紅娘道：「你莽時書房裏去。」

生帶慚色，久之方出。

〔般涉調〕〔蘇幕遮〕那張生，心不悦，過得牆來，悶悶歸書舍。壁上銀釭半明滅，牀上無眠，愁對如年夜。○寸心間，愁萬疊，非是今生，盡是前生業。有眼何曾暫交睫，淚點兒不乾，哭向西窗月。

〔柘枝令〕花唇兒恁地把人調揭，怎對外人分説？當初指望做夫妻，誰知變成吴越？○頓不開眉尖上的悶鎖，解不開心頭愁結。是前生宿世負償伊，也須有還徹。

〔牆頭花〕當初指望，風也不教洩，事到而今已不藉。莫不是張珙曾聲揚？莫不是別人曾間諜？○群賊作警，早忘了當時節。及至如今賣弄貞烈。孤恩的毒害婆婆，負心的薄情姐姐。（○）曾親和俺詩韻，分明寄着簡帖。誰知是咭啈，此恨教人怎割捨？情詩兒自今休吟，簡帖兒從今莫寫。

〔尾〕不走了，廝覷者，神天報應無虛設。休，休，休，負德孤恩的見去也！

張生勉强棄衣而卧。

〔黄鍾宫〕〔出隊子〕他每孤恩，適來到埋怨人。見人扶弱騁精神，幸自没嗔剛做嗔，渾不似那臨危忙許親。○花言巧語搶了俺一頓，俺耳邊佯不聞。歸來對這一盞惱人燈，明又不明，昏又不昏，你道教人怎不斷魂？

〔尾〕早是愁人睡不穩，約來到二更將盡，隔窗兒驀聽得人唤門。

〔一〕「根底」，黄本作「根底」，九宫大成譜作「跟底」。〔二〕「後」，六幻本作「不」。〔三〕「路」，原作「語」，今從六幻本。

古本董解元西厢記卷第五

生啓門觀，喜不自勝。是誰，是誰？伴愁單枕，翻成並枕之歡；淹淚孤衾，變作同衾之樂。是誰，是誰？乃鶯鶯也。正（生）鶯問：「適何遽拒我？」鶯鶯答曰：「以杜絶侍婢之疑。」生擁鶯至寢。

〔仙吕調〕〔繡帶兒〕喜相逢，笑相擁。抱來懷裏，埋怨薄情種：「適來相見，不得着言相諷，今夜勞合重。你也有投奔人時，姐姐瞅起動。傳言送簡，分明許我效鸞鳳。誰知一句兒不中用。甚厮迤厮逗，把人調弄。」○鶯鶯聞此，道謝相從，着笑把郎供奉。耳朵兒畔，盡訴苦悰。臉兒粉膩，臉邊朱麝香濃〔一〕。錦被翻紅浪，最美是玉臂相交，偎香恣憐寵。鶯鶯何曾改，怪嬌癡似要人潤縱。丁香笑吐舌尖兒送，撒然驚覺，衾枕俱空。

〔尾〕璫璫的聽一聲蕭寺擊疏鐘，玉人又不見方知是夢。愁濃，楚臺雲雨去無蹤。

疏鐘敲破合歡夢，曉角吹成無盡愁。

〔中吕調〕〔踏莎行〕辣浪相如，薄情卓氏，因循墮了題橋志。錦箋本傳自吟詩，張張寫遍鶯鶯字。○沈約一般，潘郎無二，算來都爲相思事。鶯鶯你還知道我相思，甘心爲你相思死。

生自此行忘止，食忘飽，舉措顛倒，不知所以。久之成疾。大師竊知，徑來問病，曰：「佳時難得，春物正妍。何事縈心，致損天和如此？」生曰：「非師當問。」

〔仙吕調〕〔賞花時〕「過雨櫻桃血滿枝，弄色的奇花紅間紫，垂柳已成絲。對許多好景，觸目是斷腸詩。○穩色的龐兒憔悴死，欲寫相思，除非天樣紙，寫不盡這相思。怕愁擔恨，孤負了賞花時。

〔尾〕不明白擔閣的如此，欲問自家心頭事，願聽我説，似這心頭横倘箇海猴兒。」

大師笑曰：「以一女子，棄其功名遠業乎？」生曰：「僕非不達。潘郎多病，宋玉多愁，觸物感情，所不免矣。」師知其不可勉，但曰「子慎湯藥」而去。自是廢寢忘餐，氣微嗜卧。夫人想生病，令紅娘問候。張生聲絲氣噎，問紅娘曰：「鶯鶯知我病否？你來後，又有甚詩詞簡帖？」紅娘道：「又來也那？你又來也！」

〔高平調〕〔糖多令〕「光景迅如梭，懨懨愁悶多。思量都爲奴哥。不顧深恩成間闊，大抵是那少年女女，也囉！○舊恨怎消磨？新愁没奈何！不防憂損天和。怎喫受夫人看冷破，雲雨怎成合，也囉！

〔牧羊關〕白日且猶自可，黄昏後是甚活？對冷落書齋，青熒燈火。一回家和衣睡，一回家披衣坐。共誰閑相守？與影兒厮伴着。○心頭病怎成恁麽？幾日來氣微嗜卧。舌縮脣乾，全無涕唾。鍼灸没靈驗，醫療難痊可。見恁姐姐與夫人後，一星星説與呵！

〔尾〕没親熟病染沉疴，可憐我四海無家獨自箇，怕得工夫肯略來看覷我麽？」

紅娘亦爲之沾洒曰：「妾必爲郎伸意，但恐鶯鶯情分薄耳！」欲去，生上曰。

〔南吕調〕〔一枝花〕紅娘將出門，唤住低聲問：「孩兒，你到家道與鶯鶯，都爲他家害得人來病。咱家乾志誠，不忘他家，恁地孤恩短命。○我見得十分難做人，待死後通些靈聖。閻王問你甚死？我説實情，從始末根由，説得須教信。少後三二日，多不過十朝，須要您鶯鶯償命。

〔尾〕待閻王道俺無憑准，抵死謾生斷不定，也不共他争，我專指着伊家做照證。」

紅娘曰：「休攀絆！」去無多時，紅娘曰：「夫人、姐姐至矣。」生亦不顧，但張目而已矣。

〔大石調〕〔感皇恩〕張君瑞病懨懨，擔帶不去。説不得凄凉，覷不得悽楚。骨消肉盡，只有那筋脈皮膚。又没箇，親熟的人擡舉。○有些兒閑氣，都做了短嘆長吁。便喫了靈丹怎痊癒！儘夫人存問，半晌不能言語。目問淚汪汪，多情眼，把鶯鶯覷。

鶯撫榻謂生曰：「兄之病危矣。不識病甚？願速言之。」

〔黄鍾調〕〔二〕〔降黄龍衮纏令〕「自與兄别來，彷彿十餘日。甚陡頓肌膚消瘦添憔悴？儘教人問當，不能應對，眼兒裏空恁淚汪汪地。○尚未知傷着甚物，直恁不能起？願對着夫人，一一説仔細。料來想必定是些兒閑氣，自瘦得箇清秀臉兒不戲。

〔雙聲疊韻〕有甚愁，消沈圍，潘鬢慵梳洗。眼又瞑，頭又低，子管裏長出氣。細覷了，這病體，好不忘，怎下得！多應是，爲我後恁地細思憶。○何處疼，那面痛，教俺没理會。管腹脹滿，心閉塞，快請箇人調理。便道破，莫隱諱。到這裏，命將逝，鶯鶯有箇藥兒善治。」

〔刮地風〕生曰：「多謝伊來問當俺，縱來後何濟！自家這一場腌臢病，病得來蹺蹊。難服湯藥，不停水米。不頭沉，不腦熱，脈兒又沉細。知他爲箇甚，吃藥後難醫？

〔尾〕妹子、夫人記相識，多應管命歸泉世。這病説不得悶懨懨一肚皮。」

鶯曰：「妾有小藥，能治兄心間鬱悶。少頃，令紅娘專獻藥至。」生免勞謝。夫人曰：「先生好服湯藥，我且去矣。」

生見夫人與鶯欲去，生勉强披衣而起。

〔高平調〕〔木蘭花〕那張生，聞得道，把旋闌兒披定，起來陪告。東傾西側的做些腌軀老，聞生没死的的陪笑。○「相國夫人恁但去，把鶯鶯留下，勝如湯藥。」紅娘聞語把牙兒咬，怎得條白練，我敢絞煞這神腳！

夫人與鶯俱去，生目送之。

〔黄鍾宫（調）〕〔降黄龍衮〕那相國夫人，看探了張君瑞，便假若鐵石心腸應粉碎。子母每行不到窗兒西壁，只聽得書舍裏，一聲仆地。○是時三口兒轉身，却往書幃内，驚見張生，掉在牀腳底。赤條條地，不能收拾身起，口鼻内悄然没氣。

〔尾〕相國夫人道得：「可惜，早是孩兒一身離鄉客寄，死作箇不着墳墓鬼。」

令紅娘救，少頃稍甦。令一僕馳騎入蒲，請醫人至，令看其脈。醫曰：「外貌枯槁，其實無病。」

〔黄鍾宫〕〔黄鶯兒〕奇妙，奇妙！郎中診罷，嘻嘻的冷笑，道：「五臟六腑又調和，不須醫療。」○又問生曰：「先生無病，何瘦弱如此？爲箇甚肌膚渾如削？」張生低道：「我心頭横着這鶯鶯。」醫人曰：「我與服瀉藥。」

醫留湯一貼，夫人賜錢二千，醫退。夫人曰：「宜以湯藥治，不可自苦如此。」夫人與鶯既歸，無人一至。生曰：「所望不成，雖生何益！」强整衣巾，以絛懸棟。

〔仙吕調〕〔六么實催〕情懷轉轉難存濟，勞心如醉。也不吟詩課賦，只恁昏昏睡。恰恁時才合眼，忽聞人語，啞地門開，却見薄情種與夫人來這裏。○着他方言語，把人調戲。不道俺也識你恁般圈圚。慢長吁氣空垂淚，念向日春宵月夜，迴廊下，恁時初見你。

〔六么遍〕向花陰底潛身立，漸審聽多時，方見伊端的：腰兒稔膩，裙衣翡翠。料來春困把湖山倚。遍疑，沉香亭北太真妃。○好多嬌媚諸餘美，遂對月微吟，各有相憐意。幽情未已，忽覷侍婢，請伊歸去朱門閉。堪悲！只怨阿母阻佳期。

〔哈哈令〔三〕〕伊家只在香閨，小生獨守書幃，縱寫花箋無人寄。忍輕離也咍咍，斂愁眉也咍咍！

〔瑞蓮兒〕咫尺渾如千萬里。誰知後來遇群賊，子母無計皆受死，難閃避。恁時節，是俺咱可憐見你那裏！

〔哈哈令〕蒲關巡檢與我相知，捉賊兵免了災危。恁時許我爲親戚。不望把心欺也咍咍，好昧神祇也咍咍！

〔瑞蓮兒〕刁蹬得人來成病體，争如合下休相識。三五日來不湯箇水米，教俺難戀世。到此際，兀誰可憐見我那裏！

〔尾〕把一條皂條梁間繫，大丈夫死又何悲，到黄泉做箇風流鬼！

〔雙調〕〔御街行〕張生是日心將碎，猛把殘生棄。手中把定套頭兒，滿滿地兩眼兒淚。思量人命也非小可，果是關天地。○夫人去後門兒閉，又没甚東西。驀一人走至猛推開，不覺勝來根底。舒開刺繡彈箏手，扯住張君瑞。

雖云禍福無門，大抵死生由命。當日一場好事，頃刻不成；後來萬里前程，逡巡有失。拽住的是誰？是誰？紅娘也。謂生曰：「先生惑之甚矣！妾若來遲，已成不救。」曰：「鶯自視郎疾歸，泣謂妾曰：『鶯之罪也！因聊以詩戲兄，不意至此。如顧小行，守小節，誤兄之命，未爲德也。』令妾持藥見兄。」

〔中吕調〕〔古輪臺〕那紅娘對生一一話行藏：「俺姐姐探君歸，愁入蘭房，獨語獨言，眼中兩淚千行。良久多時，喟然長嘆，低聲切切唤紅娘，都説衷腸。道：『張兄病體汪(尩)羸，已成消瘦，不久將亡。都因我一箇，而今也怎奈何？我尋思，顧甚清白救才郎！』(○)當時聞語，和俺也恓惶。遣妾將湯藥來到伊行。却見先生，這裏恰待懸梁。些兒來遲，已成不救，定應一命見閻王。人好不會思量。試覷他此箇帖兒，有些湯藥，教與伊服，依方修合，聞着噴鼻香。久服後，補益丹田助衰陽。」

〔尾〕一天來好事裏頭藏，其間也没甚諸般丸散，寫着箇專治相思的聖惠方。

乃一短簡，外封曰：「小詩奉呈才兄文几，鶯鶯謹封。」生取古鼎，令添香，置諸筆几之上。謂紅娘曰：「往者以褻慢而見責，今日敢無禮乎！」生遂拜之。

〔高平調〕〔木蘭花〕急添香，忙禮拜，躬身合掌，以手加額。香煙上度過把封皮兒拆，明窗底下，款地舒開。○不知寫着甚來，讀罷稿幾回看來。十分來的鬼病，九分來痊差。紅娘勸道：「且寧耐，有何喜事恁大驚小怪？」

張生遂展開，讀了鶯鶯詩，喜不自勝，其病頓愈。詩曰：「勿以閑思想，摧殘天賦才。豈防因妾幸，却變作君災。報德難從禮，裁詩可當媒。高唐休詠賦，今夜雨雲來。」都來四十字，治病賽盧醫。

〔仙呂調〕〔滿江紅〕清河君瑞，讀了嘻嘻地笑不止。也不是丸兒，也不是散子，寫遍幽奇書體字。疊了舒開千百次，念得熟如本傳，弄得軟如故紙。也不是閑言語，是五言四韻、八句新詩。若使顆硃砂印，便是偷期帖兒，私期會子。○儘紅娘問而不答，驀見紅娘詢問着，道：「若洩漏天機，是那不是？」「是恁姐姐，今宵與我偷期的意思，説與你也不礙事。」紅娘聞語，吸地笑道：「一言賴語，都是二四！没性氣閑男女，不道是啞你，你喚做是實志。你好不分曉，是前來科段，今番又再使。」

生曰：「汝欲聞此妙語。吾能唱之，而無和者，奈何？」紅娘曰：「妾和之，可乎？」張生曰：「可。」

〔仙呂調〕〔河傳令纏〕「不須亂猜。這詩中意思，略聽我款款地開解。誰指望是他，劣相的心腸先改。想咱家，不枉了爲他害。○紅娘姐姐且寧耐。是俺當初堅意，這好事終在。一句句唱了，須管教伊喝采。」那紅娘道：「張先生，快道來！」

〔喬合笙〕休將閑事苦縈懷，（和）哩哩囉哩哩囉哩哩來也。取次摧殘天賦才。（和）不意當初完妾命。(和)豈防今日作君災。(和)仰酬厚德難從禮。(和)謹奉新詩可當媒。(和)寄語高唐休詠賦,(和)今宵端的雨雲來。

〔尾〕那紅娘言:「休怪!我曾見風魔九伯,不曾見這般箇神狗乾郎在。」

生謂紅娘曰:「自向來飲食無味,今日稍飢。想夫人處必有佳饌,煩汝敬謁,不拘多寡,以療宿飢,可乎?」紅娘諾而往。頃而至,持美饌一盤。生舉筯而罄。紅娘曰:「吃得作得,信不誣矣。」

〔中吕調〕〔碧牡丹〕小詩便是得效藥,讀罷頓然痊較。入時衣袂,脱體别穿一套。煞懒懒地,做些䠷軀老。問紅娘道:「韻那不韻,俏那不俏?」○鏡兒裏不住照,把鬚鬢掠了重掠。口兒裏不住,只管喫地忽哨。九伯了多時,不覺的高聲道:「叽囉!日齋時!啞!日轉角!啞!日西落!」

〔尾〕紅娘覷了喫地笑,俺骨子不曾移動脚,這急性的郎君三休飯飽。

生贈金釵一隻而囑曰:「今夕不來,願相期於地下!」紅娘謝生而歸。生送至堦下,再三叮囑。

〔仙吕調〕〔勝葫蘆〕送下堦來欲待别,又囑付兩三歇:「待好事成合後别致謝。把目前已往,爲他腌苦,都對着那人説。○生死存亡在今夜。不是我佯呆,待有一句兒虚脾天地折。是必你叮嚀囑付,你那可人的姐姐,教今夜早來些。」

〔尾〕去了紅娘歸書舍,坐不定何曾寧貼,倚門專待西厢月。

是夜玉宇無塵,銀河瀉露。月華鋪地,愈增詩客之吟;花氣薰人,欲破禪僧之定。人間良夜静復静,天上美人來不來？生專待。鼓已三交，鶯無一耗。

〔仙吕調〕〔賞花時〕倚定門兒手托腮，悶答孩地愁滿懷。不免入書齋。儻兎家負約〔四〕，今夜好難捱。○悶損多情的張秀才，忽聽得櫳門兒啞地開。急把眼兒揩，見紅娘斂袂，傳示解元咳。

〔尾〕「莫縈心，且暫停寧耐，略時間且向書幃裏待。教先生休怪，等夫人燒罷夜香來。」

生隱几小眠，有人覺之曰：「織女降矣，尚躭春睡？」生驚視之，紅娘抱衾攜枕而至，謂生曰：「至矣，至矣！」生出户迎鶯，但見欲行欲止，半笑半嬌。生促而撫之，翻然背面。

〔大石調〕〔玉翼蟬〕多嬌女，映月來，結束得極如法。着一套衣服，偏宜恁淡淨，烏雲軃，玉簪斜插。好嬌姹。脚兒小，羅襪薄，疑把金蓮撒。更舉止輕盈，諸餘裏又稔膩，天生萬般温雅。○甫能相見，掿着箇龐兒那下。儘人問當，佯羞不答。萬般哀告，手摸着裙腰兒做勢煞。恁不偢人，俺怎敢嗔他。自來不曾，虧伊半恰。薄情的媽媽，被你刁鐙得人來，實志地咱！

夜半紅娘擁抱來，脈脈驚魂若春夢。

〔大石調〕〔洞仙歌〕青春年少，一對兒風流種，恰似嬌鸞配雛鳳。把腰兒抱定，擁入書齋道：「我女兒休恁人前粧重。」○哄他半晌，猶自疑春夢。燈下偎香恣憐寵。拍惜了一頓，嗚咂了多時，緊抱着噷，那孩兒不動。更有甚功夫脱衣裳，便得箇胸前，把奶兒摩弄。

羞顔慵怯，力不能運肢體。曩時之端莊，不復同矣。張生飄然，一旦疑神仙中人，不謂從人間至矣。

〔中吕調〕〔千秋節〕良宵夜暖，高把銀釭點，雛鸞嬌鳳乍相見。窄弓弓羅襪兒翻，紅馥馥地花心，我可曾慣？百般撋就十分閃。〇忍痛處，修眉斂；意就人，嬌聲戰；涴香汗，流粉面。紅粧皺地嬌嬌羞，腰肢困也微微喘。

月傳銀漏和更長，郎抱鶯娘舌送香。一宵之事，張生如登霄漢，身赴蓬宫。

〔仙吕調〕〔臨江仙〕燕爾新婚方美滿，愁聞蕭寺疏鐘。紅娘催起笑芙蓉，巫姬雲雨散，宋玉枕衾空。〇執手欲言容易别，新愁舊恨無窮。素娥已返水晶宫，半窗千里月，一枕五更風。

怎見得有如此事來？有唐元微之《鶯鶯傳》爲證：「紅娘捧鶯而去，終夕無一言。張生辨色而興，自疑於心曰：『豈其夢耶，豈其夢耶？』所可明者，粧在臂，香在衣，淚光熒熒然猶瑩於裀席而已。」

〔羽調〕〔混江龍〕〔五〕兩情方美，斷腸無奈曉樓鐘。臨臨去幽情脈脈，别恨匆匆。洛浦人歸天漸曉，楚臺雲斷夢無踪。空回首，閑愁與悶，應滿東風。〇起來搔首，數竿紅日上簾櫳。猶疑慮，實曾相見，是夢裏相逢？却有印臂的殘紅香馥馥，偎人的粉汗尚融融。鴛衾底，尚有三點、兩點兒紅。

生取紙筆，遂寫詞二首。詞畢，又賦《會真詩》三十韻。

〔仙吕調〕〔朝天急〕錦牋和淚痕，一齊封了，欲把鶯鶯今夜約。慇懃把，紅娘告：「休推托，專專付與多嬌。○姐姐便不可憐見不肖，更做於人情分薄。思量俺，日前恩非小，今夕是他不錯。○道與寃家休負約，莫忘了。如把濃歡容易拋，是咱無分消。你莫辭勞，若見如花貌，一星星但言我道。

〔尾〕「我眼巴巴的盼今宵，還二更左右不來到，您且聽着隄防牆上杏花搖。」

紅娘歸，以詩詞授鶯。鶯看之，愈喜愈愛。詞曰：「司馬傷春候，文君多病時。殘紅簌簌褪胭脂。恰恰流鶯，催日上花枝。○釋悶琴三弄，消愁酒一卮。此時無以説相思，綵筆傳情，聊賦會真詩。」右調《南柯子》。○又詞曰：「雲雨事，都向會真誇。麝墨輕磨聲韻玉，兔毫初點色翻鴉，書破錦箋花。○詩句麗，造化窟中拏。俊逸參軍非足羨，清新開府未才華。寄與謝娘家。」○詩曰：「微月透簾櫳，螢光度碧空。遥天初縹緲，低樹漸葱蘢。龍吹過庭竹，鸞歌拂井桐。羅綃垂薄霧，環珮響輕風。絳節隨金母，雲心捧玉童。更深人悄悄，晨會雨濛濛。珠耿光文履，花明隱繡龍。寶釵行彩鳳，羅帳掩丹虹。言自瑶華浦，將期碧玉宫。因遊李城北，偶過宋家東。戲調初微拒，柔情已暗通。低鬟蟬影動，迴步玉塵蒙。轉面流花雪，登牀抱綺叢。鴛鴦交頸舞，翡翠合歡籠。眉黛羞偏聚，脣朱暖略融。氣清蘭蕊馥，膚潤玉肌豐。無力慵移履，多嬌愛斂躬。汗光珠點點，鬢亂緑鬆鬆。方喜千年會，俄聞五夜窮。留連時有限，繾綣意難終。慢臉含愁態，芳詞誓素衷。贈環明運合，留結表心同。啼粉流清鏡，殘爐繞暗銅。華光猶冉冉，旭日漸曈曈。乘鶩還歸洛，吹簫亦上嵩。衣香猶染麝，粉膩尚殘紅。冪冪臨塘草，飄飄思渚蓬。素琴鳴怨鶴，晴漢望驚鴻。海闊誠難度，天高不易沖。行雲無處所，蕭史在其中。」鶯鶯異之，索箋擬和。竚思久之，閣筆不下，擲筆自笑曰：「才不迨于郎矣！」

〔大石調〕〔吴音子〕鶯鶯從頭讀罷，縮首頻稱賞。此詩此韻，若非神助便休想。着甚才學，和恁文章，休强休强！○果非常，做得箇，詩陣令，騷壇將。收拾雲雨，爲郎今夜更相訪。

消得一人，因君枉蕩，不枉不枉。

〔尾〕豈止風流好模樣，更一段兒恁錦繡心腸，道箇甚教人着不上。

次夜，張生啓門伺鶯〔六〕，多時方至。似姮娥離月殿，如王母下瑶臺。

〔正宫〕〔梁州令纏〕玉漏迢迢二鼓過，月上庭柯。碧天空闊鏡銅磨，啞地聽櫳門兒響，見巫娥。○對郎羞懶無那，靠人先要偎摩。寶髻挽青螺，臉蓮香傅，説不得媚多。

〔應天長〕欲言羞懶顫聲訛，多時方語，低謂：「粉郎呵，鶯鶯的祖宗你知麽，家風清白，全不類其他。鶯鶯是閨内的女，服母訓怎敢如何？不意哥哥因妾病，厭（懨）厭（懨）地染沉痾。○思量都爲我咱呵，肌膚消瘦，瘦得渾似削，百般醫療終難可。鶯鶯不忍以此背婆婆，婆婆知道除會聖，雲雨怎得成合！異日休要逢别的，更不管負人呵！」

〔甘草子〕聽説破，聽説破，張生低告道：「姐姐言語錯。休恁廝埋怨，休恁廝奚落。張珙殊無潘沈才，輒把梅犀玷污。負心的神天放不過，休麽奴哥！」

〔梁州三臺〕鶯鶯色事，尚兀自不慣，羅衣向人羞脱。抱來懷裏惜多時，貪歡處嗚損臉窩。辦得箇噉着，摸着，偎着，抱着。輕憐痛惜一和，恣恣地覷了可喜冤家，忍不得恣情嗚嘬。

〔尾〕鶯鶯色膽些來大，不慣與張生做快活，那孩兒怕子箇，怯子箇，閃子箇。

〔仙吕調〕〔點絳唇纏令〕殢雨尤雲，靠人緊把腰兒貼。顫聲不徹，肯放郎教歇。○檀口微微，笑吐丁香舌。噴龍麝，被郎輕嚙，却更嗔人劣。

〔風吹荷葉〕只被你箇多情姐，噉得人困也，怕也。痛憐嗚損胭脂頰，香噴噴地，軟柔柔地，酥胸如雪。

〔醉奚婆〕歡情未絶，願永遠如今夜。銀臺畫燭，笑遣郎吹滅。

〔尾〕並頭兒眠，低聲兒説，夜静也無人窺竊，有幽窗花影西樓月。

紅娘至，促曰：「天色曙矣！」

〔一〕「臉」，黄本作「口」。〔二〕「黄鍾調」，六幻本作「黄鍾宫」，誤。此本此卷〔降黄龍衮〕標爲「黄鍾宫」，亦誤。〔三〕原作「哈哈令」，誤。《新定九宫大成南北詞宫譜》卷五仙吕調隻曲所收《董西厢·哈哈令》按：「哈哈，刊本作台台，或作哈哈，皆非。」〔四〕「寃家」，黄本奪「寃」字。〔五〕混江龍，南北曲中皆標爲「仙吕調」，此處標爲「羽調」爲特例。〔六〕原「啓」字下衍「鶯」字，今删。

古本董解元西厢記卷第六

〔仙吕調〕〔戀香衾〕一夕幽歡信無價，紅娘萬驚千怕，且恐夫人暗中知察。暫不多時雲雨罷，紅娘催定如花。把天般恩愛，變成瀟洒。○君瑞鶯鶯越偎的緊，紅娘道：「起來麽，娘呵！」戴了冠兒把玉簪斜插。欲别張生臨去也，偎人懶兜羅襪。「我而今且去，明夜來呵！」

〔尾〕懶説設的把金蓮撒〔一一〕，行不到書窗直下，兜地回來又説些兒話。

自是朝隱而出，暮隱而入，幾半年矣。夫人見鶯容麗倍常，精神增媚，甚起疑心。夫人自思，必是張生私成暗約。

〔雙調〕〔倬倬戚〕相國夫人自窨約：是則是這冤家没彈剥，陡恁地精神偏出跳，轉添嬌，渾不似舊時了。○舊日做下的衣服件件小，眼慢（謾）眉低胸乳高，管有兀誰厮般着，我團着這妮子做破大手腳。

鶯以情繫心，戀戀不已。夫人察之，是夕私往。

〔大石調〕〔紅羅襖〕君瑞與鶯鶯，來往半年過，夜夜偷期不相度。没些兒斟量，没些兒懼憚，做得過火。鶯鶯色事迷心，是夜又離香閣。方信樂極悲來，怎知覺，惹場天來大禍。○那積世的老婆婆，其時暗猜破。高點着銀釭堂上坐。問侍婢以來，兢兢戰戰，一地裏篤麽。問鶯鶯更夜如何背遊私地，有誰存活？諸侍婢莫敢形言，約多時，有口渾如鎖。

〔尾〕相國夫人高聲喝：「賤人每怎敢瞞我！唤取紅娘來問則箇！」

一女奴奔告，鶯鶯急歸。見夫人坐堂上，鶯鶯戰慄。夫人問紅娘曰：「汝與鶯更夜何適？」紅娘拜曰：「不敢隱匿，張生猝病，與鶯往視疾。」夫人曰：「何不告我？」答曰：「夫人已睡，倉猝不敢覺夫人寢。」夫人怒曰：「猶敢妄對，必不捨汝！」

〔中吕調〕〔牧羊關〕夫人堂上高聲問：「爲何私啓閨門？你試尋思，早晚時分。迤逗得鶯鶯去，推探張生病，恁般閑言語，教人怎地信？○思量也是天教敗，算來必有私情。甚不肯承當，抵死諱定？只管廝瞞昧，只管廝咭啐？好教我禁不過，這不良的下賤人！

〔尾〕思量又不當口兒穩，如還抵死的着言支對，教你手托着東牆我直打到肯。」

紅娘徐而言曰：「夫人息怒，乞申一言。」

〔仙吕調〕〔六么令〕「夫人息怒，聽妾話踪由。不須堂上，高聲揮喝罵無休。君瑞又多才多藝，咱姐姐又風流。彼此無夫無婦，這時分相見，夫人何必苦追求！○一對兒佳人才子，年紀又敵頭。經今半載，雙雙每夜書幃裏宿。已恁地出乖弄醜，潑水再難收。夫人休出口，怕旁人知道，到頭贏得自家羞。

〔尾〕一雙兒心意兩相投，夫人白甚閑疙皺，休疙皺，常言道：女大不中留。」

「當日亂軍屯寺，夫人、小娘子皆欲就死。張生與先相無舊，非慕鶯之顏色，欲謀親禮，豈肯區區陳退軍之策，使夫人、小娘子得有今日？事定之後，夫人以兄妹之繼，非生本心，以此成疾，幾至不起。鶯不守義而忘恩，每侍湯藥，願兄安慰。夫人聰明者，更夜約女潛見鰥男，何必研問，自非禮也。夫人罪妾，夫人安得無咎？失治家之道，外不能報生之恩，内不能蔽鶯之醜，取笑於親戚，取謗於他人，願夫人裁之。」夫人曰：「奈何？」紅娘曰：「生本名家，聲動天下。論才則屢被巍科，論策則立摧兇醜，論智則坐邀大將，論恩則活我全家。君子之道，盡於是矣。若因小過，俾結良姻，通男女之真情，蔽閨門之餘醜，治家報德，兩盡美矣。」

〔般涉調〕〔麻婆子〕「君瑞又好門地，姐姐又好祖宗；君瑞是尚書的子，姐姐是相國的女。

姐姐爲人是穩色，張生做事忒通疏。姐姐有三從德，張生讀萬卷書。○姐姐稍親文墨，張生博通今古。姐姐不枉做媳婦，張生不枉做丈夫。姐姐温柔勝文君，張生才調過相如。姐姐是傾城色，張生是冠世儒。

〔尾〕著君瑞的才，著姐姐的福，咱姐姐消得箇夫人做，張君瑞異日須乘駟馬車。」

夫人曰：「賢哉！紅娘之論！然如此，未知鶯之心下何似。恐女子之性，因循失德，實無本心。」令紅娘召之，「我欲親問所以」。鶯鶯羞惋而出，不敢正立。

〔般涉調〕〔沁園春〕是夜夫人，半晌無言，兩眉暗鎖。多時方喚得鶯鶯至，羞低着粉頸，愁斂着雙蛾，桃臉兒通紅，櫻唇兒青紫，玉筍纖纖不住搓。不忍見，盈盈地粉淚，淹損鈿窩。○六十餘歲的婆婆，道：「千萬擔饒我女呵！子母腸肚終須熱。著言方便，撫恤求和。事到而今，已裝不卸，潑水難收怎奈何？都閑事，這一場出醜，着甚達摩？

〔尾〕便不辱你爺，便不羞見我？我還待送斷你子箇，却又子母情腸意不過。」

夫人曰：「事已如此，未審汝本意何似？願則以汝妻生，不願則從今斷絶。」鶯鶯待道「不願」來，是言與心違；待道「願」來後，對娘怎出口？卒無詞對。夫人又問：

〔雙調〕〔豆葉黄〕「我孩兒安心，省可煩惱！這事體休聲揚，着人看不好。怕你箇冤家是斷落。你好好承當，咱好好的商量，我管不錯。○有的言語，對面評度。凡百如何，老婆斟酌。」女孩兒家見問着，半晌無言，欲語還羞，把不定心跳。

〔尾〕可憎的媚臉兒通紅了，對夫人不敢分明道，猛吐了舌尖兒背背的笑。

願郎不欲分明道，盡在回頭一笑中。拂旦，令紅娘召生小飲。生懼昨夜之敗，辭之以疾。

〔仙呂調〕〔相思會〕君瑞懷羞慘，心只自思念：這些醜事，不道怎生遮掩。「紅娘莫恁把人乾廝呫！我到那裏見夫人吵，有甚臉？〇尋思罪過，葢爲自家險。算來今日，請我赴席後争敢？」紅娘見道，道：「君瑞真箇欠！我道你佯小心，粧大膽。」

紅娘曰：「但可赴約，别有長話。」生驚曰：「如何？」紅娘以實告生。生謝曰：「誠如是，何以報德？」曰：「妾不敢望報。夫人與鄭恒親。雖然昨夜見許，未足取信。先生赴約，可以獻物爲定。比及鶯鶯終制以來，庶無反覆，以斷前約。」生曰：「善。然自春寓此，迄今囊橐已空矣，奈何？」

〔仙呂調〕〔喜新春〕「草索兒上，都無一二百盤纏。一領白衫，又不中穿。夜擁孤衾三幅布，晝欹單枕是一枚甎。只此是家緣。〇要酒後，厨前自汲新泉。要樂，當筵自理冰絃。要絹，有壁畫兩三幅。要詩後，却奉得百來篇，只不得道着錢。」

紅娘曰：「先生平昔與法聰有舊，法聰新當庫司，先生歸而貸之，何求不得！」生聞言而頓省，遂往見法聰。

〔大石調〕〔驀山溪〕張生是日，叉手前來告：「有事敢相煩，問庫師兄不錯。相公的嬌女，許我作新郎。這事體，你尋思，定物終須要。〇小生客寄，没箇人挨靠。剛準備些兒，其外多也不少。不合借索。總賴弟兄情，如借得，感深恩，是必休推托。」

〔尾〕法聰聞言先陪笑，道咱弟兄面情非薄，子除了我耳朵兒愛的道。

生曰：「如有餘資，煩貸幾索，甚幸！」聰曰：「常住錢不敢私貸。貧僧積下幾文起坐，盡數分付足下，勿以寡見阻。」取下五十索。聰曰：「幾日見還？」生指期拜納。

〔雙調〕〔芰荷香〕忒孤窮，要一文錢物，也擘劃不動。法聰不忍，借與五千(十)貫青銅。「幾文起坐，被你箇措大倒得囊空。三十五十家攛來，比及攢到，是幾箇齋供。」○君瑞聞言道：「多謝！」起來叉手，著言倍奉：「若非足下，定應難見花容。咱家命裏，算來歲運亨通。多應魚化爲龍。恁時節奉還，一年請俸。」

〔尾〕法聰笑道：「休打鬨！不敢問利息輕重，這本錢苟年得用〔二〕！」

生以錢易金，赴夫人約，坐不安席。酒行，夫人起曰：「昨不幸相公没，攜稚幼留寺。群賊方興，非先生矜憫，母子幾爲魚肉矣。無以報德。雖先相以鶯許鄭恒，而未受定約。今欲以鶯妻君，聊以報，可乎？」

〔大石調〕〔玉翼蟬〕夫人道：「張解元，美酒斟來滿。」道：「不幸當時，群賊困普救，全家莫能逃難。賴先生便畫妙策，以此登時免。今日以鶯鶯，酬賢救命恩，問足下願那不願？」○夫人曰：「如先生許，則滿飲一盞。」張生聞語，急把頭來暗點。「小生目下，身居貧賤，粗無德行，情性荒疏學藝淺。相公的嬌女，有何不戀？何必夫人苦勸？」喫他一盞，忽地推了心頭一座山。

生取金以奉夫人曰：「貧生旅食，姑此爲禮，無以微見却。」夫人不受，曰：「何必乃耳！」紅娘曰：「物雖薄，禮不可廢也。」夫人受金。生拜堂下。夫人曰：「然鶯未服闋，未可成禮。」生曰：「今蒙文調，將赴選闈，姑待來年，不爲晚矣。」夫人曰：「願郎遠業功名爲念，此寺非可久留。」生曰：「倒指試期，幾一月矣。三兩日定行。」夫人以巨觥爲壽。生飲訖。令紅娘送生歸。生謂紅娘：「不意有今日！」答曰：「適鶯聞夫人語親，忻喜之容見於面，聞即赴文調，愁怨之容動於色。」生曰：「煩爲我言之：功名世所甚重，背而棄之，賤丈夫也。我當發策決科，策名仕版，謝原憲之圭竇，衣買臣之錦衣。待此取鶯，愜子素願。無惜一時孤悶，有妨萬里前程。」紅娘以此報鶯，亦不見答。自是不復見矣。後數日，生行，夫人暨鶯送於道，法聰與焉。經於蒲西十里小亭置酒。悲歡離合一尊酒，南北東西十里程。

〔大石調〕〔玉翼蟬〕蟾宮客，赴帝闕，相送臨郊野。恰俺與鶯鶯，鴛幃暫相守，被功名使人離缺。好緣業。空悒快，頻嗟歎，不忍輕離別。早是恁凄凄凉凉，受煩惱，那堪值暮秋時節！○雨兒乍歇，向晚風如漂洌。那聞得衰柳，蟬鳴悽切！未知今日，别後何時重見也？衫袖上盈盈，揾淚不絶，幽恨眉峰暗結。好難割捨，縱有千種風情，何處説？

〔尾〕莫道男兒心如鐵，君不見滿川紅葉，盡是離人眼中血！

〔越調〕〔上平西纏令〕景蕭蕭，風淅淅，雨霏霏，對此景怎忍分離？僕人催促，雨停風息日平西。斷腸何處唱《陽關》？執手臨岐。○蟬聲切，蛩聲細，角聲韻，鴈聲悲，望去程依約天涯。且休上馬，若無多淚與君垂。此際情緒你争知？更説甚湘妃！

〔鬥鵪鶉〕囑付情郎：「若到帝里，帝里酒釅花穠，萬般景媚，休取次共别人，便學連理。少飲酒，省遊戲，記取奴言語，必登高第。○專聽着伊家，好消好息。專等着伊家，寶冠霞帔。妾守空闈，把門兒緊閉。不拈絲管，罷了梳洗。你咱是必，把音書頻寄。」

〔雪裏梅〕「莫煩惱，莫煩惱！放心地，放心地！是必是必，休恁做病做氣！○俺也不似別的，你情性俺都識。臨去也，臨去也！且休去，聽俺勸伊。」

〔錯煞〕「我郎休怪强牽衣，問你西行幾日歸，著路裏小心呵，且須在意。省可裏晚眠早起，冷茶飯莫喫。好將息，我倚着門兒專望你。」

生與鶯難別。夫人勸曰：「送君千里，終有一別。」

〔仙呂調〕〔戀香衾〕苒苒征塵動行陌，盃盤取次安排。三口兒連法聰，外更無別客。魚水似夫妻正美滿，被功名等閑離拆。然終須相見，奈時下難捱。○君瑞啼痕污了衫袖，鶯鶯粉淚盈腮。一箇止不定長吁，一箇頓不開眉黛。君瑞道「閨房裏保重」，鶯鶯道「路途上寧耐」。兩邊的心緒，一樣的愁懷。

〔尾〕僕人催促怕晚了天色，柳堤兒上把瘦馬兒連忙解。夫人好毒害，道：「孩兒每回取箇坐車兒來。」

生辭。夫人及聰皆曰：「好行！」夫人登車。生與鶯別。

〔大石調〕〔驀山溪〕離筵已散，再留戀應無計。煩惱的是鶯鶯，受苦的是清河君瑞。頭西下控着馬，東向馭坐車兒。辭了法聰，別了夫人，把罇俎收拾起。○臨上馬，還把征鞍倚。

低語使紅娘，「更告一盞以爲别禮」。鶯鶯君瑞，彼此不勝愁，厮覷者總無言，未飲心先醉。

〔尾〕滿酌離杯長出口兒氣，比及道得箇「我兒將息」，一盞酒裏，白泠泠的滴彀半盞來淚。

夫人道：「教郎上路，日色晚矣！」鶯啼哭，又賦詩一首贈郎。詩曰：「棄置今何道，當時且自親。還將舊來意，憐取眼前人。」

〔黄鍾宫〕〔出隊子〕最苦是離别，彼此心頭難棄捨。鶯鶯哭得似癡呆，臉上啼痕都是血，有千種恩情何處説？○夫人道「天晚教郎疾去」，怎奈紅娘心似鐵，把鶯鶯扶上七香車。君瑞攀鞍空自攧，道得箇「冤家寧耐些」。

〔尾〕馬兒登程，坐車兒歸舍；馬兒往西行，坐車兒往東拽。兩口兒一步兒離得遠如一步也！

〔仙吕調〕〔點絳唇纏令〕美滿生離，據鞍兀兀離腸痛。舊歡新寵，變作高唐夢。○回首孤城，依約青山擁。西風送，戍樓寒重，初品《梅花弄》。

〔瑞蓮兒〕衰草萋萋一徑通，丹楓索索滿林紅。平生踪跡無定着，如斷蓬。聽塞鴻，啞啞的飛過暮雲重。

〔風吹荷葉〕憶得枕鴛衾鳳，今宵管半壁兒没用。觸目凄凉千萬種，見滴流流的紅葉，淅零零的微雨，率剌剌的西風。

〔尾〕驢鞭半裊，吟肩雙聳，休問離愁輕重，向箇馬兒上馳也馳不動。

離蒲西行三十里，日色晚矣，野景堪畫。

〔仙吕調〕〔賞花時〕落日平林噪晚鴉，風袖翩翩吹瘦馬，一徑入天涯。荒涼古岸，衰草帶霜滑。○瞥見箇孤林端入畫，籬落蕭疏帶淺沙，一個老大伯捕魚蝦。橫橋流水，茅舍映荻花。

〔尾〕駝腰的柳樹上有漁槎，一竿風斾茅簷上掛。澹烟消(瀟)洒，橫鎖着兩三家。

生投宿於村店。

〔越調〕〔聽前柳纏令〕蕭索江天暮，投宿在數間茅舍，夜永愁無寐。謾咨嗟，牀兒上怎寧貼〔三〕？○倚定箇枕頭兒越越的哭，哭得俏似癡呆。畫櫓聲摇拽，水聲嗚咽，蟬聲助凄切。

〔蠻牌兒〕活得正美滿，被功名使人離缺。知他是我命薄，你緣業？比時他時再相逢也〔四〕，這的般愁，兀的般悶，終做話兒説。○料得我兒今夜裏，那一和煩惱啤嗻。不恨咱夫妻今日別，動是經年，少是半載，恰第一夜。

〔山麻皆(稭)〕淅零零地雨打芭蕉葉，急煎煎的促織兒聲相接。做得個蟲蟻兒天生的劣，特故把愁人做脾憋，更深後越切。○恨我寸腸千結，不埋怨除你心如鐵。淚點兒淹破人雙頰，淚點兒怕揾不迭，是相思血。

〔尾〕兀的不煩惱煞人也！燈兒一點甫能吹滅，雨兒歇，閃出昏慘慘的半窗月。

西風怯雨眠難熟，殘月窺人酒半醒。

〔南吕宫〕〔應天長〕無語悶答孩地，慢兩淚盈腮，清宵夜好難捱，一天愁悶怎安排？役損這情懷。睡不着，萬感勉强的把旅舍門開，披衣獨步在月明中，凝精（睛）看天色。○澹雲遮籠素魄，野水連天天竟白。見衰楊折葦，隱約映漁臺。新愁與舊恨，覩此景，分外增皦白。

〔尾〕張生覷了失聲道：「怪！」見野水橋東岸南側，兩箇畫不就的佳人映月來。

柳陰裏忽聽得有人言，低聲道：「快行麽娘骸！」

鞋弓襪窄，行不動，步難移。語顫聲嬌，喘不迭，頻道困。是人是鬼俱難辨，爲福爲災兩不知。生將取劍擊之，而已至矣。因叱之曰：「爾乃誰人誚秀才？」月影柳陰之下，定睛細認，云云。

〔雙調〕〔慶宣和〕「是人後疾忙快分説，是鬼後應速滅。」入門外取劍取不迭，兩箇來的近也，近也！○君瑞回頭再覷些，半晌癡呆。回嗔作喜唱一聲喏，却是姐姐那姐姐！

熟視之，乃鶯、紅也。生驚問曰：「爾何至此？」鶯曰：「適夫人酒多寐熟，妾與紅娘計之曰：『郎西行，何日再面？』紅曰：『郎行不遠，同往可乎？』妾然其言，與紅私渡河至此。」生攜鶯手歸寢。未及解衣，聞群犬吠門。生破窗視之，但見火把照空，喊聲震地。聞一人大呼曰：「渡河女子，必在是矣！」

〔商調〕〔定風波〕好事多妨礙，恰拈了冠兒，鬆開裙帶，汪汪的狗兒吠，順風聽得喊聲一派。○火把臨窗外，一片地叫「開門」，倒大不知爲個甚，誂得張生變了面色，真箇大驚小怪。

驚駭。張生隔窗覷，見五千餘人，全副執戴。一個最大漢提着鴈翎刀，厲聲叫道：「與我這裏搜猜。」

〔尾〕柴門兒腳到處早蹉開，這君瑞有心掙揣，向卧榻上撒然覺來。

無端怪鵲高枝噪，一枕鴛鴦夢不成。坐而待旦，僕已治裝。

〔仙吕調〕〔醉落魄纏令〕酒醒夢覺，君瑞悶愁不小。隔窗野鵲兒喳喳地叫，把夢驚覺人來，不當箇嘴兒巧。〇悶答孩似吃着没心草，越越的哭到月兒落，被頭兒上淚點知多少，媚媚的不乾，抑也抑得着。

〔風吹荷葉〕枕畔僕人低低道：「起來麽解元，天曉也！」把行李琴書收拾了。聽得幽幽角奏，噹噹地鐘響，忔忔地雞叫。

〔醉奚婆〕把馬兒控着，不管人煩惱。程程去也，相見何時却？

〔尾〕華山又高，秦川又杳，過了無限野水横橋，騎着瘦馬兒圪登登的又上長安道。

行色一鞭催瘦馬，羈愁萬斛引新詩。長安道上，只知君瑞艱難；普救寺中，誰念鶯娘煩惱？鶯自郎西邁，憔悴不勝。乘閑詣郎閲書之閣，開牖視之，非復曩日。鶯轉煩惱。

〔黄鍾宫〕〔侍香金童纏令〕才郎自别，剗地愁無那。裊裊爐烟縈緑瑣，濃睡覺來心緒惡。衣裳羞整，霧鬢斜嚲。〇香消玉瘦，天天都爲他。眼底閑愁没處着。是即是下稍相見，咱大小身心，時下打疊不過。

〔雙聲疊韻〕吟硯乾，黄卷堆，冷落了讀書閣。金篆鼎，寶獸爐，誰爇龍涎火？幾册書，有誰垜？粉箋暗，被塵污，俏没人照覷子箇。

〔刮地風〕薄倖的冤家好下得，甚把人抛躲？眉兒淡了教誰畫？哭損秋波。琵琶塵暗，懶拈金撲。有新詩，有新詞，共誰酬和？那堪對暮秋，你道如何？

〔整金冠令〕促織兒外面鬥聲相聒，小即小，天生的口不曾合。是世間蟲蟻兒裏的活撮，叨叨的絮得人怎過？

〔賽兒令〕愁麽，愁麽，此愁着甚消磨？把脚兒擷了，耳朵兒搓，没亂煞，也自摧挫。賽鴻來也那〔五〕！賽鴻來也那！

〔柳葉兒〕淅冽冽的曉風簾幕，滴流流的落葉辭柯。年年的光景如梭，急煎煎的心緒如火。

〔神仗兒〕這對眼兒，這對眼兒，淚珠兒滴了萬顆。止約不定，恰才淹了，撲簌簌的又還偷落。勝秋雨點兒多。

〔四門子〕些兒鬼病天來大，何時是可？羅衣寬褪肌如削，悶答孩地獨自箇。空恨他，空怨他，料他那裏與誰做活？空恨他，空怨他，不道人圖箇甚麽？

〔尾〕把寶鑑兒拈來强梳裹，腮兒被淚痕兒浥破，甚全不似舊時節風韻我？

自季春（秋）與郎相别，杳無一信。早是離恨，又值秋（冬）景；白日猶閑，清宵更苦。

〔中吕調〕〔香風合纏令〕〔六〕煩惱無何限，悶答孩地獨自淚漣漣。身心俏似顛，相思悶轉添。守着燈兒坐猥，收拾做些兒閑針線。奈身心不苦忺，不苦忺〔七〕！○一雙春筍玉纖纖，貼兒裏拈線，把繡針兒穿。行待紝針關，却便紝針尖。欲待裁領衫兒段，把繫着的裙兒胡亂剪，胡亂剪！

〔石榴花〕覷着紅娘，認做張郎唤。認了多時自失笑〔八〕，不惟道鬼病相持，更有邪神繳纏。○苦、苦，天、天！此愁何時免？鎮日思量彀萬千遍。算無緣得歡喜存活，只有分與煩惱做冤。○譬如對燈悶悶的坐，把似和衣强强的眠。心頭暗發着願，願薄倖的冤家夢中見。争奈按不下九曲回腸，合不定一雙業眼。

〔尾〕是前世裏債，宿世的冤，被你擔閣了人也，張解元。

明年，張珙廷試第三人，及第。

〔一〕「説」，黄本作「别」。　〔二〕「苟」，黄本作「幾」。　〔三〕「兒」，黄本作「頭」。　〔四〕「時」，六幻本作「似」。　〔五〕「賽」，黄本作「塞」。　〔六〕原作〔風合合纏〕，據卷一改。　〔七〕「忺」，黄本作「歡」。　〔八〕「笑」，六幻本作「歎」。

古本董解元西厢記卷第七

〔正宫〕〔梁州令纏〕〔一〕步入蟾宫折桂花，舉手平拏。《長楊賦》罷日西斜。得意也，掀髯笑，喜容加。○才優不讓賈馬，金榜名標高甲。踪跡離塵沙。青雲得路，鳳沼步烟霞。

〔甘草子〕最堪嘉，最堪嘉，一聲霹靂，果是魚龍化。金殿拜皇恩，面對丹墀下。正是男兒得志秋，向晚瓊林宴罷。沉醉東風裏，控驕馬，鞭裊蘆花。

〔脱布衫〕追想那冤家，獨自在天涯。怎知此間及第，修書索報與他。○有多少女孩兒，捲珠簾騁嬌奢。從頭着眼看來，都盡總不如他。○不敢住時霎，即便待離京華。官人如今是我，縣君兒索與他。○偏帶兒是犀角，幞頭兒是烏紗。緑袍兒當殿賜，得把白衫兒索脱與他〔二〕。

〔尾〕得箇除授先到家，引着幾對兒頭答，見俺那鶯鶯大小大詐。

珙賦詩一絶，令僕赴鶯鶯報喜〔三〕。

〔雙調〕〔御街行〕須臾喚得僕人至，囑付你些兒事：「蒲州東畔十餘里，有敕賜普救之寺。法堂西壁，行廊背後，第三箇門兒是。○見妻兒太君都傳示，但道我擢高第。教他休更許别人，俺也則不曾聘妻。相煩你，且叮嚀寄語，專等風流壻。」

生緘詩與僕，僕行。鶯未知郎第，荏苒成疾。時季春十五夜，鶯思之，去年待月西厢之夜也〔四〕。感而泣下。紅娘曰：「姐姐今春多病，觸時有感，恐傷和氣。妾未知姐姐所染何患，當以藥理之，恐至不起。」鶯鶯愈哭。

〔道宫〕〔凭欄人纏令〕憶多才，自别來約過一載。何日看却得同諧〔五〕。縈損愁懷，怕黄昏愁倚朱門，到良宵獨立空堦。趁落英遍蒼苔。東風摇蕩，一簾飛絮，滿地香埃。○欲問俺心頭悶答孩，太平車兒難載。都是俺今年浮災，煩惱煞人也猜。悶厭厭的心緒如麻，瘦嵓嵓的病體如柴。鬌雲亂慵整瓊釵，勞勞攘攘，身心一片，没處安排。

〔賺〕據俺當初，把你箇冤家命般看待。誰知道，到今贏得段相思債〔六〕，相思債。○〔七〕是前生負償他還着後嗷，你試尋思怪那不怪？都是命乖，争奈心頭那和不快。好難消解。○近來，這病的形骸，鏡兒裏覷了後自澁耐。傷心處，故人與俺彼此天涯客，天涯客！○〔八〕我於伊志誠没倦怠，你於我堅心莫更改。且與他捱，下稍知他看怎奈，悶愁越大！

〔美中美〕困把欄干倚，羞折花枝戴。這段閑煩惱，是自家買。勞勞攘攘，不是自家心窄。春色褪花梢，春恨侵眉黛。遥望着秦川道，雲山隔。○白日渾閒夜難熬，獨自兀誰倸？悶對西廂月，添香拜。去年此夜，猶自月圓人在。不似去年人，猛把欄杆拍。有個長安信，教誰帶？

〔大聖樂〕花憔月悴，蘭消玉瘦，不似舊時標格，閑愁似海！況是暮春天色，落紅萬點，風兒細細，雨兒微篩。這些光景，與人粧點愁懷。(○)悶抵着牙兒，空守定粧臺。眼也倦開，淚漫漫地盈腮。似恁凄凉，何時是了？心頭暗暗疑猜。縱芳年未老，應也頭白。

〔尾〕紅娘怪我緣何害，非關病酒，不是傷春，只爲冤家不到來。

鶯對春時感舊恨，爲憶生漸成消瘦。

〔高平調〕〔青玉案〕寂寞空閨裏，苦苦天天甚滋味！淅淅微微風兒細，薄薄怯怯半張鴛被，冷冷清清地睡。○憂憂戚戚添憔悴，裊裊霏霏瑞煙碧。滅滅明明燈將煤，哀哀怨怨不敢放聲哭，只管嗃嗃暇暇地。

覆旦，靈鵲喜晴，鶯起。

〔仙呂調〕〔滿江紅〕殘紅委地，靈鵲翻風喜新晴〔九〕。玉慘花愁，追思傳粉。巾袖與枕頭兒都是淚痕，一夜家無眠白日盹。不存不濟，香肌瘦損，教俺縈方寸。想他那裏，也不安穩。恰正心頭悶，見紅娘通報，有人喚門。（○）門人報曰：「張先生僕至。」夫人與鶯交召〔一〇〕，須臾入。僕使堦前忙應喏，骨子氣喘不迭，滿面征塵。呼至簾前，夫人親問，道：「張郎在客可煞苦辛？想見彼中把名姓等？幾日試來那幾日唱名？得意那不得意？有何傳示，有何書信？」那廝也不多言語，覷着夫人賀喜，喚鶯鶯做「縣君」。

僕以書呈夫人。紅娘取而奉鶯。鶯發書視之，止詩一絕。詩曰：「玉京仙府探花郎，寄語蒲東窈窕娘。指日拜恩衣晝錦，是須休作倚門粧。」鶯解詩旨曰：「探花郎，第三也。『指日拜恩衣晝錦』，待除授而歸也。」夫人以下皆喜。自是至秋，杳無一耗。鶯修書密遣僕寄生，隨書贈衣一襲、瑤琴一張、玉簪一枝、班（斑）管一枚。

〔越調〕〔水龍吟〕露寒烟冷庭梧墜，又是探秋時序。空閨獨坐，無人存問，愁腸萬縷。怕到黄昏後，窗兒下甚般情緒！映湖山側左，芭蕉幾葉，空堦静散疏疏雨〔一一〕。○一自才郎别後，儘自家凭欄凝竚。碧雲點（黯）澹，楚天空闊，征鴻南渡，飛過蒹葭浦。暮蟬噪煙迷古樹。望野橋西畔，小旗沽酒是長安路。

〔看花迴〕想世上淒凉事，離情最苦。恨不得，插翅飛將往他行去。地里一遠關山阻〔一二〕，無計奈，謾登樓，空目斷，故人何許？○密召得僕人至，將傳肺腑。連幾般，衣服一一包將去。是必小心休遲滯，莫躭誤。唤紅娘，交拈與，再三囑付。

〔雪裏梅〕「白羅素襠袴，摺動的裢兒也無。一領汗衫與裹肚，非是取取〔一三〕，是俺咱自做。○綿襪兒莫嫌薄，燈下曾用工夫。一針針刺了羡覷，恐慮破後，有誰重補！

〔揭鉢子〕藍直繫有功夫，做得依規矩。幽窗明淨處，潛心下繡針，着意分絲縷。繡着合歡連理花，雉子兒交頸舞。○絨絛兒細絳州出，宜把腰圍束。青衫忒離俗，裁得暢可體。䋝（褑）兒是吴綾，件件都受取。更與你幾件物。

〔疊字玉（三）臺〕簪雖小，是美玉；玉取其潔白純素，微累纖瑕不能污。渾如俺爲汝，俺爲汝心堅固。你曾惜俺如珍，今日看如糞土。○紫毫管，未嘗有，是九嶷山下蒼竹。當日湘妃别姚虞，眼兒裏淚珠，淚珠如秋雨。點點都畫成斑，比我别離來苦。○瑶琴是你咱撫，夜間曾挑鬥奴。你俏似相如獻了《上林賦》，成名也在上都，在上都裏貪歡趣。鎮日家耽酒迷花，便把文君不顧。

〔緒煞〕孩兒沿路裏耐辛苦，若見薄情郎傳示與，但道自從別來，官人萬福！一件件對他分付，教他受取，看是阻那不阻？臨了教讀這一封兒墮淚書。」

僕未至京。君瑞擢第後，以才授翰林學士。因病閑居，至秋未愈。

〔仙吕調〕〔㔭銀燈〕寂寞空齋，清秋院宇，消（瀟）洒閑庭幽户。檻内芳菲，黄花開遍，將近登高時序。無情緒，憔悴得身軀，有誰擡舉？○早是離情恁苦，病體兒不能痊癒。淚眼盈盈，眉頭鎮蹙〔一四〕，九曲回腸千縷。天遥地遠，萬水千山，故人何處？

〔尾〕許多時節分鴛侣，除夢裏有時曾去，新來和夢也不曾做。

生喜來擢第，愁來病未愈。那逢秋夜，爲憶鶯鶯，杳無一耗，愁腸萬結〔一五〕。

〔正宫〕〔梁州令斷送〕簾外蕭蕭下黄葉，正愁人時節，一聲羌管怨離别。看時節，窗兒外雨些些。○晚風兒淅溜淅洌，暮雲外征鴻高貼。風緊斷行斜。衡陽迢遞，千里去程賒。

〔應天長〕經霜黄菊半開謝，折花羞戴，寸腸千萬結。捲簾凝淚眼，碧天外亂峰千疊。望中不見蒲州道，空目斷暮雲遮。○荒凉深院古臺榭，惱人窗外，琅玕風欲折。早是離人心緒惡，閣不定淚啼清血。斷腸何處砧聲急，與愁人助凄切。

〔賺〕點上燈兒，悶答孩地守書舍。謾咨嗟，鴛衾大半成虛設，獨對如年夜。○〔一六〕守着窗兒，悶悶地坐。把引睡的文書兒强披閱。檢秦晉傳檢不着，翻尋著吴越，把耳朵撦。○收拾起，待剛睡些兒，奈這一雙眼兒劣。好發業，淚漫漫地會聖也難交睫，空自攧。○〔一七〕似恁地凄凉，恁地愁絶，下場知他看怎者？行志了，不覺聲絲氣噎，幾時捱徹？

〔甘草子〕我佯呆，我佯呆，一向志誠，不道他心趄。短命的死冤家，甚不怕神天折？一自别來整一年，爲箇甚音書斷絶？著意殷勤，待撰箇簡貼〔一八〕，奈手顫難寫！

〔脱布衫〕幾番待撇了不藉，思量來當甚厮憋，孩兒我須有見伊時，咱對着惺惺人説。

〔三臺〕〔一九〕愁欹單枕，夜深無寐，襲襲静聞沉屑。隔窗促織兒泣新晴，小即小，叫得暢呻，輒向空堦那畔，叨叨地俏没休歇。做個蟲蟻兒，没些兒慈悲，聒得人耳疼耳熱。

〔尾〕越越的哭得燈兒滅，慚愧啞秋天甫能明夜，一枕清風半窗月。

生渴仰間，僕至。授衣發書，其大略曰：「薄命妾鶯鶯，致書于才郎文几。去秋已來，常忽忽如有所失，於諠譁之中，或勉爲笑語。閑宵自處，無不淚零。至於夢寐之間，亦多叙感咽離憂之思。綢繆繾綣，暫若尋常。幽會未終，驚魂已斷。雖半枕如暖，而思之甚遥。一昨拜辭，倏逾舊歲。長安行樂之地，觸緒牽情，何幸不忘幽微。眷念無厭〔二〇〕。鄙薄之志，無以奉酬。至於終始之盟，則固不在鄙〔二一〕。昔中夕相因〔二二〕，或同宴處；婢僕見誘，遂致私誠。兒女之心，不能自固。兄有援琴之挑，鄙人無投梭之拒。及薦枕席，義感恩深〔二三〕，愚幼之情，永謂終托。豈其既見君子，而不能以禮定情。松柏留心，致有自獻之羞，不復明侍巾櫛。殁身救恨〔二四〕，含歎何言！儻若仁人用心，俯遂幽劣，雖死之日，猶生之年。如或達士略情，捨小從大，以先配爲醜行。謂要盟之可欺，則當骨化形銷，丹誠不泯。因風委露，猶記清塵〔二五〕。存殁之誠，言盡於此。臨紙嗚咽，情不能申。千萬千萬，珍重珍重！玉簪一枚（枝）、斑管一枚、瑶琴一張，假此數物，示妾真誠。此去玉不渝堅潤〔二六〕，如淚痕在竹，愁緒縈琴。因物達誠，永以爲好。心邇身遠，拜會何時？幽情所鍾，千里神合。秋氣方肅，强飲爲佳〔二七〕。慎自保持，無以鄙爲深念也。」生發書，不勝悲慟。

〔大石調〕〔玉翼蟬〕纔讀罷，仰面哭，淚把青衫污。料那人争知我，如今病未愈，只道把他孤負。好悽楚，空悶亂，長嘆吁。此恨憑誰訴？似恁地埋怨，教人怎下得？索剛拖帶與他前去。○讀了又讀，一箇好聰明婦女。其間言語，都成章句。寄來的物件，斑管瑶琴簪是玉。竅包兒裹一套衣服，怎不教人痛苦？眉蹙眉攢，斷腸腸斷，這鶯鶯一紙書。

生友人楊巨源聞之，作詩以贈之。其詩曰：「清潤潘郎玉不如，中庭霜冷葉飛初。風流才子多春思，腸斷蕭娘一紙書。」巨源勉君瑞娶鶯。君瑞治裝未及行，鄭相子恒至蒲州，詣普救寺，往見夫人。夫人問曰：「子何務而至於此？」恒曰：「相公令恒慶夫人終制，成故相所許親事矣。」夫人曰：「鶯已許張珙。」恒曰：「莫非新進張學士否？」夫人曰：「珙新進，未知除授？」恒曰：「珙以才授翰林學士，衛吏部以女妻之。」

〔南吕宫〕〔一枝花纏〕這畜生腸肚惡，全不合神道。着言厮間諜忒奸狡，道：「張珙新來，受了别人家捉。本萌着一片心，待解破這同心，子脚裹他家做俏。」○鄭氏聞言道：「怎地着？」擷損紅娘脚。鶯鶯向窗那畔也知道。九曲柔腸，似萬口尖刀攪。那紅娘方便地勸道：「遠道的消息，姐姐且休縈懷抱。」

〔傀儡兒〕「妾想那張郎的做作，於姐姐的恩情不少。當初不容易得來，便怎肯等閑撇掉！鄭恒的言語無憑準，一向把夫人説調。○爲姐姐受了張郎的定約，那畜生心頭熱燥。對甫成這一段兒虛脾，望姐姐肯從前約。等寄書的若回路後知端的〔二八〕，目下且休，秋後便了。」

〔轉青山〕鶯鶯儘勸，全不領略，迷留悶亂没處着。上稍裏只唤做百年偕老，誰指望是他没下稍。負心的天地表！天地表！○待道是實，從前於俺無弱。待道是虛，甚音信杳？爲他受苦了多多少少，争知他恁地情薄。只是自家錯了！自家錯了！

〔尾〕孤寒時節教俺且充個張嫂，甚富貴後教别人受郡號？剛待不煩惱呵，吁的一聲仆地氣運倒。

讒言可畏，十分不信後須疑；人氣好毒，一息不來時便死。左右侍兒皆救，多時方甦。夫人泣曰：「皆汝之不幸也！」密囑紅娘曰：「姐姐萬一不快，必不赦汝！」恒潛見夫人曰：「珙與恒孰親？况珙有新配。恒約在先，當以故相姑夫爲念。」夫人不獲已，陰許恒擇日成禮。議論間。

〔雙調〕〔文如錦〕好心斜，見鄭恒終是他親熱。囑付紅娘：「你管取恁姐姐〔二九〕，是他命裏十分拙，休教覓生覓死，自推自攧。有些兒好弱，你根的不捨〔三〇〕。」鄭恒又譖言，道：「恁姐姐休呆，我比張郎，是不好門第？不好家業？○不是自家自賣弄，我一般女壻，也要人迭。外貌即不中，骨氣較別；身分即村，衣服兒忒捻；頭風即是有，頭巾兒蔚帖；文章全不會後，《玉篇》都記徹。張郎是及第，我承內祇。子是争得些些。他別求了婦，你只管裏守志吵，當甚貞烈？」

〔尾〕言未訖，簾前忽聽得人應諾，已道〔三一〕：「鄭衙內且休胡說，兀的門外張郎來也！」

鄭恒手足無所措，珙已至簾下，拜畢夫人。夫人曰：「喜學士別繼良姻！」珙驚曰：「誰言之？」曰：「都下人來，稔聞是說。今鶯已從前約。」鄭恒以此言，使張君瑞添一段風流煩惱，增十般稔膩憂愁。夫人且將實言，諕君瑞面顏如土。夫人道甚來？

〔仙呂調〕〔香山會〕那君瑞聞道，撲然倒地，只鼻內似有游氣。曲匝了半晌，收身强起，傷自家來得較遲。○「誰曾受捉，那說來的畜生在那裏？喚取來夫人面前詰對？」旁邊鄭衙內，怎生坐地？忍不定連打唏。

夫人曰：「學士息怒。其事已然，如之奈何？」生思之，鄭公，賢相也，稍蒙見知。吾與其子争一婦人，似涉非禮。夫人令恒拜珙曰：「此鶯兄也。」珙視之，覷衙內結束模樣，越添煩惱。

〔中呂調〕〔牧羊關〕張生早是心羞慘，那堪見女壻來參！不稔色村沙假（段）。鶻鴒乾淡，向日頭權（獾）兒般眼；喫虱子猴猻猻般臉〔三二〕。皂條襴胸繫，羅巾腦後擔。（○）鬢邊蟣虱渾如糝，你尋思大仆大唵（腌）囋（臢）〔三三〕！口啜似猫坑，咽喉似潑懺。詐又不當個詐，諂又不當個諂。早是轆軸來粗細腰，穿領布袋來寬布衫。

〔尾〕莫難道詩骨瘦岩岩，掂詳了這厮趨蹌，身分便活脱下鍾馗一二三。

生謂夫人曰："鶯既適人，兄妹之禮不可廢也"。夫人召鶯，久之方出。

〔仙吕調〕〔點絳唇纏令〕百媚鶯鶯，見人無語空低首。淚盈巾袖，兩葉眉兒皺。○攧損金蓮，搓損葱枝手。從别後臉兒清秀，比是年時瘦。

〔天下樂〕拜了人前强問候，做爲兒嬌更柔。料來他家不自由，眉尖有無限愁。無狀的匹夫怎消受？與做眷屬，俺來得只争個先共後〔三四〕。是自家錯也，已裝不卸，潑水難收。

〔尾〕鶯鶯俏以章臺柳，縱使柔條依舊，而今折在他人手。

鶯鶯坐夫人之側，生問曰："别來無恙否？"鶯鶯不言而心會。

〔越調〕〔上平西纏令〕自年前，長安去，斷行雲，常記得分飲離樽。一聲長喟，兩行血痕落紛紛〔三五〕。耳畔叮嚀，囑付情人，腸斷消魂。○馬兒上，鬆鬆地，眠樵館，宿漁村。最怕的愁到黄昏，孤燈一點，被兒冷落又難温。眼前不見眼中人，枕滿啼痕。

〔鬥鵪鶉〕把箇瀏溜龐兒，爲他瘦損。減盡從來，稔膩風韻。自到長安，身心用盡。自及第，受皇恩，奈何病體，淹延在身。○前者纔初得封書信〔三六〕，告假驅馳〔三七〕，遠來就親。比及相逢，幾多愁悶！雨兒又急，風兒又緊。爲他不避，甘心受忍。

〔青山口〕甫能到此甚歡忻，見夫人先話論。道俺娶妻在侯門，把鶯鶯改婚姻。教人情慘切，對景轉傷神。唤將到女婿，各叙寒温。（〇）覷了他家，舉止行爲，真個百種村。行一似揍老，坐一似猢猻。甚娘身分？駝腰與龜胸，包牙缺上邊唇。這般物類，教我怎不陰哂？是閻王的愛民。

〔雪裏梅花〕更口臭把人薰，想鶯鶯好緣分！暗思向日，共他鴛衾，傚學秦晉。〇誰想有今辰，共別的待展紋裀。暗暗覷地，玉容如花，不施朱粉。〇然憔悴尚天真，纖腰細褪羅裙〔三八〕。下得得得，將人不偢不問。（〇）佯把眉黛顰，金釵彈墜烏雲。恨他恨他，索甚言破，是他須自隱。

〔尾〕淚珠兒滴了又重揾，滿腹相思難訴陳。喫喜的冤家，怎生安穩？合着眼不辯個深情〔三九〕，豈思舊恩？我然是箇官人，却待教〔四〇〕，兀誰做縣君？

君瑞與鶯，各目視而內心皆痛矣。

〔中吕調〕〔古輪臺〕好心酸，寸腸千縷若刀剜。被那無徒漢，把夫妻拆散。合下尋思，料他不違言。説盡虚脾，使盡局段，把人贏勾厮欺謾。天須開眼，覷了俺學士哥哥，少年登第，才貌過人，文章超世，於人更美滿。却教我，與這匹夫做繾綣。〇所爲身分，舉止得人嫌。事事不通疏，没些靈變。曠腳駝腰，秃鬢黄牙烏眼。不怕今宵，只愁明夜，繡幃深處效鴛鴦，争似孤眠？最難甘眼底相逢，有情夫婿，不得團圓。好迷留没亂，教人怎捨拚？孜孜地，覷着渾恰似天遠〔四一〕。

〔尾〕如今方驗做人難，儘他家問當，不能應當（對），正是新官對舊官。

〔一〕黄本作〔梁州纏令〕。〔二〕「得」，黄本作「待」。〔三〕「僕」，黄本作「僕人」。〔四〕黄本失「也」字。〔五〕「看」，六幻本作「裏」。〔六〕「到今」二字，黄本爲「倒今冤家」四字。〔七〕〔八〕六幻本無。〔九〕「靈鵲翻風」，六幻本作「翻風靈鵲」。〔一〇〕「交」，六幻本作「教」。〔一一〕「散」，六幻本作「聽」。〔一二〕「一」，黄本作「又」。〔一三〕「是」，六幻本作「足」，文意大別。〔一四〕「蹙」，黄本作「鎖」。〔一五〕此句黄本衍一「矣」字。〔一六〕〔一七〕六幻本無。〔一八〕「貼」，黄本作「牒」。〔一九〕六幻本作〔梁州三臺〕。〔二〇〕「厭」，六幻本作「斁」。〔二一〕「在」，六幻本作「忒」。〔二二〕「中夕」，六幻本作「中表」。〔二三〕「感」，六幻本作「盛」。〔二四〕「救」，黄本作「永」。〔二五〕「記」，黄本作「託」。〔二六〕此句黄本作「玉取其堅潤不渝」。〔二七〕「飲」，黄本作「飯」。〔二八〕「後」，六幻本作「便」。〔二九〕「恁」，六幻本作「您」。〔三〇〕「的」，黄本作「柢」。〔三一〕「已道」，六幻本作「傳道」。〔三二〕「猴猻猻」，六幻本作「猴猻兒」。〔三三〕「仆」，六幻本作「小」。〔三四〕黄本此句無「共」字。〔三五〕「痕」，六幻本作「淚」。〔三六〕「封」，黄本作「箇」。〔三七〕「驅馳」，黄本作「馳驅」。〔三八〕「褪」，九宮大成譜作「腿」。〔三九〕「深」，黄本作「真」。〔四〇〕「教」，黄本作「叫」。〔四一〕「渾恰似」，黄本作「渾却似」。

古本董解元西厢記卷第八

張君瑞坐止不安，遽然而起。法聰邀珙於客舍，方便着言勸誘曰：「學士何娶不可？無以一婦人爲念。」珙曰：「師言然善。奈處凡浮，遭此屈等（辱），不能無恨！」聰與珙低足〔一〕。珙披衣，取鶯鶯書及所賜之物，愈添消（瀟）洒〔二〕。

〔黄鍾宫〕〔間花啄木兒第一〕黄昏後，守僧舍，那堪暮秋時節。窗外琅玕弄翠影，見西風飄敗葉。煎煎地耳畔蛩吟切，啾啾唧唧聲相接。俺道了不恁悽惶，心腸除是鐵！

〔整乾坤〕牽情惹恨，幾時捱徹？聽戍樓，角奏梅花，聲嗚咽。畫壁間，一盞惱人燈，碧瑩瑩，半明不滅。

〔第二〕思量俺，好命劣，怎着恁惡緣惡業！幸自夫妻恁美滿，被旁人厮間諜。兩口兒合是成間别。天教受此悽惶苦，想舊日雨跡雲踪，枉教做話説！

〔雙聲疊韻〕玉漏遲，鴛被冷，愁對如年夜。寳獸烟，縈斷縷，裊裊噴龍麝。暫合眼，强睡些，便會聖，怎寧貼？牀兒上自推自攧。

〔第三〕鎮思，向日，空教人氣快微撇。小庭那畔，撚吟鬚步廊月，朱扉半掩，驀覷伊向西廂下，漸漸至空堦側畔，倚湖山春困歇。

〔刮地風〕手把白團輕扇撚，有出塵容冶。腰肢裊娜纖如束，舉止殊絶。柳眉星眼，杏腮桃頰，口兒小，腳兒弓，於得蔚貼〔三〕。一時間，暫相見，不能捨。

〔第四〕兩情，暗許，着新詩意中寫。正相眷戀，見紅娘把繡簾揭。低聲報道：「夫人使妾來喚。」步促金蓮歸去，飄飄香暗惹。

〔柳葉兒〕教人半餉如呆，回來却入書舍。後來更不相逢，十分捨了休也！

〔第五〕不幸蒲州，軍亂，把良民盡虜劫。一部直臨此寺，週圍盡擺列。高聲喝叫：「得鶯鶯便把殘生捨〔四〕。若是些小遲然，都教化脊血。」

〔賽兒令〕騁些英烈，被俺咱都盡除滅。滿門家眷得寧貼。那老婆，把恩輕絶，是俺弄巧翻成拙。

〔第六〕後來〔五〕，暗約，向羅幃鎮歡悦。夜來曉去，約未近數月。不因敗漏，纔時許我爲姻眷。奈何名利拘人，夫妻容易別！

〔神仗兒〕得臨帝闕〔六〕，帝闕，蟾宮桂枝獨折。名標金甲。俺咱恁時，準備了，娶他來也，不幸病纏惹。

〔第七〕想太君，情性劣，往日誇儔共撇。陡恁地不調貼〔七〕。把恩不顧，信無徒漢子他方説，便把美滿夫妻，恩情都斷絶！

〔四門子〕這些兒事體難分別，如今也，待怎者？鶯鶯情性，那裏每也俏無了貞共烈。你好毒，你好呆，恰纔那裏相見些！你好羞，你好呆，虧殺人也姐姐！

〔第八〕從來呵，慣受磨滅。他家今日已心邪，儘人問當不應對。虧人不怕神天折！惱得人頭百裂。（〇）便假饒天下雪，解不得我這腹熱。一封小簡，分明都是伊家寫，只被你迤逗人來，一星星都碎揞百裂〔八〕。

〔尾〕斑管雖圓被風裂，玉簪更堅也掂折，似琴上斷弦難再接。

聽見珙不快，起而勉之曰：「足下聰明者也。以有婦人〔九〕，惑至於此。吾與子不復有（友）矣。」珙曰：「男女佳配，不易得也，加以情思，積有日矣。一旦被譏，反爲路人，所以痛予心也。」聰曰：「足下倘得鶯，痛可已乎？」珙曰：「何計得之？」聰曰：「吾爲子謀之。」

〔中吕調〕〔碧牡丹〕「不須長嘆息，便不失了咱丈夫的綱紀？惹人恥笑，怎共貧僧做相識？可惜了你才學，枉了你擢高第。莫憂煎，休埋怨，放心地。」〇猛然離坐起，壁中間取下戒刀三尺。「兀的二更方盡，不到三更已外，比及這蠟燭燒殘，教你知消息。我去後必定有官防，君莫怕，我待做頭抵。」

〔尾〕把忘恩的老婆梟了首級，把反間的畜生教屍粉碎，把百媚的鶯鶯分付與你。

法聰言未已，隔窗間人笑曰：「爾等行兇，豈不累我？」言者是誰？是誰？

〔大石調〕〔玉翼蟬〕把窗間紙，微潤開，君瑞偷睛覷。半夜三更，不知是甚人，特來到於此處。移時節，方認得，是兩個如花女。一個是鶯鶯，鬆鬆步月來，紅娘向後面相逐。〇開門相見，不問個東西，便抱住。可憎問當：「別來安否？」也無閑話，只辦得燈前魆魆地哭。猶疑夢寐之間，頻掐肌膚。淚點兒盈盈如雨，止約不住。料想當日別離，不恁的苦。

〔尾〕比及夫妻每重相遇，各自準備下萬言千語，及至相逢却没一句。

多時，鶯語郎曰：「學士淹留京國，至有今日，奈何，奈何？」

〔中吕調〕〔安公子賺〕女孩兒低聲道，道：「別來安樂麽張學士？憶自伊家赴上都，日許多時，夜夜魂勞夢役。愁何似？似一川烟草黄梅雨。悶似長江，攬得個相思擔兒。○遠別春三月，恁時方有音書至。火急開緘仔細讀，元來是一首新詩。披味那其間意思，知你獲青紫。滿宅家眷喜不喜？以縣君呼之，不枉了俺從前真志〔一〇〕。

〔賺〕誰知後來，何曾夢見個人傳示。時暮秋，令人特地，傳錦字連衣袂。○〔一一〕玉簪斑管，與絲桐一星星，比喻着心間事。臨去也，囑付了千回萬次，早離京師。○誰知鄭家那厮，新來先自長安至。誰曾問，着從頭説一段希奇事。道京師裏。○〔一二〕衛尚書家，女孩兒新來招得個風流壻。道是及第官，鴈序排連第三，年紀二十六七。

〔渠神令〕「道是洛京人氏，先來曾蒲州居止。見今編修國史，莫比洛陽才子。夫人一向信浮詞，不問是那不是。○許了姑舅做親，擇下吉日良時。誰知今日見伊，尚兀子鰥居獨自，又没個婦兒妻子。心上有如刀刺〔一三〕。假如活得又何爲，枉惹萬人嗤！」鶯解裙帶擲于梁。

〔尾〕「譬如往日害相思，争如今夜懸梁自盡，也勝他時憔悴死。」

珙曰：「生不同偕，死當一處。」

〔黄鍾宫〕〔黄鶯兒〕憹噪憹噪，似此活得，也惹人耻笑。把皂條兒搭在梁間，雙雙自吊。○諕得紅娘，忙扯着道：「休斯合造，您兩個死後不争，怎結末這禿屌〔一四〕？」

紅娘抱鶯，聰止君瑞，曰：「先生之惑愈甚矣！幸得續弦，死而何益？」珙曰：「鶯以適人，不死何待？」聰曰：「吾有一策，使鶯不適人，與子百年願（偕）老。」珙曰：「策將安出？」聰曰：「吾不能矣，子謁一故人，事可濟矣！」

〔般涉調〕〔哨遍纏令〕君瑞懸梁，鶯鶯覓死，法聰連忙救。「您死後教人打官防，我尋思着甚來由。好出醜夫妻，大小大不會尋思，笑破貧僧口。人死後渾如悠悠地逝水，厭厭地不斷東流。榮華富貴盡都休，精爽冥寞葬荒丘。一失人身，萬劫不復，再難能彀。○欲不分離，把似投托個知心友。不索打官防，教您夫妻盡百年歡偶。快準備車乘鞍馬，主僕行李，一發離門走。投托的親知，不須遠覓，而今只在蒲州。昔年也是一儒流。壯歲登科，不到數餘秋，方今是一路諸侯。

〔長壽仙衮〕初典郡城，更牢獄無囚；後臨邊郡，滅盡草賊猾寇。坐籌帷幄，駟馬臨軍挑鬥，十場鎮贏八九。天下有底英雄漢，聞名難措手。這個官人，不枉食君禄。扶社稷，安天下，兼文鋭武，古今未嘗曾有。

〔急曲子〕也不愛耽花戀酒，也不愛打桃射柳，也不愛放馬走狗，也不愛射生射獸。去年暫斬逆臣頭〔一五〕，腰間劍是帝王親授。

〔尾〕是百萬軍都領袖，天來大名姓傳宇宙，便是斬斫自由的杜太守〔一六〕。」

生曰：「杜太守謂誰？」聰復言之。

〔高平調〕〔于飛樂〕「告吾師，杜太守端的是何人，與自家是舊友關親？」法聰聞得，道：「君瑞休勞問，果貴人多忘，早不記得賊黨臨門。○這官人，與足下非戚非親。您兩個舊友忘形，與夫人連大衆，都有深恩。太守謂誰？是去年白馬將軍。」

生曰：「杜將軍驟拜太守也，以何故？」聰曰：「以威攝賊軍，亂清蒲右。蒙天子重知，數月前，特授鎮西將軍，蒲州太守，兼關右兵馬處置使。」珙喜謝曰：「非吾師指迷，實不悟此。」生攜鶯宵奔蒲州，時二更左右。

〔大石調〕〔洞仙歌〕收拾行李，一步地都行上。兩口兒眉頭兒暫開放。望秋天，即漸月淡星稀東方朗，隱隱城頭鼓響。○抵關入城，直至衙門旁。不及慇懃展參榜，門人通報，太守出廳相見，未及把行藏問當。太守道：「君瑞喜登科！」君瑞道：「哥哥自別無恙！」

太守邀生入偏廳。生曰：「門外拙妻，參拜兄嫂子個。」太守令夫人請鶯。客禮畢，夫人請鶯至後閣。珙與太守酌酒道舊。可謂「青山牽夢寐，白髮喜交親」。

〔越調〕〔上平西纏令〕杜將軍，張君瑞，話別離，至坐上，各序尊卑。別來經歲，故人青山喜重期〔一七〕。兩情談論正投機，一笑開眉。○情相慕，心相得，重相見，舊相知，便暢飲彼此無疑。風流太守，爲生滿滿勸金杯〔一八〕。「喜君仙府探花歸，高步雲梯。」

〔鬥鵪鶉〕君瑞聞言，欠身避席，飲罷躬身，向前施禮，道：「多謝哥哥，此般厚意。據自家，寡才藝，盡都是父母陰功所得。○幸得今朝，弟兄面會，敢煩將軍，萬千休罪！小子特來，有些事體。記去年，離上國，訪諸先覺，遊學到這裏。

〔看花迴〕普救院，權居止，詩書暗（諳）理。却不幸，蒲州元帥渾公逝，亂軍起，無人統，殘郡邑，害良民，蒲州裏滿城鐵騎。○神鬼哭，生靈死，哀聲振地。至普救，諸多僧行難隄備。關閉得，山門着。怎當衆軍卒。群刀手砍，是鐵門也粉碎。

〔青山口〕衆僧欲走又不及，須識前朝崔相國，那家女孩兒叫鶯鶯，當時未及笄歲。群賊門外逼，道『得鶯後便西歸』。相國老夫人，聽得悲泣。○不奈之何，故謁微生，願求脱命計。特仗法聰，曾把書寄。太守既到那裏，飛虎諕來癡，群賊倒槍旗。退却亂軍，免却生離，都是哥哥虎威。

〔渤海令〕那夫人，感恩義，許鶯鶯與俺爲妻。幸天子開賢路，因而赴帝里。也已高攀月中桂。不幸染沉疾〔一九〕，風散難醫治，淹延近一歲。○誰知個，鄭衙内，與鶯鶯舊關親戚，恐嚇使爲妻室，不念鶯鶯是妹妹。○〔二〇〕夫人不敢大喘氣，連忙揀下吉日。只争一脚地，大分與那畜生效了連理。

〔尾〕是他的親姑舅要做夫妻，倚仗是宰臣家有勢力，不辯個清濁没道理。托付你個慷慨的相識，別辨爾是非〔二一〕，與俺做些兒主意。看那骨脹的哥哥近俺甚底！」

太守曰：「吾弟放心。不争則已，争則吾必斬恒。少待，公退閑話。」

〔大石調〕〔還京樂〕驀觀儀門開處，兩廊下俏不聞鴉。鼕鼕地鼓響，正廳上太守升衙。堦前軍吏，誰敢鬧嘈雜！大案前行本把〔二二〕，五日三朝家，没紙兒文字，官清法正無差。大牢裏虞候羊兒般善〔二三〕，是有大人彈壓。有子有牢房地匣，有子有欄軍夾畫，有子有鐵裹榆枷；更年没，罪人戴他犯他。獄門前草長，有誰曾蹉〔二四〕？○有刑罰，徒流絞斬，弔拷絣把〔二五〕。設而不用，束杖理民寬雅。地方千里，威教有法。治也不愛侵官弄法〔二六〕。善爲政威而不猛，寬而有勇，一方人喚做菩薩。但曾坐處絶了群盗，縱有敢活拏。正不怕明廉暗察。信不讓《春秋》裏季札，治不讓潁川黄霸。蒲州裏大小六十萬家，人人欽仰，俏如爹媽。

〔尾〕虎符金牌腰間掛，英雄鎮着普天之下，諕得逆子賊臣望風的怕。

分符守郡，昔年楊震不清白；廸簡在廷，曩日比干非骨鯁。太守公坐之次，鄭恒鞭馬叩門，遽然而下。

〔中吕調〕〔古輪臺〕鄭衙内，當時休道不心嗔，秖候的每怎遮攔〔二七〕？大走入衙門，直上廳來，俏不顧白馬將軍。氣莽聲高叫呼，對人騁盡百般村，都説元因，道：「化了的相國姑夫，在時曾許聘與鶯鶯。不幸身死，因此上未就親。如今服闋也，却序舊婚姻。〇[二八]許多財禮，一剗是好金銀；十萬貫餘錢首飾皆新；百件衣服，更兼霞帔長裙。準備了筵席，造下食飯，盃盤水陸地鋪裀，今日是良辰。去昨宵半夜以來，四更前後，不覺鶯鶯隨人私走，教人怎不忿？我尋思，那張珙哥哥好没人情！

〔尾〕鶯鶯那裏怎安穩？覷着自家般丈人（夫）下得隨人逃走，短命的那孩兒没眼斤[二九]！」

太守怒曰：「子欺我乎？公廳對官無禮，私下怎話！」

〔雙調〕〔文如錦〕那將軍，見鄭恒分辯後冲冲地怒，道：「打脊匹夫！怎敢誆吾？當日箇，孫飛虎，因亡了元帥，奪人妻女。鶯鶯在普救，參差被虜。若非君瑞，以書求救，怎地支吾？怕賢不信，試問普救裏僧行，我手下兵卒。〇因此上，夫人把親許。不望你中間，説他方言語。今日他來，先曾告訴，君瑞待把鶯鶯娶。你甚倚强壓弱，厮欺厮負，把官司誆謊，全無畏懼？你可三思，婚姻良賤，明存着法律。莫粗疏，姑舅做親，便不敢（敗）壞風俗？

〔尾〕平白地昏賴他人婦，若不看您朝廷裏的慈父，打一頓教牒將家去。」

鄭恒對衆官但稱死罪，非君瑞之愆。又曰：「我之過矣！倘見親知，有何面目？」

〔大石調〕〔伊州衮〕添煩惱，情懷似刀攪。都是自家錯。花枝般媳婦，又被別人將了。我還歸去，若見鄉里親知，甚臉道？待別娶個人家，覷了我行爲肯嫁的少。〇怎禁當，衙門外打牙打令諢，匹似閑呫啃。等着衙内，待替君瑞着言攢槊。鄭恒打慘道：「把如喫恁摧殘，斷合燥。不出衙門，覓個身亡却是了。」

〔尾〕覷着一丈來高石階級褰衣跳，衙内每又没半個人扯着，頭扎番身吃一個大碑落。

浣沙(紗)節婦，昔年抱石身亡；好色窮人，今日投堦而死。太守令衙内拽尸於門外〔三〇〕，退廳張宴。

〔南吕宫〕〔瑶臺月〕從今至古，自是佳人，合配才子。鶯鶯已是縣君，君瑞是玉堂學士。一個文章天下無雙，一個稔色寰中無二。似合歡帶，連理枝。題彩扇，寫新詩。從此趁了文君深願，酬了相如素志。〇〔三一〕將軍滿滿勸金卮，道：「今日極醉休辭！」歡喜教這兩個也，乾撞殺鄭恒那村厮。牙關緊，氣堵了咽喉；腦袋裂，血污了堦址。後門外横着死屍。牌寫着數行字出示：「這厮一生愛女，今番入死？」

〔尾〕會見乾堆每强相思，從前已往有浮浪兒，誰似這厮般少年花下死！

君瑞鶯鶯美滿團圓，還都上任；鄭恒衙内，自恥懷羞，投堦而死。方表才子施恩，足見佳人報德。怎見得有此事來？蓬萊劉汭題詩曰：「蒲東佳遇古無多，鏤板將令鏡不磨。若使微之見新女，不教專美伯勞歌。」明嘉靖本《董解元西廂記諸宫調》

〔一〕「低」，黄本作「抵」。　〔二〕「消」，六幻本作「沾」。　〔三〕「於」，黄本作「扮」。　〔四〕「捨」，六幻黄本作「怯」。　〔五〕「後」，九宫大成譜作「復」。　〔六〕「臨」，六幻本作「來」。　〔七〕「陡」，六幻本作「徙」。　〔八〕此本此處重抄「便假」一闋，今據諸本删除。　〔九〕「有」，六幻本作「一」。

〔一〇〕「真」，六幻本作「實」。　〔一一〕〔一二〕六幻本未分闋，無○號。　〔一三〕「剌」，六幻本作「刺」。　〔一四〕「末」，六幻本作「果」。　〔一五〕「暫」，六幻本作「曾」。　〔一六〕「斫」，六幻本作「砍」。　〔一七〕「山」，黄本作「眼」。　〔一八〕黄本奪此「勸」字。　〔一九〕「沉」，六幻本作「塵」。　〔二〇〕六幻本此處不分闋，無○號。　〔二一〕「爾」，六幻本作「箇」。　〔二二〕「把」，九宫大成譜作「地」。　〔二三〕「候」，九宫大成譜作「侯」。　〔二四〕「蹉」，九宫大成譜作「踏」。　〔二五〕「把」，九宫大成譜作「扒」。　〔二六〕「治」，六幻本作「吏」。　〔二七〕「秖」，黄本作「侍」。　〔二八〕此本原未分闋，無○號，此據六幻本。　〔二九〕黄本此句奪一「那」字。　〔三〇〕「衙内」，六幻本作「手下」。　〔三一〕此本原未分闋，無○號，據六幻本加。

劉崇德 編

全宋金曲

下册

中華書局

全宋金曲卷九　宋戲文

永樂大典戲文三種

小孫屠

古杭書會編撰

題目

李瓊梅設計麗春園
孫必貴（達）相會成夫婦
朱邦傑識法明犯法
遭盆弔没興小孫屠

·第一齣·

（末白）〔滿庭芳〕白髮相催，青春不再，勸君莫羨精神。賞心樂事，乘興莫因循。浮世落花流水，鎮長是會少離頻。須知道，轉頭吉夢，誰是百年人？　雍容絃誦罷，試追搜古傳，往事閑憑。想像梨園格範，編撰出樂府新聲。喧譁静，竚看歡笑，和氣藹陽春。

後行子弟，不知敷演甚傳奇？（衆應）《遭盆弔没興小孫屠》。（再白）

〔滿庭芳〕昔日孫家，雙名必達，花朝行樂春風。瓊梅李氏，賣酒亭上幸相逢。從此娉爲夫婦，兄弟謀苦不相從。因外往，瓊梅水性，再續舊情濃。　暗去梅香首級，潛奔它處，夫主勞籠。陷兄弟必貴，盆弔死郊中。幸得天教再活，逢嫂婦説破狂蹤。三見鬼，一齊擒住，迢斷在開封。（末下）

第二齣

（生唱）

〔粉蝶兒〕生長開封，詩書盡皆歷遍。奈功名五行薄淺。論榮華，隨分有，稱吾心願。且開懷，共詩朋酒侶歡宴。

（白）一生不得文章力，欲上青天未有因。聖朝不負男兒志，嫦娥爲伴一枝春。鳳凰閣下頒詔禮，虎豹標中奮此身。自歎緑袍難掛體，腰金衣紫是何人？自家姓孫，雙名必達，祖居開封。不幸家父先亡，堂上止有萱親，年紀高邁。有兄弟必貴，至親者止有三人。謝荷老天，可以安居。幸遇時豐歲稔，日霽風和。曾約幾個朋友，因時行樂，如何不見來？（淨末上）（相見傳問挨介）（生唱）

〔惜奴嬌〕同出西郊，聽乳鶯枝上，一聲啼起。縈情惹恨，恰似報人明媚。偏宜，兩兩三三穿花去，載傳樽酬樂意。（和）我共你趁此青春，日日宴酌，對花沉醉。（淨）

〔换頭〕歡聚，草嫩輕黄，弄絲絲暗織，素腸千縷。夭桃張錦，無煙禁火燒拔。凝覷，萬卉爭開春羅綺，步芳郊真得趣。（和同前）（末唱）

〔錦衣香〕見浪子，閑遊戲。并艷質，閑遊戲。都趁玉勒金鞍，共尋佳致。小橋芳草柳蔭堤，鼎沸笙歌，墮簪遺珥。翫江山景致，此身在畫圖裏。（和）馬嘶芳草地，粉蝶交飛。雙雙往來，遊人如蟻。（生）

〔前腔〕傍柳邊鶯飛，度小橋，臨緑水。一簇魏紫姚黄，競舒羅綺。海棠枝上染臙脂，是誰家院宇？燕子來去，引青春浪子，小蒼頭鬥草攛壘。（和）看雙雙鞦韆架起，粉牆陰笑聲鼎沸。（同唱）

〔漿水令〕四時中春光最美，共遊賞更莫待遲。暖風逐日好天氣，莫蹉跎過了，謾自傷悲。花深處，酒望垂，可惜解貂留佩。同歡會，同歡會，同歡醉歸。扶歸去，扶歸去，帶好花枝。

（生）莫負媚景艷陽天。（淨）拚却西郊使萬錢。（末）花謝尚有重開日。（合）人老終無再少年。（並下）

第三齣

（旦上）

〔破陣子〕自憐生來薄命，一身誤落風塵。多想前緣慳福分，今世夫妻少至誠，何時得稱心？

（白）妾身是開封府上廳角妓李瓊梅的便是。自恨身如柳絮，無情枉嫁東風。貌若春花，空吁白晝。幾度沉吟彈粉淚，對人空滴悲多情。對此三春好景，就西郊這麗春園内沽賣香醪。一來趁時翫賞，二來恐遇得個情人，亦是天

假其便。奴家身畔，只有一使喚梅香在此，就教它整頓酒器。正是：鶯花尤怕春光老，不肯教人枉度春。（旦唱）

〔破陣子〕天若憐人孤苦，令樽前遇個良人。（梅接唱）滿目春光堪遣興，莫怨東風淚似傾，當壚自遣情。

（旦）此身不幸墮煙花。（梅）最苦春來越嘆嗟。（合）柳陌尋芳人似蟻，粉牆題恨子（字）如鴉。（旦唱）

〔漁家燈〔一〕〕長吁嗟辜負朱顔枉度春；愁聽得別院垂楊黄鸝數聲。兩眉暗鎖新愁恨，自慵臨鸞鏡。奈天不早從人，鎮常是淚雨愁雲。對東風，淚滴新愁問舊愁。（梅唱）

〔剔銀燈〕春山映秋波，暗動情，何須慮孤衾閑枕。香醪路遠人沽飲，嬌貌美風流廝稱。日日，同歡共飲，尤强似嫦娥不嫁人。（旦唱）

〔從錦花〔二〕〕懶能臨掠烏雲鬢，慵點絳唇。對謾當壚傚學文君。暗想文君，何時遇得知音？一片至誠心，奈何天也不由人。（同唱）

〔麻婆子〕對景對景空題恨，贏得悶上心。止愁止愁青春過，年華暗逐人。慇懃回首問東君，桃花開謝逢春，怕奴容顔老，何時遇箇人？

（旦白）梅香，怕有賞春佳客來買酒，你與我安排了酒器，整頓則个。（梅下）（生末淨）

〔水底魚兒〕柳緑花紅，名園裏風景多。杏開如錦繡，夭桃如噴火。王孫仕女，笑嬉嬉同宴樂。尋芳拾翠，拚傾盃沉醉呵。（生末淨相見行令介）（旦唱）

〔喬合笙〕群花破蕊，蕊紅白競粧。無限春光明媚。香醪韻恁奇，不須推拒。（和）共陪笑語，君還有意，作畫欄爲花主。（梅）

〔前腔〕官人看取，看取蜂蝶對對，相逐花間遊戲。何防對此時，猛拚沉醉。（和同前）（生唱）

〔忒忒令〕燕呢喃雕梁上對語，未知它訴着何意？料應説着，衷腸如是。兩箇鎮雙飛，雙雙來，雙雙去。算何時似你。（末）

〔前腔〕算人生百年有幾，不歡樂更待何時？大都三萬六千日。何不遇花遇酒，花前飲，花下醉？且開懷自舒。（旦唱）

〔紅繡鞋〕謝得東君留意，留意；特來買醉霞巵，霞巵。賞芳菲，惜花意；（和）不妨做，錦屏圍。莫令人，亂攀折。（生）

〔前腔〕幸得花□相會，好似夜（崔）生覓水。怕别後，憶年時；桃花面，兩東西。甚時節，再相會。（和同前）（同唱）

〔刮鼓令〕花影漸移，紅日相將墮〔三〕。對花一恁拚沉醉，共插着花幾枝。花籃轎兒香韻奇，花陰柳下人漸稀，當歌對酒醺醺地，教人道醉扶歸。

（生）酒錢多少？（旦）這箇不妨，看官人與多少。（生）略有些小銀子，權當酒錢。（旦梅）謝得官人。（生）娘子，酒闌人散醉扶歸，細柳輕雲拂地垂，何時連理枝？（旦）官人，桃艷美，杏艷美，若得闌干遮蓋圍，方宜結果時。

（生）娘子不須憂慮，如蒙不外，待小生多將些金珠，去官司上下使了，與娘子落藉從良，不知意下如何？（旦）只怕奴家無此福分。若得官人如此周庇之時，待奴托與終身，未爲晚矣。（生）卑末乍别。（淨醉扶介）（同唱）

〔粉蝶兒〕一飲千鍾，醺醺殢人扶路。醉醄醄怎生移步。（旦）愛花心，須仗托，闌干遮護。

（生）惱柔腸，教人九回千顧。（並下）

〔一〕「燈」，錢本改作「傚」，誤。　〔二〕「從」，錢本改作「地」。　〔三〕「墮」，錢本依韻改作「墜」。

第四齣

（婆唱）

〔金鷄叫〕老景催人去，年華事暗隨流水。願家筵無慮心緒，晨夕清香，一炷謝天地。

（白）家道蕭疏未足憂，且隨緣分度春秋。月過十五光明少，人到中年萬事休。老身是開封（人氏），夫主姓孫，亡過數載。只有兩箇孩兒，大的必達，自亡夫主，自曾讀數行詩書之禮，乃是箇儒人。小的必貴，爲人聰惠，性氣剛强，只要提刀弄斧，如今在街坊做個屠户，養育老身。日來聽得孫二要出外打旋，不知如何？等它來時，把幾句勸它則个。（末上白）買賣歸來汗濕衫，算來方覺養家難。自家姓孫，排行第二。在這街坊市上，屠宰爲生，人口順只叫做小孫屠。數日來不得買賣，意下要買些人事，投鄉外幾個相識行打旋一遭。免不得説與我母親知道。（末見）（婆）孩兒，我聽得道你要出外打旋，怕家中得過且過，出去做甚的？（末）告得媽媽，常言道坐喫箱空，孩兒去尋得些少盤纏便回，母親放心。（婆）孩兒，心去意難留，留着是冤仇。去則不妨，只是早回便了。（末）孩兒便回。

（婆唱）

〔鏵鍬兒〕從來你行慣，曾途中歷遍。今日此行，須是意莫留連。遣我朝夕恁憂煎，望得孩兒眼穿。子母心，兩處懸。（和）鴻飛不到處，總被利名牽。（末）

〔前腔〕孩兒告娘，休得憂怨。人言小富由命，大富由天。但得安樂是前緣，坐享不能自然。暫離家，即便轉。（和）去處處莫遲延，娘親望眼穿。鴈飛不到處，人被利名牽。（並下）

第五齣

（生唱）

〔天下樂〕一種相思聚兩眉，因嬌貌可人意。只得拚却千金買，把花名籍字除。

（白）天涯海角不窮時，惟有相思無盡處。卑人每日在家觀書覽史，侍奉萱親。只有那一日西郊麗春園内遊春，杏花深處，得遇李瓊梅當壚賣酒。此婦人生得肌瑩瓊臺片雪，臉如紅杏鮮妍。見它不覺惹起鴛鴦之恨，欲求鸞鳳之歡。説道若得落籍除名，願爲夫婦。如今不免將些金帛，前往衙前，尋那舊契張面前，去那本官根前説則个。（末上白）昨晚那孫必達所托之事，已自從本官根前覆過了。今日特來這裏，説與那人知道。（末見生介）（生）張面前，昨日所托之事如何？（末）昨晚已曾本官根前説過了當，請哥哥來。（生）小生不多，先有銀子兩錠，上下使用。哥根前小生當自重重拜謝。（末）不須如此。（生唱）

〔光光乍〕仁兄聽我言，千萬與周全。若得一力維持，感恩即非淺。（末）

〔前腔〕夫妻是宿緣，當與你作宛轉。放下心腸休憂慮，管教你成姻眷。

（白）眼望旌捷門施，耳聽好音消息。（並下）

第六齣

（外唱）

〔西地錦〕下官心平公正，卑職掌開封。但民歌千里明忠，正報和氣春風。

（白）下官權行千里，職掌開封。胸次澄清，但絶非公之擾，希奇政事，判絶有理之權。真個沾恩皆樂業，一朝朝家庇喜安康。此心如蘭之馨，如秤之平。真箇平處莫教高唱道，恐驚林外野人家。當日的令史過來。（淨扮朱令史上介，白）將相本無種，男兒當自强。自家姓朱，名傑，見在充本府正名司吏，滿街都叫我做朱外郎。夜來有張面前説李瓊梅一事，今日本官坐廳，與此人完備此勾當。（見外了，叫旦介）（旦上唱）

〔風馬兒〕聞得提攜寸心喜，來廳下聽台旨。（梅接唱）娘行離脱風塵去，從今且免得，人折柳梢枝。（見外除名介）（旦唱）

〔鵝鴨滿渡船〕謝得恩官，且免妾爲娼妓。這些恩德處，怎忘之。甚時能結學韓珠？（和）從今係籍名字除，付憑據從此去。免怨嗟，琉璃井，幸脱離。（外）

〔前腔〕自來平心地，爲你多嬌媚。墮落煙花内，本無禮。快疾速移改遲便追。（和同前）（淨）

〔前腔〕今日除名字，皆是我恩德。（旦）人非土木的，不敢忘恩義。（和）幸然脱得花門去，心歡喜鴛鴦倩，免沉迷。如花貌，絶風雨。（末〔一〕）

〔前腔〕本官心地，事由公理。踢脱這些兒，果有陰德處。（和同前）（梅）

〔前腔〕念奴娘子，本是良人女。早晚辦名香，答謝天和地。（和同前）

（淨）莫忘當初共把盃。（外）除卻花名李瓊梅。（合）當權若不行方便，如入金山空手回。（並下）

〔一〕「末」，錢本正作「外」。

第七齣

（末打旋上）（唱）

〔北曲一枝花〕山遥江水長，人遠天涯近。去馳登紫陌，迤邐踐紅塵。自離家鄉，寂寞無人問，朝朝愁悶損。然雖路上堪行，俺則是心中未穩。

〔梁州第七〕〔一〕驀驀地古道西風峻嶺，過了夕陽流水孤村，如今塵隨馬足何年盡！常就勞落，不必艱辛。幾番回首，幾度忘魂。只爲家中年老慈親，朝夕侍奉無人。明知孝悌人之大本，想着受煦勞育我全身，不能勾落業安平。自俺付臨行，曾把哥哥稟，常侍奉莫因循。只怕哥哥把話不準，迷戀着紅裙。

〔黄鐘尾〕〔二〕如今未遭際漢風雷信，有一日得到家鄉桃李春。打旋回來分，參拜了母親，答謝了衆神，便受了奔波正的本。（下）

〔一〕原未標曲牌，此據錢本所加。　〔二〕同上。

第八齣

（婆唱）

〔鳳時春〕得失榮枯在命，夫妻事豈天爲。我的孩兒今成夫婦，論此因緣，事皆前定。（白）男大須婚，女大須嫁。老身大的孩兒必達，不曾婚娶。半月前有媒婆來曾説親，不擬三言兩句便説成。就選今朝好日子，便取將歸來。只一件，小的孩兒必貴出外打旋來（未）回。況是屠宰之家，他歸來必有言語，這的不妨。今朝這早晚不見媒婆來。（淨扮媒婆出）（白）開口成匹配，舉口合鳳凰。（生唱）

〔迎仙客〕謝娘子，恁提攜，料想前生曾會伊。燕雙飛，一對兒。（和）算來因契，門合合非容易。（旦唱）

〔前腔〕念奴家，好人女，幸遇君家才貌奇。似鸞鳳，一對兒。（和同前）（婆）

〔前腔〕我孩兒，恁聰惠，娶得媳婦百事宜。鄭州梨，一對兒。（和同前）（梅）

〔前腔〕我娘子，果嬌媚，幸遇官人俊貌美。似鴛鴦，一對兒。（和同前）

（生）天生一對共諧和。（旦）便覺門闌喜氣多。（婆）遇飲酒時須飲酒。（合）得高歌處且高歌。（淨先下）（婆唱）

〔繡帶兒〕娘言語兒聽取，如今景傍桑榆。男畢結女正當笄年，娘心免得憂慮。忺喜，願得諧老百歲期，得榮貴我心歡喜。（和）真奇異一雙兩美，排宴飲雙雙傚于飛。（生）

〔前腔〕必達告娘行聽啓：因緣事非容易，今日裏情分和諧，媽媽免得憂慮。難比，艷粧嬌

貌多俊美，論西施，則如是。（和同前）（旦）

〔前腔〕奴自小良人女，謝君家提攜到這裏。不棄取甘爲箕帚，只願盡老連理。和你，共諧百歲直到底，更無二心三意。（和同前）（梅）

〔前腔〕聽取梅香拜啓：幸今日到此豈非容易。今日裏情分和諧，謝恩家不惜千金買斷花爲主。應是，此生緣分天際會，願百歲求同魚水。（和同前）

（末上白）歡來不似今朝，喜來那似今日相逢。必貴多謝得衆家行院相識賫發，幸喜回來。恰才城外見二三箇伴當，吃了兩三盃酒，須索到家着母親見。（婆拜介）孫二，你回來了。歡喜咱。（末）歡喜甚的？（婆）你的哥哥娶嫂嫂。（末見生旦介）（末唱）

〔朱哥兒〕哥哥聽兄弟拜啓：它須煙花潑妓，水性從來怎由己？緣何會做得人頭妻？伊不聽，兄弟勸時，也須看前人例。（生）

〔前腔〕我兄弟說得自是，它如今須脱了名籍。我見它真實娶它歸，娘親老待它看侍。（和）今日裏，成親愛喜，休口快胡言語。（旦）

〔前腔〕叔叔好不傍道理，奴元是好人兒女。墜落煙花怎由己，將奴罵淚珠偷滴。（和同前）（婆）

〔前腔〕勸孩兒休得要恁地，你嫂嫂看來也賢德。自今一家要和氣，改日與你娶房妻兒。（和同前）（梅）

〔前腔〕休得聽閑説是非，勸娘行也休得嘔氣。這般閑争甚巴臂，傍人聽是何張志。（和同前）

（生）兄弟心性太疏狂。（末）那堪門户不相當。（婆）今日夫妻成大禮。（合）一齊攀送入蘭房。（並下）

第九齣

（淨扮朱令史上）無因駐清景，日出事還生。自家暗想李氏，在先我在它家中來往，多使了些錢。後來因些閑言語上，不曾踏上它門。如今孫大娶它爲妻，見説孫大每日殢一盞酒，此婦人奈其心不定，又和孫二争叉。我待去它家走一遭，又無因由。真個是眉頭一點愁，終是不能消。在先這婦女和我做伴時，曾借我三錠鈔。休昧心説，這錢還我了，争奈我文書不曾把還它。我如今只把這文書做索錢爲由，去它家裏走一遭。恐怕它是因緣未斷〔一〕，三言兩句成合了。正是：不施萬丈深潭計，怎得驪龍項下珠？（下）（旦上唱）

〔梁州令〕一對鸞鳳共宴樂，恨連日抛嚲。這冤家莫竟信刁唆，把奴家，恩和愛，盡奚落。

（白）鴛鴦本是飛禽性，養殺終須不戀家。自嫁孫家，將謂如魚似水，傚學鸞鳳，誰知把我新婚密愛如同白木，連日不見回來。知它是争名奪利？知它是戀酒迷花？使奴無情無緒，因倚繡牀，如何消遣！（旦唱）

〔梧桐樹〕思量悶上心，人去無蹤影。悄似隨風柳絮無憑準，卻與舊日心不應。誤我良宵寂寞守孤燈，數盡更籌夜長人初静，教人恨殺活短命。

〔前腔〕無情弄繡針，鎮日心不定。落得悽惶爲它成孤另，終日黯約何情興。捱到黄昏月上小窗明，淚眼通宵揾濕鴛鴦枕，曉來時懶對孤鸞鏡。（外扶生叫開門介）（旦開門介）（生睡叫睡叫介〔二〕）（旦唱）

〔北曲新水令〕却踏過滿庭芳草看花回，怨王孫不思折桂。每日上小樓沽美酒，銷金帳裏共傳盃。喫酒沉醉扶歸，不由我不傷情若縈繫〔三〕。（又唱）

〔南曲風入松〕記前日席上泛緑蟻，做夫妻永同連理。誰知每日貪歡會，醺醺地不思量歸計？你那裏誰人共美？教奴自守孤幃。（又唱）

〔北曲折桂令〕幾回價守定香閨，轉無眠情緒如癡。直哭得絳蠟煙消，銀蟾影墜，寶篆香微。才聽得促織兒聲沉四壁，又聽得叫殘星報曉鄰鷄。隻影孤悽，心下傷悲。一弄兒凄凉，總促在愁眉。（又唱）

〔南曲風入松〕我一心指望你攻書，要改換門閭。如今把奴成拋棄，朝朝望朝朝不至。好教人鴛衾裏冷落，須閑了我一個枕頭兒。（又唱）

〔北曲水仙子〕好因緣間阻武陵溪，辜負花前月下期。綵雲易散琉璃脆，虧心底不似你，擔閣了少年夫妻。不枉了真心真誠意，不把我却寒知暖妻，不能勾步步相隨。（又唱）

〔南曲風入松〕〔四〕想伊聰惠，伊伶俐，伊伶戲，今日裏怎如是？念奴嬌媚，奴風韻，奴佔俤，誰和我手同攜。（又唱）

〔北曲鴈兒落〕誰同鶯燕期，誰展鴛鴦被，誰雙鬬鸂鶒，誰匹配鸞鳳對？（又唱）

〔南曲風入松〕細思量教我淚雙垂，使奴虛度良時。繡房懶入拈針指，終朝裏没情没緒。

枕屏邊聲聲叫你，情脈脈轉無語。（又唱）

〔北曲得勝令〕則笑卓氏女忒心癡，它被這睡魔王厮禁持。則想醉裏乾坤大，全不想花間雲雨期。身靠着屏圍，魂夢誰根底？酒病好難醫，今朝醒覺遲。（又唱）

〔南曲風入松〕看劉伶酒自半醒時，不似你沉醉如泥。當初李白曾題記，它得遇唐朝皇帝。（白）李太白醉時，楊妃捧硯，力士脱靴，龍巾拭唾，御手調羹。今日也是醉，（唱）枉教人千般告你，别尋箇解條底。

（淨上白）事不關心，關心者亂。到得孫大門首。（叫門介）（旦）誰叫我小名？（淨）是朱邦傑。（旦）元來是朱外郎。（開門）外郎怎生稀行？（淨）我今日特來與娘子賀喜則个！（旦）外郎，你説這話，如今奴家不比在先門户。（淨介）你在先借我三錠鈔，不曾還我。（旦）在先鈔都還外郎了。（淨介）我不曾得。（旦背介）外郎莫是把爲名，故意來此。（淨介）這睡的是誰？（旦介）是丈夫。（淨）怎中？（旦）不妨，醉也。（淨介）（旦）外郎，休戀故鄉生處好，受恩深處便爲家。（旦唱）

〔石榴花〕奴家從小流落在風塵，幾番和你共枕同衾。如今踢脱做良人，誰知到此，倍覺傷情。幸君家殷勤到這裏，想因緣已曾結定。（和）花前宴樂同歡會，伊和我兩同心。

〔前腔〕娘子貎美鉛華鬢堆雲，梳粧巧煞精神。金蓮三寸太輕盈，言談舉止多風韻。咱寵兒青春，青春俏勤，教人道果然厮稱。（和同前）

（末上白）野花不種年年有，煩惱無根日日生。自家當朝一日，和那婦人叫了一和，兩下都有言語。我早起晚西，看它有些小破。今朝聽得我哥出去，和相識每喫酒，我投家裏去走一遭。（佐聽科介）殺人可恕，無禮難容。我哥哥不在家，誰在家喫酒？（末踏開門，淨走下。末行殺介）（生唱）

〔駐馬聽〕酒困沉沉，睡裏聽得人鬥爭。是我荒驚惱覺，自覺一身，戰戰兢兢。方知欲問這元因，忽然見弟兄持刀刃，連叫兩三聲。莫不是嫂嫂不欽敬？（末）

〔前腔〕聽説元因，它元是娼家一婦人，瞷着哥哥濃睡，自與傍人，並枕同衾。我欲持刀一意捕奸情，幾乎殺害我哥哥命。（旦白）我有奸夫，你不拿住它！（末）你言語怎生聽，一場公事驚人聽！（旦）

〔前腔〕哀告君聽：奴在房兒裏欲睡寢，怎知叔叔來此，巧言花語，扯奴衣襟。（末）孫二須不是這般人。（旦）因奴家不肯便生嗔，將刀欲害伊家命。（末）哥哥休聽它家説，孫二不敢。（旦）只得叫鄰人，將奴趕得没投奔。（生）

〔前腔〕此事難憑，兩下差池人怎明？（末）哥哥，甚不明處？養着奸夫。（旦）叔叔聲聲只道，養着奸夫，奸夫你説是何人？（末）明養着奸夫。（旦）叔叔你忒煞把人輕！（末）你道没，敢罰咒？（旦唾）是命。（旦）青青須有天爲證。（末）你敢道一個没！（旦）没！（末）你休得强悍悍，楊花水性無憑準。

（生）家醜從來不外揚。（旦）誰知骨肉也參商。（末）大家飛上梧桐樹。（合）自有傍人説短長。（並下）

〔一〕「因緣」，錢本改爲「姻緣」。　〔二〕「睡叫睡叫」，錢本删一「睡叫」。　〔三〕「若」，錢本改爲「苦」。　〔四〕此牌調錢本改爲〔犯衮〕，云：「凡〔風入松〕疊用幾支，其間必插入此調。此調這裏既誤作〔風入松〕，明人又謬稱〔急三槍〕，今據《九宮正始》册八〔仙吕入雙調〕定爲〔犯衮〕，即〔風入松〕犯〔黄龍衮〕。其中四、八二句爲〔風入松〕，餘均爲〔黄龍衮〕。」

第十齣

（婆唱）

〔轉山子〕因甚家中閙聲沸？聽言語差池。心下探自覺猜疑，還未知何般凶吉？到堂前探取，免心下多慮。

（白）人無遠慮，必有近憂。不知夜來家中爲甚喧閙？待老媳婦叫過小孫屠出來，問它則个。孫屠在那裏？（末上白）當言不言謂之訥，不言强言謂之僭。夜來只爲那賤人，顯（險）些不做出一場事來。這事只得自相滅。母親叫，只得走一遭。（見）（婆）孩兒，夜來爲甚吵閙？教我知道。（末）媽媽説甚底。媽媽只是當日間信哥説，娶了這婦人，有許多價事濟。母親休問。（婆）孩兒，休要大驚小怪，畢竟事已成了。它是箇這般人，把這言語都休説。我從你爺爺在日，已曾許下東岳三年香願。已還兩年了，今年一年便還足。孩兒，你如今與我收拾行李，和我一同去還心願，也免在家閑争合口。（末）母親也説得是，孩兒如今便收拾行李。母親和哥哥説一聲，就教送出路上去便回。（婆）如今你速辦行裝去。不憚重重疊疊山。（婆吊場）（婆唱）

〔掛真兒〕東岳靈祠幾程路，還心願只得前去。只慮家中，無人看覷，叫出孩兒説與。（生上唱）

〔前腔〕燕爾新婚正歡聚，何曾肯暫離一步。（旦上唱）驀然間（聞）得，萱親有旨，同向堂前施禮。（婆唱）

〔奈子花〕相將岳帝生乾日，欲同去燒香獻紙。（生）便理會行裝前去，但家務深慮之。（旦）爲家慮恐難脱離，須叫取叔叔前去。（和）只交必貴辦行裝，相同去便同歸。（婆唱）

〔前腔〕如今即便登途，家緣事分付汝。（生）告媽媽寬心行路，兩下裏休慮憶。（旦）媽媽須是早早回歸，路途上自宜小心。（和同前）（末唱）

〔賺〕聽娘有旨，目今要往東岳去。（旦）恨分離，家中無人管顧奴。（生）我如今，相送娘行出外去，側耳先回故里。（末）更莫待遲。叫梅香安排數盃。（梅）聽娘呼至。（梅唱）

〔紅芍藥〕今去東岳，一盃祝和炁。（婆）梅香媳婦在房幃，須是照管家計。（旦）三人路途須仔細，不妨早作歸計。（和）名香一炷告神祇，合家保無危。

〔換頭〕酌酒東郊已先醉，門前早已排轎兒。兩日三朝望你歸。

（白）東峰東岳甚威靈，名香一炷辦虔誠。萬事勸人休碌碌，舉頭三尺有神明。（生末婆先下）（旦吊場白）落花有意隨流水，流水無心戀落花。梅香，我當初指望共它同行同坐，一步不離。誰知今日，隨風倒柁，飄然而去。空使鴛衾閑半壁，何日是歸期？（梅）娘子不須憂慮。（旦唱）

〔梧葉兒〕欲説破，有誰聽？不記暗叮嚀。飄然去，悄如水上萍。盡把恩情，悄似梧葉兒一片輕。（梅）

〔前腔〕娘休慮，且寬心，何必自傷情。（旦）雖然出去便回程，房兒裏好淒清。長嘆兩三聲，它熱如火我冷如冰。（旦）〔前腔〕休只管，戀它每，入眼便爲懃。不須急性，有日稱心，莫把恩情悄似冰。

（白）梅香，它既然出去，我鎮日没情没緒。你入去安排三兩盃酒來，待我自消遣則个。（梅）理會得，三盃和萬事，一醉解千愁。（梅先下）（淨扮朱令史上，白）静中檢點平生事，閑裏搜尋自所爲。前日不是我走得疾，險些個遭小孫屠腳手。我如今見説，它家裏婆婆和孫大孫二一同出去燒香，只有那婦人在家，不免去走一遭。（見旦介）（旦）朱令史，你今日來得恰好。我正安排幾杯，和你對飲。（淨）前日我好險！（旦）不是你眼快，險做下來。今日它們出去燒香，便回來也三朝兩日。如今不免叫過梅香將酒過來。（梅）酒逢知己飲，詩向會人吟。酒在此。（梅見淨介）（旦）梅香，這官人是我的兄弟。你去安排些食物，一就與我關了外門，待我和官人吃幾盃酒。（梅）天上人間，方便第一。（梅先下）（旦唱）

〔淘金令〕燈前報蕊，鵲噪簷前喜。今日見你，果是非容易。淺斟低唱，放些嬌癡，怕甚花梢風雨。辦堅着意，一盃勸君須記取。（和）同攜素手，並着香肌，共入羅幃做連理。（淨）〔前腔〕因緣契合，算來非容易。一雙兩美，我也成忔戲。幾曾間阻，兩下分離。（和同前）

（淨白）而今便叫梅香過來，正好下手。（旦）説得是。梅香過來。（梅上唱）

〔桃李争放〕聽得叫梅香，只得堂前聽取使。

（梅白）姐姐，這個人是甚麽人？你只管留它在家喫酒做甚底？（旦）不干你事！（淨殺梅香，扮梅香作旦死尸科。除梅香頭介）（旦淨白）不施萬丈深潭計，怎得驪龍項下珠！（並下）

第十一齣

（外上）

〔梅子黄時雨〕清正當權，公明無倦，民無枉閻閭無飛。

（白）麾下十鋋五釳墨，寫下千枝萬枝樹。引得林禽扮到來，踏枝不着空歸去。下官職判開封一郡黎民，今日早衙，門前鬧閧，不知甚事，左右過來。（淨扮朱令史上介説關殺人）寧可昧神祇，不可失道理。廳上官人唤，只是孫大殺人事走一遭。（見外説關介）（外）這的是人命事，非通小道，不打不招。（淨）打了。（押生上介）（生唱）

〔錦天樂〕且停威，告恩官略慈念。昨日我萱親去燒香，卑人送到半途回轉。誰把我妻謀騙？首級無有鮮血染，望恩官乞賜明驗。回心轉，言念無辜，怎生屈受刑憲？（又唱）

〔上小樓〕公吏人排列兩邊，不由我心驚膽戰。怎推這鐵鎖沉枷，麻槌撒子？受盡熬煎。假若使心似鐵，這官法如爐燒燥〔一〕。休悲我枉屈後，死而如怨〔二〕。

〔换頭〕到今日怎知道，番成罪愆？略略望哀憐，常言道公門可行方便。人易謊，天須見，拷打千般神魂亂。空有日月須明，不照覆盆下面，便招作鬼死也埋冤。（又唱）

〔紅繡鞋〕拷的我魂飛魄散，打的我肉爛皮穿。告你個有鑒察曹司，望周全。你是一紙教天赦，飛下九重天。殺人罪愆，怎的免？

（生招了介）（外〔三〕）朱令史，既招成了，枷收在牢裏。待首級完備決斷。（外唱）

〔四邊静〕將它短招讀一遍，把詞因好生看。休要順人情，依法自行遣。（和）這場罪愆，怎生觶免？一一與招成，三年待決斷。（生）

〔前腔〕誰知命運遭乖蹇，今朝受刑憲。免教受掤扒，感恩即非淺。（和同前）（淨）

〔前腔〕分明是你把妻兒騙，今日怎胡言？拷打更拼扒，如今怎觶免？（和同前）（生唱）

〔一撮棹〕喫黄連，心苦向誰言？無處語，莫得告蒼天。（外）枷收了，明日要歸勘。將就理，實説早周全。（生）怎禁枷和鎖，鐵心腸淚漣漣。情最苦，身落在罪囚禁。

（外白）朝朝問取莫遲延，但要公平不要錢。（生）兄弟未歸誰管顧？娘親誰把信音傳？（淨）當初只道文章貴，到此方知獄吏嚴。（並下）

〔一〕「燥」，錢本改作「煉」。　〔二〕「如怨」，錢本作「無怨」。　〔三〕「外」，原誤作「末」，據錢本改。

第十二齣

（婆上唱）

〔望遠行〕離了故鄉，跋涉崎嶇勞攘。水宿風餐，旅況怎消遣？（末）那日方離家鄉，回首家鄉怎想？且緩步徐徐行上。（婆）

〔四犯臘梅花〕高山疊疊途路長，何時得到東獄殿，賽還心願一爐香也。人寂寂，奴悽惶，相隨只有兒共娘。奔波在旅邸，滿眼是山花夾岸傍。（和）路上逢花酒，自徜徉，一程管教

分作兩程行。（末）

〔前腔〕暮宿村店朝又往，寬心放懷休惆悵。拜還心願一爐香也，身康健，回故鄉，朝行暮止兒共娘。一心願得學，拜舞綵衣堂上。（和同前）

（婆白）孩兒，我身已自覺有些不快，你可早尋個安歇處。（末）媽媽，前面便是草橋茅店，且歇了，明日早上殿還願。孩兒早尋旅店且安宿，身安便是無量福。賽還香願早回家〔一〕。（並下）

〔一〕錢本在「孩兒早尋」句前加（婆），「賽還香」句前加（末）。

第十三齣

（旦上唱）

〔夜行船〕百歲夫妻重會面，由天付豈非人與。（淨接唱）不入深淵，驚人波浪，爭得大海明珠？

（旦白）不入驚人浪。（淨）難逢得意魚。（旦）朱外郎，不是奴家設此一計，今日怎得和君家相會？（淨）謝得娘子。（旦）官人，休聽世上相思曲，且盡樽前不老盃。（旦唱）

〔繡停針〕自從那日，打散鴛鴦侶鎮長嘆吁。袖羅紅濕臙脂淚，愁到那人提起。謝老天開方便眼，施小計恰早投機。自今一步不厮離，在天只願傚于飛，在地同爲連理。（淨）

〔前腔〕雨約雲期，最苦情濃處變成間離。寸心豈戀鴛鴦被，爭奈咫尺千里。今難學莊周夢蝶，願飛到伊行根底，同坐同行同衾睡〔一〕。（旦）

〔前腔〕望伊做主，莫待傍人的講是論非。繡衾香暖羅幃裏，恩情願似當時。論陽臺朝雲暮雨，爭如我憐惜歡娛，共伊終久不厮離。（淨）

〔前腔〕看伊貌美，最苦秋波殢人似癡。臉桃紅露櫻唇媚，淡掃蛾眉傍人怎比。宛然似春光結蕊，幸然折在屏幃裏。從今契合非容易，把閑愁從此勾除，辦堅心休提是共非。

（旦淨白）在天同歸碧落，入地共返黃泉。（並下）

〔一〕錢本注：「此下缺二句，下曲同。」

第十四齣

（末上白）世上萬般哀苦事，無過死別與生離。苦也！去時同着母親去，歸時只有獨自。誰知母親還了香願，在房店中已自死了，如今却只帶得它骸骨歸來。且喜到得家鄉。思量着起來，心如刺痛，淚似珠傾。（唱）

〔北曲端正好〕當日重意離京城，誰想今日耽愁悶。急回來不沙悶的獨自個和淚而行。去時節喜恣恣親母登山嶺。回來呵，背着箇磣可可骨匣相隨定。（唱）

〔南曲錦纏道〕奔行程，哀哀不曾住聲，各不定珠淚如傾。挑着箇紙幡兒，招展痛苦傷情。這骨匣一回價又輕，一回價又覺還沉。莫不是親母顯威靈，娘相扶相隨，相佑到帝京。到得家中後，見哥哥訴元因。（唱）

〔北曲脱竹衫〔二〕〕白日裏泣雨愁雲，到晚西役夢勞魂。多則是俺嫂嫂佔迫我小名，㑊若在

家亡也有些名分。（唱）

〔南曲刷子序〕心中自忖，怨親娘可煞孤命。你若家裏死後便累七追享〔二〕，不免請幾個僧人。止不過做兩三夜道場，看幾卷懺文《心經》。暗自省也落得花草，出殯在西城。

（白）慚愧！且喜到得城外。則這般不敢家去，把這骨匣兒在門外具德寺裏，前到家去説與哥哥知道，請幾個僧人取去。（寄骨匣介）（回家介）（掩門介）常言道：福無雙至，禍不單行。我家怎地吃官司封了門？不免去隔壁鄰舍王婆叫一聲。（末叫）（淨扮王婆出）來，來。誰？（末淨相見科）（淨）孫二，你母親不曾回來？（末）好教婆婆得知，一言難盡。孫二同母親一路裏去，到草橋店，母親身已不快。還了香願，到得店裏，已自死了。婆婆，不知我家裏怎地喫官司封了門？（淨）你哥哥不聽人説話，取了這個婦女，不知做了不良事濟，你哥哥把它殺了。如今官司拿去問成，關在大牢裏。（末唱）

〔鎖南枝〕婆婆聽我拜啓：隨娘往東岳去，誰信道得中途，驀忽娘傾棄。將死骨，親帶歸。到家中，因何把門閉？（淨）

〔換頭〕聽我訴因依，不覺淚暗滴。你自和娘還願，争奈你哥哥，與妻閑争氣，殺死它，喫控持。到如今，禁在牢内。

（末白）你如今怎生教我見哥哥一面也好。（淨）你如今只把送飯爲由，見得它。（末）孫二回來，委是没分文。（飯科）（淨）孩兒，我與你，若見哥哥，不要大驚小怪。（末）理會得。見時不敢高聲哭，恐怕人聞也斷腸。（並下）

〔一〕「竹」，錢本改作「布」。　〔二〕「享」，原誤作「高」。

第十五齣

（生唱）

〔金瓏璁〕（搶枷上）清平天地裏，是我屈死難當，哽咽淚汪汪。親娘無信息，共我兄弟何妨？不道我落在牢房。

（末上白）不信好人言，果有今朝難。今日果然如此。來到牢門前，只得叫送飯。（扣門科介）（見生送飯倮飯介）

（末唱）

〔孝順哥〕我哥不是，怨自誰？癡迷那得人似你。兄弟好言語，佯佯總不理，如風過耳。它是風塵，煙花潑妓，你娶爲妻，不思量有今日。（生）

〔換頭〕你却説得是，教人淚暗滴。我當初取它歸，將謂好行止。誰知甚的？事到頭來，全無區處。受盡淩遲，如今悔之無極。

（生問娘科）（末）好教哥哥得知，一言難盡。孫二和母親去到草橋店，母親身已不快。還了香願，已是死了。

（生）苦也！（生唱）

〔憶多嬌〕心痛悲，淚珠暗滴。不知我娘爲下鬼，兒在囚牢誰看覷？（合）禍不單行，苦也娘親怎知？（末）

〔前腔〕作事濟，不點實，如今怎生來救你？早晚粥食休憂憶。

（淨推末押生下）假饒人心似鐵，怎逃法官如爐？（生下）（末吊場。見淨許物科）今日得君提拔起，免教身在汙泥

中。（並下）

第十六齣

（旦上唱）

〔臨江仙〕假意成謀居此處，分明中我圈圚。（淨）今日得遂我心期，歡娱嫌夜短，快樂少人知。

（旦）奴家當脱得花門柳户，與孫官人爲夫妻，止望盡老今生百年，誰知它朝夕殢酒。不是奴家設此一計，把這梅香殺了，和朱外郎共同一處，多少是好。（淨説婆死介）（淨）今日我便把這孫大殺了，我與你同諧鸞鳳之歡，永享百年之樂。（旦）計就月中擒玉兔，謀成日裏捉金烏〔一〕。（並下）

〔一〕「日」，原誤作「月」。

第十七齣

（末上計物件科）（見箱介）（淨上拏末白）渾身是口不能言，遍體排牙説不得。（下）（外上唱）

〔惜奴嬌〕職判開封，冤枉人心頑如鐵，枉然官法如爐自滅。

（淨上説關介）（外）孫必達，那殺人正賊，已自拏獲得了。如今將你省會寧家聽候。（末擔枷上）（見生介）（生）苦也天！（生唱）

〔紅衲襖〕我當初不三思，撞着冤家如醉癡。最苦娘親又傾棄，家私壞了懊恨遲。今日遭横死，痛苦人怎知？情願拚死在黄泉，陰府去理。（末）

〔換頭〕望停息虎狼威，害良民朱令史。屈壞平人怎爲例？下民易欺天怎欺？落在羅網裏，殺人還是誰？我情願替哥哥，做箇刀下鬼盆吊殺。（末介）（並下）

第十八齣

（梅唱）

〔高陽臺〕（作鬼上）一點幽魂，滿懷冤苦。冥冥杳杳鮮悲。鮮血流紅，痛和淚滴交垂。無端怨衝天地，恨那人無語長吁。冤讐須報，只争來早與來遲。（又唱）

〔山坡羊〕怨氣衝天盈地，怨魂冥冥何處？滴滴底鮮血沾衣袂。李瓊梅，和你假意兒，將人殺了諧連理。萬劫冤仇難如你，冤家，終須會見你。（又唱）

〔後亭花〕教奴怨恨你，魂靈兒無所歸。冤枉難伸訴，蒼天不可期。你不與，外人知，施呈巧計。使這般狼兒識，眼將咱一命傾。（又唱）

〔水紅花〕銜冤痛恨苦難追，被伊虧。悲風動處，藏形無倚更無依。最難悲，黄昏微雨，盡在芭蕉葉底。怨魂飛，慽人淚珠垂，也羅。（又唱）

〔折桂令〕休想我死心塌地，有一朝天地輪迴，我那從前已往冤仇記。你好忘恩義，李瓊梅，到陰司，萬剮凌持。（下）

第十九齣

（淨扮禁子開關拖末上）（淨下）（外唱）

〔少年心〔一〕〕（扮東嶽泰山府君上）瞬目一觀，霎時已列凡世。

（白）莫瞞天地莫瞞心，心不瞞人禍不侵。十二時中行好事，災星過了福星臨。小聖乃是東嶽泰山府君。勸君莫作虧心事，東嶽新添速報司。切見李瓊梅淫婦，謀殺人命，孫必貴屈死郊中。此人平日孝心可重，今日有此之難，上帝敕旨，差下小聖，降數點甘雨，其甦醒此人。孫必貴，甘雨沾身魂夢醒，醒來冤枉自分明。從空伸出拏雲手，提起天羅地網人。（外下）（末活醒了介）（末唱）

〔北新水令〕夢魂中只聽得雨滋滋，元來是死生別處。渾身上都破損，疼痛怎支吾？朱邦傑，於你有何辜？天憐念小孫屠。

〔鎖南枝〕神魂亂，手腳麻，爭些半霎時身亡化。若不是老天周全，甘雨從空下，魂夢中，把我頭面洒。醒覺來，自嗟呀。（見棒介）

〔北甜水令〕拄杖身邊，誰人撇下，手顫怎生拿？東倒西歪，我怎生提拔？戰兢兢氣力，難加。

〔香柳娘〕想哥哥那裏，你還知麽，兄弟在此身亡化？黄泉無旅店，今夜宿誰家？一命掩黄沙。我如今掙闔，將拄杖按拿，魂飛魄訝。

（生將鋤頭紙錢上介）（見末介）有鬼！（末）哥哥，兄弟不是鬼。在牢中遭盆吊死，把我撇在郊外。謝天降幾點兒甘雨，把我救醒。哥哥，兄弟不是鬼，是人。（生）兄弟，你端的是人來？兄弟款款地起來，扶着杖子行，闒闒到家，卻作區處。（旦上唱）

〔花兒〕荒郊傍晚，星月相將漸生日沉西。車馬游人盡稀散，潛步兩情廝綰。

（見生末介）（白）有鬼！（生末）你是鬼是人？（旦）奴家不是鬼，是人。（生末）你不是鬼，那死的却是誰？（旦）那死的却是梅香。你兩箇出去，我和朱令史商量，把梅香殺了，切去了頭，假作我的尸首，誣賴你殺了奴家，把你兄因禁牢中，謀害你兩箇性命。這的是我和朱令史同謀來。（生末）元來是這賊人和朱令史謀壞我兄弟來。朱令史如今在那裏？（旦）在五里外莊子上。（生末）你引我到那裏去。只教從前作過事，没興一齊來。（並下）

〔一〕「心」，錢本改作「游」。

第二十齣

（淨上白）哱息！自家今日眼跳，有些箇不好。李瓊梅緣何到如今不來，知它是怎生？（生末旦上）（擒淨介）（生唱）

〔念佛子〕〔一〕聽此語，方知是，把梅香殺死逃避。假尸形陷我落在圈圚。（旦）聽取，可笑伊忒不是。爲我每廝像伊妻，把人一繼擒住。

〔前腔〕因爲經過這裏，驀見伊形如鬼。逐驚荒寸心如水。（生末）你分明，説此就理。怎地胡推拒？到今日更難分理。

〔前腔〕李瓊梅，料造惡，貫滿當誅。如今怎生饒你？（旦）是前日不合恁的。一時同設計，

到今日自伏不是。（生末）

〔前腔〕幸逢你，誰知三見鬼。一齊都擒住。千般受險危，幸得天天周濟。兩人怎插翅？口遍身如何分理？是共非，到龍圖堦下聽取台旨。

（生末梅擒住旦淨白）今日一齊擒去龍圖廳下，分理便了。正是：休言長釣秋江上，也有收綸罷釣時。（並下）

〔二〕錢本云：《九宮正始》册四〔中吕念佛子〕下云：「凡〔念佛子〕每曲各自不同，非可前曲律後曲，此傳律彼傳也。」此四曲原不分段，今此分法，未敢必其無誤。此據錢本分段。

第二十一齣

（外唱）

〔七娘子〕判斷甚嚴明，受人間陰府幽冥。負屈銜冤，從公決斷。心無私曲明如鏡。

（白）人間私語，天聞若雷。包拯便是。奉敕命雲間下，敕判斷開封。日判陽間夜判陰，管取人人無屈，定教箇箇無冤。遠遠望見一簇人來，恐有疏虞，不當穩便。左右過來。（生末梅擒旦淨上介）（生末唱）

〔紫蘇丸〕誰知假意將人害，李瓊梅見今擒在。（梅）在陰間銜冤怨痛傷悲。（淨旦）誰知冤報冤和債。

（外白）你算有何冤抑，各各從頭供狀一遍。（生唱）

〔縷縷金〕它元賣酒，接佳賓。花牌上除姓名，做良人。娶它爲夫婦，水性無準。把梅香殺死私奔，教我枉受刑禁，教我枉受刑禁。（旦）

〔前腔〕龍圖聽元因，奴家從幼小，在風塵。爲它娶歸爲夫婦，心兒不定。共朱邦傑一意私奔，把梅香殺死一命。（末）

〔前腔〕哥哥底，娶爲親。誰知心走輥，便忘恩。共着朱邦傑，同諧鴛枕。把梅香殺死苦平人，教我枉喪幽冥。（外）

〔前腔〕朱邦傑，李瓊梅，把梅香殺死了，共私淫。誣賴它兄弟，在牢中囚禁。謀夫殺叔罪非輕，你兩箇合償它命。

（外白判）朱邦傑是把法犯法，李瓊梅是謀殺故殺。同謀殺死梅香，誣賴孫大殺死妻室。即係因奸謀殺其夫，凌陷其弟，事干惡逆。除將朱邦傑妻小家産給償孫大兄弟，將朱邦傑李瓊梅二人，押赴市曹，償還梅香性命。（生唱）

〔山花子〕今朝謝得高明主，賜黄金與作周庇。李瓊梅瞞心昧己，和它暗約共同謀計。（和）感龍圖今朝斷理，生離死别心痛，梅香免得爲怨鬼。冤報冤家，幸從今脱離。（末）

〔前腔〕賤人你自爲娼妓，哥哥把伊提攜。豈知楊花怎拘？作事更不存理。（和同前）（旦）

〔前腔〕心寒膽碎，悔之作不是。不合共它設計，都是一時情意。（和同前）（梅）

〔前腔〕不念梅香當初事，你指望共諧今世。誰信驀生狂意，共奸夫故殺奴身已。（和同前）（外）

〔前腔〕李瓊梅感煞忘恩，朱邦傑不仁不義。依公斷並押街頭，受凌遲。（和同前）（淨）

〔前腔〕是當初不合同謀，告公相周全寬恕。（外）休要狂口胡言，便押去。（和同前）
（白）驛程上拏獲兄弟，房店中亡過尊靈。（前）無半點夫妻恩義，懷一片狠毒心腸。

張協狀元

九山書會編撰

題目

張秀才應舉往長安
王貧女古廟受飢寒
呆小二村□調風月
莽强人大鬧五鷄山

第一齣

（末白）〔水調歌頭〕韶華催白髮，光景改朱容。人生浮世，渾如萍梗逐西東〔一〕。陌上争紅門紫，窗外鶯啼燕語，花落滿庭空。世態只如此，何用苦匆匆。　但咱們，雖宦裔，總皆通。彈絲品竹，那堪詠月與嘲風。苦會插科使砌，何吝搽灰抹土，歌笑滿堂中。一似長江千尺浪，別是一家風。

（再白）暫息喧譁，略停笑語，試看別樣門庭。教坊格範，緋緑可同聲。酬酢詞源諢砌，聽談論四座皆驚。渾不比，乍生後學，謾自逞虚名。　《狀元張協傳》前回曾演，汝輩搬成。這番書會要奪魁名，占斷東甌盛事。諸宮調唱出來因，斷羅響，賢門雅静，仔細説教聽。（唱）

〔鳳時春〕張協詩書遍歷，困故鄉功名未遂。欲占春圍登科舉，暫別爹娘，獨自離鄉里。

（白）看的世上萬般俱下品，思量惟有讀書高。若論張協，家住西川成都府，兀誰不識此人，兀誰不敬重此人？真箇此人朝經暮史，晝覽夜習，口不絶吟，手不停披。正是：煉藥爐中無宿火，讀書窗下有殘燈。忽一日堂前啓覆爹媽：「今年大比之年，你兒欲待上朝應舉。覔些盤費之資，前路支用。」爹娘不聽這句話，萬事俱休，才聽此一句話，托地兩行淚下。孩兒道：「十載學成文武藝，今年貨與帝王家。欲改換門閭，報答雙親，何須淚下！」（唱）

〔小重山〕前時一夢斷人腸，教我暗思量。平日不曾爲宦旅，憂患怎生當？

（白）孩兒覆爹媽：「自古道『一更思，二更想，三更是夢』。大凡情性不拘，夢幻非實，大抵死生由命，富貴在天，何苦憂慮！」爹娘見兒苦苦要去，不免與他數兩金銀，以作盤纏。再三叮囑孩兒道：「未晚先投宿，鷄鳴始過關。逢橋須下馬，有渡莫争先。」孩兒領爹娘慈旨，目即離去。（唱）

〔浪淘沙〕迤邐離鄉關。回首望家，白雲直下把淚偷彈。極目荒郊無旅店，只聽得流水潺潺。

（白）話休煩絮。那一日，正行之次，自覺心兒裏悶。在家春不知耕，秋不知收，真箇嬌妳妳也。每日詩書爲伴侣，筆硯作生涯。在路平地尚可，那堪頓着一座高山，名做五磯山。怎見得：山高巍巍侵碧漢，望望入青天。鴻鵠飛不過，猿狖怕扳緣。稜稜層層，奈人行鳥道；齁齁鮐鮐，爲藤柱須尖。人皆平地上，我獨出雲登〔二〕。雖然未赴瑶池宴，也教人道散神仙。野猿啼子，遠聞咽咽嗚嗚；落葉辭柯，近覩得撲撲簌簌。前無旅店，後無人家。（唱）

〔犯思園〕刮地朔風柳絮飄，山高無旅店，景蕭條。蹭蹬何處過今宵？思量只恁地，路迢遥。

(白)道猶未了,只見怪風淅淅,蘆葉飄飄。野鳥驚呼,山猿争叫。只見一个猛獸,金睛閃爍,尤如兩顆銅鈴;錦體斑斕,好若半團霞綺。一副牙如排利刃,十八爪密布鋼鈎〔三〕。跳出林浪之中,直奔草徑之上。唬得張協三魂不附體,七魄漸離身,仆然倒地。霎時間只聽得鞋履響,脚步鳴。張協抬頭一見,不是猛獸,是个人。如何打扮?虎皮磕腦虎皮袍,兩眼光輝志氣豪。使留下金珠饒你命,你還不肯不相饒。(末介)(唱)

〔繞池遊〕張協拜啓:念是讀書輩,往長安擬欲應舉。些少裹足,路途裹欲得支費,望周全不須劫去。

(白)强人不管他説,怒從心上起,惡向膽邊生。左手捽住張協頭稍,右手扯住一把光霍霍冷嗖嗖鼠尾樣刀。翻過刀背,去張協左肋上劈,右肋上打。打得他大痛無聲,奪去查果金珠。那時張協性分如何?慈鴉共喜鵲同枝,吉凶事全然未保。以恁唱説諸宮調,何如把此話文敷演。後行脚色,力齊鼓兒,饒個攛掇,末泥色饒個踏場。

〔一〕「西東」,原本作「東西」。〔二〕「雲登」,原本即此,錢本改作「雲顛」。〔三〕「十八」,錢本改作「十雙」,無據。

第二齣

(生上白)訛未。(衆喏)(生)勞得謝送道呵!(衆)相煩那子弟!(生)後行子弟,饒個〔燭影摇紅〕斷送。(衆動樂器)(生踏場調數)(生白)〔望江南〕多忔戲,本事實風騷。使拍超烘非樂事,築毬打彈謾徒勞,没意品笙簫。

諳諢砌,酬酢仗歌謠。出入須還詩斷送,中間惟有笑偏饒。教看衆樂醄醄。(唱)適來聽得一派樂聲,不知誰家調弄?(衆)〔燭影摇紅〕。(生)暫借軋色。(衆)有。(生唱)罷,學個張狀元似像。(衆)謝了。(生)畫堂悄最堪宴樂,繡簾垂隔斷春風。波艷艷盃行泛緑,夜深深燭影摇紅。(衆應)(生唱)

〔燭影摇紅〕燭影摇紅，最宜浮浪多忔戲。精奇古怪事堪觀，編撰於中美。真個梨園院體，論詼諧除師怎比？九山書會，近目翻騰，别是風味。一個若抹土搽灰，趍鎗出没人皆喜。況兼滿坐盡明公，曾見從來底。此段新奇差異，更詞源移宫换羽。大家雅静，人眼難瞞，與我分箇令利。

（白）祖來張協居西川，數年書卷鷄窗前。有意皇朝輔明主，風雲未際何慊慊。一寸筆頭爛今古，時復壁上飛雲煙。功名富貴人之欲，信知萬事由蒼天。張協夜來一夢不祥，試尋幾箇朋友扣它則个。（末淨嗏咀出）（淨有介白）拜揖！（末）一出來便開放大口。尊兄先行。（生）仁兄先行。（淨）契兄先行。（生末）依次而行。（生）嗄！休訝男兒未際時，困龍必有到天期。十年窗下無人問，一舉成名天下知。小子亂談。（末）嗄！（淨）尊兄也嗄。（末）可知是件人之所欲。（末）嗄！（末）這嗄却與貪字不同。（末）嗄！（淨）又嗄。（末）也得。詩書未必困男兒，飽學應須折桂枝。一舉首登龍虎榜，十年身到鳳凰池。小子亂談。（淨）尊兄開談了。（末）亂道。（淨）尊兄也開談了。（生）亂道。（淨）小子正是潭，正是潭。（末）到來這裏打杖鼓。（淨）嘌！（末）吃得多少便飽了。（淨）昨夜燈前正讀書。（末）奇哉！（淨）讀書直讀到鷄鳴。（末）一夜睡不着。（淨）外面囉唣。（末）莫是報捷來？（淨）不是。外面囉唣開門看。（末）見甚底？（淨）老鼠拖箇馱貓兒。（末）只見貓兒拖老鼠。（淨）老鼠拖貓兒。（三合）（末争）（淨笑）韻腳難押，胡亂便了。（末）杜工部後代。（生）尊兄高經？（淨）小子詩賦。（末）默記得一部《韻略》。（淨）《韻略》有甚難，一東，二冬。（末）三和四？（淨）三文醬，四文葱。（末）那得是市賣帳？（生）卑人夜來俄得一夢。（淨）小子最快説夢，又會解夢。（末）不知尊兄夢見甚底？（生）夜來夢見兩山之間，俄逢一虎。傷卻左肱，又傷外股。似虎又如人，如人又似虎。（淨）惜乎尊兄正夢之間獨自了。（末）如何？（淨）如與子路同行，一拳一踢。（打末着介）（末）我却不是大蟲，你也不是子路。（淨）這夢小子圓不得。（末）法糊消食藥。（淨）見説府衙前有箇圓夢先生，只是請他過來，問他仔細。（生）尊兄説得是。（淨）明朝請過李巡來。（生）造物何常困秀才。（末）萬事不由人計較。（合）算來都是命安排。（末淨下）（生唱）

〔粉蝶兒〕徐步花衢，只得回家，扣雙親看如何底。（外作公出，接）草堂中，聽得鞋履響，是孩兒來至。你讀書莫學，浪兒門一輩。

（白）爹爹，共惟萬福！（外）讀書破萬卷，下筆如有神。道亨則光濟天下，道不亨則獨善一身。汝朝經暮史，晝讀夜習，然後可言其命。時日未至，曲珠無係蟻之能，運限通時，直鈎有取魚之望。（生唱）

〔千秋歲〕論詩書，緩視微吟處，真箇得趣。（外）黄榜將傳，欲待我兒榮耀門閭。（生）兒特啓，今欲去。未得取爹慈旨。（合）願得身康健，待明年那時，喝道狀元歸。（外）

〔前腔〕我聞伊，夜來得一夢。你便説箇詳細。（生）兩山之間，被一非虎擒揎。（外）人之夢，不足信。且一面，裝行李。（合）願得身榮貴，管桃花浪暖，一躍雲衢。

（外白）孩兒，康節先生説得好，「斷以決疑不可緩」。當斷不斷，反受其亂。我却説與你媽媽，教逼邏些行李裹足之資。你交副末底，取圓夢先生來圓這夢看。（生）大人説得極是，這個謂之決疑。（外）孩兒要去莫蹉跎。（生）夢若奇哉喜更多。（外）遇飲酒時須飲酒。（合）得高歌處且高歌。（並下）

第三齣

（旦唱）

〔大聖樂〕村落無人要厮笑，這愁悶有誰知道。閒來徐步，桑麻徑裏，獨自煩惱。（又唱）

〔叨叨令〕貧則雖貧，每恁地嬌，這兩眉兒掃。有時暗憶妾爹娘，珠淚墮潤濕芳容，甚人知道？妾又無人要。兼自執卓做人，除非是苦懷抱。妾又無倚靠，付分緣與人緝麻，夜間獨自一箇，宿在古廟。

〔前腔〕幾番焦燥，命直不好。埋寃知是幾宵。受千般愁悶，萬種寂寞，虛度奴年少。每甘分粗衣布裙，尋思另般格調。若要奴家好，遇得一個意中人，共作結髮夫妻，相與諧老。

（白）古廟荒蕪怕見歸，幾番獨自淚雙垂。黄河尚有澄清日，豈可人無得運時。（下）

第四齣

（末上白）南人不夢駝，北人不夢象。若論夜間底夢，皆從自己心生。那張解元教請過圓夢先生，兀底一間小屋，四扇舊門，青布簾大寫着「圓夢如神」，紙招子特書个「聽聲揣骨」。且待男女叫一聲，先生在？（丑在內應）誰？（末）有少事相煩歇子。（丑）慚愧！二十四箇月日，没一人上門。（末）又道千家貨。（丑出）僧見佛住，把火燒香。（末）先生拜揖！（丑）無禮！君子還是合婚、選日、揣骨、聽聲、打瓦、鑽龜、發課、算命？（末）又道不曾學得本事。那張解元特遣男女請先生圓一夢。（丑）成都府自家唤作每對手。（末）怎地了不去争交？（丑）相隨一道去盤街。（末）如何？（丑）兩年脚不會出門。（末）恰好是二十四箇月日。（丑喝唱）陳聽聲，渾家賽。（末）待我說你。（丑）權請六文做減價賣。（末）你也忒減。（丑）圓夢人呼我做陸地仙，幾番說中人喝采。（生〔一〕）先生少待，男女請出那解元來。底鞋履響，早來。（生唱）

〔西地錦〕見説道會聽聲，冠朝野達帝城。佳名是則聞久矣，有一夢説與聽。

（丑覰末白）丈丈拜揖。（末）開放死眼，解元在這裏。（丑）在那裏？（有介）（末）不枉做陳聽聲。（生）卑人要圓一夢。（丑）末説圓夢，先饒一箇聽聲。（生）也好。（丑）門下其聲甚清，其韻又美。先世以來，不屬人類。（生末）是甚事物？（丑）别人不説，你元居烏衣國中，前生是燕。（末）把人做何看待？（丑）兩句卦象説得好。（生）如何説？（丑）先世如何不是燕，如何唱出繞梁聲？（末）且打交你塵簌簌，一道與男女揣箇骨看。（丑）你要揣骨？（末）相煩先生。（丑捻末手）好一副骨頭。（末）是何看待？（丑）主門下不是正房生。（末）是庶出？（丑）不是庶出。（末）如何？（丑）你箇爹和娘數千年渾没孩兒，千方百計覓得你歸來養。（末）奇哉！如何見得？（丑）莫怪説你箇骨是乞骨。（末）且打你那骷髏！（丑）今番圓夢，門下幾歲？（生）十八歲。（丑）四十八歲？（末）只願度衆生。十八歲。（丑）甚莫時？（生）子時。（丑）子時是三更，正有賊。（末）防着你！（丑）君子還得甚夢？（生唱）

〔西地錦〕夢時節却未四更，此身兩山上行。瞥見個人如虎類，被他傷却股肱。（丑唱）

〔川鮑老〕君在兩山，兩山成「出」字。（末白）兩個山是出字。遇一人假虎衣。白虎算來，只在西方旺，西方却是川地。君出去向北儘得，不免有些，跌撲膿血疾。千里外豹變，一時掀焰，歸來賀喜。（末唱）

〔前腔〕從來見説，見説君圓夢，果不知似恁底奇。（生）張協離家，一千里外，無央厄免得致疑。（丑）先凶後吉，身在清霄外，君休慮。（末喏）也圓男女一夢，續得謝伊。

（丑白）你也要圓夢，還是夢見甚底？（末）夜來夢見一條蛇兒，都是龍的頭角。（丑）奇哉！蛇身龍頭，唤做蛇入龍窠格。來，來，你把我箇絲當龍頭，這箇當龍尾，仰着頭，開着腳。（末）如何？（丑）廊絣！（末）草葬過。（丑）有四句卦象説得好。（末）願隨。（丑）道是蛇夢成龍莫等閑，不平安處也平安。（末）慚愧。（丑）如今却在青草内，忽日成龍也未難。辣，辣，辣！（末）青霄有路。（生）謝荷先生！（丑）圓夢錢。（末）六文。（丑）聽聲錢。（末）又要。也支六文。（丑）揣骨錢。（末）也與你六文。（丑）看命、合婚、選日。（末）你住休！（生）得訪先生意始通。（丑）今朝圓夢遇明公。（末）世間多少迷途者。（合）一指咸歸大道中。（並下）

〔一〕「生」，此應爲「末」。

第五齣

（外唱）

〔行香子〕欲改門閭，須教孩兒，除非是攻着詩書。（淨接）門兒咫尺，不出多時。爲孩兒，欲出去，淚偷垂。

（淨白）嗽！叫副末底過來。（末出）觸來勿與競，事過心清凉。未做得事，先自「嗽」將來。只莫管它便了。（末背淨立）（淨）嗽，莫管它，莫管它，（扯末耳）你説誰？（末）不曾説甚底。（淨有介）（外）媽媽，爲何恁地發怒？（末）縣君每常恁地。（淨）孩兒要出路，又是我苦，你道焦燥不焦燥！（末）教我如何？（淨）叫與我，叫過孩兒來。（末）休，休！是非終日有，不聽自然無。（淨）不聽自然無，家中没閟婆。（末）你也忒吵！（下）（生唱）

〔武陵春〕獨離西川無伴侶，一路想悽惶。（淨接）今日孩兒乍離娘，（外合）一心在我兒行。

（淨白）野鳥同林宿，天明各自飛。孩兒去則猶閑，且是無人照管我門户。這老乞兒只會喫飯，偷我錢去布施念佛。那一箇是人！（外）布施，布施，休問落處。（淨）學生！（生）孩兒拜辭。（淨）孩兒你去了，有人少我錢時教誰去討？（外）善哉！善哉！（淨）學你只會吃死飯。（生）媽媽息怒。（淨）叫副末底過來。（末拖雨傘上）五里單牌，十里雙堠，只憑這些子。（淨）叫輕放，怕跌折了。（末）説話一似當門犬。（淨哭）孩兒你去，有人少我課錢，千萬與娘下狀論。（外）孩兒要揀好時出去，只管閑説。（外唱）

〔犯櫻桃花〕孩兒去矣，間或傳消息。（合）莫教兩頭，頓成縈繫。大家將息，取試了即便歸。

（外）每日焚香禱告，惟願孩我兒，得遂平生志。（合）但願此去，名標金榜，折取月中桂。

（淨白）孩兒你去，千萬有好全帶花。（生）全帶花。（淨）似門前樟樹樣大底，買一朵歸來，與娘插在肩頭上。（末）你好辛苦！（生唱）

〔同前〕張協去矣，怕路裏無支費。（外、淨）爹娘與你，許多金珠。你莫將容易，怕人欺我兒。

（生）謝得爹娘慈旨，須是每日裏，禱告天和地。（合同前）

（淨白）孩兒，有好掉篦似扁擔樣大底，買一个歸來，把與娘帶。（末）怎地帶？（淨唱）

〔同前〕孩兒去矣，媽媽憂憶你。（合）須還是馱家，自能將息，兩下休憂慮，頻頻寄書歸。

（淨）只被當直蒿惱，日夜罵着伊。（末）你好没巴臂。（合同前）（末唱）

〔同前〕早請去離，又要尋宿處。（淨）腌臢打脊，罔兩當直。着得隨它去，路上偷飯喫。（末）這夢得説破，查裹與琴書，兩具牢收記。（合同前）

（生白）孩兒拜辭爹娘便行。（外）將息！孩兒。（淨）末好去，叫妹妹出來拜辭哥哥。（末）苦！一日又不説。

（淨）你去教它出來。（末）月是會。叫小娘子出來拜辭解元！（丑走出唱）

〔同前〕哥哥去也，妹妹來辭你。京都有甚，土宜則劇。買些歸家裏，妹妹須待歸。哥哥，狗膽梳兒，花朵鞋面頭鬚。（末）休要閑理會。（合同前）

（丑白）亞哥，亞哥，狗膽梳千萬買歸，頭鬚千萬買歸。亞哥。（末）稱你嬌臉兒。（丑）亞哥，有好膏藥買一箇歸。（生）作甚用？（丑）與妹妹貼箇龜腦駝背。（末）再生箇華佗。（淨）都送作城外去。（外）試畢孩兒及早歸。（丑）哥哥須記買頭鬚。（淨）願兒一舉登科日。（合）正是雙親未老時。（並下）

第六齣

（旦唱）

〔風馬兒〕父母俱亡許多時，知它受幾多災危。獨自一身依古廟，花朝月夜，多是淚偷垂。

（白）奴家幼失恃怙，又沒弟兄。遠親房族更無一人，諸姊妹又絶一箇。祖無世業，全沒衣裝。白日三餐，勤苦村莊機織；黄昏一覺，彎跧古廟荒蕪。天色又寒，雪兒欲下。一盞明燈照神道，買油骨自少三文。（又唱）

〔惜黄花〕奴家命恁窮，此身無所用。織絹更緝麻，得人知重。感得，諸天打供，又遭遇李大公。柴米有時無，教小二頻賫送。今夜起朔風，苦也，如何忍凍！（末出唱）

〔同前〕荒村景寂寥，地僻人行少。公公教喚你門，特來古廟。（旦）萬福！君來則甚？想必是來路杳。（末）東畔李大公，有少事欲斷央靠。特遣我門來，你明日須早到。

（旦白）謝荷大公！奴還不得大公斷提攜，如何過得一箇時辰？奴家知了，不是裝綿，便是織絹。明早奴家自來。

（末）娘子，懶惰爲人只見貧，勤苦强□去求人〔一〕。（旦）曉得了。貧居鬧市無相問。（末）富在深山有遠親。（並下）

〔一〕錢本注：「此處原缺一字，疑是『似』字。」

第七齣

（生挑查裹出，唱）

〔望遠行〕鄉關漸遠，劍閣峥嶸巔險。不慣行程，愁悶怎消遣！時聽峭壁猿啼，何日得臨帝輦？步雲衢稱人心願。

（白）詩書飽學經歲時，此來指望登雲梯。草履行纏被泥土，遥觀劍閣山巍巍。嘉江有渡波浩渺，蘆花簇簇風凄凄。獨立沙頭見梢子，村莊破曉忽鷄啼。（下）

第八齣

（丑做强人出）但自家不務農桑，不忻砍伐。嫌殺拽犁使欛（耙），懶能負重擔輕。又要賭錢，專欣喫酒。别無運智，風高時放火燒山；欲逞難容，月黑夜偷牛過水。販私鹽，賣私茶，是我時常道業；剥人牛，殺人犬，是我日逐營生。一條扁擔，敵得塞幕裏官兵；一柄朴刀，敢殺當巡底弓手。假使官程擔仗，結隊火劫了均分；縱饒挑販客家，獨自箇擔來做己有。没道路放七五隻獵犬，生擒底是麖鹿獐獐；有采時捉一兩箇大蟲，且落得做袍搕腦。林浪裏假裝做猛獸，山徑上潛等着客人。今日天寒，圖箇大帳。懦弱底與它幾下刀背，頑猾底與它一頓鐵查。十頭羅刹不相饒，八臂哪吒渾不怕。教你會使天上無窮計，難免目前眼下憂。（丑下）（末做客出，唱）

〔生查子〕重重疊疊山，渺渺茫茫水。行貨已賫排，獨自難區處。

（白）但小客肩擔五十秤，背負五十斤。通得諸路鄉談，辦得川廣行貨。衝煙披霧，不辭千里之迢遥；帶雨冒風，何惜此身之跋涉。欲經過五磯山上，小客獨自不敢向前。等待官程，不然車仗厮趕過去。正是：養家千百口，只恐獨自失便宜。（淨作客出）喂！客長，相待過嶺歇子。喂！（末）喂！客長。（淨末相喂）（末）甚人？遠觀不審，近覩分明。誰？（淨喏）不相見多時。（末）我門不認得你。（淨）不認得我？一番成都府提刑衙前打賣金駱駝底。（末）是了，我略記得丰姿。（淨）我是甚麽人？我是客家，行南走北有聲價人。他來賣金駝駝與我。（末）我門約莫記得，客長到被它打。（淨）你説錯了。（末）客長在下頭，它在上頭打拳。（淨）它都我不着打，我在下面兩拳如飛。（有介）（末）你如何叫？（淨）我不叫，甚年會叫？（末）恁地不叫？（淨）大痛無聲，都叫不出。（末）依然喫拳踢。（淨）叵耐賣金駝駝底走來抱我腰，被他把一拳。（打末腦）（末）是我。（淨）他打我一拳，被我閃過，踢了一腳。（末）鬼亂一和！（淨）我是誰？（末）有眼不識泰山。如今要過五磯山，怕有剪徑底劫掠人，厮趕去。（淨）好，好，好。你撞着我是你有采。客長是那裏人？（末）是梓州人。客長仙鄉那裏？（淨）我是浙東路處州人。相搥相打，刺鎗使棒，天下有名人。（末）慚愧！拖帶一道行。（淨）你命快，撞着我一道行。（淨唱）

〔復襄陽〕一步又一步，一步又一步。擔兒擔不起，怎趕得程路？氣力全無，汗出悄如雨。

尚有三千里，怎生行路！

（末白）挨也，我上又不得，下又不得。且歇一歇了，去坐地。（末唱）

〔同前〕一步遠一步，一步遠一步。你與我同出路，也被人欺負。遇着强人，你門怎區處？

把擔仗錢和本，便與它將去。

（淨白）我物事到强人來劫去，你自放心！我使幾路棒與你看。（末）願聞。（淨使棒介）這个山上棒，這个山下棒，這个船上棒，這个水底棒。這个你喫底。（末）甚棒？（淨）地，地頭棒。（末）甚罪過！（淨）棒來與他使棒，鎗來與它刺鎗。有路上鎗、馬上鎗、海船上鎗。如何使棒？有南棒、南北棒；有大開門，有小開門，賊若來時，我便開了門。（末）且是穩當。（淨）棒更山東棒，有草棒。我是徽州婺源縣祠山廣德軍鎗棒部署，四山五嶽刺鎗使棒有名人。（末）只怕你説得一丈。（淨）我怕誰？（丑走出，唱）唯！不得要去。（末）尉遲問着單雄信。（淨）來！你唤做劫賊。（末）莫要道着。（丑叫）林浪裏五十個大漢，不得出來。我獨自一箇奈何它！（末）好一對兒。（淨）你要對付誰？（丑）對付你！你來抵敵我。（淨）你來劫我物事？（末）我也知得。（丑）你要好時，留下金珠買路，我便饒你去。（淨）你抵得我一條棒過時，便把與你去。（丑）莫要走！（淨）我不走。一箇來，我不怕你！（丑）兩箇來我也不怕你！（淨）三箇來我也不怕你！（丑）四箇來我也不怕你！（淨）五箇來我也不怕你！（末）都説得一合。（淨）要打是便打。（丑）這裏狹，且打短棒。（淨丑呆立）（末）客長怎地不動？慚愧，我且擔擔走了。（丑）猜你那裏去？（末）却又會説叫。（丑）我思量鎗法。（淨）我思量棒法。（末）了得《孫子》。（淨丑打）（有介）（淨倒）告壯士，乞條性命！（丑打）（末告）乞留性命！（丑）你也膽大！它要來抵敵我，我把你擔仗去。略略地高聲，我便殺了你！經過此山者，分明是你災。從前作過事，没興一齊來。（丑下）（淨在地唤）（末）客長，你相誤！（淨）挨也！相救。（末）好！你説一和，大開門都使不得。（淨）我只會使雷棒。（末）又骨自説。苦！兩人查裏都把去了。（淨）查裏由閑，可惜一條短棒。（末）隨身之寶。你且起來。（淨唱）

〔福州歌〕伊奪擔去，我底行貨，都是川裏買來底。我妻我兒，家裏望消息。（合）雪兒又飛，今夜兩人在那裏睡？（末）

〔同前〕他來打你，你不肯和順。好言告他去。使鎗使棒，一心逞雄威。（合）擔兒把去，今夜兩人在那裏睡？（淨）

〔同前〕朔風又起，擔兒裏，紙被襖兒盡劫去。手兒脚兒，渾身悄如水。（合）雪兒又飛，今夜兩人在那裏睡？（末）

〔同前〕你莫打渠，苦必苦，廝打你每早先輸。你腰我腰，没錢又没米。（合）擔兒把去，今夜兩人在那裏睡？

（末白）下山轉去休。（淨）上山去。（末）上山做甚麽？（淨）没擔空手人最好上山。（末）却來打諢，下山去。（淨）下山也好。（末）如何？（淨）下山去借一條棒，更相打一合。（末）你使不得。（淨）願你長做小嘍囉，自有旁人奈汝何！（末）百草怕霜霜怕日，惡人自有惡人磨。（並下）

第九齣

（生唱）

〔七娘子〕朔風四野雲垂地，向長空六花飛墜。獨上高山，全無力氣，奔名奔利直如是。

（白）一陣風來一陣沙，千山萬里没人家。可憐回首鄉關路，極目陰陰天一涯。上山下山山復上，古木森森迷疊嶂。山陰經月雪難消，恰值今宵雪又降。前山高處有人煙，喜得今宵一夜眠。苦也更無存宿處。此身寄在阿誰邊。（又唱）

〔普天樂〕張協告蒼天，憐孤苦。從小裏蒙嚴父，教六藝通武通文，直欲更换門户。今應舉天欲暮，大雪紛紛登山路，兩頭望更無宿處。今夜若在此山，莫教協此身，遭遇狼虎。

（丑作强人出，伏在地上）（生白）怪風一陣，有如裂帛之聲。唯！猛獸業畜，不得無禮。吾無害虎心，虎有傷人意。（丑起身）唯！漢子，吾乃一方壯士，此處强人。便是官程，不放他下山；若是車仗，豈容他空過。汝生得貌如秀士，料想不是客家。我且饒你一下鐵撾，留金珠買路！（生叫）壯士：（唱）

〔涼草蟲〕姓張名協，是川里居。本是讀書輩，應着科舉。有些路途費，我日逐要支。望憐念心全取，饒張協，裹足一路來去。

（丑白）理會得飛蛾投火，送過死來！林浪裏五十個大漢，休得要出來。（生）苦，苦！（丑）這是甚底？（生）是刀。（丑）這是甚底？（生）是查。（丑）這底？（生）是棒。（丑）看你要那箇喫？（生唱）

〔胡搗練〕張協有些子，盤費錢，怕一路欲支遣。家又遠，望周全，望周全！

〔同前〕莫將去，念身上寒。況兼又無旅店。時運蹇，望君今，善眼相看。

（丑白）你到軟頑。剝了衣裳。（生）告壯士善眼相看，天色又寒。（丑）金珠與我，萬事俱休。稍稍稽遲，一查打殺了你。（生唱）

〔同前〕金珠有些子，做盤纏，返西川。若要平分，把一半與，望周全。

（丑白）一半回過一壁打。（生倒）一半金珠便放行，此山喚做萬人坑。閻王註定三更死，不許留人到四更。（丑下）（末作土地，唱）

〔臨江仙〕裂帛一聲人叫喚，强人打倒公侯。當山土地淚雙流。張解元不合在它煙焰裏，

争敢不低頭！（叫）張解元醒！（生唱）

〔糖多令〕劫去我盤纏，皮肉打恁穿。一身如水没些綿。今夜更無存宿處，我拚一命奔黄泉。（末唱）

〔油核桃〕君今勉强起，試聽呵，獨自怎生經過此，成災禍？（生）我怎知初托大，兩查一擊渾身破。今宵大雪寒殺我。（合）命蹇時乖撞着它，冤家要軃如何軃？（生）

〔同前〕今忽逢老者，下山呵。宅居那裏周全歇，宿一夜。（末）問我時須説破，當山土地吾親做。憐伊現身説些介話。（合同前）（末）

〔同前〕今君轉下山，有一家。朱門兩扇屋雖破，是鴛鴦瓦。（生）又怎知它着我？謝得尊神呵周全我，今宵免得心腸掛。（合同前）（生）

〔同前〕只得扶病起，下山呵。尊神恁説協心下，略托大。（末）草繫門君解破，靠歇須有人温顧。不消慮及道如何過。（合同前）

（末白）唯！面來底甚人？（生）轉身看。（末）見子災危扶取君，依然足下起祥雲。從空伸出拏雲手，提起天羅地網人。（末下）（生）感得聖道去也！只得山根試叩門，滿空飛雪正紛紛。洛陽無限花如錦，待我來時不遇春。（生下）

第十齣

（淨佐神出，唱）

〔出隊子〕特降祥雲，爲强人劫那路人。路人是張協有佳名，桂籍之中有姓名。今宵定没宿處來扣門。

（白）吾住五鷄山下，遠近俱聞聲價。顯聖八百餘年，三度有些紙錢來燒化。專管虎豺狼，又掌豆麥禾稼。鷄氣味知它如何？猪羊肉那曾繫掛。祭吾時多是豆粽糍糕，陰空裏一箇鄉霸。似泥神又似生神，唱得曲説得些話。張協運蹇被賊來驚吒，當山土地無可奈何，借此之處與他宿過一夜。貧女回來必不容他，憑小聖説教希吒。吾殿下善惡判官，顯一員到吾部下。（末作判官出，唱）

〔五方鬼〕呼喝一聲，悄如雷鳴。聽得元來，是吾尊神。未知説着緣底事，召語直恁惡猙獰。有何事殢人驚？（淨）

〔同前〕五鷄山下，有一强人，把張協盡劫，更没分文。又打一查皮肉破，此人有一舉登科分，料汝輩怎安穩？

（末白）告尊神，如何商量？（淨）移我供牀與他打睡。（末）又道錦被堆。（淨）教他與貧女睡，及弗穩便。（末）也骨自曉人事。（淨）紙爐裏又腌臢，他來供牀下睡。小神思量，外面門破弗好看，叫小鬼來，你兩個權化作兩片門。（末）判官如何做門？（淨）且叫小鬼來商量。（末）小鬼在？疾速過來！（丑做小鬼出，唱）

〔同前〕吾是值日，小鬼甲頭。也弗識肉，也弗識酒。（淨）唯，汝口應是没量斗。（末白）他喫了甚麼？（淨）滿殿裏個個都是口臭。（末）告你莫説自家醜。

（淨白）狀元張協，因被賊劫，忽到此來。我心怏怏。外面門兒，破得蹺蹊。差你變作，不得稽遲。（丑）獨自只作得一片門，那一片教誰做？（淨）判官在左汝在右，各家縛了一隻手。有人到此忽扣門，兩人不得要開口。（末）好似呆底。（丑）告尊神，做殿門由閑，只怕人掇去做東司門。（末）甚般薰頭！（淨）來依貧女，縛住廟門。開時要響，閉時要迷。稍稍有違，各人十下鐵槌。（丑）單是鐵槌，又着打釘。（末）釘殺了你！（淨）演一番看。（末丑做門）（有介）（生出唱）

〔五供養〕五鷄山下，更没人知我行藏。衣裳剥去，露痕傷。雪兒又下，朱户閉景物慚惶。來古廟試開取，投宿又何妨。（又唱）

〔同前〕尊神恁試聽：念是成都府裏才人。張協徑往宸京，取功名。經過此山，强人把我金珠都劫盡。又被傷皮肉欲投眠，是故特特啓朱門。（淨）

〔同前〕張丈我最靈。（末）會話如何不靈！（生揍）謝得尊神，特顯聰明！（丑）朱門兩扇，開了又還扃。（末）問如何便會做聲？（淨白）張丈，你胡亂去供牀下睡一宵。（生）謝得尊神！

（生白）幸然解得廟門開，痛舌飢寒塞滿懷〔一〕。今夜閉門屋裏坐，應没禍從天上來。（生下）（丑）你到無事，我到禍從天上來。（淨）低聲！門也會説話。（丑）低聲！神也會唱曲。（末）兩箇都合着口！（丑）兩箇和你，莫是三人？（末）必有我師。（淨）怕貧女歸來，才説話貧女便驚了。若還轉去李大公家，又成利害。都與我閉口深藏舌，安身處處牢。（末）貧女歸來雅静着。（淨）拄了門，待貧女歸來自敲嬉。（末）低言。（丑）都低聲。（旦唱）

〔新水令〕朔風凛冽雲垂地，見長空六花飛墜。踏雪歸來也，仗一點燈兒，伴岑寂。

（白）作事不取知，必定没前程。甚人來擅開我廟門？今日不是牙盤日，裏頭都拄了。（叫）開門！（打丑背）（丑）蓬，蓬，蓬！（末）恰好打着二更。（旦叫）開門！（重打丑背）（丑叫）换手打那一邊也得！（末）合口！（旦唱）

〔江兒水〕甚人入奴廟裏，把門到拄？（丑白）弗大過拄。（末）想你夫主到拄。（旦）教奴獨立在雪兒裏，淅淅朔風似刀割體，渾身如脱在那江兒水。甚人來投此處？早早開門，莫教奴家立地。

（旦打丑背叫）開門，開門！（丑唤聲）（末）如何甚地響？（丑）門换腔。（生）

〔同前〕路人無眠也，投此處宿。開門怕風透了人難睡。（移拄門開）（丑）泓！（末）又來。（丑揍）此是劫賊劫他去。（末）不干你事！（丑）道我是門神也不知。（生揍）衣裳剥盡身如水。（淨）判官和着小鬼，收拾威光，且來此處立地。

（末白）都由你。（丑）大王曉事，外面寒冷，教來裏面立地。（末）不似暖閤。（旦）告尊神，奴家要問它仔細。望收拾威光。（淨）上頭便不要我在他面前立地。（末）且尊重歇子。（丑）今夜弓人一邊使竹拄，一邊大拳搥。（末）强似去争交。（淨）兩片門兒入廟堂。（丑）問他仔細不相妨。（末）勸君自掃門前雪。（合）休管他人屋上霜。（末淨丑下）（旦唱）

〔搗練子〕君還是，往何方？不知怎地有痕傷？見着伊妾斷腸。（生唱）

〔鎮南枝〕張協本，是秀才，成都府人因鄉薦。賫裹足，欲往宸京，奈何路途遠。（旦）莫是

登，此處山，號五磯，被人騙？（生）

〔同前〕因登此山上，强人衣虎皮。把協劫掠薄賤，一查打得皮肉，破損鮮血滿。今到此，忽遇伊。未審誰，望憐念。（旦）

〔同前〕奴家世，本富室，只因水火家不易。年幼間父母俱亡，又没兄和弟。居此廟，五七年。又遇君，恁狼狽。（生）

〔同前〕平日在家裏，須讀古聖書。這般雪兒才下，多是飲着羊羔，淺淺斟緑蟻，或賦詩，或探梅，又怎知，這滋味？（旦）

〔同前〕君休要，舉那時，目前是物不如意。衣又没被席全無，盡出不得已。君口食，奴自供。要睡時，先自睡。（生）

〔同前〕張協且安置，明朝定未起。遍身虚浮赤腫，今夜紙爐裏彎跧，䠀它風雨至。（旦）奴進君，些子粥。更與君，舊紙被。

（生白）衣食全無眼下憂，誰知今日禍臨頭。（旦）愁人莫向愁人說。（合）説與愁人輾轉愁。（並下）

〔一〕「舌」，錢本正作「苦」。

第十一齣

（末作李大公出，唱）

〔豆葉黄〕瑞雪紛紛，便覺豐登。感得吾皇，一人有慶。（淨作李大婆，接唱）亞公，早晨燒香謝神明，惟願兩口兒夫妻，頭白牙黄免得短寧。

（末）命字末，没一個是。（淨）亞公，我住五磯山下七八十年，見了幾家成敗。不知我屋裏長長亢大麥飯，長長吃大芋羹。（末）又道珍羞百味。我且問你，你見誰家成敗？（淨）且如那貧女，屋裏姓王，唤做王有錢。只因父母喪亡，水火盜賊，害了家計。如今只留得個女孩兒，在古廟中做種。你箇老賊，全不知慚羞！（末）你有甚慚愧？（淨）我屋裏也有錢。（末）你又幾錢！（淨）我如何没錢？我前日賣一箇猪，又賣三隻鷄，又賣八斤芋，一籃大荸薺。（末）是你有錢，珠子王員外！（淨）可知！我屋裏有錢，屋外有田，屋後有園，屋傍有船，屋上有天。（末）巧算。（淨）手裏有拳。（末）我有模樣兒。你適來説貧女則甚？（淨唱）

〔忒忒令〕每常間緝麻做布，那貧女趕得些功夫。幾日來雪下，你全不相顧。叫小二來送：一瓶酒、一方米、一塊豆腐。

（末白）莫與他，莫與他。（淨）老畜生，你怎地了不得！（末）我怕它喫了口腥臭。（淨）肚饑米做飯，渴把腐煮羹，寒便吃酒，那得會口腥臭！（末）我也知得了。你叫小二過來。（淨叫）小二，小二！（丑作小二出，唱）

〔同前〕你閑時叫小二便走。（末）如何？（丑）今日是事却都休。（末）你好會懶！（丑）嫩鷄一隻，一瓶濁酒。我也不買油，不擔水，不討菜，也不去看牛。

（末白）休，休！你今日也不須喫飯！（丑）不容我喫飯，我自去煮芋粥喫。（淨）孩兒，也把一碗與娘。（末）這一對不虧了口。（末淨合唱）

〔同前〕大雪下渾身都似冰，我雙雙底早尋思貧女。有時央靠，它緝麻苧。有些豆腐，些兒酒，些兒米，教孩兒送與。

（丑白）送與個貧女賤人，我不去。（末淨）你罵它則甚？（丑）我怪它。（末淨）因甚怪它？（丑）我一番見它在廟前立地，我便問它：貧女姐姐，你又恁地孤孤單單，我恁地白白淨淨底，（末）只是嘴烏。（丑）你不然胡亂嫁與我。那个丫頭到罵我，欺我是小孩兒。（末）明年恰好四十歲。（丑）四十一歲。（末）我知得了。（淨）也好，也好。它若有這一項，我自與孩兒討個新婦。（末）甚物事？（淨）它須未打得滴水。（末）你且與我斟酌。（淨）孩兒，看娘面，送與它。（丑）我只是不去。（末）亞婆，我有道禮。你只説道，改日娘自討與你做老婆，它便擔去。（淨）説得是。（叫）孩兒，你且送與它。改日娘做衣服打扮你，自討與你做老婆。（丑）亞娘，定定與小二討做老婆。（末）不嫁你田莊。（淨）來，來。我去討米和酒并豆腐，斷送你去。（丑）我得老婆便去。（末）且是快當。你去再三傳語表娘心。（丑）只怕前村雪又深。（淨）此來應須還得下。（合）果然勝似岳陽金。（並下）

第十二齣

（生唱）

〔酷相思〕父母家鄉知幾遠，怎知道兒狼狽！（旦接）早聽得君家長吁氣，亦帶累奴垂淚。

（生唱）

〔獅子序〕張協恨時未至，居家出路，長是不利。（旦）不在疏狂，惟在自守己，看造物何如。（生）張協只仗托詩書。（旦）奴家惟憑針指。（合）逆來順受，須有通時。（旦）

〔同前〕愚意，誰無禍當自遣，將息身上，没事商議。（生）眼下裏衣單又值雪，況肚中饑餒。

（旦）粥食奴旦夕供些。（生）衣裳身上藍縷。（合）胡亂度日，別有區處。（生）

〔同前〕聽啓，自來不識恁底，平日我衣冠濟濟。（旦）没奈何風雲際會時，應是勝如今日。

（生）没盤纏怎生得去？（旦）休煩惱須待時至。（合）常言道，好事不在忙裏。（旦）

〔同前〕奴覷，着君家貌美，須有个荷衣着體。（生）深謝得娘子恁地説，卻又怎忘恩義。（旦）

奴供備糲食粗衣。（生）協感戴此心此意。（合）前生料得，曾共結會。

（旦白）甚人來？（丑作小二挑擔出，唱）

〔字字雙〕一石兩石米和穀，也一擔擔。兩桶三桶臭物事，也一擔擔。四把五把大櫪柴，也一擔擔。豆腐一頭酒一頭，也一擔擔。

（旦白）小二哥，大雪下你來則甚？（丑唱）

〔雙勸酒〕阿爹阿娘，教我傳語：些兒酒米，擔來與你。要時你便留住，不要我便將去。

（旦白）甚感大公大婆！見這般雪兒下，教你送來與我，我如何不要！（丑放下）貧女姐喏！（旦）小二哥，解元在此，着个拜揖。（丑揖）（生）小哥是誰家令嗣？（丑）小哥，我是大哥，今年四十一歲了！（旦）這是李大公令嗣。（丑）貧女姐，這貧哥那里住？（旦）小二哥，莫恁地説。（生）娘子，張協身上疼，且入裏面去。（旦）解元，你去西廊，胡亂吃些子飯了，睡休。（丑）兩人説話恁和同，正是天生窮合窮。（生）今日得君提掇起，免教身在污泥中。（生下）（丑）這貧哥是誰？（旦）小二哥，他是好人。莫要傷觸他。（丑）你叫做貧女，他叫做貧哥。（旦）他是秀才，因過五磯山，被强人劫了，如今特來我廟中安下。一來雪兒正下，二來身上查痕未好，好時自來叫取大公大婆。（丑）我有些好事向你説。（笑）（旦）小二哥，有甚事？（丑）我有。（笑）（旦笑）且説。（有介）（旦）有甚事，如何不説？（丑笑）我要説，又怕你打我。（旦）我不打你，你自説。（丑）我便説。（旦）你説。（丑）我爹和娘要教你與我做老婆。（旦）教你來與我？（丑）教你來與我做老婆。（旦唾）打脊！不曉事底呆子，來傷觸人，打個貧胎！（打丑）（丑叫）好也！保甲，打老公！老婆打老公！（旦）作怪！我嫁你？看牛骨自不中，二分像人，七分像鬼。（丑）我像鬼？鬼頭髮須紅。（旦）口邊乳腥未斷，頭上胎髮猶存，到來出言道語。（丑唾）丫頭兒胎髮恁地長，你没我屋中，自餓殺了你！（旦）我去説與你爹娘。（丑扯旦）莫去説，饒我！老婆。（旦）你却又驚。（末上）

劍誅無義漢，金贈有恩人。我教孩兒送些物事來，怎地不見歸，自在這裏厮吵，如何？（旦唱）

〔朱奴兒〕奴感謝公婆恁地，大雪下托物來相惠。又感哥哥冒雪至，出言語話忒無知。你只道，没這樣兒，怎敢要與奴爲夫婿！（末）小娘子！

〔同前〕適來他不擔那酒米，我婆遂撩撥它説與，改日娘行與你娶貧女。它歡喜冒雪擔至，你莫道，没這樣兒。苦欺他道没張志。

（丑白）爹爹，他欺我，我説與你。（旦）你説甚底？（丑唱）

〔同前〕我適來擔至廟前，見一个苦胎與他厮纏。口裏唱個嚦嗹囉囉嗹，把小二便來薄賤。你只道，没這樣兒，甚人做得人宅眷？

（末白）回光返照歇子。（叫）娘子，這是甚人？（旦）雪還不下，大公憐處也自知了。成都府有一秀才，欲往京城赴試。到這五磯山，被賊打一鐵查，劫了罄盡。身上没衣，口中没食，瘡痕没藥醫，歸去没盤纏，夜間又無被蓋，廟裏又難安歇。恰才問他仔細，令嗣送酒米來。（丑）个丫頭到官司，直是會供狀。我便是着響个。（末）你只是没道理。孩兒，你先歸去。（丑）我歸去說與亞娘，不要你做老婆。（末）他不煩惱。（丑）你莫欺我，第一會讀《蒙求》，第二會看水牛。（末）照管喫跌。（丑）自有釣魚處，不在淺灘頭。（旦叫）張解元，大公在此，扶痛出來相叫則个。（生唱）

〔夏雲峰〕展愁眉，舒病眼，勉强徐步廊西。（旦）張丈，秀才且與，大公施禮。（末）久聞清德，不採知，不及前詣。（生）正□雪[一]，張協在病中，那值逆旅。（末唱）

〔賀筵開〕老夫年老脚衰，近日不出外，故不採知。（旦）那更雨雪，紛紛恁作威，此處不曾得暫離。（生）張協因被狂人劫，打一查長淚垂。（旦末）君想是少些個衣，自覺寒多形恁底。（生）

〔同前〕娘行老丈恁底言語，先世曾結會，似親故知。（旦）我公休與婆知，種些善基，有舊底衣服把贈與。（末）兀底老漢有粗道服，贈君家須着取。（生旦）深感謝我公恁底，且得遮卻血污衣。

（末白）老漢然雖是個村肐落裏人，稍通得些个人事。平日裏終不成跪拜底與他一貫，唱喏底與他五百，没這般話頭。只是架上没你衣，我衣；懷中没你錢，我錢。（生）足知公公大度。（旦）奴家在此廟中，將傍六七年，不得公公叫喚，誰來管你！（生）謝荷公公！張協人非土木，必有報謝之期。（末）老漢且歸。衣裳着取抵寒威。（旦）不靠公公又靠誰？（生）萬事到頭終有報。（合）只争來速與來遲。（並下）

〔一〕原作「正雪」，錢本注：「宋詞本三字句，原奪一字。」

第十三齣

（後作勝花出，唱）

〔金錢子〕桃杏儀容，不覺又年笄歲。畫堂中隨它伴侶，聽這別院笙歌，管絃聲沸。驀忽心閑，小樓東欄杆鎮倚。（又唱）〔賞宮花序〕勝花女，四時中，心下没事縈繫。除非上苑隨趁，度芳菲歡會。思之，論梳粧和針指，怎曉得。仗托雲鬟粉面，使婢隨侍。臨鸞照時，那飾容都是他輩承直。〔同前〕白日，笑語長是，樂春臺則劇。情和富豪家，人中最貴最第一。感得，吾皇時召，身赴瑶池。春去夏月芰荷，香鎮拂鼻。小舟時泛，知菱歌遊戲。〔同前〕秋至，綵樓高，龍山聳月正輝。宴着紅裙，終夜一任眼遲。冬季賞雪，膽瓶簪梅數枝。暖閣團坐，飲羊羔風味。須知富貴，自然嬌艷，有不搽紅粉也相宜。

（白）自古道荆人不貴玉，蛟人不貴珠。出乎富貴之家，皆不知此身之樂。奴家爹爹王德用，身爲宰執，名號黑王。媽媽兩國夫人劉氏。知他享了多少榮華，受了多少富貴。家父當朝號赫王，幾番宣唤也宫粧。莫教轉面一回顧，真個三十六宫無粉光。（下）

第十四齣

（生唱）

〔薄媚令〕愁多怨極，歷盡萬千滋味。幸幾日身安免慮。（旦）聽得傍來，無事使奴暗喜。（合）又值那雪晴雨霽。（生唱）

〔紅衫兒〕獨步廊西魂欲斷，自覺孤悽，奈眼前盡成怨憶。（旦）此處村僻荒羌，那人煙最稀。早晚奴獨坐獨行，□便過得。（生）

〔同前〕才到黄昏至，虎嘯猿啼起。論娘行恁嬌媚，何不嫁箇良婿？（旦）熟敢癡迷！貌醜猶過一壁，奈身無寸縷。况兼親戚俱無，誰來管你！（生）

〔同前〕算來張協病，相將漸效可。雖然恁地，歸猶未得。娘子無夫協無婦，共成比翼。飽學在肚裏，異日風雲際，身定到鳳凰池。一舉登科，强在廟裏。帶汝歸到吾鄉，真箇好哩！（旦）

〔同前〕你好不度己，你好忒容易！這言語甚張志，還嫁汝好殢人疑，惹人非。奴似水徹底澄清，没纖毫點翳。請君目即出門，休在這裏！（下）（末出）

〔賺〕我且問伊，進人以禮，退人以禮。（淨）我貧女，緣何揾淚疾走出去？（生）告婆知，念協歸鄉尤未得，他又無夫協獨自底。我着言語扣他，他揾着淚，將人駡詈。（末）

〔同前〕我婆扯住！（淨）秀才説話蹺蹊，不要時，我做箇説合底？請他歸，着些言語説化伊。（末）我婆婆要與你説作一對兒。（生）仗托公公做主議。（淨叫旦出）且休要怒起，你歸來説箇

仔細。（旦）聽奴咨啓：（旦唱）

〔金蓮子〕廟門閉，个開留此處。你没活計，我周全你。好不傍道理！（末淨）驀忽地恁説，他便漾出去！（生）

〔同前〕卑人此住無所倚，幸然娘子没夫婿。（末淨）你説得是，我公婆看時，精神恁磊落，一對好夫妻。（旦唱）

〔醉太平〕明日恁地，神前拜跪。神還喜妾嫁君時，覓一箇聖杯。（生）娘行恁説有些兒意。（末）不消得我每爲媒氏。（淨）公公，你出個猪頭祭土地。（合）有緣時賀喜。（末）

〔尾聲〕只此一言是的實。（淨）婆婆勸你休走智。（生）我異日風雲際會時。

（淨白）明日公公辦些福物，（笑）婆婆辦一張口兒。（笑）（末）只會噇相！你笑甚底？（淨）做媒須着辦幾面笑。（末）你也忒笑！（淨）莫怪説，好對夫妻只是窮，媒人盡在不言中。（生）有緣千里能相會。（合）無緣對面不相逢。（下）

第十五齣

（外粧夫人出，唱）

〔女冠子〕位遷極品，簪纓執象板派。家傳詩禮，門排朱紫。更兼親戚，盡皆豪邁。當朝爲宰執，一女笄年，未及婚嫁。這些兒愁悶，鎮在心頭，無緣可解。（又唱）

〔鶴沖天〕沉吟一和，猛省孩兒事未圓。嬝娜巧身材，桃腮和杏臉。每日把珠翠若神女貌，玉女面。百事盡皆能，試看他能寫染，强一京好宅眷。

〔同前〕年當笄歲，感得吾皇數次宣。着个好夤緣，除非是狀元。若招駙馬也不辱貌，不偏縎，榮耀兩俱全。試看今歲裏，必有個好姻眷。

（白）我底女孩兒，他爹爹是當朝宰執，媽媽是兩國夫人，終不成不求得一个好姻緣。除非嫁個讀書人，不問簪纓不問貧。但願五湖風月在，不愁無處下絲綸。（下）

第十六齣

（淨做神出，唱）

〔剔銀燈〕吾血食一方却最靈，百餘歲都説我感應。年年祭户，見没節病。獻四五碟芝麻糖餅，一陌兩陌紙錢，如何會通靈顯聖。

（白）作善降之百祥，作不善降之百殃。吾聞張協乃清朝舉子，帝國相儒。欲要貧女作結髮夫妻。（笑）有小聖底萬事俱休，没小聖底我日多年。五鷄山上一个大王，剗地與人做鴨，到叫鴨精大王。（末出，唱）

〔大影戲〕今日設個几案，（喏）些兒事要相干。（淨白）相干，莫是空口來問我？（末）且聽下文：（唱接）靠歇子有個猪頭至。（淨笑指末白）餓老鴉喜歡。（淨）斟些兒酒食須教滿。（末）怕張協貧女討校杯。是它夫妻，是它夤緣，千萬宛轉。（淨）有猪頭，看猪面看狗面。（丑作小二出，唱）

〔縷縷金〕亞爹不曾見，一个大猪頭。移時還祭了，我便搶將走。（末）靠歇兩個成親後，須要吃酒。（淨）尊神等候許多時，如何恁生□〔一〕？

（末白）你好急性！請解元和娘子出來。（淨）斟酒。（末）且未好。（生上唱）

〔思園春〕你要休時我未休。（淨）早來吾殿下喫猪頭。（旦出）靈杯不許後，教我恁生留！

（生）漾人葫蘆水上遊，葫蘆兒沉後我共伊休。

（淨白）你與小聖都一般，又弗是飽，又弗是暖。（末）門裏有君子。解元和娘子，敬神如神在，聽老漢請神。（丑）亞爹，我瀉酒。（末旦）未好，待我請神了。（淨）胡亂早瀉酒。（末）合着口。（丑）亞爹早請神，我要肉喫！（末）不虧了口。（末）我那神道威！（淨睜眼作威）（丑）怎比馬明王？（末喏）香煙才起。（淨）酒瀉在盞裏。（末）小二聽得？（丑）神要斟酒。（淨應）（末）香煙馥郁。（淨）盞中欠塊肉。（丑）偷喫一半。（末）如何？小二。（丑）神道不喫肥个。（淨唱）肥个我不嫌，精個我最忺。從頭至腳板，件件味都甜。（末）我个神道靈。（淨）可知道靈！（末）廟祝甚年會肥？（淨偷酒肉，有介）（末）請解元禱祝。（生唱）

〔菊花新〕靈神聽啓：成都府住，奈張協自幼攻書。因往宸京，路途裏被劫取。有裏足之費，盡劫將去。一查打倒，冒瑞雪投入神祠裏。睡不穩，牽惹無限不如意。忽逢貧女又没夫，協無妻，見欲成姻契。獻神緑蟻。

（末白）下馬當風，酒當初獻。小二瀉酒。（丑）瀉酒了。（末）未曾瀉，如何説瀉酒了？你直恁不志誠！（打丑介）（丑）亞爹，我瀉酒了。（末）低聲。再瀉酒。（丑哭）（末）甚聲顙！（淨）没肉。（丑應）（末）没肉也應。（丑瀉酒）

（淨又偷喫）（末）請娘子禱祝。（旦唱）

〔後衮〕妾身年少裏，父母俱傾棄。在神廟六七年長獨睡。論雲説雨，怎曉得，這言語？偶遇它張協，要爲夫婿。神還靈異，賜照桮許妾同連理，若不是匆匆分散無終始。不知如何？但默默意如癡。更滿斟一盞，獻神緑蟻。

（末白）一盞既斟，酒當亞獻。酒又不瀉，打這罔兩！（丑）亞爹，酒瀉了，你莫打。我口邊不濕，畢竟是神喫了。這回主張看。（末）也好，你更瀉酒。（丑唱）

〔歇拍〕哽咽無言淚暗拭，瀉酒時又没人喫。鸚鵡杯深，漸迤邐，斷涓滴。（淨偷酒）（末捉，唱）見得神靈異，兩頭都是。（淨）殷勤來獻，謝你們三獻都不喫。（末白）猶骨不喫。（淨揍）張協是貧女姻緣，皆宿契，今生重會。向繡幄，效魚水。許綰同心結，永諧連理。（生旦合唱）

〔終衮〕似鸞鳳和鳴，相應青雲際。效鶼鶼比翼，鴛鴦雙雙戲。相憐相愛，拚盡老，與偎隨。待把伊，托在心兒裏。（末）神歌鬼舞，况我門村落皆歡喜，願廝守終久于飛。（合）身赴月宫折桂枝，已兩兩同歡會，這些滋味美。

（淨白）兩個已成姻眷。（末）是也。（淨）土地宜歸後殿。（末）大王回雲也。（淨）我去討那夫人。（末）則甚底？（淨）各自排个筵席。（末）又要喫。（淨）三獻，三獻，酒肉不曾見面。（末）只説喫底。（淨下）（丑）我去切肉來。（末）我討你娘來。（生旦）謝得全取兩成雙。（丑）我討盤來你討娘。（末）今日歡娱嫌夜短。（合）閑時寂寞恨更長。（末丑下）

〔一〕錢本斷此奪去一「久」字。

第十七齣

（旦唱）

〔添字賓（賽）紅娘〕先來是奴心兒裏悶，驀撞見伊。姻緣怎知，君家共成連理枝，共成鸞鳳飛。（合）願得百歲鎮同諧，渾不暫離。（生）

〔同前〕榮辱算來是前生定，只得守己。儒冠未必將人誤，我直恁底，誤我百年虧。（合）願得一躍過龍門，榮歸故里。（旦）

〔同前〕貧窮困苦誰知道，雙眉暫舒。君須異日，休得要忘却奴厚期，忘却來廟裏。（合）願得相看鎮長恁，如魚似水。（生）

〔同前〕詩書禮樂曾諳歷，我敢負伊！伊我放心，不須要慮及辜我妻，慮及辜負伊。（合）願得前意鎮如初，團圓到底。

（生旦白）相煩李大公，兀底早來！（丑出，唱）

〔賽紅娘〕先來小生心兒悶，見貧女又嫁。（末接）三分似人，休得要言語詐。（丑）靠歇喫教醉醺醺，我方才罵他。

（末白）你罵它，照管我打你！（生）大婆來否？（末）大婆來了。（旦）大婆赤腳來。（淨挈鞋出，唱）

〔同前〕先來是我腳兒小，步三寸蓮。（末白）一尺三寸。（淨揍）一個水穴，闊三尺橫在廟前。（末白）是有一個水穴。（淨）被我脱下繡鞋兒，自作渡船。

（末白）教誰來撑住你？（淨）着了鞋，頂禮神道萬福！（生）凡事仰賴婆婆主盟，周全我夫妻兩口。（淨）賀喜，拜拜！（旦）謝得公公婆婆！（丑）我自歸去！（末）怎地歸去？（丑）叵耐他添兩字也得。（生）甚字？（丑）謝得公公、婆婆、哥哥，多少是好。（末）你好生受。（淨）亞公，今日慶暖酒也不問清，也不問濁，坐須要凳，盤須要桌。（末）這裏有甚凳桌？（淨）特特喚作慶暖，如何無凳桌？叫小二來，它做桌。（末）也好。（淨）孩兒，想你好似，（丑）好似甚麽？好似个新郎？（末）甚般歛道！你好似一隻桌子。（丑）我是人。教我做桌子？（淨）我討果子與你喫。（末）我討酒與你喫。（丑）我做。（末）慷慨。（丑）喫酒便討酒來。（末）可知。（丑）喫肉便討肉來。（末）可知。（丑）我才叫你，便是我肚飢。（末）我知了，只管吩咐，你做桌。（丑吊身）（生）公公，去那裏討桌來了？（丑）是我做。（末）你低聲。（安盤在丑背上，淨執盤，且執瓶，丑偷喫，有介）（生唱）

〔排歌〕張協謝，公婆至。感疊疊蒙周庇。（旦）從年少得濟惠，到今日成姻契。（丑）亞爹！（末）且與我低聲。（丑）肚飢腰又疼！（末）贈幾貼風藥與你喫。（淨揍）五百年前，已曾註記，我今日來攛掇你。（丑又偷吃）（末淨合）勸君一盞莫辭推，願你夫妻諧百歲。（旦）到口。（旦唱）奴家勸，婆緑蟻，也拚个醺醺醉。（生）協多謝，蒙賜惠，怎忘得恩和義。（末）

〔同前〕兩口從今日，自當愛惜，詩書自當記得。（淨）你對夫妻，且恁底奇哉，對夫妻直恁底。（末白）知己知彼。（丑）做桌底，腰屈又頭低。有酒把一盞，與桌子喫。

（末）你低聲。（旦唱）

〔紅繡鞋〕小二在何處説話？（丑）在桌下。（淨）婆婆討桌來看，甚希姹！（丑起身）（淨問）桌那裏去了？（丑）告我娘那桌子，人借去了。（末問）借去做什麽？（丑）做功果，道潔淨，使着它。

（末）那些個潔淨！（生旦唱）

〔刮鼓令〕今夜盡歡。（淨）我喫酒須教滿。（丑）我每喫得十來碗，敢一掃喫盡盤。（末）娘兒兩個忒熱亂。（生旦）一村只有君過門。（合）前生已結今生分。通宵裏飲芳樽，通宵裏飲芳樽。

（生旦白）謝荷公婆，又成聒擾！（末淨）且圖安樂，胡亂度時。（生）相看幾日去京華。（淨）未好尋思漾了它。（末）休戀故鄉生處好。（合）受恩深處便爲家。（並下）

第十八齣

（外唱）

〔風入松〕東風習習破宮桃，殘雪才消，柳芽窣地拖金色。（後接）余深沉庭院蕭條，迤邐燒燈過後，園林一景如描。（外唱）

〔祝英臺近〕畫堂深，人悄悄，春入杏花梢。膏雨弄晴，蝶粉蜂黄，相傍養花時候。（後）碧藻翠荇，水底牽風，魚遊池沼。（合）畫闌邊，來往遊人嬉笑。（外）

〔同前〕時到，粉牆低，曲徑窈，一段景偏好。小院邃亭，一簇神仙，珠翠鎮相圍繞。（後）聽道，賣花聲過橋西，奇葩争巧。（合）亂鶯啼，遷着喬林聲鬧。（外）

〔同前〕清曉，侍婢不惜千金，相呼鬥百草。遺珥墮簪，（合）蹙着鞦韆，不禁笑語聲高。（後）夭桃，遍開渾若燒空，雛禽時叫。覩景處，覺得奴心煩惱。（外）

〔同前〕失笑，我女休得閑愁，寬取汝懷抱。好事怎匆？今歲賢良，須是選個年少。（後）焦燥，此心非爲求親，容奴咨告：（合）爲傷取，容光將老。

（外白）男便當婚，女便當嫁。今年却是春選之年，媽媽與你選个有才有貌底官人，共成姻契。（後）深感媽媽！

（外）止圖才學有佳名。（後）不擇貧寒事便成。（外）無限朱門生餓莩。（合）幾多白屋出公卿。（並下）

第十九齣

（生白〔一〕）〔水調歌頭〕讀書破萬卷，下筆如有神。前程事業，豈期中路惹灾迍。近日須諧貧女，未是吾儒活計，依舊困其身。争如投上國，赴舉奪魁名。（旦唱）

〔荷葉鋪水面〕才郎到此處時，奴家正生憐念心。雪若晴，君家定着出廟門。（合）誰知先世，已曾結定，恁困窮，何時免得日縈縈。（生）

〔同前〕張協到感我妻，同諧已約百歲期。困此間，不若上國奪桂枝。（合）身榮那時，也争得氣。没裹足，如何便得身會起？（旦唱）

〔孝順歌〕奴愁悶，又遇君，思之兩口直恁貧。君家又無人，奴家又無親，全没救兵。去則依然，奴還孤冷。（合）怎得盤纏，盤纏到得宸京。（生）

〔同前〕協今去也，何時遂此情？亦欲耀家庭，亦欲要身榮。亦欲願你，願你時來，大得一命。（合）共樂歡諧，歡諧共樂平生。（旦）

〔同前〕奴只得，往廟前，借取大公些个典。與奴做盤纏，又欲買些絹，粧些舊綿。又恐春寒，衣衫不辦。辦與衣衫，一路免得身寒。（生）

〔同前〕望娘子借與，娘子便去説。前途怕錢欠，中途怕錢慳，錢與誰添？更望娘行，多方宛轉。（合）宛轉些添，回來自當償還。

（旦白）大樹之下，草不沾霜。奴家求庇於李大公大婆，莊家有甚出豁？（生）還借得些子典，多則濟事，少則不濟事。（旦）奴曉得。李大婆每常間忺要頭髮做頭髢，只怕我家割舍不得。若去頂上團團剪些兒子與它，看奴家要幾錢，不到不得。（生）如此却好。（旦）莊家本性自來慳。（生）不算盤纏要往還。（旦）信道上山擒虎易。（合）方知開口告人難。（並下）

〔一〕「白」，錢本改作「唱」。

第二十齣

（末出白）久雨初晴隴麥肥，大公新洗白麻衣。梧桐角響炊煙起，桑柘芽長戴勝飛。老夫聞得那張解元漾了渾家，要去赴試。是和不是，問取我婆則个。（淨唱）

〔麻婆子〕二月春光好，秧針細細抽。有時移步出田頭，蝌蚪兒無數水中遊。婆婆傍前撈一碗，急忙去買油。

（末白）買油作甚麼用？（淨）買三十錢麻油，把蝌蚪兒煎了，喫大麥飯。（末）且是惡心！（淨）惡心便喫白梅。（末）能喫能解。婆婆，你知件事？那張解元要去赴試。（淨）貧女終不成也去。（末）它如何去得？兀底早來。（旦唱）

〔尹令〕他命又合孤令，奴家又合孤令。方得兩月安靜，教奴又成愁悶。（末淨）聞伊丈夫，今直欲到帝京。（末）

〔同前〕他又更没活路，你又更没親故，盤纏怎生區處？（淨面看別處）（末抽轉）你也轉來廝覷。（旦）如今去時，没裹足怎對付？（淨）

〔同前〕欲去在伊兩个，不去在伊兩个。説與我每一和，又説與我公一和。（末旦）如今來，只得又靠我婆。

（淨）他説靠我尤閑，你也説靠我。（末）我不像底交椅。（旦）河狹水緊，人急計生。張解元是讀書人，既得婆婆周全，望所賜周全。求人須求大丈夫。（末）濟人須濟急時無。（淨笑）你問一切人，我搽臙抹粉，着裙繫衫，我是大丈夫，怕那老畜生有錢？（末）人來投人，鳥來投林。你有甚錢，把些子借它。（淨）明人不作暗事，你要得幾錢？（旦）要得百來貫錢。（淨）苦！和你爹娘七代都賣與。（末）胡亂搜尋，看得幾錢，把借他。那張解元還得个緑衫上身時，終不成忘了貧女。（旦）貧女終不成忘了大公大婆。（淨）亞公，你去措置十貫五貫借他。（末）説得

是。（淨）不是我自誇，我那箱裏真个强。你个老畜生。（末）便是我没。（旦唱）

〔添字尹令〕奴家拜告，聽取奴家道：得婆周庇，直欲靠婆到老。張協要好，出路宜及早。

（合）歸來後稱懷抱，除非異時，歸古廟掛緑袍。（淨）

〔同前〕婆婆有寶，不與公公道。（末）不知底。（淨）公公知道，應是問婆借了。（末）莫是夜明珠？

（旦）婆婆借與，托取公公保。（合同前）（末）

〔同前〕長安古道，盤費知多少。婆婆早與，它便起程又早。（旦）今朝倚靠，非外來相擾。

（合同前）

（旦白）世間成人者少。婆婆有甚物借些子，還解得三五貫錢相添出去。（淨）婆婆只有兩領物事。（末）莫是番羅道服？（淨唖）你有？（旦）大婆，莫是革子衣裳？（淨唖）他屋裏有。（末）只虧了我。不是番羅、革子，便是大綾。（淨唖）（末）甚底？你便説。（淨）我嫁你許多時，身邊别無物事，只有兩領兩領。（末）甚底？（淨）水牛皮。（末）只好鞔鼓。（淨）也好做鞋。（末）可知。（旦）奴家見婆説多時，閑來割舍不得，而今剪一捻頭髮在此，怕婆婆要做頭髢。若得些錢，便十分好。（淨）好，好！我正要。只是顏色不好。（末）顏色恁地黑了。（淨）不干紅色。（末）你要粧鬼。（淨）婆婆與你三五兩白金，後去做得好時，便還我。你與我討半盞兒酒來。（末）好，好，我也着得些個。（淨學）（旦）謝得公婆！（淨執酒器唱）

〔添字尹令〕一盃杜酒，感你把頭髪剪。婆婆頭髻，看得許多價添。（旦）程途怕遠，只要錢支遣。（末淨合旦）伊歸去定説與，我公婆望他，今年去做狀元。

（旦斟）謝荷公婆，非不知感！（唱）

〔同前〕奴家量淺，一盞桃花臉。前生姻眷，結得我婆底緣。（淨）婆婆懶出，不得來相餞。

（合同）

（旦白）謝荷公婆妾且歸。（淨）明朝依舊守孤幃。（末）夫妻本是同林鳥。（合）大限來時各自飛。（並下）

第二十一齣

（生出，發怒，白）叵耐殺人可恕，無禮難容！貧女那賤人，十人打底九人没下。自家不因災禍，誰肯近傍你每？正是：情知不是伴，事急且相隨。從早上出去，整日不見歸來，不道我每要出路。莫管，尋條柴棒在這裏，去教你雖無韓信難，也有屈原愁。（旦出唱）

〔懶畫眉〕早辰臨鸞此情傷，我不爲爹來不爲娘，頭髮剪了終須再長。使奴心悒怏，不是奴家又誰管你行？

（生白）唯，賤人！行不動裙，笑不露唇，這是婦女體態。休整日價去，臉兒又紅，那裏去喫酒來？打那賤人！（打旦）（旦）屈！丈夫，有天可表，有神可鑒。待我自説。（生）你快説！若不直説，從今日打至明日。（旦唱）

〔獅子序〕你忒急性！且聽我言：你出路日子在眼前。我一夜思之怕没盤纏，往大公家急忙去借典。婆婆也没金，也没典，亦没錢。我每把頭髮便來剪，得些錢，苦把盃酒來相勸。

（生）

〔同前〕没瞞過我，實是你災。隱僻處直是會打乖，誰頭髮剪落便有人買？這雙眼人説你最呆。如今那得錢，那得銀？焉得酒？你説不實是少怪。把廟門閉，勘問你何處歸來。

（生打旦）（旦唱）

〔臨江仙〕一堂神道你須知：我門非別底，你不是男兒！

（生打旦）（旦叫）李大公！叫李大公相救！（生）叫甚麽李大公！（末出）讀萬卷書，知千古事。解元，你兩人廝吵則甚？（生）張協淹留在此，出自我公周庇，非不知感。叵耐賤人知張協要出去，特地出去一日不歸來。（末）便去？（生）張協要去便去，又無行李。初爲功名，造物略賜周全得協，協終不成忘了公公婆婆。我今日見他整日出去，喫得臉兒酒歸來。我且問你，那裏去來？（旦唱）

〔奈子花〕公公，我婆婆説要頭髻，奴不得只剪下些兒。婆婆喜歡，教斟緑蟻。没把臂便來打起，想是，奴家害了你家計。（末）

〔同前〕婆婆八年坎要頭髻，才瞥見一地歡喜。銀和酒是家裏底，休閑争休得嘔氣。聽啓：你那個害了家計？（生唱）

〔同前〕卑人欲往京畿，從早間等到今時。婦人愛酒貪歡喜，終久後又成何濟？想起，這婦人害了我家計。

（旦出科介）（生白）元來如此。公公恁地説，幾乎錯認了定盤星。（旦）丈夫，汝是圖功名底人，莫便恁地做作。（末）休閑説。我婆再三傳語，不及相送。（生）張協傾刻且來拜辭。（末）不須得。（生）荆婦凡百仰賴鄰庇〔一〕。稍獲寸進，自當修謝。（末）惶恐！（旦）去時奴又長思憶。（生）欲寄音書山路僻。（末）我每眼望捷旌旗。（合）

大家耳聽好消息。（末下）（旦唱）

〔醉落魄〕冤家做作好直恁，把心不定。（生）張協去心不安穩，不見歸來，尋你那臉節病。

（旦唱）

〔四換頭〕初入我廟門，你不曾發這般嗔。今日裏既定，把奴家直恁地輕。（生）伊不說一日價不見您，從早晨間只管價等。（合）水一似清，月一似明，怒若發時惡氣便生。（旦）知是君家，直恁地去得緊，奴不賣這髮，君須去不成。（生）此行必是好佳讖。（旦）遂功名，莫來適來反面沒前程。（生）神須聽協語，會辜恩我辜汝恩？（旦）君須記得那時。（合）在紙爐中血污衣。（旦〔二〕）你莫學王魁薄倖種，把下書人打離聽。（合）這般樣人，這般樣心。我時聞傳耗音。（生）我門去後，伊自行，料不到動春心。（旦）月黑夜昏，江奴一度惺惺。幾年在孤廟冷清清。（合）又還今夜覆單衾，依舊淚盈盈。（末出，唱）

〔賺〕婆子方知，知道君家往帝京。農事冗，特來此處送君行。（淨）你須聽，本不欲只管相親近，有一事相煩靠殢君。打從湖州過，鏡兒買面與婆搽粉。（末）好不思忖！（生旦）

〔同前〕我婆且自寬心，張協爲人恁底村。婆要鏡，沒時豈敢上婆門。（淨）拜辭君，我和伊今夜有人相請，隔岸村莊祭土神。（末）只爲喫。（淨）你道婆婆，怎地了腳頭緊。（末）好不安分！（末淨下）（旦又唱）

〔絳羅裙〕君今去時奴阿好悶。有些錢，怎知怎知奴便揍來助恁。（生）落得一個瘦損阿好悶。（合）各家把這淚偷揾。（生）一回上心阿好悶，感伊有許多村價至誠。（旦）你不分奴皂白阿好悶。（合）兀底須有神明。（旦又唱）

〔呼喚子〕堅心耐煩等，須有日見人〔三〕。奴待見得情人了，依然講舊情。（生）眼下阿好悶，直欲到宸京。（旦）只恐我夫榮貴也，嫌奴身畔貧。（生唱）

〔尾聲〕這般人活短命！（合）舉頭三尺有神明。兩兩分飛阿好悶。

（生白）今夜枕頭都是淚。（旦）望君此去登高第。（生）馬前喝道壯元來。（合）這回好個風流婿。（並下）

〔一〕「賴」，錢本作「懶」，誤。　〔二〕「旦」，錢本作「生」，誤。　〔三〕錢本據補作「見情人」。

第二十二齣

（末出）職遷一品，名號黑王。身居八位之尊，班立群僚之上。畫堂静悄，華屋森嚴。繡簾垂隔春風，寶階香遠没人迹。公相升廳，着个祇候。（丑作相公出，唱）

〔鬥黑麻〕帝德廣過堯，喜會太平。我是清朝，第一大臣。淨所爲，直是英俊。論梗直，最怕人。好底酸醋，吃得五瓶。

（丑白）下官王德用，官至樞密使相。黑王名字，誰人不知？别無兒男，只有一女，小字勝花。年方及笄，未曾嫁娉。今年是國家大比之年，意下欲招一个狀元爲東牀，不知夤緣若何？待夫人出來，與他商議則个。左右，將坐物來！（末）覆相公，畫堂又遠，書院又遠，討來不迭。（丑唱）快討來！（末）公相最忍耐得事。（丑）我近日不會忍耐。（拽末倒）没交椅，且把你做交椅。（丑坐末背，末叫）（丑）莫要叫！昔日馮丞相行至後花園，入那容膝庵中，敢恁地打坐三五日，我不坐得一日一夜？（末）呆了我。（丑）堂後官！（末喏）（丑）你如今要我周全你？（末）乞賜相公周全。（丑）五貫十貫也唤做周全。（末）却是。（丑）儒釋道三教中都有周全。你做秀才，便教你做官人，算起來你做不得。（末）如何？（丑）秀才家須看讀書，識之乎者也，裹高桶頭巾，着皮靴，劈劈朴朴。你不會，却做不得。（末）是做不得。（丑）你做道士，便做知宫。算起來，你做不得。（末）如何做不得？（丑）道士家須尋真訪道，飛符走籙。（末）是做不得。（丑）你做和尚便做長老，住持大禪刹，算來你也做不得長老，你只做得常僧。（末）如何比得常僧？（丑）不是常僧，如何在這裏學禮拜？（末）你叫我恁地？（末起身，丑攧）（末）這回鐃個跌大。（丑）來，來，與我請過夫人與勝花小娘子出來。（末）領鈞旨，轉階頭便陞廳上。屏風後回廊深杳，畫堂前簾幕低垂。着个小心，專當祇候。（丑）你也行入裏面去傳語，只在這裏立地。（末）教我做那裏去。（外出，唱）

〔粉蝶兒〕庭院深深，春色惱人天氣。（後接）向幽閨更無情味。步芳堤，遊上苑，便貪遊戲。

（丑）我孩兒聽取，亞爹説你。

（丑白）孩兒，你有罪過！（外後）告爹爹，孩兒没罪過。（丑）你没罪過？前日把亞爹襖子上許多餓虱都燙殺了。

（末）從來不度己。（丑唱）

〔駐馬聽〕伊看我孩兒，似這月裏嫦娥到强似它。亞爹孩兒全没，老來惟憑着，你門一個。

（外后）未知爹爹那雅意要如何？早言一句説交破。（丑）你休得誤人呵，莫教我女青春過。

（外）

〔同前〕兒恁嬌癡，須要個讀書人爲女婿。我家裏公侯累代，小可底蒼生，怎爲姻契！（丑）

五百名中有多少好才人，與我女揀個一般美。（外白）爹爹甚言語，若非是狀元怎成匹配。（後）

〔同前〕朱紫駢駢，不若荷衣一狀元。況兼奴家是豪貴，若非高甲，怎生攀羨！（外）我王擇賢畢竟是今年，與我兒選個福非淺。（合）出得幾多錢，招捉那狀元爲姻眷。

（末白）覆相公，共得幾錢，招捉駙馬？（丑）與它豁湯錢十萬貫。（末應）（丑）下馬錢十萬貫。（末應）（丑）湯風錢、接鞭錢、遊街錢各十萬貫。（末）覆相公，許多錢那裏支？（丑）城隍廟裏支。（末）却是紙錢。（丑）來，你今年選個小小富貴，看狀元年紀未滿三十者，將我勝花娘子招爲東牀女婿。（末）領鈞旨。（丑）正是：讀書可用覓良媒，書中有女顏如玉。（末）莫是「有女」？（丑）是。（末）奉饒一個撥手。（後）爹爹，年紀相當不到無。（外）有才莫問是寒儒。（丑）文章士謁文章士。（合）大丈夫投大丈夫。（並下）

第二十三齣

（生唱）

〔女冠子〕那日是淹離古廟，步莎徑柳堤多少。見喬林芳樹上雛鶯叫，酒旗掛杏花梢。風餐水宿，怕暮嫌曉。尋思自覺心焦燥，謾回首家山途路遥。杜鵑，你休得叫過通宵！

（生白）〔水調歌頭〕一心離故里，隻影欲朝天。半途遭難，豈期貧女又留連。長記綵衣堂上，臨别雙親囑咐，細想是良言。教逢橋須下馬，遇夜莫行船。近日來，離古廟，意懸懸。爹娘又慮，料她貧女淚漣漣。是事一齊瞥樣，挑取被包雨具，度嶺涉長川。正是：鴈飛不到處，人被利名牽。（生下）

第二十四齣

（旦唱）

〔福清歌〕自離故鄉，尋思斷腸，兩個月得共鸞凰。許多時守空房，到如今依舊恁，似我不嫁郎。燕銜泥，尋舊壘骨自成雙。

（白）村南村北梧桐角，山後山前白菜花。這般天氣，情人不見。神思又不忺，錢又没撩丁，米又没半升，只得往大公家去，緝麻緝苧，胡亂討些飯喫。苦，苦！欲買春衣典夏衣，待成衣着又過時。恰才撰得春衫着，是處山頭叫子規。（又唱）

〔虞美人〕緝麻緝苧攻針指，亦是不得已。時常眼淚不曾乾，只恐别郎容易見郎難。

（淨在戲房作犬吠）（淨白）小二，去洋頭看，怕有人來偷鷄。（作鷄叫）小二短命都不見。（呼）鷄走！（叫苦）張小娘子。（旦）大婆萬福！不見婆婆七八日，你怎地不來我家？（末出）古人道得好，命裹合喫粥，煮飯忘了漉。一世恁地孤孤單單，嫁得个人，不及兩月，又出去了。（淨）他也相將到。你眼如何恁地腫？（旦）自張解元出去之後，真个桃花臉上汪汪淚，拭盡千行及萬行。（淨）便是我亞公有時出去幹事，五朝七日不見歸來，我在屋裹心煩，渾身都燥癢了。你張解元出去，渾身燥癢否？（末）好皂角煎丸。（旦）那得這話？奴身只是眼淚出。（淨）我亞公在屋裹，我便無事。（旦）如何無事？（淨）他在屋裹夜夜燒湯與我洗疥瘍，便不癢。（末）打着癢處。（旦唱）

〔上馬踢〕眉兒那曾開，花兒不忺帶。尋思淚滿腮，這些緣分乖。才與同諧，驀忽成妨礙。

（末淨）我每等來，他做得官時，我兩口也得他拖帶。（淨唱）

〔同前〕婆婆暗自喜，得你嫁夫婿。圖他此去時，早攀月桂枝。金冠霞帔，有分粧束你。我稱孺人，（指末）我的公公定着呼做保人。

（末白）我如何呼做保人？（淨）你公是挨風，爹是僕射，你如何不是保人？（末）人道三代相門。（末唱）

〔同前〕不是我自誇，它自定及第。着鞭衣錦歸，便是榮貴時。（淨）我做婆婆，你做當直底。

（末）又占又好底。（合）那時價喜，買炷明香，大家答謝天地。

（旦白）怕他一舉登科未見歸。（末）你安心定志數歸期。（淨）黄河尚有澄清日。（合）豈有人無得運時。（並下）

第二十五齣

（生唱）

〔望吾鄉〕家住西川，回首淚暗垂。中途怎知人劫去，娶它貧女是不得已。幸然脱此處，都城在，眼下裏，盡總是繁華地。

（白）家貧未是貧，路貧愁殺人。遭逢毒害手，去住不由身。尋思雪中路，無眠扣廟門。得她貧女顧，不免議姻親。宿食圖温飽，詩書暫溺淪。重登京闕路，盤費幾辛勤。到得龍城裏，身心一處新。釣鰲施大手，敢動聖明君。

（末、丑雙唱）

〔窣地錦襠〕青雲有志作儒流，燈下翩翻知幾秋？若得一舉占鰲頭，方表詩書勤乃有。

（生白）拜揖！（丑）拜揖！尊兄高姓？（生）小子姓張。（丑）是弓邊長？是立下早？（生）却是弓邊長。（丑）弓邊長，尉遲敬德器械。（末）單雄信見你膽寒。（生）尊兄盛表？（丑）子禄。（末）只好着着名紙。（丑）子禄因前番不第，改作禄子。（末）甚年得你兩角峥嵘？（生）高姓？（丑）姓華。便唤做華禄子。（末）華禄子，只會污人門户。（丑）尊兄，討行館了未？（生）未討。（丑）同途相識，一道共店安泊。（末）有采近大貴。（生）尊兄行館在那裏？（丑）只在前面茶坊裏。尊兄在樓上，禄子在樓下。（末）才説話便分高低。（丑）尊兄若會欠賃錢，方可與禄子做朋友。（末）是結朋須勝己。（丑）此處龍牀。廊下若江中之水，非一源之流。這裏便是行館。（生）奇哉！（末）尊兄，你看茶坊濟楚，樓上寬疏。門前有食店酒樓，來壁有浴堂米鋪，才出門便是試院，要鬧却是棚欄，左壁廂角奴鴛鴦樓，右壁廂散妓花柳市。此處安泊，儘自不妨。（生）謝荷諸公！乍然抵此，未及請禮。（丑）惶恐，惶恐！自家賃這般店，得便宜處有四。（生）請教看。（丑）第一，官司奈何自家不得。（生）如何？（丑）一萬年只唤做窮秀才。（末）它殺不如自殺。（丑）第二，蚊蟲咬，虱咬，都奈何自家不得。（末）如何？（丑）禄子一身都是頑皮。（末）又道香肌似玉。（丑）第三，肚飢奈何自家不得。（生）如何？（末）想必出路打熬慣了。（丑）不是。小子忍餓得法。才肚飢時，緊縛了腰，一番腰緊，便噯一噯。噯！（末）又道酒肉皮袋。（丑）第四，店主人奈何自家不得。（末）如何？（丑）秀才家怕甚店主人！（淨作杏婆出（一一）好也！好也！店主人奈何你不得，也須有店主婆。少我房錢不還！（擒丑）我奈何你不得！（打丑、有介）（丑）饒我！店主婆！大娘子！（末）有許多稱呼。（淨）少我三十個房錢。（丑）只二十九個。（淨丑争）（末）少你幾錢？（淨）三十個。（丑）二十九個。（末）尊兄住得幾時？（丑）小子方住一月。（末）那一月是大是小？（丑）是大。（末）却是三十個。（淨）你討房錢還我！（丑）你來劫我！（末）嫂嫂住休！不看我面，也看這官人面，須是他引至。（生）娘子寧耐！（淨）賴我房錢！（丑）他劫我錢。（淨唱）

〔麻郎〕打脊篭簪賴秀！（丑）打脊篭簪賴狗！（末）兩個不須動手。（生）各請住休得要應口。（淨）賊獼猴！（丑）雌獼猴！（生末）看我面一齊住休。（丑）

〔同前〕我只是不還賃錢。（淨）趕出去橋亭上眠。（生）看取同人勸您。（末）休要出言恁偏。（丑）你弄拳。（淨）我弄拳！（生末合）看口休得要鬥煎。（淨）

〔同前〕少我那房錢到嗔。（丑）罵得我教人怎忍？（末）你兩個八兩半斤。（生）好一對人客和主人。（淨）我去論！（丑）我去論！（生末）大都來能欠幾文。（丑）

〔同前〕要你須着這秀才。（淨）我着它伊休要來。（末）你兩個貧胎苦胎。（生）沒緊要休得要繫懷。（淨）我討柴！（丑）我討柴！（生末）要厮打只得請退。

（淨白）解元萬福！只在媳婦家安歇。（末）却又荒。（丑）不干尊兄事。在這裏安歇幾日，便入試院。（末）兩個早發過。（生）些子房錢忍耐休。（末）秀才相罵殢人羞。（丑）我近來學得烏龜法。（合）得縮頭時且縮頭。（並下）

〔一〕「杏」，錢本正作「店」。

第二十六齣

（外唱）

〔探春令〕三年一度選英賢，論學業非淺。（後接）又未知，誰氏登鰲首？甚日滿奴心願。

（後白）媽媽萬福！（外）孩兒，見鞍思馬，覩物思人。今年乃大比之年，不招个狀元爲駙馬，更待幾時！叫堂後官過來！（末）朝爲田舍郎，暮登天子堂。亘古及今，知他見了幾个狀元？（喏）覆夫人、娘子，有甚懿旨？（外）幾朝學成文武藝，今年貨與帝王家。我意下欲趁取個勝花小娘子，年正嬌癡，好求匹配。不知相公曾有鈞旨，分付你排辦采樓，招納駙馬也？（末唱）

〔神仗兒〕欲待取覆，欲待取覆：昨蒙鈞旨，非不整肅，采樓如法價結束。（合）秀才明日赴闕，似争着天禄。只未知甚題目，甚題目？（外唱）

〔滴漏子〕豪家貴戚渾無數。（合）定必欲嫁狀元。（後）奴家分福前生定。（合）嫁一個應少年。（末）因緣因緣，心堅管教石也穿。（合）馬前馬前，合人情度鞭。（外）

〔同前〕前日不須看入院。（合）看遊街看執鞭。（旦）紅樓數里簾兒捲。（合）定應是看狀元。（末）近年近年，多應是狀元都少年。（合）馬前馬前，合人情度鞭。

（外白）脱却白襴身掛緑，（合〔一〕）因緣相合奴家福。（末）那時一子受皇恩。（合）正是滿家食天禄。（並下）

〔一〕「合」，錢本正作「后」。

第二十七齣

（旦唱）

〔黄鶯兒〕一去更無音耗，使雙雙孤令。未知甚日掛緑袍？使奴家稱心。它恁地我英俊，定必占魁名。早得個人往江陵，問及第是甚人？（丑作小二出，唱）

〔吴小四〕一個大貧胎，稱秀才。教我阿娘來作媒，一去京城更不回。算它老婆真是呆，指望平地一聲雷。

（旦白）小二哥。（丑呆應）（旦）小二哥，你唱甚底？（丑）我弗曾唱。（旦）我門道有耳朵，你更唱與我聽。（丑

笑）你也有耳朵，我唱。你莫道是我做，別人做十段，我只記得兩段。（旦）你唱我聽。（丑唱）

〔吴小四〕一個大貧胎，稱秀才。（旦白）這句便説張解元。教我阿娘來做媒。（旦白）分明你做了。

（丑）一去京城更不回，算它老婆真是呆。（白）道你等他是呆。指望平地一聲雷。（笑）（旦唱）

〔同前〕自從去京，奴淚鎮零。難禁離別情，日夜我尋思没耗音。我門怎知你笑人，唱隻曲教奴仔細聽。

（丑白）我弗做，是我書院中雙老哥做。又有一段。（旦）你更唱。（丑唱）

〔同前〕兩相底逢，窮合窮。一去不見蹤，腳踏浮萍手拏空。勸你莫圖它做老公，它畢竟是個鬼頭風。（旦唱）

〔同前〕自從嫁它，奴辦至誠，不成它負心。一舉登科有姓名，果然負奴絶耗音，萬水千山奴也去尋。

（旦）小二哥，你幾時去江陵府納税？（丑）小二便去。怕知縣點追，才點着定喫五十大棒。（旦）休閑説。你去街上有登科記，買一本歸。（丑〔一〕）江陵府也有登科記賣？（旦）可知。（丑）我見應須自買歸。（旦）登科且免淚珠垂。（丑）十年窗下無人問，（旦）一舉成名天下知。（並下）

〔一〕「丑」字原奪，據錢本補。

第二十八齣

（外唱）

〔卜算子〕百尺彩樓高，十里人挨鬧。（後接）狀元今日欲遊街。（合）一段風光好。

（外白）孩兒，人無率爾，事非偶然。我聞得今年狀元是西川人，不知是姓甚名誰？叫過堂後官，問他則个。（叫）堂後官過來。（末出）一封天子詔，四海狀元心。覆夫人：男女生長京華，三年一度，五歲却是兩番，每見着狀元，都不似今年底聰慧。見説那狀元祖居西蜀，家住成都。三歲上讀得書，五歲上屬得對，文過李杜，才並二程。歛兒魁偉，精神磊落，搦管行雲似電，面君對答如流。一面旗下寫着甚人？天下狀元張協。（後唱）

〔福馬郎〕知道是成都一秀才，五百名中占，天下魁。今日裏，定遊街。（合）十里小紅樓，人争看喝道狀元來。（占）

〔同前〕公相當朝何用媒？依托我絲鞭，去選大才。當筵宴，早安排。（合）凝望彩樓高，簾兒捲等取狀元來。（末）

〔同前〕旗幟交加樂器催，快子行如電，簇着大魁。接鞭後，勸三盃。（合）管取洞房開，姮娥貌捧擁狀元來。

（外白）我與勝花小娘子登百尺彩樓，你祇候狀元來，教相公親遞絲鞭多少好。（末）自古及今，是府眷揭起彩樓，刺起絲鞭，才不接，明日相公別作道理。（外）也説得是。我女今番嫁狀元。（末）馬前喝道刺絲鞭。（後）時人莫訝登科早。（合）月裏姮娥愛少年。（下）（末）狀元何用覓良媒，書中有女顔如玉。赫王相公勝花小娘子招狀元爲駙馬，正喚做少女少郎，情色相當。狀元兀底早來。（生扮狀元出，唱）

〔卜算子〕張協受皇恩，乍着荷衣緑。回首爹娘萬里遥，料已沾天禄。

（白）引領群仙上紫微，雲間相逐步相隨。桃花已透三層浪，桂子高攀第一枝。閬苑更無前去馬，杏園惟有後題詩。男兒志氣當如此，滿袖馨香天下知。（後執鞭唱）

〔同前〕嘈雜歡聲沸，捧擁風流婿。果與奴家有宿緣，接取絲鞭去。（末唱）

〔大聖樂〕彩樓高處有嬌媚，赫王府求女婿。（生笑）翔鸞儘有梧桐樹，又何苦殢高枝。（後）是奴行三世簪纓裔，奴今與望英賢離玉轡。（末後）最風流處，似神仙誤入，蓬壺影裏。（生）

〔同前〕求名我不在求妻，歡諧事心未喜。豪家謾把絲鞭刺，甚嬌媚又入人意。（後）料想君家多是不曾娶，君且接取絲鞭又妨甚底！（末）似相嫌棄，五百年未知道，緣分何如？（外出）

〔同前〕我兒又得要癡迷，夫妻事前定矣。（末合）何須苦把絲鞭刺，且說與相公知。（生）是則無妻我身自不由己，須有爹媽在家鄉尤未知。（合）且遊街去，五百年註定，不在一時。

（末白）畫堂稟及相公知。（生）不爲求妻只爲名。（後）且自與人無舊分。（合）非干人與我無情。（後下，丑出）請！請！（末）赫王相公請狀元相見。（丑）請狀元卸了幞頭，只帶個羞帽。（末）錯了！卸了羞帽，只裹幞頭。（丑）不只帶羞帽，且來學個鍾馗捉小鬼。（末）與我魆地裏休說。（丑）拜揖！（生）即日共惟。（丑）即日恭惟，願我捉得一片牛皮。一半鞔鼓，一半做鞋兒。（末）做鞋兒則甚底？（丑）兩文撲一緉。（末）只做一文道路。（生）即日共惟，先生公相。（丑）先生公相，願我捉得一個和尚，下一截把來洗数，上一截把來擂醬。（末）相公尊重。（生）即日共惟，先生公相，鈞候萬福！（丑）鈞候萬福，願我捉得一盠粉，一鋌墨，把墨來畫烏觜，把粉去門上畫個白鹿。（末）好不尊重。（末揖搽）（丑應）（末）要你開甚口？（生唱）

〔十五郎〕張協托在洪福，今叨冒身掛緑。（丑）念女子生得絶妙，似我樣肌瑩玉。（末）那些個？彩樓下已刺絲鞭，狀元又此心不足。（丑）敢欺人弗要我孩兒，他無分你無福。（生）

〔同前〕張協家住在西川，隨爹媽心意轉。（丑）看我女如花嬌面，嫁不得一狀元。（末）這般事兩家情願，又何須定却絲鞭？（丑）料貧胎不是我因緣，不筵宴請逐便。

（丑白）絲鞭不接忒相欺。（生）只爲求名不爲妻。（丑）誤我洞房花燭夜，（合）從教金榜掛名時。（生下）（丑）叵耐你道是狀元了，我女千金之體，嫁你个窮个窮，（末）聽得不好看。（丑）叵耐我不把女孩兒嫁與他。（末）他也不要。（丑）才着緑衫出東華門外，便是破荷葉。（末）只好裹着鷄頭。（丑）我不把女孩兒嫁他。才裹幞頭出東華門外，多是多年階級。（末）只難爲上下。（丑）我弗把（末合）女孩兒嫁他。（丑）才繫腰帶出東華門外，便是烏稍蛇。（末）説話好毒。（丑唱）

〔江頭送别〕才及第，才及第，我女便嫁你。張家府，王家府，怎不如是？忒作怪不接絲鞭去，想他都蹺蹊。（末）

〔同前〕因緣事，因緣事，五百年註已。他不肯，他不肯，怕没别底。（丑）怕没别底，須不是狀元。

（末）鈎旨得是。（丑揍）他門既然相欺負，夫人請出來商議。

（末白）夫人和勝花小娘子早來。（外唱）

〔金蕉葉〕脱白掛緑，苦不肯共成眷屬。（後接）驀忽地思量，歎是奴没分福。

（丑白）作怪！作怪！殺人可恕，無禮難容。（外）相公，它怎地不接絲鞭？（丑）德澤洽，則四夷可使如一家；猜

忌多，則骨肉不免成仇敵。它明分欺負下官。（外唱）

〔鬥蛇麻〕幾年東牀，要納狀元，怎知道新來底，被它棄嫌，不肯與，接絲鞭。使孩兒，淚漣漣。（合）因緣惩慳，致使福緣分淺。枉教姮娥，謾愛少年。（後）

〔同前〕自古道東牀，女婿有萬千。怎知他一舉，便做着狀元。奴只道，永團圓。必來接，那絲鞭。（合同前）（丑）

〔同前〕你不是初來，莫要度鞭。我粧做孩兒，斂袂傍前。（末）莫咫尺，有神仙？（丑）不接鞭，且一拳。（合同前）（末）

〔同前〕五百位官員，何可向前？又何苦特骨底，要嫁狀元？（丑）伊着我，此心堅，石頭須，定教它穿。（合同前）

（丑白）孩兒且放心着，它那裏去受差遣，爹爹乞判此一州，不到不對付得張協。（外）我兒休要意沉吟。（丑）這段因緣抵萬金。（後）好似和鈎吞却線。（合）刺人腸肚繫人心。（下）

第二十九齣

（淨）賣登科記！賣登科記！（唱）

〔花兒〕三文買着狀元，五百姓名及州縣。兩本直你六文錢，要千本交五貫文。

（白）見之不取，思之千里。只道張協做狀元，不知榜眼探花是那裏人，買一本看。（白叫）買登科記！（末上）買登科記！（淨）洋口小店那裏買。（末）這裏賣？（淨）那裏。（末）回過頭。（淨轉）（末）三打不回頭。狀元那裏人？姓甚名誰？（淨）姓成，名都府。（末）住在那裏？（淨）住在張州協縣。（末）你胡説！莫是成都府人，姓張名協？（淨）正是了。（末）得我力氣。第二名？（淨）周子快。（末）水漲船行速。第三名？（淨）表得夢。（末）你也揣骨。（淨）把三文來，我要趕脚頭。（末）踢得好戲毬。（淨叫）登科買記！登科買記！（丑）趕買記。（末）這條路且認得熟。（淨）村蠻漢，買甚底？（末）你且未好去。（丑）買記。（末）買記？（丑氣喘）我是鄉下人，都説不出。（末）啞兒得夢。（丑）我有個無緣老婆，有個老公，去赴試。寄我三文買個記。（淨）買登科記。（丑）買登科記，忘了個登。（末）借條蠟燭來。（丑）買科（登）記。（末）登科記。（丑笑）又忘個科。（末）失路狗兒。（丑）把一本走。（淨）把錢還我。（丑）錢還你了。（淨）錢還我。（丑）記把還我。（淨丑相唾，有介）（末）你兩個住休。（淨）買我一本，不還我錢。（丑）把我錢，不還我記。（末）兩個要如何？你也不須出錢，你也不須把登科記。我贈你一本，善眼相看，各家開去休。（淨）白干騙了我三文。（丑）保正衙前下狀。（淨）歸去看牛休。（丑）見我打扮便欺負。（末）兩個半斤八兩，各家歸去，不須嗔。（淨）虧心折盡平生福。（丑）行短天教一世貧。（並下）

第三十齣

（外唱）

〔搏（轉）山子〕天不從人這些願，使子母懸懸。（後）誰信道不接絲鞭，畢竟是非奴姻眷。（合）這些兒分福，早番作憂怨。（外唱）

〔醉太平〕從來我意鎮有心，便欲求伊姻契。（後）誰知到此，情一似鳳孤鸞隻。（外）嗟吁傷懷，謾留得那絲鞭，職筵向畫堂空備。（後）料奴容貌，不入那人，眼目些兒。（外）

〔同前〕傷悲，孩兒淚眼，是怎生揾了，還又重滴。（後）紅樓數里，不道有人慼慼。思之，它門道讀得數行書，始及第把人嫌棄。（合）算來叵耐，除非睡着，忘得霎時。（外）

〔同前〕終日，搯搯搦搦，莫䫻殺我，如醉如癡。（後）樓頭那日不相逢，怎有這場憂憶！無緒，相思做得病成也，這一命拚歸泉世。（外）被他欺負，含羞忍耻，是甚活計？（外）

〔同前〕爹意，必欲與伊，報他張協，今日仇隙。（後）奴今自覺心如絮，飯又那曾喫得。心事，除非我自知，鎮魆地淚垂。

（外白）不接絲鞭親可休。（後）這場叵耐殢人羞。（外）眼含四海三江淚。（合）腹納乾坤天地愁。（並下）

第三十一齣

（旦唱）

〔山坡裏羊〕知它你是及第？知它你是不第？知它在上國？知它歸來未？鎮使奴終日淚暗垂。莫非不第了羞歸鄉里？又恐嫌奴貧窮恁地。別也別來斷信息，斷信息。（淨）

〔同前〕阿公也恁歡喜，阿婆恁歡喜。我阿兒歸報，與娘行知會。小二出江陵幹事歸，道娘行交倩買登科記。見説張郎作狀元，特也特來拜賀喜，拜賀喜。

（旦白，合掌）慚愧！罪過婆婆！（末上）山到岳根低，水到大海淺。天下有多少讀書人，惟我張解元做狀元也！難得！（旦）公公萬福！未知是也不是？（末）娘子賀喜！（淨）我小二才歸，那畜生骨自看了，虧我眼識人。（末）辨賓者不貧。（旦看記）張協做狀元，又是成都府人。（淨）我當初分付買鏡歸，今番十面也有。（末）要賓多則甚？

（淨唱）

〔哭妓婆〕得兩面鏡兒，我每好笑。雙手把了！時時來照。左手照了右手又照，右手照了左手又照。

（末白）淡妝濃妝也不好。（旦）教小二哥來，待問他仔細。（末）娘子問他則甚？（淨）小二便做東村店頭去。（旦）買甚底？（淨）買五百錢粉，五百錢臙脂，怕張狀元寄鏡來。（末）你也買忒多。（淨）忒多？我搽個搽了光光搽，光光搽。（末）離不得一個鐃鈸。（旦）公公婆婆，便是奴家父母一般，方敢說這話，那張解元未有信之前，奴家便有此念。還及第，奴竟往京都討他，看如何？怕他兩行真个淚，一片脫空心。恐怕他自去接了别人絲鞭，不然歸鄉里去。奴家一點氣如何！（淨）也說得是。（末）去則尤閑，只怕没錢作盤纏。（旦唱）

〔沉醉東風〕與張協相别往帝都，我没公婆後有誰相顧。它既然掛綠，立見豪富。（末）你不去後謾留此處。（合）爹娘又無，弟兄又無。不如上國，追尋着丈夫。（淨）

〔同前〕你不曾着那道途，怕一路後怎熬得寒暑？是没裹足，婆婆相助。（旦）妾歸來後斷不敢有負。（合）囊篋又無，故人又無。不如上國，追尋丈夫。（末）

〔同前〕不留伊是他不要汝，你須是早尋着歸路。你不早省，教伊孤苦。（淨）敢直恁底負他貧女。（合）箱兒又無，籠兒又無。不如上國，追尋丈夫。

（淨白）幸得兒夫作狀元。（末）願你尋見莫埋冤。（旦）馬蝗丁住鷺鷥腳。（合）你上天時我上天。（並下）

第三十二齣

（生唱）

〔似娘兒〕張協感皇恩，折桂枝平步青雲。望斷鄉關家山遠，修書倩取，專人預先，通報雙親。（白）養子不教父之過，有書不學子之愚。一朝名字掛金榜，此身端若無價珠。書中果有黄金屋，書中果有千鍾粟。書中果有福如山，書中果有女如玉。馬前喝道狀元來，正如林中選大才。跳過禹門三尺浪，俄然平地一聲雷。（下）

第三十三齣

（外唱）

〔賣花聲〕那日紅樓數里，要納夫婿，誰知道苦相嫌棄？（淨扶後出）孩兒飲氣，盡日没情没緒。阿娘怎知，懨懨害自覺着體。（淨白）覆夫人：勝花娘子病得利害，服藥一似水潑石中，湯澆雪上。似病非病，如醉如癡。氣長長價吁，淚泠泠價落。飯又不喫，睡又不着。扶將出來，消遣那情懷歇子。（後作病人立）（外）孩兒，你且放下心，依媽媽勸則個。（後唱）

〔鴈過沙〕那一日過絲鞭，道十分是好因緣。前遮後擁一少年，緑袍掩映桃花臉，把奴家只苦成抛閃。（後低聲）被人笑嫁不得一狀元。（合）被人笑嫁不得一狀元。（外）

〔同前〕大凡事是因緣，我孩兒莫憂煎。侯門相府知有萬千，讀書人怕没爲姻眷，料它每福緣淺。（後低聲）被人笑嫁不得一狀元。（合）被人笑嫁不得一狀元。（淨）

〔同前〕請娘子看娟，請娘子看娟笑一面。休得要兩眉蹙遠山，喫些個飯食渾莫管，好因緣怕没爲方便。（後低聲）被人笑嫁不得一狀元。（合）被人笑嫁不得一狀元。（丑）

〔同前〕孩兒你休要淚漣漣，我與你報仇冤，終不怕他一狀元。張協授梓州爲僉判。（後）苦！聽爹爹恁説腸欲斷，被人笑嫁不得一狀元。（合）被人笑嫁不得一狀元。

（后叫，倒。淨扶）（丑白）苦！孩兒。快把火艾丸灸腳後根。（外）扶入蘭房看我兒。（丑）急忙須早去求醫。（淨）入門休問榮枯事。（合）觀着容顏便得知。（淨扶後下）（外）相公，你莫説張協受梓州僉判，帶累我女孩兒。（丑）不干我事。教堂後官請個名醫，討些藥與他吃。（外）相公，醫没一個敢措手。（淨走出）天有不測風雲，人有旦夕禍福。覆夫人：那勝花娘子，才過屏風，腳兒又軟；方歸繡閣，手兒便伸。瞑秋波一似定志真仙，斂雙眉一似捧心西子。鬆口氣微微似喘，喉嚨裏瀼瀼有痰。緊閉牙關都不省人事。（外）我孩兒如何？（丑）要救須是及早。（淨）青龍神共白虎同行。（合）吉凶事全然未保。（下）（末）看底，莫道水性從來没定準，這頭方了那頭圓。那勝花娘子一意要嫁狀元，那張狀元心下好不活落。赫王相公是當朝宰相，娘子有些不周，你道如何？怕你貪觀天上中秋月，失却盤中照殿珠。（丑）堂後官。（末喏）（丑）我勝花娘子不濟事了。（哭介）（末）相公且寬心。（丑）討交椅來。我孩兒三魂離素體，七魄別陽臺。你一面與我幹辦。（末）領鈞旨。（丑坐唱）

〔台州歌〕亞奴，是人道相公女子好做婦，弗比小人子女窮合窮。我个勝花娘子生得白蓬蓬，一個頭髻長長似盤龍。巧小身材子，常着个好千紅。

〔同前〕東華門外傍在小樓東，當初只道狀元迎出似喜相逢，刺起絲鞭兩不管，誰知道狀元似鬼頭風。日日吵得亞爹耳朵聾，兩三日飯也不喫一口，誰知你今日死了一場空。

（丑氣咽喉倒）（末救）相公咽倒，快討些冷水來！（叫）相公，相公！勝花娘子省了！（丑）省了？（丑）離哩連。（末）唱得快活。（丑）莫管我的女孩兒，爲你争先不見了性命。（末）大凡壽夭也是天命。不敢説甚年渭水斷橋。（丑）我明日上表，乞判梓州，直待報他仇隙。（末）相公要判梓州，這事儘得。（丑）吾得吾皇賜梓州，我每必欲報冤仇。（末）狀元異日重相見，應是它羞我不羞。（並下）

第三十四齣

（淨做神出唱）

〔五方神〕庇一方，爲神道，鎮焦燥。要好空口休禱告，非酒非肉莫抛照。

（白）〔望江南〕吾顯聖，八百有餘年。每歲村公稱作主，曾與貧女做塲虔。又喜又埋冤。張協去，今已奪魁元。薄倖冤家成間阻，癡心女子望團圓。小聖不能言。（末唱）

〔烏夜啼〕聽得你鷄鳴起。（旦接）撲簌簌淚兩下。（末）你郎今掛緑在京華。（旦）音書斷，没成虚假。（合）不免辭廟去，京裏試尋它。

（淨）唯，貧女，你高門不求，低門不就。嫁個張協，惹一塲臭。（末）跌在溝渠裏。（旦末唱）

〔五方神〕告尊神：今貧女，上國去。怕他張協相拋棄，望聖手遮攔奴到京裏。（淨唱）

〔亭前柳〕張協自到京都，及第也没音書。阿須得問神道，已成虚。（旦）告神奴今只得去。

（合）近日來，怕迤邐見人疏。（旦）

〔同前〕他還是把奴辜，實是記不得苦。到京裏果不管，下死工夫。（淨）下梢頭有團圓日。

（旦）既爲官，怕迤邐見人疏。（末）

〔同前〕神道念他孤，平昔未慣出路。今日裏辭廟去，望相扶。（淨）見他莫十分出言語。

（合）怒伊時，怕迤邐見人疏。

（淨白）汝去由閑，我个廟裏，誰與我關門閉户。（末）他不是孫敬。（旦）乍别公公將息！奴家拜辭婆婆已畢。（淨）不須去，我便是亞婆。（末）休説破。（淨）唯，梁園雖好，非汝久戀之鄉。（旦）謝得尊神！（淨）若不容留急便回。（末）久留惟恐惹迍災。（旦）白雲本是無心物。（合）又被清風引出來。（並下）

第三十五齣

（生出唱）

〔青玉案〕緑袍乍着皇恩重，對答如流聖顔動。謾接絲鞭成何用？思之貧女，要成鸞鳳。

近日渾如夢。

（白）寒窗苦志知幾秋，忽登桂籍占鰲頭。已表平生丈夫志，身名端與居金甌。樓頭有女顔如玉，自度此生慳分福。不如歸去奉雙親，侍奉雙親食天禄。當頭莫有人吏？（末）國正天心順，官清民自安。覆相公，有何台旨？

（生）吾今受梓州僉判，路遠不消通書，走馬上任。與我分付廳前人從，還有官員往來，儘自不妨。還有村夫并婦人，不得放入，須密地前來通報。如犯約束，重行治罪。（末）領台旨。（生）仕宦但垂訪，無心惹外非。（末）世情看冷暖，人面逐高低。（並下）

第三十六齣

（末淨作門子出，唱）

〔趙皮鞋〕狀元真大才，衙門面向兩扇開。你還不曾會讀書，蒼生還相見，休要來。

（末白）慈不主兵，義不主財。狀元台旨：除是朝士官員，你便通報。其次村裏漢、外方人及婦女，莫容它來。（淨）曉得了。還是賣珠婆、牙婆、看生婆，不要它來。（末）怕傷觸了別人。（淨）我最没面目，爹來也不相識。

（旦出唱）

〔喜遷鶯〕喜到宸京，涉山川萬般愁悶。兒夫見免縈奴方寸。未知是何處深藏見在身？遍尋覓，渾不見故人。

（白）萬福！借問些小事。（末）娘子有甚事，但說不妨。（旦）新及第狀元何處安歇？（末）兀底便是行衙里，問那門子便知端的。（旦）萬福！（淨）且是假夫人。（旦）聞新及第狀元在此安歇。（淨）便是。如今呼作府僉。來做甚麽？是討珠錢？（末）待他自說。（旦）奴家特來見狀元。（淨）要見狀元，便着紫衫，我便傳名紙。（旦）奴家是婦人。（淨）婦人如何不扎腳？（末）你須看它上面。（淨）又看上頭上面。（末）養熟狗兒。（淨唱）

〔趙皮鞋〕狀元是誰收覆？連它發怒直是毒。你還欲要見它時，如法底高叫奴萬福！

（旦白）奴家萬福！萬福！（生在戲房裏唱）甚麽婦女直入廳前？門子當頭何不止約！（淨）領台旨。你聽得否？

快去！快去！（旦）容奴取稟狀元，奴非別人。（淨）你説教我知。（旦唱）

〔五更傳〕這狀元，是奴夫婿，奴是他親娶妻。才得兩个月餘日，苦相别特來京裏。買登科記，試看時，是奴夫及第。不辭路遠來相尋覓，你不知，便教我出去。

（淨白）説得好孤悽！（末唱）

〔趙皮鞋〕我的狀元分付它，官員相見便没奈何。還是婦女莊家到廳下，十三小杖，把門子打。

（淨白）出去！出去！（旦）奴家是狀元渾家。（淨〈一〉）慢行，慢行，怕頭上珠牌脱下來。（末）又道路無拾遺。（生在戲房唱）甚人囉唣？何不打出去！（旦）狀元，奴不是别人，是五鷄山上貧女。（淨）貧女是乞婆，打個乞婆！（末）休要靠索性。（旦唱）

〔五更傳〕我丈夫，張協是。（淨白）道着我本官台諱。（旦）在路途值雪正飛，盤纏被劫得没分文，打一查血瀝瀝底。没投奔，在廟中，彎跧睡。我醫你救你得成人，你及第，便没恩没義。

（生出，白）官不容針，私通車馬。教你莫去胡亂放人入來，又放婦女入廳堂。（淨）非干男女事，它自走入來。（末）推得没巴臂。（生）門子打十三！（淨有介）（旦）狀元萬福！且息怒。奴家不具榜子參賀。（生）唯，貧女！曾聞文中子曰：「辱莫大於不知恥辱。」貌陋身卑，家貧世薄，不曉蘋蘩之禮，豈諧箕帚之婚。吾乃貴豪，女名貧女，敢來冒瀆，稱是我妻！閉上衙門，不去打出！（生下）（淨打旦）（末）若是夫妻只得休。（旦）奴家怎洗這場羞！（淨）不如及早歸山去。（合）免事恩官不到頭。（淨）泓！（閉門介）（末淨下）（旦）有這般事！（旦唱）

〔同前〕是我夫，不相認，見着我忙閉了門。我當初閉門不留伊，你及第應是無分。千餘里，到此來，望你厮存問。目下要歸没盤纏，我今宵，更無投奔。

〔同前〕你記得，要來京裏，賣頭髮把錢與伊。當初道嫁鷄便逐鷄飛，好言語教奴出去！没盤費，教化歸，回鄉里。買炷好香祝蒼天，願你虧心，長長榮貴。

（白）剪頭門子將奴打，後來却把奴家駡。人善人欺天不欺，人惡人怕天不怕。（下）

〔一〕「淨」字據錢本補。

第三十七齣

（生唱）

〔太師引〕余去載窮途里，被强人劫没那寸縷。張協雖投荒廟，貧女驀然留住，説化我結爲婚契。唱名了故來尋覓，都不道朱紫滿朝，還知後與阿誰？

（白）古詩云：「濁水難藏許氏龍。」汝身無寸縷，裏没分文。縱有鸞膠，危弦怎續？張協走馬上任，五鷄山必須經過，剪草除根與他燒了古廟。貧女相逢未挫伊，喫拳須記打拳時。龍逢淺水遭蝦弄，鳳入深林被雀欺。（下）

第三十八齣

（旦提招子上，唱）

〔一枝花〕奴住江陵府，家内多豪貴。幼年失恃怙，鎮孤苦。因往皇都，特特來尋親故。争奈相辜負，裏足全無，怎生底回歸鄉里？

（白）寂寞荒廟守清貧，穿破家緣世務縈。因爲個人來被難，遂爲姻契，指望相成。三秋桂子郎曾折，萬里萍蕪奴獨行。今日相逢不下馬，各自奔前程。（又唱）

〔金錢花〕一街兩岸英賢，相憐。忍辱不敢埋冤，薄賤。故鄉有路没盤纏，今哀告望憐念。全取我兩文錢。

〔同前〕一街兩岸官員，宅眷。念奴夫婦不團圓，拆散。趕奴出去怎留連，千里遠没盤纏，全取我兩文錢。

（白）尋取兒夫到此來，奈何薄命此情乖。朝朝只好濃霜打，才見春風眼便開。（又唱）

〔滿江紅〕望大賢周濟我兩文錢，歸鄉去。（下）

第三十九齣

（末作公公出，唱）

〔綿搭絮〕狀元娘子去許多價時，應是到京裏，兩口兒一對美。（淨）記得我，買將歸。（末白）亞婆，甚物事？（淨）許我青銅鏡。（末）照你它没興。土宜須有別底。（淨）恁似他得來畫眉。

（末白）了得張敞。（淨）亞公，五鷄山頭小路裏，前面是个婦女，後面一個人挑擔，定是張小娘歸來。（末）不是。（淨）正是把个團團底。（末）我都望不見。（淨）是个青銅鏡兒。（末）不是鏡，只是扇。（淨）也不是鏡，也不是扇，只是个招風。（末）你好忒風。（末唱）

〔同前〕去時春暮子規正啼，如今柳岸前枯，見嫩菊開數枝。料張狀元，見它喜，如魚投水，如膠投漆。（淨）兩個不記得，當初買鏡歸作土宜。

（末白）亞婆，且放心，他自記得買將歸。（淨）我命非親却是親。（末）你門得鏡我無因。（淨）自家骨肉尚如此。

（合）何況區區陌路人。（並下）

第四十齣

（旦唱）

〔哭梧桐〕誰人誰人信道奴，得恁時乖蹇？一路裏奔波到京輦，山路到處多巔險。去時團空柳飄綿，歸後梧桐更葉亂。慚愧見得家鄉面。

（白）自古道：花對花，柳對柳。奴家貌既醜，家既貧，如何招得狀元？如今謝天地，得歸故里。只説與公婆道，尋不見張狀元便了。正是一朝波浪起，剗地鴛鴦各自飛。（又唱）

〔泣秦娥〕似啞子吃了黄柏，教我苦在肚皮裏。吞吐不下，如魚遭餌。

（淨〔一二〕）張小娘子，你歸來了。（旦）大婆萬福！（淨）萬福！（旦）不見婆婆多時，公公在那裏？（淨）亞公，張小娘子歸。（末）但願人長久，千里共嬋娟。（旦）大公萬福！（末）娘子歸了。（旦）方才到此。（淨）小娘子有幾擔歸？（旦）奴家獨自歸。（淨呆）張狀元也不留你？（旦）一言難盡。（淨）你説。（旦唱）

〔哭梧桐〕一路自去時，是奴吃薄賤。水遠山高甚般價險，誰知見我先拋閃。到得宸京討得眼兒穿，三十六條巷尋得遍，都不見那情人面。（淨）

〔同前〕婆婆望你歸，道你爲宅眷。裙破衣穿瘦着臉，一似乍出卑田院。（旦）教化歸鄉爲没

錢。（淨）指望你菱花又不見，你便誤我多嬌面。（末）

〔同前〕他還有意時，與你必相見。（旦）怕日遠日疏負奴恩願。（末）尋思那人情忒淺，往復相將是一年。（淨）記不得伊時須記得俺，我要照着多嬌面。

（末白）君子爲義，小人爲利。他爲狀元，終不成嚲避你。（淨）亞公，待我説，它又未上任，又未歸鄉，又未入朝，只是湖州去。（末）買鏡歸？（淨）可知。（末）照你個臉兒。（淨）張小娘子，你如今莫煩惱，胡亂在我家中睡。日裏織些布，夜裏緝些麻；秋間收些炭，春到採些茶，冬天依舊忍凍，夏月去釣黑麻。（末）不説你本事。（淨）別選個日子移在廟中去。（旦唱）

〔望梅花〕謝得我尊神也，被張協直恁底誤呵。一似啞子，喫了苦瓜。到如今，教我吞吐不下。

（旦拜）（淨當面立）（末白）他拜神，你過去。（淨）我過去？神須是我做！（末）休道本來面目。（旦）多少辛勤不見郎。（淨）臉兒一似土瓜黃。（末）一年好意顏如玉。（合）半載飄蓬鬢若霜。（並下）

〔一〕原作「末」，依錢本改。

第四十一齣

（生出，唱）

〔河傳〕瓜期到矣，離征鞍着鞭，迤邐前去。春到柳塘，冰釋魚遊春水。山嵯峨，蘁山溪，玩佳致。

（白）宸京不得過窮冬，人在風前雪月中。酒債黄昏爲事業，詩情白日鎮相逢。此身雖入桂枝景，平步須乘簾幕風。更得個人離眼底，卑懷無處不從容。（末出）一舉登科日，雙親未老時。（喏）恩官今日要離京？（生）便是。我登科之後，尋思歸鄉，路途遥遠，一面走馬上任，到得任所，却作區處。（末）領台旨。（叫）腳夫勝。（丑出，喏）（末）陳吉。（淨出，喏）李旺。（丑喏）（末）又是你！恩官台旨，今日要離京，你各人肩着擔杖。（淨）挑擔尤閑。（丑）工顧錢？（生）一日各支三兩。（淨）食錢？（生）一日各二貫。（丑）酒錢？（生）一日各一貫。（淨）草鞋錢？（生）各支十文。（丑）犒勞錢？（生）到一市井，各五貫。（淨）過山錢？（末）甚麼唤做過山錢？（淨）平地上行容易，過山過嶺便難。（末）休要閑指望。（生唱）

〔上堂水陸〕衣錦歸故鄉。（合）我門得意。（生）倚門望我歸。（合）雙親歡喜。（生）各人爲我快行。（合）領台旨。（生）目即便離城。（合）不覺過一里又一里。（末唱）

〔同前〕回首望帝京。（合）水村隔住。（末）長亭共短亭。（合）休斟緑蟻。（末）恩官教你快行。（合）領台旨。（末）目即快離城。（合）不覺過一里又一里。

〔同前〕行得氣喘。（合）肚中飢餒。（丑）都不見打火。（合）歇歇了去。（生）不行時我打你。（合）領台旨。（丑）涉溪東渡水。（合）不覺過一里又一里。

〔同前〕江陵在眼前。（合）五鷄山至。（淨）如投着地脈。（合）不辭迢遞。（生）快行時我賞你。（合）領台旨。（淨）回馬不用鞭。（合）不覺過一里又一里。

（丑白）今番行不得了！（淨）不見酒，不見飯。（末）那些個。（生）前面是那裏？（末）五鷄山。這山高侵斗，形跨東南。自東投東京，西連西眉。整十里全無旅店，行半日不見人煙。但見得狼虎之蹤，悲風颯颯；時聞得猿猱之韻，夜月輝輝。打火便行。（生）諸腳夫各支二百。（淨丑）謝酒！（喏）（末）且寧耐。（生）吃罷酒各發擔過五鷄山，方許討店。不許廟宇寺觀止宿。（叫）左右，討劍與我隨身。（末）領台旨。（淨丑）哥哥吃十錢酒面便紅。（末）那曾？恩官徐步自徜徉。（淨）辛苦須教醉一塲。（生）此處野花攢地出。（合）一般村酒透瓶香。（淨丑末下）（生）恨消非君子，無毒不丈夫。叵耐那貧女來京裏，不問情由，冒犯下官。今日到此，我還見他後，説一兩句好時，尤自庶幾；稍更無知，一劍教死。和那神廟一時打碎。張協爲人非好□，叵耐言語相撩撥。這回剗草不除根，惟恐萌芽春再發。（下）

第四十二齣

（旦唱）

〔天下樂〕春到郊原日遲遲，鎗旗展山谷裏。幽居古廟渾無侶，採些茶爲活計。

（白）郊原春到不知時，霹靂一聲驚曉枝。枝頭蓓蕾吐雀舌，帶霧和煙折取歸。幽居古廟無人管，倩取大婆來厮伴。奴家此道不辭勞，小籃不覺春風滿。奴家緝麻才罷，採桑稍閑，不免唤過大婆，厮伴去採茶。（叫）婆婆。（淨在戲房内應）誰，誰？（旦）相伴去採茶。（淨上）張小娘子，我忙！我忙！（旦）甚底忙？（淨）我扎腳忙。（旦）扎腳片時間，奴家相等。（淨）你先去，我喫飯了來。（旦）婆婆，早來採取社前春。（淨）昨日婆婆採一斤。（旦）有客莫教容易點。（合）點茶須是喫茶人。（旦唱）

〔秋江送別〕徐徐步野徑，曉痕青柳弄金。東風尚料峭，麗日昇寒漸輕。（生出）記得年時投上國，早一年淚珠泠。此山又登，此身漸亨，是你否極還泰生。（旦）

〔同前〕山高處个人，好似奴家張解元。（生）山脚下个人，似貧女衣㐲單。（旦）天願得兒夫斷撞見，問冤家心㐲底偏。（生）是貧女來。（旦）是張解元，我今日會重見面！（旦白）張狀元，莫是尋思舊念，再覩仙鄉？（生）唯！貧女，大厦既焚，不可洒之以淚；黄河既决，不可障之以手。吾今與汝不是因緣。（旦）如何不是因緣？（生）還是因緣，如何到京駡吾？（旦唱）

〔刮鼓令〕君恩怒少停，且容奴説與你聽：大雪下被强人劫去，到古廟奴救你，我爲你幾艱辛。登科到喜歡奴到京，（合）緣何一向便生嗔，你門直是没前程。（生）

〔同前〕伊前日到京，我不成留住你，敢説道我渾家來至，我榮貴，伊㐲貧。我不道你癡心，别尋個計結來閉門。（合同前）（旦）

〔同前〕同連理至誠，我許多恩情陪伴你。賣頭髮得錢爲盤費，鴈塔上題姓名。跋涉到宸京，教門子打得身上疼。（合同前）（生）

〔同前〕一心要離京，是州城不暫停。我與伊家歡笑，駡得我惡氣生。説一和你惺惺，才相見剪頭來駡人。（合同前）

（生白）貧女，你自採茶，有誰斷伴？（旦）大婆喫飯隨後來。（生）看劍！（旦倒）（生）一劍教伊死了休，黄泉路上必知羞。是非只爲多開口，煩惱皆因强出頭。（生下）（淨唱）

〔步步嬌〕仙卉叢叢春來早，蓓蕾在枝頭少。公公去採樵，小二往田頭，看秧苗。見説嫩茶偏好，每日還婆一到。

（白）老鴉未着裩袴，被着張小娘子來叫，厮伴去採茶，且是不知他在那裏去？（叫）張小娘子！（旦）婆婆相救！（淨）你在那裏？（旦）奴家跌在深坑裏。（淨看，有介）苦！苦！我老人怎奈何得你？公公快來！喂！（末出）人平不語，水平不流。婆婆，你則甚底？（淨）亞公，張小娘子跌在深坑裏。（末）甚麽坑裏？（淨）在都坑裏。（末）好惹一場臭！我與你扶他起來。（末淨唱）

〔打毬場〕論娘行，見茶便折，緣何到翻了喫跌？莫是有人來陰害你，渾身盡都是鮮血。（旦唱）

〔香遍滿〕公婆且住，待奴家款款鬆口氣説：獨立岩頭攀茶來折，豈知道失脚，似刀斫臂折。（合）遭一跌，寸腸千百結。（末）

〔同前〕伊回京闕，没一日暫時得少歇，織素織縑不寧貼。這般時運，這般惡歲月。（合同前）（淨）

〔同前〕伊才跌下，那得遍身都是血？寧可將伊脚骨跌折。採茶人無數，你門直是拙。（合同前）

（淨白）亞公，亞公，討門扇來扛將歸去。（末）它不驗傷。（旦）煩公婆扶奴家款款歸去。（末、淨、旦行）（淨唱）

〔金牌郎〕我扶你門歸去。（合）我扶你門歸去，勉强且行着山路。（旦）我門直是孤苦。（合）先自被人欺負，你下得直是淋漉。（旦）

〔同前〕我門幾時得好？得好？（合）只得去尋些藥草。（淨）我兒休要煩惱。（合）款款回歸古廟，只得靠着神道。

（旦白）半載常常淚滿腮。（淨）思之是你五行乖。（末）算來莫怪君無禮。（合）這跌分明是你災。（並下）

第四十三齣

（外唱）

〔薄倖〕春日融和，江山秀麗。記孩兒貪愛，這般天氣。名園裏，蹙鞦韆鬥草嬉。你神魂在那裏？

（白）張解元早知今日，悔不當初。相府之家有一女，求汝爲東牀女婿，你只不肯，帶累我女一息不來，早歸泉世。你如今赴梓州任所，我相公也判梓州。咦！平生不作皺眉事，世上應無切齒人。（末出）腳下。（丑）轉身。（末）你莫要應。（丑）堂後官。（末喏）（丑）與我請夫人出來。（末）兀底夫人在此。（丑）我不道是夫人，只道是賣香藥底婆婆。（末）且打頭。（外）相公赴任，趁今日日子好。（丑）堂後官，與我叫過野方養娘來，隨侍夫人上任。（末）領鈞旨。（叫）野方養娘，早出畫堂。（丑）相公有事，與你商量。（末）肖似押韻。（後假裝野方出唱）

〔臨江仙〕庭院深沉日正永。（淨接）楊花點點沾襟。（丑）許多侍婢汝知音。（末）梓州今一任，你去直夫人。

（後白）野方久居深院，長守幽閨。若得隨夫人到任，多少是好。謝得夫人！（外）我們得那女兒在此，真過心滿愿足。（淨貼）媽媽莫要提起。（末）照管頭撞。（丑）你與我請府眷轎先去，我一面備馬來。（末）領鈞旨。（外唱）

〔馬鞍兒〕唱徹陽關斟别酒，這一景最清佳。夾岸見這山疊翠，盡間簇山花野花。（末）聽得

丁寧祝付，小心伏事恩家。（合）都乘轎兒先去，俺待跨馬，匆匆去也。（後）

〔同前〕唱徹陽關人悽慘，路途裏景瀟灑。緑水繞人處，細柳拂波心嫩荷。（淨）去意渾如奔騎，目即早離京華。（合）

〔同前〕唱徹陽關離故里，梓州路在天涯。諸般仗都般發了，請早乘香車寶馬。（淨後）二妾目今先去，少歇時等取恩家。（合同）

（外白）小轎先行數十乘。（丑）彫鞍隨後奔前程。（後）鶯啼驛樹綿蠻語。（合）馬過溪橋蹀躞行。（下）

第四十四齣

（旦唱）

〔錦纏道〕苦天天，幾年來牢籠着萬千，尋思自埋冤。少它張協債負，是奴前緣。大雪下、身無寸縷，投古廟淚珠漣漣。奴家便相憐，與他身衣口食。教人説化我，共它成因眷，只圖它共百年。

〔過緑欄踢〕心腸變，投京汴，没盤纏我把頭髮剪，伊去赴魁選。絶音書，將奴要抛閃。到京華，何曾見伊面。叫門子特骨恁薄賤，到如今依舊把奴斬。我命乖，你情淺，臂鎮疾，每銜冤，朝夕淚偷揾。

（白）張狀元，你今日害奴身，不記當初徹骨貧。又道劍誅無義漢，金贈有恩人。（下）

第四十五齣

（末出）一聲鼓打鼕鼕，一棒鑼聲。（丑）騎馬也匆匆。（末）相公馬上意悠揚。看馬王二齊和着。（丑）馬蹄照。（末）自炒自賣。（合）幫幫八，幫幫八八幫。（丑）申報，申報，隨軍如何只有一面塔鼓？（末）覆相公，一面塔鼓卻有兩片皮。（丑）兩片皮便如我口唇皮。（末）跟前便見。（末唱）

〔林裏鷄〕過山又渡水，（合）渡水小橋纔纔去，馬蹄蹀躞底。（丑）只怕馬劣路崎嶇。踢殺你，我不知；踏殺你，我不知。

（末白）覆相公，這是五鷄山，山下有一古廟可以少歇。（丑）怕府眷不要入去。（末）相公看，日多轎兒都在廟前〔一〕。（丑）我眼弗昏，如何不見？（末）好隨風倒柁。（丑）如何不討旅店，不借寺觀，終不成教相公倒廟！（末）莫是去求夢？覆相公，這一帶都無旅店，又無寺觀。此廟雖無敕額，且是威靈。比着官房，到有些廣闊。少歇。（丑）也説得是。（末）村落人家不足論，不如古廟且安存。（丑）聞鐘始覺山藏寺，到岸方知水隔村。（下）

〔一〕「日」，錢本正爲「偌」。

第四十六齣

（外唱）

〔川撥棹〕爲孩兒，特特來蜀地。滿目萍蕪見古廟，教人轉悲，我尋思珠淚垂。

（白）〔長相思〕好因緣，惡因緣。兒又青春正少年，那堪遇狀元。兒分慳，子分慳。馬上徘徊不接鞭，濃婚結厚冤。（末白）覆夫人，前無旅店，後絶茅簷，村市人家難以安泊，古廟中可以少歇。（外）相公來未？（末）相公下馬來。（丑）幫幫八幫幫。（叫）具報！（末）具報甚人？（丑）下官下馬多時，馬後樂只管八幫幫幫。（末）好，具報你。（丑）夫人，你看一堂神道塑得精神。（末）也是精神。（丑）你看小鬼到長丈二。（末）是忒長了。（丑）夫人，便做我眼見鬼，你也見鬼。（末）使得我恁地。（後出）眼觀奇異物，令人壽命長。夫人在那裏？（外）野方有事款款說，大驚小怪則甚？（後唱）

〔桃紅菊〕野方直入廟中，見一佳人困窮。似勝花娘子無異，血染得衣衫煞紅。

（丑白）（唾）你莫眼見鬼。（末）見鬼。（丑）見鬼。（末）你好畔拗。（外）廟中那得婦女，我入裏面去看。（末）覆夫人，它既困窮，臥房必不潔。（淨）只教養娘扶出來看便了。（外）野方，你去扶它出來。（後）野方便去。活脱似勝花娘子！（外丑）生得如何？（後）一似臨溪雙洛浦，對月兩姮娥。（後下）（丑）夫人，生得好時，討來早晨間侍奉我門湯藥，黄昏侍奉我門上東司。（末）你好薰蕕混雜。（後扶旦唱）

〔香柳娘〕數十年廟中，少人存問。獨自做人了，渾没投奔。（後）你出來勉强作禮，叫夫人霍索你方寸。（旦）奴家萬福，萬福！尋思斷魂。（合）你緣何愁悶？（丑唱）

〔同前〕眉兒和那眼兒，與我兒無二。身材裊娜腰肢細。（外）我瞥見你門，心下便憐伊。因甚臉憔悴？（後）不知怎底，怎底？鮮血污衣。（合）緣何如是？（旦）

〔同前〕念妾自幼來，清貧守己。只因去採茶，跌却一臂。（外）你獨自那得粥食，與藥草將息你容儀？（旦）前村自有，大公，相憐愛惜。（合）是前生宿契。

（丑白）亞奴，你恁地孤單，何不隨我去任所直東司，養娘子也快活。（末）甚般差使！（外）祖（相）公，有相無相，但看面上。它恁地精神磊落，如何教它恁地？只是討做養女便了。（丑）你割捨隨我去任所，與你醫教手好，教你嫁个官人去。（旦）奴家去則不妨。一來怕没福，二來要問村前李大婆，它肯時，奴便去。（丑）野方，去討些粥食與它喫。堂後官，你竟往村前叫李大婆來。（末）領鈞旨。（後）誰知今日動王侯，割捨娘行便去休。（末）大抵須還規格好，不搽紅粉也風流。（下）（丑）亞奴，實説元是甚人？（旦唱）

〔太子遊四門〕奴本世豪奢，爹娘憐妾多。年幼兩俱亡，是奴貧苦多。織素與緝麻，春來採茶。怎知一跌了那臂，有誰人管呵。

（丑白）我勝花娘子，見報街道者唱《太子遊四門》，撞見馬八六，（淨出）劈劈朴朴。（末出）（淨唱）

〔同前〕媳婦建（見）官人，官人莫是貧女親？（淨）在古廟五六春，有誰人睬您。山上採茶芽，跌一臂膊損。告夫人周全此身，又何須去施貧。（丑唱〔一〕）

〔同前〕吾乃赫王相公，今判梓州郡。貧女身上狼狽，我女近才喪亡，臉兒相類恁精神。夫人要爲養女，汝要故生阻節，堂後官，縛在馬前別有施行。

（淨拜）媳婦便得，便得！（末）你敢道不得！（旦唱）

〔鵝鴨滿渡船〕論妾家富貴，又豈得隨人去。（外）既然没寂淡，没依倚。（末）婆婆向前不須跪來拜啓。（淨）媳婦拜告相公知，這貧女底，（合）從幼來在廟中，旦夕裏是我周濟。（丑）

〔同前〕細想吾一女，比它儀容美。（外）所爲及張協，悄無二。（後）奴家煮些粥食伊去喫。（丑）少住我要説仔細，與醫教可，（合）隨侍去做女兒，改粧飾若珠翠。（後）

〔同前〕勸你休窨約，隨去你福至。（合）最好俱豐足，衣共食隨汝意。（淨）從小我惜伊，伊去婆亦去。（合）病尤未可。（淨）婆一路當直你。廝繫綰免憂慮，成伴侶幾風味。（淨）

〔同前〕我公休去你門家裏，好好看孩兒。（末）一味閑言語。（外）我討你去當孩兒面，（丑）親嫡女看養你臉兒美。（合）隨後去嫁良婿。（外）大婆辭已，邏逼行李。（合）添个轎兒擡，（淨）我自行將去。（末）步三寸蓮，（合）分明是前世裏曾契，（合）到今世重會面、做兒女。

（後白）娘行莫慮路途遥。（外）媽媽終朝怕寂寥。（旦）不擬今朝重再會。（丑）亞爹擡轎不辭勞。（末）相公尊重休閑説，婆子無心管我曹。（淨）溪澗豈能留得住，終歸大海作波濤。（末）到你作波濤，曾駕小舟遊大海。（合）至今不怕浪頭高。（並下）

〔一〕「丑」下原衍「白」字，今删。

第四十七齣

（生唱）

〔蠻牌令〕一意要讀詩書，一身望改換門閭。一路到京裏受鉗鎚，一查打得渾身破損，一妻濟不得吾儒。一舉早題鴈塔，第一是張協，方表勤渠。

（白）韓文公曰：聖人不時出，賢人不時出。且如張協，獨占魁名，狀元及第。一來仰荅天地，二來感謝聖恩，三來荷蒙慈父，今日已成大器。幸然得到梓州，擇吉日禮上。十年窗下無人問，一舉成名天下知。（生下）

第四十八齣

（末唱）

〔金蓮花〕謾然回首望京城。（外）瑞烟平，咸肅静。（旦）吴江一派水泠泠。（後）蜀山青，侵碧漢，（合）但見連雲棧，聽得野猿聲。真个是屏幃，也囉。（後）

〔同前〕新來似娘子貌妖嬈。（合）臉桃花，檀口小。（外）今朝梳裹勝兒曹。（合）夜合花，斜插帶。金爲鳳，翠爲翹，莫道勝花嬌，也囉。（旦）

〔同前〕乍然梳洗殢人羞，（合）掐閑愁，眉枉皺。（丑）閑隨爹媽恣遨遊，（合）好因緣，來輻湊。把你攛掇，嫁一个好兒夫。那更效綢繆。也囉。（外）

〔同前〕孩兒瘡疾幸然乾，（合）自今番，常打扮。（後）沉香亭畔倚闌杆。（合）夜合花，紅牡丹，姚黄間滿，這太湖山，真个最堪觀。也囉。

（丑白）孩兒放心，亞爹今判梓州一郡，兩年過依舊入朝，有好因緣與你選一个，自當我孩兒面。（旦）只怕奴家福分微。（外）相公休要憶孩兒。（丑）歸家不見紅粉面，（合）出去無人叫早歸。（下）

第四十九齣

（丑）堂後官過來。（末出）長江後浪催前浪，一替新人趲舊人。（喏）覆相公，有何鈞旨？（丑）吾今已到梓州，諸衙人從並未放參，只接見任文武官員，看張狀元如何作區處？（末）覆相公，外面簪纓滿路，朱紫盈街。啞喝聲咽咽嗚嗚，車馬聲蹀蹀躞躞，寄居安（官）有五府八位，見任官有六部三司，文員有幕職官、監當官。見有觀察使、防禦使人從，未敢放參。且點請兩位官員相見。（丑）也説得好。（淨出）腳下轉身。（末）請，請。（丑）請。（淨）柳屯田來相見。（末）鈞旨教請。（末唱）

〔夜遊湖〕（合）那官員有萬千。（丑）甚人才先來拜見。（淨）小子名爲柳屯田。（合）揖揖兩个通寒暄。

（淨白）即日共惟萬福。（丑）未及參，先有辱。（淨）曾共烏門上畫个白鹿。青霄有路。（淨丑）揖揖兩个似代谷。（末）甚時去得糙性？（丑）請坐。（淨）没坐物。虚坐。（有介）（末）你好不尊重。（丑）記得小年騎竹馬。（淨）看看又做白頭翁。（丑）吏人，這官人曾做三百單八隻詞，博得个屯田員外郎。（淨）耆卿也吟得詩，做得詞，超得烘兒，品得樂器，射得弩，踢得氣毬。（末）那些个浪子班頭。（丑）記得那一年射弩子好。（淨）最知節措。佐弩須要看箭後，塔（搭）箭不要犯它人。幾番花範還依得，十場賭賽九場輸。（丑）那得一年踢氣毬，尊官記得？（淨）相公踢得流星隨步轉，明月逐人來。記得耆卿踢个左簾，相公踢個右簾。耆卿踢個左拐。（丑）當職踢箇右拐。（淨丑相踢倒个［介］）（末）相公尊重。（淨丑）説話忘懷。（末）忒忘懷。（淨丑陽［踢］，有介）（淨）耆卿告退。（丑）容送。（淨）納步。（下）（丑）今番這浮浪官人，末（末）好請見。且請老成官員。（末）如何？（丑）我問梓州風物如何？（末）請鈞旨。（淨上）（末）請，請。（淨）關西老將譚節使來相見。（末）武職各當街墀。（丑）是吾親契，特免街墀。（淨）洒伏事。（唱）

〔五韻美〕洒家即日共惟。（丑）間闊不見你多時。（淨）洒家一向關西冗迫，不及通書。（丑）下車未及參侍。（淨）降接不勝欣喜。（丑）首辱光訪甚得罪。（淨）洒家自出鈞旨。

（相揖）（丑白）請坐。（淨丑虚坐）（末）喝茶。（淨應）（末）又來。（淨丑呆坐）是故，是故。（次有介）（丑）小子乍然至此，更不知風物如何？（淨）有問即對，無問不答。此間在都一路，梓州諸行，百萬户錦繡珠璣，數十里層樓華屋。只一件，榜示若飲酒，是嚴禁厮打緊白。前日兩个小人，一个道欠錢，一个道不欠錢，十八般武藝都不會，只會白厮打。這个打一拳，這个也打一拳。這个踢一腳，（丑）這个也踢一腳。（淨丑相踢倒）（末）不尚莊身打扮。喝湯。（淨應）（末）你又來。（淨）洒家告退。（丑）容送。（淨）納步。（下）（生唱）

〔生查子〕不見去年人，心事誰知得？

（末白）請，請。（丑）誰？（末）僉判張狀元。（丑）在那裏？（末）見在客位。（丑唱）趕出去！（末）朝廷衆官，男女不敢。（丑）且説相公歇息，要相見待三年過。（末）你不是陳處士。（丑看生）不要我女兒便是你？（末）相公尊重。（丑）教它明日來。（末）三日衙賀，禮所當然。（丑）不然，它立地待鞋破方相見。（末）八年過也見不得。（丑）請，請。我自有道理。（末）領鈞旨。請，請。（丑唱）

〔纏枝花〕張協是我不接見。（末）領鈞旨教逐便。（生揖）長官，既蒙天眷，望特賜相薦。（末）告恩官莫叱譴。（丑）到把那驢騎轉，永不見這畜生面。（生）

〔同前〕張協也無觸犯，怕禮數供不慣。（丑）你不接絲鞭後，哭損我一雙眼。（生）協後知悔已晚。（丑）我女那神魂亂，一世都喫不得飯。

（末白）可知。（丑）汝是我無緣女婿，從今不請！（末）領鈞旨。（丑）我女爲妻抵萬金。（生）分明張協不知音。（末）早知今日成閑管，（合）悔不當初莫用心。（並下）

第五十齣

（外唱）

〔一枝花〕孩兒過來，試出幽閨，徐步花街。（旦）喜奴今日會開懷，是這花如錦，柳垂帶。（後淨合）穿紅度緑，折朵奇葩帶，奇葩帶。（後）

〔同前〕名園郡圃，是處鞦韆，花板争蹙。（淨）鬥些百草唱些曲。（外）戲蜂兒趁，粉蝶兒舞。（合）芳郊繡陌，雅觀金蓮步，金蓮步。（末）

〔同前〕腳下轉身，相公特特，教請夫人。（丑）狀元張協到堦庭，是我不接見，也弗請。（合）不記爲它，害了孩兒命，孩兒命。（丑）

〔同前〕明日坐廳，狀元來時，教立到天明。（末）你毒得大驚人。（外）還重相見，也弗請。（合）教它自省，不接絲鞭病，絲鞭病。

（外白）相公，它來時，依舊莫與它相見。（丑）教它直立到三更。（淨）從三更直立到日頭出。（末）兩个一對好心腸。（丑）叵耐不要見它面。（末）相公不必苦憂煎。（外）須是禁持張狀元。（丑）直待勞心千百度。（合）那時方識貴人憐。（下）

第五十一齣

（生唱）

〔桃柳争放〕絲鞭刺起選英賢，苦不肯秋採，今朝奈何都來。接郡相逢，有誰人可介，叫左右過來。

（末白）只因差一念，見出萬般形。覆府僉：那赫王相公乞判梓州，只爲府僉一人。大凡病須早醫，作個道理。（生）我悶似長江水，涓涓不斷流。（末）譚節使爲相公説得。（合［生］）與我將一小簡，做狀元傳語請過來。（末）男女便去請來。（生）説合一人不可無。（末）如今正好下工夫。（生）水將杖探知深淺。（合）人看語話辯賢愚。（生下）（末）自古道：成人不自在，自在不成人。府僉是快活底人，如今被那赫王相公恁地禁持，教男女去請那譚節使作和議。見底府門高聳，僕從縱横，不敢直入畫堂，只在廳下祗候。（淨戲房内喝）放轎子！（内喏）（末）節使方歸，畫堂裏放轎子。（淨）甚人直入裏面來？（末）男女非别人，張僉判有簡子申呈。（淨）在那裏？（末）簡子在這裏。（淨接信唱）

〔山坡羊〕協惶恐再拜：常侍眷愛，苦屈大才，少慰下懷。不沐勸介，必成禍胎，專等左右過來。不宣。張協惶恐再拜。

（淨白）你府僉來請洒，洒不去不得。這後生必會長進。（末）甚年曉得相法？（淨）洒是厮殺漢，只步砌去。（末）也没人來抬轎。穿長街。（淨）驀短巷。（末）過茶坊。（淨）扶酒庫。（末）兀底便是府廳。（淨）與你一貫酒錢。（末）不須得。（淨）你伏事洒辛苦。（末）那些个，請，請。（生上揖）（淨唱）

〔細袖襖〕洒伏辱雲函至。（生）荷足下特步砌。（淨）即刻共惟、台候萬福！（生）有小事冒瀆節使大尉。（淨）説甚底，説甚底，容一力，爲君作措置。（生）

〔同前〕相公是協故人，爲及第不議它親。遂持（特）來判此一郡，今日見協骨恁嗔。來命君，來命君。欲要介和，渾没个因。（淨）〔同前〕洒出自相公庇，論人情常是美。見説一女已傾棄，人道却有一女奇。若是時，若是時，却當與君，作个道理。（末）

〔同前〕那絲鞭刺在馬前，再三教接不接那鞭。勝花娘子早赴黄泉，若得再合出自大賢。（合）缺又圓，缺又圓，却與後人，作個話傳。

（淨白）因緣，因緣，事非偶然。容洒一面禀及相公，不到不得。（生）若沐周全，不勝萬幸。（末）夫人公相絶埋冤。（淨）得女人（今）番嫁狀元。（生）花若有情花不謝。（合）月如無限（恨）月重圓。（並下）

第五十二齣

（丑出白）相識滿天下，知心能幾人。梓州郡官員吾所重者只譚使一人。（末出）不知相公説甚底？（丑）我説譚節使。（末）如何？（丑）郡關西人最直。（淨上）（末）請，請。（丑）誰？（末）譚節使。（丑）請來。（淨唱）

〔引番子〕即刻共惟，判府相公。有少事，特欲來相議，見夫人只怕失禮。（丑）唤我兒和夫人至，出來這裏，休要致疑。（合）既是親戚，親戚不妨對席。（外）

〔同前〕聞道是關西，老將太尉。（淨）本不敢，直入來謁見，托在同官，又是親戚。請郡主出來這裏，聽洒拜啓，休要致疑。（合同前）（旦）

〔同前〕徐步金蓮，款款步砌。（外丑）這老將，卻是吾親契。（旦）萬福不罪，未及參侍。（淨）

這郡主洒不曾見，生得恁奇，休要致疑。（合同前）（淨白）三關四角場，沿邊地十八寨。人頭厮釘，熱血厮潑，是洒所知之事。這事不當洒説，既托親契，只得冒犯。（丑）請坐。（淨）不須坐。（丑）不知節使有何事件？（淨）只説張狀元有犯鈞嚴，特委洒來介和。（外唱）

〔漿水令〕告莫説張狀元，才説後淚漣漣。（丑）自古及今招駙馬。（合）没妻底，定接鞭。（丑）敢來將我女兒嫌，致令半載病厭厭。（合）忒福薄，緣分慳。（外）誰信我女心腸變，日夜日夜憂更煎，驀忽驀忽命赴黄泉。（淨）

〔同前〕洒特特來拜侍，（外丑）方知道是不棄。（淨）望君息取雷霆威，（外丑）公不妨，自説取。（淨）狀元張協望鈞庇，洒欲冒瀆敢乞不罪。（外丑）公有命不敢違。（淨）洒豈知公有女，情願情願甘做媒。（外丑）公意公意要與和議。（丑）

〔同前〕細尋思常怒起，（合）因它後喪一女兒。（外丑）這一女吾最喜，温柔中，更兼貌美。（丑）狀元張協改前非，敢將此女與作夫妻。（淨）蒙恩許。（外丑）不敢違。（淨）不枉教它成一對。（丑）我女我女還怎底？汝意汝意有甚言語。（旦）

〔同前〕怕奴家分福慳，（合）夫妻事是前緣。（旦）看爹媽心意轉，（合）只此是良言。（旦）感得提攜謝英賢，狀元註定與奴團圓。深拜蒙愛憐，前世已曾成姻眷。奴荷奴荷公意堅，（合）克日克日與效鶼鶼。

（丑白）三盃合大道，且通自然。郡齋少款片時。（淨）深擾夫人與相公。（丑）盡歡何苦恁匆匆。（外）直待舞低楊柳樓心月，（合）歌罷桃花扇底風。（並下）

第五十三齣

（生出唱）

〔紅芍藥〕才宴罷瓊林，出東華門外。彩樓直下刺絲鞭，將謂喜歡接取。張協此心不在彼，只欲要耀吾閭里。豈知接取相公冤，今日尚不已。

（末出白）一手不能拍，兩手嗚獲獲。覆僉判，今日得譚節使，（生）相公有甚言語？（末）譚太尉三盃已罷，兀底便來。（淨作馬嘶）（淨）看官。底各人兩貫酒錢。謝頒賜！喏，喏，喏！（末）都是你一个，請，請。（淨）即日共惟，台候萬福！（末）甚般寒喧？（生）不必講禮。凡事得沐周庇。（淨）好個青銅鏡，分明不會磨。（末）這是你本事。（淨）相公女兒，尊官怎地不要？洒又見相公女孩兒，生得好，生得好，生得好！（末）又有一女，生得如何？（淨）有腳有手，也會行，也會走，也有鼻頭也有口。（末）没它須不成人。（淨）咦！後項親事，料想必成，汝去選日便匹偶。（末）領鈞旨。（淨）這回選日事周全。（末）郡主依然嫁狀元。（生）正是酒中曾得道。（合）尤如花裏遇神仙。（末下）（淨唱）

〔生姜牙〕洒親曾見，謾致疑。目下免得相輕視，目下料得没言語。孩兒甚般價，多殊麗。

（合）五百年前是因緣，君今打合成一對。（生）

〔同前〕初不道，事恁地。一心自欲榮閭里，一心又欲多殊翠。誰知公相，成嗔諱。（合同前）

（淨）

〔同前〕這孩兒，出步恁遲。天生似玉肌膚膩，天生又得爲夫婿。今番且免，争閑氣。（合同前）（生）

〔同前〕非公如是，事怎底？今番定做風流婿，今番且免鴛鴦拆。便教選日，成匹配。（合同前）

（淨白）相公今日笑顔開。（生）非是尊官事未諧。（淨）萬事不由人計較。（合）算來都是命安排。（並下）

第五十四齣

（末把傘出白）取火和煙得，擔泉帶月歸。誰知赫王相公又有一个女兒，今日日子好，相公出百萬貫粧奩，嫁取張狀元。畢竟是有福有分。正是：羅綺相隨羅綺去，布衣逐着布衣流。（丑拖花幞頭）綽開開，花幞頭來。（末）好花幞頭，輕紅簇簇，媿紫間粧，姚黄開蕊，推（堆）白天香。誚如雪兒，引得遊蜂和粉蝶，雙雙飛過粉牆來。（丑）你是幹辦，不當擡傘。你把着花幞頭，我與你擡傘。（末）方才是弟兄。（末拖幞頭，丑擡傘）（末）正是打鼓弄琵琶，合着兩會家。（丑舞傘介）（唱）

〔鬥雙鷄〕幞頭兒，幞頭兒，甚般價好。花兒鬧，花兒鬧，佐得恁巧。傘兒簇得絶妙，刺起恁地高，風兒又飄。（末）好似傀儡棚前，一个鮑老。

（末白）幞頭稱面簇奇葩。（丑）試看荷衣貌愈佳。（末）萬緑枝頭紅一點。（合）動人春色不須多。（下）（淨執燈籠樂器上）遥觀孔雀畫屏開，無限姮娥擁大才。一派笙簫嘹亮處，神仙誤入小蓬萊。（喝）綽開，綽開！天下狀元

來。兩行紅袖列朱門，便是神仙未足論。彩絲織成花世界，香花吹散錦乾坤。（並下）（生巾裹出唱）

〔紫蘇丸〕蓬萊路不遠，兩情休怨夤緣淺。只聽得絲竹管絃聲，料今宵得遂鴛鴦願。

（末）請，請。赫王相公請狀元相見。（丑上）（生唱）

〔迎仙客〕誰信道，是因緣，即日蒙恩賀萬全。（丑）記年時，不接那鞭。怎知今日，又還爲姻眷。（生）

〔同前〕協冒瀆，望周全，到此誰知月再圓。（外）我女復嫁張狀元，這番輻輳，兩情福非淺。

（後唱迎仙客。旦大粧上）（外唱）

〔幽花子〕蓋頭試待都揭起。（後）春勝也不須留住。（合）天生緣分克定，好一對夫妻。（旦）張協記得斬却奴一臂？如今怎得成匹配！（丑綽住）（外）爹爹息怒！聽取我兒拜啓。（生）

〔同前〕雄威暫息，聽取張協，禀許多詳細。（外）孩兒你説破它何虧負？（旦）啓初張協被賊劫盡，廟中來投睡。一查擊損，奴供乃衣乃食。續得遂成姻契，及第怎接絲鞭娶别底？（合）

〔同前〕既當初已得做夫妻，今日天教重會。休得要恁説，目前事不是。（旦）賣頭髮相助到京畿，一舉鰲頭及第。教門子打出，臨了斬一臂。（外唱）

〔和佛兒〕賢既曉文墨，不當恁地。（合）没道理。（丑）它是你妻兒怎抛棄？（合）娶别底。（生）張協本意無心娶你，在窮途身自不由己。况天寒舉目又無親，亂與伊家相娶。（合）聽着你恁説，讀書人甚張志！（淨作李大婆上）（唱）〔紅繡鞋〕狀元與婆婆施禮。（合）不易。（生）婆婆忘了你容儀。（合）誰氏？（淨）李大公，那婆婆，隨娘子去，棄了兒女。施粉朱，來到此處，如何認不得？（旦唱）〔越恁好〕大公家裏，有萬千恩共義。（合）都休要恁説，交歡處飲三盃。（丑）從今兩情如魚似水。日前那怨語，（合）如今盡撇在東流水，如今盡拋在東流水。（外）〔同前〕好兒好女，兩情斷縚繫。（合）如鸞鳳對雙飛，都誇道鄭州梨。（淨）當初許我青銅鏡兒，今番定有，一面也買歸家裏，（合）百面也得歸家裏。

（生旦）古廟相逢結契姻。（丑夫）纔登甲第没前程。（淨貼）梓州重合鸞鳳偶。（末合）一段因緣冠古今。

宦門子弟錯立身

古杭才人新編

題目

衝州撞府粧旦色

走南投北俏郎君

戾家行院學踏爨

宦門子弟錯立身

開場

（末白）〔鷓鴣天〕完顔壽馬住西京，風流慷慨煞惺惺。因迷散樂王金榜，致使爹爹捍（趕）離門。爲路歧，戀佳人，金珠使盡没分文。賢每雅静看敷演：宦門子弟錯立身。

第一齣

（生唱）

〔粉蝶兒〕積世簪纓，家傳宦門之裔，更那堪富豪之後。看詩書，觀史記，無心雅麗。樂聲平，無非四時佳致。

（白）自家一生豪放，半世疏狂。翰苑文章，萬斛珠璣停腕下；詞林風月，一叢花錦聚腦中。神儀似霽月清風，雅貌如碧梧翠竹。拈花摘草，風流不讓柳耆卿；詠月嘲風，文賦敢欺杜陵老。自家延壽馬的便是。父親是女直人氏，見任河南府同知。前日有東平散樂王金榜來這裏做場，看了這婦人有如三十三天天上女，七十二洞洞中仙。有沉魚落鴈之容，閉月羞花之貌。鵲飛頂上，尤如仙子下瑶池；兔走身邊，不若姮娥離月殿。近日來與小生有一班半點之事，争奈撇不下此婦人。如今瞞着我爹爹，叫左右請它來書院中，再整前歡，多少是好。左右過來。（末）廳上一呼，堦下百諾。（介）（生吩咐叫去介）（末介）（生唱）

〔一封書〕伊且住試聽，唤取多嬌金榜來，書房内等待。休道侯門深似海，説與婆婆休慮猜，只道家中管待客。展華筵，已安排。是必教它疾快來。（末）

〔同前〕哥哥聽拜禀，它是伶倫一婦人。何須恁用心，謾終朝愁悶傾。苦要和它同共枕，恐怕你爹行生嗔。那時節，誨（悔）無因，玷辱家門豪富人。

（生白）你不去時，與我叫過狗兒都管過來。（末叫淨介）（淨唱）

〔七精令〕相公不在家裏，老漢心下喜歡（歡喜）。看管（官）不認是阿誰？我是一箇佗背烏龜。

（白）從小在府裏，合家見我喜。相公常使喚，凡事知就裏。如今年紀大，又來伏事你。若論我做皮條，真个是無比。若是説不肯，一頓打出屎。（末）都管，舍人喚你。（淨介、去介、見介）（生白）你如今和我去勾闌内，打喚王金榜，來書院中與它説話。（淨）去不妨，只怕相公得知，連累我。（生介）（淨）我有言語。（生介）（淨白）自家是老都管，喫飯便要滿。要我做皮條，酒肉要你管。舍人使喚我，請甚王金榜？相公若知道，打你娘箇本。婦人剜了別，舍人割了卵。（末收介）（生）你且急去，莫遲疑。我每等候在書幃。（淨）小姐若還不來後，你在牀上弄寮兒。（並下）

第二齣

（外扮同知上）（外唱）

〔梁州令〕深感吾皇賜重職，官名播西京。但一心中政煞公平，清如水，明如鏡，亮如冰。

（白）但老夫身居女直，掌判西京。父爲宰執當朝，累代簪纓之裔。説家法過如司馬，掌王條勝似龐涓。解使吏如秋夜月，人在鏡中行。老夫見任西京河南府完顔同知。家中有一子延壽馬，每日教它攻書。這幾日老漢不曾到它書院中，早上已曾吩付狗兒，監督孩兒，不教它胡走。若有些不到處，不當穩便。如今不免親去吩付一遭，却去

坐衙。正是：行處莫教高唱道，恐驚林外野人家。（下）

第三齣

（虔唱）

〔紫蘇丸〕伶倫門户曾經歷，早不覺鬢髮霜侵。孩兒一箇幹家門，算來總是前生定。

（白）老身幼習伶倫，生居散樂。曲按宮商知格調，詞通大道入禪機。老身趙茜梅，如今年紀老大，只靠一女王金榜作場爲活。本是東平府人氏，如今將孩兒到河南府作場多日。今早挂了招子，不免叫出孩兒來，商量明日雜劇。孩兒過來。（旦唱）

〔紫蘇丸〕奴家年少正青春，占州城煞有聲名。把梨園格範盡番騰，當場敷演人欽敬。

（白）娘萬福。（虔）孩兒，叫你去來，別無甚事，只爲衣飯。明日做甚雜劇？（旦）奴家今日身已不快，懶去勾闌裏去。（虔）你爹爹去收拾去了。（旦）我身已不快，去不得。（虔唱）

〔桂枝香〕孩兒聽啓，疾忙收拾。侵早已挂了招子，你却百般推抵。又不知你每生着何意，生着何意，教娘嘔氣。靠着你，這的是求衣飯，不成誤了看的。（旦）

〔同前〕娘行聽啓，孩兒説與。如今病染着身，豈是奴家推抵。你只管苦苦將人催逼，教奴怎地。娘儘教它，任取紅輪墜，尤它誤看的。（末上）

〔同前〕勾闌收拾，家中怎地？莫是我的孩兒，想是官身出去。你娘兒兩箇，休閑争氣，婆婆且住，聽説與，陣馬挨樓滿，不成誤看的。（淨）

〔同前〕適蒙台旨，教咱來至。如今到得它家，相公安排筵席。勾闌罷却，勾闌罷却。休得收拾，疾忙前去，莫遲疑。你莫胡言語，我和你也棘赤。

（虔末白）真箇是相公喚不是？（淨）終不成我胡説！（旦）去又不得，不去又不得。（末）孩兒與老都管先去，我收拾砌末恰來。（淨）不要砌末，只要小唱。（末虔）恁地，孩兒先去，我去勾闌裏散了看的，却來望你。孩兒此去莫從容，相公排筵畫堂中。（旦）情到不堪回首處。（合）一齊分付與東風。（並下）

第四齣

（生唱）

〔醉落魄〕令人去久傳音耗，至今不到。（淨）心忙意急歸來報。（旦）得見情人，心下稱懷抱。

（相見介）（生白）你一似蕭何不赴宴，你好難請。（旦）害瞎的去尋羊，小哥，你好難得見。（淨）悲秋生在脊梁上，你好難入。（生）小姐，兩日不見你。（旦）我要來你處，又怕相公知道。（生）我瞞了相公，教它來請你，來書院中説些話。（旦唱）

〔賞花時〕憔悴容顏只爲你，每日在書房攻甚詩書！（生）閑話且休提，你把這時行的傳奇，（旦）看掌記，（生）你從頭與我再温習。

（旦白）你直待要唱曲，相公知道，不是耍處。（生）不妨，你帶得掌記來，敷演一番。（旦）這裏有分付。（淨看門介）（旦唱）

〔排歌〕聽説因依，其中就裏，一箇負心王魁，孟姜女千里送寒衣。脱像雲卿鬼做媒，鴛鴦

會，卓氏女，郭華因爲買胭脂，瓊蓮女，船浪舉，臨江驛内再相會。（又）

〔哪吒令〕這一本傳奇，是《周孛太尉》。這一本傳奇，是《崔護覓水》。這一本傳奇，是《秋胡戲妻》。這一本是《關大王獨赴單刀會》。這一本是《馬踐楊妃》。（又）

〔排歌〕柳耆卿《欒城驛》。張珙《西厢記》。《殺狗勸夫婿》，《京娘四不知》，《張協斬貧女》，《樂昌公主》，《牆頭馬上》擲青梅。《錦香亭》上賦新詩，契合皆因手帕兒。洪和尚，錯下書，吕蒙正《風雪破窑記》。楊寔遇，韓瓊兒，冤冤相報《趙氏孤兒》。（又）

〔鵲踏枝〕劉先主，跳檀溪，雷轟了《薦福碑》。丙吉教子立起宣帝，老萊子斑衣。包待制上陳州糶米，這一本是《孟母三移》。（生唱）

〔樂神安〕一從當日，心中指望燕鶯期。功名不戀待何如？拚却和伊拋故里。不圖身富貴，不去苦攻書，但只教兩眉舒。（又）

〔六么令〕一意隨它去，情願爲路岐。管甚麽抹土搽灰，折莫擂鼓吹笛。點拗收拾。更温習幾本雜劇，問甚麽粧孤扮末諸般會，更那堪會跳索撲旗。只得同歡共樂同鴛被，衝州撞府，求衣覓食。

〔尾聲〕我和你同心意，願得百歲鎮相隨，盡老今生不暫離。

（淨介）（外上白）隔牆猶有耳，窗外豈無人。老夫幾日不曾到書院中。（介）（見淨介）（旦閃介）（先見旦介）（罵

介）（外唱）

〔鎖南枝〕潑禽獸，没道理！書院中怎不攻文藝？指望你背紫腰金，怎知你不成器！因甚底，來這裏？便與我，捍（趕）出去！（生）

〔同前换頭〕爹爹聽咨啓，孩兒又怎知？正在書房中獨坐，忽見狗兒都管，與它同來至。我問它，只因甚的？它説道是爹爹，喚它至。（旦）

〔同前〕相公聽，奴拜啓，它説道相公排宴會，特地喚取奴，來到這書房裏。誰信道，都是計。智賺奴，望容恕。（淨）

〔同前换頭〕思量老奴婢，只是怨恨你，兩箇將咱連累。如今打得我，渾身上下都麻痹。要把刀，割下腿。告相公，沙八赤。

（外白）當初望你攻書，已後爲官。今日剗地如此做作？左右那裏！（末）有福之人人伏事，無福之人伏事人。（外）你速去喚散樂王恩深來。（末）理會得。一心忙似箭，兩腳走如飛。（末下）（婆末改扮上）威聲如霹靂，人命若塵埃。不知相公那裏有甚事，去走一遭。（見外介）（外説付介）你今夜快與我收拾去，不許在此住。明日早若見你在此，那時節别有施行。老都管，如今這小畜生鎖在家中，不許順情。明日慢慢問這廝。（淨生先下）（外説末卜介）你明日若不去時，教你從前作過事，没興一齊來。（外下）（末卜商量介）萬事不由人計較，一生都是命安排。（下）

第五齣

（淨生上）（白）自家骨肉尚如此，何況區區陌路人。老都管，我爹爹把我如此禁持，我那婦人昨夜捍（趕）將去了，我要性命何用？不如尋箇死去。（淨）舍人，自古道，千日在泥，不如一日在世。不如收拾些金銀爲路費，往別處去住幾時，别作商量。等相公氣息，再回來不遲。不强如死了。（生介）（生唱）

〔玉交枝〕只因癡迷，與王金榜同諧比翼。誰知被我爹捉住，拆散了鴛侶。情人去也不見蹤，我如今在此無依倚。免不得尋箇死處，免不得尋箇死處。（淨唱）

〔同前〕略聽説與，喪殘生一命可惜。若還放得伊家去，恐把我每連累。尋思你去真慘悽，只得與你耽着罪。到前途做箇道理，到前途做箇道理。

（生白）惟有感恩並積恨，惟有感恩並積恨。（下）

第六齣

（外唱）

〔西地錦〕當職心懷公正，更名播朝廷。從官判斷無私曲，管民樂昇平。

（白）但存公道正，何必問前程。（提兒子介）左右過來。（淨上介）（末上介）一封天子詔，四海狀元心。聖旨宣喚，疾速來朝！（末）老都管，如今孩兒不知去向，又蒙聖旨宣喚河南採訪，一回打聽孩兒消息。（淨）相公放心，小人在家管看，一就打聽舍人消息。（末請外快去介）（外）路上有花並有酒，一程分作兩程行。（下）

第七齣

（淨唱上）

〔提行路〕

（白）〔一〕

〔一〕此處曲文、白文原缺。

第八齣

〔八聲甘州〕子規兩三聲，勸道不如歸去，羈旅傷情。花殘鶯老，虚度幾多芳春。家鄉萬里，煙水萬重，奈隔斷鱗鴻無處尋。一身，似雪裏楊花飛輕。（旦）〔同前換頭〕艱辛，登山渡水，見夕陽西下，玉兔東生。牧童吹笛，驚動暮鴉投林。殘霞散綺，新月漸明，望隱隱奇峰鎖暮雲。泠泠，見溪水圍繞孤村。（末）〔解三醒〕〔一〕奈行程路途勞頓，到黄昏轉添愁悶。山回路僻人絶影，不覺長歎兩三聲。（旦）望斷天涯無故人，便做鐵打心腸珠淚傾。只傷着，蠅頭微利，蝸角虚名。（卜）〔同前〕向村莊上借宿安此身，只見孤館蕭條扃。（旦）想村醪易醒愁難醒。暗思昔情人，臨風對月歡娱頻宴飲，轉教我添愁離恨。您今宵裏，孤衾展轉，誰與安存？〔尾聲〕且寬心，休憂悶，放懷款款慢登程，借宿今宵安此身。

（地鋪介）

〔一〕原未標曲牌，此據錢本。

第九齣

（生唱）

〔江兒水〕離了家鄉里，奔路途，不知它在何州住？使我心中添愁悶。閃得我今日成孤冷，渡水登山勞頓。未知何日，再與多情歡會？

（白）一似和針吞却線，刺人腸肚繫人心。（下）

第十齣

（末白）賣買歸來汗未消，賣買歸來汗未消〔一〕。老漢在河南府做場，只爲完顏同知舍人延壽馬，與我孩兒有些……（介）（趕去介〔二〕）（説收拾介）不將辛苦藝，不將辛苦藝〔三〕。（下）

〔一〕此句錢本改作「上牀猶自想來朝」。〔二〕「趕」，原作「捍」。〔三〕此句錢本改作「難賺世間財」。

第十一齣

（生唱）

〔越調鬥鵪鶉〕被父母禁持，投東摸西，將一箇表子依隨。走南跳北，典了衣服，賣了馬匹。

尖擔兒兩頭脱，閃得我孤身三不歸。空滴溜下老大小荷包，猛殺了鐐丁鍉底。（又）

〔紫花兒序〕似這般失業，似這般逐浪隨波，忍冷躭飢。來到這圍牆直下，柳樹周迴，向這河中擲的長流水，洗了面皮。掠得我鬢髮伶俐，着些箇吐津兒潤了，撥浪便入城池。

（看招子介）（白）且入茶坊裏，問箇端的。茶博士過來。（淨白）茶迎三島客，湯送五湖賓。（見生介）（生白）作場。（分付請旦介）（旦唱）

〔四國朝〕聽得人呼喚，特特來此處。

（見生不認介）莊家調判，難看區老。（生）老鼠咬了葫蘆藤，小姐好快觜。（旦）鸚鵡回言，這鳥敢來應口。（生）耐打鼓兒，我較得你兩片。（旦）你課牙比不得杜善甫，串仗却似鄭元和。（生）姐姐，使錢不問家豪富，風流不在着衣多。（生唱）

〔駐雲飛〕你款步難擡，便做天仙難見你來。我把你相看待，它把我相撈壞。猜，緣何在花街，共人歡愛？説又不倸，駡又佯不采。正是本性難移山河易改，本性難移山河易改。

（旦）

〔同前〕便做真龍，我也難從你逐浪波。訕口胡應和，譯話吃不過。嗏，一麪是舊特科，我把它瞧破。誰慣得如今，膽似天來大！你向咱行説箇甚麽？你向咱行説箇甚麽？（淨）

〔同前〕仔細思之，你是何人它是誰？姐姐多嬌媚，你却身襤縷。嗏，模樣似乞的，蓋紙被。日裏去街頭，教他求衣食。夜裏彎跧樓下睡，夜裏彎跧樓下睡。（生）

〔同前〕覆水難收，一度思量珠淚流。指望長相守，誰信不成就。（旦）嗏，一筆盡都勾，免喫僝僽。剪髮拈香，共你同說咒。（生）只恐你心中不應口，只恐你心中不應口。

（末卜上白）鴈飛不到處，人被利名牽。合才勾欄散罷，對門茶店中叫孩兒去，不知甚人在那裏？如今走一遭。

（見生旦介）（生借衣介）（説關介）（末）不争你要來我家，我孩兒要招箇做雜劇的。（生唱）

〔金焦葉〕子這撇末區老賺，我學那劉耍和行蹤步跡。敢一箇小捎（哨）兒喉咽韻美，我説散嗽咳呵如瓶貯水。

（末白）你會甚雜劇？（生唱）

〔鬼三台〕我做《朱砂糖浮漚記》，《關大王單刀會》，做《管寧割席》破體兒，《相府院》扮張飛，《三脱（奪）槊》扮尉遲敬德，做《陳驢兒風雪包待制》，喫推勘《柳成錯背》，要扮宰相做《伊尹扶湯》，學子弟做《螺螄末泥》。

（末白）不嫁做雜劇的，只嫁箇做院本的。（生唱）

〔調笑令〕我這爨體，不番（查）梨，格樣，全學賈校尉。趍搶嘴臉天生會，偏宜抹土搽灰。打一聲哨土（子）響半日，一會道牙牙小來來胡爲。

（末白）你會做甚院本？（生唱）

〔聖藥王〕更做《四不知》，《雙鬥醫》，更做《風流浪子兩相宜》，黄魯直，《打得底》，《馬明王村裏會佳期》，更做《搬運太湖石》。

（末白）都不招别的，只招寫掌記的。（生唱）

〔麻郎〕我能添插更疾，一管筆如飛。真字能抄掌記，更壓着御京書會。

（末白）我要招箇擂鼓吹笛的。（生唱）

〔同前〕我舞得彈得唱得。折莫大擂鼓吹笛，折莫大裝神弄鬼，折莫特調當撲旂。

〔天淨沙〕〔一〕我是宦門子弟，也做得您行院人家女婿。做院本生點个《水母砌》，拴一个《少年遊》，吃幾个拄心攧背。

（末白）當初它也曾好來，使了幾錠鈔，又是好人家兒郎。既然胡亂且招它在家，續後又别作道理。延壽馬，我招你自招你，只怕你提不得杖皷行頭。（生唱）

〔尾聲〕正不過沿村轉莊，撞工耕地。我若得粧旦色如魚似水，背杖鼓有何羞？提行頭怕甚的？

（末白）既然如此，且教它回去，後日别作道理。正是：萬事不由人計較，算來都是命安排。（下）（淨末卜吊場下）

〔一〕牌名據錢本添。

第十二齣

（生白）在家牙隊（墜）子，出路路岐人。（介）（唱）

〔菊花新〕路岐岐路兩悠悠，不到天涯未肯休。這的是子弟下場頭。（旦）挑行李怎禁生受。

（生説關子介）（唱）

〔泣顔回〕撞府共衝州，遍走江湖之遊。身爲女婿，只得忍恥含羞。（旦）伊家奈守，有衷腸，時伊難分剖。怕爹娘捍（趕）逐前來，將奴家共君僝僽。（生）

〔同前换頭〕休休，提起淚交流。那更擔兒説重心憂。我親朋知道，真個笑破人口。（旦）男兒到頭，管終須，和你得成就。那時節有月登樓，無花永不酌酒。（末唱）

〔撲燈蛾〕你門不三思，紅日漸西流。兩人没來由，只管此迤逼（逗）。（生）爹行聽分剖，奈擔兒難擔生受。更驢兒不肯快走。（旦）致令得，兩人途路恁淹留。（虔唱）

〔同前〕孩兒離家去久，公公惑不度己。潑畜生因甚底，緣何尚然落後！（末）婆婆住休，又何用唧唧啾啾，料不是冤家不就頭。且擔着擔兒，疾速向前走。（生唱）

〔尾聲〕終須共你同鴛偶，事到頭如今不自由，那些个男兒得志秋。

（白）路上有花並有酒，一程分作兩程行。（下）

第十三齣

（外淨上）

〔菊花新〕深感當今聖主，恩賜金紫雙魚。公心正直遍採訪，治國安民，但願得國泰歲時豐富。

（外白）老夫蒼顔皓首，身爲重職。深感吾皇，賜金紫雙魚。托賴洪福，採訪五湖四海。真个能教官吏如水（冰）

潔，解使民心似水清。六兒，我如今在此悶倦，你與我去叫大行院來，做些院本解悶。（淨叫介）（生旦上）（末上見外介）（外説關）（末稟院本）（外打認説關子配合介）（外唱）

〔排歌〕自從當日，不見我兒，心下鎮長憂慮。兩眼長是淚雙垂。怎地孩兒爲路岐？（合）今日裏，得見你，焚香子父謝神祇。它鄉裏，重會遇，夫妻百歲僘于飛。（生）

〔同前〕那日孩兒，私奔故里，歷盡萬山煙水。途中寂寞痛傷悲，到了東平得見伊。（合同前）（旦）

〔同前〕告恩官，聽拜啓：當日書房裏，一意會佳期。驀忽撞着伊公相，一時見却怒起，令人星夜捍（趕）分離。怎知道，今日做夫妻，謝得恩官作主議。（合同前）《永樂大典》卷一三九九一（三未）戲文二七

明成化本新編劉知遠還鄉白兔記

·開　場·

（扮末上，開云）

詩曰：國正天心順，官清民自安。

妻賢夫禍少，子孝父心寬。

喜賀昇平，黎民樂業。歌謡處、慶賞豐年。香風復郁，瑞氣靄盤旋。奉請越樂班真宰，遥鸞駕，早赴華筵。今宵

夜，願白舌入地府，赤口上青天。奉神三巡六儀，化真金錢。齊攢斷，喧天鼓板，奉送樂中仙。

〔紅芍藥〕（末唱）哩囉連，囉囉哩。連連連哩囉哩。連哩連囉連哩連囉。囉連囉哩，連哩連，囉連哩，連囉連哩連囉連，哩連囉哩囉哩。

（末云）山莫（抹）微雲，天連衰草，畫角聲斷譙門。站（暫）听（停）征棹，聊共飲黎（離）樽。多少蓬萊舊事，空回首，煙靄紛紛。斜陽外、寒鴉數點，流水遶孤村。（〇）宵（消）昏（魂）。當此濟（際），香囊暗解，羅帶輕紛（分），慢（謾）泠（贏）得秦樓薄倖明（名）存。此去何時見也，襟袖上、空染啼痕。傷情處，高城望斷，燈火已黃昏。

惜竹不雕當路筍，愛松不斬横横枝。不是英雄不贈劍，不是才人不賦詩。

今日利（戾）家子弟搬演一本傳奇，不插科，不打問（諢），不爲之傳奇。倘或中間字藉差訛，馬音等字，香（鄉）談別字；其腔列調中間有同名同字，萬望衆位做一牀錦被遮蓋。天色非早而即晚了也，不須多道撒（散）說。借問後行子弟：「戲文搬下不曾？」「搬下多時了也。」「計（既）然搬下，搬的那本傳奇，何家故事？」「搬的是李三娘麻地捧印，劉知遠衣錦還鄉白兔記。」好本傳奇！這本傳奇虧了誰？虧了永嘉書會才人，在此燈窗之下，磨得墨濃，斬（蘸）得筆飽，編成此一本上等孝義故事。果爲千度看來千度好，一番搬演一番新。不須多道散說，我將正傳家門念過一遍，便見戲文大義。怎見得？五代殘唐，漢劉知遠，生時紫霧神光。李家莊上，招贅作東牀，二舅不容完聚，使機謀拆散鸞鳳分飛去，知遠投充邊塞。看他武藝高强，岳節使把秀英小姐匹配鸞鳳。三娘受苦，磨坊中生下咬臍郎。年長一十六歲，因打獵實認親娘。後來加官爵，直做到九州安撫，衣錦喜還鄉。詩曰：

剪燭生光彩，開筵列綺羅。
來是劉知遠，啞静看如何。（下）

第一齣

（生上唱）

〔獅子序〕年乖時蹇，枉有冲天氣宇，受無限嗟吁。最好似、堂堂七尺身軀，不如我一擔英雄俊傑，俊傑問天道五行何如？似虎，虎在岩前睡也，困龍失却了明珠。

（生白）結交須結英與豪，莫結區區兒女曹。朕此謂也。自家姓劉，名皋（暠），雙名知遠。不幸幼年失父，隨母改嫁。只因我好賢學武，壞了我潑天家計，而被繼父趕逐在外，不容知遠回家。日間在賭博場中搜求貫伯，夜宿在馬鳴王廟中。是此雪寒天氣，但見滚滚飄綿，層層銀砌。門前過客，个个失路迷踪；江山漁翁，兩兩披簑挾簟，凍合玉樓。寒氣疏光遥，銀海遍生花。似此雪寒天氣，不見故人一面，怪他不的。落在貧窘之中，有誰人睬我？好雪！（生唱）

〔疏影〕彤雲布密，見四野盡是瓊粧銀砌。崩玉篩珠，只見柳絮梨花、在那空中舞。長安酒價争高沽，見漁父披簑歸去。（合）鼻中只聞的梅花香，遥見並舞在密處。（末唱）

〔又〕看覷青山頓老，見過往行人迷踪失路。下幕垂簾，酌酒羊羔歌白紵，紅爐添炭人完聚。怎知道，怎知道街頭上貧苦。（合同前）（末白）

相識滿天下，知心有己（幾）人。當原前桃園中結義，十个弟兄即漸消滅，止只剩我三人。那三人？大哥哥劉知遠，二哥哥郭彦常，只我第三史弘兆。便是我二哥哥將帶盤纏上東京求取功名，不在話下。止撇下我大哥哥劉知遠流落在長街。似此紛紛揚揚下的國家祥瑞，我那哥哥身上又無穿的，口中又無吃的，我小兄弟不去看，有誰人去看？只得懷揣一貫五佰文錢鈔，上長街尋訪我哥哥。買三盃五盞與哥哥捕寒，多少是好。串長街，陌短巷，過茶坊，不入酒肆。遠遠的人叢中，望見一个大漢，手拿着護身龍棒，好像哥哥劉知遠。遠看看不得，近看看不得分明。不免上前拜揖，叫一聲：「大哥作揖了！」（生白）兄弟那方到此？（末白）小兄弟得來探望哥哥。（生白）兄弟數次三番打攪。（末白）哥哥無此説。當原前買命算卦，説都有腰金衣紫。架上無你衣我衣，懷中無你錢我錢。哥哥不勞計較。（生白）兄弟，有錢的紅爐暖閣，獸炭羊羔。你我無錢的受這等艱難，怎生是好？（末白）哥哥，你計的（記得）花開一遍，待等時來。（生白）兄弟哎，時來，時來，我眼下過不去哩，我好恨也！（末白）莫不恨我？（生白）兄弟也，男子大丈夫，自恨我無能，豈可恨他人。（末白）不恨我恨誰？（生白）兄弟，聽我説。（生唱）

〔皂羅袍〕自恨我一生無奈。（末白）哥哥無奈，無奈奔波，勞力馳驅了，哥哥。（生唱）兄弟也，論奔波勞力，受盡迍災。（末白）哥哥，你通文通武。（生唱）兄弟通文通武兩兼界。（末白）哥哥，你目今上却如何？（生唱）目今怎生將來賣？（合）朝無依倚，交我怎生布擺？夜無衾蓋，交我怎生布擺？日長夜永，交我愁無奈！（末唱）

〔又〕哥哥且把愁腸寬解。（生白）兄弟也，寬解，寬解，一日過不的一日。（末白）哥哥，上輩古人也受如此。（生白）那个古人似我劉知遠，受這等艱難苦楚？（末白）哥哥你聽我説。（末唱）論韓信，乞食瓢（漂）母寧奈，有朝一日遂通泰。男兒漢，勇略中須在。（合同前）（生唱）

〔玉抱肚〕凌雲豪氣，恨時乖難使運至。鎗刀上，刀鎗上顯成功藉（績）。此是我等之□。（合）腰金衣紫，知他是何日？想蒼天不負虧，不負虧。（末唱）

〔又〕伊休過慮，論功名終須有日。時來人家榮貴，青史上管取名題。（合同前）

（末白）哥哥，兄弟□揣一貫五佰文錢鈔，買酒不醉，買飯不飽，兄弟家中有瓶酌醪，哥哥能飲盡醉，方你到兄弟家中走遭。（生白）兄弟也，我不去了。數次三番打攪，定害。（末白）哥哥，無此説，請行。串長街，防短巷，過茶坊，不入酒肆；轉彎摸腳，這裏便是。哥哥少待，等兄弟叫出娣媳婦，與哥哥相見。（叫科）大嫂！大嫂！（淨白）老娘忙哩。（末白）你做甚麼？（淨白）老娘尺人鍋裏湔腳哩。（末白）你那腳盆裏盛首登年嵌哩。（末白）呸！呸！你好没上夫。（末白）大嫂有請，劉伯伯在此，請相見。（淨白）劉伯伯在此，老娘越發忙了。老娘在此這裏穿裩子忙哩。（末白）莫得莊腰。（淨白）丫頭也，端的馬子來，撒一泡尿出去。（末白）你好出嗅，請行。（淨唱）

〔麻婆子〕奴奴生得如花貌，言語又不俏。丈夫唤作念一郎，奴奴唤作三七嫂。奴在房中補襖，忽聽的丈夫郎叫，老娘慌忙走來到。一箇兩个，三四五六七八九个。

（末）呸！打住。你數的七八九是甚麼東西？（淨）去，我把你爛刀剁，碎刀剮，簸箕風兒協不死的，都見你赶叫。一个也没了。（末）説，是甚麼東西？（淨白）是蜜蜂兒。見老娘古怪標致，四千里地來老的頭上壘窩兒。（末白）你那裏賽過西施、牡丹？（淨白）奴奴生的白似炭，一年四季喜粧扮。賽過李奴奴，强似劉盼盼。有時走在門前站過來，過往小漢子都把眼來看。他説老娘像、像、像……（末白）説你像甚麼？（淨白）像那河沿上嗅養漢。（末白）娘子，我前日説的那瓶酌醪。（淨）甚麼是酌醪？（末）娘子，我和你夫妻一吊次説話，酌醪是一瓶酒。（淨）我把你兩鎗兒扎不死的，兩條船夾不匾的，我和你七八百年的夫妻，蟶子語、老鴉語，黑歸淺番，高班嚮盞兒一條鞭，你哄我，酒便酒，甚麼酌醪，酌醪，酌醪的。你娘家祖宗一个也没了。（末白）可那裏去了？（淨白）我都攙了。（末白）和那个攙了？（淨白）和提偶的攙了。（末云）何發落？（淨白）我前日買了斤半面，使了一斤，還有半斤。我多着胡椒，少着薑醋，趕一碗臘汁素面，與劉伯伯敵寒。你問他吃不吃？（末白）娘子少待。我去問大哥：前日一瓶酉醪，管待客人去了。如今家中有些面，你娣媳婦多着胡椒，少着醬油，趕一筯臘汁素面，與大哥敵寒，多少是好？（生白）兄弟，正中下懷。（淨白）老公，怎麽説？（末白）娘子，劉伯伯説，正中下懷。（淨白）可知道哩，油嘴腔兒。老娘也吃兩碗。（末白）大嫂和面。（淨白）老公掃地。（末白）娘子，掃地做甚麽？（淨白）和面。（末云）娘子，地上有土。（淨白）吃了土長波羅戒兒。（末白）你去張媽媽家去取案板使一使。（淨白）我去不的，我前日去他家去討火，偷了一个肥母鷄，罵的我門兒出不去的。我不去借。（末白）娘子，怎生發落？（淨白）你彎倒腰，脊梁上揉一塊面。我燒火，下面你請劉伯伯。（做吃面科）（生唱）

〔梧葉兒〕知遠多蒙恩顧，敢承愛憐。得余後恁忘先，我若身榮顯，管取來報前。（合）這嚴寒，吃一碗臘汁素面。（末唱）

〔又〕一碗家常淡飯，何須你苦掛牽。但略且止飢寒，待且等春雷動，大家朝帝輦。（合同前）

（淨唱）

〔又〕寧可添着一斗，怎將他一口添。全不會管家煙，每日柴和米，醬醋油共鹽。（合同前）

（生白）相識如同親眷。（末白）朝朝每日斷見。（淨白）劉伯伯不使个破錢，吃了一碗臘汁素面。（並下）

第二齣

（淨扮道士上）但辨志誠心，何勞神不靈。但辨志誠意，何勞神不喜。小道是馬明王廟中提點。不免打掃廟堂乾淨，請出我馬明王老子來。明日是十五日，李大公來賽願，我如今便收拾干淨等待。我如今步步罡利，乃太上老

君勅靈。（下）（生唱）

〔夜行船〕奈何奈何，恨蒼天把人誤却。自恨我時乖命薄，天呵！有誰人睬我！

（白）富不親兮貧不疏，此乃是人間大丈夫。富若親兮貧則退，此乃是人間真小輩。我劉知遠只因好賢學武，博藝貪杯，壞盡潑天家計，止被晚父趕出，不容知遠還家。日間在賭博場中，夜間宿在馬明王廟中。如今紛紛揚揚，下着這等大雪。我劉知遠出不的廟門，怎生是好？東廊下又是風緊，西廊下又是雪緊，不免往正殿上潛藏，弄假像真。開開門來，至賢正在上面。至上，我劉知遠在此廟中打攪多日了，不免參拜聖賢，禱告幾回。好大雪也。（生唱）

〔一江風〕凍雲垂，凜凜朔風起，刮的我好難存立。我自思知，枉有一旦英雄，到此成何濟！我身寒肚又飢，身寒肚又飢，愁煩訴與誰？空滴盡了英雄淚。

（白）常言道村別去處無處買香。（唱）

〔又〕告神祇，可憐見我無依倚，三兩日無糧米，淚偷垂。（白）常言道村別去處無處買香。（唱）又待撮土焚香，拜告我天和地。（白）就將賭博事情告訴一遍。（唱）鋪牌買快時，抹牌買快時，十番九便輸。望神聖與我陰空保庇。

（白）焚香已畢，遠遠的望見一叢人來，挑着香花紙煙，敢是廟中賽願的。我不免躲在神道背後，祈牌得勝之時，我搶時祭物充飢。常言道：一日不失羞，十日不忍餓。不免且躲着。（外上唱）

〔三台令〕祥光影裏，見寶殿、盡是金粧銀砌。（貼唱）寶閣珠樓，琉璃鴛瓦侵雲砌。（旦唱）金釘朱門，兩廊下、塑獰神惡鬼。

（外白）爲聖爲尊爲第一，靈感善惡無雙年。降福到人間，户户蒙恩皆敬仰。（貼白）前面山如太岳，後面水遶山圍。正面金額「敕賜馬明王之廟」。（旦白）判官善惡掌人間，福禄死生通奏過。（外白）正是：萬年香火永留傳，户户蒙恩皆敬信。（貼白）巴巴到於廟前，怎生不見提點一面？（外白）待老夫叫一聲：提點！（淨應）那个叫？（外白）李大公在此。（淨白）我貧道來了。官清民吏瘦，神靈廟王肥。李大公！哎，一家都在這裏。大公稽首。（外白）提點拜揖。（淨白）大婆稽首。（貼白）提點萬福。（淨）三娘子稽首。（旦）提點萬福。（外）起動提點禱祝一回。（淨白）一上香，二上香，三上香。李大公來的荒荒獐獐，不曾買的好香。自屋裏神道説過便了。李大公來的荒荒促促，不曾買的紙燭。自屋裏神道説過算了。大公好大猪頭，好大魚，好大鷄也，大公將就，將就，請上香。（外唱）

〔降黄龍〕燃道德香，朝（超）三界，爐煙細。危閣危樓危臺殿，通情旨。（合）弟子住在沙陀村裏，同家眷男女到來瞻禮。（貼唱）

〔又〕舉眼遥指（瑶池），早知（已）知殘會（慚愧）。見臘雪呈祥，先報道、豐年歲。並無荒旱，麥生雙穮（穗）。（合同前）（旦唱）

〔又〕三娘本嬌媚，父母多年紀。生長在村坊，勤紡績，工針指。（合同前）（淨唱）

〔又〕三牲不見來，桌兒上空空的。酒菓又全無，又無香和紙。馬鳴王神道，神道好生不歡喜。濃眉毛、大眼睛、高鼻子、落腮鬍、攞揚嘴，判官瞎小鬼，你每休要胡牙亂齒。（合同前）

（外白）婆婆，女孩兒先回家去，我老夫這裏起一盃。

（貼白）詩曰：福禮三牲辨志誠，祭賽鳴王真至靈。

萬事勸人休碌碌，舉頭三尺有神靈。（並下）

第三齣

（外白）起動提點祈一兆。（做討卦科）（生做）（偷鷄科）提點怎生神道兒？（淨白）我這神道有靈感，大公連討了三个聖卦。（外白）老夫告回神靈，親臨下降，願得消除災障。（淨白）你若與我錢多，三个都與你上上。（外下）（淨白）道童！收三牲去也。哎呀！怎生不見鷄了！這是李大公偷去了，叫他回來。大公！大公！（外白）提點我走偌近遠，叫我老夫回來，有甚麼話說？（淨白）如何將我福鷄偷去了？（外白）我老夫破財爲福，如何偷將你福鷄去？我和你兩廊下尋。（做尋科）（見生，打科）（外勸住）是我姪兒。（淨白）是你姪兒？連骨頭兒不剩哩！得放手時須放手，得饒人處且饒人。（下）

（外叫生）你是那裏人氏？因何做這等營生？（生白）小人就是本村人氏，姓劉，名知遠，被繼父趕出，不容知遠回家。以此，是這等大雪，往此廟中避寒。見大公挑着香火紙燭，到此廟中賽願，以此搶些福禮充飢，實不瞞大公說，我三日無一顆米下肚了。（外唱）

〔好姐姐〕看伊堂堂貌美，因甚麽不謀些生禮（理）？你家住在那裏？未知你名姓誰？休憂慮，你會務農耕田地，帶你歸家作道理。（生唱）

〔又〕我祖居沙陀小里，姓（名）知遠劉家嫡業。我雙親幼失，異日無靠倚。蒙周濟，若得大公收留去，結草啣環拜謝你。

（外白）後生既是這等，我家中有三二百人做年作，不爭你一个吃飯。你肯早晚勤謹務農，跟我家去。（生白）若得大公周濟，感恩非淺。（外白）又一件事與你説，我家中有一个大兒子李弘一，有些酒性噪惡，早晚依隨他些便了。（生白）大公所煩，事都依大官人主張。（外白）這等，好好，跟我家去。不圖富貴受甘貧，自古隄防人不仁。（生白）今日得公提奪起，免交人在污泥中。（並下）

第四齣

（貼上唱）

〔梁州令〕孩兒美貌本天顔，似洛浦神仙。（旦唱）願天得遇好姻緣。逢媒事，擇良夕，做姻眷。

（貼白）孩兒，自從你爹爹在馬鳴王廟中賽願回來，被廟官叫回去了。這早晚不見回還，我和你娘兒兩个莊前莊後接取一遭。孩兒，你看莊前莊後牧牛羊，村北村南稻滿場。（旦云）母親家有囤糧，鷄犬飽；無徭役，子孫安。（貼唱）

〔尾犯序〕村落少人煙，横塘水暖，芋露如拳。喜有野梅開遍，時有香傳。採山花斜插鬢邊。茅檐下，見盹睡父老，歡笑趁青年。（外唱）

〔過帖〕才貌雙全，見他身狼狽，有飢寒。婆婆，我領歸來，你好行方便。（貼唱）听奴言：我與他人不面善，面可疑，不知何州並那縣？只恐恩多翻成怨。（生唱）你怎出語好難見？見我身狼狽，又飢寒。婆婆休疑我，分明咫尺家不遠。（旦唱）你莫埋怨，莫埋怨，口食身衣前世緣，且留在家中聽使喚。（貼唱）呸！你休强言，休强言，守閨女不當你占先！（旦唱）罷！罷！奴自去工針線。（下）（外唱）你休得把人相輕賤，此漢身康健。春種秋收休辭憚，自然不用愁衣飯。（生唱）（合）記得買臣未遇挑薪賣，後來發跡何難！（貼唱）公公既然行方便，何須苦勞心執見。漢子，只怕你命乖福分淺，在我家裏不長遠。（合同前）（生唱）上告公公見憐，再告婆婆見憐。這恩德銘心在肺腑，若得大公收留在宅上，大凡事必須向前。（外唱）

〔尾聲〕恩德大敢非容淺，取出青蚨數貫錢，把與他人做傭錢。

詩曰：（外）不須評論不須訝，（貼）且自寬心度歲華。

（生）不戀故鄉生處好，（合）受恩深處便爲家。（並下）

第五齣

（生唱）

〔夜行船〕受苦度年時，無煩惱，無是無非。三盃社酒權消遣，牧羊放馬轉過疏籬。

（白）一飲一酌，莫非前定。前日多蒙李大公在馬鳴王廟中收録我劉知遠來家，着我務農耕田，俱以不會止。只會牧放些牛馬。他家一匹青鬃白馬，數年無人騎，亦近他不得。被我劉知遠一降一伏，降的綿羊相似。大公十分欣喜，早晨間與了幾盃酒吃，不覺的醉將上來了。我思想起來，牛肚已飽了，馬草也都有了，不免去兀的那裏蒿蓬上盹睡一覺，待我醒來再做道理。（外上白）踏破鐵鞋無覓處，算來全不用功夫。頭日老夫馬鳴王廟中救得劉知遠回家，叫他務農耕田，俱以不會止。只會牧放牛馬。我家一匹劣馬，被他一降一伏。早晨與他幾盃酒吃，這早不見回還，我去莊前莊後。米麥都收了。雷響？敢要下雨也！（撞王兒）大公差了，臘月家間，怎生發雷？（外）哎，你説的是也。冬行春令，來年必有災病。（外唱）

〔下山虎〕臘天不雨，喜在莊農。靄日暄晴晝也，轉過疏籬霧籠充。急目看西東，四下裏影無蹤，斷人我只聽的雷聲動也，願天公另行冬。（白）老夫觀看，觀看，呀！呀！蒿蓬上火起了，想必是小的每向火不仔細，惹起這火來了。老夫不免上前救一救。呸！呸！不是火，原來是一个人。（唱）

〔又〕見一人高卧，倒在蒿蓬。鼻息如雷吼，振氣似虹。我把老眼摸索，認他貌容。呀！原是霸業圖王一旦雄。更有蛇串七竅中，須後寵，振動山河魚化龍。

（白）呀，呀！原來是劉知遠，老夫不免叫醒他。劉知遠，劉知遠！呀！見一條五花蛇兒在他七竅中出來入去。常言道：蛇串五竅，五霸諸侯；蛇串七竅，大貴人也。老夫家中有小女，小字三娘，未曾許聘他人。趁此漢未發跡之時，老夫招他爲婿。久後發別之時，老夫接他不迎。中間只沒有主親的。老夫眉頭一縱計上心來。前村有我兄弟李三公，不免央他爲媒。老夫走一遭。（外唱）

〔蠻牌令〕急急去報三公，去報三公。（旦上白）見怪是怪，其怪則害。（外唱）呀，呀，呀，女孩此因甚出閨門？（旦唱）怪哉後，怪哉後，真箇怪哉！（外白）見甚麼？（旦唱）見五色蛇兒墜。（外白）甚麼顔色？（旦唱）素青紅。（外白）那裏去了？（旦唱）一步步趕來後，趕來後影也無蹤。

（外白）孩兒閨門之内，因何到此後花園中？（旦白）奴家在繡閣之中，繡作女工生活。則見那天窗上掉下五花蛇兒來，在奴奴面前左趄右轉。被奴家緊走緊趕，慢趕慢行，不趕不走。趕到此間不見了。（外白）孩兒，你要見這蛇兒不見？（旦）奴家要見。（外白）真个要見？見了休害怕。孩兒，這不是？（旦唱）

見了後，見了後，此心驚，料莫是妖精把他纏？（外唱）孩兒休得氣沖沖，大貴人蛇串七竅中。一朝運通，九霄氣沖。異日軒昂，他把妻子來封。

（外白）孩兒，蛇串五竅，五霸諸侯；蛇串七竅，大貴人也。趁他未發跡之時，招他爲婿。這事天知地知，你知我知，切莫交外人知。（旦白）爹爹，若交外人知？（外白）孩兒，走漏這消息：畫虎未成君莫笑，安排牙爪始驚人。（並下）

第六齣

（淨上云）一年之計在於春，一日之計在於寅，一時之計在於勤。我是李員外長子兒男。家裏赤的金，白的銀，斑斑點點，玳瑁、犀牛頭上角、大象口中牙。零零香、藁薦、沉香、獲梯、瑪瑙，砌地腳盆吃飯，馬子端湯。我們家老子有張没志，賽願，賽願招了一个劉知遠來家，老鐵也精光棍。叫他務農耕田俱也不會，每日家領着年作的人，在那稻場上謠唱打拳爲活。明日一拳兩腳打殺一个，他便走了，拿住我們頂缸。我不免莊前莊後尋他一遭，我尋着他就踢，就打。就是我們娘老子來勸，連他一頓。衆哥們，打爺罵娘，教導父母。湛湛青天不可欺，憂心難比水長流。烏江不是無船渡，一夜夫妻百夜恩。（生做打呼科）噲，噲，撞王兒，哪裏雷響？擡了井收了瓦只怕雨大奪濕子。喺，那裏這們雷響？敢是天雷？敢是地雷？都不是也。哎，這是中雷兒也。我適纔方罵了我娘老子兩句，這雷敢打我麼？打着了不曾？喺！打着了？還有人哩。且住的。上高坡，上那裏？那裏失火了，我去救一救。呸！呸！不是火，却原來正是這等光棍。就打。（做打科）

（外上白）自不整衣毛，何須夜夜等。你如何在此鬧鬧吵吵？你打他怎的？（淨云）趕出去！我莊農人家鋤田耙隴，秋收冬藏。我要他做甚？終日打拳爲活。（外白）賊畜生，你靠後，聽我說：他不是以下人家，他父親與我一

面之交。（外唱）

〔駐馬折櫻桃〕本是豪家，前住沙陀小里村，他暫時落魄暫時貧。我領歸來他自依本分，你緣何怒生嗔？交他進也無門，退也無門，全不由大人，苦樂不均。（淨唱）

〔又〕上告年尊，他又不是我相識，又不是我親。況閑（兼）官司文榜，不許停留面生喬人。他當初來例（歷）不分明，兩鄰腳色難藏隱。他出入又無憑，胡做胡爲，一个真歹人。累及我莊門。（生唱）

〔又〕一旦英雄，命蹇時乖不知（值）半分。只得忍耐，進也無門，退也無門，和公婆受祿難藏隱。一朝枯木再逢春，只得悄悄温和，結草啣環，須當來報恩，萬載不生塵。（淨下）

（生白）太公，我劉知遠仍舊還去馬鳴王廟中去宿歇去也。（外白）後生，你休胡説，我家中已無別人，只有女孩兒，小字三娘，招你爲婿。我一了説的李弘一這廝有些酒生燥惡，不要和他一般見識。（外唱）

〔又〕你休嘆息，休怨疑。你將他小孩兒一般見識。浪語花言都勾息，凜凜雄威，管交你前程顯藉（跡）。（生唱）

〔又〕蒙感急（激），成（承）愛惜，你是我重生父母，將何報得！自恨我時乖相輕，待暮打朝嗔，暮打朝嗔交我如何過的。（下）

第七齣

（末上白）詩曰：列綺堆羅開大筵，滿堂都是地神仙。畫堂深處風光好，别是人間一洞天。

小人不是别人，是李大公家使唤的院子，李成的便是。大公今日納劉知遠爲婿，不免打掃庭堂乾淨，安排酒禮。盃、盤、香、紙、燭、寶瓶、鞍子，俱已停當。請出大公大婆早來。（外貼上）（外）久旱逢甘雨，他鄉遇故知。（貼）洞房花燭夜，一對好夫妻。（外白）婆婆，男子生兒，願爲之有室；女子生兒，願爲之有嫁。婆婆，我見劉知遠久後必有榮顯。今日將三姐女孩兒招他爲婿，婆婆意下如何？（貼白）既然公公如此，老身言（焉）敢阻擋？（外白）既然這等，婆婆，好，好。不免叫過李成來。李成！（末白）有禄之人，人伏侍；没福之人，伏侍人。員外呼唤，不免上前拜揖。（外白）李成，你來了。（末云）小人在此。（外）你替我請一个山人先生來，今日招納劉知遠爲婿，請他與我進親。（末白）小人理會得。拜辭恩相去，專聽好音來。轉彎抹腳，這裏便是。（叫科）張先生在家麼？（淨應）那个叫？（末云）小人在此，小人是李大公家，相請。（淨云）有甚事？（末云）今日招劉知遠爲（婿），請你之親。請行。大公報，先生在此，來也。

（外白）請進來。（淨云）大公拜揖。（外）先生拜揖，起動先生選个良時吉日。（淨白）今日天黄道，地黄道，日月雙黄道，就好。請新人出來。（生旦上唱）

〔七娘子引〕〔一〕一朵花枝今有主，姻緣感謝蒼天。（生唱）蒙君不棄我貧寒，洞房花燭夜，百歲永團圓。

（淨云）一步一花開，二步二花開，三步花心落。奉請新人下轎來。金斗金梁柱，金毛獅子兩邊排。新人入得李家宅，懷裏抱着銀寶瓶。一上香，二上香，三上香，上香已畢，望神天設拜：拜！行；拜！行；拜！行；拜！行。四拜平身，回身參拜堂上雙親：拜！行。（外貼）（做倒科）（外白）先生，劉知遠前程有分，不要交他拜我。哎！我頭疼也！（淨云）大公請二位新人喫交杯酒。（外白）請先生撒撒帳。（淨念云）一撒東，三姐招个窮老公。堂前行禮數，拜狗散（栅）鳥籠。撒帳南，兩口兒做事莫喃喃，白日莫要鬥閑口。到晚炕上不要頑。撒帳西，雙雙一對好夫妻。三姐績麻線，女婿吊（釣）甜（田）雞。撒帳北，夫妻永和睦，夜晚做的事，早晨起來不要説。撒帳前（南），雙雙一對並頭蓮。生下五男並二女，七子保團圓。三个會吃酒，四个會博錢。兩个腳頭睡，五个那頭眠？九（七）个齊撒尿，炕上好撐船。撒帳已畢，閑人請出。（外唱）

〔天下樂〕〔二〕我女孩兒招他爲婿，看雙雙效于飛比翼。五百年前結會，相看比（彼）此不暫離，一步不斷離。圖伊改門閭〔三〕，滿家都榮貴。（合）豈容易，雙雙進（盡）老，百年和□（你）□（效）魚（于）飛。（生唱）

〔又〕知遠咨啓，荷公婆受（收）禄（録），幸一身免沉污泥。五百年前結會，山雞怎伴鸞鳳飛。深謝不嫌棄。（合）豈容易，雙雙進（盡）老，百年和你效魚（于）飛。

詩曰：

（外）一對夫妻正及時，（貼）郎才女貌兩相宜。

（生）在天願爲比翼鳥，（旦）入地同共連理枝。（並下）

〔一〕〔二〕原無牌名，據汲古閣本補。　〔三〕「改門閭」三字原漫漶，據汲古閣本補。

第八齣

(淨上白)湛湛青天不可欺，八个螃蟹貼天飛。又有一个飛不起，那个原來是尖臍。(做笑科)好笑，好笑，娘老子做事顛倒。把个如花似玉的妹子招了个劉光棍。叫他拜堂，一拜把我娘老子拜的別孤了。我如今叫出我老婆來，和他商量好歹。問他要一張休書，把這光棍趕將出去，我兩口子受用家財。把這丫頭尋一个門廝當，户廝對，把他嫁了，却不是好。(做叫科)老婆！老婆！叫不出來。他是不出來，從小兒兒女夫妻把來慣了。他了只叫他大東大西地。便應叫他甚麼？叫他親親的老婆娘。不是我怕老婆，順父母言情呼爲大孝。(笑科)親親的老婆娘。(淨云)那个叫，那个叫？(淨白)我，兒子叫老婆娘。(淨[丑]云)天呀，天呀！有事没事只在老娘耳根臺子上聒聒噪噪。這爛刀剁的在那裏？呸！呸！(淨云)好娘，你嘿嘿的我兒子不長捘了，我兒子三日不見你了。你請坐，我兒子磕个頭，一，二，三。(淨[丑]云)起來，是五城兵馬發放總甲也只們快了。叫老娘出來，有甚麼屁放？(淨云)我叫你出來。那劉光棍把我娘老子拜死了，我如今和你商量，定个計策，趕這光棍出去。(淨[丑]云)你叫他出來，問他要个休書纔是了當。你叫將出來。(做叫科)劉老棍棒，挺牖竿，擀面杖！都是打眼的光棍。(生上云)舅舅、妗妗，唤我不知那裏使令，不免上前拜揖。舅舅，拜揖。(淨云)呸！呸！舅舅，騎着你家老子放轡頭，那个和你一个棒槌裏？我墳我兒，差認了。(淨云)你如今官休，私休？(生云)舅舅，官休若何，私休若何？(淨云)官休告你一狀蠱毒厭昧。(生云)如何是蠱毒厭昧？(淨云)你把我老子娘演殃死了。(生云)舅舅，私休若何？(淨云)私休寫一封休書，把我妹子休了，隨你那去。(生云)舅舅，你那妹子又不曾偷饞抹嘴，你那做妹子的又不曾做賊説謊，如何交我下休書？(淨云)你不曾做賊説謊？馬鳴王廟裏溜鷄兒是我兒來？(生云)舅舅，不要揭短。(淨云)你如今就寫不寫，就踢就打？(生云)舅舅既然交我寫休書，替我打个稿兒。(淨云)你精弄人，我那裏會打稿兒？也罷，我說你寫。（做寫科）（淨云）立休書人劉知遠。（生寫）立休書人劉知遠。（淨）供養妻子不和。（生）供養妻子不和。（淨云）情願休離前走。（生）情願休離前去。（淨云）並無親人逼勒。（生）並無親人逼勒。（淨云）不要哭！（生）不要哭。（淨笑）他連不要哭都寫上了。這句不是，抹了。（生）我又添个抹了。（淨）又多了一个抹字了！（淨打科）重新寫。不好一句句替我寫得明白。（生唱）

〔玉抱肚〕愁年（拈）斑管，交（教）我寫休書，盈盈淚漣。夫妻們止（指）望到老團圓，撇一撇滿懷愁萬千，劃一劃頓交（教）人心驚戰。怎書得休全，書得休全？

（生白）舅舅，休書寫在休間？（淨云）靠後。拿來我看。老婆也，寫了休書在此。（丑云）拿，我看。我把你个爛刀剁，碎刀剮，拚冷鎗攮的休書，休書，要他做甚麼，有腳摸手印纔是休書。這个休書，你家妹子一千年還是他的老婆。（淨云）你怎麼曉得？（丑云）我嫁老公整整四十九个了。死了你，我再嫁一个，湊五十个。管家，官旗，家鬼都有了。（淨云）我去叫他打腳摸手印。劉知遠，你怎麼不有上腳摸手印？（生云）舅舅，我頭也破了，爭這一个諾？（生唱）

〔又·前句·〕我愁多怨多，争奈打離書手摸！

（淨云）你打上手摸了。我打上一个腳摸了。（丑云）老娘打上一个股印。（淨云）老婆，甚麼股印？（丑云）是个屁股印子。（淨云）我的娘，打上一个囫圇的不是？怎麼打上半个？（丑云）頓破了，趕出去，促風暴雨，不入寡婦之門。（生云）舅舅，做人不要做盡。（丑、淨趕打）（生下）（淨叫）老婆，我和你看休書，只怕那裏少一劃，添些兒。少一點兒，也添些兒。（旦上，搶了休書去了）（旦唱）

〔玉抱肚〕你叔叔搭救，訴不盡閑言。負屈没由寫下休書，去將他却打熬煎。天！天！

天！共乳同胞不肯憐，鐵石人五臟心不善，止不住盈盈淚漣。

（旦白）叔叔搭救，叔叔搭救。（外上白）孩兒因何在此鬧鬧吵吵？（旦白）叔叔，自從我爹爹死後，被我哥哥嫂嫂朝嗔暮打，逼勒丈夫寫下休書。（外白）孩兒，那个這等寫？休書在那裏？（旦白）叔叔，休書搶得在此。（外）拿我看看。咳，咳，天殺天剮的，怎麽做這等營生？這弟子孩兒在那裏？我刮（攞）劃他一場去。原來在這裏。這个没家法的，打鼓迎藁蘆。從來不曾見老婆正面坐，漢子旁邊站。噲！這厮這等無禮。人家的姪兒見叔叔來，去接，去接。我叫着他，理也不理。（淨）我的兒便理你。（外白）你那老子和你那娘見那劉知遠久後必有榮顯，因此上把你妹子招他爲婿。你如何在家鬧鬧吵吵，逼勒他寫下休書。（淨）叔叔，我莊農人家，鋤田耙隴，秋收冬藏。倒了油瓶也不扶，要他怎麽？趕他出去！（外）弟子孩兒，趕他那裏去？久後要改換李家門閭哩。（淨）他要做官，挑腳的，抬轎的也做官兒。（外）弟子孩兒，人不可貌相，海水不可斗量。你聽我說。（外唱）

〔石榴花〕我哥哥眼裏識賢人，（淨白）孔夫子三千徒弟子，七十二賢人，不曾出一个賢人。（外唱）情願將女結爲親。他暫時落薄（魄）暫時貧，你在家休得要争競。（外白）弟子孩兒，你和他相争鬧吵，鄰舍家也笑話。（唱）被鄉鄰知道作話文，大家榮顯李家門。（淨唱）

〔又〕叔叔今且聽原因，非是姪兒怒生嗔。那討閑飯養閑人，又不會鋤田車水會耕耘。他夫妻們在家歡愛久，他寫下休書退了親。

（旦白）哥哥，退了親，退了親，我身邊有半年身孕如何是了？虧哥哥下辦的。（淨白）下辦的，上班的又來也。你那懷裏的是太子子太兒，叫一个老娘婆買些斷腸草、兔絲頭吃了，並打下了。（淨唱）

〔又〕叫一个老娘婆落了他身懷孕。（外白）他人後有發跡之時。（淨白）他若得發跡，我發箇大呀。（淨唱）

他還發跡爲官後，黄河只得水澄清。（淨［丑］唱）公公在日不識人，山鷄怎比鳳凰群。倒不如我家馬牛和羊犬，他還發跡爲官後，（淨［丑］白）奴家也發个大咒。（淨［丑］唱）奴做一條蠟燭照乾坤。

（外白）我把你這个潑婦，這誓明日都要還哩。（淨［丑］白）通身照了天地罷了，該死不成也。（外白）孩兒，我和你家去，不要和他搬嘴。（外白）宿世做夫妻，何須苦執迷。情知不是伴［一］，事急且相隨。（並下）（淨［丑］白）事急且相隨，你可是个説嘴的老烏龜。（淨白）老婆，怎麽好？乾做了一場辦孤，休書着那丫頭搶了去了。又着叔叔駡了一頓，如今怎麽計較？（淨［丑］）如今拿三錢銀子，去上角頭拗周衕衕丘生藥家，買些巴豆，人言鬧子。碾成一服茶裏，下着飯裏，着把這光棍藥死了，置具不的詞，告不的狀。（淨白）老婆不好。你弄我着那做，城長官拿住，拿到背静去處，與一个仙人指路。燕兒飛就認了。拿到西角頭，坐西朝東，綁將起來，脖子裏挣一面招旗，「犯人李弘一，毒藥殺人」，劊子提刀，一下要了頭，又要充軍。（淨［丑］白）要了頭，怎麽又要充軍。（淨）説成化年折例不好。我有一計，如今離家五里，上高之地卧龍坡，有一瓜園，四十畝寬遠。裏頭出一瓜精，每年爹娘在時，按四季祭賽，不傷人命。自從我爹媽死後，無人祭賽，吃的買瓜，賣瓜人路絶人稀。如今叫他出來，哄他把家財和他三份分了，份外與他瓜園。你與他冷酒吃，我與他熱酒吃，灌的他醉了，交他不要與三姐説，交他逕去瓜園内去。若是去到那裏，一更盡事，二更悄然。正遇三更時候，撞着那瓜精，兩手撕作兩半，生生吃了。具不的詞，告不的狀。老婆，老婆，好麽。（淨［丑］）老公，好計，好計！將來做事既就月中擒玉兔，謀成日裏捉金雞。好老婆，好漢子。（並下）

［一］此句下原衍「我和你家去」五字，今删。

第九齣

（生上白）舅舅舅母回心轉意，把家財三份分了。一分三叔公，一分舅舅舅母，一分我夫婆兩口兒。分外又與我瓜園一所。舅舅舅母又與我幾盃酒吃，我不覺得醉將上來了。舅舅叫我瓜園裏去看瓜，交我不要與三姐說。我夫妻家，如何不說？便不說也罷。家中有護身龍棒，可要取，共不免叫三姐一聲。三姐，三姐！（旦上白）關門屋裏坐，禍從天上來。奴家在繡閣之中悶（坐），只聽得門前大呼小叫。我道是誰？却是丈夫劉知遠。那裏吃得醺醺大醉，生死只爲這酒。我那哥哥嫂嫂見了，不是那打，便是那駡。罷，本待不扶他家去。一夜夫妻，百夜之恩，不免叫他一聲。（做扶科）劉知遠！（生）娘娘，我吃不的了。（旦）呸！我是三姐！（生白）三姐，扶我起來，我醉了。（旦白）那裏吃酒來？（生白）你哥哥、嫂嫂與我酒吃來。（旦白）我哥哥、嫂嫂見了你如眼中疔肉中刺，如何與你酒吃？（生）你哥哥回心轉意了，把房屋三份分了。一份三叔，一份哥嫂，一份我夫妻。二人又與我酒吃。三姐，你拿我護身龍棒來。（旦白）你醉了。這早晚那裏去？不是要處，你去卧房中歇了罷。（生白）娘子，我不歇，你好歹與我這棒去。（旦白）你那去？（生）你哥嫂交我不要與你說。（旦白）「不要與你説」，必是歹意，好歹與奴家說。（生白）交我向瓜園中看瓜去。（旦大叫）呀！原來我哥哥嫂嫂害你！瓜園中有鬼。（生）呸！婦人家常言道，老婆，老婆，去曾的門破。我當原前不說是鬼，萬事皆休。說起這鬼來，把我的酒盡皆散了。豈不聞昔日漢高祖，姓劉，名季，乃徐州沛縣人也。因往芒碭山過，見一本牌，上書一行大字，道：山中有千尺大蟒，行客可以避之。劉季醉而言曰：壯士行程，何以避之？不免逕奔當先，果見千尺大蟒，逕奔劉季。劉季側身躲過，一劍揮之兩截，後來做到帝位。他是劉季，我是劉皋（暠）。倘若我前程有分，降了瓜精。三姐，不强似死在你哥哥嫂嫂手，不放了手，我去。（旦白）我便死也不放你去。（生唱）

〔一江風〕你婦人家，你説這般驚人話。神鬼事吾不怕。我爲人稟着天地神靈，生長我在三光下。平生不相信，相信心平好去也。縱有鬼吾不怕。（旦唱）

〔又〕後生家，説這般過頭話。神鬼事誰不怕，怕你五行差。（旦白）丈夫，將幾个古人比並你。（生白）娘子，你婦人家，三柳（綹）梳頭，兩接穿衣，女流之輩，曉得甚麼？今人古人，試説我聽。（旦唱）

〔一江風〕你不記得樵（梅）嶺有（陳）辛，（生白）我道你説誰？原來是陳巡檢梅嶺失妻。他運遭愚魯，我劉知遠是有德之人，焉能比我？（旦白）還有一个古人。（旦唱）有一个李保逢金天（神），此事真無假。我哥哥使計策，使計策奴家苦恨他，怕身死在瓜園下，死在瓜園下。

（生白）娘子放手，我去。（旦白）便死也不放你去。（生白）真个不放？（做推倒科）（生白）何妖怪，何妖怪？縱有鬼吾不怕。（下）（旦唱）

〔一江風〕别時容易見時難，夫妻生拆散。惟有我孤單，一夜枕邊都是淚，來朝清早看分明。（下）

第十齣

（生上唱）

〔川撥棹〕可惜英雄都棄了，無煩惱要尋煩惱。今朝來到花園，明朝便見分曉。

（生白）不覺的來到瓜園田地，紅輪西墜，玉兔東昇。我三姐説瓜園中有鬼。常言道寧信其有，莫信其無。遠遠望

見瓜藤樹下是我岳丈岳母墳所，不免上前拜幾拜，將冷熱酒情由訴説一遍。（生唱）

〔鎖南枝〕靈魂聽拜啓：今宵中着他巧計。舅舅令我看瓜，要害咱身體，望祖宗魂保此，有兇時，化爲吉。（瓜精叫）（生唱）

〔鎖南枝〕何妖怪，甚般樣鬼，敢和我賭鬥一个英雄勢。我將這兩眼模胡，認他來蹤跡。黑黑的一个鬼，你不下來，待何時？

（生白）待我跨牆而坐，看這業畜從何而來。（瓜精上，白）你是村中蠻漢，來我瓜園中有何事幹？頭上頭巾腌臢，鬢邊兩邊鬆亂。我兩手撕做你兩半，我生吃你一半，熟吃你一半。（生白）業畜！見你口，不曾見你手。三合敵得我，萬事皆休；三合敵不得我，怎肯干罷！（生鬥瓜精敗）趕入地裂中去了，我將這護身龍棒窖開地裂，石板有一匣，打開石匣看，内有頭盔、衣甲。又存三卷天書。我如今把盔甲强埋在裏頭。又有一把大刀，上有兩行字，將我讀一遍看，道：「此寶刀賜與劉皋（暠），五百年後大崑英豪。」若是我劉知遠前程有分，把刀一發埋在裏面，地草都長完了，就將綾錦樹爲把（記），埋罷已了，不免拜謝上蒼。（生唱）

〔鎖南枝〕當得謝了皇天后土，瓜園中有刀甲頭盔，且埋藏在這裏，待前程有分，却來取你。

（白）埋罷已了，天色漸□，遠遠望見个婦人，身穿着素縞衣服，手中提着个飯罐兒，口口聲聲哭着怨詞。好像我那三姐來了，不免躲在一壁廂，將我頭巾衣衫脱在此處，將綾錦樹班（攀）拆幾枝，就將瓜墮破幾个，看他説些甚麽。

正是：要知心腹事，但看他口中語。（旦上唱）

〔步步嬌〕苦惱了乾生受，只得到此且懷羞。奴與我的哥哥有甚冤仇？只得慌忙便走，裙兒忙把飯來兜。淚濕了奴衣衫袖，淚濕了奴衣衫袖。

（旦白）這裏來到瓜園門首，瓜園門半掩半開。我待進去，只怕瓜精食取性命，待不進去，我那丈夫在裏面忍餓。不知性命有無，不免叫他幾聲：丈夫！丈夫！天哦，連叫數聲不應，想必丈夫被瓜精吃了。這不是我丈夫衣衫頭巾？樹也攀折了，堂土蕩的有三四寸深。丈夫，交你休來，你苦苦要來。罷，罷，我將這碗□將水飯祭賽了你，我回家闌中尋个自盡，趕到鬼門關上還做夫妻。一嫁劉郎得半春，爲人莫作婦人身。夫妻本是同林鳥，兄嫂如同陌路人。身孕未知男共女，枕邊難捨意和恩。眼中滴盡千行淚，只得撮土焚香事有因。（旦唱）

〔步步嬌〕怕兄嫂、怕兄嫂成僝僽，只得到此少香酒。你夜來做事不依奴口，你先在瓜園裏埋屍首，夫妻們恩愛逐與水東流，淚濕了衣衫袖，淚濕了衣衫袖。

〔步步嬌〕指望，指望頭白相守，誰想和你不長久。百歲夫妻今日一旦休，半年身孕伊知否？正是誰人知道，誰人知道我心頭。淚濕了我奴衣衫袖，淚濕了我奴衣衫袖。

（旦白）有財無壽少年亡，鸞鳳分飛實可傷。如今不敢高聲哭，只恐人聞也斷腸。（虛下）（生上白）三姐那去？（旦白）有鬼哦！（生白）娘子，行步有影，衣衫有縫，焉能是鬼？（旦白）你既不是鬼，一聲高似一聲；你是鬼，一聲低似一聲。（生白）（大叫）三姐！三姐！（旦白）休説不是鬼，就是，我的丈夫，不免上前見他一見。（抱頭相哭）（旦白）丈夫，你生（在）那裏來？（生白）我在高牆裏面盹睡。（旦白）丈夫，我叫你休來，你苦苦要來。（生白）娘子，早信你的言語倒好。來，一更無事，二更悄然，三更時分果見一金眼瓜精，口似血盆，牙似剛劍，兩眼放萬道火光，鬥我三十餘合，敵我不過，蚌入地裂中去了。（旦白）丈夫，早是你手段高强，若不你手段高强，却不死在瓜精之手。（生白）我遠遠的望見你手中提着些甚麼東西？（生〔旦〕白）丈夫，我瞞着哥哥嫂嫂，偷的半罐兒飯與你充饑。（生白）娘子，正中下懷。（旦白）丈夫，請吃飯。（生白）娘子，飯便有了，却怎生没一根菜。三姐，我好恨！（旦白）莫不恨我奴家看的你遲了？（生白）我男子漢自恨無能，豈肯恨你婦人？（旦白）不恨我，恨誰？

（生唱）

〔步步嬌〕自恨我不喞溜，這碗淡飯交我怎入口？（旦唱）你且胡亂充飢，你莫要愁。（旦白）丈夫，你身上衣衫因何破碎了？（生唱）身上衣破，因爲與瓜精鬥。　悶似長江水，㶑㶑不斷流，淚濕了我奴衣衫袖，淚濕我奴衣衫袖。

（旦白）丈夫，你自從到這裏，可曾參拜我爹爹母親不曾？（生白）我劉知遠一到就與參拜了。（旦白）我如今再和你同去拜謝爹爹母親。（旦唱）

〔步步嬌〕謝我爹娘，保佑今朝和你再厮守。　必定你前程顯達，不遇瓜精鬥。　悶似長江水，淹淹不斷流。　淚濕我奴衣衫袖，淚濕我奴衣衫袖。

（淨上）老婆，我們拾骨頭兒去來。（旦）劉知遠，我哥哥又來了，我夫妻二人躲避，躲避。（生白）娘子靠後，我與這廝一頓好打。（旦白）丈夫，看我奴家面上，不要和他一般兒見識。你我夫妻回避他罷。（生旦下）

第十一齣

（淨白）老婆，拿褡褳來，拾骨頭去也。（丑白）爛刀剁的，你去我不去。我有雞眼，孤拐病發了，我去不的。（淨白）爛刀剁的，你不去，我去。老婆，我眼跳。（丑白）你眼跳貼一个草棒兒。（淨白）閻王注定三更死，誰敢留人到六更，牧兒哄差說了：湛湛青天不可欺，井裏蝦蟆没毛衣。八十娘娘站着溺，手裏只是没拿的。我來到瓜園門首逕進去。歪歪，歪歪，這不是光棍的衣衫頭巾，你看堂土躧到四五寸深。這瓜精吃的這們乾淨，不免拾些驢馬骨頭兒回家，哄我妹子才肯改嫁。（做拾骨頭科）（生上來打科）（丑）勸你打，打了我看你怎麼吃我飯。（淨下）（外上白）冷眼看人煩惱少，熱心閑管是非多。（旦白）劉知遠，我叔叔來了，怎生是好？（生白）娘子，你靠後，等我將冷熱酒情由告訴叔丈一遍。（外白）劉知遠，你打狗看主人面。（生白）叔丈，他不合哄我瓜園中看瓜，害我性命。（外白）天殺天剮的，所般的害你，害你不得，却將這般害你，瓜園中見些甚麽來？（生白）一更無事，二更悄然，三更時分，來見一金眼瓜精。敵鬥三十餘合，敵我不過，蚌入地裂之中去了。（外白）劉知遠，早是你手段高强，不是你手段高强，却不死在瓜精手下。劉知遠，你打便打了，才方那弟子孩兒説你打了他，怎麽去吃他的飯？（生白）萬望叔丈，怎生是好？（外白）老夫回聞的賓（并）州太原府岳節度使，招集義軍三千，因爲反了山東，兖州府蘇林袁角兩員賊將無人收捕。你這等武藝高强，那不好報死身投，若得一官半職，回來改换門閭，與你三姐争一口氣，却不好？（生白）叔丈，我心也要如此。争奈路遠，缺少二文盤費。（外白）劉知遠，你若肯去，老夫有十兩棺材本，與你拿去。（生白）既是這等，叔丈，謝承週賫。（外白）你如今與三姐孩兒拜辭了。（生白）我就行。叔丈，我去則去，家中三姐無人照顧。（外白）這事都在老夫身上。（生唱）

〔桂枝香〕叔丈聽告，容吾分剖。只因我缺少些盤纏，交我怎生是好。多因是我命薄，命薄吃他悟了。自今朝、拜别恩人去，冤家恨怎消！（旦唱）

〔又〕死我爹娘之後，只有我嫡親哥嫂。他緣何反面無恩，拆散了夫妻兩口，多因是我命薄，命薄交奴怎生是好。自今朝，若逼奴分離去，交奴家受苦惱。（外唱）

〔又〕不須煩惱，你若是缺盤纏，交我怎生是好。你不必掛懷，掛懷了，只有青天高照，這事必然還報。自今朝，拜辭投軍去，堅心莫憚勞。

(外白)我老夫回去，你兩口兒在此作別！我隨即叫竇老送盤纏與你。這事也不干我事，也不干孩兒事，這事我哥做事欠商量，災禍起消(蕭)湘(牆)。鳳凰落在梧桐樹，自有傍人話短長。(下)

(生白)娘子，我去也。(旦白)丈夫，那去？(生白)我賓(并)州太原府投軍去也。(旦白)你去我也去。(生白)娘子，千山萬水，你去不的。(旦白)既然我去不的，你有甚麽話祝(囑)咐我奴家幾句。(生白)娘子，我去則去，我有三不回。(旦白)丈夫，那三不回？(生白)不得官不回，不富貴不回，我死了不回。(旦白)丈夫未曾出門，説這等不吉利話。(生白)娘子，我還有三件事祝(囑)咐你。(旦白)丈夫，又有那三件事？(生白)我頭一件事，你身懷六甲，倘若是女，隨娘改嫁；倘若是个小厮兒，好歹收留在此，接取我劉家香火。(旦白)丈夫，你説話好差，是小厮兒，也是劉家根基；是女孩兒，也是你劉家的根基。丈夫，第三件事如何説？(生白)第三件，説了不打之緊：把半年的夫妻的恩情都没了。(旦白)好歹要你説。(生白)娘子，倘若你哥哥嫂嫂逼勒你不過，減强似劉知遠的別嫁一子。(旦白)呸！(旦唱)

〔醉扶歸〕你説話太無情。(生白)娘子，不是我無情，是你哥嫂逼勒我無情。(旦唱)指望一勞(牢)未定，寧死如何交我再嫁人。奈我腹中有孕，怎交我兒女隨別姓？你出言忒霎時間相輕。這恩情如鹽落井。(合)分別後，各辦志誠，便做到鐵石人心腸，也須交淚淋。(生唱)

〔又〕上告賢妻聽，休爲我憂成病。你哥哥浪頭緊，只怕你口説無憑。我去後你又孤單，怕耽閣了兩下裏成病。(合)分別後，各辦志誠，便做到鐵石人心腸，也須交淚淋。(旦唱)

〔又〕叫天天不應，天不應地不聞，打罵奴何安穩？正是細思量起，恨只恨奴家忒薄命。悶歸閨房獨守孤燈，怎禁受淒涼光景！(合)分別後，各辦志誠。便做到鐵石人心腸，也須交

你淚淋。（竇老上，唱）

〔過帖〕去程已緊，李三公多憐憫，有些小盤纏送與您。（旦白）劉志遠，三叔公使竇老送盤纏來了。（生白）竇公，誰交你送來？（竇白）李三公叫老夫送十兩白銀，一套襖子與劉姐夫餞行。（生唱）這恩德山高海樣深，生死難忘叔丈人。竇公，你與我回言拜稟。（竇白）叫老夫怎麼説？（生唱）我劉知遠得官後，結草啣環拜謝您！

（竇白）老夫回去，謹領回稟。（竇下）（生白）娘子，我去也。（旦白）丈夫，你去，好歹送你幾步。（旦唱）

〔金蓮子〕君去後何日相逢得見您，痛傷情忍。（生白）娘子請行。（生唱）但行程登山渡水莫暫停，天憐念名利暫行。回歸此處再歡慶。（旦唱）

〔又〕共乳同胞一母生，今日緣何反面情，將恩愛反成做畫餅？只愁別時容易瘦伶仃。

（生唱）

〔又〕你如今閑言浪語少要聽，休急悶，且將息，你身懷孕，回歸此處再歡慶。（旦唱）

〔又〕叮嚀祝（囑）咐三兩行，閑花野草少要攀，將恩愛休做等閑。只愁別時容易見時難。

（生唱）

〔尾聲〕生離死別該前定，未知何年月日得見您，就是鐵打心腸也淚傾。

（生白）娘子，麻鞋緊繫步碾去。（旦白）楊柳樓前問知音，流淚眼關（覷）流淚眼，痛（斷）腸人送斷腸人。（生下）

（旦唱）

〔臨江仙〕郎去也，淚交流，馬行十步九回頭。歸家不敢高聲哭，閣淚汪汪不敢流。（下）

第十二齣

（生上唱）

〔集賢賓〕麻鞋緊繫一似飛，只得步蹍登程。野草閑花愁滿地，過前村小橋流水。魚翁釣叟，敲零（榔）板歌聲摇曳。看盡處，遥望遠浦帆歸。（白）李弘一！（唱）

〔又〕不恨你來却恨誰，此恨何日忘之？話别叮嚀情慘悽，難割捨少年賢妻。我須行行淚垂。這兩日越添上憔悴。他那裏，日日寸心千里。（落詩）

五里一雙牌，磨穿幾對鞋。

鴈飛不到處，人被利名來。（下）

第十三齣

（末上白）鼕鼕衙鼓響，公吏兩邊排。閻王生死殿，不若東岳挾魂臺。小人是岳節使總兵官手下刀斧手的便是。打掃廳堂乾淨，等待大人昇堂。（外扮岳節使上，唱）

〔梁州序〕字（掌）管三軍膽氣雄，有千里威風。奉朝（宣）見招軍，免不的尊王命。

（外白）在朝天子三宣，閫外將軍一令。老夫姓岳，名減，官封節度使之職。因爲反了山東，兖州府蘇林、袁角兩員賊將無人收捕。奉朝廷命，有旨意招集義軍三千，不免叫過手下，左右那裏？（末白）廳上一呼，堦下百納。伏大人有何鈞旨？（外白）如今朝廷招集義軍三千，便替我教場門上掛起榜文，扯起令字旗，貼起招軍牌子。不許爲誤。即去便來。（末白）小人理會得。來到教場門口，不免掛起榜文，扯起令字旗，只得等候，看有甚麼人來。（二淨上）投軍，投軍，投軍！（末白）那裏人氏？（淨白）小人是山東濟南府歷城縣人氏。（末白）那位是那裏人氏？（淨白）小人是蘇州府常熟縣人氏。（末白）等待我去通報大人知道。報！（外白）報甚麼？（末白）外邊有投軍的。（外白）着他進來。（末白）你二人進來，老大人叫。（二淨白）大人拜揖。（外白）那鄉人氏？（淨白）一个是山東濟南府歷城縣人氏，姓王。一个是蘇府常熟縣人氏，姓張。（外白）收了，上上名。王新收了，小王兒一名，小張兒一名。（外白）軍馬已够了。左右，收了榜文，落了令字旗。但是來投軍的，不用了。（末）小人理會得。

（做收榜文科）

（生上白）心慌來路遠。長官，小人是投軍的，來遲了些，煩通報，通報。（末白）不用人了。（生白）長官，無奈通報，通報。（末白）唱唱，我纏你不過，你等着我去報。伏報！（外白）報甚麼？（末白）外面有个投軍的等候。（外白）喻！弟子孩兒，軍馬已够，吾不用了。（末白）大人，道是一箇好漢子。（外白）既是好漢，着他進來。（末白）小人知道。投軍的，看你進來。（生白）老爺拜揖。（外白）是好一个漢子，只是來的遲了。也罷，留你在長行隊裏。你姓字名誰？那鄉人氏？（生白）小人是徐州沛縣沙陀村人氏。姓劉，名知遠，吃糧名字劉晃兒。（外白）既是這等，收你在長行隊裏。日間替打些馬草，夜晚提鈴喝號。等你久後有功，再做商量。（生白）小人理會得。（外白）大小三軍，聽吾將令：甲馬不得交頭接耳，不得語笑喧嘩，弓弩上弦，刀要出鞘。

身材相貌實堪誇，喊號提鈴最可嘉。
正是學成文武藝，果然貨與帝王家。（並下）

第十四齣

（二淨上，做派更次科）（白）小張兒打頭更，我小王兒打二更，叫劉見兒打三更，四更、五更都是他打。（淨叫）劉見兒！（生上白）受人之託，必當終人之事。二位長官作揖。（淨）呸！作揖，作揖，明日上陣，也只作揖罷。（生白）長官，人將禮樂爲先，樹將花果爲園。（淨白）不要講禮，如今派更次。（生白）王長官，派了罷。（淨白）是小張兒打頭更，我打二更，劉見兒，你打三更、四更、五更。（生白）長官，小人因何打三个更次？（淨白）誰交你來的遲了。（小張兒做打更科）（生叫）三更牌子哩？小人去處，遥看這等大雪怎生是好？不免且去大人家小姐看花樓下避一避，再去打那更。（生做瞌睡科）（貼旦上唱）

〔月兒高〕獨上層樓，看他甚行止？却是个巡軍差使，不由己，凍死街前無人可憐你。前生想是，想是修不足，今世爲人這等狼狽！我止不住守閨女，把爹爹衣服丢與他遮寒體。做箇包袱，正是天上人間，方便第一。（旦下）

（生做醒科）（生白）又（怪）事，小人身上那得這領白袍，老爹（爺）家樓門又不曾開，地下又無人蹤跡，想必是天宫上賜下來的。本待不將去，身上寒冷；又待拿去，只怕人説賊盗偷來。罷，罷，應時當得下，勝似每（岳）陽巾（金）。（下）

第十五齣

（外上唱）

〔引子〕甚人偷盗袍去了，今夜便見分曉。

(外白)莫信直中直，隄防人不仁。老夫明日鹽城遊賞，覓地尋取白花戰袍不見了。便有賊盜，怎生迫來？想必是這兩个打更小的盜取了。我不免叫他過來，好歹機拷出來。左右！(淨丑上白)廳上一呼，堦下百諾。伏大人，有何鈞旨？(外白)誰人昨日打三更？(淨丑白)打三更却如何？(外白)打三更有賞。(淨白)是我打來。(丑白)是我打來。(外白)老夫三更時候將白日(花)戰袍失落了。(淨白)不是我等三更。(丑白)也不是我打三更。(外白)弟子孩兒，不是你，也不是他，却是誰？(淨白)老爹(爺)，小的見劉見兒身上穿着領白花戰袍，怕不是老爹(爺)的。(外白)在那裏？叫他出來。(淨白)叫劉見兒，老爹(爺)叫你哩。(生白)關門屋裏坐，禍從天上來。老爹(爺)拜揖。(外白)弟子孩兒，我再三不用你，你再三的哀告我。留你在長行隊裏，日間打草，夜間提鈴喝號，未曾當軍一日，驀地將老夫白花戰袍盜了。正是黑頭蟲兒不可救。(生白)小的夜至三更，漫天下着大雪。小的身上寒冷，無處潛藏，在於老爹(爺)看花樓下被(避)雪，只見身上落下一領白花戰袍。小的看時，四下並無人行，老爹(爺)樓門又不着(曾)開。想必天宮賜將下來。(淨丑)呸！人不知(打)不知(招)，木不鑽不透。我待不說，五毒氣生！天上怎麼賜下來的袍？天上有織機的，有染房，有裁縫？老爹(爺)，賊情事不打不招？(外白)挾將下去，先打四十大棍。(淨做打不的科)(外白)這廝有背(弊)，如何不肯下手打他？(淨)我小的打不的。(外白)叫小這(王)已(兒)打。(丑做打不的科)(外白)你這廝都靠等，我打。(做打科)(貼旦上，白)手執無情棒，休要打平人。(外做打不出科)(外白)且下在牢中，等我再做商量。小王兒，打賊情事見些甚麼？(淨白)小的不知怎麼吊起手去了。(外白)我問賊情事，是甚人叫休要打平人？(淨白)小的見來。(外白)是誰？(淨白)是老爹(爺)家小姐叫來。(外白)誰說，便替我叫將出來，我問他。(淨白)小人知道。轉過孔雀屏風，就是畫堂深處。小姐有請，小姐有請。(旦[貼]上白)奴在繡閣之中繡作女工生活，只聽見父親呼喚，不免上前萬福。爹爹萬福！(外白)孩兒，我問賊情事，你因何叫休將屈棒打平人？(貼白)委的是奴家說來。(外白)你是守閨之女，緣何這等說話？從頭細説我聽。（貼旦白）爹爹，實不相瞞，奴在繡閣之中繡作女工生活，只見天窗上掉下一个五花蛇兒來，在奴家面前左趄右轉，被奴趕至吊窗，就不見了。奴家看來，只見窗下一个巡軍，聲音似虎嘯龍吟，鼾睡如雷，凍倒在地。奴家有惜孤念寡之心，有舊衣服尋一件與他遮寒。不想是爹爹白花戰袍，死罪奴家受，豈可累他人！（外白）孩兒是實？（貼白）爹爹，奴家怎敢説謊。（外白）既是這等，你家去□，自有方料。（貼白）父親，慈悲勝念千聲佛，作惡空燒萬炷香。（貼下）（外白）孩兒，我知道，左右哪裏？（淨丑白）小人在此，伏相公，那裏受用？（外白）小王兒，你與我爲媒，把小姐招劉見兒爲婿。（淨白）大人胡説。要招，三个都招在一處。（外唱［白］）住！這斷胡説。你就替我下親參堂，都是你衆的賞賜。你便叫劉知遠換了衣服，香湯沐浴洗澡，交他冠帶成親。（淨白）小人知道。轉過孔雀屏風，就是畫堂深處。畫堂深深風光好，别是人間一洞天。小姐有請。（貼上唱）

〔引子〕一朵花枝今有主，親□感謝老蒼天。（生上唱）蒙君不棄我貧寒，洞房花燭夜，百歲永團圓。

（外白）小王兒，唱拜。（淨白）一上香，二上香，三上香。上香已畢，望神天設那那行拜。行拜，行拜，行拜，行四拜，平身。回身參拜堂上相公，拜行，拜行，愛惜新人，只拜兩禮。（外白）劉知遠奉間（朝）廷名（命），有敕皆（旨）招集義軍三千，收捕蘇林、袁角。如今招你爲婿，你休得威（藏）刀背箭，如今權且冠戴，待你有功，老夫申報朝廷，加你官爵。就領三千人馬，用心操練。操練精熟，可以捉拿蘇林、袁角，早晚小心，不必祝（囑）咐。（生白）謝岳丈週濟。（外行）

（外）合敬交歡意發濃，琴調瑟弄兩相同。

（生）今宵勝把銀釭照，猶恐相逢似夢中。

第十六齣

(丑上白)長江後浪催前浪,一替新人趲舊人。自從劉知遠去後,又不覺半年以上,音信不通。昨日令我老公兩个商量,叫我姑姑出來改嫁。依我説萬事皆休,若不依我説,把這个賤人十磨九難,就折墮死他。(淨[丑]叫)姑姑,姑姑!(旦上唱)

忽聽嫂嫂呼唤,奴家慌忙到此。

(白)嫂嫂萬福。(丑)姑姑萬福。(旦白)嫂嫂請坐。(丑白)姑姑,自從姑夫去後,不覺半年以來,(旦白)嫂嫂,便是半年了。(丑白)姑姑,昨日有書來了。(旦白)嫂嫂,書上怎麽説?(丑白)書上寫着軍便當了,因爲上陣落馬椿(撞)死了。(旦白)嫂嫂説死了,趁了嫂嫂甚麽願?(丑白)書上這們寫來,又不是我寫來。如何閑説?你哥哥説他那裏死了,我這裏改嫁。(旦白)嫂嫂交誰改嫁?(丑)交你找門廝當、户廝對,後俏兒郎嫁了罷。(旦白)嫂嫂,一馬一鞍,一夫一妻,焉肯再嫁他人?(丑)你如今不嫁?(旦白)奴家就死,終身不嫁。(丑)你真个不嫁?(旦白)嫂嫂,不嫁,不嫁,只是不嫁。(丑白)你真个不嫁?我叫你哥哥出來。李弘一,你好妹子打的我好呀!

(淨上白)

湛湛青天不可欺,人心難比水長流。

烏江不是無船渡,一夜夫妻百夜恩。

(淨白)老婆,老婆,他怎麽打你來?(丑白)左手哄我一哄,右手一巴掌;右手哄我一哄,踢我一左腳。踢的老娘尿順屁眼流。(淨白)老婆打來?(丑)可不打來。(淨白)真个打來?(丑)可不真个打來。(淨白)打了罷。(笑科)精賤人,因何打鴈(罵)你嫂嫂?(旦白)奴家不敢。(淨白)你如今改嫁不改嫁?我有四條路兒奈何你。(旦白)哥哥,那四條路兒,對奴家說。(淨白)頭一條路兒交你上天。第二條路兒交你下地。第三條路交你再嫁。若是不依,第四條路兒,小河邊安一盤磨,日間挑水三百石,夜間挨磨到天明。(旦白)哥哥,頭一件上天無路,第二件入地無門。第三有夫的婦人實難改嫁。奴家寧依第四條路,情願挑水挨磨。(淨白)我把你這賤人,原來只要受苦。(做打科)(淨唱)

〔三學士〕頗奈非親却是親,只好做奴婢,堪成作賤。劉郎去也無音信,如何不肯改嫁别人。你若不聽嫂嫂哥說,作賤身軀不值半分。(合)從今後挨磨到四更,挑水到黄昏。(丑唱)

〔又〕一世爲人只在勤,那討閑飯養你身。(旦唱)嫂嫂,爹娘産業奴有份,如何苦樂不勾?(丑)呸!女生外向,死了外葬,有你甚麽份兒?(丑唱)丈夫的言語須當聽!你有眼何曾識好人?(合)從今後挨磨到四更,挑水到黄昏。(旦唱)

〔又〕好笑哥哥人不仁,不念同胞姊妹情。劉郎去也無音信,如何交奴改嫁别人?況兼奴有半載身懷孕,再嫁傍人作話文。奴情願挨磨到四更,挑水到黄昏。

詩曰:好笑哥哥人不仁,父母緣何不顯靈?
日間挑水三百石,夜間挨磨到天明。(旦下)

第十七齣

(淨趕打科)(丑白)老公,如今既是這等,你便管他挑水,我便管他挨磨。等這賤人挑的挨的也是一頓打,挑不的,挨不的也是一頓打。十磨九難,好歹要他嫁了。見今十月滿足他,若是男,怎麽説;是女怎麽説?(淨白)是女收

留養着，是个小廝，殺，必害了他性命。（丑）好計，好計！計就月中擒玉兔，謀成日裏捉金雞。（並下）

第十八齣

（旦上唱）

〔引子〕没奈何臨頭，今朝棄命休。

（旦白）奴家迤邐來到磨坊門首，半掩半開，冷冷清清，只得挨那磨去。一不恨天，二不恨地。（旦唱）

〔五更傳〕恨命乖，吃折挫，爹娘知苦麽？哥哥嫂嫂你好狠心做，趕出我丈夫，發奴家挨磨。天不聞，地不應，如何過！（合）奴家那曾，那曾實挨磨，挑水辛勤，只爲劉大，只爲劉大！

〔五更傳〕向磨坊，愁眉鎖，受苦惱没奈何。爹娘在時把奴如花朵，喪了我雙親，受這般折磨。（合同前）

〔五更傳〕挨幾肩，我已耽（軟），頭暈轉，我腹脇疼，腿又酸。身子困倦，我須挨不轉。只爲我的哥哥心變，我爹娘死，我孤單。我如何過！（合同前）

〔五更傳〕受苦心，如何過？受勞碌，没奈何。只得忍痛，忍痛彎轉坐。受苦在磨坊，有那誰人睬我？我尋思起淚滿腮，愁難挨，又待要吊死，吊死，在廚坊下，（旦白）我死一身猶閑，可撇的我劉郎回來倚靠誰過？（旦唱）我死也甘心，怕耽誤了劉大。（合同前）

（旦白）奴家身懷六甲，兒夫去後，看看十月滿足，敢要分娩孩兒，遍身疼痛，怎生是好？欲待不挨，哥嫂又打，欲待要挨，腹中不覺疼痛。只得在此盹睡一覺。（做睡科）（丑上白）養家千百口，獨自樂便宜。我交你改嫁，終身不肯改嫁。交你挨磨，你可却在這裏睡得好！（做打科）（旦哭白）嫂嫂，奴家腹中疼痛，嫂嫂休打。你回去，等奴家再挨。（丑白）我去，你不挨，我又來打你。得放手時須放手，得饒人處且饒人。（丑下）（旦白）奴家怎是好？不一時嫂嫂打，不一時哥哥罵我，奴家將（不）久喪在他手下。這早不知是多早天氣了？推開窗看一看。呀！雞犬亂鳴了，敢是四更天氣了。（旦唱）

〔鎖南枝〕星月上，傍四更，莊前犬雞籬外鳴。哥哥甚嚴情，把奴挨磨到天明。想我劉郎去也，未知前程。想的誤了少年人。叫天不應，地不聞。　膝轉疼，實難忍，房兒冷清清，風刮的冷冰冰。料想分娩在今宵，有一个懷藉恨，望祖宗有顯靈，保母子早離身。

（旦白）奴家腹中疼痛甚急，今晚正屆分娩孩兒，本欲在廚房中分娩，恐怕濁污了竈君；本在磨房中分娩，磨房中又冷冷清清。不免將一把敢（乾）草鋪在地上分娩孩兒。正是烏鴉共喜雀同林，吉凶事全然未保。（做分娩科）

（旦下）

第十九齣

（末上白）清竹蛇兒口，黄蜂屋上丁。
　　兩般雖是毒，最毒似人心。

惡有惡報，善有善報。若還不報，時辰未到。老夫姓竇，名無，人人口順呼爲竇老，是李大公家都管的便是。李大公在日，把我一見如故。自從李大公亡過之後，被李弘一天殺天剮，罵老夫無用之物。我如今不在他家庭，移在李三公家居住。李三公説竇公，如今李弘一這廝把劉知遠趕出，太原府投軍，音信不見回還。每日在家待他妹子朝嗔暮打，逼勒改嫁。他妹子因此不從，叫他日間挑水，夜間挨磨，怎生是好？李三公說，我算來三姐女孩兒今經十月須足。竇公，你去探望一遭。轉彎抹角，這裏便是磨坊。冷冷清清，並無一人。三姐不知歸於何處？（做咬臍哭科）（末白）待老夫尋叫一聲。呀！那裏這等五五六六的孩兒哭？不免再叫一聲：三姐！（旦白）奴家分娩了一个小厮兒。（末白）好，好！李家時大，劉家骨血，兩堂聖賢，保佑落草平安。萬幸，萬幸！三姐，你可曾吃些粥食？（旦白）竇公，我並無嚐些湯水。（末白）娘子少待，我問三叔公討些粥食與你吃。（旦白）竇公，即去早來。（做掀倒磨科）（末白）可憐三姐沒親娘，苦逼劉郎往外鄉。大風刮倒浮根樹，自有傍人話短長。（末下）

第二十齣

（旦抱孩兒上科）（旦上白）娘養我時受千辛萬苦，我今却養孩兒。（旦唱）

〔步步嬌〕如今養子，方知父母恩厚，各自思前後。哥哥心狠毒，嫂嫂不仁，暗使些機謀，逼奴家再招夫。劉知遠，這你一似喪家狗，猶待乾説冤仇，待説說來誰睬瞅。免孩兒得到頭，劉郎得自由。（末上唱）

〔同上〕我聞說道，三娘子分娩憂。李三公交我來問候。娘子你緣何頻皺着兩眉頭？（旦唱）竇公你近前來說事，由你傍前來說事由。

（末白）娘子，我才打磨坊所過，只聽的你哥嫂二人商量害你母子二人。（旦白）竇公，搭救，搭救。（末唱）

〔川撥棹〕我只聽得，似家嫂絮絮叨叨，因此上慌忙交我便走。（旦唱）竇公，你且藏在後頭，他見了怎干休，他見了怎干休。（丑上唱）

〔五供養〕我十中缺九，聞説道三姑姑生下小窮劉。我老公曾吩咐用機謀，將花言巧語啜陋。若是得入手，管交一命喪清流，管交劉郎絶了後。

〔僥僥令〕且喜姑姑添小口。（旦唱）嫂嫂，幾度待不收，十月懷躭奴心受。兒女眼前花，水上鷗，兒女眼前花，水上鷗。

〔尾聲〕忙把粥食來調口，莫待老栗乾生受。

（丑白）姑姑，且喜，添了个甚麽兒？（旦白）嫂嫂，是个小廝兒。（丑白）不説小廝兒萬事俱休，説起小廝兒來，就是我眼中釘，肉中刺。好歹害了他性命。姑姑，拿來我看。（旦白）嫂嫂，休要諕了孩兒。（丑白）姑姑，你如何死□□四五箇□你，姑姑，小河兒兩个魚兒，我和你看去。（旦白）嫂嫂，我不去。（丑白）好歹要和你去。（旦白）罷，罷，嫂嫂，我和你看去，只休諕了我孩兒。（丑白）姑姑，你放心。（做推下水科）（旦唱）

〔駐雲飛〕苦也孩兒，娘將萬苦千辛養下你。（旦白）竇公，我的孩兒石礫□，孩兒扶的在此。（旦唱）你看頭臉上都是水，三魂將離體。兒，假若你先歸，死了我孩兒，誰替你娘争口氣！正是父在軍中，誰人報與他知？誰人報與他知？（末唱）

〔同上〕三娘子聽啓，早是一个荷葉兒托住你兒。假若沉落水，怎能够得見你。他是一个狠心賊，他這等忘恩，不念你同胞意。（末白）娘子，不要怨天恨地。（末唱）只怨花開不遇時，李弘一，螃蟹横行到幾時？螃蟹横行到幾時？（旦唱）

〔同上〕兄嫂無知，逼勒劉郎寫逼（休）書。逼勒投軍去，發奴在磨坊裏。知生下咬臍兒，方

纔三日，丢他魚池裏。正是人善人欺天不欺，人善人欺天不欺。（末唱）

〔同上〕三娘子聽啓，有話傷心誰聽你，不由老夫流痛淚。刀割心肝戲，他是一箇短命狠心賊。他這等忘恩不念同胞意。送孩兒捎書寄信回，送孩兒捎書寄信回。

（旦白）竇公，是此怎生是好？（末白）娘子，老夫有一句話不敢説。（旦白）竇公，但説不妨。（末白）老夫耳聞的劉官人在賓（并）州太原府投充身役，有些好處。我老夫不辭辛苦，把小官人送到賓（并）州太原府，尋訪劉官人去。若是尋得着，就把孩兒投下，將養成大，着他搬取你，意下如何？（旦白）竇公，三日孩兒，又無乳食，怎生去的？（末白）這事都在老夫身上。老夫逢莊逢店，討些乳食，好歹將養到他那裏。你若不依我説，你子母二人遲早落在他手下。（旦白）既是這等，竇公，只是累及你老人家。（末白）娘子，不必多言，將你白絹單裙扯下一副，寫一封血書，見劉官人與他。（旦唱）

〔宜春令〕竇公聽訴因依，兄嫂不合没道理。謝伊恩義，把我孩兒送去爹行，去見劉郎説與他知。方三日，離娘懷裏，你若還長成時，休忘了竇公救你恩義。（末唱）

〔又〕三娘子免憂慮，劉官人他在邊廷習學武藝，他未能及第，料想他官差不由己。待老漢送將你兒去，那其間方知詳細。小官人你若還長成時，休忘了子母今日分離。（旦唱）

〔又〕兄和嫂忒下的，三日孩兒撇在水底。謝伊恩義，把我孩兒年月慇勤記，見劉郎細説詳細。你説方三日離娘懷裏，你若還長成時，休忘了竇公恩義！（末唱）

〔又〕三娘子免憂愁，事到頭來休久留。倘伊哥嫂，只怕他來時生奸狡。待老漢送將兒去，那其間方知詳細。小官人你若還長成時，休忘了子母今日分離。

（旦白）竇公到那途上小心在意。（末白）娘子，老夫不必囑咐。（旦題詩四句）

詩曰：孩兒一去痛傷情，鐵打心肝也淚流。

見了劉郎如此説，記取孩兒劉咬臍。（末下）（旦唱）

〔臨江仙〕孩兒一去淚交流，天呀！馬行十步九回頭。如今不敢高聲哭，閣淚汪汪不敢流。

（下）

第二十一齣

（生上白）煩惱不尋人，人自尋煩惱。下官自從離了三姐，不覺一年以上。做贅在岳太師府中，端的是朝朝是寒食，夜夜賞元宵。不知我前妻李氏身體如何？這兩日神思悶倦，憂疑不定。交下官羝羊觸藩，進退兩難，却怎生是好？（貼上）隔窗須有耳，窗外豈無人。相公萬福。（生白）夫人拜揖。（貼）相公在此自言自語，説些甚麽？（生白）下官不曾説甚麽。（貼）你因何説朝朝是寒食，夜夜賞元宵，敢是我家胥待官人不周？因何説羝羊觸藩，進退兩難？（生白）娘子，下官看兵書來。（貼）相公，看到那裏？（生白）下官看到《三國志》中張飛在灞陵橋與曹操對敵，大喝一聲，橋捐三孔，横水逆流。因此曹兵不能近張飛，張飛不能近曹兵，這是羝羊觸藩，進退兩難。（貼）我則道下官説甚麽，原來在此看《三國志》兵書。（生白）娘子，我下官悶倦，與不才同飲一盃悶酒。交小王兒看守衙門，有事報我知道。左右！（淨上白）廳上一呼，堦下百諾。伏大人，那裏使令？（生白）你與我看守衙門，有事報我知道。（淨白）是，小人理會得。（末上白）一路辛勤不自由，遠波喜得到賓（并）州。孩兒送到爹行處，未審他人留不留。老夫多謝天地，一路上小官人並無些事。到得此處，問將人來，説劉官人做了九州安撫之職。此間是他衙門，不免逕進去。（淨白）那裏來的？（末白）長官拜揖，小人是徐州沛縣沙陀村來的，尋問劉知遠。（淨喝）住！題一个劉字，全家皆死。（末白）長官，煩通報。（淨白）大人，報事。（生白）報何事？（淨白）門前有个竇老在此。（生）夫人，下官家中有人來了。（貼白）既然有人，着他進來。（生白）竇公拜揖。（末白）劉官人，你倒好呀，撇的我三姐在家，受千辛萬苦。（生白）竇公，我知道。我在家中還吃他哥哥嫂嫂打罵，休說我不在家中，不知着他怎麼凌逼。竇公，你懷中抱的甚麼東西？（末白）是官人撇下半年的身孕，今經十月滿足，被他哥哥嫂嫂逼凌他改嫁，因此不從，發他日間挑水，夜間挨磨，在磨坊中生下這个孩兒。（生白）竇公，你將來我看。竇公，多多虧你，異日不敢有忘。（末白）官人，老夫不敢。（生白）竇公，你且少待，等我稟過夫人，却來請你。（生白，下跪科）夫人，下官有句話稟夫人知道，可是，敢說不敢說？（貼白）官人，有甚麼大事，請起，說與奴家知道。（生白）夫人，下官在先撇下一个前妻李氏，今已一年之上。被他哥嫂逼勒他改嫁，因此不從，發（罰）他在磨坊中，日間挑水，夜間挨磨，在磨坊中生下這个孩兒。他不昧前因，央及竇老抱孩兒送在此處。夫人，卻是收留他好，不收留他好？（貼白）官人，既是官人的骨血，枉的不收留下。左右，叫竇公進來。（淨白）小人知道，竇公進來。（末白）老夫來了。夫人拜揖。（貼白）竇公萬福。竇公，抱孩兒過來我看。官人，這孩兒生的頂平額例，面耳與廳和我官人一般模様。（淨白）奶奶說話好差，不像劉爺，像小王兒不成也。（貼白）竇公，自謝你一路上鞍馬勞困。（末白）夫人，那裏鞍馬勞困，遮着葦子泡了一夜。（貼白）官人，如今抱孩兒收下，交竇公安歇幾日，打發些盤纏，交老人家回去。（生白）夫人說得是。（末白）夫人，夫人在上，我老夫回不去了。（生白）因何回不去？（末白）我老夫這一回去，被李弘一去□夫剮打的老夫肉泥爛醬。（生白）既是這等，夫人就留竇公在此，看養孩兒也是好處。（貼白）官人，亦好。（貼題詩）

詩曰：（竇公）向日孩兒你可收，（生貼）三年乳哺不須收。

（末）兒孫自有兒孫福，莫與兒孫作遠憂。（並下）

第二十二齣

（旦唱）

〔桂枝香〕眉兒蹙翠，眼兒流淚，只得擔擔來挑；向肩膀上微微細雨。奴家兩腳，兩腳難行難立，只得挑水。狠心兒兩陣西風起，滴滴渦渦敗葉兒飛。（旦題詩）

哥哥嫂嫂□前程，苦逼拏一（奴家）改嫁人。
日間挑水三百石，夜間挨磨到天明。（下）

第二十三齣

（小外白）

詩曰：自小稱名號咬臍，家父武藝占高魁。
皇恩受命加官爵，百萬軍中聽指揮。

（小外白）自我今年長一十六歲，大門未出。多虧父母訓養成人，每日讀念戰策，學成文武雙全。常言道一門生二將，父子上凌煙。耳聞的朝廷近有敕旨到來，加陞父親官爵，說加做九州安撫之職。不免喚左右打掃廳堂幹淨，齊待父親早來。（生上唱）

〔卜算子〕你如何着眼望旌旗，耳聞消息。（旦〔貼〕唱）聞我丈夫勇猛，世人無及。

（生白）夫人請坐。（貼）官人請坐。（小外白）父親拜揖。（生白）孩兒免禮。（小外）母親拜揖。（貼）孩兒免禮。（小外白）父親，您孩兒耳聞的朝廷有聖旨，加陞父親九州安撫之職，説父親要衣錦還鄉，你孩兒因此等候。（生白）孩兒，你怎生聽的來？（小外）父親，您孩兒天天院中看兵書戰策，耳聞的左右説來，以此時來參拜父母。（生白）孩兒，此來見我有何事説？□□□□□□□□□□□上荒郊野外打獵□箇。（生白）上□□□□□□□□□□□□□十八歲，見今馬塾閑何不□□□□□□□□□他去濱，一來打同，二來□□□□□□□□□□□□□□□□時起身。（小外）告稟爹爹□□□□□□□□□□□□□□衙内去到路上，不要作踐田苗，他□□□□□□□□□□□□□□□（貼白）此氣□英雄，深淺沙草□中，□□□□□，□□□□□〔一〕，背手抽金箭，翻身挽角弓。（小外）衆人，齊仰望，□□□□□〔二〕。（並下）

〔一〕此二句汲古閣本作「紅旗遮日月，白馬驟西風」。　〔二〕此句汲古閣本作「一鴈落空中」。

第・二・十・四・齣・

（旦唱）（做挑水科）

〔綿搭絮〕哥哥直恁不思憶，合你共乳同□□下的没面皮，發（罰）奴晚挨磨，曉去挑水，每日尋根拔樹討事尋□，無些手足之親，想我爹娘知未知？

〔又〕井深乾得乾得水難提，天呀！井□□乾，雙淚眼何曾得住止。　奴是富豪家女，顛倒做奴好莫怪，君無□□□，是我命如是。

〔又〕尋思情苦，情苦淚雙垂，夫住邊廷，想我的孩兒倚靠誰？這碗淡飯黄虀，交我怎生充飢？每日彎轉獨睡，未曉先起。　倘有時刻差遲，亂棒打奴不顧體。

〔又〕别人家哥嫂，哥嫂有情意，偏我哥嫂，哥嫂毒心腸忒下的。自家骨肉尚如此，何況區區陌路，那顧人談恥。我這裏朝夕難挨，想我的劉郎不知幾時回？

（旦白）奴家打水數十（茶）石，遠遠的望見一攢人馬來了，不免躲在垂楊柳下，盹睡一覺，待人馬過去，奴家再去打水。（盹睡科）（淨上白）咚咚啞鼓響，公吏兩邊排。閻王生死殿，東岳攝魂臺。（淨唱〔白〕）揮，揮，揮，衙内小大人請歇馬。（小外白）小王兒，這是那裏？（淨白）是徐州地面，衙内略歇息，歇息，土街打圍。（做打圍趕兔科）（淨白）衙内放箭，一个白兔。（小外白）小王兒，趕兔子，帶了箭去了。（做趕科）（淨白）婦人，我這兔子那去了。（旦白）長官，我不知道甚麽兔子，我是受苦的婦人。（淨白）你是受苦的，我不道自受快活哩。我每日跟着馬跑，你拿兔子還我。（旦白）長官，我不知道，我是好人家兒女。（淨白）你是好人家兒女，我是賊？你不還我，叫衙内大官來，皮也揭了你的。（外叫去）（小外白）小王兒，那兔兔與那婦人吃了罷。那箭是朝廷賜賞的虎尾金鈚玉箭，討將來。（淨白）那婦人，兔子與你家了罷，只還金鈚玉箭來。（旦白）長官哥哥，就打殺奴家，也没有那箭。（淨白）衙内，他説没有哩。（小外白）你叫那婦人過來，等我自家問他。（淨白）婦人，你過來！我衙内親自問你要。（旦白）長官休推我，等奴家自去。衙内萬福。（小外）那婦人請起。我看你屏風雖破，骨格猶存。你也不是以下人家女子。因何跣足蓬頭，細説一遍。（旦白）大人不嫌絮煩，聽奴拜稟。（小外白）但説不妨。（旦唱）

〔鴈過沙〕衙内問我甚情懷？（小外白）甚情懷，甚情懷？因何跣足蓬頭，挑水爲何來？（旦唱）也曾穿着繡羅鞋。（小外唱）你敢是挑水街頭賣？（旦唱）又不曾挑水街頭賣。（小外唱）你敢是爲非作歹，趕你出來？（旦唱）我貞潔婦人，怎敢做事歹？（小外白）你曾嫁人家不曾？（旦唱）從東牀，也曾入門來。（小外白）我曉得你□□坐家閨女，招贅做女婿來。你那丈夫姓字名誰？（旦唱）招的劉知遠，潑喬才。（淨白）（喝住）衙内，他怎麽説我們老爺的名字？提箇劉字就該死砍頭。（小外白）小王兒這厮胡説，天下只你家姓劉？那婦人，再説你爹娘可有？（旦唱）我爹娘早死十六載。（小外白）爹娘已死，誰人作賤？（旦唱）哥哥嫂嫂忒毒害。（小外白）哥哥嫂嫂折剉你，你丈夫那去了？（旦唱）九州安府投軍去。（小外白）九州安府投軍，曾生一男半女也不曾？（旦唱）養得一子方三日，（小外白）三歲（日）孩兒在於何處？（旦唱）已送軍行去。

（小外白）那牆上畫棋盤，一子留不住。（旦白）小小蛇兒覈内串，爹爹見他武藝結成雙。（小外白）既結雙，你丈夫叫甚麽名字？（旦白）丈夫叫做劉知遠。（小外白）你的孩兒叫做甚麽？（旦白）孩兒叫做咬臍郎。（淨白）衙内，拿刀來殺了罷。正是皮孤子迎頭兒，説着我老爺的名字，後來又説衙内名字。噲！連小王兒咳連出來。（小外白）這厮靠後，不要胡説。等我仔細問他。那婦人，那孩兒身上有些甚麽記號？（旦白）養他之時，無有剪刀，口咬臍腸，把孩兒叫做咬臍郎。（小外白）再有甚記號？（旦白）對天買卦，左邊背膊咬了一口，至今有一个疤痕。（小外白）小王兒，這事蹺蹊。他丈夫名字與我父親同，也罷；他孩兒叫做咬臍郎，我也叫做咬臍郎，也罷；他孩兒也有一个疤痕。且住，等我回家問我父親，便知分曉。那婦人，我不是别人，我是九州安撫嫡長親男，因閑採獵到此。你丈夫既是劉知遠，孩兒叫做咬臍郎，我回去自我爹爹查勘你那丈夫根基文書。若是查着他，着他來搬取你，意下如何？（旦白）正是。感恩無一報，我中夜一爐香。（做拜科）（做跌倒科）（淨白）衙内，怎麽來，怎麽來？（小外白）小王兒，扶起我來，這婦人拜了我一拜，不知甚麽人推下我馬來，跌我這一交。交你把那婦人水桶送到他家去。（淨）小人理會得。（淨旦下）

（淨扮李弘一上，白）賤人，你挑水便挑水，無何去這一日，因何來遲？（貼淨白）大哥，他不曾來遲。（淨白）你是什麽人？（貼淨白）我是刀手。（淨白）你刀手不刀手，你進我這屋裏來做甚麽？吃我一頓好打！（做打科）（丑抓帽子科）（淨白）衙内，你是一个禍根子，交我送水桶，吃他一个吊搭嘴，漢子瓢兒嘴，老婆儘力子打了我一頓，把我帽子抓將去了。（小外白）由他。到家中着我爹爹與你一个衡絨帽子。（淨白）便與我一个，不可我頭。（小外白）我和你回家去。正是：

黄昏慘慘奔前程，隔睹鐘聲隔睹鳴。漁父有魚歸竹徑，牧童遥指杏花村。（並下）

第二十五齣

（生上白）孩兒一去不回來，不知有甚蹺蹊。（生白）煩惱不尋人，人自尋煩惱。自從咬臍兒告及年假上荒郊打圍去了，説去三五日便回。一去半旬之上，不見回還，好交下官心下憂疑不定，却怎生是好？下官看會文書，看有甚麼人來。（淨上白）相公拜揖。（生白）説話之間，小王兒到此。小王兒你來了。（淨白）小人不來了，甚麼好吃的菓子？（生白）你和衙内打了甚麼東西？（淨白）只打了我。（生白）這廝説話不伶俐，叫我咬臍兒出來，我問他。（淨白）小官兒，老爺有人在。（小外上白）柳陰樹下一佳人，説與孩兒共姓名，好似河鉤吞卻線，刺人腸肚繫人心。父親拜揖。（生白）孩兒，你來了。你過了幾層山，幾層嶺，打了些甚麼生靈？（小外白）爹，你孩兒到得徐州沛縣地面，見一白兔，被你孩兒射了一箭，正中白兔。那白兔帶箭而走，孩兒趕到一个八角井上。白兔不知去向，柳陰樹下見一婦人，蓬頭跣足，挑水受苦。你孩兒從頭問他根基，那鄉人氏？他説道我丈夫是劉知遠，往太原府投軍去了。又説我孩兒是咬臍郎。你孩兒又問他，你的孩兒有甚麼暗記？他説我孩兒身上左脇下有一疤痕。你孩兒説道，我替你查勘你丈夫根基文書，交他搬取你，意下如何？那婦弄了我一拜的孩兒翻筋斗，跌下馬來，托你孩兒跌了一交。爹爹，以此特來請問爹爹。（生哭白）孩兒，那婦人休説拜你一拜，他只看你一看，也受他不起。（小外白）爹爹説話好差，我是九州安撫總兵官舍人，他是庶民百姓女子，因何受不的他一拜。（生唱）

〔歌兒〕我在沙陀村裏受貧寒，無計奈何，李大公招我爲婿，他母老雙親都亡過。孩兒，你既來問我，你娘剖心肝養下你一箇。

（小外白）爹爹，卻是怎麽説？（生哭白）孩兒，我累次要與你説，見你年紀幼小，不曾與你説。孩兒，那拜你的婦人是你的親娘。（小外白）爹爹，堂上見在母親是誰？（生白）孩兒，那个是你晚母。（小外白）兒對嚴親把事提，誰知子母兩分離。晚母在畫堂受快樂，却交我親娘在磨坊中磨麥挑水。爹爹，你忘恩負義非君子，不記糟糠李氏。你取我親娘回來，萬事俱休；不取我娘來，你孩兒就撞死於堦。（做撞科）（生白）孩兒甦醒，孩兒甦醒！夫人出來，我孩兒……（貼白）關門屋裏坐，禍從天上來。孩兒，你親娘在這裏。（小外白）你不是我親娘，我有養我的親娘。（貼白）我打不孝之子，我雖無十月懷胎，也有三年乳哺。也虧我一尺五寸養你大來。這个都是官人説來。（生白）娘子，聽我下官説細。祖居在沙陀村裏，幼小身懷狼狽，白日在街遊蕩，夜宿在馬鳴廟裏。李大公見我身貧，引我回家，招我爲婿。因此，我拜堂兩口兒拜的雙亡了，落在大舅子手内，逐日朝嗔暮打。因此難住，多虧了叔丈賫發盤費，我來到這軍門寨裏，你爹爹招我爲婿。三姐守在，受他哥哥嫂嫂之氣，逐日朝打暮罵。逼他改嫁，因此不從，發（罰）他磨麥挑水。我臨行有半年身孕，今經十月滿足，生下孩兒交竇老把他送到這裏。多虧夫人恩德難忘，把孩兒抬舉一十六歲。前日因爲打圍，見他母親身體狼狽，回來問我因由，我備細説與他詳細。以此要取他母親受享榮華富貴。（貼白）官人，你是讀書君子，因何不昧仁義禮智信，姐姐受貧，我受富貴。明日持綵仗、金冠、鳳冠霞珮，取歸來，同享榮華富貴。正是：爲人何處不相逢，路逢仍道難迴聽。孩兒，你不必憂慮。（生白）孩兒，謝了你母親。夫人，明日就點精兵一十五萬，我夫妻二人衣錦還鄉。就拿大舅子李弘一夫妻二人，報血恨之仇。正是：綵仗金冠去取妻，此情只有老天知。善惡到頭終有報，古往今來放

過誰？（並下）

第二十六齣

（旦上唱）

〔八聲甘州〕懨懨悶損，怎生消遣我心上橫愁。我兒夫一去，憑寄數行音信，傷情最苦。人易老，那更西風衰暮秋。休休，敗葉兒冷落了飀飀。

〔又〕今後貞潔奈守，算過古往今來，比奴稀有。我孩兒一去，知他父親扶否？十六年並無書半紙，料想他子父同歡不顧母。休休，猛然見孤鴈兒飛過南樓。

〔又〕我和你往日無仇，發奴磨麥挑水奴休，嫡親骨肉一旦變寃仇。瑠璃井上略站歇，便打死奴家一命休。休休，猛然間小鹿兒撞我心頭。

（旦白）磨來磨去又磨來，兩眼□占瞪不開。琉璃井上打水，吨一□只道是陽臺。（做吨睡科）（生上白）一路辛勤，人在□□波□□徐州。我下官不覺到本鄉地面，只得把人馬埋藏在沛縣。我如今仍舊打扮這等時樣，私探李家莊走一遭，我身邊只帶一个小王兒隨身。我遠遠的望見，八角井上吨睡是我三姐，不免叫他一聲：三姐，三姐！（旦白）過往的官人休叫我，我哥哥嫂嫂厲害。（生白）我是你丈夫劉知遠。（旦白）我丈夫去時，他説他不得官不回。（生白）你認我一認看。（生旦做抱哭科）（旦唱）

〔鎖南枝〕從伊去，受禁持，不從改嫁生惡意。因此骨肉傷情，發奴磨麥並挑水。只望你身顯跡，你仍舊的甚狼狽。（生唱）

〔鎖南枝〕娘子，一從分鴛侶，鸞鳳兩下飛。受盡了奔勞役，只得苦取功名，此身不由己。身逗留無所歸，又怎知受禁持。（旦唱）

〔鎖南枝〕奴分娩，産下兒，哥哥嫂嫂生惡意，多虧了竇老辛勤，救取兒還你，十六年音信稀，日裏夜裏哭的奴淚雙垂。（生唱）

〔鎖南枝〕賢妻你聽啓，特來報你知。前日對面娘兒不識，前日打獵衙内井邊相逢着你。你道他，他是誰？名咬臍，須是你孩兒。（旦唱）

〔鎖南枝〕思前日，打獵的，他説道□□□安撫的兒。我見他氣宇軒昂，豈想是奴親生子。我心下憶難信你，是不是没見識，賣與人家做奴婢。（生唱）

〔鎖南枝〕娘子，出言太相欺，九州安撫是我的。掌管着都堂爵禄一十五萬兵，顯達回鄉閭。我粧恁的來看你，休漏濫這个消息。

（旦白）你十六年在於何處來？（生白）我與岳秀英做了女婿，因此得了這等大官。（旦白）你原來做了岳小姐的女婿了。何道想你那裏想我。（旦唱）

〔鎖南枝〕聽你説，轉痛心，思知你是薄倖人。你離了家裏戀新婚，撇奴家冷冷清清。我貞潔守等，你受榮華，奴遭薄倖。上放着青天終不成，誤我前程。（生唱）

〔同上〕告娘子免憂，指娘子免憂，若不是取秀英，焉能够做官人？我將綵仗金冠前來取你，取你今朝做一个夫人。

（旦白）官人，你既有取我之心，你將甚麽爲證？（生白）我懷中有四十八兩黄金印。這个是：李三娘麻地捧印，劉知遠衣錦還鄉。（淨、丑上，白）老婆，我聽得有个九州安撫，將領人馬在沛縣□□，只怕那劉光棍恨將來，投了這个頭去。我和你街上尋訪一遭。（淨丑做撞見科）（生白）小王兒，與我拿了這兩个匹夫。（做拿在科）

第二十七齣

（生領二旦上，白）舊□□□使心機，今日交他化做泥。善惡到頭終有報，只爭來早共來遲。（生白）孩兒，你把打圍事情細説一遍。（小外唱）

〔排歌〕因孩兒出路打獵，回歸猛見林中白兔，中蹺蹊得他引領來見母。母豈想孩兒在面前相會，花重煙月再輝，一似蛟龍得遇明珠。（生唱）

〔又〕想當初，當初貧困未遇之時，受窘在沙陀村裏。狼狽嗚王廟曾忍飢，敢蒙太山恩，故招咱爲婿，便得伊尹。被二舅争强，發我看瓜，敢蒙叔丈人與錢盤費，今日裏爲駙馬，紫綬金章。今朝和氣，花重煙月再輝，一似蛟龍得遇白。（旦唱）

〔又〕哥嫂嫉妬，嫉妬發奴磨麥井挑水。險些兒孩兒死，竇老疾扶起，密地送與□□，並無音信稀。思量咬臍荷夫人大恩，怎敢爲？怎知今日子母團圓，□□□和喜，百歲效于飛。（貼唱）

〔又〕想那日，雪裏，雪裏見喝號此聲如虎，□□□樓當時撇下衣。嚴父知詳細，方欲問起，

見紅光紫霧來照□□□可疑，交奴共結鸞凰飛。　怎知今日子母團圓，大家齊賀喜，百歲效于飛。（李弘一唱）

〔又〕□想你，不是落後的舅舅不曾作賤你，作□□□□□□□□了面皮。　怎知今日，子母團圓，大家齊賀喜，百歲效于飛。（生唱）

〔又〕李弘一，你從説誓有這般窮臉皮，□□河水清，做蠟燭，照天地。　尋思此言難恕你，但看叔丈□□□□，閑言再莫休提起，再莫休提起。　一筆盡撇東流水，一筆盡撇東流水，□□□□人怎比？怎比金章紫綬彩光輝。　排畫戟，人擁隨，笙□□□篷户裏，笙□□□篷户裏。

〔尾聲〕貧者莫要相輕賤，富者須□□□時，衣錦還鄉歸故里。

湛湛青天不可欺，未曾舉意天早知。
善惡到頭終有報，只爭來早共來遲。

清鈔本黄孝子傳奇

元闕名撰

黄孝子傳奇目次

卷上

賞春
議捷
聞戮
拜別
脱騙
問路
春逼
起兵
陣歿
逼媾
游園
逼嫁
淖泥

卷下

虎護
祭江
蛇護
試貞
詳夢
送行
團圓
逐女
投江
祈夢
釋俘
春店
認女

黄孝子傳奇卷上

開　場

〔水調歌頭〕（末上）盱江黄孝子，清綏有一貞。自幼定婚曾氏，驀地起胡塵。不幸父罹鋒刃，那更母遭驅掠，義僕撫其身。捨宅爲僧寺，歷險去尋親。　妻之父，因婿出，立意背姻盟。女心不改，投江天遣遇神人。孝子武昌哭泣，幸遇異人點化，汝州春店見慈親。子母重會合，旌表耀門庭。

第一折　賞　春

〔滿庭芳〕（外上）辭禄娱親，急流勇退，黑頭歸老林泉。琴樽自遣，看閑中白晝如年。夢魂不作風波險。羨松菊，心地怡然。從心願，邊疆寧静，及早滅狼烟。

解組辭官下澤居，紅塵蹤跡更何如。十年不佩封侯印，萬卷惟藏教子書。樽有酒，食無魚，忠誠孝義兩無虧。戰袍羞覩團花胄，回首群山聳翠微。下官姓黄名普，字文博。本貫江西建昌府南城縣清綏峰人氏。官拜宋朝統制之職。夫人陳氏。孩兒覺經，年方五歲。曾與本處曾有三，割襟爲定。争奈孩兒年幼，未堪講理。且待長成，再作區處。當此暮春天氣，風景晴和，已曾分付備酒，與夫人賞玩。陳容那裏？（末上）辭卻功名身自閑，枕流漱石甚盤桓。放懷得意須行樂，莫待秋霜染鬢斑。老爺有何分付？（外）陳容，我着你準備賞春筵席，可曾完備？（末）

完備多時了。（外）既然完備，傳話後堂，請夫人上堂，着你妻子抱小官人出來。（末請介）

〔奉時春前〕（旦上）儀容端麗慵脂膩，志清高懶簪花蕊。

（見介）（末又喚丑抱子上）

〔奉時春後〕感得提攜，小心伏侍，同來席上供甘旨。

老爺、夫人，小舍人在手，不叩頭了。（外）罷了。（旦）相公呼喚妾身，有何話説？（外）夫人，下官見此風景融和，花開如繡。聊備盃酒，與夫人賞玩片時。（旦）相公，賞春玩景，固可行樂。但恐早晚兵火不測，妾心甚是憂惶。（外）夫人，自古道「今朝有酒今朝醉，管甚麽明日愁來明日憂」。下官自有處置，夫人不必掛懷。陳容看酒來。（末應介）（外旦遞酒介）

〔山花子〕春來景物皆明媚，看日移花影遲遲。蕩和風輕拂柳絲，囀雛鶯巧聲流麗。（合）捧霞觴光浮玉卮，佳兒五齡容貌奇。斑衣戲舞應有時，管取他年紹續門楣。

〔前腔〕東風開遍千紅紫，郊原草色萋萋。任尋芳遊人競馳，争如我静中安逸。（合前）

〔紅繡鞋〕花前暢飲忘歸，忘歸。酒淹衫袖淋漓，淋漓。人意樂，醉如泥。親骨肉，永無虞，百歲裏，永相隨。

〔尾聲〕玉壺斟酒斜陽裏，銀管題詩凉露濕，方散賞春筵席。

（外）開筵對景賞芳菲。（旦）風送清香入酒卮。（末丑）自古算來皆是命，人生快樂是便宜。

第二折　起　兵

〔新水令〕(淨上)强弓硬弩出穹廬，腳踏倒建康城府。南蠻真大膽，乃竟敢支吾。殺教他片甲全無，纔顯我力威武。

兀突起黄沙，鎗刀密似麻。昭君在何處？不見撥琵琶。俺乃征南大將哈迷哧麾下，萬户木華黎是也。自幼精通武藝，素習兵刀。只因戰伐有功，以此陞爲萬户。前日進馬回來，打從江西經過，見他那裏甚是繁華，爲此分撥一枝人馬，守定江西。俺如今親自領兵前去，攻取建昌。擄掠些金銀財寶、美貌哈嗽，回來受用，有何不可？把都兒那裏？(衆應上)

〔金字經〕俺這里西風起，颩將來都是沙。我愛中原富貴家，富貴家。借城池，權歇馬。他那裏多瀟灑，擄將來快活殺。

小番克膝。(淨)把都兒，俺前日進馬回來，打從江西經過，見他那裏甚是繁華，爲此分撥一枝人馬，守定江西。俺如今親領一枝人馬到彼，打破建昌，擄掠些金銀財寶、美貌哈嗽，回來受用，有何不可？(衆)説得有理。小番啓上萬户爺。(淨)怎麽説？(衆)小番打聽得，他那裏有正將黄普爲統制，副將胡楚才，在麻姑寺中，倡集義兵，要與俺每交戰哩。(淨)有這等事？小番，你每須要弓上弦，刀出鞘，馬皆勒口，軍要啣枝，就此發兵前去。(衆應介)

〔豹子令〕即日興兵號令嚴，號令嚴；干戈簇簇綵旗鮮，綵旗鮮。此行若得功成就，不日須聽奏凱旋。(合)奏凱旋，回來與你打伙眠。

〔前腔〕自小精通武藝全，武藝全；六韜三略我爲先，我爲先。咱每天下無敵手，建昌管取

絶人烟。（合前）

第三折 議 捷

（小生上）寧爲太平犬，莫作亂離人。自家胡楚才是也。今有元兵南下，侵陷建昌。一郡人民，都往紹武逃難去了。我今無計可施，只得到黄統制那裏，商量一計，殺退元兵，保護城池便了。來此已是，有人麽？（末上）苔痕上階緑，草色入簾青。是那個？呀！原來是胡相公。怎麽説？（小生）快請你老爺出來。（末）曉得。老爺有請。（外上）聞説有佳賓，倒屣忙迎接。怎麽説？（末）胡相公在外。（外）道有請。（迎見介）胡兄爲何如此打扮？（小生）黄大人，你只管在家宴樂，更不知外面禍事到了。（外）有甚麽禍事？（小生）你還不曉得麽？

〔劉滚〕元兵至，元兵至，侵陷建昌城。致使黎民，逃無蹤影。百姓盡遭迍，飄蓬斷梗。何時再得安然寧静？

一郡人民，都往紹武逃難去了，你可商量一計，保護城池，便好。（外）既如此，你先到麻姑寺相等。待我招集義兵，殺退元兵，保護城池便了。（小生）如此，小弟在彼相等。一心忙似箭，兩脚走如飛。（下）（外）陳容，快請夫人出來。（末請介）（旦上）相公，怎麽説？（外）夫人不好了。今有元兵南下，侵陷建昌。一郡人民，都往紹武逃難去了。我與胡楚才，到麻姑寺中，招集義兵，與胡賊交戰。倘若得勝，與你還有相見之日。倘不能勝，你將那五歲孩兒，好生撫養。陳容，曾家親事，都在你身上。（末應介）（旦）相公，但願此去，殺退賊兵，恢復城池，奏凱回來，萬千之喜。放心前去便了。（外）夫人，下官此去呵，

〔香柳娘〕仗平生謀略，仗平生謀略，奮身向前。長驅大戰心不憚。把旌旗大展，把旌旗大

展，喊聲振山川，敵國盡驚戰。（合）仰皇天后土，仰皇天后土。鑒取忠烈志堅，功勳早建。

（外）就此拜别！（拜介）

〔哭相思〕（合）胡酋侵陷建昌城，豪傑紛紛起義兵。劍戟光芒磨日月，管教胡虜化爲塵。

第四折　陣　殁

〔點絳唇〕（淨衆上）紫塞青烟，玄菟白草。招南道，列馬西郊，眼底中原小。

兩眼星呑烱烱，一身虎賁昂昂。殺聲震動暗天光，若個中原攔攩。只爲宋朝無主，須教四海驚惶。旌旗電閃下長江，那管銀河翻浪。俺木華黎，自起兵以來，所向無敵。衆把都，來此已是建昌。你看好個繁華所在！那些百姓每紛紛逃竄，眼見得破在旦夕。你每都要奮勇當先，擄掠金銀哈嗽，滿載而歸。與我併力殺上前去！（衆）得令。

〔水底魚〕叵耐南蠻，怎生不肯降？上前厮殺，管教一命亡，管教一命亡。

〔窣地錦襠〕（衆引外上）義兵大戰伏州城，殺氣騰騰神鬼驚，喊聲四起震雷霆，努力前行不暫停。

（對陣介）（外）來將何人？（淨）吾乃大將木華黎是也。汝乃何人？（外）我乃統制黄普是也。（淨）哇、放馬過來！（戰介）（外敗介，擒外介）（淨）黄普，你如今要死，要活？（外）我爲國爲民，何必多言！（淨）拿去哈喇了！（殺外下）（淨）叫把都兒，就此殺進城去。有美貌哈嗽，擄來與我受用。（衆應介）

〔清江引〕南蠻殺散不見影，方顯得元兵盛。擄得俊哈嗽，教他陪衾枕。殺教他錦州城一坦平。（下）

〔出隊子〕（末丑上）東人遭難，東人遭難，主母一身已逐散。夫妻厮守且相牽，抱幼主逃生免禍患。（合）只得暫向山巖深處躲閃。（急下）

〔前腔〕（付上）夫君失散，夫君失散，教我一身難上難。你今趕逐好心酸，兩腿酥麻行步難。

（合前）（衆上捉下）

〔前腔〕（旦上）遭逢兵難，遭逢兵難，夫主一身已被陷。胡酋威勇甚無端，去又無門退又難。

（合前）

（衆上捉介）萬户爺有請。

〔生查子前〕（淨上）狼虎一張威，内外聲名震。

（衆）稟萬户爺，拿得幾個俊哈嗷在此。（淨）洒銀洒銀，把都兒與我押在前隊，就此回營。（衆）得令。

〔朝天子〕馬蹬蹬走星，旗烈烈捲雲，急綳綳鼓打催征陣。齊齊拍手，叫一聲洒銀。笑呵呵無愁悶。胡笳奏幾聲，琵琶撥數聲，嘩喞。木胎孩醉還未醒，醉還未醒。怕甚麼貂裘冷，怕甚麼貂裘冷！

第五折　聞戮

〔步步嬌〕（末丑上）死裏逃生多勞攘，説起神魂喪。家邦一旦亡，保幼主身安，主母知何向？天降這災殃，淚珠滴滿衣襟上。

（末）百姓流離不得安，城池人馬盡摧殘。（丑）將星忽向中原墮，多少英雄掩淚看。（末）自家陳容便是。我老主人與胡楚才招集義兵，指望恢復城池。誰想鏖戰不利，主母又被元兵趕散，未知去向。我在亂軍中，抱得小主人在此。如今人離家破，如何是好？（丑）老兒，你且不要愁煩。古人云：「死難者輕，保孤爲重。」我與你且盡心撫養小主人，待他長大成人，完了曾家親事。不要負了老爺臨行囑託之言。如今且把小主人放在草坡上，我與你對天遥拜，願他易長易大，早早得骨肉團圓。（末）説得有理。

〔泣顔回〕（合）死别與生離，説起教人傷悲。小主人嗄，你的雙親何處？止遺下小小孤兒。我存心撫恤，待成人説與其中意。驀忽地天降災危，禁不住兩行珠淚。

〔太平令〕（小生上）幸脱囚羈，潛地逃回報信息。陳主管不好了。（丑末）胡相公，我主人勝負如何了？（小生）你那主人麽，被胡囚殺了。（丑末）主母呢？（小生）夫人被擄登程去，皆坦蹐甚狼狽。

〔前腔〕（丑末）聽説因依，唬得我夫妻魂似飛。關山萬里難尋覓，兩下裏好孤恓。

（小生）陳主管，你每快些走罷！待我再去打聽，打聽。（下）

〔撲燈蛾〕（丑末）那胡酋太不仁，掠人好妻女。教他雙下不相顧，蹤跡此時何處也？夫人嗄，你是閨中艷質，怎當他犬羊驅逼。決不學文姬喪節，全貞潔，管教他日返鄉閭。

〔尾聲〕淚痕痕上重添淚，望斷天涯徒嘆息，生死兩途南與北。

父死沙場母被俘，夫妻盡瘁撫遺孤。傷心滿眼恓惶淚，洒向東風草木枯。

第六折　逼媾

〔三棒鼓〕（衆隨淨上）封疆萬里罷刀兵，一統山河際聖明。商無阻行，農樂可耕。禾黍登，桑棗榮。民皆鼓腹康衢也。齊歌太平，齊樂太平。

幾年疆土隔夷華，且喜車書混一家。東海人騎西域馬，南山客販北溪茶。自家萬户木華黎是也。前日江西戰勝回來，擄得美貌哈嗽無數。今日閑暇，不免分付準備打辣酥。内中選幾個美貌的來奉酒唱曲，再成婚媾，有何不可？小番！我前日在江西擄來的美貌哈嗽，是那個掌管？（衆）是秋香掌管。（淨）唤秋香過來！（衆）秋香！萬户爺唤你。（丑上）

〔玉井蓮後〕（丑）哈嗽是我掌管，聽得堂前呼唤。

萬户爺，秋香叩頭。（淨）秋香，前日江西擄來的哈嗽，是你掌管麽？（丑）正是。（淨）如今在那裏？（丑）在穿房中。（淨）你與我選幾個美貌的出來，奉酒唱曲，再成婚媾。（丑）有一個絶標致的在那裏。（淨）叫甚麽名兒？（丑）叫賽西施。（淨）賽西施，這個名兒就起得好，西施被他賽過了，一定是美貌的。快唤出來！（丑）曉得。賽西施快來！（付内應介）（丑）萬户爺唤你快出來！（付）來了。

〔搗練子前〕遭驅擄，被羈囚，一身無奈到臨頭。

（丑）賽西施，你的造化到了。（付）甚麽造化？（丑）萬户爺教你奉酒唱曲，要成婚哩。（付）極好的了，待我前去見他。（丑）這裏來，見了萬户爺。（付）萬户爺，賽西施叩頭。（淨）賽西施。（付應介）（淨）妙！好嬌聲。我今要你奉酒。（付）不會。（淨）要你唱曲。（付）不會。（淨）要你成婚呢？（付）奴家皮肉粗糙，伏侍不周，只怕没福。

（淨）我要了，你就是有福的。且放下扇來。（付）奴家害羞，放不下。（淨）不要害羞，放下來。（付）若要奴家放下，分付衆人退後些。（淨）衆人退後。（付放扇見介）（淨）這付嘴臉，甚麽賽西施？打下去！（付）你道我不標致麽？待我走幾步俏步兒，與你看。哎喲！雞眼痛得緊。（下）（淨）叫衆人，與我打秋香！甚麽賽西施？（丑）不要打，還有一個新來姐，其實生得好。（淨）不要又像那賽西施。（丑）包你中意。（淨）也罷！若是如今喚來又不好，一頓皮鞭。（丑）待我喚來。新來姐，萬户爺喚你。快出來！（旦上）

〔搗練子後〕一別家鄉已暮秋，馳驅遭擄受僝僽。

（丑）新來姐，萬户爺喚你，小心相見。萬户爺，喚到了。（淨）這個好。免打。（旦）萬户爺萬福。（淨）你是南方婦人，必然知些禮體。見了俺不下全禮，甚麽千福萬福？（旦）奴因國破家亡，不圖苟活，惟求一死。吾之願也！（淨）你的生死，在我反掌。要死何難？秋香，你去對他説。（丑）新來姐，萬户爺要你奉酒。（旦）我不是梅香，不會奉酒。（丑）要你唱曲。（旦）我是良家女子，不會唱曲。（丑）萬户爺，他都不會。（淨）要他成婚。（丑）新來姐，你的造化到了，萬户爺要與你成婚哩。（旦）哇！忠臣不事二君，烈女不更二夫。只求早死，豈肯失節！（淨）你這賤人！不中抬舉。把他掤弔起來！（弔旦介）（淨）小番，你們會歌的就歌，會舞的就舞。（衆應介）（丑）待我報與太宜人知道。（下）（淨）看打辣酥過來。（衆應，遞酒介）

〔清江引〕（合）將軍快活何處討，受盡無窮好。吃的打辣酥，飲盡香酥酪。新來姐，你就是玉天仙，也没用了。

〔玉交枝〕（旦）數該掣肘，命當災身不自由。奴乃是一鞍一馬閨門秀，肯從二姓顏厚？（淨）順了我，受用不盡哩。（衆）不從，難免一死。（旦）寧甘就死詠柏舟，奉天竇氏名不朽。決不學文姬死羞，決不學文姬生垢。

（淨）他不會唱曲，如今怎麼又唱起來了？（衆）這是他的説話。（淨）今後只是教他這等説話便了。

〔前腔〕我元勛世胄，論閥閲落誰之後。你是個遭驅掠被擄駑駘狗，笑孤身一似浮漚。夫亡子遠，下稍難倚守。又還不肯來俯就。你若不允情，我心怎休？（衆）你若不允情。將軍怎休。

〔前腔〕（老旦上）驀聞悲吼，頓使人奔騰急走。（衆）太宜人到了！（淨）孩兒迎接母親。（老）原來是萬户孩兒生機彀。如何的把人綳搆？（淨）這是江南擄來的婦人，他見孩兒不下全禮，爲此綳弔在此。（老）些須小事且饒休，可看母面胡將就。免得把生靈害休，免得把生靈害休。

小番，把他放了。（衆放介）喚那婦人過來。（淨）造化你。過來謝了太宜人！（旦）多謝太宜人！（老）起來！我且問你，你是何方人氏？姓甚名誰？原何觸犯了萬户爺，綳弔在此？（旦）太宜人在上，奴家姓黄，江西人氏。被萬户擄來，要我奉酒唱曲成婚。奴家不從，故此綳弔在此的。（老）有這等事？我兒過來，你方纔説不下全禮，把他綳弔。據婦人説起來，你全然不是了。你受了朝廷大俸大禄，不思盡忠報國，反行此苟且之事。幸得他立志貞潔，不然，可不被你喪了他的名節。我若不看母子之情，掣劍就哈喇了你。（淨）母親，孩兒今後再不敢了。（老）我且問你，你的官從何來？（淨）是祖父功勛掙下來的。（老）你既知祖父功勛，全不想你祖公公呵，

〔泣顔回〕辛苦統貔貅，世勛博得封侯。你全無尊重，一剗地嗜酒思謳。他是孤孀女流，擄將來全不施恩宥。但只知仗自機謀，不覷事把人淫媾。

〔前腔〕(換頭)(旦)身遭俘擄赴黄州，端的是仗誰搭救。(老)秋香，你問他，可有丈夫兒子麽?(丑)婦人，太宜人問你可有丈夫兒子麽?(旦)夫亡子幼，況在兩途分手。懨懨喘息，未亡人怎與將軍偶。願宜人壽比南山，福如東海悠悠。

〔千秋歲〕賤俘囚，直怎不唧溜！全無半點温柔。冀北江南，冀北江南，多應是夙世分緣輻輳。你假惺惺文縐縐。(老)起來。(淨)請起。(旦)呀啐！(淨)哇！要求死，何難?有此意君知否?恐臨期禍來，欲悔無由！(旦)

〔前腔〕拙如鳩，偏會胡厮扭。料應不是佳偶。(老)困旅窮途，困旅窮途，須念他子棄夫亡寬宥。(旦)宜人處高抬手，備盥漱供漿臼。(衆)休得要成拖陡，看啣環結草，青史名留。

〔尾〕從今世事都參透，忘想今生把名行修。雲收雨霽，青山應似舊。

(老)我兒過來。這婦人我要他在佛堂前燒香點燭，打掃佛堂。再不許你犯他。(淨)孩兒再不敢了。(老)婦人過來，你切須勤謹掃堂前。(淨)慢慢須教結好緣。(老)不如收拾閒風月。(淨)難道我紙帳梅花獨自眠?(摟旦介)(旦)太宜人！(老喝介)婦人，隨我來。(下)(淨)一樁好事，被太宜人打破了。只是太宜人如何得知?(衆)都是秋香去報的。(淨)這賤人可惡！該罰罪。小番，只是黄娘子不從，怎麽處?(衆)今日不從，自有明日。(淨)明日不從呢?(衆)自有後日，不怕不從。(淨)着，着！慢慢的勸他，不怕他不從我。(衆)正是：得他心肯日，(淨)果然是我運通時。

第七折　拜　别

〔珍珠簾〕（生悲狀上）我生之後宋顛連，遭兵燹，歎玉石俱焚難辨。嚴父死兵戈，母親俘囚遠。兒有此身親撫養，兒年長，慈顔不見。立誓要相尋。（哭介）我那親娘嗄！尋親不見，誓不歸庭院。

惟皇降衷於下土，秉彝那得更萬古。世間惟有君親恩，罔極昊天難報補。父因潔敵思盡忠，舉義死難留高蹤。哀哀我母知何處？胡笳聲裏生悲風。兒年五歲離懷抱，母作俘囚遭强暴。爲兒不得奉慈顔，日夜悲號何足道！願將陋室施緇徒，遠别恩人走吴越。餐風宿水豈憚勞，願求母子相逢早。盈盈珠淚染成斑，啾啾唧唧悲思慘。此身願作他鄉鬼，誓不見親應不返。小生姓黄，名覺經，表字一貞。本貫江西建昌府南城縣清綏峰人氏。吾家世爲宋臣。先人曾拜統制之職，致仕在家。不料元兵南下，遂入建昌。先父與鄉人胡楚才，招集義兵，恢復城池。誰知鏖戰不利，歿於王事。母親陳氏，亦被胡騎擄掠，未卜存亡。那時小生年方五歲，深虧老僕陳容夫妻，撫養一十八載。我思念父喪母離，不勝哀痛。先人在日，定下曾氏之女，與我爲妻。老僕陳容見我長大，意欲就此親事。我想爲人在世，有母流落，不能尋訪，何以爲人？我如今立誓，茹素斷葷，誦浮屠經，往四方尋母。不免請老恩人夫妻出來，拜辭前去。老恩人有請。（末上）

〔賞宮花〕人無大小，念君親天自表。東人年十八，志偏高。念念不忘天覆載，孜孜只是爲劬勞。

小主人拜揖。（生）恩人請坐了。（末）小主人在此，老僕怎敢坐？（生）我一身重蒙撫育，但坐何妨？（末）如此告坐了。呼喚老僕，有何分付？（生）老恩人，自從父死兵戈，母被擄掠，倏經一十四載，絶無音耗。我五歲失母，深虧你夫妻撫育成人。此恩難報。昔在孩提，不能自立。今欲把我所居房屋，布施與性空長老，改爲佛堂。止留左邊一帶，你夫婦居住。我立誓茹素斷葷，誦浮屠經，往四方尋母。爲此，請你出來拜别。快與我收拾行李。（末）原來爲此。小主人念親之禮，孝行出於本心，世人所不能及也。只是東人年幼，未曾歷練。豈堪途路跋涉？鄉井既殊，風土自異，況老夫人在兵戈相失，又無定居。四海之路甚廣，豈能遍歷？莫若再遲幾年，成了曾家親事，那時待老僕同了小主人前去，尋訪老夫人。有何不可？（生）咳！老恩人，有母流落，不能尋訪，何暇言及親事。（末）小主人，豈不聞不孝有三，無後爲大。（生）我立意如此，不必阻我。快請恩母出來。（末）妻子那裏？（丑上）

〔生查子前〕家事要撑持，辛苦有誰知。

老兒喚我出來怎麽？（末）媽媽，小主人要往四方尋訪老夫人。你去勸他一勸。（丑）有這等事？他平日極聽我説話的，待我去勸他。小主人萬福。（生）恩母請坐。（丑）小主人，方纔老兒説你要往四方尋覓老夫人。我想四方之路甚廣，知道老夫人在何處？況你年紀甚小，怎經途路風霜！莫若再遲幾年，成了曾家親事。那時與我老兒，同去尋訪老夫人。老身也放心得下。小主人意下若何？（生）多謝恩母相勸。方纔老恩人，也是這等勸我。我決意要去，不必阻我。恩母你快快收拾行李。（丑）憑你説到天上去，我二人決不放你去的。（生）若不放我去，也罷！今晚尋個自盡便了！（末）小主人，不必如此。媽媽，小主人決意要去，我和你也强他不住了。你進去收拾行李，再備一杯水酒伺候。（丑）曉得。這是那裏説起？（下）（生）老恩人，你與我請性空長老來。（末）曉得。不争三五步，咫尺是他家。性空長老有請。（淨）那個？（末）是我。（淨）來了。

〔賞宫花〕和尚老郎，不會看經只會嚏。聽得東人請，必定有商量。若是修齋荐父母，必須一個乍光光。

陳主管稽首。(末)長老拜揖。長老,我主人要往四方尋訪老夫人。煩你勸他一勸。(淨)他年紀小,那裏去得!待我去勸他。行行去去,去去行行。來此已是。陳主管,先通報一聲。(末)性空長老請到了。(生)請他進來。(末)長老請進相見。(淨)小主人,貧僧稽首了。(生)長老請坐。(淨)有坐。貧僧聞得小主人,要往四方尋覓老夫人。這是一件好事,難得你一片孝心。只怕小主年幼,難禁路途辛苦。前去不得!莫若再遲幾年,成了親事,慢慢打聽老夫人在於何處,那時方好去尋。小主人意下如何?(生)多謝長老相勸。方纔老陳夫婦,也是這等勸我。怎奈我五歲離母,今經一十四年矣。言之實爲痛心。我立誓在先,茹素斷葷,誦浮屠經,一定要往四方尋母,不必勸阻。我今將所居房屋,布施與長老,改爲佛殿。只留後邊一帶小房,與恩人夫妻居住便了。(淨)小主人立意要去,貧僧亦不敢强留。既蒙布施,改個寺名。(生)改什麼寺名?(淨)當初叫石仙庵,如今改爲普覺寺。(生)何爲普覺寺?(淨)先老爺的尊諱是普,小主人的尊名是覺,今把普覺二字相連。待貧僧早晚在三寶面前拜禮,願得小主人與老夫人早得相逢,同歸故土。貧僧有素珠一串,贈與小主人,帶在身邊。念念不忘天地德,悠悠長想祖宗恩。(生)多謝長老,此去尋見了母親,即便歸家。若尋不見母親,誓死不歸了。(淨)何出此言?(生)老恩人,你撑持家事,自宜保重。我慈母呼天凝望眼。(末)老奴故里守晨昏。(合)此去瘴烟蠻霧裏,三處相思一夢魂。(丑上)勸君更盡一杯酒,西出陽關無故人。老兒,酒在此。(末)行李收拾完備了麽?(丑)俱完備了。

(末)小主人嗄!當初老主人在日,其實家園温厚。自從老主人亡後呵,

〔錦堂畫眉〕〔畫錦堂〕止有淺薄家筵。(生)恩人,我今日爲始,不食葷酒了。(末淨)難得!不堪奉餞,恩義怎忍輕捐。數載周全,頃刻不離身伴。〔畫眉序〕今回首孰問寒暄,從此去誰供飲膳。(合)

拜别未審何年見？惟有淚痕如綫。

〔前腔〕（换頭）（生）罰願：斷絶葷羶，麻衣草履，長齋日對佛前。不憚迍邅，期取要逢親面。（末丑）小主人若尋見了老夫人，即便回來。（生）親不見，誓不回家。親見後，共歸庭院。（合前）（末淨）

〔僥僥令〕晏行宜早宿，下禮放柔軟。只恐冒暑沖寒宜調膳。（合）願得早相逢，歸故園。

〔前腔〕（生）行囊懸在背，雨傘倚於肩。此去赴水探山休辭免。（合前）

〔尾〕今朝拜别情留戀，明日關山去路遠，歸期尚未審何年？

〔哭相思〕餐風宿水路途艱，上窮碧漢下黄泉。若逢慈母方回轉，不得相逢誓不還。

（末）小主人，路上須要小心。早早回來。（生）尋見老夫人，即便回來。（各下）

第八折　游　園

〔杏花天前〕（小旦上）日轉花陰午漏遲，開簾見燕雛調語。

花嬌玉瑩，生此繁華境。且喜椿萱俱慶，門户欣欣鼎盛。奴家曾氏，小字慶貞。父親曾有三，母親胡氏。南城古族，清水名家。深感父母訓誨，女工頗曉，婦道粗知。嬌養閨門，長成閫閲。且喜家世充盈，庭闈半子。方當二九之年，保護雙親之愛。奴家適在爹媽跟前，早膳已畢，不免與梅香到後花園中，少玩片時。有何不可？梅香那裏？（丑上）來了。

〔杏花天後〕金針懶去穿紅縷，争奈困人天氣。

小姐有何分付？（小旦）梅香，我在父母跟前稟過，同你到後花園中，少玩片時。（丑）小姐先請，梅香隨後。（小

旦）繡床針線初閒，高堂問寢平安。懶去秋千架畔，羅衣不耐春寒。（丑）小姐，你看柳依臺榭，花壓闌干，好景致也。（小旦）

〔天香滿羅袖〕身處深深庭宇。鎮綺羅珠翠，簇擁香軀。閑來時閑散菖蒲，消遣處戲調鸚鵡。任烹鮮煮肥，任烹鮮煮肥，瓊漿醁醑。（合）三春鬭草，九夏避暑，清秋玩月，嚴冬擁爐。一年好景，怎肯空辜負。

〔前腔〕（丑）故族名門嬌女，羡芳年容貌，料花也不如。豈宜在草舍茅簷，端合貯瑶臺金屋。看星眸剪水，看星眸剪水，眉橫遠嶼。（合前）

（小旦）偷閑行樂非我事，羞向花前整翠鈿。（同下）

第九折　脱　騙

〔水底魚〕（付上）拐騙爲生，穿窬技最精。掏摸剪綹，遇我就遭瘟，遇我就遭瘟。

一生心性好風流，虚度青春三十秋。世上若無花共酒，三歲孩兒白了頭。自家高拐兒便是。別無生理，拐騙爲生，連日没有生意。在本地方，都曉得學生大名，俱遠而避之。千思萬慮，想了一條妙策。向日元兵南下，攪擾得人離家破者甚多。也有父不見子，子不見父的。也有夫不見妻，妻不見夫的。我今來到河南地方，趁此機會，到街坊上尋一個叫化婆，認他做娘，假粧母子。或飯店裏酒肆中，拐騙他些東西。有何不可？説便這等説，只是一時，那得有個叫化婆纔好？（丑内叫介）老爹奶奶嗄！（付）人有善念，天必從之。説聲未了，那邊有個叫化婆來了。（丑上）

〔普賢歌〕眼昏耳聵無男女，終朝哀告四方人。廚中有剩飯，路上有饑人。老爹奶奶不絶聲。

（付）叫化婆。（丑）老爹捨個錢兒。（付）原來是雙瞽的。婆子起來，我且問你，你可有丈夫麽？（丑）没有。（付）兒子呢？（丑）也没有。（付）我看你不像個叫化的。（丑）老爹，只爲孤身無奈。（付）你既是孤身，不如隨我去罷。（丑）你要拐我麽？（付）不識抬舉的東西！我憐你是孤身，故此看顧你。（丑）官人要我做什麽？（付）婆子你不知道，那年元兵作亂，失散了我母親，一向尋不見。方纔見你模樣，就像我母親一般。（丑）我像你娘麽？（付）活像！我如今認你做娘，你意下如何？（丑）罷是罷了。只怕你没福做我的兒子。且住，你既認我做娘，要吃要穿的了。（付）有得吃，有得穿。（丑）若是没得穿，没得吃，我要告你忤逆的呢！（付）這個自然。（丑）好孝順兒子，你如今先拏幾件好衣服我穿。（付）有件好衣服在此，娘你就穿了。（丑）怎麽軟答答的？（付）是縐綢彭緞的。有一條裙子在此。（丑）老爹可是綢的？（付）不要叫老爹，就叫兒子。（丑）好兒子，再得一雙膝褲便好。（付）到家裏穿去罷。（丑）兒子，你既認我做娘，也該拜拜我。（付）娘你立正了，待兒子好拜。老娘在此，兒子拜見。（丑）兒子，一拜罷。（付）兩拜了。今朝拜你爲兒母，不知那個吃塲虧。娘，倘若我與人家説話，不要露出本相來。（丑）這個做娘的曉得。兒子，我如今有些餓得荒了，有賸飯捨些與我吃。（付）娘，方纔説過不要露出本相，怎麽又是這等口氣？（丑）兒子，做娘的從今改過了。（付）老娘肚中饑餓，少時就有得吃了。（生、小生、内白）請了。（付）那邊有相知來了，你這叫化口氣少説。（丑）曉得。（生上）

〔生查子〕尋親歷四方，不憚多勞涉。（小生上）萍梗偶相逢，總是天涯客。

（付）二位請了，四海皆兄弟，人生若轉蓬。（二生）有緣千里會，今日喜相逢。（付）敢問尊兄，高姓大名？（生）小生姓黄名覺經，字一貞。江西人氏。（付）到此何幹？（生）爲尋母到此。（付）原來是一位孝子。失敬了！（生）好説。（付）此位兄上姓？（小生）小生姓陸名元，字子明。大都人氏。（付）有何貴幹到此？（小生）往河南取帳回來。（二生）請問老兄上姓？（付）小弟姓蒽白。（二生）那有此姓？（付）一位姓黄，一位姓陸，小弟姓蒽白，正好配顔色。（二生）休得取笑，請實道來。（付）小弟姓高名遠，京都人也。亦在河南取帳。（丑）兒子，我肚裏飢了。（付）母親不要嚷。（二生）此位媽媽是何人？（付）是家母。（二生）是令堂，失瞻了。高兄，説我二人求見。（付）豈敢。母親，二位客官要見。（丑）請來。（二生）高媽媽拜揖。（丑）二位官人，捨了長壽銅錢兒。（付）甚麽口聲？（二生）高兄，令堂爲何這樣口聲？（付）説也惶恐。實不相瞞，那年元兵南下，侵陷城池。母子失散，各處找尋不見，不想流落在此，今日纔得相逢。家母因想小弟，哭壞了雙眼。無所依倚，只得做那話兒度日。爲此是這樣口聲。（小生）原來爲此。（生）好苦嗄！（小生、付）黄兄爲何傷感起來？（生）小弟的家母，亦爲元兵南下，被亂軍趕散，到如今不知去向。我想高兄的令堂，已尋見了。只是小弟的家母，不知何日纔能相見。（付）黄兄且免愁煩。小弟的老母，尋了幾時，不能得見。今日偶然相逢。自古道：有時别，有時會。終有相逢之日。（生）若得如此便好。（付）小弟作東，與黄兄解悶。（小生）待小弟作東。一來與黄兄解悶，二來與高兄賀喜。（付）還是小弟作東。（生）不勞二兄費心，小生爲尋家母，立誓葷酒不食。（小生、付）就是素的也使得。（付）娘，酒店裏去坐坐。二兄，就在前面酒肆中罷。（二生）使得，高兄請。（付）二兄請。（二生）不争三五步，咫尺到肆中。（付）酒保有麽？（末上）店如星布，味不雷同。客官請裏坐！（丑）兒子，領了我進去。（末）哇！這是叫化婆。快走出去！（二生、付）爲何如此喧嚷？（末）我在此趕逐叫化婆。（付）住了，這是我家母，什麽叫化婆？（末）他日日在此討東西的，不差。（付）哇！狗才可惡得緊。打這狗才！（末）客官我認差了。（二生）高兄他認差了。（付）既是認差了，饒了你。娘進來罷！二兄請坐。（二生）高媽媽請上坐。（末）客官，你們要吃甚麽？（付）只揀好東西

拏來吃。酒又要好又要熱。（末）曉得。噲夥計，看好菜好酒上來。（付）二兄請。（合）

〔攤破簇御林〕秦樓上，賣酒牌，邂逅相逢梁棟才。飲一杯且自消愁，又何必兩行金釵。風雲遇時君莫駭，一朝奮發君須在。禹門開，蛟龍得雨，池沼豈沉埋。

（付）二兄，小弟吃不慣悶酒，須是行其一令，取其一樂，盡醉方休。（二生）如此甚妙。高兄先請，我等隨後。（付）黄兄先請。（生）小弟年幼，不敢。（付）爲兄解悶，況是遠客，還是黄兄。（生）還是陸兄。（小生）豈敢，還是黄兄。（生）如此小弟僭了。小弟要一個花名，曲中曾有此花。又要個古人曾賞此花，後邊要古詩一首。（付）難得極。甚麽花？（生）花是玉梅花，曲中有此花。古人林和靖，愛賞玉梅花。古詩道：「南枝纔放兩三花，雪裏吟香弄粉些。淡淡着烟濃着月，深深籠水淺籠沙。」（付）妙！黄兄請一杯。（生）小弟爲尋家母，不食葷酒。（付）如何發付這令杯呢？（生）既如此，煩令堂代飲一杯罷！（付）要家母替飲。娘，黄兄要你替吃，你可吃得。（丑）拏來我吃。（付）娘，這酒如何？（丑）强如我街上討酒的。官人，我吃了你這鍾酒，願你越捨越有，長捨長有。（付）叫化口聲，少説幾句罷。如今該陸兄來了。（小生）還是高兄請。（付）不敢。甚麽花？（小生）後庭花，曲中有此花。古人陳後主，愛賞後庭花。古詩道：「烟籠寒水月籠沙，夜泊秦淮近酒家。商女不知亡國恨，隔江猶唱後庭花。」（付）好。陸兄請一杯。（小生）小弟天性不飲，也煩令堂代飲罷！（付）母親，天性不飲的，也要你替飲。可吃得了？（丑）拏來。我若不吃，倒像金磚何厚，玉瓦何薄了。也待我吃。（付）只管吃，謝也不謝一聲。（丑）有理，待我謝一聲。（付）二兄，家母出席謝酒。（二生）不敢。（丑）陸官人，我吃了你這一鍾酒，願你捨一倍，增萬倍。（付）甚麽口聲？（二生）他一心只在釣竿頭，如今輪到高兄了。（付）小弟才淺，竟罰了酒罷。（二生）罰令不罰酒，一定要説的。（付）一定要小弟説，有了。花是金杏花，曲中有此花。（二生）古人？（付）還要古人？那個好，有了。「古人是董鳳，沿門俱栽金杏花。」（二生）好！還要古詩。（付）古詩没有，罰了酒罷！（二生）一定要請教！（付）古詩没有出處，待小弟胡謅幾句如何？（二生）使得。酒家，這裏什麽地方？（内）杏隖村。（付）「杏隖村中賣酒家，攙灰着水不容賒。世間若有雷公賣，買個雷公打殺他。」（二生）爲何要打殺他？（付）這樣好酒，攙了水就該打殺。（各笑介）二兄都不用酒，都是我母子二人吃了。酒家算帳。（生）我們還要到前面旅店借宿，可去得及了？（末）去不及了。三位客官，我這裏前面飲酒，後面宿客。（付、二生）既如此，我們也不去了，在此宿了罷。算帳。多少酒錢？（末）不多，二三錢銀子。（生）小弟有銀子在包裹内。（小生）小弟有。酒家取夾剪來。（付）二兄真正不曾出過路，自古財不露白。學生有在這裏。酒家，我也在此歇了。酒錢飯錢，明早起身，一總會罷。（末）曉得。夥計，三位客官不去了，明日一總會錢。把前後門下了鎖罷！（付）後門不要落鎖。（末）後門通野路的，也要落鎖。（付）不是。家母在此，晚間小解不便。不要落鎖罷！（末）曉得了。夥計，前門落鎖罷。後門不要落鎖了。（下）（付）二兄，家母在此，不得捧足。請睡罷。娘在那裏？（丑）我睡了覺了。（付）天罰你叫化，這樣好衣裳，穿了睡。脱下來，明早起來再穿。（丑）脱了冷。（付）有被在這裏。（拏椅壓丑介）（丑）哎喲好硬被。（付）漿硬了些。（丑）你在那裏睡？（付）不要管我。二兄起來，二兄，你們真正不曾出過路的。這樣好衣服，就穿了睡。且脱下來，放在此處。明早起來，吃了早膳，穿了走路。有何不美？（二生）有理。（脱衣介）（付）黄兄背上甚麽東西？（生）小生爲尋母親的誓衣。（付）陸兄我們大家看看。（小生）不肖黄覺經，係江西建昌府南城縣清綏峰人氏。父親官拜宋朝統制之職，爲因元兵南下，侵陷建昌，父舉義兵，没於王事。母親陳氏，亦被俘擄，不知去向，存亡未卜。覺經年方五歲，深虧義僕陳容夫婦，撫養長大。今經一十八歲，思念養育之恩，劬勞未報。情願捨宅爲寺，茹素斷葷，誦浮屠經，立誓往四方尋母。尋得見即便回家，尋不見誓死不回。倘有四方仁人君子，貴官長者，指引迷途，母子相逢，願祈福壽無疆，功德無量。至正二年。具懇哀稟。不肖黄覺經泣血拜。

（付、小生）好！真乃是孝子。難得！（生）請安置罷。（付）且住，這是緊要的。二兄，你們銅錢銀子須要放好了，不要露了白。須要謹慎些。（生）我的在包裹裏。（小生）我的在靴桶裏。（付）好！真正老江湖。黄兄的包裹可曾放好了。（生）小弟做枕頭在此。（付）也是個老江湖。二兄，小弟不得奉陪了。請睡罷。（二生）高兄請安置罷。（生）難得這樣好人。（小生）正是。（付）今夜爲何再睡不着？（聽更介）二更，還早。（又聽介）咦！此時好動手了。（偷完换孝頭巾介）這是前門，這是後門了。出門便是東西路，你是何人我是誰？（下）（末内）天明了。客人起身罷！（小生）黄兄天明了，起身罷！（生）行路辛苦，夜來好睡。你我衣服那裏去了？昨晚脱在此處的。（小生）想是高兄收在那裏。高兄，高兄！（生）我的包裹也不見了！（小生）我靴内銀子也不見了！（生）不妨，他的母親在此。高媽媽，你的兒子呢？（丑）同你們睡着的。（二生）我們的衣服、包裹、銀子，都被他拐去了。（丑）怎麽我的兒子去了？快還我兒子來。（二生）店主人快來！（末上）夥計，拏面湯來！（二生）店家，那姓高的那裏去了？（末）同你們睡在那裏的。（二生）我們的衣服、包裹、銀子，都被他偷了去了。（末）他的娘呢？（二生）在那里。（末）你的兒子呢？（丑）兒子，還不曾養下來呢。（末）既不是你兒子，他怎麽叫你是娘？（丑）他在半路裏認我做娘的，其實不是我的兒子。（末）你昨夜爲何不説？（丑）我説了，怎得好酒好肉吃？（末）我説是個叫化婆，你每説是他的令堂。可知他是騙子，拐了東西去了。（二生）我每那裏知道，你何不早説？（末）還不走出去！（打丑介）（二生）不要打他，打也没用。（丑）不要打，我如今原去叫化。咳！昨日快活了半日一夜。我那孝順兒子，不知那裏去了？（下）（二生）店家，如今衣服、包裹、銀子，都被騙去了。如何是好？（末）罷了！我也認個晦氣。酒錢飯錢也不要了，你每去罷。天上人間，方便第一。（下）（生）陸兄，小弟纔得出門，盤纏都被騙去。教我怎向天涯海角，尋訪母親？好苦嗄！（小生）黄兄，事已如此，不必愁煩。且趲到前面洛陽城中，待我到相識人家，借些盤費與你便了。（生）多謝陸兄。（小生）請。

〔風入松〕（合）東都先代舊皇畿，看景物雍熙。建昌宫下紅塵裏，香風送沽酒樓西。對此景越添人怨憶，何處去覓慈幃。

（外）太平時節好風光，飽食温衣樂未央。清潔身心行好事，大開門户早燒香。（二生）公公拜揖。（外）二位請了，二位上姓？何來？（生）小生姓黄名覺經，江西建昌府南城縣清綏峰人氏。爲尋母親到此。（外）原來是一位孝子，失敬了。（生）豈敢。（外）此位？（小生）學生姓陸名子明，大都人也。往河南取帳回來。（生）請問公公，這裏可有俘來人口，望乞指引。（外）這裏没有。若有，老夫儘知。二位身上，爲何這般狼狽？（二生）不瞞公公説，我二人昨日途中，遇見一個姓高的，將叫化婆認作母親，同到店中歇宿，將我每的行李衣服，盡行拐去。所以如此狼狽。（外）這里地方雖小，騙子甚多。（二生）我們那裏曉得？（外）既然如此，二位且到舍下奉茶。還有話相問。（二生）多謝。（外）轉過松樹林，竟入茅茨下。此間已是。二位請進！（二生）公公再奉揖。（外）二位請坐。小厮，有客在此，看茶來。分付宰雞備飯。（生）公公不消費心。小生爲尋母親，葷酒不食。（外）爲尋令堂，葷酒不食。這也難得。小厮，不要宰雞了，做些白麪饝饝來吃罷！（二生）多謝公公！只是攪擾不當。（外）好説。此位陸客長，取帳回來，不須説起。只是孝子尋親，我想幾時能彀得見？況你又乏盤費。（生）可憐分文俱無了。（外）也罷。老漢偶有三四兩在此，贈與孝子，以作一程之費。（生）小生怎敢受。（小生）黄兄，自古長者賜，少者不敢辭。難得公公一片好心，收了罷。（生）如此多謝公公。（二生）敢問公公高壽？（外）老夫呵，

〔駐雲飛〕八十年餘，家世流傳在洛水居。（二生）這等清健。一定是好善的了。（外）好善心慈意，奉佛生歡喜。嗏！不料你小年紀，在天涯。茹素持齋，訪母尋親，不憚行千里。老夫將一古人，比與你聽。（生）請教。（外）朱壽昌當年可比伊。

〔前腔〕（生）國破家亡，孤苦伶仃走四方。父死因兵攘，母掠知何向？嗏！尋親到洛陽，失行囊。因問慈親，得遇賢尊長。未報劬勞，怎如朱壽昌？

（外）遠爲尋親到洛汴。（生）何時得見慈親面。

（小生）上窮碧落下黃泉。（合）兩地茫茫何日見。

（外）請到裏面小飯。（二生）多謝公公！

第十折　逼　嫁

〔燕歸梁〕（淨上）一着棋差滿局輸，終日裏費躊躇。想因不是姻緣簿，空教人悶嗟吁。

老夫曾有三，荆妻胡氏。奈無子嗣，止生一女，小字慶貞。年方二八。曾與本郡黄統制，割襟爲定，許與伊子覺經爲妻。不料那年元兵南下，侵陷建昌。我親家與鄉人胡楚才，招集義兵，欲復城池，誰想鏖戰不利，没於王事。女親家又被胡人擄去，不知下落。那時小壻年方五歲，深虧老僕陳容夫妻，撫養一十八歲。只是家業凋零。此子追念父母，劬勞難報，情願捨宅爲寺，立誓茹素斷葷，往四方尋訪母親去了。他説若尋得見，即便回來；若尋不見，誓不回家。我想四海之路甚廣，那裏尋得見？倘不回來，可不誤了我女兒青春。正所謂「一着不到，滿盤是空」。況我別無男女，終身倚靠誰來？我意欲爲女兒別選東床，未知媽媽意下如何？且喚他出來，商議便了。媽媽那裏？（老旦上）

〔留春令〕半吞半吐，早知今日，況不當初。（小旦上）繡窗寂寞無人到，聽流鶯聲巧度。

爹媽萬福！（淨）孩兒坐了。（老）員外呼喚老身，有何分付？（淨）請你出來，非爲別事。只因我壻黄覺經，往四方尋母去了，不知幾時回來。他又立誓，若尋得見，即便回來；若尋不見，誓死不回。倘尋不見，真個不回，可不誤了女兒終身。爲此，請你出來商議。欲別尋佳偶，你我終身有靠。你意如何？（老）員外差矣！妻者齊也。自古一言爲定，終身不改；片言之諾，駟馬難追。何況割襟爲定。倘女壻真個不回，理宜守節。豈可再嫁？古語云：「忠臣不事二君，烈女不更二夫。」員外此言，豈不壞了女兒名節？有亂綱常，恐傷風化。請自三思。（淨）咳！你曉得甚麽？只管刻舟求劍，膠柱鼓瑟，全不通變。我的主意不差，孩兒只依我便了。（小旦）爹爹，孩兒幼處深閨，惟勤針指。況未及笄，豈曉世事？婚姻之事，爹媽主張，非女兒所擬。但母親所言，人倫大節。既蒙父母之命，媒妁之言，豈有再嫁之理？黄家子既不回來，孩兒没齒以待。生是黄家人，死是黄家鬼。改嫁之言，有傷風化。寧拚微軀，實難從命。（淨）我兒差矣，你且聽我道來。

〔一封歌〕〔一封書〕黄家子已去，上天涯尋老母。家零替怎訴？把居室作殿宇。去路茫茫何日返？塵世勞勞歲月徂。細思之，我差誤，須把孩兒別改圖。〔排歌〕（合）婚姻事，須記取，早知今日悔當初。

〔前腔〕（老）盍簪允閭里，這姻親你自許。不料兵戈剗地起，他父盡忠母被擄。盛衰改節何足數，背義忘恩豈丈夫。莫將兒名行污，休聽傍人別改圖。（合前）

〔前腔〕（小旦）奴命蹇最苦，藉椿萱相愛護。伊家破無所使，琴瑟音調殊。寧使奴身甘自守，不願將身重再辱。富而親，貧見疏，天理昭昭不可誣。（合前）

〔玉胞肚〕（淨）只因爲汝意懸懸，常縈肺腑。百年後有誰接續？芳心恐成虚度。悄似一朵奇花綻，全仗東君花爲主。

〔前腔〕（老）不須憂慮，想兒孫自有兒孫分福。（小旦）奴家呵，豈戀新忘舊隨俗，把清名一旦玷污。料應前世已曾注，枉自勞碌空反覆。

〔尾〕月翁書，冰人語，赤繩紅葉總成虚，一念堅貞志不移。

（老）吾兒不要睬他，隨我進來。（淨）有我做主，不要你管。

（老）赤繩紅葉總成空。（淨）世事須當要變通。

（小旦）雪裏梅花甘冷淡，羞隨紅紫嫁東風。

第十一折 問 路

〔小女冠子〕（生）尋親歷遍河南道，又不覺望見中條。向河中仔細求音耗，慈親願得相逢早。

羊羔能跪乳，慈烏能反哺。嗟哉此禽獸，天彝還猶悟。我生六尺軀，戴髮含齒具，胡兒肆災危，父死母被擄。死者不可起，生者寧不慕？人皆有兄弟，我獨無父母。小生黄覺經，爲尋母親，沖風冒雨，戴雪披霜，在途中已是三載。歷周汴洛，不知母親在於何處。迤邐行來，北望河中。前面已是五龍塢了，不免對天拜告一番，以求陰佑，願得母子早早相逢。

〔一江風〕望雲霄，再拜虔誠禱。憐憫吾年少，路迢遥。航海梯山，地北天南，母親知向何方討？盈盈淚兩交，盈盈淚兩交。默默魂夢繞。皇天呵！願得見慈親相逢早。（小生上）

〔前腔〕步西郊，見一個人來到。何事憂心悄，好蹊蹺。（生）客官拜揖。（小生）呀！見他下禮殷勤。漢子你從何處到此？（生悲介）（小生）未語先悲，何不與我言分曉？仙鄉貴郡號，仙鄉貴郡號。（生）小生江西人氏，爲尋母到此。（小生）尊堂甚狀貌？如今高壽知多少？

〔前腔〕（生）告君知。（小生）尊堂爲何失散了？（生）爲兵燹成拋棄。（小生）幾歲上離母的？（生）我五歲離母臂，隔天涯。（小生）貴處是那里？（生）世住盱江。（小生）是何等人家？（生）詩禮名家。（小生）令堂上姓？（生）老母原陳氏。（小生）别的時節，令堂有多少年紀了？（生）别時有二十五，别時有二十五。（小生）如今有多少年紀了？（生）今又將一紀，算來此時應四十。

〔前腔〕（小生）聽因依，不問時我也不説起。（生）莫非客官曉得家母的下落麽？（小生）中條山下，我有個親相識。（生）是那裏人氏？（小生）他説是江西。（生）既是江西人，爲何在此？（小生）爲元兵擄掠驅馳，展轉流遺此。（生）客官可曾問他姓什麽？（小生）我那時來得促了，姓名未問之，姓名未問之。（生）他可有兒子？（小生）亦言有子離。（生）那媽媽有多少年紀了？（小生）那媽媽約有三十以上，四十以下。與令堂呵，彷彿其年紀。

（生）請問客官，貴處那裏？爲何曉得？（小生）我晉寧人，往解州賣貨回來，經過中條山。有個虞返明，是我的相識。他留我到家，見一位媽媽，説起原故，方知此段情由。你及早前去，或者是你令堂，也未可知。（生）多承指教。到那裏有多少路？（小生）只有四十里之程。（生）路也不多了，就此告别。萬里迢迢爲老親，逢人下禮問虚真。（小生）數聲弄笛漁江晚，君向湘江我向寧。請了。（小生）孝子轉來。（生）怎麽説？（小生）我幾乎忘了。

路便不多，只是那里，有二三里淖泥難行。（生）甚麽叫做淖泥？（小生）你不曉得。彼處兩邊都是高山，中間一條小路。只因連年雨雪交加，再無日曬，積成此泥，謂之淖泥。（生）可過得去麽？（小生）其中深淺不同，若是認得路的，就過去了。不認得路的，也不知淹死了多少人。你若要去，須要仔細。（生）客官嗄！小生爲尋母親，就淹死在内，也説不得了！（小生）記着：中條山下虞返明家就是。（生）曉得。（下）（小生）真乃孝子，難得，難得！

第十二折　淖　泥

（外上）刮地狂風起，空中陽作陰。一聲天震裂，驚破不平心。小聖乃老將黄忠是也。上帝見我忠義，敕封爲中條山土地。今有盱江黄孝子，乃我之後代兒孫，爲尋母到此。前有淖泥之難，不免化一老叟，護送他過去。正是：

凡人心不昧，處處有靈神。（下）

〔梁州序〕（生上）春融將老，餘寒尤峭，隻身形影蕭蕭。臨汾已過，遺蹤尚想唐堯。姑射仙山遥遠，雖潙汭分流，迤邐見中條。晴嵐空鎖翠，映林皋。楊柳青青間杏桃，情默默旅魂消。

呀！來到此間，果有淖泥在此。阿呀！我那親娘嗄！我就淹死在内，也説不得了！（脱鞋襪介）

〔孝順兒〕〔孝順歌〕家鄉遠，路途裏，孤身萬里吾命危。楊朱枉含悲，阮籍空垂淚。思量此際，阿呀，母親嗄！舉步難行，欲行無計。勉强撑持，陷入泥途裏。〔江兒水〕緬想萱親何處？若得相逢，不枉了驅馳狼狽。

阿呀，救人哪！（外扮老叟上）漢子不要慌，我來救你。扶在柱杖上，漢子你且站定了。

〔前腔〕(换頭)陰雲四垂起，夕陽山外低。咆哮虎嘯猿又啼。臨風吼嚴威，潺潺流澗水，教人慘悽。迤邐中條，有誰來救你？(生)若非遇公公，險喪泥途裏。(外)虧我杖藜相倚。他日相逢，莫忘了今朝恩義。

漢子，你要往那裏去？走到這裏來。(生)公公，我要往中條山虞返明家去的。(外)這里就是中條山。來的不是虞返明麽？(生)在那裏？(外)大抵乾坤都一照，免教人在暗中行。(下)(生)呀！公公爲何不見了？想是天。天憐念，差來救我的。那邊想是虞返明來了。(淨上)操斧入山去，清晨去賣柴。(生)大哥！借問一聲。虞返明家住在那里？(淨)我就是虞返明。你問他怎麽？(生)大哥，我母親在那宅上。特來訪問。(淨)可是一位江西媽媽麽？(生)正是。(淨)嫁了我了。(生)嫁了你了？好苦嗄！(淨)不要哭！要見你娘也不難，你隨我來。(行介)這里是了。待我唤他出來。媽媽快些出來。你今日想兒子，明日也想兒子，如今你兒子尋你來了。快出來罷！(丑上)兒子在那里？(生)母親在那里？

〔哭相思〕自從被擄到河東，兩地迢遥信不通。(合)母子久抛離，今日重相會。

(淨)快活！待我安排飯去。(下)(生)娘嗄！孩兒爲尋母親，行了多少路。尋到此地，纔得相逢。(丑)兒嗄！爲娘的爲你無日不想。(生)母親，方纔他説母親嫁了他了。(丑)是。(生)母親，雖則如此，還是回去罷。(丑)不像我孩兒口聲。我且問你，你是那里人氏？(生)我是江西。(丑)那一府？(生)建昌府。(丑)差了，我是吉安府。你是那一縣？(生)南城縣清綏峰人氏。(丑)一發差了！我是雍辛縣。你姓甚麽？(生)我姓黄。(丑)又差了，我姓陸。你是幾歲離娘的？(生)孩兒是五歲離娘的。(丑)差到底了！我的兒子，七歲離我的。我曉得了。見我標致，認我做娘，要討我的便宜。你一進門來，把我的兩個奶頭，捏住了不放。打這油嘴光棍！還不出去！

（推生出介）待我進去罵這老入娘賊，你領的好兒子！（下）（生）千辛萬苦，尋到此處。誰想又不是我母親。好苦嗄！

〔鷓鴣天前〕只爲尋親走四方，路途心苦實堪傷。誤將于左呼羊右，錯認陶潛作阮郎。

第十三折　春　逼

〔接雲鶴〕（淨衆上）擄奴與我少姻緣，那得閒飯與衣穿。耀武張威去殺人，紛紛快馬盡揚塵。擄來美女咱家樂，不須財寶與金銀。俺木華黎。自從那年在江西，擄得黄娘子，我見他美貌，意欲與他成婚。奈他抵死不從，不遂我願，被我囚在穽房之中。雖然太宜人吩咐，不許我犯他，我心中只是放他不下，如今唤他出來，偏要成親。小番！唤那黄娘子出來。你每與他説，若是成了親，滿頭珠翠，遍體銷金，享用不盡。若不從順，罰他兩椿事。（衆）那兩椿？（淨）日間牧羊，夜間舂粟。羊瘦了打一頓，粟糙了打一頓。朝一頓，暮一頓，打得黄腫成病，飯不能吃，茶不能飲，不如成了親的妙。快唤他出來！（衆）黄娘子快來！

〔糖多令後〕（旦上）自那日海宇征塵，猛然的斷信絶音。心慽慽，淚盈盈。（衆）萬户爺唤你！（旦）萬户爺萬福。（淨）哇！誰與你千福萬福！你在穽房中好自在。（旦）在穽房中受苦，有甚麼自在？（淨）還説不自在？除非買香燭來供養你，纔爲自在。小番，對他説。（衆）黄娘子，萬户爺要與你成親。若順從了，滿頭珠翠，遍體銷金，享用不盡。你若不順從，罰你兩椿事。（旦）那兩椿？（衆）日間牧羊，夜間舂粟，羊瘦了打一頓，粟糙了打一頓。朝一頓，暮一頓，打得你黄腫成病，飯不能吃，茶不能飲，不如順從了好的。（旦）既如此，待我去稟過太宜人，再來成親便了。（淨）哇！動不動把太宜人來壓量我。

〔鶯啼春色中〕〔鶯啼序〕一言激得我怒起，不由人不生嗔。你是個遭驅掠被擄駑駘，怎與俺動胄相親。看他假撇清，一似裝聾作啞，虚禮數賣喬生忿。（合）〔絳都春〕自今爲始，暮春朝牧，敢違分寸。

〔前腔〕（旦）冤家空自胡厮窘，我的一念堅貞。肯與你犬彘爲群？（衆）他罵萬户爺是犬彘。（淨）若有從我，就是犬彘也不妨。（旦）怎使我亂叙成婚，事歸道感得宜人憐憫。朝共暮隨緣相趁。（合前）

〔黄鶯學畫眉〕〔黄鶯兒〕（淨衆）想伊無福在豪門，把一身徒自殞。若還轉意相從順，蘭麝半薰，脂粉淡匀，滿頭珠翠堆鴉鬢。〔畫眉序〕此時誰不相欽敬，你情願做下賤孤貧。

〔琥珀貓兒墜〕（旦）天涯流落，骨肉兩離分。苟活餘生慚未殞，仰天空嘆淚紛紛。須信我情願，今生做下賤之人。

〔尾聲〕（旦）吾今一一遵嚴命，我是孟德耀抱金娥舊隱。（衆）晝牧宵春須當受苦辛。

（旦）甘同德耀灞陵春，暫似金娥牧養功。情到不堪回首處，一齊吩咐與東風。（淨）小番，把這妮子，原發在穿房中去。（下）

黄孝子傳奇卷下

第十四折　虎　護

（末上）顯耀威靈立四方，神通廣大果非常。一心正直無私曲，掌管華陰一郡鄉。小聖乃華陰山土地便是。昨奉天符敕命，今有盱江黄孝子，尋母到此。經過藍田界口，有一白額虎攩路。恐傷其命，不免保護他過去便了。正是：從空伸出拿雲手，提起天羅地網人。（下）

〔金蕉葉〕（生上）愁深怨深，遍天涯慈親那尋。已過河中晉汾，不覺又是華陰。意躊躇，心悒怏。汴洛汾浦遠。迤邐咸陽望，欲採華峰花十丈。青碧無緣，難上仙人掌。歷荆榛，披草莽。四海驅馳受盡多磨障。母逐胡塵知孰往？天涯何處求形狀？自家爲尋母親，奔波四方。不知此處是甚麽所在了？你看兩條路在此，不知那一條是大路？我且上前去問路。（淨内白）行人住步。（生）遠遠望見有個人來也！（淨上）出入華陰山，來往華陰路。惟聞鳥鵲聲，不見行人步。（生）客官拜揖。（淨）漢子你要往那裏去？爲何到此？（生）小生黄覺經，江西人氏，爲尋母親到此。不識路途，望乞指引。（淨）咳！可惜你是個孝子。只是走差了路了。（生）怎麽走差了路？（淨）不是路徑之差，此間是藍田界口，那壁廂就是華陰山。山上有一白額山君，出入要害人性命哩。（生）客官，甚麽叫白額山君？（淨）你不曉得麽？白額山君是個虎。（生）嗄！是，是虎麽？（淨）纔説一個虎字，你就害怕起來。孝子站定了，待我把虎的威勢，慢慢説與你聽者。那虎來時，只見林風颼颼，鳥鵲喧喧，黯黯的地慘天昏，啾啾的神號鬼哭。那猛獸生一副兀兀突突，迎山峰，撞石壁，折灌木，披荆榛的磕腦頭。撑一雙團團圓圓絢緑，艷射金輝閃，燐光烈炬火的突暴眼。開一張丫丫義義，聳銀槍，攢玉筍，排戈戟，晃鋒刃的巨牙齒。豎一條矗矗巍巍，排百州，撑四極，撼天關，摇地軸的鐵棒尾。㑭窩弓，永不能傷；穿羅洞，何曾得搕？吼一吼，山岳動摇，魑魅叢中皆震踏；嘯一嘯，波濤洶涌，蛟龍淵底盡翻騰。假使卞莊存孝，也須寶劍防身；饒你馮婦姚期，也當下車斂跡。那業畜遍身斑毛如蜀錦，四蹄利爪似鋒錐。深林每日逐裴煜，月下逢時驚李廣。此虎霎時就至，孝子你何不早避？（生）客官救我一救。（淨）我自家顧不得，那里救得你？放手，饒你人心似鐵，須聽逆耳忠言。（下）（生）你看那客官竟自去了，少不得闌闧前去。

〔綿搭絮〕草芳風暖正春深，只見漢寢秦陵，跨驪山蒼翠森。過華陰雷首將臨，又見巨靈仙掌，太白豪吟。我這里東望長安，千仞山遥日晌金。

（虎内叫介）（生）不好，虎來了！那個救我一救？（虎上撲生介）（末引鬼護生介）（外上）雷閃靈光照四方，狰獰相貌果非常。生前護國因忠直，死管華陰一郡鄉。吾神乃西岳部下一個傷司。今有盱江黄孝子，被虎攩路。奉上帝之命，須當保護他前去。

〔鬬鵪鶉〕纔離了西岳山頭，早來到藺田界口。奉着這上聖言詞，只索要奔騰急走。憑着俺勇力狰獰，把精神抖擻。何處覓？甚處求？俺這裏捕跡追蹤，只索要瞻前顧後。

〔紫花兒序〕俺只見天光黯黯，月色濛濛，良夜悠悠。又只見陰風吼吼，冷氣颼颼。何由？（虎又上叫介）卻塬來潑毛團在此游，俺待要下手擒收。他到來舞爪張牙，不住的擺尾摇頭。

〔調笑令〕似龍争虎鬬，似龍争虎鬬。見了他怎干休？呀！激得俺怒氣沖冠射斗牛。閃雙睛故做瞻前後，聲哮吼地震山愁。攢皺眉頭，俺怒氣實難收。

〔秃厮兒〕他，他潛身便走，我，我趕過山丘。只見他盤旋上下不自由，欲逃生何處投？教恁死在荒丘。

〔煞尾〕捉向前來把身扭，小鬼，把鐵索將他緊緊收。從今鎖你在洞門前，虎嗄虎！再不許你在山巖路兒上走！（捉虎下）

〔鷓鴣天〕（生）虎狼當道阻人行，我命如今得再生。萬事勸人休碌碌，舉頭三尺有神明。（末）孝子，如今大難已過，起身去罷！自有天爲主，何勞人用心。（下）

第十五折　逐　女

〔生查子前半〕（淨上）老去漸知非，悶裏添縈繫。老夫曾有三，只因我女不肯改嫁，他的終身怎了？我兩口倚靠何人？如今再喚他娘兒每出來，與他商議。若肯改嫁，萬事全休。若不從，剥下衣服，趕他出去。媽媽、女兒那裏？

〔三登樂前半〕（老旦上）緣慳分薄，平白地頓成災禍。（小旦上）天涯遠，鏡鸞剖破，鏡鸞剖破。（見介）（淨）我兒坐了。（老旦）員外唤我出來，有何話說？（淨）媽媽，我只爲女孩兒親事，日夜掛心。你可勸他早早改嫁，我和你暮年有望。（老旦）女兒情願守節，決不再嫁。況兼黄家子少不得有還鄉之日。你只管説他怎麽？（淨）自古道：「家有主，國有王。」我做了主，不怕他不從。（小旦）爹爹，孩兒一身，雖由父母作主，豈敢違拗？但改嫁一事，有關風化。寧拚微軀，實難從命。（淨）哇！只管千推萬阻。不聽我言，逆父之命。你今後再不許見我之面，走出去！（小旦）好苦嗄！（老旦）我兒不要啼哭。

〔紅衫兒〕且把身心安穩坐，休得要張羅。想那姻緣輻輳，分定無錯。若還是棄舊憐新也，教人罵唾。縱然是耀後光前，把芳名沾污。

〔東甌令〕（淨）無男子只有這女嬌娥，惱恨當初訛上訛，不思量坦腹東床左。日漸光陰過，等閑緑鬢變成皤，身後事如何？

〔香柳娘〕（老旦小旦）想片言既諾，想片言既諾，豈肯中途負約。皇天神鬼空中鑒着。我一身拚死，我一身拚死，免教受班駁。相逢無差錯，漫羅襟淚落，漫羅襟淚落，衷腸似割，悶懷增惡。

（淨）我對你説，你如今不依我改嫁麽？（旦）爹爹，孩兒寧死，決不改嫁的！（淨）既不肯依我，脱下衣裳，走出去！（推旦倒介）（老旦）員外不可如此！我那兒嗄！（淨）不要採他，你自進去。（小旦）母親開門！（老旦）我兒進來！（淨）你可依我改嫁麽？（小旦）決難從命！（老旦）我且問你，自家女兒，趕他到那里去？（淨）老不賢，還不進去！（扯老旦下）（小旦哭介）好苦！你看爹爹，執意要奴改嫁。我怎肯做此敗倫之事？罷！千休萬休，不如死休。我那爹娘嗄！

〔臨江仙〕既許絲羅相依附，豈期中道參商。椿萱琴瑟更乖張。無由騰遠漢，只得赴長江。

第十六折　祭　江

〔珠絡索〕（四卒、外、生、院子引小生上）微官寄天涯，今喜覓歸槎。太平時節景奢華，趁東風人瀟灑。

下官三衢古族，宋末名家。姓欒名善，字成美，幸叨甲第，除授提舉之職。今帶家小，前往福建上任，兼往江西臨安探親。船頭過來。（雜應介）諸事完備了麽？（雜）都齊備了。（小生）今日祭江，明早開船。看香案過來！（外生）香案齊備，請爺拈香。（小生祭江）

〔傾杯賞芙蓉〕〔傾杯序〕十載書幃守薤鹽，燈火芸窗下。端的是手不停披，口不絶吟，點首朱衣，名登黄甲。〔玉芙蓉〕一官幸喜司風化，萬里鵬程當奮發。逢明主，肯沉埋混雜？管榮除禄位，轉看定遷加。

撤了香案，船頭過來，我有一事分付你。我夜來得其一夢，夢見神道囑咐：說今晚有一節婦投江，命我撈救。你可駕一小舟，沿江棹轉，不拘男女，撈救回來，重重有賞。（雜）理會得。

〔朱奴帶錦纏〕〔朱奴兒〕（小生）明日裏輕舟便駕，今日裏把行裝盡打。化紙焚香燒炬蠟，神明事敢違時霎。〔錦纏道〕酌水獻時花，三牲福禮，銀盃酒泛霞。但願皇天祐，好風吹送上京華。

〔尾聲〕春殘也逢初夏，又早薄羅試着他，回首迢迢去路賒。

第十七折　投　江

〔小女冠子前半〕（小旦上）造化生奴作等閒，莊嚴全體具人言。

奴家被父親逼勒改嫁，道我不從，趕逐出門，不容再見。我想事到其間，不容中止。妾聞傳云：「寧求死以成仁，毋求生以害義。」故甘心如赤子之入井，決意效飛蛾之撲火。只得潛到江邊，尋個自盡，以全大節便了。好苦嗄！只是捨割我母親不下。

〔香羅帶〕風清月正明，凄涼動情。潛身悄地離户庭。心中自忖細評論也，做個貞節好，蹈前盟。不能效引刀斷鼻朱妙英，不如早向江心也。只落得追隨抱石人。

這裏已是江邊，你看巨浪拋天，好怕人也！

〔前腔〕遭逢改舊盟，甘心自殞。肯惜身命滅大倫。今朝拚死在江心也，我願全貞節逆親心。良人去久信無憑，只得暗自吞聲也，願效令女曹娥赴水濱。

且住。我身雖死，那個知道。不免咬破指頭滴血，題詩一首於原聘襟衫之上。將石壓在江邊，使人收取，報與我父母知道，也曉得奴家不肯改嫁，留詩投江身死。

〔五更轉〕詩未寫，魂先喪。將身赴大江。你逼奴改嫁，把他情拋漾。奴豈肯棄舊從新，遭人譏謗！兒夫去，竟不還，教人望。母親嗄，你千辛萬苦指望兒終養，誰想今朝兒遭磨障。

（題詩介）世途輕利妾身輕，患難遭逢改舊盟。羞效曹娥徒不語，甘爲令女毁殘形。高堂父母恩難盡，萬里良人信未憑。嚙血題詩赴江滸，行人聞説亦吞聲。曾氏慶貞題原聘衫襟詩。我那爹娘嗄！不是孩兒就肯拋捨了你！

〔胡搗練〕只是時運蹇，命途窮，肯教顔色媚東風。莫道此身甘自棄，嫡親吾父不相容。（投江介）（雜上救介）老爺有請。

〔生查子〕（小生上）十載親燈火，今喜登雲路。夢話未堪憑，移棹烏江渡。

（雜）稟爺：果有一婦人投水，小人撈救了。（小生）好！有賞。院子，分付梅香，與他換了乾衣服，扶下船來。後船請夫人過船。（外請介）（旦丑上）

【畫堂春前半】（旦）日上三竿猶未起。（丑）爹爹呼唤何因？

（相見介）（旦）相公，唤我母女過來，有何話説？（小生）夫人，神道之言，不可不信。夜來果有一婦人投水。（旦）可曾撈救麽？（小生）撈救了。（旦）有這等事？快唤上船來。（小生）船家，唤那投水婦人過來！（雜）投水婦人，老爺唤你下艙去。（小旦上）

【憶王孫前半】事到臨危不自由，低頭只得强含羞。

（雜）投水婦人當面！（小生）迴避了！（衆應下）（小生）婦人，我看你紅顔少艾，必是好人家兒女。有何屈事短見投水？你家住那裏？

【三囑咐】（小旦）念奴世閥盱黄貫。（旦）相公，盱江是那里？（小生）就是江西。你可有父母兄弟否？（小旦）無男子，産丫鬟。（小生）可曾適人否？（小旦）孩提許嫁黄郎爲東坦。（丑）爹爹，甚麽叫東坦？（小生）女壻謂之東坦。（丑）爹爹，我也要個東坦！（小生）胡説！婦人，那黄家是何等人家？（小旦）也是宦門貴族。（小生）他家如何了？（小旦）伊家忽值兵戈難。（小生）既遭兵戈之難，他父母可在麽？（小旦）他娘被擄，他父命殘。（丑）甚麽叫殘？（小生）人死謂之殘。（丑）既如此，你爹爹幾時得殘？（小生）胡説！（小旦）人離家破遭塗炭。

（小生）黄郎有多少年紀了？

【喜還京】（小旦）黄郎漸長年弱冠。（小生）如今在那裏？（小旦）他一心要去覓慈顔。（小生）他去尋母，家事誰管呢？（小旦）捨宅爲寺，斷葷素餐。（小生）幾時回來？（小旦）他道誓不見親終不返。（小生）他就回來也無家了。（小旦）家道皆零替，郎行何日返？（小生）你因甚投水？（小旦）爲爹行逼嫁奴羞赧。

（小生）父親逼你改嫁，你母也該勸止他才是。

〔皂羅袍〕（小旦）老父不容勸諫，喚强媒魆地暗裏偷拴。逼奴奪志更高攀。（小生）你爲何不從父命？（小旦）奴家聞得：「忠臣不事二君，烈女不更二夫。」奴身寧死何足辦？（小生）這也難得。你父親見黄家敗落，要逼你改嫁富豪了。（小旦）富豪是慕，不顧風化所關。因奴命薄，使他一家喪殘。向江心寧作曹娥伴。

（小生）夫人，

〔前腔〕聽他言語堪羨，親兒女何忍竟自離間。你挑描刺繡可曾慣？（小旦）都是曉得的。（小生）既如此，且同我女隨茶飯。下官姓樂名善，三衢人氏。今蒙聖恩，除授福建提舉之職，帶家小上任。如今若送你回去，又怕你父親逼你改嫁。莫若拜我爲義父，同到福建。待任滿之日回來，送你還家。意下如何？（小旦）且住〔一〕。既有夫人小姐在船，同去也不妨。若得恩官收養，就如重生父母。爹媽請上，待奴拜謝。（合）恩官仁惠，宜人量寬。女娘柔軟，小姐世罕，悄如兩朵奇花綻。

〔前腔〕（丑）好笑爹媽没眼，别人家花貌，逐浪隨灘。誰教撈救好無端，叫甚麽爹爹媽媽乾

扯淡！（旦）休得胡説！你二人就此爲姊妹便了。（小旦丑拜介）（合前）

〔尾聲〕（衆）且優游聊爲伴，管教他日得團圓，無愧名垂青史編。

（小生）魚腹當年也没沉。（小旦）幸得仁慈救妾身。（旦）惟有感恩并積恨。（合）萬年千載不生塵。（小生旦下）

（丑）你今年幾歲了？（小旦）一十八歲。（丑）我長你一歲，我是你姐姐了。（小旦）如此，姐姐請。（丑）妹妹請。

（同下）

〔一〕「且住」二字疑誤。

第十八折　蛇　護

〔醉扶歸〕（生上）歷盡五寨龍山上，教我何處覓萱堂？歲月如流空自忙，慢向紅塵深處多勞攘。感蒙夷長憐我孝，恩光，贈金帛盤纏往。

（小生）經過豫、冀、雍、梁、滇、池、柳、桂諸州各府，皆已不見，今又到雷、廉、高、化、潮陽。過南雄府，又尋不見。此間已是廣西地方了。不免上前問路。（末内白）前面客官慢行。（生）那邊有一位客官來了。（末上）南海風光實可誇，丹山錦荔煦晴霞。阿蟲覓得聊供饌，蔞葉檳榔可當茶。（生）客官拜揖。請問甚麽叫作蔞葉檳榔？（末）你不曉得，俺這里將檳榔以爲待茶之禮。吃些不妨。（生）多謝。（末）我且問你，你是那里人？要往何處去，走到這里來？（生）我是江西人，爲尋母親到此的。（末）原來是孤仔尋郎奶的。（生）甚麽叫作孤仔尋郎奶？（末）你不理會。俺這里父親叫郎伯，母親叫郎奶，兒子叫孤仔。你是尋母親的，可不是孤仔尋郎奶的麽？（生）原來如此。（末）孝子，只是你走差了路了。（生）怎麽又走差了路了？（末）孝子，你有所不知。此處有巨蛇攔路，大者吃人，小者害人性命。你須要仔細。（生）客官，那蛇有多大，就敢吃人？（末）你不信麽？孝子，你且站定了，待我把那蛇的形狀，説與你聽者：那蛇身長數丈，粗經幾圍，盤旋處疊可平胸，行動時渾如下板。遍體鮮鱗如玳瑁，雙睜怪眼似琉璃。舌頭吞吐，臭臭似蒲葉之鎗；牙齒參差，密密如湛盧之劍。毒霧昏昏迷客醉，光芒淅淅使人愁。休言常山九尾絳冠狐，不讓沛主遮途赤帝子。此蛇霎時已至，郎君須當早避之。（生）客官可有甚法術，救我過去？（末）我也没有甚麽法術救你，全憑這條護身龍，救你過去便了。（生）若得如此，我黄覺經生死不忘厚德。（末）噤聲。那孽畜聽見了你的名字，就要叫你。你不要應他，你要應了，他就來吃你了。（生）有這等事。（末）你隨我來，看他出入之所。那、那光油油的，是他出入之所。這是他吃水的所在，吃了水到那條路上等人吃。（生慌介）客官可憐，救我一救。你就是我重生父母了。（末）你不要慌，你要一慌，連俺也没主意了。你只是緊緊隨着我走便了。

〔步步嬌〕躡足潛蹤尋蛇窠。（内叫介）黄覺經！（末）此處有蚺蛇叫，山陂下路瞧，亂草叢中兩下分倒。客旅若相逢，必定遭毒咬。

〔江兒水〕盛暑炎州道，汗似澆。愁沖毒霧逢蛇窠，樹底深深情結了。喃喃地穴人言巧，遍野纍纍瓜棗。藤蔓陰中，荔枝焦黄堪飽。

蛇來了。（打蛇死介）

〔川撥棹〕（生）蛇斷勦，感奇功得助保。（末）若非我認得其巢，若非我認得其巢，險被他暗中侵擾。（生）這恩德何所報，這恩德何所報？

（末）孝子，

〔尾聲〕你命中註定不該夭，（生）逢異人途中指教。（末）如今好了。（合）脱離了虎穴龍巢。

（末）南海風光漸覺豐。（生）慈親不見淚填胸。（末）劉郎只道蓬萊遠。（生）猶隔巫山十二峰。（末）孝子，如今没事了。竟往那條大路上去罷！（生）多謝客官。（末）請了。（生）請了。唬死我也！（下）（末）難得！真正是孝子。

第十九折　祈　夢

〔縷縷金〕（衆神將侍從引旦上）回斗柄，轉參横。夜涼清晝永。下丹墀，兩袖天香拂，銀河西墜。（合）歸來寶殿啓朱扉，甚人告神祇，甚人告神祇。

（旦）家住瑶池掌素娥，人間光景疾如梭。曾經幾度蟠桃熟，卻被東方盗去多。我乃福建興化府仙遊縣聖妃娘娘是也。今有盱江黄孝子，爲尋母親到此祈夢。又有覓利人，也來祈夢。鬼判，與我肅整威儀者！（淨上）

〔秋夜月〕戴法冠發付星斗换，叮噹玉珮聲撩亂。口含法水手持劍也，只爲要錢，將屁股向天。

寶殿崔嵬聖母靈，四方祈福滿門庭。金爐篆裊香烟細，一枕清風曉夢驚。小道乃聖妃娘娘廟中提典是也。今乃朔日，恐有祈夢的到來。不免吩咐道人，打掃殿宇。道人，拿帳幔掛起來，蓬塵掃一掃。香爐裏添些香。娘娘，提典參見。咦！判官小鬼，今日爲何這般威勢得緊。一位太保，前日被人偷去了。道人，新裝塑的太保，今日是好日，爲甚麽不請回來？（内白）還没有開光錢。（淨）你拿二三分銀子去，快些去請了回來。（雜抱太保上）（淨）放正了。（雜）你自家請正罷！（下）（淨）怎麽丢在這里？就全跑了。又要我動手。（擺介）不好，不好。對了娘娘的面不好看，待我再擺。如今是了。娘娘，倘有四方祈夢的到來，必須靈應之夢與他。道人烹茶伺候，嚼了半日蛆，肚裏有些餓了。我且進去，吃些點心再來。（下）

（生）請了。借問一聲，聖妃娘娘祠裏，往那條路去？（小生）可是去祈夢的麽？（生）正是。（小生）我也要去祈夢，就請同行。

〔五供養〕（生上）南越淹留，親不見急將神叩。（小生上）一心投廟宇，祈夢決疑憂。

〔梧蓼弄金風〕〔梧葉兒〕衢州府，離家鄉。途路走忙忙。〔小紅花〕忽向丹霞樓過，笑殺孟知祥。當年瓜棗拜天皇，也囉。〔柳摇金〕相如詞賦，子美文章。綠暗紅稀，不覺客懷增壯。

（作到介）（小生）此間已是，請進。（生進介）娘娘在上。弟子黄覺經，江西建昌府南城縣清綏峰人氏。爲尋母親，祈求娘娘賜一靈夢，使弟子早得相逢。（小生）弟子周昌，本貫延平府人氏。爲覓利到此，特來祈夢，乞賜靈驗。（生）這里没有廟官麽？（小生）怎麽没有？待我叫他出來。廟官有麽？（淨上）來了。官清公吏瘦，神靈廟祝肥。二位客官，可是祈夢的麽？（二生）正是。（淨）既是祈夢的，我每娘娘靈應得緊。必須要沐浴，潔淨了纔好。（二生）沐浴潔淨了。（淨）可用夜膳。（二生）不用了。（淨）既如此，一位請東廊下睡，一位請西廊下睡，定有奇夢。各要記真了。（二生）曉得。（淨）請睡。（二生各睡介）（淨）且住。這兩個祈夢的，有些蹺蹊。這個齊齊整整，還像個人。那一個頭上扎了一頂破唐巾，背上背了一塊黄布，腳上穿了一雙破草鞋，形徑差池。前日一尊太保，被人偷去了。今日莫非又是偷太保的？也不難，待我睡在殿上，看好了太保罷。道人，拿我的枕頭來。（內白）你自（內白）要枕頭做甚麽？（淨）今夜殿上有歹人，我不進去了。把我的房門鎖了罷。拿我的枕頭來。（內白）你自已進去拿罷。（淨）我若進去，這太保又被人偷去了。没有枕頭，教我怎麼睡？明朝起來，頭眩眼腫的，甚麼意思？有了，我要看守這太保，何不就拿太保作枕頭？看他怎麼樣個偷法！有理。太保老爺，只得要勞你一勞。如今是高枕無憂了。（睡介）（旦）叫鬼判。這道士褻瀆神祇。與我打。（打淨，喊介）（生）西廊下的客官。（小生）東廊下的客官，怎麼説？（生）正殿上爲何喧嚷？同去看一看。（二生看介）符官爲何倒在地下？請好了。廟官爲何這般光景？（淨）不要説起，小道在殿上睡，把這太保做了枕頭。娘娘道我不敬神祇，就叫判官小鬼，拿我亂打。（二生）褻瀆神祇，罪過得緊。（淨）正是罪過呢。（二生）如今怎麼處？（淨）不打緊，待我燒香，祈禱祈禱就好了。（二生）香爐也没有。（淨）不用香爐，就燒在太保口内罷。（二生）太保口内怎麼樣燒？（淨）這尊太保，是江西匠人脱沙塑，渾身是空的。（二生）香烟在那里出？（淨）鼻子裏，眼睛裏，屎孔裏，亂鑽出來了。道人，快拿鼓鈸響起來。（念介）赫赫揚揚，降臨到場。本廟道士，觸犯了太保城隍。天清地玄，變化人間。燭燒炬爛，香噴沉烟。上通霄漢，下徹黄泉，一心供奉太保尊前。道士一時短見，將你作枕高眠。不想娘娘顯應，即差鬼判，打了幾拳。背心打得疼痛，腰肢手足攣跧。自思觸犯太保，乞求祈禱安痊。矜憐道士貧窘，無物供獻消愆。毛竹當作笏板，火通當作雷圈。鐃鈸當了賭本，法衣准作嫖錢。今以保禳之後，伏爲件件完全。謝上紋銀一兩，淨宅也要三錢。永祈般般如意，從今福德綿綿。香也没了，待我對了香爐門。二位請睡罷！（二生）廟官，請在殿上同睡罷。（淨）這個不敢奉陪。我被他打怕了。請了，二位夢語須要記明白了。娘娘越發靈驗了。（下）（二生睡介）（旦）叫鬼判，把二人睡魔揭起來。東廊下黄孝子，你聽我道：昔日曾經未遇，他時相見非常。女人臨水似徜徉，更有三刀相傍。鸚鵡洲邊得語，崆峒山下求粮。三人捧日慶占房，重見萱花再放。你可牢牢記者。西廊下覓利人，聽我道：孟子見梁惠王，王曰：「叟，不遠千里而來，亦將有以利吾國乎？」孟子曰：「何必曰利？」牢記，牢記。叫鬼判，收拾威嚴，速歸後殿。（下）（二生醒介）天明了，西廊下客官起來。（小生起問生介）可有夢語？（生）有了。（小生）

小生也有了，請廟官出來詳解。（生）説得有理，廟官有請。（淨上）叫道人，拿面湯出來。二位夜來有慢。（二生）好説。（淨）可有夢語？（二生）俱有。（淨）諸位道來。（小生）我是孟子見梁惠王。王曰：「叟，不遠千里而來，亦將有以利吾國乎？」孟子曰：「王何必曰利。」（淨）甚麽用？（小生）覓利的。（淨）好！足足有十分財氣。此位是何夢語？（生）我是昔日曾經未遇，他時相見非常。女人臨水似徜徉，更有三刀相傍。鸚鵡洲邊得語，崆峒山下求粮。三人捧日慶占房，重見萱花再放。（淨）甚麽用？（生）尋母的。（淨）此夢語甚是奥妙，解他不出。（生）廟官不要作難，還有薄意相謝。（淨）不是小道作難，小道在此三十餘年，從不曾經此夢語。其實解他不出，

只是娘娘的夢語呵。

【四邊静】天機怎敢來泄漏？應驗在於後。毫髮不差池，榮辱自當受。（生）我那親娘嗄！（淨）孝子，（合）且休怨憂，更宜細籌。謝女辨車疾，楊修解虀臼。

【前腔】（生）慈親要見不能彀，神明暗投首。隱語怎能知？（淨）孝子，小道其實才淺，詳解不出。你日後到江湖上，自有異人與你詳解。（生）廟官既詳他不出，江湖上那有什麽異人？凡人怎得究？（淨）孝子，（合前）

（生）來意殷勤禱聖妃。（小生）夢中言語是天機。（淨）鹿迷鄭相應難辨。（合）蝶化莊周總不知。（二生）還有薄儀相謝。（淨）這個不敢領。（二生）敢是嫌輕？（淨）若如此説，恭敬不如從命了。多謝！（小生下）（淨）孝子轉來。（生）怎麽？（淨）方纔夢語中，説重見萱花再放。萱花就是令堂，自然尋得着的。（生）尋得着的。可喜，可喜。

第二十折　試　貞

〔金蕉葉〕(旦上)奈何，奈何，我一身漂流海角。痛兒去淚珠暗落，被强胡百般惡薄。

受盡禁持心悒怏，欲寄音書，頓把征鴻望，孤身流落在天涯，何時再得家園傍？奴家自從被擄到此，不知孩兒死活存亡，朝夕掛念。叵耐萬户，屢次逼我成親。我不肯從順，罰我在此日間牧羊，夜間舂粟，好生辛苦。我想蘇武在胡一十九年，飡氈嚙雪，持節羝羊，折磨萬千，後來也有還鄉之日。偏我命薄，難道再没有還鄉之日了？咳！我又差了。他是忠臣義士，我是女流，怎能比他？只索苟延殘喘，强捱歲月便了。

〔金絡索〕〔梧桐樹〕奴身被擄俘。到此成凄楚，陪伴羝羊，何日得還鄉故？夫主起義旅，指望勦强虜，豈料一身在刀下殂。妾身歷盡千般苦。撇下五歲孩兒，有誰看顧？〔掛金索〕思量起，多應是前生注定。命該磨，親骨肉在何處？凌辱生和死知何所！

(老旦上)黄沙白草秋容老，鴈唳西風斷續聲。世間多少分離苦，羞覩牛郎織女星。這幾日不曾去看黄娘子。今日閒暇，不免去看他一看。(旦)太宜人萬福。(老旦)罷了。請坐。黄娘子，你怎麽這般消瘦了，在此作甚麽？(旦)好教太宜人得知。妾身只因不從萬户，罰我在此，日間牧羊，夜間舂粟。(老旦)有這等事。待我假意試他一試，看他立志如何。黄娘子，你致富貴而不願，受辛苦而甘心。名節雖好，只怕你受不得許多凌辱。何不從了萬户，一生受用不盡，免得如此狼狽。(旦)太宜人差矣。自古兔死狐悲，物傷其類。你是個婦人，萬户是你孩兒，不去訓他改惡從善，反使我亂倫喪節，有傷風化。你婦道不知，枉然綵鬢。我願留名青史，弗欲貽臭萬年。請自三思，勿勞亂言。他若再來强逼，我便一死何憾。(老旦)黄娘子請息怒，我方纔假意試你。果是貞烈女婦，可敬，可敬！我一向不曾動問，你是何等人家？（旦）我是宋賢後裔，世爲宋將。我丈夫官拜統制之職。（老旦）原來是一位夫人。失敬了。（旦）好説。（老旦）既是這等，你丈夫爲何亡了？（旦）那年元兵南下，侵陷建昌。先夫與鄉人胡楚才，招集義兵，欲復城池。誰知鏖戰不利，歿於王事。（老旦）可有所出？（旦）只有一子，年方五歲，抛離在家，不知生死存亡。（老旦）五歲孩兒，抛離在家，可曾托付與人撫養？（旦）那時自身尚不能保，焉能將此子托付於人？别來已久，未卜存亡。（老旦）咳！我聽你之言，不由我不傷感。也罷。黄娘子，你這般病軀，那裏受得如此折挫。可隨我到佛堂中去，看經禮佛。今後再不許萬户來攪擾你，你意下如何？（旦）多謝太宜人。請上，待奴身拜謝。（老旦）不消。

〔香羅帶〕（旦）深蒙尊意憐，你的恩如海山。罰奴宵舂晝牧誰見憐？今朝幸喜遇慈顔也，收留佛院。（合）感恩萬千，教奴離鄉背井受熬煎。縱使奴今日還鄉也，怎能彀地府兒夫與奴重相見。

（老旦）黄娘子，

〔前腔〕你持身節操堅，教人可羨。身雖俘擄不辱玷。非親非戚識，生死總由天，理當憐念。（旦）（合前）

家鄉迢遞不能還。（老旦）且請伊家略奈煩。（旦）禮佛看經修正果。（合）終須有日返家園。

第二十一折　釋　俘

〔水底魚〕（衆引淨上）四海昇平，邊烽罷戰爭。買牛賣劍，黎民樂太平，黎民樂太平。

（淨）小番，手中拿的甚麼東西？（衆）是氣球。（淨）何爲氣球？（衆）古爲蹴踘，今號形頭。葵花五掌，眩六片之香皮；銀釘龜紋，藴一團之和氣。膝連尖擅能六踢，胸額拐足械一身。王侯士庶，皆與比肩；貴賤賢愚，事同一體。員社場中施巧妙，齊雲隊裏逞風流，故名氣球。（淨）這個氣球，好比黄娘子。（衆）怎麽比他？（淨）空與團圓不到底。（内白）聖旨下。（淨）快排香案。

【生查子前半】（末上）一封丹鳳詔，飛下九重來。

聖旨已到，跪聽宣讀。詔曰：薛禪皇帝有旨。方今天下安寧，四海一統。不欲鰥人之夫，寡人之妻，孤人之女，獨人之子，一應俘來軀口，詔書到日，盡皆放回寧家。不許絶人之嗣，以爲國家之大綱。隨即施行，毋辜朕意。謝恩。（淨謝恩介）（末）請過聖旨。（淨）香案供着。請天使館驛茶飯。（末）還要覆命，告辭了。承恩辭玉陛，覆命到宸京。（下）（淨）請太宜人出來。（衆請介）（老旦上）皇恩浩蕩自天來，雨露汪洋遍九垓。萬里重陽生煖氣，一時幽谷盡春回。萬户孩兒，聖旨到來，却是爲何？（淨）薛禪皇帝有旨：一應俘來軀口，盡皆放回，不許留住。（老旦）若如此，黄娘子也該回去了。（淨）黄娘子回去不得。（老旦）爲何？（淨）孩兒還要與他成親哩。（老旦）胡説！你自迴避。快把一應俘來軀口，盡行放了罷。（淨）是。尋思總是一場夢，你是何人我是誰？（下）（老旦）小番，快請黄娘子出來。（衆請介）（旦上）

【玉女步瑞雲】〔傳言玉女〕萬種幽情，欲訴向誰評論？〔瑞雲濃〕羞覩那孤形瘦影。

太宜人萬福。（老旦）黄娘子恭喜，賀喜！（旦）有何喜賀？（老旦）薛禪皇帝有旨：一應俘來軀口，盡皆放回。你也該回去了！（旦）願吾皇萬歲，萬歲！（老旦）只是再得一人，同你回去纔好。（旦）太宜人在上，妾身蒙恩釋放，實出萬幸。争奈孤身路遠，那里有尼姑庵院，或是空房暫住。待有嫡親鄉里到來，方好回去。（老旦）我也在此想。你又無親戚鄉里，誰人送你回去？小番，這裏可有甚麽尼姑庵院，或是空房？尋一所與黄娘子居住。（衆）尼姑庵院没有，大街上有所空房，號爲汝州春店，可以住得。（老旦）分付打掃汝州春店，待我親送黄娘子到彼。（衆應介）（老旦）黄娘子，你就在那里住下。暫且漿䙜補綴度日，若遇嫡親鄉里到來，然後一同回去便了。（旦）多謝太宜人！（老旦）不消謝。我還要時常來看你。

〔黄龍捧燈月〕〔降黄龍〕（旦）孤苦伶仃逢厄運，方當四海龍競。只爲兵戈擾攘，母子分離，各自逃生。〔燈月交輝〕被羈囚萬里難憑。遭擄掠一身誰拯。（合）今忽遇降隆恩，如同再生。

〔黄龍滚〕車書混朔南，車書混朔南，海宇歸明聖。無限華夷，四海康衢詠。雨露汪洋，烽烟寂静。（合）普天下率土濱誇隆盛。

（老旦）小番，同送黄娘子到汝州春店去。（衆應介）

〔前腔〕春風及草萊，春風及草萊，和氣歸幽境。那有一俘不得沾仁政，煢煢婦女亦沐雨霖。（合前）

（衆）已到汝州春店了。

〔尾聲〕（合）維新事業今重整。萬載皇圖永遠寧。老去重逢治太平。

（老旦）羈囚不記幾年春。（旦）幸遇皇朝浩蕩恩。（老旦）雙手劈開生死路。（合）一身跳出是非門。（老旦）黄娘子，我改日再來看你。（旦）多謝太宜人。（各下）

第二十二折　詳　夢

（末丑隨上）山川繆結浸寒沙，欝欝蒼蒼景物賒。黄鶴樓中吹玉笛，江城五月落梅花。家長，這里是什麼地方了？（丑）這里是黄鶴樓，那邊就是鸚鵡洲了。（末）既如此，把船泊住。今晚是除夜，在此過了年。明日是大年初一，要到各廟去燒香。初三是好日，開船便了。（丑）客人，下雪了。（末）下雪了麽？你把福禮整治，煖起酒來，大家吃幾盃酒，守一守歲好睡。（丑應介）（生上）

〔齊天樂〕天涯渺渺人悽愴，不覺又是湖廣。一山過了一山登，百里全無半里平。百歲老人遥指望，只堪圖畫不堪行。小生爲尋母親到此。可憐今晚乃是除夕，地方上不容外省人安歇，被他每趕出城來，又遇着這般大雪，來到此處，不知是甚麽地方？呀！原來是泊船的所在，待我哀告則個。船上客官，借宿一宵，明日早行。船上大哥、客官，好冷嗄！（末）岸上甚麽人叫喊？待我叫家長，問個明白。家長，家長！（丑）作甚麽？（末）岸上有人叫喊，你可起來看一看。（生）好了，好了！那邊船上還有人講話。（丑）今晚是年三十夜。那些小男兒，搶了啞爆杖，丢在火爐内了，所以叫喊。不要管他。（生復叫，悲啼介）（末）不是。我明明聽見有人啼哭，你起來看看。或是好人，或是歹人，問明白了，睡也安穩。（丑）你自睡你的，不要管。（末）一船貨在此，不是當耍的。你是船家，還是這般懶惰。快些起來看看！（丑）是！一船貨不是當耍的，等我起來看。好大雪！（看介）客人，没有甚麽人叫喊。（末）你問一聲！（丑）是那個叫喊？（生）是我。（丑）你在那里？（生）在岸上。（丑）你是甚麽人？（生）我是江西人。（丑）可是討餛飩錢的麽？（生）不是。我爲尋母親到此。今晚是除夕之夜，地方上不容外省人安歇，趕出城來。又遇着這般大雪，無處棲身。哀告船上客官，欲借你船頭上坐一坐，避避風雪，明早就行。（丑）啐！客人請睡罷。（末）甚麽人？（丑）一個江西人，是尋娘的。今夜是除夕，地方上不容外省人安歇，趕出城來，無處安身。思想到我每船頭上坐坐，避避風雪，明早就行。（末）尋母的是個孝子了。且住，自古與人方便，自己方便。我想那個出門，頂着房子走的？家長，你叫他下船來歇一宵，明日早些打發他去。（丑）客人，一船貨在此。不知是好人，是歹人。叫他下船來，倘有差池，不管我事。（末）與你無干，有我在此。（丑）嗆！江西朋友在那里？（生）在這里。（丑）客人叫你下船來。（生）多謝大哥！（丑）來，來。待我把竹竿來扶你。看仔細！（生上船介）（丑）就在船頭上坐着罷。（末）天氣寒冷，着他進艙來罷！（生）客官不敢，施禮了。（末）請坐。家長看熱酒來。（外付上）爆竹聲中一歲除，春風送暖日（入）酴酥。千門萬户曈曈日，總把新桃換舊符。家長，這是那里了？（付）這里是鸚鵡洲，那邊是黄鶴樓了。（外）既如此，把船泊住在此。明日是大年初一，我要到各廟去燒香。初二又要拜客。初三是好日，開船便了。（付）客人，好大雪。（外）家長，你辛苦了。煖起酴酥酒來，大家吃一盃，守守歲睡罷。（末）孝子，你在江湖上尋母親，有幾年了？（生）客官，我在江湖上，也非止一日了。（末）你且講一講。（生）客官聽稟。

〔天燈照芙蓉〕〔普天樂〕我有二十八年江湖上。水涉陸馳，途路飄蕩。親遭擄難覓行藏，兒不見徒然涕滂。〔剔銀燈〕幾時得遂兒終養，酬烏鳥寸草輝光。如今知親在那廂？〔玉芙蓉〕乳哺劬勞空思報，役夢斷魂無計償。提將起不由人慘傷。我那親娘嗄！〔普天樂〕念冬温夏涼，誰效黄香。

（末）可憐！連我也傷感起來。孝子你辛苦了，請睡罷。（外）好奇怪。那里這樣啼哭？不免喚家長起來問一聲。家長，家長！（付）作甚麽？（外）起來！（付）夜壺在趕堂裏。（外）不是！你且起來。（付）起來作甚麽？（外）你聽那邊有人啼哭？你起來看一看。（付）有人啼哭麽？是了。今夜是年三十夜，或者岸上人家祭祖，故此啼哭。

(外)明明有人啼哭，又不是岸上，又不知是在船上，恐是歹人。你起來問一聲，睡也安穩些。起來。(付不理介)(外)又睡着了。家長起來！咦！這樣貪睡！(付)不知在那里啼哭？待我起看。(虛下復上)客人，是個外省人。趕出城來，無處安身。哀求那邊客人，那邊客人，留他在船上坐坐。問起原故，說到傷心處，就哭起來了。(外)嗄！原來這個緣故。江西到這個所在來，真正是孝子了。我想孝子也是難得見的。我左右睡不着，就見他一見何妨。家長，家長！又睡着了？家長！(付)做什麽？(外)你再去問一聲！(付)又問什麽？(外)你再向隔壁船上客官問一聲，你說孝子是難得見的，我每客官要見他一面。若是容見便見，不容見便罷。(付)不消問得，我曉得是不肯的。(外)不曾問一問，就曉得不肯了？(付)包你不肯。(外)就是你貪睡。罷了，肯不肯你再問一聲。(付)咳，這是那里說起！船上大哥！(丑)怎麽？(付)我每客人說，孝子是難得見的，要求一面。若是容見，攏過船來。不容見便罷。(丑)你每客人也忒奈煩得緊。嗄，待我替你問一聲。客人，那邊船上客人說。(照付白介)(末)要見何妨？教他攏過船來。(丑)我每客人肯了，教你攏過船來。(付)客人，那邊客人肯了，教我每攏過船去。(攏船介)(外)看仔細！客長請了。驚動！(末)不敢！老丈要見孝子麽？(外)便是。(末)孝子起來！(生)敢是天明了麽？(末)還早。那邊船上客長要見你一面。(生)要見我麽？老客長不敢。施禮了。(外)船小不要動，就是這等坐了。此位就是孝子麽？(末)正是。(外)請問孝子，爲何這般啼哭？連老夫也睡不穩。況夜間啼哭，最損精神，不可如此。(生)正是。多有驚動老客長！(外)孝子，你把尋母之事，細細說一遍。(生)公公聽稟。(外)願聞。

〔普天樂〕告公公憐愚顓。(外)他起句就是好人家兒女了。(末)客長何以見得？(外)他說告公公憐愚顓。告者，訴也。愚顓，謙也。祖貫是那裏？(生)居江右衣冠黨。(外)江右就是江西。衣冠黨，乃是宦家了。(生)先人

（生）爲元兵下曾拜統制之職。（外）失敬了。幾歲上離母親的？（生）兒年齒五歲孤提。（外）爲何失散了？（生）爲元兵下取盱江。（外）元兵南下，到今有四十餘年了。令尊大人呢？（生）父舉義兵無援喪，慈母遭擄知何向？（外）住了。你父親殁於王事，母親又被擄去，你那時年方五歲，誰人撫養長大的？（生）我家有個老僕陳容，虧他夫妻撫養一十八歲。兒年長立誓尋親。（外）這串素珠，要他何用？（生）一心願茹素斷葷，（外）葷食不吃，難得，難得。只是天涯渺茫，一時那里尋得見？（生）公公嗄！我走遍天涯，不見心悽愴。

（外）老客長，老漢初時聽見，説是個孝子，十分欽敬。原來都是荒唐之言。（末）怎見得是荒唐之言？（外）客長，他方纔説走遍天涯。天涯渺渺，四海茫茫，那里走得遍？實不相瞞，老夫十四歲，就隨先父在江湖上做買賣，到今八十四歲了。走了七十多年，尚走不遍天涯。看他小小年紀，就説走遍天涯，豈不是荒唐之言？（生）公公，小生爲尋母親，有名的碼頭，走得多了，假如這般説。（外）你説有名的碼頭，走得多了，假如這般説麼。（生）正是。（外）也罷。今晚總是空閒在此，我就盤你一盤。你走過那幾個碼頭？（生）小生初到豫冀、關隴、巴蜀、滇池，大理百夷，金址龍番，九塞八桂，五羊七閩，兩浙長淮，青兖、大都輦下。復過臨洮、集慶、薊州，如今又到湖廣了。（外）你走了這些碼頭了。如此説，真正是老江湖了。失敬，失敬！（生）不敢。（外）老客長，那龍番九塞，七閩、八桂、五羊，乃鴈飛不到之處。他爲了令堂，也都走到了。這也難得。咳，孝子，是便是。你不該這樣尋！（生）怎麼樣尋？（外）到了那個碼頭，或是祈籤問卜，灼龜打卦，指點在那一方，就到那一方去尋。你這樣尋，那里尋得見？（生）不瞞老客長説，我也祈過，再無應驗。（外）無應驗？敢是你心不虔。大凡事情，心若虔了，自然靈驗的。（生）我立誓尋親，那有心不虔之理？（外）或者你没有到靈應之所。我且問你，你在那個所在祈過？（生）我記得那年在福建興化府遊夢縣聖妃娘娘廟中，祈求夢語。（外）若是聖妃娘娘的夢語，是極靈應的。（生）人人説有靈應，偏是小生再無靈應。（外）阿彌陀佛！那娘娘的夢語，是鑿井見泉的。怎麼説不靈應？娘娘的夢語，那廟官怎麼替你詳解了？（生）廟官也詳解不出。（外）夢語可記得麼？（生）怎麼不記得？（外）娘娘夢語，老夫善能詳解。孝子，你説來，待老夫與你詳解詳解。（生）我記得那廟官説，我是詳解不出。日後到江湖上，自有異人與你詳解。公公若是詳解得出，就是異人了。（外）異人兩字，那里當得起。不瞞一位説，老夫姓姜，在江湖上往來，凡客伴中有疑難之事，詳解不出，都來問我。十件事裏面，常被老夫詳著七八件。爲此江湖上，都稱我是姜半仙。（末）原是半仙老丈。失敬了！（外）不敢！今晚總則守歲，大家閙在此。孝子，你且説這夢語來，待老夫詳解詳解。若詳得着，你不要喜歡。詳不着，你也不要惱。（生）豈敢！（外）那夢語首句是甚麼？（生）待我想來。（外）年遠了，慢慢的想。那娘娘的夢語，是梅花數，首句詳得着，後邊的都詳得出了。你首句是甚麼？（生）首句是「昔日曾經未遇」。（外）昔日曾經未遇，是一句了。（生）「他時相見非常。」（外）兩句了，再想來。（生）女人臨水似徜徉。（外）三句了，再想。（生）嗄！是了。「再有三刀相傍。」（外）四句了。客長，大家記一記。還有麼？（生）還有，一時想不起。（想介）嗄！是了！「鸚鵡洲邊得語，更有三刀相傍。」（外）這句前邊就説過了，慢慢的想來。（生）嗄，有了！「峌峒山下求粮。」（外）六句了，可還有麼？（生）還有，小生記得是八句。（想介）「峌峒山下求粮。」嗄，是了！「鸚鵡洲邊得語。」（外）道過了。（生）是了，是了。「三人捧日慶占房，重見萱花再放。」（外）原來八句好詩。（想介）首句是「昔日曾經未遇」。孝子，你昔日曾到此處麼？（生）來是來的，不曾到這泊船所在來。（外）怪道説「昔日曾經未遇」。（生）敢是未遇家母麼？（外）非也。不是未遇令堂，是未遇老夫。（生）是了。「他時相見非常」。（外）你離此有幾年了？（生）有十餘年了。（外）十年之後，就爲「他時」了。（生）「相見非常」呢？（外）孝子恭喜！今日遇着老夫，要報你非常之喜。爲此説「昔日曾經未遇，他時相見非常」。（生）「女人臨水似徜徉」？（外）這句有個字在裏面。（生）甚麼字？（外）女人的女字，臨了三點水，可不是汝南的汝字？（生）是個汝字。

「似徜徉」呢？（外）不過是臨流徜徉之意。（生）「更有三刀相傍」？（外）這也是個字，自古三刀成一州。（生）可是舟船的舟字？（外）不是舟船之舟，乃是州縣之州。是汝州二字，是個地名。記着。（生）「鸚鵡洲邊得語」？（外）這句好解，此處正是鸚鵡洲，故此説「鸚鵡洲邊得語」。（生）得雨，是嗄。記得那年在此，下了極大的雨，可不全應了。（外）不是這個雨字，今日在鸚鵡洲邊，得了老夫言語之語。（生）「峪峒山下求娘」？（外）離此不遠，有一山，名曰峪峒山。此山雖小，其名最大。（生）「求粮」呢？（外）孝子，你莫怪老夫説。你到山下絶了口粮，要求食了。（生）不瞞公公説，如今現在此求乞。（外）咳，可憐。我説娘娘的夢語，是極靈應的。（生）「三人捧日慶占房」，這句怎麽解？（外）「三人捧日慶占房」，這句到也難解。「三人捧日慶占房」，到有兩個字。（生）那兩個字？（外）人字加三畫，下面捧着個日字，可不是春夏的春字？（生）「慶占房」呢？（外）「慶占房」是個店字。（生）怎麽是店字？（外）小寫的廣字頭，加個占卦的占字，可不是開店的店字？（生）「重見萱花再放」？（外）孝子，恭喜賀喜！萱花乃是宜男之草，就比你令堂了。況且説重見，是有日遇見的。只管去尋。（生）公公詳了半日，没有個着落的所在。教我那里去尋？（外）前面兩個字是汝州，末後面是春店，這一些也不難。你要尋令堂，竟到那汝州春店。（生）在何處？（外）孝子，你有缘遇着老夫。老夫前日在梁縣地方經過，見一所汝州春店。裏面有兩位嫣嫣，坐着。一位是八旬以上，説是萬户的母親。（生）不是。那一位呢？（外）那位六旬以上，是江西人。（生）正是家母了。他爲何到那里？（外）他被元兵擄掠，流落在彼。幸得薛禪皇帝有旨：一應俘來軀口，盡皆放回。别的都回去了，惟有這位嫣嫣，清奇古怪，再不肯回去，要等個嫡親鄉里，纔肯回去。（生）可有嫡親鄉里麽？（外）那個所在，那有嫡親鄉里到彼？（生）他在那里，將何度日？（外）與人漿褔補綴度日。孝子，你到那里，稱娘娘爲大家。以漿褔爲由，就得相見令堂了。（生）多謝公公指教。

〔一撮棹〕承佳教，好事從天降。承詳解，恩德怎生忘？（外）緣輻輳，老天豈虚誑！（合）還得見開筵捧霞觴。歷遍天涯路，三十載似飄蕩。歡聲忭，管取齡壽祝無疆。

（外）幾年母子各東西。（生）若得相逢君指迷。（末）好似涸魚重得水。（合）猶如枯木再逢春。（生）公公，是梁縣地方，汝州春店。（急下）（外）果然是個孝子。說了母親在彼，頭也不回，急急忙忙趕去了。（末）便是。賨舟幾時開？（外）初三日開船。（末）既如此，明日拜賀。

第二十三折　春　店

〔金菊對芙蓉前〕（旦上）凍雪漫天，寒雲滿壑，凜冽又是隆冬。鄉關何處？謾回首渾如春夢。

雨露汪洋，皇恩浩蕩，楚囚一旦俱疏放。自嗟流落在他鄉。可憐命薄無親黨，造化當逢，恩人相傍，辛勤針指兼漿褓。眼前樂業且安居，夢魂猶在盱江上。妾身今得皇恩疏放，争奈無個嫡親鄉里，帶我還鄉？蒙太宜人送我在春店，漿褓補綴餬口。正是：天涯何日歸鄉井，空望盱江怨落暉。（老旦上）洪恩遠降釋俘囚，節婦貧居實可憂。我欲送他歸故里，風和日暖買扁舟。黄娘子。（旦）呀！原來是太宜人。有勞玉趾，屈降蓬門。（老旦）這幾日飛雪漫空，寒風似箭，不曾來看得你。（旦）多謝太宜人。妾身也不曾問候太宜人。（老旦）黄娘子，這兩日可有漿褓補綴的麽？（旦）没有。（老旦）你且耐煩，自有還鄉之日。（旦）太宜人，妾身夜來，得其一夢，甚是奇異。（老旦）夢見甚麽？（旦）夢見一個漢子，扯住我的衣袂，叫我是娘。醒來却是一夢。（老旦）這是你日有所思，夜有所夢了。（旦）便是。（生上）阿呀親娘嗄！

〔步虚聲〕（生）歷遍天涯三十年，未知何日見慈顔。昨遇異人來指教，說在汝州春店得團圓。

咳，我只爲尋親走山谷，天涯歷遍遭荼毒。看看白了少年頭，何時得見親骨肉？來此已是梁縣地方了。進得城來，但不知汝州春店在於何處？肚中飢餒，不免上前求討些飯食充飢再行。呀！你看那邊有一牌坊，待我看來。（看介）不是。那邊的呢？（看介）又不是。咳，這邊也没有，那邊又不見。教我那里去尋？呀！汝州春店，汝州春店！（笑介）可喜！汝州春店雖在，不知我母親可在裏面？（看介）且喜裏面，果然有兩位媽媽，坐在那里。不免進去求討些飯食充飢，就好訪問我母親的消息了。（進介）娘娘拜揖。（旦）漢子，敢是要漿褫的麽？（生）不是。（旦）敢是要補綴的？（生）也不是。（旦）既非漿褫，又非補綴，到此怎麽？（生）娘娘，我只因貪趲路途，腹中飢餒，有飯求討半碗充飢。（老旦）原來是求乞的。（旦）漢子，日過午，没有了。（生）望這位媽媽，方便一聲。（老旦）黄娘子，看這漢子，不像求乞的。你進去多少取些饆饠，與他充飢罷。（旦）曉得。宣父曾遭陳蔡厄，鄧通常餓野人家。（下）（老旦）漢子，我看你不像個求乞的。你是那裏人？（生）娘娘，我是江西人。（老旦）嗄，你是江西人？方纔進去的那位媽媽，也是江西人。（生）嗄，方纔這位娘娘也是江西人？（老旦）正是。（生暗哭介）（旦上）漂母哀韓信，曾將一飯施。時來金拜贈，青史萬年題。漢子，你若早來便好，止剩得半碗在此，胡亂吃些罷。（生）多謝。彀了。（吃介）（老旦）黄娘子，那漢子也是江西人，你去問他一聲。（旦）也是江西人，待我問他。漢子，你是那裏人？（生）我是江西人。（旦）那一府？（生）建昌府。（旦）那一縣？（生）南城縣清綏峰人氏。（旦）我也是江西建昌府南城縣清綏峰人氏。（生）娘娘也是江西建昌府南城縣清綏峰人氏？（旦）正是。（生跪哭介）

〔園林好〕聽拜稟當年事因。（旦）請起。（老旦）黄娘子，他是求乞的，你爲何還他的禮？（旦）太宜人，他雖是求乞的，却是我嫡親鄉里。你爲何到此？（生）娘娘嗄，爲元兵侵陷建昌城。（旦）你可有父親麽？（生）有嚴父義復州郡。（旦）可曾復得？（生）無援救喪其身，説得起淚盈盈。

（旦）你父親殁於王事，你的母親呢？（生）阿呀，娘娘嗄！

〔前腔〕我萱親被這些胡囚（旦）禁聲！太宜人在此，少説。（生低唱）擄身。（旦）可知母親的下落麽？（生）從別後不知娘信音。（旦）你那時多少年紀了？（生）兒五歲方當齠齔。（旦）家業如何了？（生）嘆家業盡凋零，嘆家業盡凋零。

（旦）住了。你父親殁於王事，母親又被胡人擄去，那時你年方五歲，那個撫養你成人長大的？（生）娘娘嗄，

〔前腔〕我賴老僕陳容撫養，（旦）太宜人，我家有個老僕陳容。（老旦）你再去問他。（旦）你父親姓甚麽，叫甚麽名字？（生）父黄普。（旦）你叫甚麽？（生）兒名叫覺經。（旦）可有妻室麽？（生）曾氏女割襟爲定。

（旦）你的房屋誰人掌管？（生）將房屋捨施鄰，將房屋捨施鄰。

（旦）你幾歲離家的？

〔前腔〕兒十八方當離門。（旦）走路有幾年了？（生）在途中二十八春。（旦）你受了苦了。（生）受萬苦千辛勞頓。（旦）你今到此何幹？（生）今跋涉爲尋親，今跋涉爲尋親。

（旦哭介）（老旦）黄娘子，且不要啼哭，待我問他。漢子，你母親別來有幾年了？

〔江兒水〕（生）母別四十載。（旦）你母親多少年紀離家的？（生）方當二十有五春。（旦）你母親姓甚麽？（生）母親陳氏名門郡。（旦）你可曾祈籤問卜麽？（生）娘娘嗄！到處祈求無靈應，千山萬水皆歷盡。水宿風飡勞頓。若得相逢，不枉了四十年悶愁悶。

（老旦）這等説起來，漢子，這就是你的母親。黄娘子，這就是你的孩兒了。（生旦相見抱哭介）

〔前腔〕兒受驅馳奔，娘身流落貧。生來不幸逢乖運，父死沙場幽魂耿，娘兒兩下難厮認，今日相逢天幸。娘受萬苦千辛，對孩兒一言難盡。

〔五供養〕（生）娘身苦辛。自别後難逢同郡親人，今日逢娘面，説與數年情。（旦）孩兒試聽。娘被胡人擄掠其身，强逼爲婚眷。（生）母親不要從他便好。（旦）兒嗄，你做娘的呵，我寧死誓不允，因此暮春朝牧，捱過幾春。

〔川撥棹〕（老旦）郎君聽，你娘親鐵石樣人。他守貞潔不失彝倫，守貞潔不失彝倫。甘漿祴守志終身，篤勤勞禮佛經，貌容衰憔悴身。

〔前腔〕（换頭）（生旦）母子相逢，猶如再生。提起艱辛兒怎禁？（生）賴天恩，釋放我娘親，賴天恩釋放我娘親。（旦）没家鄉有誰投奔，感宜人憐念身，感宜人憐念身。

〔臨江仙〕覷着孩兒形與止，與先夫容貌逡巡。（生）可憐嚴父喪幽冥，音容成間别，痛憶早填膺。

（老旦）母子睽違四十冬。（旦）豈知相會在崆峒。（生）今宵勝把銀釭照。（合）猶恐相逢似夢中。（老旦）黄娘子，你母子相逢，真乃天遣。且到裏面，把衷情細講。老身明日與你母子餞行。（生旦）多謝太宜人。（老旦）好説。難得。（下）（生）母親快些回去罷。（旦）兒嗄，爲娘的那一日，那一時不想着你。如今是好了。（生）母親，孩兒那一府，那一縣不尋到？却在這裏。（旦）兒受了苦了。

第二十四折　送　行

〔金字經〕（衆上）唱都兒那應伽裹。遮麽打麽撒麽呢。哧嘛打麽兀咭羅牙赤咭哩。撒麽呢。撒哩咭麽赤。南無應伽裹。

奉上差遣，蓋不由己。誰知那黄娘子在此，受了數十年辛苦凌辱，竟遇着了黄小官人。我想許多路，那小官人尋着了母親，豈非孝感動天，使他母子相逢？昨奉太宜人之命，準備拖陀磨打辣酥，與他母子送行，只得在此伺候。道猶未了，太宜人早到。（老旦上）

〔梨花兒〕長亭設祖攀柳條，陽關聲裹臨邊道。執手相看淚暗抛。嗏！慇勤送别黄家嫂。

小番，分付你準備拖陀磨打辣酥，可曾完備麽？（衆）完備多時了。（老旦）既如此，請黄娘子黄小官人出來。（衆應介請介）

〔天下樂〕（旦上）流落他鄉四十年，抛夫棄子撇家園。（生上）天涯歷盡今方見，促行裝回歸庭院。

（見介）（生）太宜人請上，待小生拜謝。家母屢蒙垂顧，恩重如山。此恩此德，何日忘之？若非結草之酬，除是啣環之報。（老旦）好説。黄娘子，屈留你再住幾日回去罷。（旦）多謝太宜人厚情。太宜人恩德不淺，死生難報。只是久曠墳塋，不得一覩。我母子歸心甚急，就要起身了。（老旦）既如此，你去心已決，不能强留。老身無以爲贈，聊奉黄金二錠，以爲路費。請收了。（旦）多謝太宜人數年看顧，恩德難酬，又蒙厚贈，何以克當？這個斷然不敢領。（老旦）休得嫌輕。還是收了罷。（旦生）多謝太宜人！（老旦）還有水酒一盃，與你餞行。小番，看打辣酥

過來。（衆應遞酒介）（老旦）黄娘子，你在此處呵，

〔排歌〕四十餘年，寒家偃蹇。終朝往返留連。情同骨肉誼猶堅，半晌何曾厮離肩。程途裏須自遣，晏行須是早安眠。今回首衣謾牽，舉盃那忍看歸鞭。

（旦生）就此拜别。

〔鷓鴣天前〕幾年好惡最相知，誰想今朝還别離。人生本是同林鳥，大限來時各自飛。

（老旦）小番，你每備兩騎好馬，送黄娘子與小官人。到了交界地方，即便回來。（衆）曉得。（老旦）黄娘子，路上須要保重。倘有便人，可寄一信息，免我懸念。（旦）曉得。太宜人，請自珍重。（老旦下）（衆）請黄娘子，黄大官人上馬。（生旦）有勞列位。

〔慶豐歌〕〔慶時豐〕日遲雲淡東風軟，泥融沙暖物華鮮。牆裏紅粧蹴鞦韆，盈盈笑語揮羅扇。

〔排歌〕行程處景正妍，桃花如火柳如烟。（合）揚征袖行步展，傍花隨柳過前川。

〔馬鞍歌〕〔馬鞍兒〕曉鶯隔葉嬌聲囀。時聞得間啼鵑。掠波燕子如雙剪，入雕梁朱簾半捲。〔排歌〕陽和老，還如重重村落，又行來攘攘區塵。消停飽玩頻留戀，非同白日，蒼皇祖跣。寒風淺，鶯花如錦絮如綿。（合前）

〔葫蘆歌〕〔勝葫蘆〕長亭短亭全歷遍，春江上草芊芊。間對無心雲舒卷，遥觀白練，聽隔溪瀑布響潺潺。〔排歌〕青荷老，紅杏軟，堤楊嬝那海棠妍。（合前）

（衆）黄娘子，黄小官人，此處已是交界地方了。我每過去不得，請下馬來。（旦生）多勞列位。回去多多拜上太宜

人，説我每一路平安。（衆）曉得。將軍不下馬，各自奔前程。（下）（生）母親請行。

〔尾聲〕受迍邅，含悲怨，滄桑今已受熬煎，異日收留青史編。

第二十五折　認　女

〔鵲橋仙〕（小生衆隨上）陽回氣轉，春風撲面。漸覺芳草芊芊。（小旦上）今朝喜得返家園，早來到盱江籍貫。

（小生）我兒，昔日泊船在此江口，偶得一夢，撈救了你到福建。我今年已垂老，又沐聖恩，陞到江西提舉。我如今送你回去，看你父親認你不認？（小旦）多謝爹爹大恩。（小生）左右，打執事到曾家去。

〔鎖南枝〕（合）因溺水救汝身，又蒙擢任臨安郡。父子久離分，數載不相認。徐徐步，慢慢行，到曾家問音信。

（雜）有人麽？（淨上）閉門家裏坐，何人剥啄敲。是那個？（雜）本省提舉樂老爺在此。（淨）呀！樂老爺。子民失迎了。（小生）請起，不消行禮。請坐。（淨）老爺在上，子民怎敢坐？（小生）有言動問，坐了好講。（淨）告坐了。（小生）下官乃本省提舉樂善。因小女有愿，在普覺寺燒香。天色已晚，況有家小，不好在寺中歇宿。欲借宅上權住一宵。未識可否？（淨）空房儘有。只是茅簷草舍，不堪老爺安歇。（小生）打攪不當。（淨）豈敢。（小生）敢問老朝奉，這等大廈，爲何獨處？（淨）子民一言難盡。（小生）但説何妨？（淨）子民姓曾名有三，荆妻胡氏，只生一女，小字慶貞，曾與本郡黄統制割襟爲定，與其子覺經爲妻。不料那年元兵南下，遂入建昌。我親家與鄉人胡楚才，招集義兵，欲復城池，誰知鏖戰不利，殁於王事。我那女親家，又被胡人擄去，不知下落。那時小壻黄覺經，年方五歲，深虧他家老僕陳容夫婦，撫養一十八歲。他思念養育之恩，捨宅與僧。立誓茹素斷葷，往四方尋母。若尋得見，即便回家。若尋不見，誓死不回。倘若不歸，可不誤了女兒終身大事？那時子民一時短見，要女兒改嫁。女兒不從，投江而死。荆妻朝夕思想女兒，哽咽而亡。天下鰥寡孤之人，就是子民了。（小旦生悲介）（淨）小姐爲何掉淚？（小生）朝奉，正所謂兔死狐悲，物傷其類。此女也被父親逼凌改嫁，守節不從，投江而死。是下官撈救，認做義女。我兒，見了朝奉。（淨）小姐，你頓棄親生，甘依結義，豈得爲孝？私出閨門，潛地投江，豈爲守節？小姐莫怪老漢多言。（小生）朝奉，假如令愛有人救得，要送還你，又怕你逼他改嫁，這却怎麽處？（淨）這位小姐，三生有幸，得遇老爺撈救。我那女兒，明明有人見他投江死了，焉有此事？怎得能彀？（小生）朝奉，此女正是令愛慶貞。上前認了父親。（小旦）我那爹爹嗄！（淨）這就是我的孩兒。阿呀，兒嗄！

〔尾聲〕去時容貌還嬌豔，今已作中年儀範，帶結同心猶未晚。

（小旦）他年分散碧波沉。（淨）二十年來絶信音。（小旦）好似和針吞却線。（合）刺人肚腸繫人心。（小生）今日喜得你父女相逢。明日你女兒同下官到普覺寺，完了香愿，待令婿回來。那時下官斗膽，將令愛與令婿成親便了。（淨）若得如此，感恩不淺。老爺請到裏面去。（小旦）爹爹，母親怎麽亡了？（淨）你母因終日想你没了。（小旦）我那親娘嗄！明日準備香錢，到普覺寺薦度一番。（淨）有理。

第二十六折　團　圓

〔出隊子〕（末上）連宵亂夢，知是如何定吉凶？東人三九度春冬，香没個音信寄便鴻。聊爲祈禳，伏托性空。

老漢陳容。向年因小主出去尋親，杳無音信。老漢連宵夢寐不寧，未知吉凶。且請性空出來，教他做些功果。禳

解禳解，有何不可？性空長老有麼？（淨上）

〔前腔〕叮呤咚嚨，吹起海螺撞火鐘。屏開孔雀梵王宮，詞詠真詮禮大雄。薦拔祈禳，遠是性空。

陳主管，有何話説？（末）長老，老漢連宵夢寐不寧，特請你禳解禳解。一者追度老主人，二者保佑老夫人、小主人早得相逢，同歸故苑。爲此請你。（淨）昨日承你分付，我今早已擺設道場。請主管在三寶殿前，禮拜禮拜，待我通疏。正是：人有誠心，佛有靈應。請拈香。

〔一封書〕（末）陳情旨拜啓，爲東人在途路裏，保佑他身安少禍危。願尋親早得會，母子團圓歸故里。特辦虔誠答上知。（合）望慈悲，鑒情詞，惟願龍天相護持。（小生小旦上）（合前）

（淨）陳主管，官府來了。你且迴避。（末下）（淨）和尚接爺。（小生）小姐在此拈香，不許閑雜人攪擾。（淨）曉得。請爺拈香。

〔前腔〕（小旦）親臨殿拜啓，爲慈親在冥途路裏，兒朝暮痛憶。願亡魂超人世，内外椿庭期百歲，享壽綿綿樂有餘。（小生）院子，先送小姐回去。我還要到後殿隨喜，隨喜。（下）（生旦上唱）（合前）

（旦）我兒，這是那裏了？

〔安樂歌〕〔安樂神〕這是舊家庭院，街衢似舊，門徑非先，僧居側室講堂喧。爲求母子還鄉愿，陸橘真堪羨。萊綵喜重穿，將香枕依然扇。〔排歌〕垂金縷，整翠鈿，緑楊如線芰如錢。

（旦）孩兒，你去問一聲。（生）待孩兒去問來。長老，借問一聲，這裏有個性空長老可在麼？（淨）貧僧便是。問他怎麽？（生）不認得我了麽？（淨）不認得。（生）我就是捨宅爲寺的黄覺經。（淨）呀！你就是小主人麽？可曾尋見令堂老夫人？（生）已在門首。（淨）尋見了，這也可喜。老夫人，和尚迎接。請進！（旦進介）（淨）老夫人請上，待老僧叩見。（旦）不消。長老，這道場是何人所建？（淨）是陳主管在此追薦先老爺的。（旦）老陳夫妻還在麽？快請來相見。（淨）曉得。陳主管快些出來，老夫人小主人都回來了！（末上）又來哄我，你見我煩惱，故來哄我麽？（淨）不是哄你，如今都在法堂上。（末）果然。媽媽快來，老夫人小主人回來了！（丑）老夫人回來了，這也可喜。（末丑）主母小主人在那裏？（見哭介）（合）

〔鷓鴣天前〕自别伊家數載餘，重重坎坷受災危。尋親歷遍天涯路，只道形骸不得歸。

夫人小主請上，待陳容夫婦叩見。

〔憶多嬌〕自向别，朝暮切，懸腸掛膽珠淚擲。今日回來失遠接。（合）萬死一生，萬死一生，謾把衷腸盡説。

〔前腔〕（旦）心哽咽，腸寸結，欲言未語淚似血，孤苦伶仃難盡説。舉目無親，舉目無親，轉眼雲山萬疊。

（小生上）隔牆須有耳，窗外豈無人。和尚那裏？（淨）在此伺候。（小生）該打！我怎麽樣吩咐你來？你如何又縱放閒人進來？（淨）小僧怎敢放閒人進來？（小生）我在後殿燒香，只聽得啼哭之聲。（淨）老爺，這不是閒人，就是昔年捨宅爲寺的黄覺經，往四方尋母去了，二十八年，尋見了母親。今日回來，主僕相逢，哭訴衷腸，故此驚動了老爺。望老爺方便。（小生）原來如此。你去説本省提舉樂，在後殿燒香了願。聽他每哭哭啼啼，説來的事情，與我有些干涉。唤那老僕來，我有話問他。（淨）陳主管，外頭有個駱駝啼唤你。（末）敢是樂提舉老爺？

（淨）正是。你去見他。（下）（末）老爺，老僕陳容叩頭。（小生）請起。你是義人，不消行此禮。煩你去與老夫人說，方才，我在後殿燒香，只見前殿啼哭。仔細聽來，你家事體，與我家有些干涉。故此要見老夫人。（末）待小人去稟便了。老夫人，外面本省提舉樂老爺，說我家事體，與他家有些干涉，要求見老夫人。（旦）既如此，我兒去迎接進來。（生）曉得。大人請進。（小生）這位就是孝子麼？（末）正是。（小生）好難得。（進介）夫人拜揖。（旦）大人萬福。（生）大人拜揖。（小生）孝子。（生）大人請坐。（小生）下官敢問老夫人，黄大人在日，曾作甚麼官？棄世有幾年？爲何歿於王事？（旦）先夫棄世多年，一時忘了。只問老僕陳容，便知明白。（小生）陳主管，你把家中事體，一一說與下官知道。（末）老爺聽稟：先主人在日，曾拜統制之職。不料那年元兵南下，遂入建昌，與鄉人胡楚才，招集義兵，恢復城池。奈何鏖戰不利，歿於王事。老夫人又被胡人擄去。那時小主人年方五歲，是老僕夫婦撫養一十八歲。小主人思念養育之恩，捨家爲寺。立誓茹素斷葷，往四方尋訪老夫人。一去二十八年，今日回來。主僕相逢，各訴衷腸，不勝悲痛。（小生）我且問你，你小主人可曾定下親事否？（末）老主人在日，與本處曾有三，割襟爲定。那曾有三見老主人去世，老夫人被擄，小主又往四方尋親去了，恐誤女兒終身，凌逼小姐改嫁。小姐不從，投江死了。（小生）老夫人在上。下官姓樂名善，三衢州人氏，除授福建提舉。將帶家小等人，泊船小烏江口，忽有神道托夢，説有一節婦投江，使我撈救。夜來果有一婦投水，下官收爲義女。當時問取詳細，原來就是令子媳慶貞小姐。一向隨在任所，今因轉遷，昨已送還曾家去了。（旦）嗄！原來媳婦不曾死。可喜！多謝大人，始終恩養，感戴無地矣。（小生）我想黄大人爲國鏖兵，歿於王事。此乃忠也。令郎立誓尋親，終得會合，此乃孝也。老夫人身遭俘擄，守志堅貞，此乃節也。陳管家善保遺孤，能全撫養，此乃義也。我想忠孝節義，出於一門，世間希有。下官就將此事，連夜申奏朝廷，必有旌獎。（旦生）多謝大人。（小生）不是一番寒徹骨，怎得梅花撲鼻香？（下）（旦）陳主管，多謝你夫婦，撫養小主人。無可爲報，我有黄金一錠，送與你二人，聊表你撫養之情。（末）多謝老夫人，這個不敢受。（旦）一定要受的。（末）媽媽，我與你又無子嗣，左右是小主人的。你且權收了罷。（丑）既如此，待我收了。（末）老夫人，小主人，請上。待我二人拜謝。（旦）不消。

〔鵲踏枝〕（末丑）深慚悚，戰兢兢，小人怎敢受酬金？（旦生）當初各不相承領，誰看顧，誰看顧？有誰來憐憫？這口食共衣襟。（合）何處報瑶忱，聊表伊寸心。孝義紛紛，孝義紛紛。安知報本，今日里再見曾參。

〔生查子前〕（小生上）簪纓能濟美，孝節兩無虧。

聖旨已到，跪聽宣讀。詔曰：朕爲綱常風化，乃國家之大典。忠孝節義，乃國家之大本。兹有江西建昌府提舉樂善，所奏先朝統制黄普，爲國勤勞，没世秉忠，朕實憫焉。其妻陳氏，身遭俘擄，貞堅保節，朕實欽焉。其子黄覺經，歷遍天涯，尋親盡孝，朕實羨焉。老僕陳容，善保遺孤，能全撫養，朕實嘉焉。忠孝節義，萃於一門。宜賜褒封旌獎。黄普追封隆興郡公。陳氏封爲隆興郡夫人。其子黄覺經，封爲七品郎官。曾氏封爲宜人。老僕陳容，本郡歲給禄米百石，優養終身。欽哉謝恩。（衆謝恩介）（小生）請過聖旨。（衆）多謝大人旌表。（小生）豈敢。老夫人恭喜賀喜！今乃黄道吉日，下官特送曾女完姻。（旦）多謝厚恩。（淨上）姻緣本是前生定，曾向蟠桃會裏來。此間已是，不免逕入。親母賢婿在那裏？（末）你是甚麼人？（淨）難道不認得我了！我是曾有三。今日是吉日，送小姐過門成親。（丑）你是甚麼好人？今日來做甚麼？還不走出去！（淨）怎麼説？我今日送小姐過門成親，頭一位該我坐下。五糖五菓，鵞頭湯飯，擺在我面前纔是。怎麼到問我做甚麼來了？（末）你當初逼勒小姐改嫁投江。若没有樂老爺撈救，焉有今日？你作出這樣傷風敗化之事，虧你羞也不羞。（小生）如今已往不究了。不須如此。（淨）如今有樂老爺做主了。親家母，小官人，出去多年，風霜勞碌，吃了苦了。（末丑）既是樂老爺吩咐，容便容他在此。只是氣他不過，要罰他一罰。（淨）罰我做甚麽？（末）也罷。今日小主畢姻，倉卒之間，少個掌禮人。罰你做個掌禮人罷。（淨）我是親家公，怎麽做掌禮人？這個使不得！（丑）使不得？請走出去！（淨）不要推，就做就做。咳，如今成了老没志氣了。不要管他，待我謅兩句罷。且住。我記得當初我做親的時節，有伏以兩字起頭。只是没有詩句，怎麽好？有了。伏以，伏以，阿呀，没了。我那兒，你這樣大年紀，還要討你爹爹的便宜。快走出來罷。（小旦上同生拜堂介）（合）

〔賀新郎〕大恩難報。這姻緣湊成奇巧，神盟約兩下堅牢。須念取，無後之愆理有條，宜領取先人締好。諧比翼，賡同調，慶百年歡會無撇掉，相攜手共諧老。

〔尾聲〕一門節操全忠孝，義僕撫孤絶少，從此團圓直到老。（同下）古本戲曲叢刊初集長樂鄭氏藏清鈔本

全宋金曲卷十　宋戲文輯佚

風流王焕賀憐憐

〔正宫過曲〕〔傾杯序〕景入清明，正麗日遲遲和風扇。掛眼芳菲，淺緑深紅，嫩白微黄，裝點名園。梨花院落，彩繩高掛，戲蹴秋千。向這百花亭上恣歡宴。正始册二，題王焕，注云「元傳奇」。

〔前腔第二换頭〕春妍，鬥草尋芳，奈寸腸千縷無心戀。見著銜泥燕子，雙雙粉蝶，尋芳飛舞花前。誰知對此，因時興念，睹物傷感？管教人，每年三月病懨懨。同上。

〔前腔第三换頭〕休念，聽滿耳，奏管弦，是處人争看。只見寶馬香車，似簇紅裝艷質，來往歌舞聲喧。何須自苦，怎不去觀柳，看花消遣？向這玉樓共飲，同醉杏花天。同上。曲譜大成同。

〔中吕引子〕〔繞紅樓〕一簇園林景最奇，疏雨過堪賞芳菲。萬紫千紅，鬥争妍麗，金勒馬兒嘶。正始册四，沈譜卷八，新譜卷八，定律卷六，俱題王焕；舊譜卷三，失題。正始注云「元傳奇」。曲譜大成收入大石角。

〔仙吕入雙調過曲〕〔絮婆婆〕名園裏，鎮日賞芳菲，陌上游人來似蟻。小亭臺上，玩賞好得意。時逢個嬌臉兒。花紅柳緑草萋萋，賞遍花叢得意美。酒闌人散醉扶歸，好花恨不折幾枝。正始册八；舊譜卷十；沈譜卷二十；新譜卷又二十三；定律卷十一，入般涉；大成卷三十七，入小石；俱題王焕。正始注云「元傳奇」。曲譜大成入小石。

〔南吕引子〕〔上林春〕觸目奇花與芳草，蜂蝶戲燕子飛遶。春風亭上游人，悄如仙子來到。正始册五；舊譜卷四，沈譜卷十二，大成卷四十八，曲牌俱作〔滿園春〕；俱題王焕。

〔不知宫調過曲〕〔川鮑老〕金勒馬嘶，馬嘶芳草地，睹玉樓人醉迷。和他執手，同去觀佳致。總丹青難畫，洞府怎比？穿花度柳，滿目堆羅綺。觀未足，轉過百花亭上，雙雙共翫戲。正始册十，題王焕，注云「元傳奇」。

〔大石慢詞〕〔燭影摇紅〕終日尋芳，怎知迤邐歸來晚。遠山低處斜陽斜，郊外游人散。恐遇風流俏臉，向花間頻頻顧盼。口中不道，心下思量，何時得見？正始册九，舊譜卷八，沈譜卷六，定律卷五，俱題王焕。正始注云「元傳奇」。曲譜大成同上。

〔仙吕引子〕〔紫蘇丸〕烟花隊裏曾經歷，那門庭煞知端的。近日來可笑女孩兒，心如飛絮難尋覓。舊譜卷一，沈譜卷一，新譜卷一，定律卷四，俱題王焕。

〔仙吕引子〕〔探春令〕鴛幃歡洽被兒温，正龍涎香噴。睡起來，紅日移花影，早不覺生嬌困。正始册三，題王焕，注云「元傳奇」。

〔正宫過曲〕〔薔薇花〕三十哥，你央不來也盡教，又著王二走一遭，只恁擔閣。正始册二，舊譜卷二，沈譜卷四，新譜卷四，寒山，俱題王焕。正始注云「元傳奇」。曲譜大成同上。

〔黄鍾過曲〕〔燈月交輝〕春日景和，見觸處萬花開也難摸。紅遍郊坰門綺羅，對良辰争似我？粉牆外促起秋千，同宴賞花間則箇。（合）虧心底，料青天不是布幕。沈譜卷十四，定律卷一，俱題王焕。曲譜大成，太古傳宗卷下闋文，同上。

〔商調引子〕〔十二時〕心事無靠托，淚暗滴燈花偷落。我女癡迷，全然不省，更不思量著。佶倬的無數〔一〕，憑著你自尋那箇〔二〕。正始册六；沈譜卷十八，新譜卷十九，定律卷十，曲牌俱作〔秋夜雨〕；俱題王焕。正始注云「元傳奇」。

〔越調慢詞〕〔四國朝〕謾説謾説風流的，如何來我手下逞？更有更有風流的，如何敢譖稱？正始册九；定律卷十三；舊譜卷九，新譜卷二十二，沈譜卷二十，俱入雙調；俱題王焕。正始注云「元傳奇」。大成卷二十三作引曲。

〔越調過曲〕〔喬八分〕兩人漫自胡廝逞，更有一箇，風流辣浪的也麽哥。雙雙鴛鴦在池中要，魚兒來也麽哥。正始册七，舊譜卷六，沈譜卷十五，定律卷十三，俱題王焕。正始注云「元傳奇」。曲譜大成同。大成卷二十四作散曲，誤。

〔中吕過曲〕〔漁燈花〕〔漁家傲〕閃得我銅斗家私没片瓦，雖然是水盡鵝飛，不當告我？悔過，你自別打垜，伊休信別人搬唆。〔剔銀燈〕虔婆，你好趁科！〔石榴花〕金銀被你相折挫，恨不得把伊來碎剮。正始册四，大成卷十二，俱題王焕。正始注云「元傳奇」。

〔前腔〕〔漁家傲〕三十哥息怒停嗔且放下，有的事好好商量，持刀做甚麽？焦撇把女憐憐嫁，三千貫賣與高邈。〔剔銀燈〕行家，翻作戾家。〔石榴花〕落人窠，中人計，吃人誤。我女終朝望你在羅帳坐。同上。

〔仙吕入雙調過曲〕〔倒拖船〕一街兩巷誰憐念，誰憐念。官人和娘子可憐見，可憐見。在舍貧布施行方便，新裙新襖幾曾穿。告英賢，結良緣，小乞兒叫化幾文錢。正始册八；舊譜卷十；沈譜卷二十；新譜卷二十三；大成卷三十七，入小石；俱題王焕。正始注云「元傳奇」。曲譜大成同舊譜，太古傳宗卷下闋文作雙調。

〔正宫過曲〕〔錦纏道〕自分開，這離愁堆積滿懷，常是淚盈腮。使幫閒傳語，道晚些專待。便指望一封信來，都説盡許多恩愛。一向便擠排，把我來人毆打，恩情事盡乖。是我無如之奈，免不得自行來。正始册二，題王焕，注云「元傳奇」。

〔黄鍾過曲〕〔歸朝歡〕那時節娘兒每須快樂。正始册一，題王焕，注云「元傳奇」。

〔南吕過曲〕〔針線箱〕自從共伊分散，無日不凝着淚眼。問巡官買卜求方便，無由再得相見。自伊去後緑鬢無心整，和那針線箱兒懶去拈。今日裏，把前歡再整，美愛重添。正始册五，題王煥，注云「元傳奇」。

〔二〕「佶倬」，原誤作「信倬」，據正始册九、沈譜、新譜改。〔三〕「憑着你」，原作「看伊」，據正始册九、沈譜、新譜、定律改。

王魁負桂英

〔商調引子〕〔三台令〕晚來雲淡風輕，窗外月兒又明。整頓閣兒新，飲三杯自遣悶情。正始册六；沈譜卷十八，定律卷十，大成卷五十六，曲牌俱作〔熙州三台〕；俱題王魁。正始注云「元傳奇」。曲譜大成同上。

〔前腔〕久聞倩館芳名，猛拚一醉千金。活脱似昭君，行來的便是桂英。沈譜卷十八，大成卷五十六。

〔南吕過曲〕〔二犯獅子序〕〔宜春令〕夫妻事，宿世緣，盡今生相會在眼前。〔獅子序〕乍相見綺羅間，四目頻偷頻盼，兩意多留多戀，便圖諧老百年。〔柰子花〕願得，如月似鏡長圓。正始册五，題王魁，注云「元傳奇」。

〔正宫過曲〕〔長生道引〕鐘報黄昏，看看天色冥昧。畫燭摇紅映殘枝，特地弄盞傳杯。歌喉宛轉，遶梁聲墜。奏笙歌，撥琵琶，鳳絲龍笛。那堪酒闌歌罷時，同攜手笑入羅幃。（合）我和伊效學鴛鴦，共成一對，願得譙樓上漏聲遲。正始册二，題王魁，注云「元傳奇」。

〔前腔〕三鼓將傳，誰家長笛頻吹。此景教人怎存濟，神思自覺昏迷。珊瑚枕上，并根同蒂。放嬌癡，恣歡娱，如魚如水。釵横鬌亂不自持，嬌無力倩郎扶起。（合前）沈譜卷四，新譜卷四，寒山，定律卷二，大成卷三十一，俱題王魁。曲譜大成，太古傳宗卷下闋文，同上。

〔中吕過曲〕〔古輪臺〕向花前，月下偏宜共斟酒。啓皓齒聲遏行雲，唱歌清曲。卿相神仙，嗜酒抛金擲玉。試看人生，待足何時足？有酒從教醉醺醺，醉鄉堪宿。算美禄（渌）不飲非賢，三杯和事，一醉忘愁，開懷納量。一日恣拚取，斟一壺，百年三萬六千度。正始册四，題王魁，注云「元傳奇」。

〔三句兒煞〕……拚酩酊从教不記取。同上。

〔雙調慢詞〕〔泛蘭舟〕鎮日花前酒畔，狂蕩煞迷戀。春闈赴選音傳，恩愛惹離怨。天付因緣，一對少年，争忍輕散？心事待訴君言。沈譜卷二十一；新譜卷二十四；定律卷九；大成卷六十三，作過曲；俱題王魁。曲譜大成同上。

〔正宫過曲〕〔雙瀏鶒〕憶昔傳杯弄盞，共宴樂月下花前。與論雲説雨，放懷輕惜深憐。自共伊，半霎時，怎離身畔？花叢一葉不沾染。驀忽地，浪破穿，把鴛鴦打開兩邊。正始册二，題王魁，注云「元傳奇」。

〔前腔第二换頭〕一心爲利名牽，暫别間不久團圓。嘆許多恩愛，怎不教我埋怨？做狀元，掛緑袍，那時回轉，何須苦苦長憶念？皇都好，景暄妍，怕戀花不肯回鞭。同上。曲譜大成同。

〔前腔第三换頭〕伊嬌面，伊嬌面，俏如洛浦神仙。肯漾却甜桃，再尋酸棗留連？是果然，意恁堅，指日同往，靈神祠裏同設願。虧心的，上有天，莫辜負此時誓言。同上。曲譜大成同。

〔商調引子〕〔逍遥樂〕……上廟燒紙。正始册六，題王魁，注云「元傳奇」。

〔仙吕入雙調過曲〕〔十二嬌〕伊家恁的嬌面，俏如閬苑神仙。終不漾了甜桃去，尋酸棗，再吃添。同往聖祠前，雙雙告神天。正始册八，沈譜卷二十，俱題王魁。定律卷九，入雙調；題焚香，誤。正始注云「元傳奇」。

〔中吕引子〕〔青玉案〕閑花未屬春拘管，浪蝶狂蜂慣爲伴。漫自芳名魁青館，歌喉羞澀，舞腰消損，淚濕春衫滿。正始册四，題王魁，注云「元傳奇」。曲譜大成作大石角。

〔中吕過曲〕〔兩休休〕從别後萬恨千愁，横在我的心頭。一心望那人回，在鴛幃再成匹偶。娼妓門庭無中有，只使虚脾弄甜口。你何須苦苦癡心，直恁的添僝僽。正始册四，定律卷六，俱題王魁。大成卷十一，題焚香，誤。正始注云「元傳奇」。

〔前腔换頭〕休休，兩三年共樂同歡，指望美滿長久。臨行與剪髮拈香，神前共同設咒。潘岳容儀狼虎口，毬子心腸易滚走。怕他們口不如心，應是有頭没後。同上。

〔麻婆子〕自古道癡心女，癡心太過頭。自古道虧心漢，他虧心你枉自守。浪語閑言莫僝僽，奴家不慮你何憂？怕你吃他負，無人替你羞。正始册四，題注同上。

〔南吕過曲〕〔紅衲襖〕離家鄉經數旬，在程途多苦辛。到得徐州喜不勝，指望問取，娘子信音。見了書便嗔，句句稱官宦門，孜孜的扯破家書，却把我打離廳。正始册五，題王魁，注云「元傳奇」。

陳巡檢梅嶺失妻

〔仙吕引子〕〔梅子黄時雨〕家住東京，積世富豪裔，承朝命武班之職。正青春琴瑟和美，論奢華世間無比。正始册三，舊譜卷一，沈譜卷一，新譜卷一，俱題陳巡檢。定律卷四；大成卷六十二，入雙調；俱題梅嶺。正始注云「元傳奇」。

〔仙吕過曲〕〔十五郎〕南雄巡檢新除，蒙嚴命怎敢違？未免得餐風宿水。慮只慮年少妻，在這路途裏多少奔馳？拚千山萬水前去，但守清廉勤謹累官職，終須著錦衣歸。正始册三，舊譜卷一，沈譜卷一，新譜卷一，俱題陳巡檢。寒山，定律卷四，大成卷三，俱題梅嶺。正始注云「元傳奇」。曲譜大成作陳巡檢。

〔南吕引子〕〔上林春〕生長幽閨正年少，深庭院鎮長歡笑。兒夫多喜風流，管教百歲偕老。正始册五；舊譜卷四，沈譜卷十二，新譜卷十二，曲牌俱作〔大勝樂〕；俱題陳巡檢。定律卷八，曲牌作〔大勝樂〕，題梅嶺。曲譜大成作大勝樂。

〔金蓮子〕昨承朝命，便指日挈累，往臨他境。鴛侶肯離分？奴只慮峻山高嶺。只爲利縮名牽，奈萍蹤不定。雙雙去，直待到得南雄，把舊歡重整。正始册五，舊譜卷四，沈譜卷十二，新譜卷十二，俱題陳巡檢。定律卷八，大成卷四十八，俱題梅嶺。正始注云「元傳奇」。曲譜大成題陳巡檢。

〔仙吕入雙調過曲〕〔三月海棠〕好契姻，少年夫婦真厮稱，你嬌容那更我正青春。精神，果是一雙并兩好，半掐兒真箇没節病，只爲蒙嚴命，辦行程，肯教鴛侣兩離分。正始册八，舊譜卷十，沈譜卷二十，新譜卷二十三，俱題陳巡檢。定律卷九，入雙調，題梅嶺。正始注云「元傳奇」。

〔大石引子〕〔少年游〕常學無違，奈此心與天地合異。能書符善會咒水，遣陰兵百萬，英靈猛將，斷人間興妖鬼魅。正始册二，舊譜卷八，沈譜卷六，俱題陳巡檢。大成卷十七，題梅嶺。正始注云「元傳奇」。曲譜大成題陳巡檢，入小石調。

〔商調過曲〕〔梧葉兒〕道家多靈變，百藝通，幾度對王公。敲些惜氣，口裏吞劍鋒。有仙風，頃刻花殘會再紅。正始册六，題陳巡檢，注云「元傳奇」。

〔南吕過曲〕〔石竹花〕掃地焚香會撞鐘，趕仙鶴每出入古松。鎮日玩水觀山，快樂誰人似我同？聽得真人唤，原來是叫道童。正始册五，舊譜卷四，俱題陳巡檢。寒山，定律卷八，大成卷五十，俱題梅嶺。正始注云「元傳奇」。

〔引駕行〕聽師祝付羅童，往東京疾速如風。只慮却凡夫不見容，他留我定無災恐。除却妖精，歸來洞中。正始册五，舊譜卷四，沈譜卷十二，新譜卷十二，俱題陳巡檢。寒山，定律卷八，大成卷五十，俱題梅嶺。正始注云「元傳奇」。

〔仙吕入雙調過曲〕〔五韻美〕深謝得先生深意，前程旅中無所慮，便相隨水宿風餐。君有善因，遂感得先生來至。（合）萬里天涯去，朝行暮止，渡水登山，免得致疑。正始册八，題陳巡檢，注云「元傳奇」。

〔前腔〕吾隱居遠山深處，時游市井，聞君姓字。夙有善緣，結會今時。羅童年紀正癡，吃飽飯困來打睡。（合前）同上。

〔越調引子〕〔桃李争春〕驀忽聽得，傳聲高叫「新來」。不知因箇甚的？正始册七；舊譜卷六，沈譜卷十五，曲牌俱作〔桃柳争春〕；俱題陳巡檢。大成卷二十三，題梅嶺。正始注云「元傳奇」。曲譜大成題陳巡檢。

〔仙吕入雙調過曲〕〔六幺兒〕〔六幺令〕瓜期信通，爲着功名，奔走西東。見説出路自覺心慵，身不由己，意沖沖。〔梧葉兒〕到得南雄，看取花殘會再紅。正始册八；舊譜卷七，入商調，曲牌作〔六幺梧桐〕；沈譜卷二十，新譜卷二十三，曲牌俱作〔六幺梧葉〕；俱題陳巡檢。寒山入黄鍾，曲牌作〔六幺令梧葉〕，題梅嶺。正始注云「元傳奇」。

〔仙吕過曲〕〔胡女怨〕非干是我意慵，是你廝調弄。一步不行，叫苦號痛。算來何日到得南雄？不如我，做道童。正始册三，舊譜卷一，沈譜卷一，新譜卷一，俱題陳巡檢。寒山，定律卷四，大成卷三，俱題梅嶺。正始注云「元傳奇」。曲譜大成題陳巡檢。

〔仙吕過曲〕〔美中美〕日墜西，人漸稀。深林裏遠觀，歸鴉亂飛。村莊却早，半掩柴扉。犬兒聲聲吠起，只見野叟樵夫挾斧回。正始册三，舊譜卷一，沈譜卷一，新譜卷一，俱題陳巡檢。寒山入小石，定律卷四，大成卷二，俱題梅嶺。正始注云「元傳奇」。

〔前腔換頭〕牧童盡跨犢，簇簇思歸。遠望月上山頭也，教我行步催。山深無奈，樹烟盡迷。在這程途裏，百種恓惶怎禁持？正始册三，舊譜卷一，沈譜卷一，新譜卷一，寒山。

〔油核桃〕眼前一嶺崎嶇，怎不教我傷悲？今宵未卜投宿處，趕程途也，問人家莫待遲。舊譜卷一，沈譜卷一，新譜卷一，寒山，俱題陳巡檢。定律卷四，題梅嶺。

〔前腔〕嶺頭新月呈輝，望梅臨水横枝。未知何日到南雄地？得安身也，管取夫妻齊賀喜。舊譜卷一。

〔木丫叉〕寂寞朝行暮止，金蓮步窄，心腸早寸碎。鄉關遠極目雲飛，算南雄何止是萬里。只見映水梅花開幾朵，影横斜，明月正上時。被清景惱人情緒，向此際逋仙好賦詩。正始册三；舊譜卷一，沈譜卷一，新譜卷一，曲牌俱作〔木丫牙〕；俱題陳巡檢。寒山，大成卷三，曲牌俱作〔木丫牙〕，俱題梅嶺。正始注云「元傳奇」。

〔正宫引子〕〔梁州令〕庾嶺山中顯聖靈，有無限威聲。欒烟霞泉石鎮山林。一方人欽仰，名傳播，盡皆驚。舊譜卷二，沈譜卷四，俱題陳巡檢。曲譜大成入羽調。

〔仙吕過曲〕〔五方鬼〕猛風卒律律，鼓起雷聲。震動山川，百怪藏形。平日不曾顯威靈，今日睹物思情，見箇人兒美貌動情。正始册三，舊譜卷一，沈譜卷一，新譜卷一，俱題陳巡檢。寒山，定律卷四，大成卷三，俱題梅嶺。正始注云「元傳奇」。曲譜大成題陳巡檢。

〔仙吕引子〕〔糖多令〕昨夜正三更，俄然一陣風，把妻攝去杳無蹤。多是山間妖怪物，須來卜問陰空。舊譜卷一，題陳巡檢。

〔南吕近詞〕〔恨蕭郎〕望鄉關千萬里，與他相隨來到這裏。怎知妖魅，化茅舍在深山内？忽然一陣狂風起，妻兒攝去無蹤跡。肝腸痛也，痛也傷悲，冤家下得直如是。正始册九；舊譜卷五，沈譜卷十四，俱入黄鐘；俱題陳巡檢。寒山入黄鐘，定律卷八，大成卷五十，俱題梅嶺。正始注云「元傳奇」。曲譜大成入黄鐘，題陳巡檢。

〔南吕引子〕〔于飛樂〕在山間，因翫賞，攝得箇似花姝麗。天然態恁般嬌媚。要同歡，他未肯，不知何意？是前生分淺，這情懷不堪訴與。正始册五，舊譜卷四，沈譜卷十二，新譜卷十二，俱題陳巡檢。定律卷十二，大成卷七十六，俱入羽調，俱題梅嶺。正始注云「元傳奇」。曲譜大成入高平調，題陳巡檢。

〔正宫過曲〕〔彩旗兒〕稽首虔誠禮，真人試聽取。記前回裏蒙擒住，將微臣特特赦取。敬爇沉水，鞠躬拜，深深跪；簪花獻水，燒錢化紙；望乞慈悲。洞中恁快樂，壺天地。怎知今日遇娉婷，料想業緣又未。正始册二，舊譜卷二，沈譜卷四，俱題陳巡檢。定律卷二，大成卷三十一，俱題梅嶺。正始注云「元傳奇」。曲譜大成題陳巡檢。

〔傾盃序〕翠嶺山林，見峭壁嵬嵬岑巒峙。檜老松枯，鳳舞龍飛。古木喬林，修竹依依。逍遥快樂，醉歌狂舞，洞天風味。喜逢伊，少年花貌似嬌癡。正始册二，舊譜卷二，沈譜卷四，新譜卷四，俱題陳巡檢。寒山，定律卷二，大成卷三十一，俱題梅嶺。正始注云「元傳奇」。曲譜大成題陳巡檢。

〔前腔第二換頭〕堪題，對嶺梅花，報早寒枝上藏春意。疏影横斜，淺水澄清；暗香浮動，明月添輝。孤身在此，怎逢驛使，與傳消息？把愁腸，强來寬解暫歡娱。正始册二，沈譜卷四，新譜卷四，寒山，定律卷二，大成卷三十一。曲譜大成同。

〔前腔第三换頭〕看伊，俊秀目，巧樣眉，冷浸秋江水。杏臉霞腮，一笑回看，洞裏嬌姿，光彩俱非。輕憐痛惜，論雲説雨，共諧百歲。看教伊，洞中掌管好花枝。正始册二。

〔前腔第四换頭〕情知，貌丑陋，展轉羞，何足留情意？背立東風，淚眼偷彈；謝得東君，爲花作主。當歌遇酒，對月臨風，共同歡聚。似鴛鴦戲水，一步不厮離。同上。曲譜大成同。

〔越調過曲〕〔花兒〕牡丹正開，開在盆中萬花都無賽。汲水澆花蔭花開，莫令水蕩花飄敗。正始册七，舊譜卷六，沈譜卷十五，新譜卷十六，俱題陳巡檢。定律卷十三，大成卷二十四，俱題梅嶺。正始注云「元傳奇」。曲譜大成同。

〔南吕過曲〕〔風檢才〕任滿回程舉鞭，相隨直到遠山。爲除賊寇保民安，惟只願，信音傳。再來時，做大官，做大官。舊譜卷四，沈譜卷十二，新譜卷十二，俱題陳巡檢。定律卷八，題梅嶺。

〔大石過曲〕〔長壽仙〕路人訴冤，事急到山巔，有緣遇神仙。君有何事，但請一言。陳辛妻子，離家因往南雄，大庾嶺被妖染。君今聞非別祟纏，左道術，名申公，屬坤兑，獮猴狀，搊搜臉。正始册二，舊譜卷八，沈譜卷六，俱題陳巡檢。寒山題梅嶺。正始注云「元傳奇」。定律卷五，曲譜大成，俱題陳巡檢。

〔仙吕過曲〕〔一盆花〕此劍分明靈異，看青蛇出匣，恁般雄威，氣沖牛斗接光輝。今日帶行前去，鎮伏妖魅。果然是奇，果然是美。便做劉季當道，斬蛇無比。正始册三，舊譜卷一，沈譜卷一，新譜卷一，俱題陳巡檢。寒山，定律卷四，大成卷二，俱題梅嶺。正始注云「元傳奇」。

〔正宮過曲〕〔錦庭芳〕〔錦纏道〕向名園，對韶華風光儼然，花柳競争妍。折一枝嬌滴滴海棠新鮮，可人處花如奴少年。〔滿庭芳〕咱這裏爲情人戀芳塵，虚度了紅顔。早早從人心願，願得蒼天方便，早教咱成就了好因緣。舊譜卷二；沈譜卷四；新譜卷四；寒山，曲牌作〔錦纏序〕；俱題陳巡檢。大成卷三十二，題散曲，誤。

〔山漁燈换頭〕信步兒行將去，翫水觀花，桃紅柳緑，疏籬外幾簇茅屋。傍溪沿路，香車寶馬人無數，鬧竿兒挑著葫蘆。安排清歌妙舞，倚翠偎紅無非酒，卧柳眠花只是癡。教人覷，追思着舊語，不由我臨風感嘆，俯首嗟吁。寒山，定律卷二，俱題梅嶺。

〔皂羅袍〕這幾日神魂飄蕩，爲釵分鏡破，珠淚汪汪。我妻攝去在何方？時乖運蹇遭魔障。(合)小橋曲澗，野梅正芳。行籬茅舍，村醪又香。尋思那人行不上。全家錦囊續編，上欄録以下各曲爲一套，題陳巡檢思妻。雍熙卷十五，題悲思。

〔南吕紅芍藥〕負屈與銜冤，蒼天也知道。閃的我撲撲簌簌淚痕交。尋思痛苦咽倒，算來，算來此事難恕饒。拔刀處斷不入鞘。(合)你如今一心待殺小兒曹，拚得個人怨也聲高。定律卷八南吕過曲，題梅嶺。

樂昌公主破鏡重圓

〔南呂過曲〕〔賀新郎〕雨歇梅天，蹙紅巾海榴如火，聽湖中數聲鼉鼓。還憶着，舊日三閭楚大夫，解獨醒名傳萬古。破雪藕，沉冰菓，細切菖蒲泛玉開樽俎，歡宴也慶重午。正始册五，舊譜卷四，寒山，俱題樂昌公主。沈譜卷十二，新譜卷十二，定律卷八，大成卷四十九，俱題分鏡。正始注云「元傳奇」。又雍熙卷十六，盛世西集，摘艷卷二，俱選〔賀新郎〕至〔尾聲〕四曲爲一套。雍熙題午節，摘艷題端陽。

〔幺〕乳燕雙雙，語雕梁對人如訴，採蓮舟棹入西湖。奪標處，浪滚雪花上下舞，看兩兩龍舟競渡。插艾虎，懸硃符，繫百索帶綰同心縷，百歲裏鎮歡娱。雍熙。

〔節節高〕殘陽映暮霞，兩交輝。湖天掩映蓬萊境，神仙府〔一〕。選半開，折一朵，碎揉花片，打奴則個。休得上心生嫉妒。鷗鷺雙雙點萍蕪，一鈎新月照荷花浦。正始册五，題樂昌公主，注云「元傳奇」。

〔尾聲〕醺醺共入紗厨卧，簟紋如水勝冰壺，人間快活到大福。雍熙。

〔商調過曲〕〔二郎神〕炎光謝，漸淅淅金風動也。瑩素練銀河渾似瀉。長空萬里，寂然雲漢瀟洒，爽氣豁凄清絶點霞。稱開懷傳杯弄斝〔二〕。願天上人間，占得歡娱，年年今夜。正始册六，題樂昌公主，注云「元傳奇」。又雍熙卷十六，盛世西集，摘艷卷二，俱選〔二郎神〕至〔尾聲〕四曲爲一套。摘艷題七夕。

〔刮鼓令〕七夕遇令節，女宿牛星歡會也。相慶處人間天上，況此情怎盡說。今夜共歡悦，相別又堪月又缺。重逢相見將這彩樓結，只聽得鵲噪叫唼唼。雍熙作〔刮古令〕。〔黄鶯兒〕深夜静沉沉，睹天河白似銀，正雙星牛女傳芳信。金蓮步輕，月下志誠，好向彩樓高處殷勤問。大家要虔誠，瞻星拜月，乞巧同穿繡針。正始册六，新譜卷十八，俱題樂昌公主。正始注云「元傳奇」。

〔尾聲〕年年此夜同歡慶，相會處今宵節令，金井梧飄玉露零。雍熙。

〔中吕過曲〕〔古輪臺换頭〕霏霏，片片紛紛降長空。敲户響蠶食葉聲，蟹行沙地。迸玉篩珠，頃刻樓臺銀砌。滚滚飛來，柳絮梨花，萬木千林盡一色。瓊枝玉樹，待共伊團坐閣兒，獸爐添炭，酌酒羊羔，瑶花白苧，唱和均得美。任玉龍戰罷，鱗甲滿天飛。正始册四，題樂昌公主，注云「元傳奇」。

〔中吕過曲〕〔鵲打兔〕舊家庭院，門半掩，春光滿。夏涼風；素秋皓月嬋娟；冬瑞雪，梅□綻〔三〕，獸爐添炭。畫堂中排列春宴，這一年好景，還又相見。正始册四，題樂昌公主，注云「元傳奇」。曲譜大成「梅□綻」作「梅蕊綻」。

〔大和佛〕伊家美貌如花正可憐，青春兩少年。伊家此情如蜨意猶堅，花蜨兩留戀。春花正在春光遠，膽瓶中折取，碧玉堂前。管教蜨傍花枝，留詠詩篇。畫堂中排列春宴，酌春酒，記取花下共發願。同上。

〔南吕過曲〕〔香羅帶〕恩情正美滿，相愛憐，天生兩人都少年。宫中風景勝神仙也，花前醉，月下眠。朝歡暮樂歌笑喧，兩情廝留戀。這般愁怎言？苦也天天，怎知道分離在眼前。正始册五，題注同上。

〔羽調近詞〕〔慶時豐〕一重兩重山森聳，一渡兩渡水溶溶。無奈襪小又鞋弓，迢迢路遠腳兒痛。正始册十，題樂昌公主。定律卷十二，大成卷七十七，俱題分鏡。正始注云「元傳奇」。曲譜大成同正始。

〔馬鞍兒〕淅淅颯颯金風動，傷情處聽孤鴻。野澗流水潺潺響，淡烟鎖孤木怪松。漸覺夕陽西墜，聽啾啾唧唧寒蛩。奈今宵頓無宿處，思量向日，在銷金帳中。同上。曲譜大成同。

〔南吕過曲〕〔梁州序〕鶯慵蝶困，三春雲暮，已覺歸心如飛。欲歸何處？忘却故園桃李，裝點千紅百紫。到此翻然，頓改初意。頃刻飄殘，亂紅滿庭砌。不道天公有兩樣心，開與謝，恁無據。正始册五，題樂昌公主，注云「元傳奇」。

〔前腔第四換頭〕試問春春意何如？我雖欲留春無計。向南枝梅綻，暗傳消息。梅邊專等，春來再相會，囪囪怎忍聽，這杜鵑啼？啼不住聲聲春早歸。同上。

〔本宫賺〕官人聽啓：蔬食村醪特供備，與官人雙雙共把杯。記舊日鳳閣龍樓共宴逸，十二金釵似錦圍。怎知今日，畫著花容教人笑恥？同上。

〔前腔〕告伊休慮，這官人筆法真奇異。吴道子王維怎比伊？這花容無二似活的。煩掛在壁間休污失，怕有親人到此時。待我回歸故里，煞多討金珠謝你。謹領台旨。同上。

〔仙吕入雙調過曲〕〔櫻桃花〕……且喜無戰征，以德服人。正始册四，題樂昌公主，注云「元傳奇」。

〔商調過曲〕〔水紅花〕含羞忍淚拂行塵，淚紛紛，心兒裏悶。西風籬畔菊花新，好傷神，凄涼運。一簇雲飛鴈，鴈飛云，一似我回軍也羅。正始册六，題樂昌公主，注云「元傳奇」。

〔仙吕過曲〕〔解三酲〕過幽林步入荒徑，冒風霜幾多勞頓。過迢迢一渡又還復一渡，一嶺咫尺又一嶺。巉岩險峻崎嶇接漢雲，無奈襪小鞋弓蓮步輕。傷心處，凄凄慘慘，珠淚盈盈。正始册三，題注同上。

〔黄鍾過曲〕〔神仗兒〕……宫鞋燈，慳慳點着，横闊三寸……。正始册一，題樂昌公主，注云「元傳奇」。

〔鬥雙雞〕……怎不教人笑聲？同上。

〔荼蘼插金鳳〕隱隱星遲，燈月交輝，儼然移下一天星斗，俏如晝日。紗籠過處陣陣香飄暗遞，（合）聽唱道轉身兩壁。行行語聲笑嬉，俏似神仙謫降凡世。往來車馬駢闐聚，是今日。正始册一，題樂昌公主。定律卷一，大成卷七十一，俱題分鏡。正始注云「元傳奇」。

〔前腔换頭〕那日兵戈起，鴛鴦兩下飛。泙泙戰鼓，唬得我心驚膽碎。只聽得銅壺漏催。

（合前）正始册一。

〔黄鐘過曲〕〔啄木兒〕奴家是，宫院裏，嫁徐郎共結姻契。因爲干戈離故里，遂沽酒略飲數杯。爲畫粉容，將軍見取，勒馬向前忙擒住。便擊破菱花分袂，遺福量尋消問息。正始册一，題樂昌公主，注云「元傳奇」。

〔仙吕入雙調過曲〕〔漿水令〕兹特蒙尊官寵呼，喜歡歡寸心時喜。頓疏門丰姿久矣，僭相屈敬聆教益。肚皮裏寂寞好孤恓，口兒裏冷落也多時。忒餓鬼，不知耻。深感得君光賁，相會在，相會在，花間宴逸。拚却醉，拚却醉，醉扶歸。正始册八，題樂昌公主，注云「元傳奇」。

〔錦衣香〕開玳筵，列珠翠。金鼎爇，沉烟細。時命取貴子王孫，幕天席地。且休負却，好景良時。花邊得句，正好吟詩……。同上。

〔仙吕引子〕〔奉時春〕得失榮枯在命，不由你巧計急性。兩下菱花合一處，信之姻緣，總皆前定。正始册三，題樂昌公主，注云「元傳奇」。

〔中吕過曲〕〔合生〕幸干戈寧息，恐不良隱匿在林榔間。遂差人體探忽報言，粉態畫村店。亂惑紀律，軍中趕捉來帳前。我欲介取，夫人向前來勸免。怎知今日輻輳？兩下菱花，鬥合成一片。夫婦再得團圓，再得重相見，百年效繾綣。正始册四，題樂昌公主。定律卷六，大成卷十，曲牌俱作〔喬合笙〕，俱題分鏡。正始注云「元傳奇」。曲譜大成同上。

〔瓦盆兒〕出賣菱花，幸得見賢。尋取消息，只因詠詩篇。豈擬夫人，回嗔作喜幸得見憐。怎知今日輻輳？兩下菱花，鬥合成一片。夫婦再得團圓，再得重相見，百歲諧繾綣。正始册四，題樂昌公主。沈譜卷八；新譜卷八；定律卷六，大成卷十一，曲牌俱作〔古瓦盆兒〕；俱題分鏡。寒山失題。正始注云「元傳奇」。曲譜大成入大石角。

〔一〕「殘陽」至「仙府」四句，雍熙、盛世、摘艷俱作「雙雙畫槳輕，戲漣漪。荷花蕩裏同一醉，真得趣」。

〔二〕「稱」，正始原作「珍」，在「絶點霞」的「絶」字上斷句。然「點霞珍」意不可通，今據盛世及摘艷改。

〔三〕正始原注云：「『梅』字下脱一平聲字。」

下江南戲文　賞元宵

無名氏

〔黄鍾（過曲）畫眉序〕元宵景堪題，畫堂深沉勝瑶池。奏笙歌，一派韻美聲齊。畫燭映兩行神仙，蘭麝靄、一簇珠履。（和）翡翠簾捲香風細，人在水晶宫裏。

〔么篇〕月華照庭幗，萬頃芙蕖綻秋水。夜迢迢、一任畫角頻吹。醉爇古鼎龍涎，歡宴會、玉簪珠履。（和）翡翠簾捲香風細，人在水晶宫裏。

〔神仗兒〕元宵好景，點放花燈。雙雙慢行，牡丹琉璃毬燈。弓鞋燈、㦗㦗點着果然三寸。頭上好個木香棚，良夜好賽蓬瀛。

〔么篇〕燈點頭上，甚光景。做得事，直恁般蠢。敢恁無知、耻我門庭。弄許多寒酸自相輕，怎不交人笑聲。

〔鬧樊樓〕畫堂深沉，綉簾半捲，麝蘭（裊）噴寶篆〔一〕。羅綺香風軟，喧闐樂奏〔二〕，聲清雅韻遠。

〔滴滴金〕通宵爛把銀燭點〔三〕，影交光瑤華筵〔四〕。娟娟月色如秋水，更澄澄明月圓。明月正圓〔五〕，似冰輪碾出一洞天。洞天一境，移來世間。

〔鬥雙鷄〕我今夜欣逢景當上元，點花燈在頭上，使人笑喧。我燈粧得奇妙〔六〕，不須用蠟燭只紙撚〔七〕。似移下一天星毬萬點。

〔雙聲疊韻〕多風範，多風範〔八〕，座列神仙眷。開玳筵，開玳筵，午夜難留戀。擁翠鬟，擁翠鬟。拚醉眠，拚醉眠，任銅壺漏轉，畫角聲傳。

〔餘音〕來朝廣設華筵宴〔九〕，午夜風光疾如箭。準備踏青賽上元。《詞林摘艷》卷二乙集南九宫

莊一拂《古典戲曲存目彙考》卷二：此戲未見著録，《詞林摘艷》引〔黄鍾畫眉序〕一套，題《賞元宵》，即敘宋太祖下江南故事。

〔一〕雍熙卷二作「瑞烟裊噴寶篆」。〔二〕此本原衍一「奏」字，據雍熙改。〔三〕「爛」，原作「懶」，據雍熙改。〔四〕「光」，雍熙作「輝」。〔五〕雍熙無「正」字。〔六〕「奇」，雍熙作「極」。〔七〕「只」，雍熙作「共」。〔八〕「風」，雍熙作「丰」。〔九〕「朝」，雍熙作「宵」。

全宋金曲卷十一　樂語

聖節五方老人祝壽文

歐陽修

東方老人

但某太山老叟，東海真仙。（一有一字）溜穿石而曾究初終，（一有五字）松避雨而備知歲月。羲氏定三百六日，嘗守寅賓之官；夷吾紀七十二君，盡覩登封之事。遇安期而遺棗，笑方朔之偷桃。風入律而來自巖前，斗指春而光臨洞口。昔漢武帝嘗懷三島之勝遊，有羨門生欲謁巨公於昭代。今則紫庭降聖，華渚開祥。遠離朝日之方，來展望雲之懇。千八百國，咸歸至治之風；億萬斯年，共禱無疆之壽。遥望天庭，敢進祝聖之頌。

口　號

東海蓬萊第一仙，遥瞻西北祝堯天。願皇長似東君壽，與物爲春億萬年。

西方老人

但某秦川故老，華岳幽人。詢仙掌之遺蹤，咸知始末；戀蓮峰之絶頂，不記歲時。漱流玉乳之泉，枕石雲陽之洞。逍遥物外，笑傲林間。奉王母之蟠桃，嘗延漢帝；指老聃之仙李，永佑唐基。掌中五色之丸，世上千年之壽。欣逢聖代，來至塵寰。當洪河澄九曲之時，是甲觀誕一人之日。祥麟遊於泰畤，天馬來於大宛。景星見而朱草生，瑞露降而赤烏集。既遇無爲之化，宜歌有道之君。是以駕青牛而度函關，指丹鳳而趨魏闕。唯願慶源流遠，齊河海以無窮；睿算綿長，等乾坤而不老。遥望天庭，敢進祝聖之頌。

口　號

華岳峰頭萬葉蓮，開花今古世相傳。願皇長似蓮峰久，結實盤根不紀年。

中央老人

但某棲心嵩極，振迹伊川。年高而可等松椿，氣粹而嘗飡芝朮。洞裏之煙霞不老，壺中之日月偏長。當聖主之盛時，居天心之奥壤。但見璿璣運而寒暑正，土圭測而陰陽和。冠帶被於百蠻，玉帛來於萬國。龍在沼而麟在藪，河出圖而洛出書。民躋壽域之中，俗樂春臺之上。今則堯眉誕秀，舜目開祥。遠離王屋之間，來入帝畿之内。仰瞻天表，莫非嶽降之神；上祝皇圖，豈止山呼之歲。遥望天庭，敢進祝聖之頌。

口號

嵩高維嶽鎮中天，王氣盤基降壽仙。惟願吾皇等嵩嶽，三靈齊祝（一作壽）萬斯年。

南方老人

但某託迹炎洲，游神衡嶽。非海濱之野叟，迺星極之老人。當火德爲治之朝，是離明繼照之日。里社鳴而聖人出，泰階正而王道平。百蠻向風，重譯來貢。屢覩豐年之上瑞，故知百姓之歡心。鼓腹而歌，治世之音安以樂；曲肱而枕，化國之日舒以長。斯可謂唐虞之民，又豈止成康之俗。今則流虹誕聖，遶電開祥。來趨北闕之前，上祝南山之永。雲翔霧集，既羅仙籍之班；地久天長，以禱皇家之祚。遥望天庭，敢進祝聖之頌。

口號

南極星中一老人，南山爲壽祝吾君。願君永奏南薰曲，當使淳音萬國聞。

北方老人

但某修真北嶽，常傾葵藿之心；混俗幽都，不避草茅之迹。潛神有得，味道爲娱。易水歌風，曾識荆軻於往歲；燕山勒石，親逢竇憲於當年。仙家之景物常春，人世之光陰易老。華表之鶴，未久還來；蓮葉之龜，於時屢見。但處積陰之境，每輸就日之誠。望干呂之青雲，慶流虹於華渚。當萬域來王之際，是千齡誕聖之初。是以歷沙漠而朝宗，叩天閽而祝頌。惟願慶基不朽，永齊金石之堅；寶祚無疆，更等山河之固。遥望天庭，敢進祝聖之頌。

口　號

北嶽神仙九轉丹，持來北闕獻君前。願將北極齊君壽，萬國陶陶共戴天。

會老堂致語　熙寧壬子趙康靖公自南京訪公於潁，時吕正獻公爲守。

某聞安車以適四方，禮典雖存於往制；命駕而之千里，交情罕見於今人。伏惟致政少師，一德元臣，三朝宿望。挺立始終之節，從容進退之宜。謂青衫早並於俊遊，白首各諧於歸老。已釋軒裳之累，卻尋雞黍之期。遠無憚於川塗，信不渝於風雨。幸會北堂之學士，方爲東道之主人。遂令潁水之濱，復見德星之聚。里閭拭目，覺陋巷以生光；風義聳聞，爲一時之盛事。敢陳口號，上贊清歡。

口　號

欲知盛集繼荀陳，請看當筵主與賓。金馬玉堂三學士，清風明月兩閑人。紅芳已盡鶯猶

囀，青杏初嘗酒正醇。美景難并良會少，乘歡舉白莫辭頻。雙照樓影宋吉州本《歐陽文忠公近體樂府》卷一

坤成節集英殿宴教坊詞

蘇　頌

教坊致語

臣聞日在鶉火，當東朝誕慶之辰；班集鷺庭，奉聖主惠慈之宴。候涼風之始至，望陰魄之初生。鏘洋金奏之和，懇倒玉階之祝。伏惟皇帝陛下，繼天開統，協帝重華。休承六聖之謨，日視三宮之膳。堯仁舜孝，本天性之少成；禹度湯銘，思日新而自戒。伏惟太皇太后陛下，乾坤合德，軒極儲神。總裁萬務之微，保祐丕圖之固。遐邇一于正，寒暑平而三辰全；中和致其誠，天地位而萬物育。屬千秋之啓瑞，闢三殿以均恩。鄰邦之使傳星馳，絶域之貢琛disorder至。韶奏九成之曲，人神以和；嵩呼萬歲之聲，中外同樂。臣濫居法部，參聽輿言，上祝天休，敢進口號。

口　號

首秋初望歛階蓂，侍宴千官供大庭。法部重翻慈壽曲，譯場初上貝多經。寶鄰雙節遥馳傳，玉塞重關盡撤扃。企望璇宫同祝聖，天南已見老人星。

勾合曲

涼風應律，天地之氣正中；廣樂充庭，金石之音載協。望堯雲之布濩，延羲辔以舒遲。上悦天顔，教坊合曲。

勾小兒隊

龍墀赫旴，敞平樂之都場；雞唱紆徐，上章溝之晝漏。爰命左觽之子，恭承右翟之儀。上奉宸歡，教坊小兒入隊。

隊名

咸英調帝樂　象勺舞童裳

問小兒隊

燕惠方宣，皇歡允洽。集沂童而在列，聽舜樂以來庭。並當總角之齡，早肄結風之妙。雖嘉儀矩，未辨音辭，進步天階，各言爾志。

小兒致語

臣聞厥初生民，頌邰室興周之美；豈樂飲酒，歌武王在鎬之歡。適遘慶辰，盛陳燕禮。伏惟皇帝陛下，德侔穹厚，道繼羲軒。豐宜日中，萬物荷照臨之盛；養以天下，四方形孝愛之風。當辰火之西流，近陰靈之中宿；紀神符于夢月，錫嘉會於需雲。擊玉摐金，奏葛天之八闋；望雲就日，祝崇慶之萬年。臣等齠齒無知，禁坊綴籍，願進交竿之藝，預隨疊鼓之音。未敢自專，伏候進止。

勾雜劇

鈞天廣樂，方終萬舞之儀；齊庭滑稽，尚騁六章之辨。瞻采眉之兑説，當玉殿之風清。少停促節之繁，式佇觀優之樂。徐賡雅韻，雜劇來歟！

放小兒隊

髫髦就列，聽儀鳳之純音；霓袖回風，盡翥鴻之妙態。偃旌既畢，投袂言歸，再拜天階，相將好去。

勾女童隊

德能大于諸夏，仰贊帝猷；舞以行于八風，佇觀樂節。何彼凌波之侶，來陳曳繭之工。上助宸歡，兩軍女童入隊。

隊　名

簪纓三殿集　干羽兩階陳

問女童

清商應律，方歌既醉之太平；長袖趨庭，共獻無疆之萬壽。罄霞裙而霧集，望蓂陛以葵傾。必有剖陳，一一敷奏。

女童致語

妾聞祥雲入户，天開降聖之符；湛露晞陽，詩載燕賓之義。屬金行之啓候，瞻玉輦之臨軒。肴醳旅陳，君臣胥樂。伏惟皇帝陛下，能哲而惠，持盈守成。廣庶績以鼇工，罄九圜而式命。日致其孝，承顔靡怠于晨昏；歲習其祥，慶節繼頒于宴衎。嘉秋成之告稔，應坤德之乘時。觴禮九行，盡獻酬之厚意；封人三請，祝福壽之多祥。妾等適在初笄，親逢盛際，敢奏七盤之技，交修八佾之行。未敢自專，伏候進止。

勾雜劇

輕裾應節，已觀蹈厲之工；前部獻能，互進俳諧之戲。宫商徐引，雜劇來歟！

放女童隊

霓衣度曲，隨戛敔以停音；竿木逢場，騁隱辭而畢奏。宜收逸綴，用協多歡。再拜天階，相將好去。

興龍節集英殿宴教坊詞

教坊致語

臣聞德水澄清，表一人之命世；需雲宴樂，薦萬壽之無疆。仁鄰通二國之歡，旦暮慶千秋之遇。伏惟皇帝陛下，亶聰稽古，繼體膺期。廣列聖之休聲，奉東朝之慈保。兵寢刑措，邁帝王之高功；地平天成，契君臣之胥樂。載臨誕日，躬御廣庭。王公獻甘露之觴，法部奏承雲之曲。臣技非矇瞽，籍著工師。聽立我烝民之謠，幸逢堯世；有請祝聖人之語，竊效華封。瞻望宸嚴，謹進口號。

口號

赤龍應世季冬初，上八開祥電繞樞。金石宣和韶九奏，乾坤薦壽嶽三呼。善鄰兩使星軺集，拱極千官蕊綬趨。共捧堯鍾歌既醉，洋洋朝野正歡娛。

勾合曲

八音克諧，天地之和斯應；百獸率舞，人神之感攸同。上奉宸歡，教坊合曲。

勾小兒隊

九奏和聲，已洽鏗鏘之韻；兩髦侲子，咸知蹈詠之儀。上奉宸顔，教坊小兒入隊。

隊　名

子衿來鄭校　長袖集虞階

問小兒隊

童裳兩兩，初聞歌沛之音；舞袂蹮蹮，漸轉浴沂之態。威顔咫尺，廣樂諧和。必有獻陳，一一敷奏。

小兒致語

臣聞日在北陸，會日月之初躔；天生聖人，將天地之交泰。適遘誕彌之旦，恭宣贊祝之誠。伏惟皇帝陛下，睿智有臨，惇大成裕。中昃每勤于聽政，晨昏不懈于承顔。學有緝熙于古先，神功日就；文以經緯于邦國，睿問川流。當九龍浴聖之辰，覩萬玉盈庭之盛。指南山而獻壽，挹北斗以稱觴。臣總角無奇，執旌就列。願效婆娑之技，庶形郁穆之風。未敢自專，伏候進止。

勾雜劇

德音感人，盛樂稍更于節奏；笑言近道，前書亦紀于優辭。方愛景之初長，奉宴慈而飾喜。金絲徐韻，雜劇來歟！

放小兒隊

觀旅進于嚴塗，式歌且舞；既畢陳于衆技，宜詠而歸。再拜天階，相將好去。

勾女童隊

分行颯沓，飄然曳繭之姿；應節紆餘，儼若交竿之狀。羽旄在列，鼓吹參和。上奉皇歡，兩軍女童入隊。

隊名

七盤儀鳳集　八佾彩鸞翔

問女童隊

麟殿深沉，遐想鈞天之奏；霓衣摇曳，言觀激楚之工。進步宸庭，悉陳來意。

女童致語

妾聞瑶星虹渚，啓皇王載誕之符；金鏡露囊，有臣庶交歡之禮。惟是歌詩之詠，流爲祝聖之詞。伏惟皇帝陛下，凝命穆清，儲神淵默。體乾坤健順之德，用致中和；盡日月照臨之區，咸歸化育。斗位建丑，帝司執權。嘉辰協慶于冬成，曼壽允符于地久。妾猥聯綴兆，擬贊睿神。雖德與天同，詎發揚于彷彿；而功由樂舞，庶昭顯于毫分。未敢自專，伏候進止。

勾雜劇

舜樂既成，尚少留于八列；齊諧喜隱，猶附益于三章。望天表之粹温，奏伶工之獻笑。再賡雅韻，雜劇來歟！

放女童隊

圓步方趨，逐雅音而畢奏；飈回風轉，宜退旅以言歸。再拜彤墀，相將好去。

紫宸殿正旦宴教坊詞

教坊致語

臣聞氣和而天地應，慶集三朝；燕飲而福禄來，禮稱萬壽。會仁鄰之講好，嘉使介之在庭。享禮畢陳，宸歡允洽。伏惟皇帝陛下，膺圖御世，稽古承天。孝治形于家邦，仁風翔于海寓。馳王騖霸，貫三代之質文；游凱步元，任群材之智勇。凝成至治，丕冒多方。當春令之始和，御廣廷而肆會。周魚在藻，簪纓同愷樂之歌；虞鳳儀韶，金石播克諧之奏。臣猥緣末藝，獲造彤墀。聆鈞天九奏之音，如遊帝所；效上林千人之唱，竊抒蕪詞。仰奉皇歡，强進口號。

口　號

敦牂開歲斗回杓，共慶元正視朔朝。仗下法官陳禹會，宴開平樂奏虞韶。北邦膚使星持節，近侍詞臣頌獻椒。共效華封人吉語，勤勤三請祝唐堯。

勾合曲

千官雜遝，廣樂鏗鏘。方羲馭之晝延，望天顔之豫悦。引商刻羽，擊玉摐金。上奉宸慈，教坊合曲。

勾小兒隊

詩詠君德，樂舞后功。允屬聖辰，式資備物。惟彼髫髦之侶，將陳蹈厲之儀。上悦天顔，教坊小兒入隊。

隊　名

簫韶虞氏樂　歌舞沛中兒

問小兒隊

春陽駘蕩，雅奏諧和。彼觿韘之分行，逐羽旄而應節。初如詠于沂水，又若歌于沛風。必有所陳，盍言爾志。

小兒致語

臣聞夏正孟月，紀庶草之權輿；漢會春朝，受四海之圖籍。清蹕臨朝而置酒，通班拱極以稱觴。仰贊休辰，式陳盛樂。伏惟皇帝陛下，接千載之統，題五精之期。繩烈祖之燕詒，奉慈闈之謀訓。陶鈞萬類，物無疵厲之傷；玉燭四時，氣協中和之應。薦臨元朔，夙講鄰歡。禮食以勞于使人，樂舞以飾乎燕喜。臣等方當蒙穉，欣遘泰辰，雖童子之何知，亦能蹈抃；歌太平之既醉，欲效揄揚。未敢自專，伏候進止。

勾雜劇

聽咸英之音，備聞雅正；觀優孟之戲，佇獻俳諧。綴兆少留，金絲徐韻。上資兑悦，雜劇來歟！

放小兒隊

日移昳稷，樂闋承雲。蹁躚之態備陳，獻笑之歡已畢。徐收霓袂，還斂羽旌。再拜天階，相將好去。《蘇魏公文集》卷二十八

集英殿乾元節大燕教坊樂語

王　珪

教坊樂語

臣聞帝乘離火，應赤符誕聖之期；雲上需天，啓祕殿示慈之會。横九門之協氣，沸萬玉之歡聲。普祝睿齡，樂逢華旦。伏惟皇帝陛下，至仁天冒，盛德日躋。御堯屋以非心，降禹車而泣罪。儲精峻廡，安行帝道之常；收視邃旒，坐照物性之隱。妙玄功而不宰，暢偉跡以無前。適丁震夙之期，肇戒清和之候。月維幾望，風自南薰。雲覆翠華，天臨煩幄。抃

玉來賓鄰之使，充庭旅絶域之奇。稱萬壽之無疆，歌太平之既醉。七百年肇乎卜世，自符周曆之長；八千歲始以爲春，更越莊椿之固。臣等謬參法部，獲叩宸墀。不度才孱，敢進口號。

口　號

清蹕傳音紫禁來，逡巡萬玉擁鈞臺。南山鎮地符宸算，北斗傾霞入宴杯。鎬飲篇中魚演漾，虞韶聲裏鳳徘徊。年年赤帝乘離月，長見雲龍帳殿開。

勾合曲

萬春介壽，方稱漢殿之觴；百辟均歡，正協舜琴之曲。宜賡備奏，參抃太和。上懌皇情，教坊合曲。

勾小兒隊

玉宇風微，覺纖埃之不動；金徒漏緩，知瑞旭之初長。堯樽纔泛於九霞，禹會正趨於萬玉。宜詔髫髦之侶，來陳舞羽之容。上悦天顔，教坊小兒入隊。

隊　名

仙曲聞韶後　童裳舞勺初

問小兒隊

祥鳳傾梧，帝所殆非於人世；恩魚泳藻，皇慈適浹於臣心。何緣青佩之群，得簉赤墀之地。整鮮巾而昭爛，儼長袖以舒徐。必有從來，雍容敷奏。

小兒致語

臣聞周雅萬年，薦自天之時福；堯封三祝，感及物於君仁。適臨出震之辰，爰紀乘離之月。敞大庭而肆宴，浹罄宇以均休。伏惟皇帝陛下，握斗披元，撫辰凝治。雷霆孚號，一鼓舞於群生；雲漢睿章，共昭回於上象。納民福壽，措國盈成。滯穗餘糧，已溢農疇之望；祥圖瑞牒，弗停史筆之書。今也素魄將盈，赤精甫燭。盛蒲魚之樂飲，洽苹鹿之歡心。陋唐節之千秋，或虧誦聖；盡禹朝之萬國，咸走賓王。同輸就日之誠，共禱後天之算。臣等佩觿弱齒，秉翟微蹤，偶袛召於中宸，願呈儀於丹陛。進慚薄技，仰侑皇情。未敢自專，伏候進止。

勾雜劇

蹁躚長袖，適停逸綴之文；曼衍都場，未盡多歡之具。宜薦滑稽之戲，以資愷樂之情。徐韻宮商，雜劇來歟！

放小兒隊

舞茵徹繡，暫收畫鼓之聲；宴斝浮香，漸轉緑槐之影。歌沛風而甫歇，詠沂水以將歸。再拜天階，相將好去。

勾女弟子隊

華簪拱極，黼坐當陽。幸天地之同符，復君臣之共樂。雖喜天杯之泛，未呈風袖之妍。宜按籍於梨園，俾薦歡於鎬邑。速進驚鴻之態，來參翔鳳之儀。上奏天顔，兩軍女弟子入隊。

隊　名

神樞標慶誕　仙綴侑皇醺

問女弟子隊

帝幄天高，人寰斗隔。鵷鷺之群下集，魚龍之戲前陳。何巫山行雨之蹤，肆洛浦凌波之步。輒離雲島，直叩天階。必有剖陳，雍容敷奏。

女弟子致語

妾聞少皞應符，紀華渚流虹之異；商王受命，美皇穹降鳦之祥。偉上聖之挺生，當南訛之肇序。三靈擁祐，諸福叢休。對燕雲復旦之期，廣湛露晞陽之渥。著爲盛節，永屬熙朝。伏惟皇帝陛下，躬攬乾綱，心游地祕。迪一祖二宗之訓，同三王五代之符。偃然一函夏之歸，坐以須大昕之旦。康功即底，墜典交修。内則文物盈廷，躋聲華於古治；外則謳歌載路，樂富庶於多方。聿臨載誕之辰，普祝無疆之慶。霑皇慈於鎬飲，徹雷極以嵩呼。北辰受衆星之環，長居紫禁；南極觀老人之見，永輔丕圖。妾等謬齒仙場，幸逢聖旦，願應鏗純之節，輒陳蹈厲之容。未敢自專，伏候進止。

勾雜劇

天儀有穆，星弁無譁。顧宴斝之云周，慮歡衿之未洽。宜薦邯鄲之笑，以參平樂之嬉。徐韻金絲，雜劇來歟！

放女弟子隊

肅肅都場，九奏之仙韶終曲；耽耽廣殿，萬年之嘉樹移陰。蓬島路遐，瑶池日晚。徹繡茵而浪卷，振綵袂以風翔。再拜天階，相將好去。

集英殿皇子降生大燕教坊樂語

教坊致語

伏以魯觀占雲，適紀新陽之應；震宮主鬯，早開皇序之祥。況寶曆之逢熙，復宸居之乘豫。特頒廣燕，用飾多驩。恭惟皇帝陛下，德邁往初，仁漸動植。虎旂犀甲，韜兵於武庫之中；桂海冰天，獻賮於彤墀之下。休符兆於君德，寒律變爲春和；浹嘉氣於神都，列芳筵於祕殿。下珍群之鵷鷺，發和奏之笙鏞。於時日上扶桑，風生廣莫。度芝蓋於丹墄，降金輿於紫闥。百獸感和，率舞帝虞之樂；群生遂性，如登老氏之臺。固已追平樂之勝遊，掩柏梁之高會。臣謬參法部，獲望清光，靡揆才蕪，敢進口號。

口　號

忽覺祥煙繞禁門，寶慈宫裏見皇孫。便令三洞張鈞樂，直許千官醉御樽。未曉清風生殿閣，經旬赤氣射乾坤。須知此會非常有，遥看天顔一倍温。

勾合曲

露泛帝觴，凝三微之協氣；星聯相弁，燦初日之祥暉。方魚藻以均歡，宜簫韶之合奏。宸遊正洽，樂節徐行。上奉天顔，教坊合曲。

勾小兒隊

燕觴飛羽，方歌湛露之詩；廣樂摐金，已極鈞天之奏。宜命遊童之侶，來陳舞佾之容。上奉皇慈，教坊小兒入隊。

隊　名

遊童春自舞　儀鳳曉先鳴

問小兒隊

宸庭廣御，仰侔太紫之躔；鈞樂更和，曲盡咸英之奏。何處采髦之侶，輒趨文陛之前。必有所陳，雍容敷奏。

小兒致語

臣聞舜帝仁深，衆極慕羶之樂；周家德盛，時歌在藻之娛。屬紹美於皇圖，早發祥於甲觀。宜錫需雲之燕，用均浹宇之歡。恭惟皇帝陛下，躬上主之資，撫中天之運。禮樂兼三王之備，文章邁兩漢之隆。矧乃武庫韜戈，戍亭徹候。百蠻奔走，南踰銅鼓之鄉；萬里謳謡，西出玉關之路。今則陽生寶燭，陰謝窮郊。麗日重輪，已應千齡之瑞；條風入律，更萌萬物之華。方玉斝之交飛，復朱絃之遞奏。群情大洽，勝會難儔。臣等雖在童髦，嘗習舞干之妙；輒趨君陛，願隨樂節之行。未敢自專，伏候進止。

勾雜劇

華旌低影，觀童舞之成文；畫敔收聲，識鈞音之終曲。助以優場之伎，浹於燕席之歡。上懌宸顔，雜劇來歟！

放小兒隊

銅壺遞箭，屢移宫幄之陰；鷺羽充庭，久曳童髦之采。既闋韶音之奏，難停舞綴之容。再拜天階，相將好去。

勾女弟子隊

華簪照席，再嚴百辟之趨；寶幄更衣，復覩中天之坐。宜度仙韶之曲，更呈舞袖之妍。上奉皇慈，兩軍女弟子入隊。

隊名

玉調歌管脆　雪入舞腰輕

問女弟子隊

金徒緩箭，延麗日於壺中；翠羽飛觴，醉流霞於天上。何仙姿之綽約，叩丹陛以踟躕。須有剖陳，近前敷奏。

女弟子致語

伏以位符蒼震，屬元子之膺祥；歌起盛周，見群臣之合好。矧萬幾之多豫，誠千載之一時。共樂熙辰，用恢勝矩。恭惟皇帝陛下，嚮明紫極，儲思巖廊。邁三皇五帝之風，繼一祖四宗之烈。候亭相屬，不齎萬里之糧；年廩屢登，又美曾孫之稼。時及新陽之復，早逢重日之暉。廣慈惠於前王，慶休華於兹旦。玉觴盈醴，均流湛露之恩；翠簴鳴鐘，合奏洞庭之曲。帝所之歡未極，壺中之景初長。妾等幸遘盛期，獲塵法部，側聽鈞音之節，來參妙舞之容。未敢自專，伏候進止。

勾雜劇

鸞拂宫茵，極七盤之妙舞；鳳儀仙曲，終九奏之和聲。方鎬飲之窮歡，宜秦優之進技。宸顔是奉，雜劇來歟！

放女弟子隊

宫花剪綵，恍疑天上之春；海日銜規，忽覺人間之暮。宜整羽衣之綴，卻還蓬島之遊。再拜彤庭，相將好去。

集英殿秋燕教坊樂語

教坊致語

伏以堯野登年，化民雍於萬國；鎬京流飲，遍君樂於群臣。候屬良時，事歸華旦。宜皇居之肆會，罄率土以均休。恭惟皇帝陛下，受命當天，右文嚮道。比屋盡可封之俗，三邊無不譓之民。干戈包載於虎皮，劍戟鑄成於農器。承顔長樂，邁舜孝之蒸蒸；布政明堂，迪文心之翼翼。今則塲功告畢，國步承平。霜清桂苑之塵，日上龍樓之影。轉丹蹕於蘭路，下琱輿於玉庭。金奏颺於天風，羽觴飛於帝座。張樂洞庭之野，未盡勝遊；置酒顥天之臺，徒夸妙戲。豈如聖日，常奉皇歡。臣等謬處伶坊，獲趨禁所。敢呈口號，上凂天聽。

口　號

秋光紫翠動南山，天上傳呼御燕頒。一部梨園吹鳳曲，九重丹闕對龍顔。日華初駐金輿仗，霞彩猶浮玉筍班。欲識君臣同樂處，萬箱登歲五兵閒。

勾合曲

金風日爽，方登萬寶之秋；黼座天臨，適啓三山之宴。宜按紫雲之奏，佇觀丹鳳之儀。上悦宸顔，教坊合曲。

勾小兒隊

簫韶迭奏，自通天地之和；日月同華，方協君臣之樂。倘八佾之舞行不進，則四方之治象何觀？徐韻宫商，教坊小兒入隊。

隊　名

風雲歌沛水　金石會虞庭。

問小兒隊

鏘然九奏，合於丹陛之前；髧彼兩髦，來自絳帷之下。既動容而獻技，宜緩頰以興辭。進步前來，分明敷奏。

小兒致語

伏以游魚戲藻，逢鎬飲之多娱；舞獸儀庭，感舜韶之新曲。兹爲勝會，允屬熙辰。恭惟皇帝陛下，紹五聖之閎休，對兩儀之鴻施。仁風翔於月窟，聲教燭於冰天。物生阜蕃，民氣清静。靈臺偃伯，玉關無夜柝之虞；儒館獻歌，槐市有夏絃之樂。屬萬幾之豐豫，會百辟以均歡。清醑交傾，大庖旅進。樂遊未已，恍若壺中之觀；盛事難名，殆匪人間所有。臣等幼陶皇化，早隸仙坊。每戲康衢，已嘗聽於雅奏；進瞻法座，更願奉於宸顔。未敢自專，伏候進止。

勾雜劇

疊鼓凝簫，已聽鏗鍧之奏；綵衣振服，未窮要妙之觀。宜命仙優，上承帝悦。金絲重韻，雜劇來歟！

放小兒隊

楓宸影轉，花漏聲遲。御醑飛觴，已奉鈞臺之享；童衣收綵，卻還沂水之遊。再拜彤墀，相將好去。

勾女弟子隊

羽帳重披，降烟熅之瑞氣；玉觴再舉，導宛轉之和聲。百禮交修，群臣俱醉。正皇歡之霑洽，宜妙技之翩躚。徐韻清商，兩軍女弟子入隊。

隊　名

舞隨鶯燕起　歌落貫珠圓

問女弟子隊

翠鬟縹緲，疑彩鳳之相將；紅袖翩翻，訝驚鴻之欲舉。想是蓬山之侶，來同瑶水之遊。必有叙陳，分明敷奏。

女弟子致語

妾聞朝野多歡，游豫爲諸侯之度；君臣同德，燕樂慰嘉賓之心。矧屬昌期，具稽前美。恭惟皇帝陛下，功逾禹儉，德邁堯聰。發號令於風霆，炳文章於日月。朱干偃武，自弭怨於西夷；玉檢登封，迺告成於東岱。於時肅霜凝氣，流火沈光。瞻黼帳之洞開，命瑶觴而迭進。仙徒緩箭，宫綵飛花。聖日舒長，助宸遊之多暇；人心和樂，感韶奏之新聲。固以掩高會於柏梁，軼勝遊於平樂。妾等逢辰有幸，執技非工。暫拂塵衣，來造塗丹之地；仰瞻法座，願呈迴雪之容。未敢自專，伏候進止。

勾雜劇

萬樂高張，既侑需雲之會；群臣俱醉，齊霑湛露之恩。方暫戢於舞容，宜載陳於優戲。天顔是奉，雜劇來歟！

放女弟子隊

金壺遞箭，潛移寶晷之光；玉斝飛筵，屢極鈞音之奏。宜整五雲之馭，卻陪三洞之遊。再拜天階，相將好去。四庫本《華陽集》卷十七

坤成節集英殿宴教坊詞

元祐二年七月十五日　蘇　軾

教坊致語

臣聞視履考祥，既占衷月之夢；對時育物，必有繼天之功。方大火之西流，屬陰靈之既望。帝於是日，誕降仁人。意使斯民，咸歸壽域。共慶千年之遇，得生二聖之朝。式宴示慈，與民同樂。恭惟皇帝陛下，文思天縱，睿哲生知。力行禹湯之仁，常恐一夫之不獲；躬蹈曾閔之孝，故得萬國之歡心。恭惟太皇太后陛下，道契天人，德超載籍。知人則哲，蓋帝堯之所難；修己安民，雖虞舜其猶病。風雲從而萬物覩，日月照而四時行。自然動植之咸安，莫知天地之何力。三宫交慶，群后駿奔。賨鄰通四牧之歡，航海致重譯之贐。洞庭九奏，始識咸池之音；靈嶽三呼，共獻後天之祝。臣等叨居法部，輒採民言，上瀆宸

聽，敢陳口號。

口　號

三朝遺老九門前，又見承平大有年。文母憂勤初化俗，曾孫仁孝已通天。史書元祐三千牘，樂奏坤成第一篇。欲採蟠桃歸獻壽，蓬萊清淺半桑田。

勾合曲

秋風協應，生殿閣之微涼；廣樂俱陳，韻金絲而間作。欲觀鳥獸之率舞，願聞笙磬之同音。上奉宸顔，教坊合曲。

勾小兒隊

朱干玉戚，本以象功；白叟黄童，皆知頌聖。盍命髫髦之侶，來陳舞勺之儀。上侑皇歡，教坊小兒入隊。

隊　名

願同千歲樂　長奏太平謡　樂隊

問小兒隊

鎬京廣燕，方雲集於縉紳；沂水游童，忽鳬趨於庭廡。雖云小技，必有可觀，咫尺天顔，悉言汝志。

小兒致語

臣聞功存社稷，慶鍾高密之門；澤及本枝，天胙太任之德。候西風之入律，藹瑞氣之盈庭。嘉與四方，同稱萬壽。恭惟皇帝陛下，文思稽古，濬哲在躬。日奉東朝之歡，率用家人之禮。以謂慈儉之化，無德而能名；保佑之功，如天之難報。惟流傳於歌舞，庶髣髴其儀刑。臣等雖在弱齡，久陶孝治。敢率垂髫之侶，共陳振萬之儀。未敢自專，伏取進止。

勾雜劇

鸞旗日轉，雉扇雲開。暫回綴兆之文，少進俳諧之技。來陳善戲，以佐歡聲。上樂天顔，雜劇來歟！

放小兒隊

青衿旅進，雖末技而畢陳；黄屋天臨，知下情之無壅。既成文於綴兆，爰整袂以徘徊。再拜天階，相將好去。

勾女童隊

彤壺漏箭，隨雞唱以漸移；絳節綵髦，聞鳳簫而自舉。宜召散花之侶，來陳回雪之姿。上奉宸歡，兩軍女童入隊。

隊　名

金風回翠袖　玉瑄倚清歌　樂隊

問女童隊

鳳歌諧律，方資燕俎之歡；鷺羽分庭，忽集壽山之下。低鬟有待，振袂欲前。密邇天階，悉陳來意。

女童致語

妾聞塗山啓夏，來玉帛於萬邦；摯仲興周，胙本枝於百世。嘉宸共樂，壯觀一新。恭惟皇帝陛下，舜孝自天，堯仁浹物。膺昊穹之成命，席累聖之詒謀。惟地勢坤，永載無疆之德；以天下養，躬持胥樂之觴。六樂在庭，百工奏技。妾等親逢盛旦，獲望嚴宸。藝雖愧於驚鴻，心已先於儀鳳。願陳舞綴，上奉天顔。未敢自專，伏取進止。

勾雜劇

風清羽蓋，日轉槐庭，欲資載笑之歡，必有應諧之妙。暫回舞綴，少進詼辭。上悦天顔，雜劇來歟！

放　隊

八音間作，既成曒繹之文；萬舞畢陳，曲盡回翔之態。望彤闈而卻立，斂翠袂以言歸。再拜天墀，相將好去。

集英殿秋宴教坊詞

教坊致語

臣聞天無言而四時成，聖有作而萬物覩。清淨自化，雖仰則於帝心；愷悌不回，亦俛同於衆樂。屬此九秋之候，粲然萬寶之成。吾王不游，何以勞農而休老；君子如喜，則必大亨以養賢。恭惟皇帝陛下，孝通神明，仁及草木。行堯禹之大道，守成康之小心。華夷來同，天地並應。以謂福莫大於無事，瑞曷加於有年。南極呈祥，候秋分而老人見；西夷慕義，涉流沙而天馬來。嘉與臣工，肅陳燕俎。禮元侯於三夏，諧庶尹於九成。宣示御觴，聳近臣之榮觀；臚傳天語，溢兩廡之歡聲。臣等幸覯昌辰，叨塵法部。採謠言於擊壤，助矇瞍之陳詩。仰奉威顏，敢進口號。

口　號

霜霏碧瓦尚生煙，日泛彤庭已集仙。藹藹四門多吉士，熙熙萬國屢豐年。高秋爽氣明宮殿，元祐和聲入管絃。菊有芳兮蘭有秀，從臣誰和白雲篇。

勾合曲

西風入律，間歌秋報之詩；南籥在庭，備舉德音之器。絃匏一倡，鐘鼓畢陳。上奉宸嚴，教坊合曲。

勾小兒隊

皇慈下逮，罄百執以均歡；衆技畢陳，示四方之同樂。宜進垂髫之侶，來修秉翟之儀。上奉威顏，教坊小兒入隊。

隊　名

登歌依頌磬　下管舞成童　樂隊

問小兒隊

大君有命，肆陳管磬之音；童子何知，入簉工師之末。欲詳來意，宜悉奏陳。

小兒致語

臣聞天行有信，正得秋而萬寶成；君德無私，日將旦而群陰伏。清風應律，廣樂在庭。占歲事於金穰，望天顔之玉粹。沐浴膏澤，詠歌升平。恭惟皇帝陛下，天縱聰明，日躋聖知。無一物之失所，得萬國之歡心。雖擊壤之民，固何知於帝力；而後天之祝，亦各抒於下情。臣等幸以齠齔之年，得居仁壽之域。詠舞雩於沂水，久樂聖時；唱銅鞮於漢濱，空慚俚曲。願陳舞綴，少奉宸歡。未敢自專，伏候進止。

勾雜劇

朱絃玉琯，屢進清音；華翟文竽，少停逸綴。宜進詼諧之技，少資色笑之歡。上悦天顔，雜劇來歟！

放小兒隊

回翔丹陛，已陳就日之誠；合散廣庭，曲盡流風之妙。歌鐘告闋，羽籥言旋，再拜天階，相將好去。

勾女童隊

錦薦雲舒，來九成之丹鳳；霞衣鱗集，隱三疊之靈鼉。上奉宸嚴，教坊女童入隊。

隊　名

香雲浮繡扆　花浪舞彤庭　樂隊

問女童隊

清禁深嚴，方縉紳之雲集；仙音嘽緩，忽簪珥之星陳。徐步香茵，悉陳來意。

女童致語

妾聞鈞天廣樂，空傳帝所之游；閶闔清風，理絶庶人之共。夫何僊聖，靡隔塵凡。仰瞻八采之威，共慶千齡之運。恭惟皇帝陛下，乾健而粹，離明而文。規摹六聖之心，人將自化；儀刑文母之德，天且不違。樂兹大有之年，申以宗慈之會。虞韶既畢，夏籥將興。妾等分綴以須，審音而作。願俟工歌之闋，少同率舞之歡。未敢自專，伏取進止。

勾雜劇

絃匏迭奏，干羽畢陳。洽聞舜樂之和，稍進齊諧之技。金絲徐韻，雜劇來歟！

放　隊

羽觴湛湛，方陳既醉之詩；鼉鼓淵淵，復奏言歸之曲。峩鬟佇立，斂袂卻行。再拜天階，相將好去。

興龍節集英殿宴教坊詞　元祐二年

教坊致語

臣聞帝武造周，已兆興王之迹；日符胙漢，實開受命之祥。非天私我有邦，惟聖乃作神主。仰止誕彌之慶，集于建丑之正。瑞玉旅庭，爰講比鄰之好；虎臣在泮，復通西域之琛。式燕示慈，與人均福。恭惟皇帝陛下，睿思冠古，濬哲自天。焕乎有文，日講六經之訓；述而不作，思齊累聖之仁。夷夏宅心，神人協德。卜年七百，方過曆以承天；有臣三千，咸一心而戴后。彤庭振萬，玉座傳觴。誦干戈載戢之詩，作君臣相悦之樂。斯民何幸，白首太平。臣猥以微生，親逢盛旦。始慶猗蘭之會，願賡擊壤之音。下採民言，上陳口號。

口　號

凜凜重瞳日月新，四方驚喜識天人。共知若木初升旦，且種蟠桃莫計春。請吏黑山歸屬國，紿扶黄髮拜嚴宸。紫皇應在紅雲裏，試問清都侍從臣。

勾合曲

祝堯之壽，既罄於歡謡，象舜之功，願觀於備樂。羽旄在列，管磬同音。上奉宸嚴，教坊合曲。

勾小兒隊

魚龍奏技，畢陳詭異之觀；齠齔成童，各效回旋之妙。嘉其尚幼，有此良心，仰奉宸慈，教坊小兒入隊。

隊　名

兩階陳羽籥　萬國走梯航　樂隊

問小兒隊

工師在列，各懷自獻之能；侲子盈庭，必有可觀之技。未知來意，宜悉奏陳。

小兒致語

臣聞生民以來，未有祖宗之仁厚；上帝所眷，錫以聖神之子孫。孚佑下民，篤生我后。瞻舜瞳之日月，望堯顙之山河。若帝之初，達四聰於無外；如川方至，傾萬宇以來同。恭惟皇帝陛下，齊聖廣淵，剛健篤實。識文武之大者，體仁孝於自然。歌詩《思齊》，見文王之所以聖；誦書《無逸》，法中宗之不敢康。誕日載臨，輿情共祝。神筴授萬年之算，洛書開五福之祥。臣等嬉遊天街，沐浴皇化。欲陳舞蹈之意，不知手足之隨。未敢自專，伏取進止。

勾雜劇

金奏鏗純，既度九韶之曲；霓衣合散，又陳八佾之儀。舞綴暫停，伶優間作。再調絲竹，雜劇來歟！

放小兒隊

游童率舞，逐物性之熙怡；小技畢陳，識天慈之廣大。清歌既闋，疊鼓屢催。再拜天堦，相將好去。

勾女童隊

垂鬟在列，斂袂稍前。豈知北里之微，敢獻南山之壽。霓旌坌集，金奏方諧。上奉威顔，兩軍女童入隊。

隊　名

君臣千載遇　歌舞八方同　樂隊

問女童隊

摻撾屢作，旌夏前臨。顧游女之何能，造形庭而獻技。欲知來意，宜悉奏陳。

女童致語

妾聞瑞鳦來翔，共紀生商之兆；群龍下集，適同浴佛之辰。佳氣充庭，和聲載路。輦出房而雷動，扇交翟以雲開。喜動人天，春還草木。恭惟皇帝陛下，凝神昭曠，受命穆清。三后在天，宜興王之世有；四人迪哲，知享國之無窮。乃眷良辰，欲均景福。庭設九賓之禮，樂歌《四牡》之章。妾等幸覯昌期，獲瞻文陛。雖乏流風之妙，願輸率舞之誠。未敢自專，伏候進止。

勾雜劇

清淨自化，雖莫測於宸心；詼笑雜陳，示俛同於衆樂。金絲再舉，雜劇來歟！

放女童隊

分庭久立，漸移愛日之陰；振袂再成，曲盡回風之態。龍樓卻望，鼉鼓屢催。再拜天階，相將好去。

紫宸殿正旦教坊詞 元祐四年

教坊致語

臣聞行夏之時，正莫加於人統；採周之舊，王方在於鎬京。惟吉月之布和，休庶工而未作。使華遠集，鄰好交修。萃簪笏於九門，來車書於萬里。將興嗣歲，以樂太平。恭惟皇帝陛下，躬履至仁，誕膺眷命。法天地四時之運，民日用而不知；傳祖宗六聖之心，我無爲而自化。九德咸事，三年有成。始御八音之和，以臨元日之會。人神相慶，夷夏來同。臣等忝與賤工，得親壯觀。知輿情之願頌，顧盛德之難形。不度荒蕪，敢進口號。

口　號

九霄清蹕一聲雷，萬物欣榮意已開。曉日自隨天仗出，春風不待斗杓回。行看莒莢催耕籍，共喜椒花映壽杯。欲識太平全盛事，師師鵷鷺滿雲臺。

勾合曲

東風應律，南籥在庭。餞臘迎春，方慶三朝之會；登歌下管，願聞九奏之和。上悦天顏，教坊合曲。

勾小兒隊

工師奏技，咸踴躍以在庭；穉孺聞音，亦回翔而赴節。方資共樂，豈間微情。上奏宸歡，教坊小兒入隊。

隊　名

仙山來絳節　雲海戲群鴻　樂隊

問小兒隊

六樂充庭，九賓在列。何彼垂髫之侣，欲陳振袂之能？必有來誠，少前敷奏。

小兒致語

臣聞正月上日，萬彙所以更新；群臣嘉賓，四方於是觀禮。雪方占於上瑞，風已告於先春。及此良辰，設爲高會。恭惟皇帝陛下，子來九有，天覆兆民。焕乎其有文章，昭然若揭日月。安西都護，來輸八國之琛；南極老人，出效萬年之壽。還圭璋於鄰使，受圖籍於春朝。擊石擬金，奏鈞天之廣樂；跳毬舞索，戲平樂之都場。臣等沐浴太平，詠歌新歲。鼓舞咸韶之韻，蹌揚鳥獸之間。未敢自專，伏候進止。

勾雜劇

以雅以南，既畢陳於衆技；載色載笑，期有悦於威顔。舞綴暫停，優詞間作。金絲徐韻，雜劇來歟！

放小兒隊

酒闌金殿，既均湛露之恩；漏減銀壺，曲盡流風之妙。望彤墀而申祝，整翠袖以言歸。再拜天階，相將好去。

興龍節集英殿宴教坊詞

教坊致語

臣聞天所眷命，生而神靈。惟三代受命之符，萃于兹日；實萬世無疆之福，延及我民。候南極之祥輝，交北鄰之瑞節。同趨鎬燕，争頌堯封。恭惟皇帝陛下，稽古温文，乘乾剛粹。體生知而猶學，藏妙用於何言。故得六聖承休，三靈眷佑。德隆星晷，齊六符而泰階平；河行地中，錫九疇而彝倫正。屬誕彌之令旦，履長發之嘉祥。風設九賓於廷，遍舞六代之樂。日無私於臨照，葵藿自傾；天有信於發生，勾萌必達。臣等歷塵法部，獲造彤墀。下採民言，得三萬里之謠頌；登歌壽斝，以八千歲爲春秋。不度無音，敢進口號。

口　號

風卷雲舒合兩班，曈曈瑞日映天顔。觀書已獲千秋鏡，積德長爲萬歲山。臘雪未消三務起，壬人不用五兵閑。相逢父老争相賀，却笑華胥是夢間。

勾合曲

笙磬同音，考中聲於神鼓；鳥獸率舞，浹和氣於敷天。上奉宸歡，教坊合曲。

勾小兒隊

衆技旅庭，振歡聲於無外；游童頌聖，陶至化於自然。上奉皇威，教坊小兒入隊。

隊　名

壤歌皆白髮　象舞及青衿　樂隊

問小兒隊

跳踉廣陌，初疑竹馬之遊；合散彤墀，忽變驚鴻之狀。欲知來意，宜悉敷陳。

小兒致語

臣聞流虹啓聖，非人力所致之符；湛露均恩，與天下共享其樂。旁行海宇，外薄戎夷。咸欣載夙之辰，共獻無疆之祝。恭惟皇帝陛下，神武不殺，將聖多能。天生德於予，既稟徇齊之質；人樂告以善，輔成經緯之文。法慈儉於東朝，紬詩書於西學。載臨誕日，俛答輿情。非爲靡曼之觀，庶備太平之福。臣等樂生齠齔，學樂父師。就列紛紜，雖無殊於鳥獸；赴音俛仰，亦少效於涓塵。未敢自專，伏候進止。

勾雜劇

樂且有儀，方君臣之相悦；張而不弛，豈文武之常行。欲佐歡聲，宜陳善謔。金絲徐韻，雜劇來歟！

放小兒隊

末技畢陳，下情無壅。既成文於綴兆，猶斂袂以回翔。再拜天階，相將好去。

勾女童隊

飛步壽山，起香塵於羅襪；散花御路，泛回雪於錦茵。上奉宸顔，兩軍女童入隊。

隊　名

生商來瑞駈　浴佛降群龍　樂隊

問女童隊

玉座天臨，雖仙凡之有隔；翠鬟雲合，豈草木之無知？密邇天階，悉陳來意。

女童致語

妾聞千里一曲，變澄瀾於濁河；萬歲三稱，隱歡聲於靈岳。天人並應，夷夏來同。雖云北里之微，敢獻華封之祝。恭惟皇帝陛下，睿文冠古，神智無方。同堯舜之性仁，而能濟衆；陋成康之刑措，猶待積年。共欣建丑之正，再覩興龍之會。桑田東海，傾壽斝而未乾；汗竹南山，書頌聲而無極。妾等幸緣賤藝，獲望載顔。振萬於庭，欲赴干旄之節。間歌以雅，庶諧笙磬之音。未敢自專，伏候進止。

勾雜劇

舞綴蹔停，歌鐘少闋。必有應諧之妙，以資載笑之歡。上悦天顔，雜劇來歟！

放女童隊

振袂再成，曲盡回風之妙；分庭久立，漸移愛日之陰。再拜天堦，相將好去。四部備要本《東

坡全集》册十三外制集附

集英殿春宴教坊詞

教坊致語　中和化育萬壽排場

臣聞人和則氣和，故王道得而四時正；今樂猶古樂，故民心悦而八音平。幸此聖朝，陶然化國。飭三農於保介，維莫之春；興五福於太平，既醉以酒。恭惟皇帝陛下，乘乾有作，出震無私。憲章六聖之典謨，斟酌百王之禮樂。天方胙於舜孝，人已誦於堯言。故得彝倫叙而水土平，北流軌道；壬人退而蠻夷服，西旅在庭。稍寬中昃之憂，一均湛露之澤。方將麯蘖群賢而惡旨酒，鼓吹六藝而放鄭聲。雖白雪陽春，莫致天顏之一笑；而獻芹負日，各盡野人之寸心。臣猥以賤工，叨塵法部。幸獲望雲之喜，敢陳擊壤之音，不揆蕪才，上進口號。

口　號

萬人歌舞樂芳辰，長養恩深第四春。令下風雷常有信，時來草木豈知仁。璿璣已正三階泰，玉琯初知九奏純。更欲年年同此樂，故應相繼得元臣。

勾合曲

太平無象，善萬物之得時；和氣致祥，喜八風之從律。大合鈞天之奏，克諧治世之音。上奉嚴宸，教坊合曲。

勾小兒隊

斑白之老，既無負戴之憂；齠齔之童，亦遂嬉遊之樂。行歌道路，聯袂闕庭。仰奉宸慈，小兒入隊。

隊　名

初成莫春服　來獻太平謡　樂隊

問小兒隊

聚戲里閭，豈識九重之奥；成文綴兆，忽隨六樂之和。宜近彤墀，悉陳來意。

小兒致語

臣聞春爲陽中，生物各遂其性；樂以天下，聖人豈私其身。故飲食盡忠臣心，而遊豫爲諸侯度。方遲日之無事，矧嗣歲之有年。大啓璧門，肅陳燕豆。恭惟皇帝陛下，道隆而德備，質文而性仁。總攬群材，蓋天授之神策；澄清庶政，故民獻以寶符。顧良辰樂事之難并，宜群臣嘉賓之並集。廣場千步，方山立於衆工；大樂九成，固海涵於雜技。臣等沐浴膏澤，詠歌昇平。幸以髫髦之微，得參舞羽之末。敢干宸聽，伏俟俞音。

勾雜劇

臚傳已久，陛楯將更。宜資載笑之歡，少進群優之技。緩調絲竹，雜劇來歟！

放小兒隊

清歌屢奏，蓋曲盡於下情；妙舞載陳，示不遺於小物。既畢沛風之和，稍同沂水之歸。再拜天堦，相將好去。

勾女童隊

燕私之樂，下侍於臣工；靡曼之觀，聊同於俚俗。審音而作，振袂稍前。上奉宸歡，兩軍女童入隊。

隊　名

瑞日明歌扇　仙飈動舞衣　樂隊

問女童隊

工師奏技，侍衛聳觀。顧游女之何施，集彤庭而有待。欲知來意，宜悉敷陳。

女童致語

妾聞聖人授民以時，王者與衆同樂。故倉庚鳴而蠶女出，遊魚躍而靈沼春。蓋良辰豈易得哉，亦賢者而後樂此。伏惟皇帝陛下，温恭允塞，緝熙光明。學無常師，文武識其大者；仁能濟衆，堯舜其猶病諸。齊泰階之六符，走重譯之萬里。天人並應，禮樂將興。豈惟塵土之賤微，敢度乾坤之廣大。萬舞九奏，雖未象於成功；間歌三終，亦庶幾於頌德。欲殫末技，少效寸誠。

勾雜劇

風斜御柳，既窮綺麗之觀；日轉庭槐，少進詼優之戲。再調絲竹，雜劇來歟！

放女童隊

翠袖風回，已盡折旋之妙；文茵霞卷，尚觀顧步之餘。再拜天墀，相將好去。

齋日致語口號

致　語

旋復陰陽，配五支於六干；誕彌歲月，與元日爲三申。神后降慶於當年，曾孫效誠於兹旦。不煩巧歷，自契真符。道俗讙謡，天人協應。太皇太后陛下，功高任姒，德配唐虞。上推顧託之心，下布仰成之政。寶慈與儉，蹈光憲之成規；卻狄安邦，襲烈武之餘慶。三朝順履，萬壽維新。雖絳縣之老人，難窮甲子；如楚南之靈木，莫計春秋。臣賤等草茅，心傾葵藿。採民謳於擊壤，效樂語之陳詩。

口　號

媧皇得道自神仙，金母長生不記年。甲子會逢三朔旦，歲星行看百周天。消兵漸覺腰無犢，種地方知福有田。彤管何人書後會，椒花椿頌一時編。

黄樓致語口號

致　語

百川返壑，五稼登場。初成百尺之樓，適及重陽之會。高高下下，既休畚鍤之勞；歲歲年年，共覩茱萸之美。恭惟知府學士，民人所恃，憂樂以時。度餘力而取羨材，因備災而成勝事。起東郊之壯觀，破西楚之淫名。賓客如雲，來四方之豪傑；鼓鍾隱地，竦萬目之觀瞻。實與徐民，長爲佳話。

口　號

一新柱石壯嚴闉，更值西風落帽辰。不用游從誇燕子，直將氣焰壓波神。山川尚繞當時國，城郭猶飄廣陌塵。誰凭闌干賞風月，使君留意在斯民。

趙倅成伯母生日致語口號

致　語

昔年占夢，適當重九之佳辰；今日獻香，願祝大千之遐算。慶婦姑之同日，雜茱萸以稱觴。殺雞已效於龐公，剪髮敢資於陶母。但某叨居樂部，忝預年家。不度蕪材，上塵口號。

口　號

今朝壽酒泛黄花，鬱鬱葱葱氣滿家。但得唐兒舞一曲，莫嫌國小向長沙。

王氏生子致語口號

致語

人中五日，知織女之暫來；海上三年，喜花枝之未老。事協紫銜之夢，歡傾白髮之兒。好人相逢，一杯徑醉。伏以某人女郎，蒼梧仙裔，南海貢餘。憐謝瑞之早孤，潛炊相助；嘆張鎬之没興，遇酒輒歡。采楊梅而朝飛，擘青蓮而暮返。長新玉女之年貌，未厭金膏之掃除。萬里乘桴，已慕仲尼而航海；五絲繡鳳，將從老子以俱仙。東坡居士，樽俎千峰，笙簧萬籟。聊設三山之湯餅，共傾九醞之仙醪。尋香而來，苒天風之引步；此興不淺，炯江月之升樓。

口號

羅浮山下已三春，松筍穿階晝掩門。太白猶逃水仙洞，紫簫來問玉華君。天容水色聊同夜，髮澤膚光自鑒人。萬户春風爲子壽，坐看滄海起揚塵。

寒食宴提刑致語口號

致語

良辰易失，四者難并。故人相逢，五斗徑醉。況中年離合之感，正寒食清明之間。時乎不可再來，賢者而後樂此。恭惟提刑學士，才本天授，學爲人師。事業存乎斯民，文章蓋其餘事。望之已試於馮翊，翁子暫還於會稽。知府學士接好鄰邦，締交册府。莫逆之契，義等於天倫；不腆之辭，意勤於他主。力講兩君之好，可無七子之詩？欲使異時，爭傳盛事。

口號

雲間畫鼓疊春雷，千騎尋芳戲馬臺。半道已逢山簡醉，萬人爭看謫仙來。淮西按部威尤凜，歷下懷仁首重回。還把去年留客意，折花臨水更徘徊。同上册二十一《東坡續集》卷九

興龍節致語

陳師道

臣聞千年接統，爰開後聖之期；萬類勅祥，宛同先佛之日。永惟昌運，屬此休辰。四海交

歡，同聲稱慶。恭惟皇帝陛下，由獨智之聖，以庶物爲心。睿武自天，文明燭物。有堯舜之仁而博施濟衆，學文武之道而居安資深。刑政並修，登斯民于壽域；干戈不用，還千里之故封。方當隆盛之期，迨此誕彌之日，凡兹臣庶，孰不傾瞻？臣幸以賦工，遘斯盛旦。願效封人之祝，顯陳大雅之詩。

口　號

劍珮聲來合玉除，麒麟煙上暗金鋪。近臣先識天顔喜，九奏初知晝景舒。東海爲田將幾見，南山稱壽已三呼。欲知帝力今多少，醉舞行歌塞道途。

對　廳

知府大夫，材德絶人，威明繼古。政在循良之上，名與日月而馳。慶吉旦之在兹，合群心而同樂。敢忘薄陋，願效揄揚。

口　號

黄堂窈窕慶佳辰，密坐雍容合縉紳。廣樂充庭如在夢，歡聲著物似逢春。瞻天已祝無窮壽，盡醉爲期莫計巡。平世難逢身易老，嶺梅初破酒方醇。

勾曲

輿情已徹，廣樂方陳。金石同和，宛若清都之奏；魚龍並聽，真作洞庭之音。上奉威顏，後部合曲。

請黄提刑致語

西臺報政，初聞五月之成；東部向風，遽失二天之庇。是陳七獻之禮，以爲一日之歡。恭惟提刑大夫，偉節照鄰，清風肅物。有周公之才美，謙以自居；如顏氏之孤高，敏而好學。用經明而治水，以德盛而祥刑。果自東藩，就更北道。知府大夫敦平生之好，盡賓主之情。願陳衆志之詞，以紀一時之盛。

口號

當年天下無雙譽，此日朝中第一人。坐使黄流隨指顧，即看丹閣畫精神。天威行復朝三接，和氣今如物再春。肯駐行軒慰離索，聽歌舉白莫辭頻。

立春致語

東風應候，欣逢草木之榮；廣坐稱觴，樂見太平之日。恭惟知府大夫，英才蓋世，偉行絶塵。名義甚都，掩四方而著目；談評詣理，傾一坐以趨風。政已頌于中和，人樂聞於鐘鼓。爰因令節，肇啓華筵。賓席雍容，願上使君之壽；妓圍窈窕，争唱舍人之詩。願舒下情，敢獻口號。

口　號

霏微臘雪不霑塵，收拾陽和作早春。一座盡傾歸盛德，四時難得是佳辰。鬢邊綵勝年年好，樽下歌聲日日新。一笑難逢時易失，杯行到手莫辭頻。

上元致語

佳辰行樂，爲平世之勝遊；清夜觀燈，與斯民而同好。恭惟知府大人，寬猛相濟，忠孝兩全。聲烈暴乎四鄰，氣節蓋於一代。爰因令節，迨此暇時。聊爲秉燭之遊，用作豐年之觀。扶老攜幼，樂聞鐘鼓之音；疊足排肩，願見衣冠之會。敢忘薄陋，復此敷陳。

口　號

歡聲喜氣塞康莊，妙舞清歌樂未央。此節定知隨意好，今宵端復爲人長。粧成粉白生春色，酒瀉鵝黄射燭光。報答風光須一醉，從來千騎貴東方。四庫本《後山集》卷十七

賞花亭致語

李之儀

歡難得而易失，要在追尋；時去速而來遲，尤宜愛惜。況此萱榴用事，蜂蝶退飛。江亭倏變于清和，春物頓驚于蕭索。昨日歌聲舞節，更復何求；明朝樂事賞心，未應必得。且據目前之勝遇，聊爲醉裏之佳期。伏惟某官，才則海内無雙，治爲天下第一。闔境遂沉于夜柝，編氓自樂于年豐。既此無所用心，當知不飲非計。況賓僚俱是賢俊，復樂部莫非選掄。從容四座之綢繆，成就一時之盛麗。某適逢盛會，不揣荒蕪，上奉華筵，輒陳口號。

口　號

緑陰初合燕歸來，煮酒新嘗換撥醅。不獨江山想王謝，須知賓客盡鄒枚。十分歡意休教剩，萬斛愁心亦自開。倒載任他路人笑，更將何處作春臺。《姑溪居士前集》卷四十七

天寧節前筵致語

傅　察

大電繞樞，實兆軒黄之瑞；流星貫昴，允符夏禹之祥。世方格于大寧，月復丁於盈數。邦家永賴，夷夏交欣。恭惟皇帝陛下，睿哲先天，文德稽古。建中和之極，創道德之塗。三光全而寒暑平，上順泰階之政；五穀熟而草木茂，下均庶物之休。冠德百王，録功五帝。

屬誕彌之令節，頒燕衎之寵恩。舜樂初調，見五百年之平治；堯階再望，慶八千歲之春秋。臣等謬厠伶官，獲遊化國。輒效華封之頌，願賡擊壤之歌。不度荒蕪，仰陳口號。

口　號

天扶寶運世興王，慶陋猗蘭入畫堂。千載後觀周禮樂，萬邦遥奉舜衣裳。北門驕子常輸賮，南極老人方效祥。試向紅雲瞻魏闕，侍臣應上萬年觴。

天寧節後筵致語

上聖誕生，允契千齡之運；下民底乂，方隆萬世之基。彌月載臨，普天同慶。伏惟皇帝陛下，聰明睿智，篤實輝光。修德施仁，將興堯舜之道；移風易俗，比隆成康之時。百川理而絡脈通，萬化成而瑞應著。頌聲並作，協氣横流。賜大禹之書，知彝倫之既叙；授黄帝之策，宜終始之無窮。適當繞電之辰，咸錫需雲之宴。臣等叨居樂部，獲遂嬉遊。葵藿有知，終不忘於向慕；天地甚大，固莫效於形容。輒採民謡，仰陳口號。

口　號

流虹啓聖際千年，湛露洪恩下九天。騰踏歡聲來擊壤，氤氲瑞色散飛煙。已賡聖代中和頌，更草前賢封禪篇。四海豈知蒙帝力，春臺此日倍熙然。

天寧節馬前致語

一人有慶，適當載夙之辰；萬邦咸休，共獻無疆之壽。既集薰修之祉，方陳燕衎之儀。願抒歡謡，少停畫轂。

口號

千秋從昔慶嘉名，四海而今賀太平。十里旌旗明曉色，萬家絃管披新聲。五雲已逐陽烏現，百獸方隨儀鳳鳴。更喜簪紳趨燕衎，南山祝聖願同傾。

送杜守口號

九重丹詔錫恩榮，嫋嫋秋風卷斾旌。藉甚縉紳争頌德，爛然衣錦得徐行。一錢選受群翁送，三徑歸來萬事輕。宣室異時思賈傅，蒲輪應復召枚生。

虞憲按樂致語

君臣相悦，方均四海之休；天地同和，自得五音之正。先京師而首善，頒郡邑以承流。雖立度出均，蓋本一夔之制；而放鄭近雅，更資八使之詢。暫駐軺車，廣陳燕豆。恭惟提刑朝奉，才周庶事，智探微幾。博通諸家之書，多識前世之載。久被使華之選，樂兹民俗之淳。況祇奉於絲綸，方協比於律吕。周郎顧曲，終節奏以無差；季子觀風，識鏗鏘之盡美。但某等叨居樂部，獲造華筵。敢抒千里之情，用贊上天之德。

口號

熙然嘉運慶當千，初見簫韶被管絃。況際軺車臨樂國，更張綺席會群仙。歡聲已逐鏗鏘奏，和氣方隨律吕宣。何日九重頒召節，好從鵷鷺聽鈞天。

傅倅請杜守樂語

璧日南訛，適應清和之候；鈴齋卧治，況當暇豫之時。思欵奉於談鋒，爰廣陳於燕豆。恭惟某官，精忠許國，厚德臨民。家傳王謝之風流，文掞班揚之麗藻。三年布政，四境蒙休。雖獄市並容，類曹參之清淨；而米鹽靡密，兼黄霸之聰明。野無桴鼓之驚，里絶鲘箭之訟。某官義篤婚姻之好，志同交友之仁。欣王化之旁流，知輿情之安堵。方退食自公之暇，實薰風解愠之時。絲管喧闐，溢歡聲於天外；尊罍傾倒，浹和氣於座中。某等猥以賤工，幸逢高會。欲侑一時之樂，敢賡五袴之詞。

口號

清時樂事昔難逢，曦御初移晝景融。麥秀兩歧翻翠浪，槐陰四面舞輕風。揮餘玉塵談無倦，醉倒金罍酒屢空。髣髴已聞頒鳳詔，朝來喜氣滿城中。《忠肅集》卷下

重和春宴口號

王安中

政布青陽左个邊，春回太極五門前。琳宫就講三千士，瓊籙聯名八百仙。午夜雷霆來艮岳，東風耒耜出天田。頒觴紫殿君臣樂，萬紀重和第二年。《初寮集》卷一

代會高麗國信樂語

劉一止

鳳檢十行，往賁三韓之國；鯨波萬里，少勞一葦之航。恭惟國信某官，驚代人豪，柱天賢業。處漢廷諸公之右，受上聖非常之知。眷彼遐方，夙殫臣節。肆奏光華之命，往宣問勞之恩。念將聳異域之榮觀，顧必極中朝之妙選。二三子莫出，孰爲安魯之謀；第一人肯來，自足增唐之氣。而況間文武之安否，傳白傅之篇章。雖曰賢勞，實資重望。仗平生之忠信，席大國之威靈。涉雲海之浩茫，望神山之咫尺。一何壯也！不亦快哉？知府某官，喜接行艫，宏開雅宴。願盡舉觴之禮，少延揮麈之歡。某不揆荒蕪，上獻口號。

口　號

聞説清臺入夜觀，文星今合照三韓。頗知禮樂尊周室，更遣威儀識漢官。海若驅龍迎瑞節，飛廉隨鷁借輕翰。歸來玉殿承新渥，準擬黄麻仔細看。

代送京西運使樂語

華旌耀日，莫留使者之登車；綺席臨流，遽見主人之送客。矧知舊郡，仍是故鄉。願桃李之在人甚多，豈楊柳之攀條無贈。恭惟某官，珪璋瑞器，嶽瀆英資。囊膺宸扆之簡求，出總東南之大計。規模宏遠，聲實著聞。得請真祠，久遂優游之樂；觀風近甸，更欣將命之榮。共知行旆之西飛，正是鋒車之便路。佇參密命，入踐禁途。知府某官，久奉勝遊，曲投雅好。繁絃九奏，重增南浦之傷；别酒一樽，願盡陽關之唱。某等叨居樂部，獲侍台墀。不揆荒蕪，上獻口號。

口　號

願盡離筵三百杯，星軺西去幾時迴。銅駝柳外飛華節，金谷花邊望使臺。富國倉箱歸善計，濟川舟楫賴宏才。公行勿亟朝天路，帝有甘泉密詔來。

代會使相上塚回致語

牙璋前辱，聳里閈之旁觀；綵纜徐牽，指日邊之歸路。縉紳共仰，出處兼榮。恭惟某官，霖雨聖時，股肱國體。紹復先王之大業，鋪張對天之宏休。鑾省倦遊，楓宸予告。都門供帳，寧論疏傅之歸鄉；宫錦賜袍，特寵元忠之拜掃。方體望之，本朝之意，須鄭公上塚之還。從舟楫以戒途，擁節旄而就第。入總均衡之重，求綏槐鼎之榮。知府某官，喜接台光，宏開雅宴。願盡舉觴之禮，少延揮麈之歡。某等不揆荒蕪，上獻口號。

口　號

勳高一品重朝班，暫擁麾幢耀里間。疏傅莫誇供帳寵，魏公今賜錦袍還。畫船即赴青門召，田里休營緑野閒。直待汾陽書考滿，始應几杖傲湖山。

代秀守請交代致語

樓船飛下，暫遣北闕之星辰；瑞節初臨，增焕南州之風景。歡聲在路，和氣生春。恭惟知府某官，川嶽英姿，珪璋粹質。繡衣持斧，薦更使驛之光華；錦帳握蘭，夙著丹墀之聞望。謂持荷之下遠，始剖竹以均勞。特借經行，少勞坐鎮。一方濡槁，共知甘雨之隨車；千里噓枯，已覺仁風之在扇。知府某官，恭迎旌旆，喜接清光。情深契闊之私，義重夜承之契。願盡舉觴之禮，少延揮麈之歡。某等不揆荒蕪，上獻口號。

口　號

樓船疊鼓破烟輕，欣見兒童竹馬迎。錦帳握蘭乘寵眷，繡衣持斧茂威聲。共知甘雨隨車到，已覺仁風逐扇行。自是玉皇香案吏，肯容蕭散寄江城。

聖節勾隊

雲霄在望，遥瞻北極之尊；劍佩相磨，共罄南山之祝。宜命蹁躚之侶，少資和合之容。緩引笙簧，舞童入隊。

問　隊

命侶嘯傳，有翩若驚鴻之態；整衣摇珮，豈暮爲行雨之人。來近臺階，盡言爾志。

放　隊

回雪輕盈，既呈於楚舞；行雲流轉，宜返於巫陽。再拜臺階，相將好去。

女童隊心致語

某聞里社開祥，當良月先春之候；華封獻祝，卜後天難老之期。並舞簪裳，遥瞻魏闕。恭惟皇帝陛下，聰明元后，博大真人。已昭極治之功，宜享無疆之曆。廣成子千二百歲，未足誇多；天皇氏萬八千年，於兹爲盛。卿雲紛郁，化日舒長。共殫祝聖之勤，均錫在公之酒。星陳樽俎，鼎沸金絲。某等獲侍臺階，欣逢盛會。願綴容於六佾，庶共樂於千齡。未敢自專，伏候台旨。

代請越帥致語

師徒取道，共知元帥之行；父老出郊，争覩藩侯之至。可無樽俎，少駐旌旄。恭惟某官，節厲冰霜，量涵江海。臨難得仁者之勇，接人皆有德之言。更惠愛於六州，歷光華於五閤。惟兹舊治，實戴殊恩。孤城獨存，頼魯公忠義之力；雅俗未改，服劉寬孝弟之規。故應清夢之餘，尚記甘棠之舊。當年追餞，見攀轅卧轍之悲；今日約行，有分閫建牙之喜。某官甫迎舟艦，欣望光塵。十乘啓行，難留於去傳；一觴爲壽，少盡於群情。

口　號

樓船十里駐郊坰，老幼扶持夾道迎。卧轍攀轅曾結戀，建牙分閫喜經行。樽前歌舞皆親按，眼界風煙特地明。要看山公歸倒載，莫辭芳醑洒深傾。四庫本《茗溪集》卷二十八

永州天申節錫宴致語

胡　寅

律中蕤賓，爰記誕彌之月；卦通離氣，嗣開丕赫之祥。敷湛露於椅桐，拜需雲於觴豆。恭惟皇帝陛下，聰明比舜，勇智如湯。中御至權，啓闢榛蕪之運；外分良牧，昭蘇疲瘵之民。精誠期格于高穹，治化欲躋于富壽。是以齊居決政，旰食儲思。放鄭聲而遠佞人，光昭孔訓；好善言而惡旨酒，茂建禹功。俯察輿情，不違故典。均鎬京之餘瀝，犒候服之具僚。緑綺朱絃，播仁風而解愠；黄葵金盞，依化日以傾心。臣等謬忝伶倫，因知律吕，敢陳口號，上祝天齡。

口　號

門開閶闔曉霞鮮，劍佩稱觴玉座前。五福惠心敷下土，三呼稽首望層天。龍旂已盪淮濆祲，狼燧行清朔塞烟。復會東都臨四海，衆星環拱萬斯年。

新州鹿鳴宴致語

聖主右文，師臣論道。繼虞夏商周之盛，揚詩書禮樂之風。賢關既本于行都，學校遂彌于率土。四方子佩，城闕同歸；千里諸侯，藻芹交采。韋布動縉紳之念，斧斤無棫樸之遺。乃眷新州，實惟古郡。自古地靈而氣淑，于今俗易以風移。聖賢之道滿門，弦誦之聲盈耳。屬膺科詔，大闡詞場。無譁群戰士之銜枚，下筆響春蠶之食葉。填然一鼓，作者七人。賓興難駐于車徒，燕享式陳于觴豆。恭惟知府學士，詞林大手，畫省名郎。崇儒繼常衮之規猷，興教有文翁之忠厚。坐觀薦送，喜溢顏容。元龜在前，同庭實之旅百；鳴鹿食野，聽工歌之拜三。某等叨習樂音，幸逢高會。槐花已過，無煩舉子之忙；菊蕊方新，宜盡賢侯之意。敢陳口號，上贊清歡。

口　號

秋氣清高肅鴈行，賢侯勸駕會黄堂。賓朋滿座曳珠履，鼓吹喧天飛羽觴。題柱棄繻俱有志，班荆折桂正相望。明年春色催行李，衣錦榮歸耀故鄉。四庫本《斐然集》

晁公遡

致語　管領楊參政

朝廷大臣，既乘駟馬安車而去位，郡縣長吏，當奉養牛上尊以至門。是固國家之舊儀，亦表里閭之盛事。恭惟某官，仕宦而遇明主，富貴而歸故鄉。名遂功成，蓋聞君子之大道；年高德卲，實兼天下之達尊。雖在燕閒，所宜優禮。知郡敬以折俎，陳於宰庭。鯁祝在後而餶祝在前，敢忘本朝體息之意；廩人繼粟而庖人繼肉，庶幾諸侯奉事之恭。通判摳衣以趨，正襟而立。饋醬於太學，須進禮而示尊；侍坐於先生，願奉觴而爲壽。某等創逢高會，逖考前聞，笑蘇欒城顛沛而不歸，喜孫文懿安榮之復見。輒興善頌，以抒下情。

口號

遶屋扶疏草木高，曉張翠幕拂青霄。初陳樽俎歌子夜，便覺園林如午橋。慣見黄封曾賜醴，少留赤舄未還朝。歌呼肯伴長安吏，誰道尊嚴絶百僚。

致語　管領虞參政

大臣所至，郡守備櫜鞬而出迎；尊客之筵，主人陳鐘鼓而作樂。是爲典禮，著在册書。眷言當道之小邦，敢廢前賢之故事？恭惟某官，才可任重，謀能折衝。暨避皋陶而避熊羆，豈特朝臣之皆服；不畏呂姥而畏韋虎，至今敵國之猶傳。絶口不言，奉身而去。今天或者，往慰先公於九原；於帝念哉，行賜少府之一節。復還近輔，遂究成功。知郡嘗懼辱知，每思守道。非不欲早託鑪錘之地，蓋恐有私附權勢之嫌。請觀群情向背之間，正在今日進退之際。念昔處中而當軸，世相慕而子來；及兹居損以避盈，衆所棄而我取。敬涓燕豆，願致衮衣。通判執爵伏興，没階趨進。有酒多且旨，幸陪燕衎之歡；束帶可與言，許接從容之語。某等生居通義之壤，近接仁壽之郊。始見安車，載歸故里。魯邑之在東表，皆云同氣之相求；楚冠而操南音，想聽升歌而益喜。

口號

忽聞赤舄去承明，不待當朝制作成。今歲暫還安石墅，何人能撫野王箏。玉屏山繞真佳麗，金鼎羹調已太平。只恐須公斷國論，召歸即日對延英。

致語　管領范運使

持節而行重部，賢哉不居成功；問途而指故鄉，浩然乃有歸志。誠欲暫休高陽之里，第恐已遣追鋒之車。少留燕嘉，以勞行役。恭惟某官，名滿於蜀，治最於夔。郡縣向風，知有漢使者之來而可畏；父老聚語，蓋自王大夫之去而未聞。豈容言旋，當益進用。佇應懋賞，環三百里賜越之封；然後就閒，享十八年居潁之樂。知郡嘗蒙奏牘，深願挽舟。尊俎雖陳，莫將幣帛箱篚之意；土地所出，可無資糧屝屨之供。通判尚友古人，喜見君子。達觀其所舉，歎鑒裁之甚明；主歌無庸歸，幸笑談而盡醉。某等屬陳薄伎，獲對初筵。設雲母之屏，未遂瞻於公坐；歌風人之什，兹敢獻於歌謡。

口　號

已見峨眉翠作堆，巴人猶望傳車回。驚聞江水連宵漲，知帶恩波不遠來。池上蓮開白羽扇，尊前荷卷碧筩杯。使君正欲爲公壽，莫遣津頭疊鼓催。

致　語

管領程安撫

式干木之閭，里巷於是觀德；置穆生之醴，飲食所以尊賢。況我耆舊之英，屢膺屏翰之寄。家庭燕處，族黨推高。是宜設席以肆筵，相與作樂而侑食。恭惟某官，久勞于外，暫佚于鄉。周旋郡國而譽益隆，出入阡陌而人自服。眷此名城之重地，益多前輩之聞人。豈惟其田，十耦而千，尤近於古；皆謂吾州，三老之一，復見於今。因觀同時執友之不傳，愈覺大門風流之獨盛。知郡嘗事巡屬，每懷依歸。適來奉法而典城，親見承師而問道。論其宿望，天子猶當割牲；在於諸侯，庖人敢不繼肉。通判亦思擁篲，當共舉觴。同心之言臭如蘭，每咨謀而允協；君子之交淡若水，將歡好於窮年。欣然合辭，請以卜晝。某等爰自舞雩之歲，乃居好學之邦。日恭敬往朝，未嘗見其貴客之重；夜掃洒張具，孰有如此賓筵之華。願效雅歌，庶資歡笑。

口號

刺史開筵已合歡，門前風動魯衣冠。元王置酒邦人喜，公子虚車道路看。况始垂紳休静館，亦曾持鉞上亲壇。請觀禮樂詩書帥，不比諸生氣象寒。

致語 管領郭提刑

二年按刑，未有縲紲之中非其罪；一日去住，自謂田園將蕪胡不歸。惟此高風，見於今日。乃超然而命駕，宜觀者之塞途。某官，不喜浩煩，每思清淨。樂其有麋鹿魚鱉，姑往所居之谿；卜之非貙虎熊羆，少俟有爲之會。知郡頃同膴仕，久接劇談。聖人之言遠如天，嘗論瞿眲之道；君子之交淡若水，不減管鮑之情。屬言返於故鄉，實稱嗟於清節。因陳尊俎，少駐車輿。通判竦然相與言，歎其莫能及。可止則止，遂解綬而就閒；惟賢知賢，故舉觴而爲壽。某等竊語於衆，孰能如公。中世士大夫，罷官無所歸，顧當塗之皆是；進食客主人，興辭然後坐，迨終日之甚歡。自慶難逢，永歌以進。

口　號

今年遂解節旄歸，懶復趨朝執介圭。不向龍蟠落天闕，卻尋牛飲指雲溪。鳧鷖久別猶相識，鷄犬歡迎自不迷。坐使諸公歎高節，千秋名滿劍東西。

致　語　管領程達州

當年三老，蓋相繼之多賢；出守一麾，今復還於故里。考彼耆舊，未之前聞。老史之在郊墟，終身隱約而不得仕；大蘇之游臺閣，皓首悵望而莫克歸。是宜郡縣以爲榮，遂設鐘鼓而相樂。某官，智略開濟，才能敏强。退而居鄉，則爲大家之賢長者；出而分土，必作致君之顯諸侯。想行致於超遷，歎久安於閒散。知郡每懷雅好，況預英游。謂兹鄉人長於伯兄，當先酌酒；雖無幣帛將其厚意，敢廢吹笙？敬卜良辰，難辭逕醉。通判更深永歎，佇慶特招。雖甚喜惠然而肯來，獲同談宴；恐無由繼此而得見，亟上要津。某等蚤生樂郊，喜見高會。明珠之照雙璧，不減前輩之風；新炊而舉十觴，願盡主人之意。輒陳累句，聊助清歡。

口號

熊軾傳聞昨去州，邦人遮道不能留。歸尋巷陌三老宅，永配聲名五相樓。可惜久居巴峽遠，不來相伴習池游。三春桃李今開盡，緑葉成陰水自流。

致語 管領程邛州

解秩而歸其田園，懷銀黄以夸鄉里；守土者乃其賓客，出幕府而持旌麾。於兹地以相逢，舉近年而未有。某官，出典四郡，有聲一時。爲宗族鄉黨所稱，無若此衣冠之後；得山川土田之錫，蓋多其簪履之餘。知郡擁篲以迎，奉觴而起。官屬頌美，爰自昔者以來；門人爲臣，敢忘事之以禮。通判賓贊在坐，感歎有言。君之史趙堯，今當牧養於是；客則敬陳紀，願助旅酬於前。某等獲奉初筵，喜觀盛事。欲資宴樂，輒效詠歌。

口號

今見門生奉六條，里中父老盡歌謡。竇嬰作意時修具，王吉從今日往朝。子致旨甘供俎豆，人尊封植戒芻蕘。白須紅帶身長健，名位俱高瑞草橋。

致語 管領交代范知郡

迎新送故，前事不忘後事之師；設席肆筵，邦君以爲兩君之好。工師在列，父老填郛。某官，服民以寬，爲政以德。若河潤之所及，皆日用而不知。三年有勇而知方，殆將自化；百姓蹙頞而相告，安可少留。通判三最著聞，一郡矜式。食云食而敢不飽，已加禮於當時；樂莫樂於新相知，復交歡於今日。知郡舉觴相慶，傾蓋難逢。血指而執斧斤，願師巧匠；作樂而知笙磬，喜得同音。某等觀謠俗之所傳，歎燕嘉之未有。暫停度曲，永歎成詩。

口號

淑景初升宿霧收，朝來城郭盡歌謳。一錢相送追劉寵，五鼓纔聞挽鄧侯。鳳詔會從天闕下，隼旟肯爲野人留。給扶漢殿前朝事，即見安車覲冕旒。

致語 管領通判

司馬令尹之偏，實紀綱之所在；執事天下之選，復賢哲之難逢。況美景之良辰，兼清時之勝事，并此四者，萃于一時。某官，尤高吏能，屢上治最。今明天子在上，方延訪於智謀；

以誠長者處官，宜入陪於議論。尚乘泥軾，姑惠遠民。知郡深服英才，實爲嘉歎。仕宦絶在咸後，何州縣之久淹；刑罰不如洪平，顧弟兄之莫及。兹設豆籩之禮，以資盃酒之歡。某等執籥在行，戞金罷奏。不度斐然之作，願爲瞽者之歌。

口號

四郊草木亦欣欣，賓主相歡昔未聞。治道會令齊一變，邦人今喜魯中分。晴江緑漲樓前水，細麥黄堆隴上雲。樂歲益應風俗美，里閭始見起斯文。

鹿鳴宴致語

考德行道藝而興賢者，雖曰舊章；有飲食鼓瑟以燕嘉賓，是爲高會。共言兹部，無及我邦。永佑陵再有賓興，首冠四海；文忠公尤爲畏避，放出一頭。閭里相傳，風流未遠。某人，早知强學，果預獻書。講論得東坡之餘，人物宜南宫之最。浩然方策，數千百載之洽聞；屹然岷山，三十六峰之擢秀。行登上第，式勸後生。知郡擊節嗟稱，舉觴勞勉。論士秀者，深嗟有司之明；以禮賓之，爰設初筵之秩。通判嘗臨試士，所願成名。業患不能精，更當勤於講習；酒行可以起，無自溺於宴安。某等喜刺史别駕之尊儒，觀長老先生之在坐。請誦食苹之雅，以榮折桂之行。

口號

吾州人物盛當時，放出聲名壓九圍。不日會看金榜掛，何人先奪錦標歸？得陪對策瞻龍衮，何止横經在虎闈。再向南宫爲第一，他時相繼到黄扉。

致語 代人作管領鮮于都運

松舟檜楫，咸榮衣錦之歸；酒淮肉坻，爰舉奏金之樂。所以厚豆籩之薦，庶幾留徒御之行。恭惟都運少尹，當世巨儒，斯民先覺。忠孝之節，冠冕於百行；文章之美，鼓吹乎六經。決天府之浩穰，人所謡頌；主計臺之漕輓，國以富强。朝廷已知其經濟之能，天子閔勞以煩劇之政。實將登於大用，暫均佚於殊庭。行見雍容廟堂，左右帝室。緩帶而率天下，諒有待於世臣；折箠而答關中，顧無勤於聖慮。此蓋知郡大夫分符千里，託庇二天。每接勝流，獲預登門之客；嘗膺清舉，深懷推轂之恩。適逢軺傳之來，敢後饞牽之禮。竊恐獸人之味，不給於鮮；願歌鹿鳴之詩，式燕以樂。某等幸忝歌工之列，獲觀食侑之華。歡頌發中，敢陳口號。

口號

玉節來爲父老留，使君開宴接英游。朝雲卷旆離巫峽，秋水揚舲向蜀州。翰墨宜居鸞掖貴，君王行賜鶴書求。今宵明月須重賞，不減當時庾亮樓。《嵩山集》卷二十七

天申聖節樂語

周紫芝

四海望雲，仰鬱葱之佳氣；萬邦執玉，賀震夙之嚴辰。普均湛露之恩，大賜需雲之燕。凡曰有生之類，咸傾向日之心。溢霈澤以旁流，格歡聲而四起。恭惟皇帝陛下，乾剛行健，離照繼明。車書度文軌之同；禮樂盡制作之意。九莖芝秀，齊房奏玉磬之歌，十載桃生，瑶海降寶幡之仗。始即未央而置酒，復從長樂以聞鐘。皆聖孝之感通，想宸心之懽洽。殊庭奏樂，獸遂舞於九韶；靈嶽效祥，山亦呼於萬歲。但某等叨居樂部，上感聖恩。遥望闕庭，敢獻口號。曰：

建章宫殿擁祥烟，遥望需雲錫御筵。上帝自應知舜孝，萬方宜共祝堯年。蒼龍闕轉曈曨日，瑞獸香聞咫尺天。湛露恩深何以報？願將虎拜答周宣。

周朝議燕新第

二戟排門，昔榮崔氏；一區有宅，今笑揚雄。焕丹臒之高明，揖江山之平遠。雅有方池孤嶼，何慚燠館凉臺。自喜漫郎得浯水蒼茫之樂，人言摩詰游輞川圖畫之中。家有清樽，門多賀客。登三堂而共賦，慶駟馬之容陳。恭惟某官，德比珪璋，文摛錦繡。少年射策，遍歷清華。晚歲懸車，亟從閒適。遂倒冠而落佩，乃尋壑以經丘。久樂燕居，重新甲第。既連甍而接棟，亦跨谷以淩霄。宜同珠履之嘉賓，共醉羽觴之清夜。春風庭下，秀幾葉之芝蘭；明月杯中，介千齡之壽考。但某等儉司末技，胡部賤工，上越尊顔，敢陳口號。曰：

風光渾占一溪中，青谷新開甲第雄。凉榭切雲先得月，朱樓淩水欲横空。連甍萬瓦琉璃碧，照坐千鍾琥珀紅。要看仍雲乘駟馬，使君眉壽似喬松。

上元燕賓客

嶰竹初回，既迎青帝；仙燈焰暖，爰燕黄堂。眷惟賢牧之出游，要慰斯民之願治。乃陳觴豆，爰奏笙簧。繡户千家，喜春風之吹酒；銀釭萬點，隔秋水以明波。煩渠萼緑之纖娥，扶起謫仙之醉玉。歡聲四振，叶氣横流。樽酒滿而賓客多，雅稱使君之行樂；鐵劍利而倡優拙，自然豐歲之成歡。不醉無歸，與民同樂。恭惟來從紫府，暫擁朱輪。爲言樂事之難并，復恐彩雲之易散。且同燕笑，豈無後乘之鄒枚；第恐召還，難借禁中之頗牧。行秉金蓮而賜燭，好飛玉斝以流杯。不孤樂國之良辰，永作江南之盛事。詞曰：

使君才氣本無雙，暫擁州麾殿大邦。千騎出城聞畫角，萬燈銜壁看銀釭。夜天星滿光浮漢，秋水花紅錦照江。莫向華堂辭一醉，君正懷舊憶奇麗。

燕太守汪内相

聖主憂民，暫分頗牧；遠方願治，思見龔黄。乃親擇於侍臣，俾分臨於近甸。兒童舊識，不妨騎竹以來迎；父老何知，便欲遮道而願借。將出游於阡陌，聊求助於江山。已知雨意隨車，行看花邊立馬。恭惟名標紫府，身侍金鑾，亟成載筆之書，久步花磚之日。自違清禁，屢刺名城。更爲斯民，輟五州紈袴之手；要看來歲，玩一方牛犢之春。固嘗衣繡以還鄉，即見追鋒而給傳。願布寬和之政，咸均雨露之恩。詞曰：

誰持尺一下明光，新易泉南舊印章。禁殿何時出頗牧，人間又喜見龔黄。攀轅父老今猶在，騎竹兒童喜欲狂。只恐政成歸更速，便紆華衮望清光。

燕吴奉使

畫紱臨軒，初銜使旨；班輪入國，將觀朝廷。載馳咫尺之書，歸望穆清之表。宜百壺之開燕，均六轡以休勞。恭惟閥閲名流，縉紳雅望，贊謀二府，名振一時，問俗三川，風行萬里。既繡衣而持節，遂縞帶以交歡。今者判府内翰，始乘漢傳之追鋒，來擁東方之千騎。誓安遠俗，喜見王人。叢玉歌喧，幸驪駒之未唱；碧腴香滿，嘉仙醴之方濃。願少緩於登車，庶盡歡於投轄。詞曰：

清詔名高下紫宸，異方初喜見王人。二年輦轂辭家遠，萬里岷峨入眼新。使者登車爭攬轡，君王問俗頗憂民。翰林勸酒非無意，知向明光作侍臣。

二妙堂落成家集

華胥開國，時節太平；居士構堂，山川明焕。老人既欲投鞅，稚子從而擊鮮。會鄰里以俱歡，集笙簧而並奏。恭惟居士，解符江壘，拜禄琳宫。二妙堂成，兼收勝景；六如意悟，了見自心。孺人法喜夫妻，永同香火；諸郎淵明子弟，可共籃輿。楊夫人壽母均慈，慶門積善。庭列芝蘭之秀，家羞蘋藻之儀。乃共集於華筵，遂同增於抃舞。詞曰：

居士歸來已白頭，數椽聊喜枕江流。百年夢幻何時了，二妙江山一日收。鼓吹自從詩裏得，光陰都在醉中休。蟹螯霜後偏宜酒，蘇幕歌成可共謳。時自製蘇幕遮詞。《太倉稊米集》卷六

十二

湖南宴交代劉舍人致語

張孝祥

珠幢玉節，來宣上將之威；赤舄衮衣，歸授元臣之柄。乃眷門闌之舊，獲承尊俎之餘。陳九獻之縟儀，表十連之盛事。某官，聲名四海，翰墨兩朝。騎麒麟而翳鳳凰，簉叢霄之嘉會；射駿鸃而掩翡翠，扈紫禁之清塵。主眷式隆，士心景附。八命伯，九命牧，具瞻賜履之雄；萬石簴，千石鐘，載旌帥閫之伐。静掃綠林之寇，嚴趨清蹕之朝。望碧紗之籠，久注神仙之籍；聽白麻之告，徑躋丞弼之司。況嗣建於旌旄，實親傳於衣鉢。且慰列城之望，少爲數日之淹。醉我舊官，壽公慈母。聲流夜瑟，莫非鼓舞之兒童；淚點秋竿，卻是攀留之父老。某等幸瞻高宴，猥列賤工。敢酌民情，上陳口號：

年時授鉞許專征，蜂蟻千屯一笑清。已變耕桑彌曠野，卻驅旌旆入神京。才從湘水東邊去，且到台星極處明。傳語邦人莫留戀，使君元是我門生。

勾　曲

十眉就列，争敷要眇之容；三穴既空，綽有回旋之地。宜呈楚舞，再鼓湘絃。上悦台顔，後部獻曲。

荆南宴交代方閣學致語

高牙大纛，來威江漢之濱；閒館珍臺，去躡星辰之上。疊兩世無窮之契，侈一時創見之榮。符節親傳，尊罍夙設。伏惟某官，學該今古，名滿寰區。元老克壯其猷，既宣竭四方之力；廷臣無出其右，盍登延三事之司。上永懷夜半之詢，公雅動秋風之興。緑章封事，重違勇退之言；黄紙除書，即是催歸之詔。細數授衣之月，預占拜衮之辰。某官敢謂交承，寔均子姓。九門置鑰，已慚糠粃之前；五嶺建旄，未覺規模之遠。亶如今日，復接後塵。萬旅連營，肅中嚴之鼓吹；十眉環坐，紛合奏之笙歌。期慰父老之情，敢奉俳諧之語。

口　號

蓋世英名五十年，功名久合冠台躔。只從紫塞傳歸詔，便上黄扉領化甄。事契兩家應更

好，節旄三鎮適相傳。荆江便作松江看，小駐秋風下水船。《于湖集》卷二十七

天申節錫宴當筵致語

史浩

天開萬世之福，聖應千齡之期。瑞感虹光，慶綿火德。奏蕤賓於舜律，風入五絃；玩寶曆於堯階，蓂餘九筴。需雲皓宴，始自嚴宸；湛露洪恩，普沾寰海。舉一十七年未舉之縟典，逢數千百歲難逢之令辰。矧我名藩，奠兹南服。簪纓畢萃，歌頌載揚。莫不瞻帝所於中天，仲臣儀於北極。某官，望隆八座，治洽四明。和通兩國之歡，節旄具在；寵極一時之盛，相印須提。來法從於琳宫，星辰燦若；會嘉賓於綺席，金玉鏘然。觴舉流霞，一一華封之祝；心馳魏闕，人人天寶之時。某等叨預伶倫，敢呈口號。

口　號

帝眷炎圖億萬秋，真人秉籙御神州。通和鄰壤邊聲息，仁浹群生協氣流。一札鳳飛瓊苑詔，千官花擁醉鄉遊。江城今日騰嘉頌，遥認中天絳闕浮。

二　昌國

雷社分封，均視子男之秩；天光遠矚，率依君父之仁。當景命有僕之辰，伸萬壽無疆之

祝。式頌燕喜，庸錫臣隣。某官，江左夷吾，關中孝子。他年槐路，定推一日之長；今日琴堂，聊闡雙鳧之化。嘉與正笏垂紳之侶，同爲醉酒飽德之人。列坐賓朋，同時僚佐，半刺有全家之忠孝，五湖高紹祖之功名。枳棘棲鸞，踵英聲於蹁躚；鹽車引驥，藴素節於伏蒲。或種出山東，才高吏部；或群空冀北，志並延陵。或拯弊於隄防，或嚴軍於刁斗。更有文星武宿，莫非儀鳳祥麟。觴舉流霞，一一瑶臺之集；心存就日，人人嵩岳之呼。得不環羅綺而動歡聲，奏笑歌而聞麗曲？某叨居樂部，濫厠伶倫。不揆荒蕪，敢呈口號。

口　號

邑近蓬萊萃列真，曉看簪履望堯雲。三呼請祝聖人壽，億載長爲天下君。荷柄飛香浮碧斝，榴花照座舞紅裙。更聽既醉昇平雅，始信宸恩浹海垠。

天申節望闕祝聖致語

乾爲父而坤稱母，篤生堯舜之君；岳修貢而川效珍，茂底成康之治。屬流虹之紀瑞，爰湛露以頒恩。凡在群臣，式沾宴喜。恭惟皇帝陛下，孝光四海，道用群心。得賢立太平之基，復古振中興之業。帝乃誕敷文德，既躋夷夏之安；天其申命用休，遂格神明之佑。歡騰率土，慶萃斯辰。雖富壽多男，靡俟華封之祝；而升恒報上，敢忘天保之詩。臣等幸際聖朝，叨塵樂部。傾丹誠於葵藿，採輿頌於芻蕘。不揆才荒，敢呈口號。

口號

簪纓萬國拱堯雲，遥認霏煙靄帝閽。始聽嵩呼遍夷夏，便知孝治感乾坤。鳳飛一札蟠桃宴，花覆千官湛露恩。曆數在躬無紀極，垂衣請頌有虞尊。

二　庚午餘姚

虹流華渚，適丁震夙之期；鳳出層霄，爰錫邇遐之宴。沸嵩呼於率土，祝椿算於後天。恭惟皇帝陛下，天覆堯仁，日躋湯聖。孝格毳罽卉裳之遠，恩覃草木昆蟲之微。遂底三登，咸歸一德。徽招作相悦之樂，驩動八紘；天保歌歸美之詩，聲齊萬壽。但臣等謬居樂部，幸際聖朝。不揆才荒，敢進口號。

口號

萬國星聯拱北辰，曉看簪履拜堯雲。三呼請祝聖人壽，億載長爲天下君。樂奏廣庭聲縹緲，香騰寰海瑞氤氳。太平今日非無象，花覆千官玉臉薰。

上明良慶會閣碑致語

天開萬世之真主，相得一代之宗臣。風虎雲龍，自然交感；水魚膠漆，不約同符。恭惟皇帝陛下，睿哲當陽，忠賢作輔。幸遇靡勞於獵卜，相逢偶在於儲潛。行孔孟仁義之言，聿新初政；躬唐虞孝弟之道，藹著兩宫。帝德既彰，皇心益眷。雖丘園之歸老，亦簪履之弗遺。故錫華名，以標傑閣。翔鸞舞鳳，褒嘉忽覩於宸毫；塗碧填金，摹刻更從於御府。改觀四明之風月，增輝百葉之子孫。神靈彌久以護持，香火敢忘於崇奉。臣某等叨居樂部，獲覩榮光。不揆才荒，敢陳口號。

口　號

綿綿寶曆與天長，興運重光屬我皇。德洽化隆超漢晉，父慈子孝協虞唐。三階順軌時方泰，萬國歸心道益昌。一自皋陶賡載後，于今始得頌明良。

叔父知縣慶宅并章服致語

樂具四并，萃珠履瑶簪之會；壽祈五福，捧瓊波玉液之觴。銀章綰而里社榮，畫棟成而燕雀賀。剡紅桃徑底，流鶯囀求友之簧；綠野堤邊，飛絮作舞空之雪。集兹佳致，用贊清歡。恭惟某官，學海鯨鯢，詞林鸑鷟。妙齡秀發，三魁領袖於賢關；清節藹聞，八課楷模於仕路。高門新峙，表一時斷獄之功；治服初頒，壯百里臨民之寄。行飛旌於日下，即持槖於禁中。而某人婦道蘭馨，母儀冰潔。早擅肥家之譽，齊當得意之秋。嶷嶷鳳雛，一夔足矣；温温玉潤，二妙居之。率因琴瑟之和鳴，遂享衣冠之盛事。珠簾鴛瓦，頓還昔日之風光；象版霞冠，共挹今辰之樽俎。加以錦堂仙眷，綺席賢賓，來王母於西臺，見老人於南極。藍綬初香蟾窟桂，紫袍新翦魏家枝。帽簷皆閬苑之花，蓮步盡蕊宫之侣。得不祥凝鳳蠟，瑞靄猊金？環羅綺而動歡聲，奏笙歌而聞麗曲。某叨居樂部，幸對慶筵。不揆荒蕪，上呈口號。

口　號

簪纓濟濟珮鏘鏘，競集華堂獻壽觴。朱紱始聞新命誥，青氈俄覩舊門牆。梁闈琴瑟聲俱妙，謝砌芝蓀氣倍香。爛醉莫嫌歡未徹，從今三萬六千場。

代人納壻親會致語

太守風流，雅有謝宣城之標韻；仙郎俊邁，隱然李太白之才華。爰當遴選之秋，式契好逑之意。金龜印就，南州既重賢諸侯；孔雀屏開，東榻又得真佳壻。一時盛會，千里歡謡。

恭惟某官，文海鯨鯢，士林棟榦。四門曾是魁群彦，一鶚先驚横素秋。文筆生花，縹緲仙人之夢；詩囊佩錦，雍容公子之遊。纔過璧水蘭宫，即是玉堂金馬。既藴潛心之業，宜膺坦腹之求。某官江左儒宗，山東相種。蚤擅賢關之譽，鬱爲仕路之光。自持槖於九閽，爰領麾於三郡。朱旙彩耀，起隨步之春風；畫戟凝香，浮滿城之和氣。行參鼎鼐，迭和壎篪。乃卜良宵，式開皓宴。會此冰清玉潤，表其川泳雲飛。加以列席嘉賓，星辰燦若；滿堂貴客，金玉鏘然。得不環羅綺而奉歡顔，奏笙歌而聞麗曲？某叨居樂部，幸遇伶官。不揆荒蕪，敢呈口號。

口　號

人物宣城妙九州，乘龍果是屬清流。相逢解賦澄江練，上勝都歸疊嶂樓。畫戟林中銀漏迴，香梅影底玉盃浮。洞房咫尺笙歌沸，誰道華胥只夢遊。

叔父監簿慶宅致語

殖之五畝，專爲養老之資；處以一區，止作草玄之計。歷觀今事，度越前聞。畫棟干雲，挹四明之佳麗；紅旌卷月，浮三島之神仙。掃荆棘瓦礫之牆，成錦繡笙簧之地。宜陳雅宴，用副歡謡。恭惟某官，節稟松筠，志全冰玉。彈冠入仕，不汲汲以圖名；問舍謀生，恥孜孜而爲利。上雖識拔，中自静恬。職爲國子先生，人道關西夫子。某人龜鶴齊踰於耳順，金蘭久著於心同。既克肥家，遂能考室。風簾霜瓦，當年適困於狼煙；翠幌珠楹，兹日復張於玳席。得不嘉客萃滿堂之簪珥，群姻藹盈砌之蘭芝？潤同九里之洪河，壽上一卮之芳酒。某叨居樂部，幸綴伶倫。不揆荒蕪，敢呈口號。

口　號

清曉簪裾碾畫輪，更循玉砌擁蘭蓀。定知廣厦新遺址，來向華堂上壽樽。歌遏錦雲聲縹緲，舞攢星蠟影翩翻。騰須拚卻如泥醉，顯拜行符駟馬門。

餘姚待縣官致語

三年有成，令尹既彰於茂績；百里之内，群僚悉萃於清流。爰愷悌以同心，宜昇平而共樂。式開雅宴，用洽清歡。恭惟知縣，於道有聞，與時無忤。政既稱於父母，仕必至於公卿。方臻群雉之馴，共昔雙鳬之去。知丞人推直亮，世襲忠嘉。他時迹篴於鵷鴻，今日膽寒於鴈鶩。曾下車之未久，已奠枕而無爲。屈兹宏博之材，默衍榷征之利。監務職惟修舉，學更優長。革弊事紛若蝟興，開利源速於泉湧。主簿鸞棲棘木，詩滿錦囊。裔雖本於王孫，名乃聯於高士。縣尉官方泥滓，志則雲霄。聊陳宴俎之勤，用表德星之聚。休取歌妍舞妙，所欣川泳雲飛。霞液交酬，玉山傾倒。某叨居樂部，幸預伶倫。不揆才荒，敢呈口號。

口　號

浙右風煙屬舜亭，幾年纔此萃群英。棠敷美陰連天潤，湖泛恩波徹底清。醉吸霞光金盞窄，笑扶花影玉山傾。定知太史先占瑞，天外祥星一處明。

餘姚待新宰致語

雷社分封，恩視子男之貴；棠蔭展治，政施父母之仁。漁樵始藹於歡謡，賓佐宜伸於宴喜。恭惟知縣，詞林老匠，桂籍真仙。憲章明習如馬周，絃歌閒暇若言偃。下車未久，盈階已底於雉訓；推轂有期，當路佇飛於鶚薦。暫屈浚儀之風雅，將期卓茂之功名。知丞佐邑惟勤，於丞不負。凜凜古諍臣之氣，堂堂直漢相之容。滿席賓僚，一時賢德。無毫髮敢奸於政事，有胸襟可助於設施。共欣萍梗之飄浮，得此風雲之際會。莫不歌環皓齒，舞轉纖腰。停牙板以劇談，舉金荷而滿飲。某叨居樂部，幸預伶倫。不揆才荒，敢呈口號。

口　號

清朝出宰是郎星，牛刃恢恢正發硎。賓佐雍容心盡赤，盃盤酬對眼全青。政平況是庭無訟，俗易還聞户不扃。贏得通宵恣歡謔，看看聯翩上朝廷。

代新餘姚高宰燕友致語

政績有成，方喜及瓜之代；交情未洽，遽爲折柳之行。宜觴豆以備陳，表金蘭之合契。恭惟某官，美如曲逆，行若太丘。宦遊豈爲三徑資，器局蓋是萬夫望。棠蔭静晝，麥隴登秋。三年而歌，有東里子産之惠；舊政必告，得令尹子文之忠。出祖筵開，去思情切。畫橈東指，聊攬勝於鄞江；紫驛星馳，佇登瀛於魏闕。某官文園杞梓，仕路驊騮。繼爲父母之官，爰叙子孫之好。第知卓魯，邂逅此時。豈識皐夔，翺翔異日。得不霞觥泛喜，牙板敲歡。恣偎紅倚翠之遊，寄卧轍攀轅之戀。但某等叨居樂部，幸綴伶倫。不揆才荒，敢呈口號。

口　號

鬱葱佳氣擁兹辰，兩見姚江得主人。報最已聞歌滿道，告新還喜政如神。詞傳綺席鶯聲滑，酒吸紅波玉臉春。休向陽關惜分袂，他年接武侍嚴宸。

代餘姚高宰侍郎以下致語

陽子之居晉鄙，邑人薰而善良；相如之會臨邛，坐客傾其閒雅。一時引重，千載流芳。兹皓宴之攸開，與前賢而濟美。恭惟侍郎，蜚英文囿，韞德賢關。蚤由人望之隆，自結主知之厚。星軺攬轡，寶殿持荷。已成裕國之勳，俄起請祠之興。東山雖好，其如天下之蒼生；北闕非遥，佇拜日邊之丹詔。判院時推儒雅，世載忠嘉。人物品流，取驊騮於冀北；文章聲價，傳衣鉢於江西。方欣風月以平分，遽擁煙霞而高卧。佇看芝檢，即侍楓宸。知丞有道清芬，汾陽華裔。值二松於崔砌，飽聽吟哦；被一鶚於禰章，行當識拔。知縣琴堂訟簡，棠蔭人稀。飛碧篚河朔之觴，會紫禁琳宫之客。莫不坐環陰雪，襟敞雄風。舞翻弱柳之纖腰，歌囀編犀之皓齒。但某等叨居樂部，幸奉台顔。不揆才荒，敢呈口號。

口　號

舜亭風化儼當年，人物猶追元凱賢。持橐有功先計相，題輿出治亦儒先。相看尹貳俱冰雪，消得盃盤列管絃。欲識他時風虎變，疑丞輔弼拱中天。

餘姚縣燕貢士致語

三歲而興賢能，雅重聖朝之舉；十室而有忠信，鬱爲吾邑之光。宜陳觴豆之清歡，用慶衣冠之盛集。恭惟舊舉某人，月評望重，風鑒才高。久淬礪於文鋒，兹翱翔於上國。新舉某人，共推飽學，俱在妙齡。或蜚英於璧水漕臺，或馳譽於鄉舉里選。晝戟門中貴公子，錦囊社裏賢王孫。行追鴈塔之諸儒，同上龍門之三汲。某官，政先儒雅，氣合賓僚。式邀桂苑之群仙，來作琴堂之重客。光芒書劍，相將紫府之遊；雜遝笙歌，看取玉山之倒。某等叨居樂部，幸對芳筵。不揆才荒，敢呈口號。

口　號

玉京才子宴瑶池，雪壓梅梢春近時。盡道舜江登舜牧，卻歸堯殿侍堯咨。鵬摶看即掀雙翼，鯨飲何辭酒百卮。好是嫦娥倚丹桂，擬教人折一枝枝。

代餘姚李宰燕交致語

二賢接踵，方惇篤於交情；百里歡歌，將流傳於政績。既金蘭之講契，宜觴豆之肅陳。恭惟某官，朝野蓍龜，士夫領袖。妙齡秀發，折丹桂於堂東；壯歲英蜚，哦二松於浙右。承流出宰，篤志愛民。强禦不能屈其剛，巨蠹安能移其守。始終無撓，清白有聞。三年而歌，得東里子産之惠；舊政必告，有令尹子文之忠。行看鳧舄之朝，即拜筍班之寵。某官，文園杞梓，仕路驊騮，繼爲父母之官，爰叙子孫之契。永言此日，早暮相逢。將見他時，皋夔並列。但某叨居樂部，幸對芳筵。不揆荒蕪，敢呈口號。

口　號

鬱蔥佳瑞藹姚州，令尹聯翩得勝流。報最已聞騰茂績，告新行復著芳猷。歌傳白雪歡聲恰，酒挹清樽喜氣浮。莫惜通宵恣談謔，他年接武侍宸遊。

代趙倅燕廣德守錢郎中致語

化明柯嶺，偕爲入幕之賓；瑞藹桐川，共理專城之寄。眷今守貳，乃惜寀寮。既修好於綈袍，宜追歡於綺席。恭惟某官，文園直榦，學海洪瀾。早馳譽於賢關，旋登榮於桂籍。妙齡求偶，東牀力拒於權門；列舍含香，南省遂揚於要職。遭時隆盛，被寵蕃宣。芝泥已具於金鑾，鵷鷺佇聯於玉筍。某官，金蘭夙契，冰雪交輝。兹惟視印之初，式啓飛觴之會。談揮犀麈，共欣歲稔以時和；醉倒玉山，雅見情投而氣合。某叨居樂部，幸預伶官。不揆才荒，敢呈口號。

口號

清朝登用是儒宗，尤喜桐川協氣濃。晝戟林中今長貳，紅蓮幕裏昔游從。雲飛共慶情方洽，鯨飲何妨量有容。且向山城足歡謔，他年接武亞夔龍。

代寄居錢明守王侍郎致語

黄堂治最，方騰東國之歡謡；紫檢恩隆，又指西清之歸路。忠存魏闕，喜動江城。惟三人受傾蓋之知，與千里共攀轅之戀。式開宴豆，用洽交情。恭惟某官，豈弟吏師，典型人望。自蜚英於法從，爰共理於侯藩。泛茗水於恩波，擁鄮川之佳氣。公平聽斷，攬回六邑之陽和；灑落文章，改觀十洲之風月。未幾報政，指日敷綸。既資啓沃之嘉謨，宜輟藩宣之寵寄。雖光榮衮服，拜麻將繼於青氊；而蔽芾棠陰，卧轍競留於紅旆。某官，誠傾三益，喜餞二卿。惟兹祖帳之開，用表德星之聚。對歌妍而舞妙，欣川泳以雲飛。幸未語離，且休惜醉。某叨居樂部，獲奉台筵。不揆荒蕪，敢呈口號。

口號

芝封一札燕泥香，祖帳雍容綺席張。坐上共知環鮑謝，人間争欲借龔黄。旌旟影裏傳金罩，衮繡光中拜玉皇。他日回頭東海岸，定應遺愛滿甘棠。

寄居爲諸學職慶壽致語

年彌高而德彌邵，雍容雅重於老成；行益顯而名益彰，惇尚是緊於先達。萃群公而宴喜，承故事以流傳。式當稀有之年，咸介既多之祉。某人，錦囊文傑，絳帳經師。雖淹庠序之薑鹽，實是鄉閭之領袖。未嫌雪髮，共餐商嶺之芝；將見蒲輪，並起渭濱之釣。某官，誠存貴老，志在移風。昔爲同隊之魚，今作還家之鶴。爰開雅會，用慶遐年。歌遏行雲，盡是騷壇之珠玉；談欺吐屑，莫非仙里之衣冠。況皆鯨吸於百川，何惜山頹於四座。某叨居樂部，獲奉名筵。不揆荒蕪，敢呈口號。

口　號

朝來太史上宸廷，爲説東鄞集壽星。已把湖山供笑樂，更催歌舞看娉婷。藍田有玉應千歲，韋室專門秖六經。接武定應成福禄，介眉何惜醉修齡。《鄮峰真隱漫録》卷三十七

寄居爲諸鄉老慶壽致語 就吴舍人宅

年彌高而德彌邵，吾鄉雅重於耆儒；少者懷而老者安，此道益敦於先達。爰敞紫薇之三

徑，共邀黄髮之群仙。皓宴一開，歡謡四起。恭惟某官某人，楓宸獻對，芹頖蜚聲。曳蘭佩於禮義之途，采芝茹於修潔之圃。日月爲之緩轡，松椿宜爾長齡。肩隨多絳縣之人，袂屬皆渭川之老。當年竹馬，何殊同隊之魚；異日蒲輪，將效來儀之鳳。嘉此一時之盛，允爲百世之傳。合席朝簪，滿門儒服。謂希有者人之齒，喜見諸公；而難得者俗之淳，樂爲是禮。豈獨成壽鄉之故事，抑亦見仁里之高風！觴舉流霞，秩芳筵於百拜；詞翻白雪，度麗曲於千秋。既此肯來，且休惜醉。某叨居樂部，幸奉壽筵。不揆荒蕪，敢呈口號。

口　號

海宇熙熙壽域中，耆儒最盛甬勾東。共開樽俎爲高會，尤喜鄉閭有義風。九老未應多白傳，四明何止一黄公。行看聯璧安車上，盡是當筵鶴髮翁。

四明尊老會致語　癸巳

熒煌玳席，萃鶴髮之群仙；縹緲獸煙，祝龜齡之千歲。懿兹雅宴，宜有歡謡。恭惟合郡耆英，滿筵碩望。或縉紳賢君子，或場屋老先生。學成行尊，則周公其人也；年高德邵，是孔氏之徒歟！緩乘豹隱之安車，來作龍門之重客。開府相公，榮歸故里，相晤少效於二疏；判府顯學，治最此邦，敬老尤高於九牧。喜是賓朋之集，共推德齒之尊。觴舉流霞，偏上松椿之壽；舞翻回雪，克諧絲竹之音。千古美談，一時盛事。但某等叨居樂部，忝屬伶倫。不揆荒蕪，敢呈口號。

口號

東閣初開瑞靄凝，曉催簪履慶修齡。風回秀發扶疏緑，喜入方瞳的皪青。紗帽著花春不老，玉杯浮雪酒微醒。今朝太史占鄞鄮，無限文星作壽星。

又　象山昌國

居近蓬壺，雖有涉海登陸之異；地均梓里，初無此疆爾界之殊。矧邀鶴髮之群仙，以介龜齡之千歲。宜開宴席，用洽歡謡。恭惟闔邑英游，滿筵耆俊。天隨甫里，名高翰墨之場；安期羨門，身篴煙霞之侶。逖惟豹隱，渺隔鯨波。杖屨來歟，掛席無煩於浪舶；笙歌作矣，連裾悉上於琴堂。開府相公，慶是高年，爲會以相娱樂；知縣朝議，成其雅志，開懷而盡春容。千里同風，一時盛集。酒行北海，莫非文舉之樽罍；花滿河陽，本是安仁之桃李。但某等叨居樂部，幸備伶倫。不揆荒蕪，敢呈口號。

口　號

山在虛無縹緲間，相望同是一鄉關。欲尊德齒成高會，且遣樽罍悦壽顔。歌罷青絲回雪髮，舞餘文錦繞雲鬟。□□□□□□醉，貴老行看一札頒。

諸親慶賜第復會致語

□□□□，未返柳陰之三徑；桑蓬誕日，聿來梓里之群仙。舟車遠逮於帝城，樽俎先勤於王禮。慶今賜第，萃此英游。爰開酬酢之筵，用款團欒之集。恭惟塤篪伯季，冠蓋賓朋。飄飄閬苑之麗人，藹藹王家之吉士。作福既云相似，叙情尤覺多歡。上國觀光，已覩龍顔之穆穆；良辰聚首，更歌燕厦之潭潭。厚意所將，澆風可變。北闕真隱，東道主人。念間闊之屢年，思游從之舊日。適諧情話，頓釋離懷。兹也花擎鳳蠟以熒煌，獸吐龍涎而馥郁。聊具瓊漿玉液，盡邀珠履玳簪。既幸四并，何辭一醉。人物況皆灑落，畫圖真可流傳。某等身處聖朝，名參樂部。輒陳斐語，用洽歡聲。

口　號

鶴髮星星退急流，昔年兩作鳳池游。掛冠未許田間去，錫第還爲帝所留。賸喜親朋千里集，聊持歌舞一觥酬。莫辭醉席梅花地，嘉話歸傳古鄮州。

諸親慶彌正彌遠及貝叔懷恩命復會致語

□□縹緲噴檀煙，玳席熒煌開錦幄。曾是賓鴻昆玉，來陳燕豆□□。□□□□□□，□展初筵之酬酢。恭惟一時俊彦，滿座□□。□□□□□作，相閥星辰之眷。彈冠仕版，已馳驥步於雲衢；射策文場，行折桂枝於月窟。曲敦姻契，來舉慶觴。東道諸賢，學有家傳，貴從宅相。或榮登於星省，或新拜於綸恩。聊洽清歡，仰彰先施。某等叨居樂部，幸對寵光。不揆荒蕪，敢呈骪骳。

口　號

都城賜第起祥雲，知是君王貴老人。羅綺叢中喧鼓吹，樓臺影裏聚簪紳。賸添風月非錢買，贏得樽罍到手頻。他日華堂重此會，主賓朱紫耀青春。

復明守謝直閣會致語

袴襦歌洽，方欣治最於黄堂；衮繡光濃，適慶榮還於緑野。主賓相得，燕樂諧歡。恭惟判府某官，康樂風流，東山經濟。清約足以勵風俗，公忠久此服縉紳。許國固出生知，愛民尤資天性。使軺屢擁，七閩高澄按之功；郡紱再紆，三輔播循良之譽。行膺芝檢，即筵笴班。少師夙以金蘭，式依桑梓。念平生之從宦，方返故鄉；喜舊友之相逢，乃開雅燕。舞翻回雪，歌囀流鶯。既金罍之屢傳，宜玉山之頻倒。某等叨居樂部，幸際芳筵。不揆荒蕪，敢呈口號。

口　號

鄮水鄞江喜氣浮，祇應共理得賢侯。千帆過海欣無警，九穀登場慶有秋。聖主正思黃霸入，仙翁方伴赤松遊。一杯相遇何妨醉，春在西湖月在樓。

待魏丞相汪尚書趙侍郎致語

一曲煙波，逸老歸榮於故隱；四筵簪履，德星聚宴於高堂。方幸息肩，宜先會友。恭惟丞相，清朝碩輔，間世耆英。措坏冶於一陶，活生靈於兩國。已淹閒適，當再登庸。尚書忠許一人，身兼數器。久鬱經綸之業，行施康濟之功。侍郎紫槖論思，朱幡愷悌。深結聖神之眷，宜膺公輔之榮。少師鶴返遼東，珠還合浦。喜見吾鄉我里，燕樂忠臣嘉賓。恣今宵鯨飲之歡，道昔日雞窗之舊。某等欣逢盛集，幸與伶倫。不揆荒蕪，敢呈口號。

口　號

燕集西湖錦繡圍，花迎清曉露方晞。把杯且共尋前約，握手何須悟昨非。已喜一翁歸綠野，更看三傑上黄扉。雲臺指日標鴻烈，應薪嚴陵老釣磯。

餞明守謝殿撰赴召致語

釋星傳之繡衣，來飛皂蓋；拜絳車之芝檢，笑指彤墀。式陳祖帳之歡，用表攀轅之意。恭惟判府某官，閩南挺特，江左風流。夙資康濟之才，久勵清高之節。數道咸高於刺舉，雄藩屢布於中和。千里仁聲，飽譙門之畫角；萬家美蔭，敷白晝之甘棠。方懷借寇之思，忽聽召黄之命。廛氓結戀，國士知崇。少師歸憩陶居，欣逢邵父。歲適周於灰琯，情已洽於金蘭。兹届啓行，良深惜别。羽觴交錯，樂鐘鼓之清時；錦舸光華，指雲霄之去路。但某等叨居樂部，幸遇離筵。不揆荒蕪，敢呈口號。

口　號

玉砌芝蘭慶有餘，藹然英譽走雲衢。澄清攬轡多持節，愷悌宜民屢剖符。聖主出綸催上道，邦人卧轍蔽行途。一卮聽取臨岐語，臢吐精忠作帝謨。

待明守楊少卿致語

紅旆碧幢，方喜元侯之戾止；赤松緑野，適當逸老之歸歟。觀光既久於朝班，叙舊宜開於宴席。恭惟判府某官，愛人用德，激貪以清。學優思踵於關西，名盛恥居於王後。昔藩昭武，飽聞畫角之仁聲；今涖鄞川，復廣甘棠之美蔭。已聯維月，行遂持荷。少師早賦歸田，爲氓受地。始就松筠之三徑，聊同風月之一觴。文字劇談，笙歌間奏。但某等叨居樂部，幸際芳筵。不揆荒蕪，敢呈口號。

口　號

鄮城郁郁藹祥煙，何幸分符得大賢。散利士知廉律己，救荒民仰食爲天。仁風行見周千里，雅俗俱欣受一廛。正恐最聞須召入，介眉今日且樽前。

復明守楊少卿會致語

職行知鎮，冀北駿材，山東相種。蚤擅克家之譽，兹膺坦腹之求。將躡要津，以攄素學。教授文推雅健，志藴經綸。已看丹桂之敷榮，更陟巍科之宏博。式因擯相，獲遂春容。致政太保，得請休閒，屬情婚嫁。雖卧痾於里閈，猶盡禮於賓親。懿嘉耦之並逢，肆芳筵而共樂。迭奏柳腰鶯舌，競傳玉斝瓊杯。既幸團欒，何辭酩酊。某等叨居樂部，喜遇良辰。不揆荒蕪，敢呈口號。

口　號

春入西湖繞岸花，十洲三島倍芳華。夭桃來自神明胄，玉潤生從宰輔家。男室得時諧鳳侶，孫枝有客泛星槎。盍簪此日成高會，盛事他年梓里誇。

復趙倅會致語

金枝秀發，方託契於葭莩；玳席熒煌，荷持攜於樽俎。既衍室家之慶，更增里閈之光。用秩芳筵，以酬厚意。恭惟判府，梁園杞梓，謝砌芝蘭。暫淹驥足於吳門，平分風月；行侍龍顔於魏闕，擺落囂塵。不嫌鯨浪之修途，虔奉鯉庭之慈訓。爰將女弟，克佐仙郎。而況兩院魚軒，同辭蕊館。夙明姆教，來締姻聯。懿風義之相交，致歡娱之周洽。致政太保，倦游朝著，退隱鄉關。尋勝事於家山，日思屏迹；慕高標於閥閲，已遂攀鱗。嘉賓既展於恩勤，東道宜輸於欵密。式歌且舞，賞景物之長春；不醉無歸，喜光陰之難老。某等叨居樂部，幸預良時。不揆荒蕪，敢呈口號。

口號

寶緒光華是似賢，遠移仙馭締姻聯。高情已篤金蘭契，盛禮還開錦繡筵。小奉杯盤圖報答，臏陳絲竹且留連。細看四座神仙客，始信西湖即洞天。

納孫婦錢氏親會致語

芳傳吴越，夙欽忠孝之家；境接台明，思締婚姻之好。幸金蘭之託契，宜蘿蔦之相依。雅宴斯開，歡謡是洽。恭惟推官，系隆將相，學富詩書。暫參幕府之紅蓮，行擁禁途之紫槖。雙鴛並駕，所欣夫倡而婦隨；淑女有行，式副冰清而玉潤。致政太保，晚歸緑野，深慕赤松。眷子舍之皆賢，喜孫枝之得偶。既荷高軒之過，聊兹綺席之張。歌遏行雲，縹緲未饒於鶯舌；舞翻回雪，輕盈不羨於柳腰。莫辭蘸甲之瓊腴，請緩出花之銀漏。某等叨居樂部，偶際良辰。不揆荒蕪，敢呈口號。

口號

夾路紅榴取次芳，三槐嫩緑影交相。解裝初憩簪纓客，肆席爰開衮繡堂。西子隨車騰懿德，東牀擇壻得仙郎。一卮何止千秋祝，更佇鳴騶下帝鄉。

待明守趙殿撰致語

門巷清閒，方侶十洲之猿鶴；旌麾赫奕，忽來千騎之貔貅。矧託襟期，復聯婚好。宜宏開於燕席，用大洽於驩謡。恭惟判府某官，璇極鍾靈，銀潢擢秀。蚤擅出群之譽，雅推是似之賢。三擁使軺，兩行郡紱。鯉庭詩禮，熟聞慈訓之餘音；竹馬兒童，又牧嚴君之舊治。爰益敷於善化，祈仰繼於前芳。畫角譙門，仁聲千里；甘棠喬木，美蔭萬家。既平瀚海之狂瀾，行作玉皇之近侍。致政太保，松筠三徑，觴詠一丘。豈期遲暮以受廛，乃獲安恬而擊壤。相逢今夕，不醉何時？某等叨預伶倫，幸供樂事。輒陳俚語，上侑歌聲。

口　號

潭潭大府坐真王，有子於今擁碧幢。羽扇仁風飄雪水，熊幡和氣滿鄞江。舞翻回雪隨清吹，歌遏行雲度美腔。玉斝莫辭良夜飲，佇看星聚首吾邦。

壻王肅之就成親會致語

銀鏤翠瑱，方承臘賜於九霄；繡幕羅帷，忽藹春風於四座。爰擁洞房之花燭，式遄潭府之神仙。宜有驩謡，上資雅宴。恭惟直閣，山東相種，江右名家。黄閤過庭，夙推高於是似；緇衣流詠，行擅美於並爲。乃擶華棣之賢，來作乘龍之客。學士蘭陔挺秀，壁水蜚英。德日又新，久著服膺之譽；卜云其吉，遂諧坦腹之求。佇聆琴瑟之和鳴，永慶鸞鳳之偕老。致政太保，春容桑梓，蕭散林泉。眷言玉女之歸，果得金閨之彦。既成嘉耦，斯秩芳筵。莫辭醆斝頻行，且聽笙歌競奏。某等叨居樂部，幸遇良辰。不揆荒蕪，敢呈口號。

口　號

太宰巖巖正拱辰，笑看雙鳳度東津。冰清愛弟爲佳壻，玉立難兄處上賓。火毓鵲爐香藹藹，月穿梅影酒粼粼。主人賸喜機雲集，唯祝聯鑣侍紫宸。

待王十六監岳致語

青旂風軟，繡屏陡覺於寒輕；緑野泉香，玉甕更聽於酒熟。爰伸樂豈，以叙情親。兹重客之俯臨，須長謡之上贊。恭惟直閣，高材烏巷，藹譽白眉。詞章已紹於箕裘，事業可傳於衣鉢。克篤友于之義，來盟宴爾之歡。乃因簪組之相逢，亟奉豆觴之先饋。致政太保，幸從閒適，喜締姻聯。既承厚意之臨，斯秩芳筵之報。舞翻回雪，歌遏行雲。莫辭卜夜之游，且洽忘年之好。某等叨居樂部，幸遇良辰。不揆荒蕪，敢呈口號。

口　號

東皇旌旆到人寰，漏泄春工露一斑。已向江邨訪梅萼，卻來燈市賞鰲山。主賓冰玉歡無盡，伯季塤箎興不慳。欲識魯公須拜後，微黄一點見眉間。

代彌堅就趙府作會致語

香濃粧閣，温温已綻於宫梅；瑞藹煙堤，濯濯初看於官柳。率是東君之陶冶，宜開北海之樽罍。爰有歡謡，用資高會。恭惟少保郡王，天潢巨浸，學圃喬林。文筆生葩，縹緲翰林之夢；詩囊佩錦，雍容長吉之游。自持橐以分符，迄建旄而胙土。力行謙德，簡在宸衷。佇須睿命之頒，即慶真王之拜。已藹門闌之喜色，更欣琴瑟之和鳴。華席團欒，慈顔悦懌。當此良辰淑景，集兹重客嘉賓。恭惟閫座簪纓，滿朝朱紫。或澄清而攬轡，或愷悌以開藩。凡生珠玉之淵，悉是星辰之眷。來臨燕豈，共樂歸寧。兹文監飽私庭詩禮之聞，藉親闖金蘭之契。坦腹既逢於知己，齊眉將厎於宜家。羅綺叢中，笙歌聲裏，舞翔鸞之六翮，介春酒之一卮。幸適雅懷，莫辭沈醉。某叨居樂部，獲隸伶倫。不揆荒蕪，敢陳口號。

口號

潭潭大府坐真王，中有神仙聚畫堂。玉潤曾聞韻琴瑟，冰清初喜見鸞凰。扶輿和氣笙歌沸，馥郁春風錦繡光。他日諸孫成宅相，頷頭休羡郭汾陽。

諸親慶壽致語

松椿林裏，喬木成陰；箕翼躔中，老人聚耀。可謂作福相似，皆由善政所薰。燕喜初開，歡謠斯洽。恭惟判府某官，天潢毓瑞，台鼎蟠基。兩擁星軺，備著澄清之譽；三分符竹，大揚愷悌之風。遂令託契之葭莩，皆似修齡之龜鶴。潁川太宜人，慈容淑德，華髮秀眉。已登耋耄之春秋，將衍期頤之算數。致政太傅，晝遊錦繡，日盛簪纓。適當非熊應卜之時，復届維岳降神之旦。知府監簿、知府安人，鴛儔偕老，暢琴瑟以和鳴；百九學士、百十通判，鴈序聯芳，藹芝蘭而耐久。以至宣城太孺、清河秘書，外黨懿親，吾鄉美行。共此難老之集，俱過稀有之年。莫不吸沆瀣之仙醪，賞芙蓉之秋色。笙歌雜遝，羅綺繽紛。合四座以團欒，沸千春以祝頌。某等叨居樂部，幸對華筵。不揆荒蕪，敢呈口號。

口　號

鬱蔥佳氣擁叢霄，又見端門遣使軺。觴豆兼金真璀璨，茗香賸馥更飄飖。雙旌容與留千騎，三族耆龐聚一朝。正是瑶池八仙會，介眉何必羨松喬。《鄮峯真隱漫録》卷三十八

六老會致語

鶴圃龜田，渺渺壽鄉之境界；桃源蓬島，遲遲春日之風光。惟同生積善之家，斯並享長年之慶。團欒匝座，豈樂騰歡。恭惟太宜人，慈儉母師，和柔婦則。夙謹蘋蘩之職，遂揚閫閾之休。致政太保，知府通判，監場省幹，酥酪齊名，塤篪迭和。有燎鬒之友愛，無閱牆之嫌疑。仕路聯鑣，俱擅白眉之譽；雲衢接武，行膺黄髮之詢。鴈序雍雍，棣華韡韡。已繪丹青爲六老，更陳樽俎於一筵。莫不香靄沉檀，捧玉爐而獻頌；光生朱紫，環芝砌以承顔。可謂舉世難儔，豈非作福相似。某等優伶在列，盛事親逢。不揆荒蕪，敢呈口號。

口　號

六人四百四十歲，好似同資一氣生。王母蟠桃三度熟，竇家仙桂五枝榮。蓬壺影裏環嘉客，衮繡堂中溢頌聲。太史占祥應入奏，光躔南斗壽星明。

五老會致語

化日舒長，益衍松椿之算；清時豈樂，宜繁鐘鼓之音。慶逢五老之尊，來萃一筵之上。輒伸善頌，用洽多歡。恭惟衮繡主人，簪纓重客，英姿玉立，崇論風生。位貴而身愈謙，則周公其人也；年高而德彌劭，是孔子之徒歟？昔嘗爲同隊之魚，今並作還家之鶴。當此良辰美景，何妨妙舞妍歌。霞液浮香，擁三春之麗色；金猊靄瑞，祝千歲之遐齡。某等叨預伶倫，幸逢芳宴。敢呈口號，上奉鈞顔。

口　號

昔日翺翔藝圃中，詞鋒凜凜各爭雄。倦飛雅遂鴻冥志，良集皆成鶴髮翁。休問功名千古後，且欣花月一樽同。明朝太史應馳奏，壽象聯珠見甬東。

待權明州延提刑致語

緑野僊翁，已荐辭於相印；繡衣膚使，兹就領於州麾。既幸相逢，何妨道舊，宜開燕喜，以洽歡謡。恭惟權府某官，學海修鱗，士林茂幹。昔居禁籞，獨高頗牧之稱；今擁軺車，兼著龔黄之譽。將視儀於揆路，益敦念於交情。致政太傅，欣同千里之盟，重託二天之芘。

式歌且舞，雖慚鶯舌柳腰之妍；不醉無歸，且樂月榭風亭之勝。某叨居樂部，幸預伶倫。不揆蕪才，敢呈拙句。

口　號

山水東鄞本自佳，使星臨照愈光華。甘棠美蔭踰千里，畫角仁聲度萬家。正喜泉香浮竹葉，更看杯影浸梅花。最聞便有芝封到，莫惜連宵暈臉霞。

待胡少張王叔舉二孫壻致語

南國多賢，夙著塤篪之譽；東牀擇壻，俱成琴瑟之和。輒罄歡謡，以華雅燕。恭惟安定學士、琅琊學士，才猷世濟，詩禮家傳。當俊敏之妙齡，藴功名之壯志。未見其止，何施不宜。儒雅自將，笑孫策周瑜之雜霸；清明有裕，無南容公冶之微瑕。同登衮繡之高堂，用集門闌之喜色。致政太傅，慶二孫之嘉耦，陳百里之芳筵。環列綺羅，兼爲文學之飲；鼎新絲管，益侈安樂之音。某不揆荒蕪，敢呈拙句。

口　號

鬱葱佳氣靄鄞川，賸説侯門得二賢。天下中庸追遠躅，江東儁秀踵遺編。歌喉睍睆鶯同麗，舞袖翩翻蝶共妍。行看聯名登虎榜，親闈歸侍綵衣鮮。

姊加封太宜人慶會致語

九重貴老，尊金母於瑶池；一札疏封，賁嫦娥於月窟。慶珠履玳簪之集，侈錦標鈿軸之榮。不有歡謡，曷成雅宴。恭惟太宜人，賦資柔淑，持己静專。勤儉爲先，世仰治家之法；詩書是好，人推教子之方。再被寵光，益彰懿德。豈唯輝華於里社，抑知歆艷於縉紳。得不親戚團欒，笙歌雜還。金爐毓火，焚百和以謝恩；玉斝翻波，指千春而祝壽。某等叨居樂部，幸遇芳筵。不揆荒蕪，敢呈口號。

口　號

鄮山鄞水百祥開，一軸絲綸天上來。應爲教忠登仕籍，遂膺錫類到蘭陔。笙簧叢裏歌新闋，錦繡光中薦寶杯。從此芝封須疊至，長教壽母宴春臺。

德翁弟轉員郎慶會致語

洪範五福一曰壽，適當釣渭之年；宗伯九儀六命官，更喜登廊之選。宜陳燕席，用洽歡謡。恭惟知府監簿，古鄮偉人，澄江賢牧。出仕即膺於帝眷，蜚英每在於王畿。皂蓋朱轜，洋溢袴襦之詠；紅顔緑髪，雍容龜鶴之姿。茲寵拜於明綸，獲榮陞於美秩。行契維師之什，以光貴老之朝。致政太傅，滿座簪纓，闔門珠蕊。俱預捧觴之集，率懷賀厦之私。莫不祝雲路之九遷，指蟠桃之三熟。某等叨居樂部，幸遇芳筵。不揆荒蕪，敢呈口號。

口　號

鄮山鄞水百祥臻，天祐龍門萃達尊。又見常珍登耄齒，更欣華秩亞星垣。龔黄政美褒宜重，箕翼光騰福正繁。他日老更興盛舉，會看兄弟迭承恩。

燕新第鄉人致語

鸑鷟鵷鸐，必同棲於丹穴；驊騮騄駬，斯畢萃於玉闕。繄我四明，實生多士。即宸墀而射策，指仕路以彈冠。爰秩芳筵，用揚善頌。恭惟某官等，熙朝俊造，間世英豪。或推梓里之良，或擢銀潢之秀。過庭詩禮，家有義方；比屋夔龍，人無異行。洎奉承於大對，乃力進於危言。喜動冕旒，榮頒組綬。茲功名之發軔，宜燕衎之加籩。致政太傅，適在耄齡，欣逢盛事。此時鴈塔，既容子姪之聯名；他日雲衢，將見友朋之引類。得不笙歌雜遝，語笑繽紛。展醉席於梅花，拚頹山於蕉葉。但某等叨居樂部，幸簉鈞階。不揆荒蕪，敢呈口號。

口　號

鄮山鄞水百祥開，壯士昂頭謝草萊。戛玉鏘金俱傑出，紆青拖紫正朋來。未饒衛國多君子，何獨山東有相材。富貴功名隨步武，清時鐘鼓且銜杯。

復諸親慶會致語

伏以衣繡思歸故鄉，雅意友朋姻戚。賞心喜并樂事，寓情俎豆壺觴。式因主禮之先施，斯乃賓筵之初秩。是爲高會，宜有歡謡。恭惟滿座懿親，同時重客。或塤篪並奏，或鸞鳳于飛。雲臻簪笏之團欒，環擁芝蘭之間錯。曲昭眷誼，併示恩勤。勿嫌仙里之蝸蟠，將見亨衢之驥展。致政太師，欣陪情話，聊集英標。莫不泉石增輝，煙霞互映。紫萸黄菊，未衰昨日之馨香；白鶴青松，共醉修齡之光景。某等叨居樂部，幸遇華筵。不揆荒蕪，敢呈口號。

口　號

潭府今朝雅宴開，郁紛佳氣靄蓬萊。笙歌叢裏環珠履，衮繡光中薦玉杯。已喜群仙來閬苑，更須三熟見瑶臺。料應太史占乾象，星斗森羅擁上台。

寄居慶汪中嘉尚書年登七秩會致語

伏以年曆從心，眉壽已臻於黄髮；仕躋聽履，華資又復於青氈。疊慶事於熙辰，沸歡謠於宴席。恭惟觀使閣學尚書，孔顔奧學，稷契良臣。摛文錦繡裹肝腸，待物江河韜度量。自蜚英於鴈塔，即擅譽於鵷行。持紫橐以處從班，久罄論思之職；擁碧幢而臨帥閫，荐揚愷悌之風。勇退急流，燕居仙里。訪老人於南極，鶴返遼東；起學士於西清，珠還合浦。是宜賀客，俱集適齋。致政太師，闔郡貴遊，同門勝侶。喜修恭於桑梓，恣樂飲於觥觴。莫不絲竹聲和，綺羅香暖。四座山頹於醉玉，兩行春媚於奇葩。某等叨預伶倫，欣逢樂事。輒陳口號，上侑芳筵。

口　號

鄮山鄞水百祥開，天佑神仙間世來。賸喜千齡纔七秩，更祈八座上三台。簫韶聲裏翻紅袖，衮繡光中釂玉杯。每閲十期成再會，方瞳丹臉永如孩。

宴明守林郎中致語

伏以松菊未荒，故老歸安於三徑；壺觴略具，賢侯來駐於雙旌。賓主欣臭味之均，園林暢風煙之美。恭惟判府制置焕章郎中，熙朝碩望，間世真儒。發軔道山，見群英之避席；揚鑣星省，致同舍之依仁。把麾馳愷悌君子之風，攬轡有澄清天下之志。適膺褒札，榮鎮雄藩。方敷條教以下車，已厎姦宄之落膽。一言寬大，坐回六邑之陽和；千里阜康，行紀四明之德政。會飛芝檢，趣侍楓宸。致政太師，夙慕聲猷，兹披雲霧。非絲非竹，樂追共飲之歡；載笑載言，各恨相逢之晚。小遲花漏，頻倒玉山。但某等獲奉芳筵，慚無麗思。輒陳口號，上贊襟期。

口　號

春融緑野日遲遲，五馬相從燕喜時。濕翠峰前揮玉麈，香梅影底引瑶卮。適聞聖主詢黄髮，將趣文翁上赤墀。且趁好天同一醉，陶陶莫問夜何其。

宴奉使楊御藥致語

伏以隱隱星軺，擁紫霄之近侍；熒熒鳳檢，起黄髮之師臣。即緑野以逢迎，開綺筵而燕喜。宜申善頌，用洽歡謡。恭惟奉使御藥太尉，德義素彰，忠嘉備慶。受三朝之毗倚，作中禁之表儀。兹奉明綸，來駐光華之節；行歸内闕，進登峻異之班。致政太師相公，夙仰賢名，欣瞻英表。西湖風月，正當景物之芳菲；北海樽罍，聊盡主賓之繾綣。得不鵲鑪煙暖，龍笛聲和。舞翻回雪之輕盈，歌遏行雲之縹緲。良辰既得，沈醉何辭。某等幸預伶倫，叨居樂部。敢呈口號，上侑多歡。

口　號

神聖相承樂太平，尊賢貴老有真情。煌煌鳳翮飛丹檢，赫赫軺車下紫清。觴豆交酬當美景，笙竽合樂起新聲。客星今喜使星聚，乾象森羅徹曉明。

寄居慶汪中嘉尚書致語

伏以晝錦而歸故鄉，已符雅志；春酒已介眉壽，更慶修齡。輒奉歡謡，用資燕樂。恭惟致政閣學尚書，德尊道妙，學富材優。自登鴈塔以揚鑣，旋簉龍庭而持槖。論思獻納，屢膺睿獎之絲綸；愷悌中和，荐領帥權之戲鉞。誠而接物，惠以濟人。惟桃李之方繁，致松椿之益茂。甘泉聽履，久欣閱歲之舒長；神武掛冠，又喜及身之强健。行見乞言而成福禄，豈唯領首以視雲礽。致政太師，闔郡貴游，滿筵重客。式因誕日，同款適齋。陳北海之清樽，祝南極之洪算。莫不光凝衮繡，歡洽笙簫。一堂環擁於嬌紅，四座山頹於醉玉。某等叨居樂部，幸預伶倫。不揆荒蕪，敢呈口號。

口號

賸喜群仙集四明，年踰七秩慶耆英。三章快遂歸田志，八座争看衣錦榮。笑捧一卮龜鶴壽，歡騰六樂鳳鸞鳴。舉頭莫道長安遠，會見臨廱拜老更。

餞明守林郎中致語

伏以東鄞號今三輔，制閫方隆；南閩總昔十連，帥藩尤重。矧屬維桑之地，何殊衣錦之游。小駐行麾，薄陳祖席。恭惟判府某官，疏通智略，灑落文章。聞一善言，如以石而投水；見不平事，若有物之骾喉。直氣英聲，表望於縉紳；崇論宏議，結知於旒扆。澄清攬轡，聳風采於百城；愷悌字民，暢陽和於六邑。陟書報最，延閣陞華。雖植纛建旍，寵數愈光於他鎮；而攀轅卧轍，去思彌切於吾鄉。佇奉芝封，趣歸絳闕。致政太師，受廛託芘，傾蓋逢知。方戀戀以依仁，遽忽忽而言别。難留行色，西風飽十幅之帆；少叙離情，陽關釂一杯之酒。某等叨居樂部，幸奉芳筵。不揆才荒，敢呈口號。

口號

聖主留神惠兆民，循良奉詔莫辭頻。纔聞五袴喧三輔，又擁雙旗鎮七閩。操袂不須成作惡，舉觴方喜上通津。日邊正擬登黄霸，會見槐庭衮繡新。

待明州權府提刑虞察院致語

伏以攬轡外臺，方播澄清之譽；把麾輔郡，更揚愷悌之風。宜有歡謡，用資雅宴。恭惟權府某官，風姿玉立，文彩金聲。直節横秋，挺凜凜虹蜺之氣；忠誠貫日，稱峩峩獬豸之冠。爰擁星軺，就憑熊軾。下車未久，俄騰襦袴之歌；暖席不容，行趨絲綸之召。致政太師，受廛託芘，傾蓋蒙知。喜兹王佐之材，暫領民師之寄。杯盤草草，雖無多品之供；笑語雍雍，誠有通宵之樂。某等伶倫末技，樂府賤工。不揆才荒，敢呈口號。

口　號

小春纔過氣紆徐，門外旌麾正塞途。賸喜二天臨制閫，卻來三徑訪耆儒。酒浮沆瀣杯中液，茗瀹槍旗椀面腴。且趁良宵拚一醉，賜環行即上亨衢。

宴明守高大卿致語

伏以紅旆碧幢，分閫遍儀於南楚；朱轓皂蓋，部符復鎮於東鄞。既密拱於皇都，將逕躋於政地。宜伸燕喜，用洽歡謡。恭惟判府某官，才掞國華，望隆人傑。睎蹤尚父，避紂而歸文王；比跡茂弘，渡江而得管仲。不因介紹，自結簡知。輟從卿寺之聯，旋領民師之任。荐陞方伯，益壯聖朝。矧我四明，實今三輔。治先教化，陽和回六邑之歡聲；威讋姦宄，風采静七州之瀚海。行趨鳳詔，即簉龍墀。致政太師相公，欣秩初筵，敬邀五馬。非絲非竹，繁音已屏於倡優；載笑載言，樂飲何妨於文字。某等幸逢清集，不揆微材。嘉與樂工，同呈口號。

口號

東風昨夜到林塘，千騎初臨緑野堂。樂裏何煩絲竹韻，座間自有雪梅芳。民安竟夜户不閉，海静無波帆穩張。趁此清平同一醉，金甌已覆潁川黄。

划船致語

伏以神聖當陽，朝廷有道。嵩呼鰲抃，共欣睿算之穹崇；樵唱漁歌，更喜時風之快樂。宜修競渡，用洽歡謡。恭惟紫府真仙，金章貴客，口吸西江水，胸吞九夢陂。爲賞重湖，來乘彩舫。風亭月榭，莫辭草草杯盤；鳳笛龍旗，共看翩翩舟楫。波光動而珠璧碎，岸影移而錦繡開。群玉山頹，英詞鶯囀，豈獨發揮清泚，且不辜負昇平。但某等天際鳴榔，烟中釣月，已喜膾珍得醉，又來鼓棹騰歡。不揆荒蕪，敢陳詩句。

鄮城中有水晶宫，佳景偏供漁舍翁。酒船撑開萬山緑，醉帽插破千花紅。魚龍浪捲空中雪，羅綺香生水面風。俗樂時豐君賜予，人人舉手祝蒼穹。

又

伏以鄞有西湖，古稱洞府。蔽空花卉，四時之錦繡鮮明；極目烟波，萬頃之琉璃瑩滑。好翻桂槳，快引龍舟。喧喧畫鼓驚雷，隱隱朱旗拂電。錦標奪去，價珍萬兩黄金；玉醑傾來，光印一輪明月。用開宴集，以樂昇平。恭惟東道主盟，南州重客，坐環冰玉，面揖湖山，俱爲珠蕊之神仙，來作烟霞之伴侣。痛拚劇飲，爛賞良辰。但某等素習櫂歌，老居漁舍，覩風光之明媚，樂樽俎之雍容。不揆荒蕪，敢呈口號。

口號

十里平湖一鑒開，群山聳髻入粧臺。最宜縹緲蒼烟際，遥見翩翻畫槳來。簾捲玉鈎春映水，標争繡段鼓鳴雷。莫辭醉席梅花地，報答風光是酒杯。《鄮峰真隱漫録》卷三十九

天申節集英殿大宴樂語

周麟之

教坊致語

臣聞澄河一色，乃璿霄誕聖之朝；喬嶽三呼，當寶殿稱觴之會。信使拭圭而來賀，群工委佩以在廷。祗仰睟容，具張兹宴。恭惟皇帝陛下，懋昭大德，統輯群元。睿澤無私，雲行而雨施；宸文有焕，漢倬以星輝。乾坤扶再造之基，禮樂洽三登之化。適届生商之序，肆均在鎬之歡。琬液浮樽，同上萬年之壽；琅璈度曲，翕宣九奏之和。臣等幸際昌辰，叨塵法部。願採輿人之誦，載颺治世之音。上奉宸嚴，敢進口號。

口號

曉開閶闔黼帷張，五色凝雲捧玉皇。風入舜絃聲蕩漾，日浮堯莢景舒長。猗蘭殿上霞飛棟，華萼樓前露滿囊。共指南山申善頌，太平天子萬年觴。

勾合曲

天臨黼座，日轉繒峰。觴泛九霞，式侑宫桃之醉；樂陳三夏，宜參嶰竹之鳴。上奉皇歡，教坊合曲。

勾小兒隊

萬玉充庭，五英備奏。盍詔垂髫之侶，來陳秉翟之儀。緩奏宮商，教坊小兒入隊。

隊　名

帝宸開金鑑　垂裳舞玉梢

問小兒隊

禁殿風來，光動槐龍之影；童觴霧集，歡同竹馬之遊。必有叙陳，分明敷奏。

小兒致語

臣聞祥開甲觀，丕昭大電之符；宴啓鈞臺，誕布需雲之澤。一人示惠，萬寓同歡。恭惟皇帝陛下，道貫堪輿，仁孚動植。聖圖天廣大，蓋本無私；王度日清夷，率歸有極。饗帝受萬年之筴，寧親得四表之心。當聖旦之叢休，仰皇慈之逮下。雲開宮扇，同瞻北極之尊；露滿帝觴，恭上南山之壽。臣等冒趨禁所，竊忭童心，沛水酣歌，與習飛雲之吹；周庭合奏，欲陪舞鳳之翔。未敢自專，伏候進止。

勾雜劇

帝樂九成，已觀於舜舞；天容一笑，或取於齊優。宜陳平樂之喜，更效華封之祝。緩調雲呂，雜劇來歟！

放小兒隊

鈞天廣樂，畢陳萬舞之容；沂水游童，久曳兩髦之采。其湛曰樂，復詠而歸。再拜天階，相將好去。

勾女童隊

千官會弁，初覆於宫花；九陛鳴鞘，再臨於禁扆。宜度結風之曲，更呈回雪之姿。徐韻金絲，女童入隊。

隊　名

寶露湑萼醴　流風入楚腰

問女童隊

玉琯含風，下丹山之采鳳；文茵薦地，翻洛浦之驚鴻。必有芳詞，即宜敷奏。

女童致語

妾聞太微五府，輯聖瑞以題期；南極一星，炳天符而介壽。兆啓流虹之旦，均湑湛露之恩。恭惟皇帝陛下，大德好生，重明麗正。東朝視膳，刑孝愛於四方；乙夜觀書，洞憲章於六學。庶事列日星之紀，群情同金石之和。雖輿議稱太平，猶思慎德；以豐年爲上瑞，靡務多祥。當菖花照灼之期，講柏殿亨嘉之會。三千年之上果，色映仙觴；十六拍之新聲，歡騰壽曲。妾等幸聯翠袂，獲箴彤墀。自顧微蹤，比露葵之嚮日；敢陳薄技，効秋葯之披風。未敢自專，伏候進止。

勾雜劇

星弁無譁，方嘉賓之式燕；天顏有喜，謂小道之可觀。暫停兆綴之容，更獻詼諧之戲。再賡妙引，雜劇來歟！

放女童隊

皇情普浹，已具醻於榴盃；晝景舒遲，亦屢移於蓮漏。宜縱凌波之步，卻爲行雨之歸。再拜天階，相將好去。《海陵集》卷十二

宴邕守樂語

吴　儆

太守古諸侯，夙重价藩之寄；別乘半刺史，素居上佐之聯。况金蘭臭味之相同，而伯仲塤

篪之迭奏。一樽相屬，千里同謡。判府安撫，堂堂一世之英，落落萬人之傑。筆精墨妙，揚巨刃以摩天；雪白蘭薰，藹貴名之起日。建高牙於大府，振戎索於遐封。夷夏咸寧，兵民兼裕。玉關人未老，行奉萬年之觴；銀燭坐生春，共極一時之賞。通判奉議以敬事長，行樂及時。高柳咽新蟬，奏薰風入絃之韻；華屋飛乳燕，正桐陰轉午之初。羽扇綸巾，雍容談笑；雲霓翠袖，謳咽笙簧。敢以巴人之詞，上侑醉翁之操。

口號

騶馭曾鳴帝里珂，一麾出守古牂牁。龍媒入貢漢天子，銅柱重聞馬伏波。萬里争傳麒麟像，滿城讙唱舊襦歌。著人茉莉花如雪，不醉花前花奈何。《竹洲集》卷十四

天寧節致語

廖剛

華渚流輝，協千齡之休運；需雲錫燕，動萬寓之歡心。敢移擊壤之音，上贊鈞天之奏。恭惟皇帝陛下，珠庭擢秀，金闕降真。日月出而天地明，龍虎作而風雲會。五兵不試，六合承流。一德享於天心，百樂生於治國。殊方絶域，航海梯山。戴白垂髫，含哺鼓腹，屬此誕彌之月，況當大有之年。寶篆香濃，靄祥煙之芬馥；綵山風細，浮佳氣之鬱葱。遥瞻魏闕以傾心，請效華封之獻祝。本支百世，洊膺滋致之休；壽考萬年，誕受無疆之福。某等

叨居樂部，濫綴舞行。幸對賜筵，敢陳口號。

口　號

虹流電繞想當時，萬萬人今壽域躋。十筴蓂開堯寶曆，九歌功叙禹元圭。需雲湛露羅簪紱，脆管繇絃颺羽霓。千仞壽山封祝意，年年峻極與天齊。

燕待知滁州郭舍人致語

鳳閣辭榮，久憩鄞江之風月；麟符傾瑞，俄膺天闕之綵綸。驥得路以方馳，鵬乘風而遽起。旌麾假道，老稚駢觀。賓主相逢，聲氣雅合。恭惟知府舍人，西雝粹羽，東壁靈輝。法言追典誥之醇，道學造天人之奧。暫屈朱幡之駕，佇瞻黄閣之登。而我知府檢討，牛刃才餘，鈴齋事簡。雄文殆無强對，嘉賓適愜高情。改館加籩，備將迎之厚意；肆筵設席，罄委曲之餘歡。遂賦我心則降之詩，迺歌客無庸歸之曲。況鶯花景媚，值此芳辰；羅綺叢深，不妨沉醉。某等謬當獻笑，難避匪才。上悦台顔，敢陳口號。

口　號

汾陽幾世令公孫，曾掌綸言代帝尊。扈蹕未從朝紫極，郡符聊復駕朱幡。須知榮貴南柯夢，且盡勤渠北海樽。更願滁人休借寇，欲看勳德被元元。

燕待陳觀察致語

歸侍玉皇，季子回轅於故里；争迎綵旆，買臣弭節於鄰邦。英風幸覿於使華，綺宴大開於侯國。恭惟某官，簪纓世胄，詩禮名流。自結聖明之知，所謂豪傑之士。立談賜璧，再見封侯。獻忠而帝命不違，在側則天顏有喜。出入禁闈而勳勞益著，布宣德意而風采可觀。茲者衣錦還鄉，過家上塚。旌旄照日，壯觀湖山；車馬盈門，光輝里巷。假道復經於支郡，駢肩争望於台光。我知府檢討，厚意嘉賓，禮勤膚使。金絲奏雅，盛陳北海之樽罍；羅綺飄香，盡出東山之妓女。對此舒長化日，何妨醉倒春風。但某等欲助清歡，慚無妙技。敢陳口號，上悦台顔。

口　號

皇華使者萬人英，誰似青雲穩致身。和氣一城迎綵旆，高牙千騎擁朱輪。買臣被命聊辭漢，季子應朝卻入秦。歸侍玉皇難再見，當歡莫惜舉杯頻。

燕待趙走馬致語

繡斧星馳，道九重之德意；笙歌鼎沸，洽一部之歡情。恩波動盪於薰風，和氣融怡於綺席。恭惟某官，珪璋粹質，金石精忠。持天憲於一方，採民謡於萬里。嘉猷入告，無非懷仁義以事吾君；皇極敷言，更賴能往來以迪彝教。我知府檢討，龔黄政事，王謝風流。情重嘉賓，禮勤膚使。芳樽酌醴，備水陸之珍羞；妙唱遏雲，盡神仙之妓女。某等云云。

口　號

使者星車自九天，一聲天語萬人傳。恩光曉月明旌旆，和氣薰風入管絃。北海樽罍須酩酊，東山歌舞亦嬋娟。按行況覺都無事，倒載何妨作飲仙。

燕待新知越州王中大致語

綸綍十行，輟名卿於北闕；虎貔千騎，作巨屏於東州。幸兹綵旆之少留，式展黄堂之雅燕。恭惟判府中大，奎英毓粹，嶽秀鍾靈。貂蟬而奕世榮塗，棣萼而聯芳俊域。玉堂金馬，未臨鰲岫之三番；熊軾隼旟，聊佩魚符之五左。矧會稽之勝景，實勾踐之名區。魚稻富饒，舟車衝翳。望鄰邦之鶴表，修故事於蘭亭。探禹穴以搜奇，泛戴溪而招隱。抑亦多燕游之樂，豈徒誇節制之雄。我知府檢討，喜接英標，願親談麈。屬鈴齋之暇日，撫棠蔭之新涼。改館加籩，愧莫將於厚意；式歌且舞，聊以永於今朝。某等叨備伶官云云。

口號

畫船挝鼓疊煙波，夾道争看刺史過。定有去思留剡水，已傳來暮到嘉禾。籓垣暫屈元侯鎮，鼎鼎終還妙手和。高會莫辭今夕醉，兒童竹馬擁郊坡。

燕待宫使郭舍人致語

琳宫仙客，鳳閣朝英。解符新自於名籓，購宅遠尋於樂土。旌旄爰駐，井邑生輝。恭惟某官，奎壁鍾靈，珪璋瑩潔。舊歷紫微之妙選，方須黄閣之大來。雲闕九重，未遂扶摇而上；烟波萬頃，聊爲汗漫之游。秀人歌亦既見止之詩，士論發無以歸兮之歎。我知府某官，逃空已久，解榻特勤。莫辭税駕之未安，且慶銜盃之相過。但某等云云。

口號

琳宫仙客紫微郎，大筆由來遠擅塲。三接恩光傾弁冕，五花文綵照縑緗。蛟龍豈久逃雷雨，璉璧終須屬廟堂。莫惜當歡同盡醉，主人龔召客常楊。

同　前

高秋氣爽，樂國景長。屬德政之餘閑，適嘉賓之交至。華筵特啓，歡意倍常。恭惟宫使舍人，翰墨宗工，巖廊重器。舊歷紫微之妙選，方須黄閣之大來。修撰中奉，麟閣英髦，琳宫耆舊。踐華資而略遍，陳高義以小休。知府吏部〔一〕，名重烏臺，才高蘭省。暫虎符而出鎮，時鳳閣以歸朝。我知府檢討，義重盍簪，意勤加豆。笙簫度曲，葱葱佳氣之浮；車騎擁門，嫋嫋高旌之動。霞觴共舉，玉麈交輝。勝事一時，清風四座。某等云云。

口　號

畫堂開宴愜新凉，燕舞鶯歌奉玉觴。未放仙舟登李郭，更看賢守會龔黄。三竿日照旌旗動，千里風飄錦繡香。盡醉故應憐夜永，高情莫逆話偏長。是日太守會三客：李夔修撰、郭敦實舍人，皆宫使；楊�新知睦州。

〔一〕「知」，原在「陳高義」上，當系錯簡，今乙正。

燕待知泉州鄭司業致語

金閨朝彦，璧水儒郎。分符暫守於鄉邦，擁旆俄臨於賓館。故人相遇，歡意倍常。恭惟某官，清廟希珍，巖廊重器。早膺妙選，遍歷華途。秩二千石之崇，榮增麟閣；親八十歲之壽，歸慶綵衣。我知府某官，龍坂同登，蓬山共直。尚憶玉京之載酒，況當金谷之張筵。痛飲何辭，高歡難遇。某等云云。

口　號

虎符分寄輟名卿，錦纜牙檣繡水濱。晝秀豈將誇故里，綵衣端爲奉高親。開懷此日樽中醉，結綬他年席上珍。晝鼓不須催去棹，清歡難會玉堂人。

燕待走馬太傅致語

天禁九重，將嘉猷之入告；星居萬里，當綵斾之少留。禮重繡衣，樂張金谷。恭惟走馬，玉堂清質，霜節重權。懷仁義以事君，茲往來而迪教。春風駟馬，擁和氣以歸朝；樂國華筵，況歡謠之載路。應須盡醉，始愜高情云云。

口　號

使節星馳宿衛賢，九重遥指覲天顏。三春日暖桃花浪，萬里人歸明月船。金谷高歡難會遇，玉京還馭恐留連。明朝綵斾烟波渺，莫惜通宵醉管絃。

新知明州周龍圖知興化黄府判特排致語

紅旆争馳，二大都之刺史；黄堂盛集，三學士之高賓。榮動一時，風生四座。恭惟知府龍圖，西雝粹羽，東壁靈輝。獻賦蓬萊，久濟風雲之嘉會；擁符鄮郭，聊作湖山之主人。知郡府判，桂籍殊英，星躔耆德。肯去浩穰之天府，欲觀秀絶之靈峰。幸此經由，適然邂逅。我知府檢討，雅敦風義，況值俊遊。改館加籩，均被大賓之禮；肆筵設席，願交兩國之歡。

口　號

麗日和風花正妍，黄堂高會四神仙。凌雲擅價蓬萊客，遊刃飛聲天府賢。旌旆馳驅聊此日，鼎槐調燮屬他年。紅英趁拍莫教錯，冠玉周郎正汝憐。

燕走馬太傅大排致語

紅旆載馳，道九重之德意；温詞曲逮，洽一郡之歡情。恩光動盪於薰風，和氣融怡於綺席。恭惟走馬太傅，游心墳典，雅意朝廷。懷仁義以事君，兹往來而迪教。星車既轄，無一夫之戴盆；天語乍傳，有千兵之挾纊。顧此一方之幸，實推八使之賢。我知府檢討，喜遇嘉賓，盛陳燕禮。文星武宿，集鵷鷺於黄堂；燕舞鶯歌，出神仙於紫府。

口號

星車還自九天來，應是明時重選才。澤與堯言下宣室，人隨漢史上春臺。恩光曉日千家動，和氣晴雲萬里開。高會莫辭同盡醉，風流北海富樽罍。

高麗使副特排致語

堯日中天，八表被容光之照；周疆薄海，三邦修底貢之誠。名王遥拱以傾心，聖主俛懷而促駕。肅將禮幣，爰屬偉人。恭惟某官，蓬島仙姿，紫微詞客。才力雅周於器使，忠精不擇於地安。萬里鯨波，泛星槎而上銀漢；九重雲闕，占斗極而朝玉皇。歷觀吴越之山川，喜見夷夔之禮樂。清夢已游於鳳沼，仙鄉分遠於雞林。矧漸華夏之風，素號詩書之國。依光惟舊，被眷特隆。停驂幸觀於使華，授館故勤於主禮。知府檢討，夙虔君命，大啓賓筵。綺羅飄天上之香，觴豆極人間之品。金絲奏雅，葱葱佳氣之浮；車騎擁門，嫋嫋高旌之動。豈特一時之盛事，將爲千古之美談。某等幸對臺階，輒陳口號。

口號

方壺員嶠海中仙，吴越溪山照畫船。玉帛名王朝帝德，節旄膚使駐賓筵。恩承雨露來天上，武接鵷鸞指日邊。共燕需雲歌盛事，願同文軌萬斯年。

引伴致語

聖主天臨，懷遠東逾於鯨海；使軺星駕，來迎北自於龍墀。聯鑣將極於漢疆，弭節聊觀於周樂。恭惟某官，清朝寶器，明廷羽儀。並膺眷遇之隆，同被光華之選。選擇而使，素英譽之飛騰；容止可觀，想遐賓之欽悦。我知府檢討，夙祗君命，忻遇朝賢。玉麈交揮，幸高旌之少駐；金罍滿酌，當化日之方舒。共樂佳辰，寧辭痛飲。某等云云。

口號

蓼蕭均澤九夷同，萬里將迎禮意隆。屬國未瞻都護節，列城先仰使華風。清談會覺襟無暑，痛飲何辭盞屢空。早晚回轅天上去，已應聲價落遼東。《高峰文集》卷十二

代宴費大參樂語

王子俊

洪鈞播物，曾扶日轂以上征；紫氣浮關，乃屈台符而下照。肆飭初筵之秩，載延几舄之留。恭惟某官，命世真儒，調元宿望。間於兩社，夙參幹於繁機；操此萬方，盍登崇於顯面。亟上均勞之請，莫回勇退之謀。天近紫宸，冠仙班於邃殿；雲迷緑野，窮勝事於明

時。撫舊物以興懷，爲故人而命駕。驂鸞翳鳳，不嫌塵世之喧卑；食蛤踞龜，更約後期於汗漫。江山炳耀，父老驩呼。某囊在朝行，時親德宇。聞一言於堂下，頗辱深知；記半面於門間，未忘雅好。惟是剖符之地，寔聯拂日之門。忽蒙振騎以來臨，乃獲舉觴而相屬。適綵勝迎春之日，正油幢啓宴之時。度暖響於笙簧，散祥光於俎豆。翠眉横黛，歌聲止遏於行雲；微步凌波，舞袖低回於急雪。瓊艘泛緑，寶炬摇紅。叵量賓主之歡，共醉神仙之侶。引杯善頌，新年當勝故年；抵掌劇談，今夕不知何夕。可無韻語，以寫抃悰。

口　號

相君曩歲轉洪鈞，手散陽和處處匀。衮服肯迂今日駕，錦城便勝去年春。珍臺多暇何妨醉，左席猶虛正要人。飲罷天邊有消息，催歸一騎走紅塵。

代吉席宴都運焕章校書知府親家致語

衣繡持斧，方乘犯斗之槎；買紅纏缸，暫駐拂天之旆。式是兩家之好，肇開八世之祥。載臨奠鴈之期，肆卜合簪之宴。恭惟某官，高文作古，逸氣横空。羞崑崙、薄員嶠，舊高勁節；奪蓬婆、收滴愽，新立雋功。邊城復遂於耕桑，蠻嶠頓沉於烽火。雖出笑談之餘事，足寬旒扆之顧憂。舍爵策勳，進崇資於寶扆；過家上塚，涣新渥於星軺。抑令寄徑以來歸，看即告庭而爰立。適六轡載塗之便，屆三星在户之辰。天風吹環佩之聲，肅將嘉禮；霜日照旌旄之影，增賁賓筵。厥惟天意之有開，此豈人謀之能及。判府朝散，德著東西州，望隆南北阮。謝氏之雪似絮，夙參吟詠之功；蹶里之娣如雲，共證繾綣之好。亦屈班春之蓋，來臨合卺之期。判府安撫、龍制侍郎，宿肩事契，肇締姻盟。追曩好於斷金，聯新榮於倚玉。綠樽翠杓，共醉九霞之觴；急管繁絃，争鳴雙鳳之曲。山蹙百眉之綠，花摇千炬之紅。凰飛之鳴鏘鏘，子孫逢吉；桃夭之花灼灼，家室具宜。某猥以賤工，獲覩盛事。輒陳韻語，以相歡悰。

口號

天喚風雷落詔黄，身披雲錦護天章。日隨漢使旌旗暖，路入韓城草木香。即上星辰扶北極，先持衣鉢付東廂。不知今夕端何夕，且向梅花頓舉觴。

代漕使宴賀帥平蠻轉官樂語

玉帳分弓，塵静猩鼯之野；芝泥塗檢，天垂雨露之恩。歡聲四滿於坤維，雅集聿諧於需宴。某官，迴天雅望，命世真儒。朱邸談經，接英游於綺皓；紫荷持橐，聯禁路於嚴徐。從容鵷鷺之班，密勿雲龍之會。適西陲之凋瘵，勤北闕之顧憂。乃輟兩宫之信臣，以爲四蜀之司命。錦城春暖，仁函井絡之區；雪嶺風高，威懾蓬婆之外。屬有種羌之變，不逃英略之神。役不淹時，算無遺策。爰拜璽書之賜，晉升元士之班。寵光飛下於雲霄，和氣旁行於田里。徒得君重耳，是膺進律之榮；無以公歸兮，即有告庭之拜。都運判院，近帥牙而弭節，參王事以同寅。忻聞盛事之鼎來，深激抃悰而不寐。肆陳俎豆，以款麾幢。燭摇千炬之紅，酒運百艘之緑。舞袖低回於急雪，歌聲上遏於行雲。二人之利，斷金固應久要；三陽之征，連茹會且同升。某等猥以伶倫，獲簉筵秩。輒陳善頌，以相賀悰。

口號

紫橐仙人雲錦裳，碧油幢下受降羌。三邊外掃烟塵静，一札中含雨露香。天上即歸扶日轂，樽前莫怕醉霞觴。主賓情分今如許，飲罷相攜入帝鄉。

代趙漕使進秩酢帥燕會樂語

慶雲惠跡，俾叨考績之勞；緑蟻浮春，聊酢示慈之燕。肯屈十連之重，來同一日之歡。恭惟某官，命世真儒，鎮浮雅望。奉雲陽之瑄玉，早列甘泉之班；環北極之文星，更勸邇英之講。仍厚偉冠之眷，盍參命衮之榮。偶坤維謀帥之難，膺巽命幹方之任。三年於此，四履宜之。雪嶺界天，徒得君重耳；雲臺拂日，無以公歸兮。比傳速置之音，曲遂借留之願。油幢風動，如曩年開府之初；寶皮雲連，在列辟彯纓之上。小駐期年之逸躅，即抒揆路之遠猷。都運某官，頃駕星軺，來親玉帳。遷官一列，偶應考功試吏之科；託庇萬間，允賴含垢匿瑕之賜。贊善矧蒙於高會，視儀爰秩於初筵。萃千指以調絃，諧五音而度曲。霓裳疊月，清音上薄於行雲；羅韈凌波，麗舞低回於急雪。瓊艘運緑，寶炬摇紅。細聆玉應金舂，有懷畢吐；直至參横斗轉，不醉無歸。藐是伶官，陳時韻語。

口　號

星軺夜落錦江邊，萬里來依刺史天。纔了銓衡三考績，便勤督府一金筵。緑尊敬酢青田酒，翠袖争扶紫橐仙。飲罷嘉賓歸底處，三槐陰裏望貂蟬。

總使生日樂語

溥仙露於金莖，是鍾哲輔；泛靈槎於銀漢，式介遐齡。肆陳秩秩之筵，共致惓惓之禱。恭惟某官，心傳正學，世濟英猷。解牛之刀，十九年了無肯綮；負天之背，九萬里莫究扶摇。頃自結於主知，早入儀於朝著。龍墀就日，蔚爲鵷序之華；燕寢班春，出課熊轓之最。旋整軺車之駕，遐征井絡之區。風采一新，收驥電茗旗之效；思榮狎至，文使星郎宿之輝。當置郵傳命之時，正崧嶽降神之候。非煙非霧，騰瑞靄於九霄；俾壽俾康，沸歡聲於四路。在坐衆官，夙依門仞，遍沐恩波。皇皇者華，喜適逢於初度；青青子佩，幸獲際於良辰。潔觴豆以陳誠，指松椿而示意。百尊醽緑，千炬揺紅。皓齒清歌，唱徹長生之曲；繁絃暖響，喚回不老之春。輒陳俳者之詞，以相壺中之樂。

口　號

丹青步武是家傳，夜泛靈槎下九天。纔看收駒霜滿節，旋觀董餉地流錢。補天有譜行歸輔，閲世無疆不計年。飲罷鋒車趣東去，座中舐鼎亦俱仙。《格齋四六》

金國賀正旦使人到闕紫宸殿宴

劉　爚

致　語

臣聞月正元日，舜門廣闢於四方；春王三朝，漢殿畢來於萬國。恭惟皇帝陛下，繼天御極，法古陳儀。僊蹕而下東廂，衣裳而正南面。賓臚並設，肅大廷鵷鷺之班；傑休具陳，小異域魚龍之戲。臣等忝居法部，敢獻民謡。

口　號

榆關玉塞静無塵，嘉定如今第四春。兩國交馳通好使，八方同作太平人。翠鼉鼓奏娱嘉客，白獸樽浮賞諫臣。聖曆從兹天共遠，年年玉帛會楓宸。

勾合曲

雲上天需，皇歡浹而群臣醉；雷出地豫，樂音調而四時和。上悦天顔，教坊合曲。

金國賀正旦使人到闕紫宸殿宴

致　語

臣聞東風入律，回萬宇之陽春；南面垂裳，受四方之賓貢。恭惟皇帝陛下，天容晬穆，聖德昭清。當乾坤交泰之辰，作君臣相悦之樂。舉觴太極殿，未誇唐室之元正；置酒長樂宫，更陋漢朝之十月。臣等繆參法部，輒獻衢謡。

口　號

六龍扶輦下雲間，紫殿風微響佩環。朔漠遠馳隣國信，前星親押外朝班。九賓重譯瞻宸極，萬歲三聲繞壽山。太史預占年大有，更添喜色上天顔。

勾合曲

法酒三行，方祝聖人之壽；鈞天萬舞，宜揚治世之音。上奉宸歡，教坊合曲。

瑞慶節集英殿宴

致語

臣聞千歲河清，適紀千秋之節；萬官星拱，同稱萬壽之觴。恭惟皇帝陛下，德配乾坤，澤流雨露。光照猗蘭殿上，未夸漢室之開祥；春生花萼樓前，竊小唐家之張燕。（臣等云云）

口號

皇家卜世過周唐，天啓真人應運翔。抱日預占恭邸夢，飛龍曾報晚山祥。翠雲影外來金母，紅霧香中擁玉皇。樂府賤工無以祝，願將金鑑代珠囊。

勾合曲

虎拜萬年，即祝聖人之壽；鳳儀九奏，宜揚治世之音。上悦宸顔，教坊合曲。

金國報登位使人到闕集英殿宴

致語

臣聞合兩國之成，瑞節遠馳於星傳；設九賓之禮，宴觴載舉於天庭。伏惟皇帝陛下，大德難名，至仁無外。弓載櫜，戈載戢，常存安天下之心；酒如澠，肉如京，特厚遇使臣之意。歡聲振地，和氣回春。臣等身服伶工，敢陳口號。

口　號

時平朝野寂無譁，南北歡盟共一家。不遣纖塵驚塞上，要將和氣匝天涯。星馳琛幣來鄰境，雲擁衣冠會正衙。聖澤汪洋天廣大，侍臣何惜醉流霞。

勾合曲

君子之酒旨且多，方初筵之有秩；治世之音安以樂，宜雅奏之載揚。上悅天顏，教坊合曲。《雲莊集》卷十六

台州會太守致語

洪　适

一麾共理，欣銅竹之鼎來；半刺焉依，期金蘭之耐久。式開華席，敢肅高軒。恭惟某官，辭麗孔門，氣劘屈壘。萬卷破五行之讀，七言膺一字之褒。觀泰階之六符，家聲是似；應郎官於列宿，朝著甚休。尚擁朱幡，來臨丹洞。厥初班録，已見慈祥。賦冥冥雲嶼之詩，江山得助；追漠漠鷺田之句，今昔争先。通判密令後昆，閫川雅望。飛鳧大邑，醞藉有

餘；展驥偏城，中和可法。正字懷珠借潤，倚玉分輝。三沐三熏，猶有逾年之款；一觴一詠，可無卜晝之歡？南薰共挹於清風，東谷正延於化日。荷敷翠蓋，榴蹙紅巾。錦裀旋學柳之腰，鴈柱促剥葱之指。瓊枝繼佩，相娱銀海之前；縹瓷酌醽，莫惜玉山之倒。但某等名聯動桶，藝忝州鳩。仰侑笑談，輒陳韻語。

口號

子墨聲名滿上都，同時曾喜得相如。二年寧俟棠陰久，一日先看薤本除。已向雲霄班玉筍，卻思風月佩銅魚。百川莫靳長鯨吸，會即泥封虎爪書。

秋閲致語 已下爲廣帥作

入丁出丙，應星瑞於清秋；先甲後庚，肅軍容於大府。式講干戈之閒，不忘俎豆之陳。經略決勝兩楹，宣威五管。妙略獨優於緩帶，雄稜自折於遐衝。戴鶡武夫，咸賈繫桑之勇；弄兵赤子，復安負耒之居。提刑露穎詞鋒，耀奇文陣。繡衣直指，有部使者之聲名；尺籍伍符，多故將軍之威令。運使才兼數器，筆掃千人。輓粟飛芻，既貔貅之素飽；拔距投石，致鵝鸛以咸精。當執矩之蕭辰，舉飲醪之故事，置酒何妨高會，投壺然後雅歌。天下不復用兵，猶謹轅門之備；軍中無以爲樂，聊同舞劍之觀。但某等偶預賤工，獲瞻台席。

敢哦韻語，少助歡情。

口　號

使星兩兩下人間，南伯來臨黄木灣。蓋海旌幢龍户集，折衝樽俎豹韜閒。銛鋒似雪摇銀海，美酒如澠倒玉山。賓主一時皆偉望，璇霄不日侍天顔。

又歸路

精甲朱旗，同百將一心之力；高牙大纛，啓元戎十乘之行。經略詩美壯猶，望隆方伯。名下真無虚士，堂上自有奇兵。静鎮南州，舉行秋獮。一鼓作氣，見從者之塞塗；八陣成圖，覺囂聲之振海。師干已試，女樂可前。少遲千騎之歸，聊獻七盤之妙。象板促生蓮之步，錦裀迴學柳之腰。但某等濫綴伶簫，獲瞻使竹。輒裒巷語，以代塗歌。

口　號

風動旌旗熊虎開，喧轟鼓吹隱晴雷。襟裾夾道邦人出，介胄填郛方伯來。按轡傳聲真烜赫，鋪茵呈舞少徘徊。林巒洞壑皆心讋，共看威伸講武臺。

設蕃樂語

南越建邦，乃夷落珍奇之湊；北風應律，正舶商喘發之期。惟朝家中來遠之恩，故會府舉示慈之宴。經略政容獄市，譽溢康莊。得華裔之歡心，知藩垣之大體。治如方慶，忿息崑崙之酋；詩美鄭公，貨通師子之國。提刑凜然直指，籍甚遐方。奇器弗爲，不事齒牙之飾；貪泉自飲，蔑聞毫髮之須。提舉信著外區，賦盈内府。致棲陸藏山之寳，侈拔犀擢象之儲。船交海中，何啻四十餘柁；錢流地上，亡慮數百萬緡。當其整楫之時，爰共肆筵之樂。嘉賓簪盍，廉賈鼎來。纏頭誇衣卉之裝，屈膝拜賜花之況。與之亢禮，莫不令儀。一醉寧辭，此去布帆無恙；再行益富，豈有垂橐而歸。某藝習梨園，營分柳陌。初無棘句，可助櫂謳。

口號

海山樓下水朝東，此去瀰漫拍太空。稛載寧尋蒚爾國，舟行好趁快哉風。往來雲漢經星外，出入魚龍巨浪中。拜手君王零湛露，舉觴須似吸川虹。

會肇慶新守樂語

守飛龍之潛邸，方講先聲；枉畫鷁於長亭，斯逢重客。式張綺席，以速朱轓。知府和氣粹然，清埃籍甚。閫奥難窺於畛域，老成獨有於典型。久韜雙劍之光，疊應三刀之夢。惠露當需於雷白，不改棠陰；德風將偃於嵩臺，共瞻竹使。於焉肯顧，可謂能謙。我經略夙稔令名，願承英矩。聞足音而有喜，撫心曲以既降。義篤鄰歡，情深主禮。喚驚鴻之妙舞，揚曳繭之清歌。同樂良辰，少留嘉話。鳳翔千仞，豈爲嶺表之久居；鯨吸百川，且向尊前而徑醉。某等齊竽濫進，由瑟未工。仰奉台符，輒成俚句。

口　號

元戎好客過當時，喜報江頭鷁首飛。欸曲西賓香作陣，安排南食妓分圍。甘醪不必金貂換，清話頻看玉麈揮。祇隔嵩臺衣帶水，未須輕賦醉言歸。

會肇慶舊守樂語

晝戟終更，説借恂之遺愛；扁舟乘興，尋訪戴之舊盟。草木傳聲，江山送喜。某官圭璧尊朝之器，楩枏聳壑之材。周室中興，疇世家而登用；臧孫有後，振門閥以光華。課獨最於潛藩，名久聞於鄰壤。潢池赤子，處處服田；山谷厖眉，紛紛祖道。入奉三年之計，正深丙夜之思。不替高情，肯迂行色。我經略有懷德宇，欲對談城。欣都騎之臨存，秩初筵而留宿。決西江之水，美譽長流；傾北海之樽，清歡無盡。某等偶叨營籍，未習樂均，仰奉台蘿，敢陳樂誦。

口號

再歲專城屈令才，西江人至説清埃。瓜時解組飄飄去，雪夜乘舟得得來。一笑坐開桑落酒，幾聲樂奏越王臺。元戎預起陽關恨，不放譙門玉漏催。廣州有三江：自廣西歷康端至廣，曰西江；自循梅而至，曰東江；自南雄而至，曰北江。

會黄雷州樂語

兒童知姓，識天際之歸舟；賓主開顔，投井中之去轄。綺羅分秀，桃李呈妍。某官稟瑞玉淵，騰輝金社。追賈馬升堂之作，馳機雲入洛之名。暴白題輿，芬芳剖竹。過家上塚，之南海有如西州；垂組夸鄉，不東阡則在北陌。我經略自移犀印，遂闊麈談。喜聞衣繡之歸，復有盍簪之款。乃開華宴，共對良辰。撥絃齊裂帛之聲，趁拍進垂螺之步。居二千石，今爲五嶺之達官；傾三百盃，好繼八仙之豪飲。某等偶因薄技，獲佐清歡。仰奉指呼，敢陳樂誦。

口　號

二難辭藻琢瓊瑰，入洛當年擅軼才。五嶺達官今寂寞，九齡高躅久塵埃。分符有此二千石，投轄中之三百盃。衣繡還鄉真罕見，戲魚同隊幾鴛鴒。

平齊孫致語

三捷成功，害去緑林之盜；七擒獻狀，聲喧黄木之灣。霽川陸之妖氛，僯閭閻之喜氣。可無飲至，于以勞還！經略文武威風，詩書元帥。念曠誅之群醜，將假息以十年。近壤無聊，或通宵弗能奠枕；潢池相煽，致白晝不敢張帆。乃運壯猶，潛分精騎。稟成算而勢同破竹，縛渠魁而今始除根。雨嘯風嘷，狐兔已空於三窟；山行海宿，車航如出於一塗。提刑孅德尊朝，芳猷映世。玉節壯澄清之志，繡衣專逐捕之權。問當路之豺狼，先於剪惡；掃羅壇之虺蜮，會此執俘。運使擢穎龍淵，凝華象載。憤涉水爲舶商之患，故禡牙光甲士之行。被羽前登，實賴糗糧之濟；輓車奉饟，率皆規畫之餘。蓋馬服之裔孫，有虎賁之鋭卒。果能一舉，遂克萬全。元戎欣反斾之歸，數郡息鳴桴之警。乃陳勇爵，式肆歌筵。吹竹彈絲，作西域潑寒胡之戲；椎牛釃酒，歌少陵洗兵馬之詩。某等歡類町丁，技慚師乙。輒成韻語，仰奉台臚。

口號

山越逋誅歲屢更，元戎指縱有奇兵。長歌壯士歸三箭，必勝良籌妙兩楹。兔窟已空春草碧，鯨波無事夜潮平。干戈便挽天河洗，桴鼓從今不復鳴。

會南恩守傅侍郎致語

東君送喜，來紫橐之賢侯；南伯論情，開翠樽之雅燕。管紘獻狀，戟纛增輝。恭惟某官，降嶽高標，築巖華胄。磊落簡編之讀，陸離翰墨之工。口伐可汗，雖張騫其猶劣；心存魏闕，嘉季子之來歸。積有聲名，騰於遠邇。暫寄銅魚之事，未回金馬之班。清淨治齊，自適西園之樂；殷勤訪戴，肯爲南海之游。經略夙企光塵，願親謦咳。朱幡皂蓋，有此縉紳之英；白飯青芻，勤於館穀之禮。迺因勝日，少接清歡，舞裀雖乏於楚腰，歌扇□傳於郢曲。香裹龍涎之妙，柱烹馬甲之珍。樂奏越王臺，鏗鏘可聽；坐對賢人酒，酩酊何妨？某等偶綴伶倫，獲趨崇仞。敢停樂句，仰奉台顏。

口號

向來烽火起邊塵，膚使南翔譽益振。肯爲魚符臨海角，合歸鷺序映朝紳。高情如泛山陰雪，喜氣能添澤國春。一斗百篇推敏捷，醉中端有語驚人。

韓提舶解印致語

梅嶺乘軺，獨最二年之課；瓜時解組，幸無三尺之拘。觴豆既陳，綺羅相映。某官學傳原道，望重封侯。鑄轢古之偉辭，韜達今之逸識。屯田減漕，續重華振武之功；作郡移風，肖延壽潁川之治。榮拜輶軒之任，盡司𨽻貨之權。名落島夷，信乎舶賈。侈犀象珠璣之湊，戢戢帆檣；入夔龍鵷鷺之行，駸駸筆橐。我經略自分銅竹，益契金蘭。接鶯坐之劇談，屢陪揮麈；惜著鞭而遠別，未許歌驪。方此日去簿書之勞，而平時皆文字之飲。留連去舳，款曲清樽。促鴈柱以高張，啓鶯脣而低唱。眉軒席次，變宫又聽於變商；轄投井中，卜晝難辭於卜夜。某等齊竽已濫，泗磬未工。仰奉台光，敢陳俚誦。

口　號

萬户封侯識面難，南來清譽落諸蠻。指揮浪舶風帆了，談笑木牛流馬間。四牡言歸光帳餞，一杯相屬看弓彎。行行日遠長安近，平步逍遥玉笋班。

韓提舶餞行致語

介圭入覲，共瞻星使之回；一節以趨，將動天顏之喜。賓筵荐啓，祖帳遂陳。恭惟某官，道探聖涯，材推國器。籍圃破九丘之讀，詞源傾三峽之流。攬轡剖符，偃江淮之草木；懷珠獻象，集山海之梯航。致十倍之息以歸公家，無一毫之物而敢私市。兼總轉輸之寄，益彰盤錯之能。將奉計以造朝，已指期而解纜。駕輕車而就熟路，難躡高蹤；闞紫闥而攀臺階，遂躋近著。我經略久欣敷衽，重惜分襟。寶釵呈桃笑之妍，長袖騁翠曾之妙。異時問訊，當在日邊；此夕語離，滿傾若下。即見鴻軒於清漢，從教鶴怨於故山。春草緑波，裝愁懷於南浦；秋風白露，寓歸夢於北湖。某等優子賤工，樂家短技。輒成韻語，式寫心聲。太白詩：「朝登北湖亭，遥望瓦屋山。天清白露下，始覺秋風還。」今居其地，作亭用其舊名。

口　號

激濁揚清有渭涇，鞭鸞歸去侍天庭。文星持節光南斗，巨翼摩空擊北溟。黄木灣頭波湛碧，陽關聲裏柳吹青。莫辭更盡一杯酒，明日相思過短亭。

衆官餞提舶樂語

嶺表彯纓，仰九霄之星使；日邊賜札，賦四牡於風人。群僚深戀德之情，勝日展語離之會。恭惟某官，龍淵擢穎，象載呈祥。屈宋當作衙官，曹陸羞稱童子。轉輸淮甸，欲天下之澄清；撫字江皋，無庶民之歎息。未騫禁密，暫擁皇華。厲廉操於貪泉，溢奇貨於中國。及瓜而代，整鷁棹以言歸；不駕而行，跨狨韉而獨步。推柳營之列將，暨蓮幕之衆賓。久託光塵，敢陳祖席。操絲比竹，歌陽關朝雨之詞；舉白飛觴，牽南浦春波之恨。某等濫因末技，獲對芳筵。上奉台顔，輒成樂韻。

口　號

泰山英譽冠當時，五嶺人人説繡衣。平步便應持紫橐，它年何止到黄扉。遲遲暖日離筵啓，渺渺澄江畫舫歸。若問越裝無一物，篋中寶唾盡珠璣。

廣東春教致語

司馬仲春振旅，職在周官；連帥比年簡車，聞諸漢志。蓋兩軍相交而尚猶執榼，豈今日之蒐而可廢開筵？經略玉節遠分，金弢博覽。掃盤牙之夙盜，耀駭電之雄芒。不戮一人，同子文之訓楚;既明三令,有孫武之教吴。提刑光動臺階,望尊膚使。玉轡見澄清之志,固已振威;繡衣兼逐捕之權,寧忘除器。提舉襟懷磊落,儀表清明。武庫文場,久説聲名之卓;海靈陸寶,暫□經畫之餘。共閲奇兵,式逢良日。目其拳勇,角此蹶張。分諸葛之陣圖,得逄門之射法。雖介胄之色不可犯,方肅戎容;然俎豆之事則嘗聞,當行觴政。自有折楊柳之曲,何須迷蝴蝶之聲。傾緑醑以勝梧,看紅潮之登頰。某等庇身治部,接武談優。仰對顔行,敢陳韻語。

口號

高管嗷嘈疊鼓忙,春雲輕覆饗軍堂。二星光動狐狸伏,六纛威騰貔虎良。海孽向來如薙草,射夫無有不穿楊。時平已卧邊庭鼓,不廢蒐田謹舊章。

歸路致語

我武惟揚,出旌幢而□□;□朝而畢,洗兵馬以挽河。經略智略少雙,文武備足。崇宣力四方之烈,妙折衝千里之籌。憯秋肅之嚴威,行春蒐之令典。罷休武舞,既訖事於門場;羅列艴粧,願駐車於廣陌。新聲發越,軼態便娟。所謂進步而若翔,莫不駢肩而争覩。某等偶因鼠技,獲仰虎符。不揣凡才,輒成韻語。

口　號

轅門返旆到康莊，甚寵傳呼實鮮雙。麗錦輕翻青玉案，高牙旁聳碧油幢。令行遐嶠真無事，盜息潢池不受降。會見追鋒歸禁密，獨留威譽紀南邦。《盤洲文集》卷六十五

天申節道場所回欄堦白語

朱明紀至，歌風式對於南薰；赤伏告期，繞電有光於北斗。方臣鄰之歸美，扣老佛以祝釐。歸塗正擁於旌旗，夾道願聞於管籥。敢駐元戎之乘，仍邀使者之車。聊喚舞衫，更陳口頌。

口　號

濯冠沐浴意能虔，已萃緇黄介萬年。樂備八音浮喜氣，香飄九陌凝祥烟。雙旌未用催茸纛，四牡何妨款着鞭。夾道邦人方屬目，試教舞袖略回旋。

前筵祝聖致語

玉衡正而太階平，氣和九夏；里社鳴而聖人出，節應千秋。共肩戴舜之心，遥拜祝堯之

請。恭惟皇帝陛下，龍飛上治，馬化中興。聚精會神，屈左智右賢之策；悦近來遠，同彼疆此界之仁。文物葳蕤，規模宏遠。上瑞併書於史諜，屢豐大播於民謡。決天閫而開地垠，昆蟲被澤；壓月窟而震日域，殊裔向風。迓載夙之令辰，騰無疆之嘉頌。五帝足六，已邁德於商周；萬歲者三，願齊光於箕翼。臣等歡浮海角，想象天顔；喜動眉端，言成口號。

口　號

帝暉咫尺照龍楹，繞殿嵩呼若震霆。朝士班齊鸞步武，仙官瑞集鶴儀形。奉觴亦有單于使，秉筆應書南極星。遐嶠莫瞻天日表，願將湛露等滄溟。

對廳致語

如山如阜如岡，已祈泰筴；以雅以南以籥，式侑需觴。廣此上恩，行諸督府。烟雲絢彩，草木欣榮。恭惟經略，鷺序名臣，龍韜元帥。治有清節，振開元四十年之風；民無歎聲，踐孝宣二千石之訓。提刑蜚英表著，借重澄清。服領以南，共仰使軺之久；遡江而上，即迎召節之盼。提舶風期雋明，德宇宏達。海瀕遐遠，斡奇貨於舌人；天下中庸，起高芬於鼻祖。甫際繞樞之旦，同傾拱極之誠。賦苹鹿之舊章，秩蒲魚之初燕。銷金罷鏑，既復復以指期；鼓瑟吹笙，故樂樂而與衆。宜言飲酒，所以合歡。某等偶預音家，獲趨台陛。永歌不足，口頌敢陳。

口　號

時逢化國日舒長，解愠風來宇宙凉。飛匭閶祥瞻北極，頒魚錫宴暨南方。紛紛人贊元侯德，兩兩星舒使者光。來歲廣庭班玉筍，斯辰同奉萬年觴。

王母隊祝聖致語

流祥光於華渚，倬彼成章；來仙侶於崑丘，欣然上壽。恭惟皇帝陛下，粃糠夏子，冠冕勛華。如星非星，如雲非雲，六符輝焕；曰暘而暘，曰雨而雨，五韙叶調。帝業等於山河，王度式如金玉。比屋迓可封之治，殊鄰修不戰之驩。洩洩融融，慶承顔於長樂；葱葱鬱鬱，載望氣於南陽。式逢貫月之辰，咸致後天之祝。集三島十洲之羽客，獻千秋萬歲之瑞圖。宛宛黄虬，曾發至尊之笑；峩峩戴勝，更羞玉女之珍。臣妾等遥望細氊，少留綵節。輒成口號，以助頌聲。

口號

六幕紛紛啓瑞篇，非烟深處下芝軿。穆王擾擾不謀治，武帝區區空學仙。今代一人真間世，它時五老與疑年。歡呼亦有南山頌，誰解吹噓上九天。

對廳致語

冒海隅之出日，咸愛嵩呼；象天上之需雲，式均京燕。貳觴既舉，廣樂復張。恭惟經略，道貫六經，聲馳九牧。治廣誰如方慶，尹京將選王尊。提刑典學淹該，賦才英瑋。疊使華之三組，覈吏事以六條。提舶珩璜瑞世之珍，杞梓昂霄之幹。暫煩持節，即覲賜環。參會皇文之時，載賡帝武之什。是日也，日舍東井，潮生南溟。清籟集而薰風翔，協氣流而景雲爛。置九行之法酒，禮備侯藩；歌萬壽於聲詩，心馳帝闕。妾逢斯玳席，來自瑶池，密邇台躔，可無口頌？

口號

天街躞蹀跨連錢，帝念遐萌輟雋賢。玉節繡衣三絶席，翠樽瓊斝再開筵。管絃聲動宫商叶，雨露恩均草木妍。定有千秋金鑑録，明年親奏御牀前。

廣西春教致語

地壓坤方，仰葦纛撞牙之重；月躔青陸，正簡車蒐乘之時。鎧冑精明，笳簫清亮。經略任隆分閫，功載寧邊。有裴公文武之材，推郤縠詩書之府。龍韜豹略，折千里之遐衝；鶴膝犀渠，賈三軍之餘勇。提刑行都九德，氣備四時。厲柏寺之霜威，夙参鵷鷺；持桂林之星節，先問豺狼。運使獵秀青箱，結知丹扆。繡衣夙舉，蜚數路之英聲；驪駕轉輸，致列營之宿飽。式諏日吉，同整戎剛。鋭將鼓行，壯夫劍立。取上駟與彼中駟，共觀馳逐之能；如小巫之見大巫，默寢跳梁之計。屢下奇胲之約，益振中堅之容。雖問甲兵不至於廟堂，豈忘除器；盡事軍旅則聞於俎豆，于以投醪。開豫北之芳尊，設湘南之勇爵。某等未通樂紀，見謂音官。敢摭耳言，用成口頌。

口號

元戎堂上有奇兵，樓堞旌旗未易名。光接二星瞻使節，令行八桂暢軍聲。指揮已定熊羆肅，什伍纔分鵝鸛成。威烈遠超銅柱外，雕題交趾盡魂驚。

道上致語

亘野彌川，既藏師干之試；闐郛溢郭，共瞻方伯之歸。經略烜赫高牙，雍容緩帶。賞刑兼用，不惟皮裏陽秋；策慮内充，自有胸中兵甲。講周官之振旅，統粤分以殿藩。□霽帳前之威，願看掌上之舞。回弓彎之雙袖，翻花簇之輕茵。翩然若□，觀者如堵。某等員參四會，技愧五窮。仰奉台符，敢陳口頌。

口　號

廣陌無風柳絮藏，輕塵不起整戎裝。洞丁纍化青春寂，師乙諧聲白晝長。無數冠裳雲塞道，兩行鈇鉞雪摇光。英英如此桂林□，便合腰金上玉堂。

歸府致語

踆事轅門，頓兵幕府。百將戢鷙强之勇，三軍書梟俊之功。恭惟經略，略妙兩楹，政成五袴。比屋咸依於慈父，御屏久疏於膚公。已繕車徒，荐臨歌舞。共詫斗南之秀，更多冀北之群。粉白争妍，奏八音而惜日；丹青難寫，冠五嶺以嬌春。某等備數賤工，觀光崇仞。蕪音自媿，口頌敢陳。

口　號

凝笳疊鼓壓天南，從此邦人作美談。北里聲名皆擢秀，東州歌舞總懷慚。輕裘坐嘯青油幕，積甲高齊碧玉篸。聞道家家賣釵釧，武夫歸去亦醺酣。

水教致語

樓船習戰，始漢室之穿池；督府簡師，當楚人之競渡。雄飈借勢，逸浪迴波。恭惟經略，文武威風，詩書義帥。荇澤併除於囊槖，潢池復返於耕桑。堂上自有奇兵，克隆閫寄；舟中盡爲敵國，聊試軍鋒。提舉龍劒分光，蛇珠握寶。中流擊楫，志久在於四方；當路埋輪，權遂兼於三使。提舶英規瑞世，懿德照鄰。駕傳一封，遠矣九華之送；登樓四望，安然珍異之來。式聚星躔，同觀戰艦。得岑彭露橈之制，□董襲斷紲之功。巨劍長鎗，如此舟師之勇；多□大櫂，潛消海孽之謀。少停金鼓之聲，俯聽管絃之奏。採菖蒲於古澗，令節相逢；張瑇瑁之華筵，甘醪可醉。某等未通西氣，稍習南音。敢綴耳言，輒成口頌。

口　號

元戎膚使憩胡牀，寓目舟師夏日長。捷比黄頭能輯濯，勇於長鬣取餘皇。水中劍影蛟龍避，帳下兵威狐兔藏。見説潢池毁多櫓，新來歸去事耕桑。

歸路致語

巨舸休兵，如得周郎之勝；通衢返旆，共瞻方叔之歸。恭惟經略，識邃古今，政兼寬猛。比屋口談於盛德，偷兒膽落於雄名。烈烈舟師，置陣匪同於背水；娟娟舞妓，鋪茵少試於凌波。願駐高牙，以償衆目。某等寅緣短技，瞻仰尊嚴。不揆俚言，敢陳韻語。

口　號

油幢紅旆届通衢，共聽歌詩我不誣。弭盜初無沈命法，應時誰用辟兵符。翻然奮袖回羅綺，觀者駢肩足袴襦。早晚天朝盼瑞錦，好書樂石遺番禺。

會肇慶黄通判樂語

淡墨造化龍之□，舊矣想聞；輕車尋展驥之程，儼然肯顧。元侯自喜□□□，□□迺爲開清尊。通判狀元，結緑輝山，長離覽仞。第策於四千舉子之上，價擅無雙；鐩書於十八學士之間，識明元一。已丹霄之得路，忽朱紱以去朝。雲外神仙，何拘弱水；海隅老稺，始識魁星。我經略素講芳猷，遂諧嘉話。既獲同於王事，仍密邇於鄰邦。欲遠方歆艷於大名，故高會勤渠於縟禮。蜺袖看輕飛之妙，翠翹回巧笑之妍。汪汪千頃之陂，非徒德量；油油三爵之酒，方啓歡情。某粗習管絃，得瞻履舄。心聲欲吐，口頌已成。

口號

古錦銜標户户知，瀛洲準擬上雲逵。當今便便五經笥，自昔汪汪千頃陂。肯向江邊留鷁首，莫辭花底罄鴟夷。康沂成詠頒歸詔，剥啄相尋後會期。

會鄭韓二守樂語

嘉客聯翩，合東西之鷁首；元戎繾綣，列左右之蛾眉。商律既清，華筵足樂。某官片言寤主，善政得民。騰茂實於羅浮，介高芬於龔召。提封纍化，已罷盜而買牛；當路知名，豈呼卿而問鴈。即聞前席，遂簉要班。某官訟敏憇棠，威伸拔薤。荆府見詠於太白，潁川留遺於次公。廊廟來詢，欲正銅魚之拜；兒童相記，已謀竹馬之迎。行復陟明，豈專斂惠。經略式因暇日，少接清歡。久聞置驛之賢，□承英矩；更得覯圭之裔，來慰别懷。舞衫呈回□之□，歌扇度遏雲之妙。蕊淵留照，不須對影以成三；竹葉娱情，莫惜引杯而滿百。某等偶緣末技，獲望餘光。仰奉指呼，輒成蕪句。

口號

江別東西説二賢，魚書同拜喜聯翩。穉卿風采齊龔遂，延壽規模載潁川。玉麈揮談飛玉屑，金龜換酒泛金船。莫辭痛飲娱清夜，對此中秋璧月天。

廣東秋教致語

蕭辰都試，蓋遵武備之常；鋭旅鼎來，益壯戎容之氣。方一新於城堞，爰大建於鼓旗。赫然威稜，崇我方面。恭惟經略，智謀輻湊，聲譽蘭薫。早陪議於樞庭，荐制權於邊閫。赭汙致小偷之贖，黑端行惡子之誅。緩帶輕裘，自得折衝之略；撞牙茸纛，復臨簡力之秋。提舉德備四時，學苞六藝。振纓嶺海，久攬轡以占星；剖竹鄉邦，欲懷章而就道。提舉運使青萍擅器，赤箭標材。卉服闕衣，稱皇華之未有；輦車驪駕，政軍食之是須。知府統制郡寄遠分，祖風善繼。名高信布，有黄石公一編之書；世説關張，爲卯金氏萬人之敵。莫府既明於甲令，武夫咸奮於技能。鎧甲鮮明，皎如霜雪；戈鋋犀利，彗彼雲烟。控弦觀鴟叫之精，畫陣得魚麗之法。既陳勇爵，斯啓華筵。天下大安，烽已沉於丹徼；尊前一笑，令須卷於白波。某等因伍岑牟，預瞻巨闕。蕪□自媿，口頌敢陳。

口　號

清秋大試斧尋柯，嗷咷誰言用楚歌。帥閫威名傳籍籍，使臺材業辨多多。兵機總是師黄石，酒令同看卷白波。見説鄰偷蜂蟻聚，遠聞軍政已投戈。

歸路致語

擁旆建旗，肅爾元戎之令；夸銀曳綵，欣然猛士之回。恭惟某官，道括古今，材全文武，發伏能張於耳目，除姦皆得其根株。已消枹鼓之鳴，大洽袴襦之詠。三千鐵騎，訖武事於鬥埸；十二金釵，舞氾人之妙曲。欲副闐郭之瞻矚，不辭按轡以遲留。某等未洞八音，已窮五技。台符在望，韻語載陳。

口　號

旌旗獵獵戰西風，介胄精明霜與同。擁道共瞻元帥至，折衝誰與十賢功。夸銀拖綵征師喜，回袖垂螺舞女工。已向黄樞贊籌畫，便應歸侍大明宫。

設蕃致語

伏以棲陸隱沙，牣八蠻之奇寶；接艫連舳，起萬估之去程。秩此長筵，視諸故事。恭惟經略，權尊牙纛，望偃簪紳。繼宋璟盧鈞之清，掩任延錫光之績。德惟善政，除下碇之苛征；利涉大川，無揭竿之多槥。提舶素絲厲節，紫橐儲材。領重寄於輶軒，司殊方之縑賄。交海中之舶，通遠客之越鄉；校都内之錢，藉良籌而富國。是日也，陽月未盡，陰雲不生。嚴風至而北户寒，駭浪伏而南溟晏。昔焉閱貨之宴，私彼珠璣；今及束裝之時，寵之樽俎。晞陽之恩既洽，藏市之願可知。卉服氍衣，已睢盱而就列；夷歌胡伎，蓋蘭闍以同歡。王導拜揚州，賓客數百，並加霑接，惟胡人未洽。因過其前，彈指云：「蘭闍！」群胡同笑，四坐並歡。環豐頰之敷腴，肆酡顏而酩酊。所謂烏滸狼𥆨之外，何獨龍涎象齒之珍。發千里萬里之行，倍三之五之之息。帆開遥島，歸期細數於朱明；稛載衆香，異物兼齎於黑暗。某等綴名顛侶，效藝崇堦。仰對牙居，輒哦韻頌。

口　號

艫人指日欲開檣，洽此需雲寵遠商。奇物試求師子國，去帆穩過大蛇洋。銀杯更盡金杯飲，黑暗仍兼白暗將。方伯使華清徹底，不聞私有橐中裝。

會廣西田提刑致語

分繡衣於遐嶠，籍甚相傳；下文鷁於澄江，惠然肯顧。初筵卜晝，和氣添香。恭惟提刑察院，壯志烟高，飛談霧卷。擅青萍之利器，摛黄絹之好辭。蚤甄獎於儒宗，久簡知於法坐。齋名屈軼，獨殫彲彲之思；流惠甘棠，願書下下之考。蹈危機於賊窟，存陰德於鄉城。少寄澄清，即歸獻納。瞻二星之次，遂借餘光；迓三舍之程，不忘雅好。我經略命舟問訊，除館俟音。釋七閏析别之懷，覬數日周旋之款。□情道故，契益腆於蘭薰；親仁善鄰，事可尋於瓜潤。唤縈塵之長袖，飄疊縠之輕裾。曲撥鵾絃，聲紆象板。如淮有酒，何慚南董之經；并山爲肴，誠非郲莒之會。某因緣絲竹，瞻望壺觴。仰奉指呼，輒成韻語。

口號

北斗南邊雲物明，燁然天節仰祥星。朝端獬豸曾張膽，道上狐狸已匿形。欲奉三章仁遠嶠，定知五管迓虚囹。迓程肯顧交情厚，莫惜花前倒緑醽。

廣東春教致語

國小大而制軍，夙垂邦典；歲春秋而講武，用赫戎昭。緊嶺海之列藩，以番禺爲督府。屯營之盛，斧鉞則雄。經略玉筍重臣，銀菟賢牧。笑棘門之兒戲，紹方叔之祖風。百雉崇成，益壯長城之扞；五兵素厲，洊對蒐田之時。提舉提刑，比德前英，著名先進。沃亹見澄清之志，天應華星；繡衣兼逐捕之權，人瞻畏日。提舶運使，眷深黄屋，節厲素絲。總纅賄於巨舶，蠻琛無藝；轉木牛於一路，軍食有餘。式簡良辰，同親武事。耳目在吾旗鼓，惟車塵馬跡之從；手足以積機關，得弋法劍道之説。整我堂堂之陣，肅然暨暨之容。于以投醪，於焉攝飲。其争也，君子實存酌兕之儀；謂濁者，賢人斯對揮犀之坐。某等未諳樂紀，偶厠音官。敢綴耳聞，用成口韻。

口　號

豪竹繁絃振粤臺，鬥場雨過淨纖埃。台符款曲三揮麈，軍令分明屢舉杯。兔窟久空春草出，鯨波無事早潮來。已知樽俎遐衝折，且欲班勞激趫材。

歸路致語

箕張翼舒，已嚴終於兵事；絲鳴管語，致驩接於民心。恭惟經略，謀過孫吴，政齊召杜。禦侮得龍韜之妙，撫封無犬吠之虞。帥以門名，仰旌旗之遄返；家徒壁立，傾城郭以來觀。爰進舞腰，少凝群目，台躔在望，口詠載賡。

口　號

旌旆摇摇卷碧雲，元戎振旅入城闉。蜚騰廣譽孚朝野，講肄强兵動鬼神。無數冠裳聲聒

晝，兩行羅綺艷嬌春。看看夜半朝宣室，便把金犀换玉麟。《盤洲文集》卷六十六

天申節道場回欄堦白語

朱光發藻，式臨東井之躔；碧縷騰芬，共祝南山之壽。願徘回於六囊，更款曲於二星。欲進舞人，助成喜氣。足音勿遽，口詠已成。

口號

垂魚擁笏萃官僚，黄宅緇廬再祝堯。九夏正中調玉燭，五雲爲瑞爛璇霄。無勞廣陌張戎幕，且駐高牙挽使軺。觀者如牆汗成雨，爲呼歌舞相歡謡。

前筵祝聖致語

天命中興，符鬱葱於白水；時迎上瑞，薦清泚於黄河。溥均湛湛之恩，仰贊穰穰之福。恭惟皇帝陛下，成功一旅，納祉百神。系丕緒於綴旒，寘懷生於奠枕。總綱振領，尊居蠖濩之中；越契踰繩，何取鴻荒之際。久建櫜而偃武，同扇暍以垂仁。陳六曲而措九刑，皇風載韙；集五章而擾一角，協氣横流。斯逢里社之鳴，共效華封之祝。燕鹿鳴而食苹野，式歌小雅之詩；嘰瓊華而噍芝英，敢續大人之賦。臣等技慚師乙，歡等甿丁。敢緝耳言，輒

成口頌。

口　號

薰風濯熱自南來，陛戟傳聲殿繞雷。九奏鳴球陳露瓮，八珍登俎奉天杯。鑪烟結篆狻猊噴，扇影分行孔雀開。海角無階就堯日，但知長曝報恩䚡。

對廳致語

五麟七鳳，滃照室之榮光；百榼千鐘，均式圍之廣宴。輿情闓澤，嘉頌沸騰。恭惟經略，茹古涵今，經文緯武。元戎十乘，久隆閫外之權；泰階六符，當近日邊之列。提舉提刑，大雅宏達，至德中庸。不疑多有平反，星虚貫索；士安知所取予，海羨牢盆。提舉材負能千，任優共二。巨舟如島，來異賨於殊方；流馬在途，腐餘糧於高廩。式逬瑶光之慶，同霑湛露之恩。秩朱紫於初筵，吟青黄之雅樂。如澠有酒，共瞻拱北之恭；并山爲肴，更獻維南之壽。某寅緣絲竹，瞻望簪紳。不度俚言，敢哦口頌。

口　號

填然歌頌沸康莊，郁郁梢雲晝漏長。禮浹三行盈緑醑，樂催百戲擁黄堂。挹泉清節推吳隱，攬轡威聲小范滂。來歲同稱千萬壽，天顔有喜舉瑶觴。梢雲，瑞雲也。見《江賦》。

王母隊祝聖致語

非烟非雲，瞻祥光而遠集；如山如阜，介壽祉以同辭。烏三足以前驅，璈八琅而競奏。恭惟皇帝陛下，功崇祀夏，頌儗生商。膺籙受符，光啓中天之業；重規疊矩，登閎上古之時。成道德之安强，總神明之貺祐。東阡北陌，屢多稼以逢年；甘露嘉禾，無瑞圖之虚月。梯航交至，文軌大同。邀宓妃玉女之車，挹松子王喬之袂。嶽呼萬歲，納虞氏之白環；觴進九霞，獻瑶池之碧藕。妾等翯然布武，虔若貢誠，輒吐心聲，式飂口號。

口　號

想象編星拱紫微，龍蛇日暖動旌旂。恭惟虹瑞生虞帝，遠以鸞驂會宓妃。雲氣先飛三足使，風紋不皺六銖衣。君王若問蟠桃木，溜雨霜皮幾萬圍。

對廳致語

震夙慶辰，瞻星流於華渚；鼎來廣樂，洽雲上於群臣。列坐編珠，繁花爍錦。經略廷中舊德，嶺表長城。阜九牧之民，熙然樂業；最三年之計，行矣趣裝。提舉學贍家傳，言推世則。洋洋領聞，政司鬻海之權；衮衮清班，即快昂霄之志。提舶韜藏利器，充牣多聞。通大艑之越鄉，載馳使牡；迓明綸而造闕，遂聽朝雞。祥對舒虹，誠深就日。以九爲節，拜燕湑之渥恩；於萬斯年，罄壽臧之善頌。妄因逢玳席，少駐羽輪，已奏雲璈，迺賡口詠。

口號

心傾葵藿斗南邊，秩秩簪紳再就筵。方伯舉杯均舜酒，外臺連璧頌堯年。望雲鰲抃躍三百音陌，指日鵷行官九遷。祕殿此時同廣宴，宮花深處拜傳宣。

廣東水教致語

揚子之江心鑄劍，重午及時；越人於水面鬥舟，先庚有令。既肯臨於膚使，可不召於鶒生。恭惟經略，名簡宸衷，政敷物聽。海涉湊歸帆之客，山行無擇地之人。閫外之事則制之，遐衝已折；舟中之指可掬也，猛士孔多。提刑氣備四時，德翔千仞。英聲載路，咸讋埋輪之威；壯志横秋，久存擊楫之誓。提舉襟靈超卓，識略高明。粟漕盈倉，智過長鞭之算；舶商銜舳，心期多槳之消。同集樓居，俯觀水戰。伐鼓而穹龜踴躍，揮戈而畫鷁縱横。羽扇綸巾，酷似周郎之赤壁；牙檣錦纜，驚回秦地之白鷗。葭萌賈勇以摩肩，蒲盜聞聲而落膽。投單醪而分飲，直可拍浮；甞角黍以知新，便如競渡。某等偶階絲竹，獲望尊壘。敢縱耳言，因成口頌。

口　號

水戰横江一百舟，海山樓裏坐元侯。偷兒已罷三年伎，猛士聊因五月秋。不用辟兵酬令節，從今行客但安流。將軍盡列長安第，留取樓船震海頭。

歸路致語

大翼蔽江，過博昌之素習；高牙塞道，如長岸之言旋。恭惟經略，德浹提封，望崇制閫。按五兵於棹卒，迎一節於郵籤。水截潛蛟，戢衡星之劍氣；體輕飛燕，唤回雪之舞腰。仰奉台讌，洊存韻語。

口　號

州民争看使君歸，千騎闐闐此一時。鼠子已知焚大棹，馬人又是建豐碑。但將海閣嚴軍政，不比湖亭習水嬉。赤壁功成八十萬，小橋應奏舞腰支。

會汪正字樂語

千里命駕，如山陰乘興而來；一朝傾壘，作河朔避暑之飲。有重客而皆賀，況良辰之難并。聲沸管絃，光生戟纛。恭惟狀元正字，德輝覽鳳，奇表匿犀。騰鼉采於荆山，呈夜光於隋掌。黄甲早魁於多士，終賈銷聲；青藜夜訪於老人，向歆等譽。謝先容之推轂，舉後覺以執鞭。正垂上於雲霄，卻平分於風月。餞清督府，迺枉道而肯臨；入覲法宫，即尊朝而列侍。我經略頃聯班綴，款挹風猷。迨斂惠於桂林，復親仁於泥軾。仍年分索，憑尺札以摇情；此日從容，敷寸心而道舊。欲娱密坐，遂速高軒。歌陽春白雪之詞，唤青笠緑簑之舞。盼兮美目，雖東州莫並於西州；酒有别腸，蓋大器難陳於小器。某因儕伶竹，獲邇召棠。同喜足音，輒成口誦。

口　號

一鳴曾使萬人驚，亘地馳聲若建瓴。此日東州披宿霧，幾年南斗避魁星。共看騏驥騰夷路，便接夔龍侍楚廷。千里尋盟須舉白，海珍無謝五侯鯖。

廣東秋教致語

進退辨鐲鐃，存周卿之六典；前後中規矩，法吴將之五申。時屆清秋，令行督府。經略龔黄撫俗，頗牧總戎。偷兒皆業於火耕，估客久聞於露宿。仍年專閫，令三出於蕭辰；不日造朝，官九遷於拱著。提舉運使，學窮竹素，德粹珩璜。使指光華，疊外臺之五組；宸心簡注，迎細札之十行。簪盍鬥場，鼓行猛士。列方圓之陣法，角勝負於兵鋒。歌南風而競北風，如臨大敵；取中駟與彼下駟，自有神機。惟熊威虎，力之如斯；何鼠竊狗，偷之敢動？式存勇爵，遂秩賓筵。七札張弓，落盃中之蛇影；一夫舞劍，變掌上之蛾眉。某等猥簉軍伶，獲瞻戎幕。共成口誦，非敢面諛。

口　號

八月師田不失時，武鑾赳赳震雕題。耳批秋竹圖騏驥，鋒瑩朝霜拭鷫鵜。連率名高方叔後，外臺志與范滂齊。向來佩犢潢池子，一一腰鐮走稻畦。

歸路致語

壯士負韊，如奏班師之凱；元戎緩轡，益隆御侮之聲。經略德輩前英，政喧輿誦。三校中秋之武，久勤半夜之思。紅旗尚壓於南荒，紫橐即儀於北闕。犀渠夾道，已收擔動之威；翠袖臨階，卻作弓彎之舞。台躔在望，口韻是賡。

口　號

旗旄照海塞通逵，共說元戎校武歸。三歲麟符寬遠顧，一方鼠子讋英威。征袍劍立嚴師律，舞袖弓彎有妓圍。頃刻連營俱解甲，室中寧復歎蚷蝛。

鹿鳴燕致語

設科選士，仰華旦之右文；提筆擅場，逢有司而定價。自非白璧無瑕之侶，安得青錢必中之功。惟揚粵之東隅，有張余之芳躅。當時勛業，能齊色於三階；後代宗師，屢標名於千佛。羊城是爲盛府，鴈塔相踵英□。瞻槐斯黄，拾芥而紫。勸駕腆元侯之禮，開尊承嘉客之歡。音沸管絃，光生韋布。恭惟經略，詩仙濟美，吾道主盟。泱遺有如神明，潤飾皆以經術。已同延壽，執俎豆而興校官；不減文翁，買刀布以齎計吏。提舉望崇嶺表，胄出雲間。使節森羅，兼總儒林之柄；牢盆充牣，獨贏歲杪之儲。提舶論議粹醇，襟靈開豁。典司浪舶，每多棲陸之珍；涵泳金籯，自有傳家之學。喜群賢之得雋，指上國以觀光。遂延鄉社之先鳴，且合漕臺之高薦。凡舊登於貢籍，咸同集於賓筵。所期渾化之榮，以激方來之秀。宫商間作，醆斝交飛。歌鹿鳴之三，式侑吸川之飲；絫鷙鳥之百，孰追擊海之程。某等偶綴賤工，獲披崇仞。甲科可竢，韻語敢陳。

口　號

采芹東魯浪歌僖，領海儒風異昔時。學有淵源能貫道，文如藻繡總紬奇。軒然西笑騰三級，對比南烹舉一卮。勛業權輿自今日，廣寒折取最高枝。

會肇慶章守致語

遺棠陰於名郡，載佩魚符；犧桂櫂於長亭，少留熊軾。清尊卜晝，和氣回春。伏惟某官，擢榦鄧林，席珍和肆。自開軀而斂惠，能去鱷以擅聲。仁浹遐萌，無尺寸之膚不愛；威清群吏，雖銖兩之奸皆知。績既徹於法宫，寄遂隆於潛邸。於焉假道，得以聚星。我經略託契年家，仰高仕路。撫封借潤，重分鄰燭之光；置驛迎來，已辦厩芻之費。式開歡席，少接綺談。列顧景之輕袿，進縈塵之長袖。如澠有酒，何慚南董之經；并山爲肴，誠非邾莒之會。某等因緣鼓吹，瞻望壺觴。同喜足音，敢哦口頌。

口　號

鳳翼翔嬉雲路輕，合班玉筍直承明。鱷溪已作思棠雅，龍邸先馳拔薤聲。皂蓋朱轓仍斂惠，青簾白舫豈争程。元戎正欲傾家釀，唤取佳人進麯生。

福州會權府趙提刑致語

入疆而瞻使牡，既親顯顯之英；諏日以合州魚，更結承承之契。可無燕豆，少款符階？恭惟某官，嵩岱吐暉，淄澠納度。望早推於標的，識獨妙於襟靈。屢符李郃之占，雅負范滂之志。駕輕車於熟路，再至閩川；鞠茂草於圓扉，一清漢律。攝行方伯之事，隱若長城之賢。我安撫舊仰高山，願披宿霧。把麾近鎮，遂託部刺史之天；視篆黄堂，幸聯大君子之躅。欲腆蘭心之好，迺開竹葉之尊。熒煌既聚於荀陳，靡蔓兼娱於鄭衛。十眉相顧，雖非輕别於舊官；百榼須空，此去復拘於三尺。某等梨園傳藝，柳陌分營。輒綴耳聞，敢哦口韻。

口　號

三山分鼎肖蓬瀛，印首雲逵上使星。緩帶一年聊疊組，破觚八郡久虚囹。元戎自喜聯高躅，勝日何妨醉渌醽。雅望不應長攬轡，便須筆槖侍天庭。

會交代趙知郡致語

非桐不棲，下鳳儀於千仞；及瓜而代，解龜紐於一朝。少駐高軒，乃張綺席。恭惟某官，清襟邁往，雅量測深。畢原酆郇文之昭，見謂金枝之傑；江漢濉漳楚之望，來分銅竹之榮。惠露所霑，巫風丕變。厖眉五叟，欲祖道以攀轅；細札十行，即造庭而荷槖。交代講英聲於朝野，結永好於子孫。方期接踵之初，願卜承顔之款。清香畫戟，載賡燕寢之詩；

朝雨輕塵，未奏渭城之曲。某等侑歡若下，濫吹郢中。共集耳言，遂成口頌。

口　號

雪意商量未肯忙，使君歸騎已騰驤。二年治行留襦袴，萬户生涯足稻粱。便去峩冠登要路，誰能截鐙款行裝？胸中久矣吞雲夢，一舉瓊彝有别腸。《盤洲文集》卷六十七

天中節致語

陸　游

得吾道而上爲皇，方探真詮之妙；有天下而尊歸父，適當孝治之隆。肆均湛露之恩，用侈流虹之瑞。恭惟皇帝陛下，德高邃古，澤被綿區。神武應期，三紀撫紹開之運；希夷玩志，兆民傾愛戴之誠。爰輯上儀，式彰華旦。山呼萬歲，驩已浹於神人；花覆千官，慶更同於中外。臣獲預梨園之法部，遥瞻鳳闕於丹霄。敢採民謡，恭陳口號：

宫殿紅雲捧紫皇，河清電繞擁休祥。壺中常占青春在，物外方知浩劫長。晝立龍旗風不動，曉開璚笈遠飄香。堯年豈特封人祝，動地驩聲遍萬方。

又

樞電效祥，丕顯生商之旦；需雲示惠，肆均在鎬之恩。喜溢鵷鸞，光生俎豆。伏惟皇帝陛

下，聖神廣運，垂拱無爲。躬堯舜之性仁，致成康之刑措。克肖其德，天惟申命。用休非求於民，人皆同心以戴。號令風雷之鼓舞，文章日月之昭明。侈甲觀之昌期，疏瑶池之廣宴。山呼萬歲，花覆千官。瀲灧上樽，味挹金莖之露；悠颺法曲，聲留玉宇之雲。臣等生值聖時，身參樂府，敢緣歸美之義，賡載太平之詩：

廣殿遥聞警蹕音，觚稜曉色尚沈沈。半空瑞靄爐香馥，一點紅雲黼座深。夷夏驩聲歸羽舞，乾坤和氣入薰琴。欲知聖德齊堯舜，遡闕争傾萬國心。

又

有王者興，應繞電流虹之瑞；使聖人壽，實敷天率土之心。欣逢震夙之期，恭致庬鴻之祝。伏惟皇帝陛下，聰明稽古，曆數在躬。聖澤上際而下蟠，睿化東漸而西被。追景德祥符之治，萬寓丕平；御紫宸垂拱之朝，四夷入貢。爰錫需雲之宴，用均湛露之恩。臣等端遇清時，遥瞻丹闕。聽虞帝簫韶之奏，同極歡情；綴漢家樂府之詩，敢陳薄伎：

嘉會千齡豈易逢，珮聲俱集未央宫。九重鳳闕曈曨日，百尺龍旗掩苒風。奇瑞屢書圖牒上，太平長在詠歌中。區區擊壤雖無取，意與生民既醉同。

徐稚山給事慶八十樂語

伏以就第而賜安車，爰及常珍之歲；爲酒以介眉壽，宜伸善頌之誠。恭惟致政龍學給事，東省近臣，西清宿望。體鍾和氣，生元祐之盛時；道合聖君，贊隆興之初政。抗議每先於諸老，遺榮靡顧於萬鍾。雖容疎傅之歸，行見謝公之起。至若籯金比訓，庭玉生輝。出將使指之榮，入奉色難之養。膺兹全福，屬我耆英。維降嶽之嘉辰，當發春之令月。廟堂舊弼，紆華衮以臨觴；臺閣名卿，焕繡衣而在席。式歌且舞，俾熾而昌。上對台顔，敢陳口號：

欲知主聖本臣忠，傾盡嘉謨沃舜聰。同載方如周吕尚，安車不數漢申公。日烘盎盎花光暖，燭映鱗鱗酒浪紅。白首同朝各强健，莫辭爛醉答春風。

致　語

伏以碧油紅旆，有嚴幕府之容；琱俎華觴，用飾輿情之喜。恭惟某官，西清禁從，東省名臣。據古守經，凛北斗泰山之望；黜浮崇雅，粲銘鐘篆鼎之辭。行表縉紳，言書簡册。雖弗容然後見君子，顧未起何以慰蒼生。適兹謀帥之辰，誰處耆英之右？佩麟符而就鎮，猶屈經綸；穿豹尾以還朝，佇聞趣召。某官爰申宴樂，式奉笑談。士民踴躍而仰瞻，將吏奔馳而即事。諧金石鏗鏘之奏，盛魚龍曼衍之觀。上對臺堦，敢陳口號：

曾立蛾眉禁省班，至今風采照金鑾。縱横筆陣千人廢，浩蕩辭源萬頃寬。落紙烟雲紛態度，照人冰玉峙高寒。從容坐嘯香凝寢，説與賓僚拭目觀。

又

西顥司辰，素商紀節。涓日初開於幕府，肆筵式奉於皇華。恭惟某官，節概清真，風規簡亮。過眼不再，盡讀五車之書；落筆可驚，早冠萬人之勇。文久傳於後學，名疑覿於昔賢。凜臺柏之生風，焕使星之下燭。繡衣持斧，威聲方肅於列城；豹尾屬車，趣召行參於法從。某官爰開燕豆，款奉談犀。畫棟珠簾，納九秋之爽氣；金樽玉酒，醉一道之歡聲。仰對臺堦，敢陳口號：

凉月參差白露溥，請看賓主罄清歡。麟符玉節交相映，鳳竹鸞絲殊未闌。百穀方登倉庾足，七州無事里閭安。樽前莫惜山頹玉，四者能兼自古難。《渭南文集》卷四十二

建康鹿鳴宴

程珌

春日下詔書，處處蒐揚巖谷；秋風動霄漢，人人振刷羽翰。一登天府獻賢之書，洊講公堂

勸駕之燕。南則七閩韋布之地，東則三吴文物之鄉。凡戴堯天，盡遵周典。唯是千年之王氣，實爲六代之帝家。自控長江十萬之師，不減秦關百二之勢。起一世明堂清廟之老，秉九州繡斧金鉞之權。適當大比之時，來主賓興之事。且問春官群試看，有此金陵座主無？豈非多士之獨榮，懸知他郡之難比。新貢省元，天與一段秀氣，身負千人雋聲。能賦爲大夫，上薄楚辭之光焰；明經補高第，下陋漢儒之異同。幾年結就雲梯，今日來游月窟。捷書夜至，慰辛勤教子之慈親；課誦更闌，動多少笞兒之鄰父。粤有回翔舊舉，騰踏英遊。家家自握靈珠，步步同登寶塔。某官百尺竿頭饒一步，千佛經頂上三人。傳誦人間，縱横禮樂三千字；徹聞天上，卓犖聲名四百州。要從白鷺清溪，却步紫樞黄閣。不但秦淮一條水，寸波不驚；坐令淮甸二十州，高枕安卧。腹中自有百萬甲，筆陣獨掃千人軍。恩意洽於營屯，已嚴武事；禮貌優於庠序，益振儒風。爰因暇時，更舉縟禮。屈金鼎調元之手，欵蟾宫得意之人。平時俎豆雍容，已宣禮樂詩書之化；今日尊罍閑暇，更將筐篚幣帛之誠。某官列宿應郎官，使星臨吴地。前朝相國之胄，風采自高；中興名臣之家，典刑故在。並擁皇皇之節，來光秩秩之筵。旗幟精明，賓僚整暇。况坐中有鯨海釣鰲之客，而席上皆玉堂吐鳳之人。舉酒一言，來年三月。大宗伯以姓名來上，新進士肅衣冠以前。序立大庭，躬承聖問。毋如公孫子之阿世，其如轅固生之正言。凡異時得君而行之，皆今日悉意以陳者。又況石城虎踞，鍾阜龍蟠，雙闕崔巍，大江吞吐，代生人傑，氣稟地靈。老鳳飛來，尚想半山之松竹；靈鼇穩占，猶聞東閣之芝蘭。何止狀元宰相之有人，且復熙寧紹興之近事。勉光前躅，無遜昔時。相期來春，好在魚翻三級；何妨今日，且作鯨吸百川。氣壓江淮，事光圖牒。幸侍北門之宴，請陳西鄂之詞：河南貢士紫萄詩，不比尋常貢士時。一老堂堂强國棟，四筵濟濟瑞庭芝。傳聞座主趨璜召，恰與諸生赴詔期。宴罷瓊林如謁謝，請君懷刺鳳凰池。

建康春教

虎城龍阜，控長江地勢之雄；鐵鉞琱戈，侈太府軍容之盛。雖在聖朝偃武之際，不妨春田蒐事之常。某官制九州之兵，擁七尺之節。聲名動蠻貊，頃時嘗問於度年；威重懾單于，他日更詹于漢相。三年管鑰，四治戎行。百將同心，三軍一勇。動摇山嶽，呼吸雷風。蛇向敵而蟠，隱隱圖中之八陣；馬從背而出，片片面前之六花。進若電馳，退如雨寂。幕府山北，空餘當日武帳岡；朱雀航邊，不數昔人麾羽扇。而又適丁今歲，一整常須。十萬張穉角之弓，三百步僕姑之箭。熊旗兕甲，影摇汴水之波；鶴膝犀渠，光奪燕山之月。士氣益倍，日暮未酣。然萊公乃出填北門，恐不免使人之問；使中令若参决巖廟，必令知中國之威。某等久窺投壺之歌，頗諳舞劍之樂。輒哦韻語，助喜凱旋：朝來百鼓殷軍門，知是元戎肅萬屯。殺氣直摧龍尾壘，英風遠薄門場村。從今吴卒精成勇，却看燕兵脆可掀。好入廟堂裨聖略，指麾諸將定中原。

聖節致語

乾道盛際，夙開夢日之符；嘉定熙辰，載叶旋乾之度。欲獻魯山之曲，盡哀嵩嶽之呼。恭惟剛健法天，清明若日。櫜弓戢矢，陋秦漢之武功；履革衣綈，躬唐虞之儉德。邊人革面，外服易心。形氣叶和，清明並貺。五穀熟而人民育，三光全而寒暑平。米斗三錢，端類四年之貞觀；露囊五日，又當今歲之千秋。無懷封山，黄帝禪亭，長見太平之盛；子晉吹笙，安期奉棗，莫量汗漫之期。某等際運半千，去天尺五。慚無妙語，仰奉昌辰：雉尾差參寶扇開，九霞雙闕聳蓬萊。霜清法駕黄金殿，雲擁仙班紫玉杯。天上剖符初繞電，人間作頌已鳴雷。長生紀籙知多少，瓠子澄清一萬回。

王母賀生日致語

奉玉皇之寶篆，有王者興；翻佩女之雲旂，來人間世。雖縹緲虚無之際，皆涵濡覆冒之區。遥瞻於穆之尊，密獻長生之訣。恭惟來從仙闕，下撫塵寰。土圭測而陰陽和，宸極正而璿璣運。農祥霽色，景緯宣明。天無風而海不波，星連珠而月合璧。時也清霜戒曉，愛日烘晴。桃開十月之花，梅綻小春之蕊。堯眉誕秀，舜目開祥。爰因閒暇之時，共享太平之福。上奉重闈之壽，下均四表之驩。已聞嵩嶽之如呼，又見羨門之來謁。臣妾胎身仙骨，結屋銀臺。雖周穆王張宴於瑶池，間從屈致；而漢武帝塗香於華殿，竟未垂臨。惟真主之應期，寔上帝之有命。故蓬萊三十萬餘里，不憚其遥；而天皇一萬八千年，願先以告。洊敷鴻寶，益衍龜圖：

青鳥銜餌海邊來，報道群仙浴佛回。玉侍雙成開翠箔，雲冠七勝下銀臺。萬年黎角丹方轉，千歲冰桃花欲開。更待丹成桃熟後，却來親奉紫宸杯。《洛水集》卷十六

天申節致語

陳　造

神筴告符，介親齡於八秩；電樞表慶，衍聖壽於萬年。藹佳氣之鬱葱，翕輿情而呼舞。元功天運，盛德日新。躬攬權綱，奄神器而再造；堵安區域，如泰山而四維。武庫櫜弓，靈臺偃伯。垂裳三紀，黄屋非帝堯之心；脱屣萬機，赤水訪有熊之道。範圍一化，糠粃百王。揭日月而行，寶册嚴號榮之奉；偕乾坤之久，玉卮介戩穀之新。屬當夢日之期，均錫

需雲之燕。既醉之備五福，怳如建德之游；難老而彫三光，咸罄華封之祝。某等云云。

口　號

遐想雲璈奏未央，璇輿金籙慶生商。九光霞裏停仙仗，萬歲聲中奉帝觴。天上擗麟供樂事，人間舞鳳侈恩光。小臣願效華封祝，試頌靈椿壽聖皇。

對　廳

電繞虹流，式紀生商之旦；鴛群鷺序，均霑燕鎬之恩。羃佳氣於堂皇，沸歡聲於絲竹。恭惟某官，璇源襲慶，玉壘分符。亟沉榆塞之烽，復最甘泉之課。詩賡萬選，家傳賀白之文章；帝閽九重，屏記龔黄之姓字。人近晉卿之冬日，訟銷京兆之鉦筒。森畫戟而凝清香，居惟多暇；入黄扉而升紫闥，其始於今。適偕聯事之群英，共醉鈞天之廣樂。某等云云。

口　號

黄堂緑影轉槐龍，錦繡圍中度好風。珠履相輝人峙玉，金壘更勸酒如空。逢辰正自千齡會，勝日何妨一醉同。來歲從公話今日，鈞天應簉未央宫。

王母致語

渚虹告符，萬世特遇大聖；神筴錫羡，非天私我有邦。言辭少廣之居，來獻長生之籙。恭惟□□，睿聰稽古，信順尚賢。挺謨斷以有爲，武功底定；闢乾坤而再造，文德誕敷。偃伯靈臺，沉烽邊瑣。脱屣萬乘，心偕萬物而與之遊；冠德百王，道長上古而不爲老。備聖子神孫之色養，新玉卮寶册之號榮。長贏紀蓂日之祥，中外效後天之祝。翠水雖弱水之隔，駟青鳳以非遥；僊人爲聖人而來，獻碧桃而敢後。肆陳善頌，用贊殊休。丙度丁躔，占一星而有焕；天覆地載，綿萬祀以無疆。於樂聖時，可無口號。

口號

曾燕瑶池到世間，祝堯今復馭青鸞。衆真已送騈蕃瑞，萬國同瞻咫尺顔。聖統有傳尊北極，帝齡無盡等南山。兒家幾許蟠桃熟，準擬年年薦露盤。

對廳

嵩呼萬歲，已欽祝於堯齡；花覆千官，復均歡於鎬燕。歌白雲而來下，款黄堂而小留。恭惟某官，僊府上才，皇家碩德。韞通儒之業，蚤收甲乙之科；歌樂職之詩，誕布中和之政。

農桑千里，襦袴一時。綵服娱親，居奉平反之笑；紫泥封詔，佇歸清切之班。儀鸞坡鳳掖以蜚英，俾鷺序鴛群之連茹。喜鈞天之分帝樂，既洽清歡；雖弱水之隔仙居，來陳善頌。可無口號，用奉台顔。

口　號

緑輿初下玉龜山，小駐黄堂相府蓮。上客居多天下士，主人况自地行仙。九光霞裏聞譚笑，三素雲中度管絃。來歲日邊桃薦碧，帝觴應共醉鈞天。

平江府天申節致語

地闢天開，啓重熙之景運；虹流電繞，逢載夙之休辰。孰非建德之遊，共上華封之祝。健符乾運，中合離明。把握神機，奄皇圖而再造；輯寧大寶，如泰山而四維。道妙莫名，功成不有。納虞舜於大麓，蓋嘗與天爲徒；訪蒲衣於姑山，豈曰以位爲樂？傲睨物表，真遊象先。聖子神孫，儼天臨於備奉；玉卮寳册，當歲講於祲容。屬兹夢日之期，庸效後天之頌。恭惟□□，心傳精一，運繼聖明。行曾閔之所難，若文武之共處。躬撫皇業，踵慶曆嘉祐之隆；志養慈闈，奄大安興慶之禮。奉帝觴於漢柏，介親壽於莊椿。驩洽兩宫，慶流九寓。某等云云。

口號

擗麟侑酒紫皇家，降乙開祥賓祚賒。又見仙真奉瑶檢，從教日月數金沙。星明丙極方呈瑞，燕敞需雲共拜嘉。睿算的知天與久，大椿何必問南華。

王母致語

祥開夢日，喜切望雲。南極星躔，已見老人之瑞；西方仙窟，敢安少廣之居。按飈馭以小留，望宸廷而獻頌。聰明作后，遹駿有聲。載戢干戈，享帝王不戰之福；兼愛夷夏，儷祖宗勝殘之仁。動則神謀，静惟淵默。赤符啓運，奠神器於覆盂；黄屋非心，視天下如脱屣。據位之貴，爲天子父；體道之妙，與造物游。修身乃普乃豐，得一以正；大德得名得位，於萬斯年。豈惟嵩嶽之三呼，將見蟠桃之再熟。恭惟□□，繼堯接統，法舜事親。色難躬五日之朝，備奉極四海之富。屬長日離明之旦，慶慈闈震夙之期。造金殿以陳儀，奉玉卮而介壽。事光千古，歡浹兩宫。妾企慕華風，雖曰隔三萬里之弱水；祝延睿算，可不指八千歲之大椿。矯首皇居，願陳口號。

口　號

天仗凌晨拱未央，君王親奉紫霞觴。社鳴當紀乾坤闢，筴授端知日月長。爲祝堯齡辭翠水，閑留羲馭頓扶桑。兒家不上千秋鑒，自摘蟠桃壽聖皇。

通衢致語

仙佛琻香，已上萬年之祝；君臣慶會，旋羞九獻之儀。雖分侯服之區，均拜帝觴之賜。奔趨萬室，誦詠一詞。某官，學冠時髦，道窺聖閫。射宸廷之策，諸公推荀況之文；登使者之車，一旦展范滂之志。清濁激揚，御以儒術；愷悌慈祥，今之吏師。才用具宜，身獨兼於三組；政聲藹著，名已徹於九重。倚須下芝檢於日邊，即看綴仙曹於雲際。屬生商之華旦，爲燕鎬之主人。都騎如雲，旋指凝香之地；驩聲載路，孰非誦德之民。敢採公言，上陳口號。

口　號

清微風動萬年枝，瑞紀流虹誕聖時。天上玉卮山比壽，侯邦錦席酒如池。滿城淑氣生英蕩，夾道驩聲度綵旗。來歲望公天仗側，尚應回首記吴兒。

趙守燕王漕致語

煙霏夕霽，已瞻漢使之星；色笑春温，復近晉卿之日。爰追勝踐，有秩初筵。答旼俗之具依，翕歡謡之載路。恭惟某官，爽邦哲輔，名世鉅儒。汲直素風，肅具臣而知畏；樂天麗句，播異域以争傳。中裨宰席之嘉猷，屢上計臺之最課。席前賈傅，佇還清切之班；轡攬范滂，再展按澄之志。屬城畏愛，百吏傾瞻。今者稽玉節於修塗，踵文游之故事。迂臨觴豆，用慰吏民。某官，麟趾標奇，熊轓效職。昔襦今袴，騰萬口之歡呼；賣劍買牛，勤三時之勸課。屬行臺之按轡，駐支郡以斿春。喜同千里之民，共叙二天之庇。壺天動色，錦席增輝。藹香霧於簾旌，泛光風於譚麈。金罍玉斝，不妨舉白以更酬；鰲禁鳳池，行看汗青之儷美。某云云。

口　號

二天依德幸吾州，四牡徐驅得小留。勝日非烟浮綺席，異時盛事繼文游。春還蓓蕾生譚笑，香泛巵羅賸獻酬。來歲鳳池雙立玉，應從丹地話秦郵。

鹿鳴宴致語

鄂牘登名，庸錢觀光之客；鹿鳴侑酒，式將勸駕之誠。挽春意於壺天，圍香風於錦席。初筵有秩，樂事可涯。恭惟某官，名世鉅儒，爽邦哲輔。陳陳胸次，富人間未見之書；表表朝端，罄古者格心之業。帝眷股肱之郡，時須心腹之臣。布條教之尚新，翕歌謳之載路。刺史承流宣化，俾里閭均躋域之仁；上臣事君以人，必俊造首充庭之賦。惟姑蘇之名郡，據浙水之上游，物阜民蕃，地靈人傑。文風比屋，尚白樂天、韋應物之餘；名教百年，儼范文正、胡安定之舊。雖再占裒然之選，方競蜚作者之聲。矧海潮尚過於維亭，而魁宿未離於吴分。佇異人之輩出，副明詔之旁求。諸省元杞梓國材，珪璋廟器。萬軸飽藏於腹笥，一第視摘於頷髭。志嘉會之功名，傾當年之意氣。穿天心而摛藻，棘闈已壓於諸儒；培風背以論程，桂籍行題於千佛。肇賢侯之饋食，侈芳宴以盍簪。紅袖回環，渌樽泛灩。德星初聚，密聯使者之星；愛日焉依，旋指長安之日。萃一時之盛事，佐群雋之壯圖。正此均歡，豈應惜醉。某等云云。

口　號

黄堂賓宴霧香浮，峙玉時髦得意秋。莊海長風吹怒翼，禹門驚浪化吞舟。黄生眉宇看輝映，淥漲瑶盃賸獻酬。來歲歸時君記取，恩袍成行擁龍頭。

石湖生日致語

槐籠非霧，紀楚客之庚寅；椿演遐年，笑絳人之甲子。方夏日薰風之可愛，况良辰樂事之遂并。有秩初筵，將陳善頌。某官，才挺王佐，德優帝師。聖神倚注於謀謨，夷夏想聞於風采。挈提道統，退之得孟氏之傳；秉執國鈞，晉公乃汾陽之比。不待年華之老去，徑收朝蹟以歸來。寧鳥獸之亂行，幾漁樵之争席。久矣斷日邊之夢，翛然作地行之仙。燕坐垂車，人間著小有之洞；時登天鏡，物外訪無何之鄉。儒墨兩忘，古今一吷。宿疴雪静，不寬沈約之帶圍；吟興風生，已破後山之詩戒。適周翰降神於崧嶽，正壽星映色於台符。坐上團欒，有脊令之接影；眼中秀整，森蘭玉之在庭。蘸瓊液以更酬，駢雲璈之競奏。修齡未艾，爛醉何辭。豈惟嗣魯侯難老之詩，抑已受金母長生之籙。會逢薊子記金狄之摩抄，更向麻姑話蓬萊之清淺。某等云云。

口　號

壽筵高敞老仙家，簾影中間五色霞。碧酒舊須麟作脯，雕盤新薦棗如瓜。玉壺縹緲非塵世，金狄依稀記年華。勝日年年欹醉帽，鬢香長點吉雲花。《神仙傳》：吉雲花，千歲開一枝。

定海縣廳事落成致語　七夕

除聽政之地，夏屋崇成；盍同寮之簪，佳辰小集。載新偉觀，用肅初筵。知縣優趙魏老而簡朴有餘，領邾莒邦而拙勤不補。新收舊管，苦百孔而千瘡；上雨旁風，幾一夕而三徙。有不得已而拔貧營建，豈自意全而其事迄成。撫己猶驚，向日抱壓焉之懼；舉觴相屬，今親賡勞者之歌。追揆策之云初，信此歡之難得。而況牽牛織女，方河畔之佳期；綵舫珠樓，紛樽前之雅戲。受涼颸於南廡，延纖月於西廂。合鼓吹於兩番，伊涼迭奏；粲綺羅之雙列，笑語生香。是爲四并，猶重一醉。嘉二三君子，肯來偕酬酢以忘勞；閱五十歲華，當有想風流而嗣響。兒等云云。

口　號

翬飛華屋酒如池，賓主風流況一時。千杖敲春瓊斝滑，九霞摇晚舞衫傲。輕颸泛坐漂香遠，纖月窺人轉影遲。牛女多情應羨客，瓜華適已罥珠絲。

廳事落成致語　前以禱雨罷，會中秋再作

供簿書之日課，暇擇華居；敞棟宇以翬飛，遂償初願。甚欲舉落成之酒，時方從愍旱之

祠。逮百穀之登場，得一樽之聚首。知縣老猶沉於俗吏，號耇拜於散人。寧躬補拙之勤，不尚濟寬之猛。苦官居之久弊，冀廳事之一新。聽里詠塗歌之情，方安朴直；舉銖積寸累之計，作意經營。功乃即於優游，民不聞於怨讟。念規模創造之日，皆寮友贊佐之謀。勢可支於百齡，貧猶堪於一醉。屬者棧羊釃酒，計日佳招；端如澁雨慳風，妨人行樂。未辭故事，重舉佳辰。風露中秋，孰與初秋之蒸鬱；里閭樂歲，復無望歲之憂虞。按小鬟之新翻，訪歸妓之前事。豈獨延笑譚而卜夜，抑將袪塵鄙以生春。某等云云。

口　號

向晚簾櫳上玉鈎，縣人應指小瀛洲。龍蘭烟外調宫羽，羅綺香中擁獻酬。百祀規模新壯麗，一時文武極風流。月明鼓吹煩重賦，終恐清新媿少游。

房州到任交倅事筵致語

斗城從仕，綽有賢規；樽酒邀歡，尚餘春事。寧四并之易得，幸一笑之與同。交代一代吏師，諸儒宗匠。蟠胸籤軸，出月脇以摛華；唾手桂枝，近龍頭而中雋。掉臂謝十洲之客，題輿觀九室之春。周舉風規，望素傾於諸彥；弱翁治行，名已在於九重。小稽入覲之行，顧重交承之好。通判詩書玩意，科第起家。鷁影西來，山郡平分於風月；龜章親授，心期密奏於壩篋。爰申樽俎之娛，庸締金蘭之契。雖新舊官之胥晤，祇副簡書；然先後覺之相資，孰非民事。某云云。

口號

平時風義等肩差，況此周旋别乘衙。湛渌徐傾卜夜酒，攲紅同插殿春花。成規燦備堪從事，殊渥便蕃定拜嘉。爛醉長吟答佳致，不妨賓主各詩家。

到任交權州事筵致語

攝佩郡章，復締後先之契；備嚴燕豆，洊交款曲之歡。欣樂事之不違，肅初筵而有秩。交代吏能義概，交信諸臺。里詠塗歌，遠周千里。頃蕃星之一晦，兼郡紱以雙紆。佐貳著稱，碑手可舍皇甫湜；顯幽交感，麥舟迄濟石曼卿。郡付倅，真建屋之瓴；惠洽民，果添花之錦。將隨鶚牘，歸覲龍顔。嘉與遐邇之民，同申攀戀之悃。權郡不辭遠官，來繼芳塵。盡承參輔之規模，併受中和之條教。官聯必副，豈越俎代庖云然；軌躅善遵，亦因雲灑潤之謂。言勸冲霄之駕，共蜚介壽之觴。階藥翻紅，筆判花而有兆；瑶杯舉白，山頽玉以何辭。某等云云。

口號

假印侯封付繼承，教條久已洽山城。政成何異徵黄霸，日接寧惟拜水衡。春酒入杯紅浪漲，晚花薦座靚粧明。良辰便合同沉醉，且置陽關疊後聲。

待衆官致語

漂天涯之風梗，同仕遐陬；盍公外之朋簪，庸追樂事。適夏日舒長之可愛，況蘇天愷悌之焉依。念同寮裨贊之多，而從事賢勞之久。式陳嘉旨，庸諗悰懷。通判朝奉，少策足於儒科，晚究心於吏事。芹官花縣，偶不致於曠瘝；倅駕郡符，兹併加於疲朽。驫負山而良懼，烏假翼以能高。幸仁賢此地之會逢，故官府一時之振整。傾肝瀝膽，迨無不盡之餘情；補劓息黥，用使苟安於厥職。爰因多暇，聊共一歡。文武寮契，夙夜在公，靖共爾位。確持至正之論，能大所居之官。率自吏良而政平，底此塗歌而里詠。秋田茨委，餔食四以尚餘；夏隴雲黄，麥懷三而既實。正用及時而行樂，孰云須酒以消憂。艷歌濃笑之前陳，譚麈吟箋之未憖。風解愠而醒醉，有不勝清；露未晞而詠歸，徑當浮白。某等聖朝末藝，樂部下陳。上承歡顔，敢獻韻語。

口號

公堂錦繡映簪紳，不著人間一點塵。地窄尚堪紅袖舉，情乎那復白頭新。蔗漿玉醴壺天晚，翠蓋紅巾暑月春。況是山城無一事，醉鄉賓主屬吾人。

又

帝闕九關，憑寸誠而昭達；山城萬室，歘一雨之滂流。齋壇實自於同寅，歲事繼今而有望。爰申燕喜，庸滌憂勞。眷此房陵，實聯荆部。民散居於巖險，田僅列於下中。頻年多稼，未見有餘；十日不雨，旋已告病。矧今仲夏，正當耕耨以塵身；未極亢陽，已復怨咨之盈耳。式偕寮友，虔致禬禳。商羊倏舞於中逵，旱魃遽沈於九地。油然作，霈然下，稼事有涯；痻而鳴，痿而行，人情可見。眷爾俗春臺之涵泳，宜自公罇酒之招攜。雲野卧黄，定不憂於害馬；瑶觴漲渌，當先酹於睡龍。度凉吹於簾旌，凝行雲於扇影。相與色笑，喜雨有志於民；孰爲主賓，既醉並受其福。某等名叨樂部，躬逢玳筵。敢寫歡心，聿陳善頌。

口號

爐薰抽蕙裛高寒，列宿低光近醮壇。夜屋忽驚簷溜響，曉畦旋放桔槹閑。政須酬酢乘多暇，況間憂虞取一歡。投轄孟公留客意，應拌月路醉扶還。

喜雨燕致語

一雨應祈，三農胥慶。謳歌洋溢，時和爰底於歲豐；官府靖閒，吏安實由於民樂。已保無奪穧之慮，庸少踐飲醇之盟。念官路之飄零，同官曹於窮僻。農功就緒，終蓄積之不餘；稼事或愆，豈怨咨之能免。有底戾氣，扇爲常暘。醮席龍壇，再三懇禱；西巖南洞，萬一感通。賴兩儀生物之私，拜三日爲霖之賜。尚晚秧之可蒔，況早穄之全收。人皆較新故之年，穀當有倍蓰之獲。靡愛牲靡不舉，孰云自古之徒然；不曰旱不爲災，當復大書而示後。惟時寮友，從事禜雩。動齋素之踰旬，無奔馳之虚日。迨茲如願，可後嘉招。日轉槐陰，此歡未艾；月啣桂魄，不醉無歸。某等謬厠樂工，仰承燕豆。敢陳口號，上奉台顔：

華筵楚楚爲誰開，和氣融融逐雨回。飲處偕酬未央樂，旱餘新紀不爲災。詩成肯放庭陰轉，舞困何妨羯鼓催。聽取邦人歌笑地，山城幾處不春臺。

交割州事致語

心期所契，寧爲甲子之同；郡計與聞，載穆塤篪之奏。一笑超形骸之表，多儀肅樽俎之陳。庸諗清歡，可孤樂事。某官，異才名世，正學傳家。相門綽有於典刑，仕版翕推於模楷。仁風義概，粲荆玉之無瑕；朝譽民庸，信陽春之有腳。推他日平反之手，賡遐陬宣布之歌。旋聞煖席之初，亟聽登臺之告。清風八詠，真俯視於隱侯；平步三公，即延登於黄霸。通判朝奉，並辭澤國，來仕楚郊。素懷事賢友仁之私，被借宣化承流之潤。顧熊轓委重，堅有過陳雷之膠；雖鶴髮相輝，聯猶是岳湛之璧。爰陳燕豆，用肅賓歡。化國之日舒長，矧兹樂土；君子有酒多旨，徑指醉鄉。桂香浮璧月之秋，粧面炫冰壺之晝。陪遨頭之賢守，猶詑獨醒；後鯨背之仙人，當無此樂。某等仰承玳席，忝預伶官，聊寫衷懷，敢陳口號。

口　號

一時律吕韻金絲，用播中和樂職詩。所喜玳筵重啓日，還當璧月再圓時（前月十六日燕）。伊凉聒夜鏗千杖，蘭蕙回春艷十眉。明月酒醒還得句，東遊夸與大堤兒（十四日宴，來日往襄陽）。

宴新守致語

浙水淮山，飈風期之不隔；隼輿泥軾，同山郡之來遊。已諧聯事之歡，偶締合符之契。佳哉樂事，秩此初筵。恭惟判府寺正，擢秀相門，蜚英仕路。筆端亹亹，鄙時流纖艷之文；胸次陳陳，儼祖武經綸之業。小謝承明之直，暫分刺史之符。竹馬争迎，豈容暖席；金鰲高步，行復陞華。通判朝奉，儒術起家，州麾貳政。興孫秦之後，力追躡於典刑；厠召杜之旁，更平分於風月。兼屬印章之授受，可孤樽俎之勸酬。笑語生春，倏雲頭之閣雨；笙歌聒夜，溢簾額之漂香。少答輿情，共拌沉醉。某等叨居樂籍，仰奉綺筵。不揆疏蕪，聊陳口號。

口　號

相門賢裔聖門儒，錦席葩羅慶合符。天歛沉陰輸瑞靄，月銜清影照冰壺。鸞膠密應鏘金奏，麟脯何妨薦玉腴。聞道山城觀盛事，一時歌舞溢通衢。

任滿交割倅事致語

題輿支郡，聿觀條教之新；設醴芳辰，庸締子孫之契。亶爲勝踐，有肅初筵。某官，高視時賢，優繩祖武。諸公鶚薦，手已種潘縣之花；萬里鵬程，符尚佐漢廷之竹。仁聲所暨，春意交孚。某官，百舍效官，一年撫俗。塗歌里詠，尚前人不擾之風；吏政民庸，踵古者告新之義。一樽於樂，四美云并。妙舞清歌，試新翻於北里；嘉肴旨酒，判聯步於醉鄉。某等云云。

口號 麝

黄堂冰峙兩飛仙，不遺纖塵到繡筵。龍麝香中揮玉麈，蕙蘭叢裏釂金船。即今別乘符初合，佇看丹墀璧再聯。來歲凉飔生殿閣，帝觴同捧聽鈞天。

任滿交割郡事致語

擁州麾而承乏，兩綬兼紆；陳燕席以告新，多儀再舉。茂惟勝日，庸罄清歡。某官，輩古碩儒，鍾天間氣。皇朝勳業之裔，綽有典型；聖世功名之躔，佇光彝鼎。小稽賢業，俯佐郡符。某官，臭味不殊，交承連好。教條攸領，寧惟風月之平分；意氣所傾，共看塤篪之合奏。敞南風之館宇，倒北海之樽罍。凉溢簾旌，香生談麈。舉觴交命，未容舞困以歌闌；倒載言歸，更待河傾而月墮。某等云云。

口號

星屏已喜一樽俱，嗣啓芳筵合郡符。裊裊細香生玉醴，颸颸凉吹度冰壺。錦紋眩旋明回雪，雲影依微覓貫珠。乘醉言分當卜夜，火城璧月共通衢。

燕鄉守致語

枉賢侯之駕，下逮幽人；泛上巳之觴，庸修故事。允謂一時之盛，不難四者之并。有侈初筵，增光前載。某官，清朝棟榦，緑髪神仙。聯肺腑於九重，藴胸奇於千古。褰帷問俗，暫頒漢殿之詔條；補衮致君，行厠舜廷之元凱。而德若不足，勢忘自尊。回軒略席户之卑，適館篤緇衣之好。肯迂千騎，俯共一樽。追洛水之風流，繼永和之觴詠。參議朝散，須次儉幕，燕居鄭鄉。功名若將浼焉，棋酒有足樂者。不累不屈，仲元居夷惠之間；載欣載奔，陶翁竟羲黄之上。況事賢之有素，兹成室之云初。屈二千石之嚴威，爲七十翁而迂步。挹光風之轉蕙，俯流水以秉蘭。擘會稽之吟箋，未妨卜夜；歆庾凱之醉幘，正用醻春。某等叨備伶倫，喜承燕衎。敢陳口號，聊佐清歡。

口　號

胡床玉麈錦囊詩，賓主風流此一時。玳席邀歡酬令節，羽觴湛碧轉微漪。綺羅圍外香風遠，絃管聲中漏刻遲。莫道蘭亭已陳迹，勝遊端復嗣芳規。《江湖長翁集》卷四十

天基聖節錫宴致語

洪咨夔

帝出乎震，祥開華渚之光；雲上于天，恩錫鎬京之燕。恭惟皇帝陛下，聰明時乂，剛建日新。與物爲春，播太和于有截；自天申命，綿景祚于無疆。臣等幸備伶官，願陳口號。

口　號

寶鳳啣春度玉墀，開基節後即天基。日行黄道三辰秩，斗轉蒼龍萬象熙。扶起車攻常武運，做成既醉太平時。千官拜舞東風裏，歡上延英萬歲巵。

勾合曲

嵩岳三呼，山聳聖人之壽；鈞天九奏，春融治世之音。上奉天顔，教坊合曲。《平齋集》卷二十三

宴吴侯致語 代外舅作

劉學箕

天朗氣清，過重陽之五日；地靈人傑，生昭代之元戎。式啓華筵，用伸善頌。某官，賦姿剛毅，藴識疏通。六韜三略之討論，源流深遠；三令五申之詳審，號召嚴明。粤從仗鉞以來，備見折衝之效。山西勁氣，天孕精神；塞北飛塵，夜沉烽燧。過中秋而甫經月，瑞當世而届佳辰。三壽作明，百禄是荷。不俟酒罍之恥，亟應樞筦之登。某猥以賤工，逢兹勝事。敢陳口號，上奉清歡。

口 號

一昨初登大將壇，弓刀旗幟簇雕鞍。連營壯士心先服，並塞邊人膽已寒。天上麒麟祥可卜，人間日月老應難。明年樞府爲公壽，慷慨還知酒量寬。《方是閒居士小稿》卷下

台州宴包知府樂語

高斯得

銅竹分符，霞嶠欣逢於召茇；金蘭締好，星屏幸踵於蕭規。聯翩振鷺之偕來，先後滁鼂之孔邇。宜開華宴，用慶康侯。恭惟某官，麻嶺名流，象山法嗣。絶人問學，漢侍中家法猶存；經世才猷，包孝肅風聲故在。屢起南涯而佐幕，亟登西序以彯纓。弄月台巖，分風帝

里。已富外庸之馭歷，合躋中禁之班聯。顧方涉筆於麟宗，使屈凝香於燕寢。蓋在庭莫不舉遂，而弄印無以易堯。致煩劉夢得之重來，爲繼孫興公之高詠。暫對五峰雙闕，行膺一札十行。自太守數歲而三公，此吾州近年之故事。某官，偶因易地，初起佐州。已忻密接於英塵，更獲親陪於坐嘯。千里江山如有喜，一番守相總更新。試心事之共論，慰邦人之僉矚。金壺緩箭，翠管鳴筵。今宵瓊玉樓邊，莫惜清樽共醉；來歲絲綸閣下，好將佳話重拈。某等濫綴伶工，獲趨台戺。敢陳韻語，上佐歡悰。

口號

使君五馬日邊來，猶是當年逸驥才。漢竹光榮知妙簡，召棠蔽芾喜重栽。試聽孝肅傳新令，竚看文清拜首台。盛事難逢須爛醉，樓頭玉漏莫相催。

宴建寧知府趙尚書樂語 時爲福建漕

北門學士，久鎮藩維；西塞山人，新乘使傳。共處建安之都會，均爲元祐之黨人。宜秩華筵，以旌盛事。恭惟某官，司馬九分來地位，歐陽數百載天人。鐵脊擎空，善類倚爲合脈；丹心貫日，天子識其精忠。拳拳八士之薦揚，凜凜百壬之排斥。使得居周公之位，有大設施；則回視更生之流，一何溟涬。塗歸不遂，勇退無難。老龍方卧於洛波，五馬催臨於建水。受廛百萬，再生魚腹之餘；負笈三千，聳聽虎皮之講。共惜漢宗臣之久去，行催周大老之來歸。某本踐歸田，還來問俗。尚記希文之去國，曾陪師魯之留行。及逢李稷之登車，又際潞公之出鎮。志同方而道同術，聲相應而氣相求。今宵一笑交歡，此會百年幾見。黄花晚節，相期不改於真香；青竹芳名，庶可共傳於他日。某等載陳諧語，以洽好盟。

口　號

本意苕溪老釣蓬，乘軺來訪玉仙翁。並遊元自從迂叟，將漕何妨拜潞公。宿世神交雙劍合，平生心事一樽同。乾坤整頓須公等，夜掣鈴條紫禁風。

建寧府宴徐意一知院樂語 時權建守

元臣就第，共欽爵齒德之尊三；小國會公，敢獻伯子男之禮六。要舉緑野堂之盛事，須煩紫霞洲之主人。乃卜芳辰，肆開華宴。恭惟某官，地位皋夔稷契，聲名杜富范韓。重朝廷如周廟之黄鐘，主公道若漢軍之赤幟。七年政地，一念君天。渭相擅朝，最憚沂公之正直；荆人相國，深嫌清獻之剛方。進力争於凝旒負扆之前，退顯斥於合席同堂之際。豈不知以身察察，將射影之難逃；獨奈何執我仇仇，欲褰裳而不可。殆蕭蘭之並植，終玉石之俱焚。陸贄延齡，功何難辨？韓非老子，傳豈雷同？投簪與赤松子以並遊，舉杯對武夷君而無愧。故鄉晝錦，不妨暫樂於閒身；聖主宵衣，竚見亟還於大老。某偶來駕牡，曾是登龍。耳傾英衮之相周，目駭深衣之還洛。雖則爲國家而甚惜，卻欣觀道德以親承。屬暫管於銅符，爰亟張於綺席。丹山碧水，佳氣方新；白酒黄花，蕭辰已近。試展醉翁之懷抱，庶觀退傅之風流。今日午橋，喜勝遊之得與；他年東閣，好佳話之重拈。上佐歡悰，可無韻語？

口　號

幅巾支杖勇還鄉，昨夜方開晝錦堂。司馬高風傾國慕，韓公晚節襲人香。已忻緑野修初服，好爲丹山酹一觴。卜夜莫嫌秋漏永，仙翁鶴骨儘康强。《恥堂存稿》卷八

郡守勸駕樂語　代作

姚　勉

大比興能，荷嶺萃多才之盛；嘉賓式燕，芝堂列四座之英。秩秩初筵，津津喜色。省元學士，工磨月斧，巧織雲裳。經學淵源，派接廬山之舊；詞華藻麗，燈傳渤海之遺。藉甚月評，偉哉時望。蜚聲米廩，一鶚横空；較藝棘闈，八龍得雋。天族倍七賢之盛，星臺聯三秀之榮。桂子香飄，共登秋賦；梅花信早，齊報春魁。我判府六館俊流，雙旌間氣。羲爻

得趣，密傳家學之精；佛閣題名，早繼世科之選。元是蓬萊之佳客，來爲道院之主人。適當勸駕之初，大舉吹笙之禮。府判黄石高弟，梓潼後身。檄捧星臺，心授文章之印；書題天姥，手提人物之衡。竚看北闕之軒騰，盡是東君之催送。玉京馬蹄疾，齊觀上國之光；錦水市河連，好應倫魁之讖。輒呈口號，上奉清歡。

口號

主人合作紫薇郎，引領群仙覲玉皇。滿袖風雲生羽翮，排空牛斗避光芒。錦江家讖聲名在，金榜巍科姓字香。典貢春官來歲事，芝香趣下瑞芝堂。

新婚致語

鄒娶陳

新陽七日，已欣寒谷之回春；和氣一天，快覩德星之聚夜。艷神仙於華屋，秩籩豆於初筵。喜色盈門，歡聲溢座。恭惟嘉賓上舍學士，太丘德宇，拾遺文章。傳家有狀元之榮，宰社見宰相之志。褰首奮翼，合直上於玉堂；吐氣揚眉，即横飛於璧水。相攸慶燕，得婿如龍。舉鍼子送女之儀，結女叔來聘之好。次賓學士，中庸世學，安定家傳。謝砌玉芝，竇庭丹桂。曾快鶴書之捧，即榮蟾窟之遊。協諧卜鳳之祥，整頓驂鸞之駕。在座親賓，晉秦懿戚，劉范世姻。綸巾公瑾之風流，錦衣買臣之富貴。導引得仙遊之樂，笑談開釀禁之嚴。高朋雲集於玳筵，雅論風生於玉麈。我東道朝奉，道鄉直節，齊國高才。子舍聯輝，五鳳之羽毛絢爛；孫枝挺秀，八龍之頭角崢嶸。欲早見於曾玄，乃榮聯於姻好。卓以西雍之人物，副兹東坦之聲名。榮遂結褵，同諧合巹。鳳輧鸞駕，月宮擁仙子之來；龍燭鴛屏，雲漢慶星郎之會。大開宴席，永締歡盟。愛日烘晴，祥煙藹曉。松耐挺歲寒之節，梅嬌漏春信之香。歌遏行雲，舞翻回雪。祥光院宇，今年小慶於登科；喜色門闌，來歲聯看於升舍。某厠身樂部，拭目清歡。欲展心私，上呈口號。

口　號

珠簾繡幕藹祥煙，合巹嘉盟締百年。律底春回寒谷暖，堂間夜會德星賢。綵輧牛女歡雲漢，華屋神仙艷洞天。玉潤冰清更奇絶，明年聯步璧池邊。

對廳樂語　丙辰春再娶

韶天明麗，慶人月之重圓；魁宿熒煌，聯使星而高會。新鳳鳴之諧叶，隆燕衎以綢繆。西位郡馬上舍，郴國故家，道鄉雅望。名蜚璧水，咸推天子之門生；身娶瑶姬，自是人間之禁臠。早具龍頭之眼，親調麟角之膠。苗夫人不識韋皋，俗何足怪；相里氏皆輕杜衍，君獨不然。力主嘉盟，遂修前好。次位直閣機宜，竇山丹桂，謝砌玉蘭。衛女問我諸姑，曾作齊眉之偶；莊姜以爲己子，亦求坦腹之賢。凡而汶上之田，猶是奩中之物。特聯星譽，來衛雲軿。狀元節判正字著郎，揭日貴名，薄雲高誼。杏花十里，豈無可娶之公卿；桃葉同根，但欲尋盟於姊妹。不矜新進士，寧作小姨夫。洗簡略之陋風，復婚姻之古禮。玉鞭親迎，翟茀同歸。洞房燭，金榜名，世間固有；帝京遊，鳳樓許，天下無雙。即看魚軒，同登龍禁。東位新恩待除郎中，奕世狀元之系，西江夫子之孫。策對楓宸，行矣家氊之又復；袍爭草色，煜然棣蕚之相輝。賓在秩筵，主臨吉席。翠袖紅裙之歌舞，瑶琴寶瑟之賡酬。揮玉麈以生春，飛羽觴而轉月。三魁兩娶，未多前輩之風流；一日九遷，同享長年之富貴。某等欣逢盛事，請播伶歌。

口　號

洞房華褥繡芙蓉，惹得天香馥正濃。鳳觜續絃新跨鳳，龍頭有婿又乘龍。人間二月春光好，魁下三台瑞彩重。酬勸不須辭爛醉，詔書已下紫泥封。

女筵樂語

雲英以樊夫人而婚，既成絳雪；玉卮乃西王母之女，同宴瑶池。偉佳婿之乘龍，艷華堂而式燕。西位郡封，秀鍾豐水，系出蘇臺。姪其從姑，若莊姜之己出；妻之以子，自孔氏之兄來。睠言鷃谷之外家，早識龍頭之英物。自合絲鞭之久接，何遲玉鏡之重婚。洞房花燭，金榜掛名，恰逢盛事；繡褥芙蓉，門闌多喜，來主嘉盟。親飭魚軒，俯驂鸞馭。次位宗姬，銀潢衍慶，玉葉分香。富貴生諸王家，猶勤婦道；舉動得内宫體，恪奉母儀。族黨稱賢，閨門有則。齊姜繼晉，皆由夫子以拜成；姬氏如秦，宜爾碩人之借重。況蘭閣乃齊年之姑娅，而棣樓又平日之師生。契同何止於四般，將送遂煩於百兩。狀元新閫夫人，行雲態麗，詠雪思高。清談謝道藴之風，妙墨衛夫人之法。女科若有，亦當爲天下狀元；仙骨非常，不肯嫁世間凡子。曾許盧魁之上第，遂諧歐九之繼姻。寶鑑重圓，膠絃再續。小喬初嫁，添羽扇之風流；京兆新粧，覺蛾眉之嫵媚。東席恭人，參軍令女，刺史親孫。七袟開年，緑鬢朱顔之如舊；九宗拜長，藍袍紫綬之盈前。引領瑶姬，主張玳宴。淺斟低唱，恰當芍藥正開庭；更勸迭酬，笑指蟠桃同祝壽。某舞慚趙女，歌遜秦娥。上對芳筵，僭陳斐韻。

口　號

馬前喝道狀元歸，舊婿重新此事奇。駕鶴驂鸞來錦水，烹龍炰鳳宴瑶池。滿斟蕉葉融春色，共指蟠桃祝壽期。後會相逢定何日，玉郎承詔入京時。

禮席致語

鄒宴姚代希聖作

月娥來瑞，天香新動於姚花；星使遠華，春意頓回于鄒谷。駐金環之壓轡，開綺席以飛觴。式燕又思，乘龍有喜。恭惟西位親家狀僉，温襟玉粹，逸調金聲。爲弘文學士之孫，箕裘不墜；生奕世狀元之里，衣鉢攸歸。仁聲焯著於一鄉，義概洽聞乎九族。勤厚嫁孤之意，尊光送女之行。燕山主族之昏，遂登諫議；姑蘇有姻則助，終秉政鈞。高掩前聞，聳觀盛美。我東位族長朝奉，高年重望，碩德耆英。平糶濟人，爲鄉閭之司命；公心服衆，真宗黨之主盟。深種善根，力行好事。未論兩家之閥閲，且誇一樣之胸襟。世兹劉范之婚姻，美矣東南之賓主。相與醉此，琉璃鍾琥珀濃；何以報之？錦繡段青玉案。某等叨居樂部，敢獻伶歌。

口　號

月姊當年付桂香，君家上第緑衣郎。祇今盛事追龍首，又此佳占叶鳳凰。暖律潛回燕谷冷，名花盡壓洛城芳。從今不把朱陳説，百世姚鄒話柄長。

女筵樂語

結婚鼎族，上尋姊月之歡盟；送女衡門，欣迓從雲之仙隊。鸞軿戾止，燕席綏之。恭惟西位，懿德春温，清標玉潔。派松垣先生之族系，久熟家傳；媲竹樓夫子之孫枝，咸推閫範。慶鍾猶子，禮重送門。凡季蘭女職之修，皆伯氏姆儀之訓。我東位里稱賢母，胄出名門。有女不與凡兒，會得龍頭之婿；擇婦必於儒族，遂諧鳳卜之緣。二姓綢繆，四筵歡洽。花簪王母，艷瑶池玳宴之春；桂近嫦娥，看綵砌藍袍之耀。欣逢盛事，敢獻俚詞。

口號

瑶姬來自狀元家，真是姚黄第一花。玳席艷開春富貴，魚軒榮駐遠光華。梅梢欲動朱簷雪，竹葉微潮玉臉霞。正好留連長夜飲，未須催整七香車。

郡守宴狀元樂語

竹州出狀元，果應市河之讖；道院迎仙客，真爲珂里之榮。簾幕捲以争看，山川爲之改觀。一時盛事，萬口歡聲。恭惟府僉狀元正字，氣蓋諸公，眼高四海。兒童走卒，皆知雪坡之名；弟子諸生，幾坐春風之裏。信所謂國人之彦，是宜爲天下之魁。千佛首題，九重親擢。虎榜首登，鳳池身到，獨誇地位之高；龍頭春重，鶴髮恩深，兩副君親之望。行看金甌之覆，益增瑞郡之光。恭惟府判華文郎中，董試有功，得人報國。以堂下之言知䜕蔑，於舉子之時識富公。望著簾篁，半刺平分於風月；手提衡鑑，八元高舉於雲霄。故今爲首唱之英，即向者吹送之力。而我判府秘書寺丞，胸涵星渚，肩拍廬山。衣鉢親傳，早策楓宸之第；觚稜入夢，佇回荷橐之班。惟此邦文宿之加臨，故今歲魁躔之轉現。氣類相感，不自後不自先；賓主交歡，醉言歸醉言舞。共飲西湖風月，相期北漢星辰。笑紅綾餅餤之曾嘗，記黄甲姓名之如舊。清歡卜夜，暖氣排冬。成此一段風流，何惜十分酩酊。玉勒成行狀元過，此日親逢；沙堤新築宰相行，他時並命。某等縻身樂部，拭目台躔。輒貢俚言，仰陪芳宴。

口號

幾多文士踏槐黄，實出倫魁在瑞陽。千古河連留地讖，一聲臚唱破天荒。金釵笑擁龍頭客，寶篆濃薰燕寢香。方國薦賢蒙上賞，匪晨有詔下芝堂。《雪坡集》卷四十五

宴交代寧國孟知府致語

文天祥

粉省望郎，來向雙溪領牧；玉堂學士，將從五馬歸班。文章太守兩風流，新舊使君同意

氣。三生結習，千里逢迎。筵吉日以交龜，秩初筵而式燕。恭惟某官，一中體段，萬卷工夫。風來湖面，月到天心。眼小衡峰，勘破是間造化；胸吞震澤，充開裏許規模。静觀時仁意無邊，自得處生香不斷。那許山房獨樂，便須朝步高騫。淡月疏星繞建章，步凌紫界；燕寢清香森畫戟，駕熟朱轓。東遊方喜於行春，西嚮又歌於來暮。好是當年孟夫子，肯爲今日謝宣城？況也江雲，鄰哉雩水。鳳函飛下，又傳岳牧得詞人；熊軾馳來，重見神仙遊碧落。少遲表選，即看中環。我判府報政趍朝，及時受代。子孫永好，非徒契結金蘭；賓主相歡，要是味同草木。説賣劍買牛故事，誦無襦有袴新謡。真成宫羽相宜，正好豆籩有踐。地衣繡毯，風袖瑶琴。海棠開後，燕子來時。楊柳舞低，猶自青春未減（此句據四庫本補）；桃花歌徹，莫令紅影空摇。且從容東野雲龍，更領會醉翁山水。陽坡瓜好，此番臘講齊盟；西掖花香，他日重尋舊約。某等四工樂部，執藝臺堦。上奉清歡，下陳俚語。

口　號

玉堂學士催班鷺，粉省潛郎趣佩麟。來往神仙同碧落，後先岳牧總詞人。陽坡共喜瓜時及，朝路相期柳色新。握手論交拚一醉，東風散作滿城春。

宴交代湖南提刑李運使致語

錦帳尚書郎，手持金節；繡衣直指使，面授銀龜。二十年虎榜同盟，第一段熊湘佳話。豆籩初秩，英簜增輝。某官，紫薇垣裏星辰，太華峰頂霜雪。黄簾緑幕閉朱户，天子門生；冰壺玉衡懸清秋，神仙人物。插天高雲霄閥，拔地起湖海樓。湧翠浪流玉虹，璽書濕濕；拊翠濤拍青壁，琴轡垂垂。依然彈壓舊江山，總是快活新條貫。綸巾羽扇，便追赤壁功名；流馬木牛，要做中原事業。了卻燕然山勒石，歸來文德殿宣麻。我提刑同看長安花，新聽衡陽鴈。茅舍竹籬，玉堂金馬，到處無心；青天白日，芝草鳳皇，舊時相識。自是平生管鮑，合成一會蕭曹。共讀禮樂字三千，好吞雲夢澤八九。瀟湘雨，煙寺鐘，洞庭月，遥看八面玲瓏；蓬萊盞，金蕉葉，海山螺，散作九州歡喜。某等叨居伶部，幸際華筵。欲助歡顔，敢陳韻語。

口號

河漢雙星會使槎，分明徹夜照長沙。轡絲曉轉金龜影，衣繡春隨錦鵲花。雲杏舊陰浮緑淨，野萍新韻度朱華。明年共侍蓬萊宴，回首丹墀日未斜。

宴朱衡守致語

粉省郎星，來坐朱陵堂上；繡衣公子，相逢紫蓋雲邊。麾節同春，豆籩永夕。某官寶劍雙峰意氣，錦機五色文章。北斗丹梯，我玉皇香案吏；西方雲界，公佛地位中人。旗蓋東南，雲龍上下。羅軒冕朝天闕，秉刀尺贊仙臺。荒政七州，秘閣常平再見；勝游三峽，吏部刺史重來。移太微垣二十五星，照祝融峰九千餘丈。朝樹夜濤入詠，汀蘭岸芷生香。桑麻深，燕雀成，須信陰崖轉暖；虎豹遠，蛟龍遁，從今後户無塵。襦袴歌春，腳方新，絲綸閣天風又下。我提刑交情四海，王事一家。石鼓話頭，謾對芳洲杜若；玉堂何意，要歸茅屋梅花。一堂聚會天人，千里逢迎地主。細話巴山雨，共酌古酃春。好將席上歡聲，散作人間和氣。鮮鯽銀絲，香芹碧澗，小對歌筵；宮花玉仗，御水金溝，同催宣宴。敬陳吉（原作古，據四庫本改。）語，聊贊歡顏。

口號

翩翩紫馬絢銀潢，春入梅花新雨香。牛斗劍芒浮翼軫，岷峨佩影度瀟湘。東南麾節精神合，上下風雲意氣長。且爲綠酃拚一醉，傳呼聯轡覲明光。

宴湖南董提舉致語　前知瑞州

碧落使君，來坐皇華堂上；繡衣公子，相逢紫蓋雲邊。二十年虎榜同盟，第一段熊湘佳話。招呼風月，酬獻豆籩。恭惟某官，精神緑水天河，節操丹崖鐵筆。一椿獨老，霜皮溜雨，黛色參天；雙萼齊芳，紅杏倚雲，碧桃和露。插天高雲霄閬，拔地起湖海樓。心白玉堂，肘黄金印。劍池丹井，提攜翠越風流；天柱祝融，脱活青雲標格。盡道常平老子，移來上界神仙。英簜照空，霜飛暑路；鋒車度曉，烟傍衮衣。我提刑同看長安花，共聽衡陽鴈。風雲一氣，朱結綬，貢彈冠；車馬同途，翰卜鄰，邕識面。霄漢瞻佳士，瀟湘逢故人。共談禮樂字三千，好吞雲夢澤八九。度斗牛，跨麟鶴，襟期交注樽罍；縹鸞鳳，拏虎螭，勳業同刊彝鼎。某等叨居伶部，聊獻工歌。

口　號

西風八月楚江濱，争看星槎會漢津。露濕紅綾旗影舊，雲連翠簜轡華新。東西杜若洲邊（原作連，據四庫本改。）月，先後瑞芝堂上春。回首瓊林拚一醉，使還總是鳳池人。

宴交代權贛州孫提刑致語

太守奉親，歡迎綵鷁；使臣領牧，新收銀菟。班行兩度襟期，臺郡（原作群，據四庫本改。）百年交好。豆籩酬獻，金石綢繆。某官一襟禹穴冰霜，萬丈剡溪玉雪。淡墨慈恩塔，光射斗牛；妙音蓬萊宫，清諧韶鳳。入領圜橋冠帶，出聽溢浦琵琶。捫左角，歷天田；記方流，疏玉水。旌旗日暖，下太微垣裏星辰；鼓角雲和，種干越亭前花木。襦袴方歌夜雨，幨帷又轉春風。白馬金盤陀，摩挲贛石三百里；玉節青絲纜，約束江城十一州。金池與玉節相輝，繡斧共朱幡出色。崆山絶處，移來琴鶴高寒；廉水光中，洗出劍刀清淨。岩開曉日，灘蟄晴雷。小駐英函，歌虹流吟翠浪；快持荷橐，飛鳳尾來虎頭。我判府勇撤楚車，新依冀部。白雲舍近，移來簾繡輿籐；先月臺高，記得朝花院柳。唤起十年膠漆，盡歸一日樽罍。麾節同春，笙歌永夕。海山螺，金蕉葉，散爲八境和風；禁苑鳳，青瑣闈，行共九天清露。某等叨居伶部，敢獻俚歌。

口　號

麾節東南會一堂，蘭亭昨日記流觴。六絲星度銀潢影，五彩春浮玉翠香。院柳舊雲懷燕語，野苹新雨挹虹光。鳳池對秉他年事，佇看天街接佩璫。

又宴前人致語

粉省望郎，繡衣弭節；碧山學士，綵袖分符。好看翠浪垂虹，重酌廉泉飛雪。某官函關老子，姑射仙人。金鍾冰壺玉衡，精神流麗；青天鳳凰芝草，表裏光明。昔爲天子好門生，今是玉皇香案吏。移下半空水鏡，清照鄱湖；鎔成萬疊冰花，春浮贛石。澄江分一道，老氣横九州。明弼堂中，快活條貫；籌思樓外，遠大規模。發輝清獻江山，張主濂溪風月。人行曉日，吏立秋霜。使節上青霄，有華冠蓋；吏部提英鑒，佇入鈞樞。我判府金石交情，塤箎王事。上堂拜家慶，方報行春，知府見監司，來依先月。更醉燈前花雨，共游雲外烟林。肯爲二千石徘徊，散作十一州歡喜。鮮鯽銀絲，香芹碧澗，小對歌筵；宫花玉仗，御水金溝，同催春宴。某等敢陳吉語，上贊台顔。

口　號

簾影晴絲落舞茵，崆峒雲晚聚星辰。翠虹光度樓臺月，香燕先浮霄漢春。一道清風華轡遠，雙江緑水綵衣新。相逢屢有朝花約，又看貂蟬會紫宸。《文山先生全集》卷十二

春宴致語

宋 祁

教坊致語

臣聞璿杓東指，披寶典以開年；玉節南馳，重歡隣而講好。國美春臺之享，朝推宴俎之慈。用洽樂康，式昭熙盛。恭惟尊號皇帝陛下，紹承丕烈，奄宅中邦。坐黄屋以訓恭，擁緑圖而進道。五辰順理，九扈告豐。圓璧方琮，並薦精純之祀；巽風解雨，交流曠蕩之恩。五刑則解綱畫冠，一尉則垂櫜卧鼓。鴻休紹至，協氣翔臻。屬歲朔之申儀，加使華之修聘。爰開廣殿，胥慶佳辰。玉人捧日以揚輝，方丈移山而獻壽。珍群肅穆，晬表顒昂。瑞藻躍魚，嘉鎬京之飲酒；翠梧傾鳳，應韶舞之摐金。式均蒙湛之仁，普詠叢雲之旦。臣濫中法部，旅進神庭。竊抃亨期，敢進口號。

口 號

千官星拱侍疑旒，紫殿餘寒已暗收。日湛露華浮宴席，天回春色遍皇州。雲韶三闋翔朱鷺，錦幕千層舞翠虬。拭玉鄰邦通使節，萬齡亨會慶洪猷。

勾合曲

玉色凝温，盛慶儀於瑞日；葵心委照，同華宴於需雲。矧韶律以方融，顧群萌之將達。宜陳備奏，用洽太和。徐韻宮商，教坊合曲。

勾小兒隊

綵岫岧嶤，爛仙葩於曉日；霞裾轉炫，疊華鼓於春雷。烏漏未移，鸞觴在御。宜進游童之列，俾陳逸綴之妍。上奉宸歡，教坊小兒入隊。

隊　名

紫殿開慈宴　青襟綴舞行

問小兒隊

便娟躡履，皆行馬之髫齡；蹀躞交竿，盡蘭觿之雅飾。既樂陶姚之化，盍陳象勺之因。進叩天階，雍容敷奏。

小兒致語

臣聞慶朔履端，儼鷺雍而四會；寶隣馳騁，拭虹玉以申歡。嘉乃禮成，眷兹作首。爰詔夏渠之饗，允昭交泰之期。恭惟尊號皇帝陛下，德總又文，功宣下武。順四時之和燭，濟萬世於夷俟。海不揚波，地無愛寶。屬以階蓂肇曆，律鳳回春。順邦令以布和，修國儀而行慶。承雲調露，方諧廣樂之音；酹飲陪飧，普適中衢之賜。洽歡心於苹鹿，暢群抃於先鰲。臣等雖愧妙年，同欣盛際。既造觀備之地，願陳秉翟之容。未敢自專，伏候進止。

勾雜劇

回鸞逗節，已遍於餘妍；舒鴈分行，聊停於合奏。天顏益粹，日舍方徐。宜參優孟之滑稽，式助都場之曼衍。童裳卻立，雜劇來歟！

放　隊

金徒漏改，玉罼巡周。既殫雅舞之容，復罄歡謡之樂。宜遵矩步，歸詠雩風。再拜天階，相將好去。

吉席婚宴致語

佚　名

見三星之在隅，爰重從鸞之禮；當七日之來復，敢忘式燕之思。瑞藹龍門，光生玳席。恭惟親家某官，庭芝儲秀，符竹流芳。紹弓冶以箕裘，已擅清廟六瑚之譽；騰風雲於霄漢，行誇明堂一柱之材。肯來織翠之裾，共對摇紅之燭。我主席某官，詩書之澤，禮樂其家。蕭然東里之先生，山陰溪曲；仰止西堂之公子，春草池塘。喜重覩青，歡生持緑。華姻衆彦，錦里群賢，或利賓於國光，或懷章而家食。奮南溟之翼，合居晁董之先；移北山之文，可謂羲皇之上。瑶簪式盍，玉屑交蜚。維梅意之衝寒，尚柳容之待臘。笙歌嘈雜，助滿座之歡聲；簾幕低垂，融一堂之和氣。物其嘉矣，禮亦宜之。酒有德，酒有功，願悉符於善頌；夜未央，夜未艾，不但施於説詩。

口號

繡幕紅幃翠作屏，五雲縹緲問娉婷。人間今夕知何夕，座上文星對福星。居有山林横紫翠，出騎鸞鶴上青冥。平生志氣當如此，更把椿松祝壽齡。《嘯餘譜》卷四樂語

樂語

元　絳

問女童隊

左纛前臨，正鬱葱之在望；華袿旅進，忽薌澤之微聞。進步稍前，自陳來意。

又

穿赤羽以翱翔，動華袿而容裔。遥瞻繡扆，欲步花茵。密邇天階，悉陳來意。

放女童隊

霞衣久駐，極望雲就日之誠；華翟初陳，盡回雪流風之妙。誤遊帝所，卻步人寰。再拜天階，相將好去。《永樂大典》卷一五一四〇

樂語　章惇

問小兒隊

廣樂張庭，華茵布地。何爾童孏之侣，來瞻宸扆之嚴。必有叙陳，分明敷奏。

又

天日澄清，榮瞻於法扆；君臣和樂，美屬於慶辰。何其垂髫之童，來造塗丹之地。逶迤并列，儇敏可觀。必有敷陳，雍容上奏。

放小兒隊

金胥漏緩，玉案香濃。天酒千鍾，眷簪纓之具醉；童衣五綵，促步武以將歸。再拜天階，

相將好去。

又

香飄赭案，酒溢衢樽。拱極歌時，委朝紳而具醉；浴沂樂聖，曳童綵以言歸。再拜丹墀，相將好去。

又

鳴球應律，正資晞露之歡；佩韘揚庭，已盡迴風之妙。宜序垂髫之列，暫違舞羽之階。再拜丹墀，相將好去。

又

日轉禺中，溢榮光於藻幄；歌餘沛上，收妙舞於青衿。再拜天墀，相將好去。

放女弟子隊

香凝黻幄，聽玉漏之頻移；日轉文茵，顧霓裳之久駐。已盡七盤之妙，宜還三洞之遊。再拜天階，相將好去。

又

日華移刻，樂節成文。回雪輕盈，已呈妍於帝所；凌波流轉，宜近步於人間。再拜天墀，相將好去。

又

六英雅奏，久留調露之音；八佾妍姿，已盡流風之妙。宜趣凌波之步，言歸架浪之峰。再拜天墀，相將好去。《永樂大典》卷一五一四〇

樂語

葛勝仲

放小兒隊

佩衿紛集，各肩介壽之誠；葆佾相輝，曲盡象功之妙。既成文於丹陛，盍退步於康衢。再拜天階，相將好去。

又

移禁漏於金胥，轉花陰於玉軑。管籥告闋，羽籥言旋。再拜天階，相將好去。

又

日轉鰲峰，樂成鷺翋。既曳裾而復綴，宜整袂以言旋。再拜天階，相將好去。《永樂大典》卷一五一四〇

天聖基節致語

佚名

伏以華樞紀節，瑶墀先五日之春；玉曆發祥，聖世啓千齡之運。歡騰薄海，慶溢大廷。恭惟皇帝陛下，睿哲如堯，儉勤邁禹。躬行德化，躋民壽域之中；治洽泰和，措世春臺之上。皇后殿下，道符坤順，位儷乾剛。宫闈資陰教之修，海宇仰母儀之正。有德者必壽，八十個甲子環周；申命其用休，億萬載皇圖鞏固。臣等生逢華旦，叨預伶官，輒採聲詩，恭陳口號。

口號

上聖天生自有真，千齡寶運紀休辰。貫樞瑞彩昭璇象，滿室紅光裊翠麟。黄閣清夷瑶莢曉，未央閑暇玉巵春。箕疇五福咸敷斂，皇極躬持錫庶民。

勾雜劇

日遲鸞旆，喜聆舜樂之和；天近鴳墀，宜進齊諧之伎。上奉天顔，（吴師賢已下）上進小雜劇。

（雜劇，吴師賢已下，做君聖臣賢爨，斷送萬歲聲。）《武林舊事》卷一

附録一　明清曲譜用作曲牌之宋金詞

寇准

陽關引

塞草煙光闊，渭水波聲咽。春朝雨霽、輕塵斂。征鞍發，指青青楊柳，又是輕攀折。動黯然、知有後會甚時節。　更盡一杯酒，歌一闋。歎人生裏，最難歡聚、易離别。且莫辭沉醉，聽取陽關徹。念故人、千里自此共明月。

曲譜大成鄭振鐸藏本（以下稱鄭本）載爲大石調引曲。

甘草子

春早。柳絲無力，低拂青門道。暖日籠啼鳥，初坼桃花小。　遥望碧天淨如掃。曳一縷、輕煙縹緲。堪惜流年謝芳草，任玉壺傾倒。

曲譜大成傅惜華藏本（以下稱傅本）入正宫。

林逋

霜天曉角

冰清霜潔，昨夜梅花發。甚處玉龍三弄？聲搖動枝頭月。　夢絶、金獸爇，曉寒蘭燼滅。更卷珠簾清賞，且莫掃堦前雪。

曲譜大成傳本南曲本越詞。

潘閬

憶餘杭

長憶西湖，盡日憑欄樓上望。三三兩兩釣魚舟，島嶼正清秋。　笛聲依約蘆花裏，白鳥數行驚起。别來閑想整魚竿，思入水雲寒。

九宫大成入羽調引。

范仲淹

蘇幕遮

碧雲天、黄葉地。秋色連波，波上寒煙翠。山映斜陽天接水，芳草無情，更在斜陽外。

黯鄉魂，追旅思。夜夜除非，好夢留人睡。明月樓高休獨倚。酒入愁腸，化作相思淚。

曲譜大成傅本注作般涉調。

柳永

八聲甘州

對瀟瀟、暮雨灑江天，一番洗清秋。漸霜風淒緊，關河冷落，殘照當樓。是處紅衰綠減，苒苒物華休。惟有長江水，無語東流。　不忍登高臨遠，望故鄉渺邈，歸思難收。歎年來蹤跡，何事苦淹留。想佳人、妝樓顒望，誤幾回、天際識歸舟。争知我、倚欄干處，正恁凝眸。

沈璟南九宫十三調曲譜（以下稱沈譜）入仙吕引子，增訂譜（即沈自晉增訂南九宫詞譜，下同）、九宫大成同。曲譜大成鄭本注作商角引子。樂章集原作仙吕調。

安公子

長川波瀲灩。楚鄉淮岸迢遞，一霎煙汀雨過，芳草青如染。驅馳攜書劍。當此好天好景，自覺多愁多病，行役心情厭。　望處曠野沉沉，暮雲黯黯。行侵夜色，又是急槳投村店。認去程將近，舟子相呼，遥指漁燈一點。

沈譜題作公安子，入正宫慢詞，增定譜、九宫大成同。曲譜大成鄭本注作般涉調引子。樂章集原作中吕調。

又

遠岸收殘雨。雨殘稍覺江天暮。拾翠汀洲人寂静，立雙雙鷗鷺。望幾點，漁燈掩映蒹葭浦。停畫橈，兩兩舟人語。道去程今夜，遥指前村煙樹。　遊宦成羈旅。短牆吟倚閑凝佇。萬水千山迷遠近，想鄉關何處。自别後，風亭月榭孤歡聚。剛斷腸，惹得離情苦。聽杜宇聲聲，勸人不如歸去。

曲譜大成鄭本入般涉調作引。樂章集原作般涉調。

尾犯

夜雨滴空階，孤館夢回，情緒蕭索。一片閑愁，丹青難貌。秋漸老、蛩聲正苦，夜將闌、燈花旋落。最無端處，總把良宵，袛恁孤眠卻。　佳人應怪我，别後寡信輕諾。記得當初，剪香雲爲約。甚時向、深閨幽處，按新詞、流霞共酌。再同歡笑，肯把金玉真珠博。

九宫大成題作尾犯引。沈譜、增定譜、曲譜大成鄭本、傅本、九宫大成皆入中吕宫引曲。樂章集原作正宫。

剔銀燈引

何事春工用意。繡畫出、萬紅千翠。豔杏夭桃，垂楊芳草，各鬥雨膏煙膩。如斯佳致，早晚是、讀書天氣。（换頭字句同）

曲譜大成鄭本、傅本、九宫大成題作剔銀燈。沈譜、增定譜、曲譜大成鄭本、傅本、九宫大成皆入中吕宫引曲。樂章集原作仙吕調。

二郎神慢

炎光謝。過暮雨、芳塵輕灑。乍露冷風清庭户，爽天如水，玉鉤遥掛。應是星娥嗟久阻，叙舊約、飆輪欲駕。極目處、微雲暗度，耿耿銀河高瀉。　閒雅。須知此景，古今無價。運巧思、穿針樓上女，抬粉面、雲鬟相亞。鈿合金釵私語處，算誰在、回廊影下。願天上人間，占得歡娱，年年今夜。

沈譜、增定譜、曲譜大成鄭本、九宫大成皆入商調引曲。樂章集原作林鐘商。

集賢賓

小樓深院狂遊遍，羅綺成叢。就裏堪人屬意，最是蟲蟲。有畫難描雅態，無花可比芳容。幾回飲散良宵永，鴛衾鳳枕香濃。算得人間天上，惟有兩心同。（换頭不録）

曲譜大成鄭本注商調引子，九宫大成同。沈譜、增訂譜、九宫正始（即彙纂元譜南曲九宫正始）載入商調慢詞，注：與引子同。樂章集原作林鐘商。

燕歸梁

織錦裁篇寫意深。算一字、值千金。一回披玩一愁吟。腸成結、淚盈襟。　幽歡已散前期遠，無聊賴、是而今。密憑歸燕寄芳音。恐冷落、舊時心。

增訂譜入正宫引子。樂章集原作平調。

西江月

鳳額繡簾高卷，獸環朱户頻摇。兩竿紅日上花梢，春睡懨懨難覺。好夢枉隨飛絮，閑愁濃勝香醪。不成雨暮與雲朝，又是韶光過了。

曲譜大成傳本題作賀聖朝，誤。曲譜大成鄭本、傳本、九宫大成皆入中吕宫作引。樂章集原作中吕宫。

西平樂

盡日憑高寓目，脈脈春情緒。佳景清明漸近，時節輕寒乍暖，天氣才晴又雨。煙光淡蕩，妝點平蕪遠樹。黯凝佇。臺榭好，鶯燕語。正是和風麗日，幾許繁紅嫩緑，雅稱嬉遊去。奈阻隔尋芳伴侣。秦樓鳳吹，楚館雲約，空悵望在何處。寂寞韶光暗度。可憐向晚，村落聲聲杜宇。

曲譜大成鄭本、九宫大成皆入小石調。樂章集原作小石調。

浪淘沙

有個人人，飛燕精神。急鏘環佩上華裀。促拍盡隨紅袖舉，風柳腰身。簌簌輕裙。妙盡尖新。曲終獨立斂香塵。應是四肢嬌困也，眉黛雙顰。

樂章集題作浪淘沙令。曲譜大成鄭本注作歇指調過曲。樂章集原作歇指調。

梁州令

夢覺紗窗曉。殘燈黯然空照。因思人事苦縈牽，離愁別恨，無限何時了。憐深定是心腸小，往往成煩惱。一生惆悵情多感，月不長圓，春色易爲老。

曲譜大成傳本入正宮。樂章集原作中呂宮。

祭天神

歎笑筵歌席輕拋嚲。背孤城、幾舍煙村停畫舸。更深釣叟歸來，數點殘燈火。被連綿宿酒醺醺，愁無那。寂寞擁、重衾卧。又聞得、行客扁舟過。篷窗近，蘭棹急，好夢還驚破。念平生、單棲蹤跡，多感情懷，到此厭厭，向曉披衣坐。

九宮大成注作中呂宮。樂章集原作中呂調。

又

憶繡衾相向輕輕語。屏山掩、紅蠟長明，金獸盛熏蘭炷。何期到此，酒態花情頓辜負。柔腸斷、還是黄昏，那更滿庭風雨。聽空階和漏，碎聲鬥滴愁眉聚。算伊還共誰人，争知此冤苦。念千里煙波，迢迢前約，舊歡慵省，一向無心緒。

九宮大成注作小石角。樂章集原作歇指調。

擊梧桐

香靨深深，姿姿媚媚，雅格奇容天與。自識伊來，好好看承，會得妖嬈心素。臨岐再約同歡，定是、都把平生相許。又恐恩情，易破難成，未免千般思慮。近日書來，寒暄而已，苦没忉忉言語。便認得，聽人教當，擬把前言輕負。見説蘭臺宋玉，多才多藝善詞賦。試與問、朝朝暮暮。行雲何處去。

九宫大成注作中吕調。樂章集原作中吕調。

柳初新

東郊向曉星杓亞。報帝里、春來也。柳抬煙眼，花匀露臉，漸覺緑嬌紅姹。妝點層臺芳榭。運神功、丹青無價。　別有堯階試罷。新郎君、成行如畫。杏園風細，桃花浪暖，競喜羽遷鱗化。遍九陌、相將遊冶。驟香塵，寶鞍驕馬。

九宫大成入大石調引。樂章集原作大石調，下同。

夢還京

夜來匆匆飲散，攲枕背燈睡。酒力全輕，醉魂易醒，風揭簾櫳，夢斷披衣重起。悄無寐。　追悔當初，繡閣話別太容易。日許時、猶阻歸計。甚况味。旅館虚度殘歲。想嬌媚。那裏獨守鴛幃静，永漏迢迢，也應暗同此意。

九宫大成入大石調。

受恩深

雅致裝庭宇，黄花開淡濘，細香明豔盡天與。助秀色堪餐，向曉自有真珠露。剛被金錢妒。擬買斷秋天，容易獨步。粉蝶無情蜂已去。要上金尊，惟有詩人曾許。待宴賞重陽，恁時盡把芳心吐。陶令輕回顧。免憔悴東籬，冷煙寒雨。

「受」一作「愛」。九宫大成注作大石調。

曲玉管

隴首雲飛，江邊日晚，煙波滿目憑闌久。一望關河蕭索，千里清秋。忍凝眸。杳杳神京，盈盈仙子，别來錦字終難偶。斷鴈無憑，冉冉飛下汀洲。思悠悠。暗想當初，有多少、幽歡佳會，豈知聚散難期，翻成雨恨雲愁。阻追遊。悔登山臨水，惹起平生心事，一場消黯，永日無言，卻下層樓。

九宫大成注作大石調。

迎新春

嶰管變青律，帝里陽和新布。晴景回輕煦，慶嘉節、當三五。列華燈、千門萬户。遍九陌、羅綺香風微度。十里燃絳樹，鼇山聳、喧喧簫鼓。漸天如水，素月當午。香徑裏、絶纓擲果無數。更闌燭影花陰下，少年人、往往奇遇。太平時、朝野多歡民康阜。隨分良聚。堪對此景，争忍獨醒歸去。

九宮大成注作大石調。

一寸金

井絡天開，劍嶺横雲控西夏。地勝異、錦里風光，蠶市繁華，簇簇歌臺舞榭。雅俗多遊賞，輕裘俊、靚妝豔冶。當春晝，摸石江邊，浣花溪上景如畫。夢應三刀，橋名萬里，中和政多暇。仗漢節、攬轡澄清，高掩武侯勳業，文翁風化。台鼎思賢久，方鎮静、又思命駕。空遺愛，西蜀三川，異日成佳話。

九宮大成入越調。樂章集作小石調。

歸去來

一夜狂風雨。花英墜、碎紅無數。垂楊漫結黄金縷，盡春殘，縈不住。蝶稀蜂散知何處，殢樽酒轉添愁緒。多情不慣相思苦，休惆悵，好歸去。

九宮大成注作小石調引。樂章集原作中吕調。

隔簾聽

咫尺鳳衾鴛帳，欲去無因到。蝦鬚窣地重門悄。認繡履頻移，洞房杳杳。强語笑。逞如簧、再三輕巧。　梳妝早，琵琶閑抱。愛品相思調。聲聲似把芳心告。隔簾聽，贏得斷腸多少。恁煩惱。除非共伊知道。

九宫大成入小石調。樂章集原作林鐘商。

柳腰輕

英英妙舞腰肢軟，章臺柳，昭陽燕。錦衣冠蓋，綺堂筵會，是處千金争選。顧香砌、絲管初調，倚輕風、佩環微顫。　乍入霓裳促遍。逞盈盈、漸催檀板。慢垂霞袖，急趨蓮步，進退奇容千變。笑何止、傾國傾城，暫回眸、萬人腸斷。

九宫大成入小石調。樂章集原作中吕宫。

滿朝歡

花隔銅壺，露晞金掌，都門十二清曉。帝里風光爛漫，偏愛春杪。煙輕晝永，引鶯囀上林，魚游靈沼。巷陌乍晴，香塵染惹，垂楊芳草。　因念秦樓彩鳳，楚觀朝雲，往昔曾迷歌笑。别來歲久，偶憶歡盟重到。人面桃花，未知何處，但掩朱門悄悄。盡日佇立無言，贏得淒涼懷抱。

九宮大成注作高大石調。樂章集原作大石調。

秋蕊香引

留不得。光陰催促，有芳蘭歇，好花謝，惟頃刻。彩雲易散琉璃脆，驗前事端的。　風月夜，幾處前蹤舊跡。忍思憶。這回望斷，永作蓬山隔。向仙島，歸雲路，兩無消息。

九宮大成注作高大石調。樂章集原作小石調。

迎春樂

近來憔悴人驚怪，爲別後，相思煞。我前生、負汝愁煩債。便苦恁，難開解。　良夜永、牽情無計奈。錦被裏、餘香猶在。怎得依前燈下，恣意憐嬌態。

九宮大成入商調。樂章集原作林鐘商。

長壽樂

繁紅嫩翠。豔陽景，妝點神州明媚。是處樓臺，朱門院落，弦管新聲騰沸。恣遊人、無限馳驟，驕馬如流水。竟尋芳選勝，歸來向晚，起通衢近遠，香塵細細。　太平世，少年時，忍把韶光輕棄。況有紅妝，吴娃楚豔，一笑千金何啻。向樽前、舞袖飄雪，歌響行雲止。願長繩、且把飛烏繫。任好從容痛飲，誰能惜醉。

九宫大成入羽調。樂章集原作般涉調。

惜春郎

玉肌瓊豔新妝飾，好壯觀歌席。潘妃寶釧，阿嬌金屋，應也消得。屬和新詞多俊格。敢共我勍敵。恨少年、枉費疏狂，不早與伊相識。

九宫大成入羽調。樂章集原作大石調。

張先

天仙子

水調數聲持酒聽。午醉醒來愁未醒。送春春去幾時回，臨晚鏡，傷流景，往事後期空記省。沙上並禽池上暝，雲破月來花弄影。重重簾幕密遮燈，風不定，人初静，明日落紅應滿徑。

舊譜收於黄鐘過曲。沈譜入黄鐘宫引曲，增訂譜、南詞定律、九宫大成同。張子野詞作中吕調。

雙韻子

嗚鞘電過，曉闈静斂，龍旗風定。鳳樓遠出霏煙，聞笑語、中天迥。清光近，歡聲竟。鴛鴦集、仙花鬥影。更聞度曲瑶山，升瑞日、春宫永。

九宮大成入羽調。張子野詞作般涉調。

晏殊

清商怨

關河愁思望處滿，漸素秋向晚。鴈過南雲，行人回淚眼。雙鸞衾裯悔展。夜又永、枕孤人遠。夢未成歸，梅花聞塞管。

一名關河令。九宮大成入越調。全宋詞訂正爲歐陽修作。

相思兒令

昨日探春消息，湖上緑波平。無奈繞堤芳草，還向舊痕生。有酒且醉瑶觥。更何妨、檀板新聲。誰教楊柳千絲，就中牽繫人情。

一名相思令。九宮大成注作小石調引。

拂霓裳

樂秋天，晚荷花綴露珠圓。風日好，數行新鴈貼寒煙。銀簧調脆管，瓊柱撥清弦。捧觥船，一聲聲、齊唱太平年。人生百歲，離別易，會逢難。無事日，剩呼賓友啓芳筵。星霜催緑鬢，風露損朱顔。惜清歡，又何妨、沉醉玉樽前。

九宫大成入小石調。

望仙門

玉池波浪碧如鱗，露蓮新。清歌一曲翠眉嚬，舞華茵。滿酌蘭英酒，須知獻壽千春。太平無事荷君恩，荷君恩，齊唱望仙門。

九宫大成注作小石調。

滴滴金

梅花漏泄春消息。柳絲長，草芽碧，不覺星霜鬢邊白。念時光堪惜。蘭堂把酒留佳客。對離筵，駐行色。千里音塵便疏隔，合有人相憶。

九宫大成入黄鍾宫作引。

歐陽修

漁家傲

楚國纖腰元自瘦，文君膩臉誰描就。日夜鼓聲催箭漏。昏復晝，紅顔豈得長如舊。（換頭字句皆同）

九宫大成注爲晏殊作。增定譜、南詞定律、曲譜大成鄭本、傅本、九宫大成皆入中吕宫。

夜行船

憶昔西都歡縱，自别後、有誰能共。伊川山水洛川花，細尋思、舊遊如夢。　今日相逢情愈重，愁聞唱、畫樓鐘動。白髮天涯逢此景，倒金樽、殢誰相送。

曲譜大成鄭本注爲雙角引子。

憶江南

江南蝶，斜日一雙雙。身似何郎全傅粉，心如韓壽愛偷香。天賦與輕狂。　微雨後，薄翅膩煙光。纔伴遊蜂來小苑，又隨飛絮過東牆。長是爲花忙。

曲譜大成傅本注爲大石調。

珠簾卷

珠簾卷，暮雲愁。垂楊暗鎖青樓。煙雨濛濛如畫，輕風吹旋收。　香斷錦屏新别，人閒玉簟初秋。多少舊歡新恨，書杳杳、夢悠悠。

九宫大成注作高大石調引。此詞不知出處，詞譜、詞律俱署歐陽修作。

御帶花

青春何處風光好，帝里偏愛元夕。萬重繪彩，構一屏峰嶺，半空金碧。寶檠銀釭，耀絳幕、龍虎騰擲。沙堤遠，雕輪繡轂，争走五侯宅。雍容熙熙作晝，會樂府神姬，海洞仙客。曳香摇翠，稱執手行歌，錦街天陌。月淡寒輕，漸向曉、漏聲寂寂。當年少，狂心未已，不醉怎歸得。

九宫大成入高大石調。

桃源憶故人

梅梢弄粉香猶嫩。欲寄江南春信，别後愁腸縈損。説與伊争穩。小爐獨守寒灰燼。忍淚低頭畫盡。眉上萬重新恨，竟日無人問。

九宫大成注作雙調引。

洞天春

鶯啼緑樹聲早，檻外殘紅未掃。露點真珠遍芳草。正簾幃清曉。秋千宅院悄悄。又是清明過了，燕蝶輕狂，柳絲撩亂，春心多少。

九宫大成注作羽調引。

宋祁

好事近

睡起玉屏風，吹去亂紅猶落。天氣驟生輕暖，襯沉香帷箔。珠簾約住海棠風，愁拖兩眉角。昨夜一庭明月，冷秋千紅索。

曲譜大成傅本注作中吕宫引。

葉清臣

賀聖朝

滿斟緑醑留君住，莫匆匆歸去。三分春色二分愁，更一分風雨。花開花謝，都來幾許。且高歌休訴，不知來歲牡丹時，再相逢何處。

沈譜、增訂譜載爲中吕調慢詞。南詞定律、曲譜大成傅本、九宫大成載爲中吕宫引曲。

解昉

永遇樂　上闋

風暖鶯嬌，露濃花重，天氣和煦。院落煙收，垂楊舞困，無奈堆金縷。誰家巧縱，青樓弦管，惹起夢雲情緒。憶當時、紋衾粲枕，未嘗暫孤鴛侣。

沈譜、增定譜、九宫正始、南詞定律入商調引子（慢詞），曲譜大成鄭本入小石調作引。

趙抃

新荷葉　上闋

日晚芳塘，圓荷嫩緑新抽。越女輕盈，畫橈穩泛蘭舟。波光豔粉，紅相間、脈脈嬌羞。菱歌隱隱漸遥，依約凝眸。

又名泛蘭舟。曲譜大成鄭本、傅本入正宫作引曲。按樂府雅詞拾遺卷上作折新荷引，首句作「雨過回廊」，五句「波光」作「芳容」。

曾鞏

賞南枝

暮冬天地閉，正柔木凍折，瑞雪飄飛。對景見南山，嶺梅露、幾點清雅容姿。丹染萼、玉綴枝。又豈是、一陽有私。大抵是、化工獨許，使占卻先時。　霜威莫苦淩持。此花根性，想群卉争知。貴用在和羹，三春裏、不管緑是紅非。攀賞處、宜酒卮。醉拈嗅、幽香更奇。倚欄干、仗何人去，囑羌管休吹。

九宫大成入羽調。

杜安世

浪淘沙 上闋

後約無憑，往事堪驚，秋蛩永夜繞床鳴。展轉尋思求好夢，還又難成。

曲譜大成鄭本載入歇指調引曲。

又

簾外微風，雲雨回蹤，銀缸燼冷錦幃中。枕上深盟，年少心事，陡頓成空。

曲譜大成鄭本載入歇指調引曲。

端正好

檻菊愁煙沾秋露。天微冷、雙燕辭去。月明空照別離苦，透素光、穿朱户。夜來西風雕寒樹，憑闌望、迢遥長路。花箋寫就此情緒，待寄傳、知何處。

曲譜大成傅本、九宫大成皆入正宫作引。

蒲宗孟

望梅花

一陽初起，暖力未勝寒氣。堪賞素華長獨秀，不並開紅抽紫。青帝只應憐潔白，不使雷同衆卉。　淡然難比，粉蝶豈知芳蕊。半夜捲簾如乍失，只在銀蟾影裏。殘雪枝頭君認取，自有清香旖旎。

九宫大成注爲商調引。

晏幾道

梁州令

莫唱陽關曲，淚濕當年金縷。離歌自古最消魂，於今更在魂消處。　南橋楊柳多情緒，不繫行人住。人情卻似飛絮，悠揚便逐春風去。

曲譜大成傳本入正宫。

憶悶令

取次臨鸞勻畫淺，酒醒遲來晚。多情愛惹閑愁，長黛眉低斂。　月底相逢花下見，有深深良願。願期信、似月如花，須更教長遠。

九宫大成入高大石調引曲。

慶春時

倚天樓殿，升平風月，彩仗春移。鸞絲鳳竹，長生調裏，迎得翠輿歸。　雕鞍遊罷，何處還有心期。濃熏翠被，深停畫燭，人約月西時。

九宮大成入羽調引。

喜團圓

危樓静鎖，窗中遠岫，門外垂楊。珠簾不禁春風度，解偷送餘香。眠思夢想，不如雙燕，得到蘭房。別來只是，憑高淚眼，感舊離腸。

「喜」一作「與」。九宮大成入羽調引。

王雱

倦尋芳

露晞向晚，簾幙風輕，小院閑晝。翠徑鶯來，驚下亂紅鋪繡。倚危欄，登高榭，海棠著雨胭脂透。算韶華，又因循過了，清明時候。　倦遊燕、風光滿目，好景良辰，誰共攜手。恨被榆錢，買斷兩眉長鬥。憶(得)高陽，人散後，落花流水仍依舊。這情懷，對東風、盡成消瘦。

九宮大成入中呂宮。

王觀

高陽臺

紅入桃腮，青回柳眼，韶華已破三分。人不歸來，空教草怨王孫。平明幾點催花雨，夢半闌、欹枕初聞。問東君，因甚將春，老却閒人。　東郊十里香塵，旋安排玉勒，整頓雕輪。趁取芳時，共尋島上紅雲。朱衣引馬黄金帶，算到頭、總是虚名。莫閑愁，一半悲秋，一半傷春。

一名慶青春。增定譜作商調引子，曲譜大成鄭本同。注爲僧仲殊作。據陽春白雪卷二，作者當爲王觀。

仲殊

柳梢青

岸草平沙。吴王故苑，柳嫋煙斜。雨後寒輕，風前香軟，春在梨花。　行人一棹天涯。酒醒處，殘陽亂鴉。門外秋千，牆頭紅粉，深院誰家。

曲譜大成鄭本、九宫大成注秦觀作。沈譜、增訂譜、南詞定律入中吕宫，曲譜大成鄭本、九宫大成注爲雙調。

訴衷情

湧金門外小瀛洲，寒食更風流。紅船滿湖歌吹，花外有高樓。　晴日暖，淡煙浮，恣嬉遊。三千粉黛，十二闌干，一片雲頭。

增定譜作商調引子，南詞定律同。曲譜大成鄭本注作小石調引子。

蘇軾

卜算子

缺月掛疏桐，漏斷人初静。時見幽人獨往來，縹緲孤鴻影。（换頭同前）

沈譜、增訂譜載爲仙吕引子。

行香子

清夜無塵，月色如銀，酒斟時、須滿十分。浮名浮利，休苦勞神。似隙中駒，石中火，夢中身。（换頭字句皆同）

沈譜、增訂譜、曲譜大成鄭本、傳本皆入中吕宫作引。

哨遍

睡起畫堂，銀蒜押簾，珠幕雲垂地。初雨歇，洗出碧羅天，正溶溶養花天氣。一霎晴風回芳草，榮光浮動，捲皺銀塘水。方杏靨匀酥，花鬚吐繡，園林翠紅排比。見乳燕捎蝶過繁枝。忽一線爐香逐遊絲。晝永人閑，獨立斜陽，晚來情味。便乘興攜將佳麗，深入芳菲裏。撥胡琴語，輕攏慢拈總伶俐。看緊約羅裙，急趣檀板，霓裳入破驚鴻起。顰月臨眉，醉霞横臉，歌聲悠揚雲際。任滿頭紅雨落花飛。漸鳷鵲樓西玉蟾低。尚徘徊、未盡歡意。君看今古悠悠，浮幻人間世。這些百歲，光陰幾日，三萬六千而已。醉鄉路穩不妨行，但人生、要適情耳。

沈譜入般涉調，增訂譜、曲譜大成鄭本、傅本、九宫正始、南詞定律同。九宫大成入小石調。

又

爲米折腰，因酒棄家，口體交相累。歸去來，誰不遣君歸。覺從前皆非今是。露未晞，征夫指予歸路，門前笑語喧童稚。嗟舊菊都荒，新松暗老，吾年今已如此。但小窗容膝閉柴扉。策杖看孤雲暮鴻飛。雲出無心，鳥倦知還，本非有意。噫。歸去來兮。我今忘我兼忘世，親戚無浪語，琴書中有真味。步翠麓崎嶇，泛溪窈窕，涓涓暗谷流春水。觀草木欣榮，幽人自感，吾生行且休矣。念寓形宇内復幾時。不自覺皇皇欲何之，委吾心、去留誰計。神仙知在何處，富貴非吾志。但知臨水登山嘯詠，自引壺觴自醉。此生天命更何疑。且乘流、遇坎還止。

曲譜大成傅本入般涉調。

定風波

好睡慵開莫厭遲，自憐冰臉不時宜。偶作小桃紅杏色，閒雅，尚餘孤瘦雪霜姿。　休把閒心隨物態，何事，酒生微暈沁瑶肌。詩老不知梅格在，吟詠，更看緑葉與青枝。

曲譜大成鄭本、傅本、九宫大成皆入中吕宫作引。

沁園春

孤館燈青，野店雞號，旅枕夢殘。漸月華收練，晨霜耿耿，雲山摛錦，朝露漙漙。世路無窮，勞生有限，似此區區長鮮歡。微吟罷，憑征鞍無語，往事千端。　當時共客長安。似二陸初來俱少年。有筆頭千字，胸中萬卷，致君堯舜，此事何難。用舍由時，行藏在我，袖手何妨閑處看。身長健，但優遊卒歲，且鬥尊前。

曲譜大成傅本入般涉調。

念奴嬌

憑高眺遠，見長空萬里，雲無留跡。桂魄飛來光射處，冷浸一天秋碧。玉宇瓊樓，乘鸞來去，人在清涼國。江山如畫，望中煙樹歷歷。　我醉拍手狂歌，舉杯邀月，對影成三客。起舞徘徊風露下，今夕不知何夕。便欲乘風，翻然歸去，何用騎鵬翼。水晶宫裏，一聲吹斷橫笛。

曲譜大成傳本入大石調。

又

大江東去，浪淘盡，千古風流人物。故壘西邊人道是，三國周郎赤壁。亂石穿空，驚濤拍岸，捲起千堆雪。江山如畫，一時多少豪傑。　遥想公瑾當年，小喬初嫁了，雄姿英發。羽扇綸巾，談笑處，强虜灰飛煙滅。故國神遊，多情應笑我，早生華髮。人間如寄，一尊還酹江月。

曲譜大成傳本入大石調，九宫大成入高大石角。

醉翁操

琅然。清圓。誰彈。響空山。無言。惟翁醉中知其天。月明風露娟娟。人未眠，荷蕢過山前。曰有心也哉此賢。　醉翁嘯詠，聲和流泉。醉翁去後，空有朝吟夜怨。山有時而童巔，水有時而回川。思翁無歲年，翁今爲飛仙。此意在人間，試聽徽外三兩弦。

九宫大成入正宫。

華清引

平時十月幸蓮湯，玉甃瓊梁。五家車馬如水，珠璣滿路旁。　翠華一去掩方床。獨留煙樹蒼蒼。至今清夜月，依前過繚牆。

九宫大成注作小石調引。

三部樂

美人如月。乍見掩暮雲，更增妍絶。算應無恨，安用陰晴圓缺。嬌羞甚，空只成愁，待下床又懶，未語先咽。數日不來，落盡一庭紅葉。　今朝猛起置酒，問爲誰減動，一分香雪。何事散花卻病，維摩無疾。卻低眉、慘然不答。唱金縷、一聲怨切。堪折便折。且惜取、少年花發。

九宫大成入高大石調。此曲過片「今朝」句與東坡詞不同。

洞仙歌

冰肌玉骨，自清涼無汗。水殿風來暗香滿。繡簾開、一點明月窺人，人未寢、欹枕釵横鬢亂。　起來攜素手，庭户無聲，時見疏星渡河漢。試問夜如何？夜已三更，金波淡、玉繩低轉。但屈指、西風幾時來，又不道、流年暗中偷换。

曲譜大成傳本入大石調。

永遇樂

明月如霜，好風如水，清景無限。曲港跳魚，圓荷瀉露，寂寞無人見。紞如三鼓，錚然一葉，黯黯夢雲驚斷。夜茫茫，重尋無處，覺來小園行遍。天涯倦客，山中歸路，望斷故園心眼。燕子樓空，佳人何在，空鎖樓中燕。古今如夢，何曾夢覺，但有舊歡新怨。異時對，南樓夜景，爲余浩歎。

九宫大成入商調引曲。

李之儀

早梅芳

雪初晴（一作銷），陡覺寒將變。已報梅梢暖。日邊霜外，迤邐枝條自柔軟。嫩苞勻點綴，緑萼輕裁剪。隱深心，未許清香散。漸融和，開欲遍，密處疑無間。天然標韻，不與群花鬥深淺。夕陽波似動，曲水風猶懶。最銷魂，弄影無人見。

一名早梅芳近。九宫大成注作黄鍾宫。

黄庭堅

沁園春

把我身心，爲伊煩惱，算天便知。恨一回相見，百方做計，未能偎倚，早覓東西。鏡裏拈花，水中捉月，覷著無由得近伊。添憔悴，鎮花銷翠減，玉瘦香肌。奴兒。又有行期，你去即無妨我共誰。向眼前常見，心猶未足，怎生禁得，真個分離。地角天涯，我隨君去。掘井爲盟無改移。君須是，做些兒相度，莫待臨時。

沈譜、增訂譜載爲中呂調慢詞。南詞定律、曲譜大成鄭本載爲中呂調引子，與慢詞同。

少年心

對景惹起愁悶。染相思、病成方寸。是阿誰先有意，阿誰薄倖。鬥頓恁、少喜多嗔。合下休傳音問。你有我、我無你分。似合歡桃核，真堪人恨。心兒裏、有兩個人人。

一名添字少年心。九宮大成注爲小石角。

晁端禮

黄河清慢

晴景初升風細細。雲收天淡如洗。望外鳳凰雙闕，葱葱佳氣。朝罷香煙滿袖，侍臣報、天顔有喜。夜來連得封章，奏大河、徹底清泚。　君王壽與天齊，馨香動，上穹頻降祥瑞。大晟奏功，六樂初調清徵。合殿薰風乍轉，萬花覆、千官盡醉。內家傳詔，重開宴、未央宮裏。

九宮大成入黄鍾宮。

秦觀

海棠春

流鶯窗外啼聲巧，睡未足把人驚覺。翠被曉寒輕，寶篆沈煙嫋。宿醒未解宫娥報，道別院笙歌宴早。試問海棠花，昨夜開多少。

又名海棠春令。沈譜、增定譜、曲譜大成鄭本載爲雙調引子。草堂詩餘作無名氏詞。

憶王孫

萋萋芳草憶王孫，柳外樓高空斷魂。杜宇聲聲不忍聞。欲黄昏，雨打梨花深閉門。

九宫大成入仙吕調。此詞作者應爲李重元，見唐宋諸賢絶妙詞選。

桃源憶故人

岸草平沙，吴王故苑，柳嫋煙斜。雨後寒輕，風前香細，春在梨花。行人一棹天涯，酒醒處，殘陽亂鴉。門外秋千，牆頭紅粉，深院誰家。

按此詞應名柳梢青，僧仲殊作。南詞定律作中吕宫引，九宫大成注爲雙調。

醉鄉春

唤起一聲人悄。衾冷夢寒窗曉。瘴雨過，海棠開，春色又添多少。社甕釀成微笑，半缺椰瓢共舀。覺顛倒，急投床，醉鄉廣大人間小。

全宋詞據全芳備祖作添春色。九宫大成入羽調。

賀鑄

青玉案

淩波不過横塘路，但目送、芳塵去。錦瑟華年誰與度。月樓花院，綺窗朱户，惟有春知處。碧雲冉冉蘅皋暮，彩筆空題斷腸句。試問閑愁知幾許。一川煙草，滿城風絮，梅子黄時雨。

沈譜、增訂譜、曲譜大成鄭本、傳本皆載入中吕宫引曲。

沁園春

宫燭分煙，禁池開鑰，鳳城暮春。向落花香裏，澄波影外，笙歌遲日，羅綺芳塵。載酒追遊，聯鑣歸晚，燈火平康尋夢雲。逢迎處，最多才自負，巧笑相親。離群，客宦漳濱。但驚見、來鴻歸燕頻。念日邊消耗，天涯悵望，樓臺清曉，簾幕黄昏。無限悲凉，不勝憔悴，斷盡危腸銷盡魂。方年少，恨浮名誤我，樂事輸人。

曲譜大成傳本入般涉調。

臨江仙

巧翦合歡羅勝子，釵頭春意翩翩。豔歌淺拜笑嫣然。願郎宜此酒，行樂駐華年。未至文園多病客，幽襟淒斷堪憐。舊遊夢掛碧雲天。人歸落鴈後，思發在花前。

九宫大成入仙吕調。

更漏子

上東門，門外柳。贈别每煩纖手。一葉落，幾番秋。江南獨倚樓。曲闌杆，凝佇久。薄暮更堪搔首。無際恨，見閑愁，侵尋天盡頭。

九宫大成入高大石調。

晁補之

夜合花

百紫千紅，占春多少，共推絶世花王。西都萬户（晁氏琴趣外編作「西都萬家俱好」），擅名不爲姚黄。漫腸斷巫陽，對沉香。亭北新妝。記清平調，詞成進了，一夢仙鄉。天葩秀出無雙。倚朝暉，半如酣醉成狂。無言自省，檀心一點偷芳。念往事情傷，又新豔、曾説滁陽。縱歸來晚，君王殿後，别是風光。

曲譜大成鄭本注爲大石調引子，九宫大成同。

行香子

前歲栽桃，今歲成蹊。更黄鸝、久住相知。微行清露，細履斜暉，對林中侣。閑中我，醉中誰。　何妨到老，常閑常醉，任功名、生事俱非。衰顔難强，拙語多遲。但酒同行，月同坐，影同歸。

曲譜大成鄭本、傳本皆入中吕宫作引。

憶秦娥

牽人意。高堂照碧臨煙水。清秋至。東山時伴，謝公攜妓。　黄菊雖殘堪泛蟻，乍寒猶有重陽味。應相記。坐中少個，孟嘉狂醉。

曲譜大成鄭本作商調引子。

萬年歡

十里環溪，記當年並遊，依舊風景。彩舫紅妝，重泛九秋清鏡。莫歎歌臺蔓草，喜相逢、歡情猶勝。蘋洲畔、横玉驚鸞，半天雲正愁凝。　中秋醉魂未醒。又佳辰授衣，良會堪更。早歲功名，豪氣尚淩汝潁。能致黄金百鎰（一作一井），也莫負、鴟夷高興。别有個、瀟灑田園，醉鄉天地同永。

九宫大成入中吕調。

歸田樂

春又去，似别佳人幽恨積。閑庭院，翠陰滿，添晝寂。一枝梅最好，至今憶。　正夢斷，爐煙嫋，參差疏簾隔。爲何事、年年春恨，問花應會得。

九宮大成入小石調。

紫玉簫

羅綺圍（一作叢）中，笙歌叢裏，眼狂初認輕盈。無花解比，似一鉤新月，雲際初生。算不虛得，都占與、第一佳名。輕歸去，那知有人，別後牽情。　襄王自是春夢，休謾說東牆，事更難憑。誰教慕宋，要題詩曾倚，寶柱低聲。似瑶臺曉，空暗想、衆裏飛瓊。餘香冷、猶在小窗，一到魂驚。

九宮大成入小石角。

周邦彥

解連環

怨懷無托。嗟情人斷絕，信音遼邈。信妙手，能解連環，似風散雨收，霧輕雲薄。燕子樓空，暗塵鎖、一床弦索。想移根換葉。盡是舊時，手種紅藥。（換頭不録）

原注商調。沈譜、增訂譜載爲商調慢詞，南詞定律、九宮大成注爲商調引子，與慢詞同。曲譜大成鄭本作歇指調引子。

紅林檎慢

風雪驚初霽，水鄉增暮寒。樹杪墜毛羽，簷牙掛琅玕。才喜堆門積巷，可惜迤邐銷殘。漸看低竹翩翻，清池漲微瀾。步屧晴正好，宴席晚方歡。梅花耐冷，亭亭來入冰盤。對山前橫素，愁雲變色，放杯同覓高處看。

原注雙調。草堂集作紅林檎近。沈譜、增訂譜載爲雙調慢詞，南詞定律、曲譜大成鄭本注爲雙調引子，與慢詞同。

燭影摇紅

香臉輕勻（一作勻紅），黛眉巧畫宫妝淺。風流天付與精神，全在嬌波轉（一作眼）。早是縈心可慣，那更堪（一作向尊前），頻頻顧盼。幾回得見，見了還休，争如不見。燭影摇紅，夜闌飲散春宵短。當時誰會唱陽關，離恨天涯遠。争奈雲收雨散。憑闌干、東風淚眼（一作滿）。海棠開後，燕子來時，黄昏庭（一作深）院。

一名憶故人。曲譜大成鄭本載爲大石調引子。

西平樂

穉緑蘇晴，故溪歇雨，川迴未覺春賒。駝褐侵寒，正憐初日，輕陰抵死須遮。歎事逐孤鴻盡去，身與塘蒲共晚，争知向此征途。區區佇立塵沙。追念朱顔翠髮，曾到處、故地使人嗟。　道連三楚，天低四野，喬木依前，臨路欹斜。重慕想東陵晦跡，彭澤歸來，左右琴書自樂，松菊相依，何況風流鬢未華。多謝故人，親馳鄭驛，時倒融尊，勸此淹留，共過芳時，翻令倦客思家。

原注小石。曲譜大成鄭本作小石調引子。

還京樂

禁煙近，觸處，浮香秀色相料理。正泥花時候，奈何客裏，光陰虛費。望箭波無際，迎風漾日黄雲委。任去遠，中有萬點，相思清淚。到長淮底。過當時樓下，殷勤爲說，春來羈旅況味。堪嗟誤約乖期，向天涯、自看桃李。想而今，應恨墨盈箋，愁妝照水。怎得青鸞翼，飛歸教見憔悴。

原注大石。曲譜大成傳本入大石調。

紅羅襖

畫燭尋歡去，羸馬載愁歸。念取酒東壚，尊罍雖近，采花南圃（一作浦），蜂蝶須知。自分袂天闊鴻稀，空懷夢約心期，楚客憶江蘺。算宋玉，未必爲秋悲。

原注大石。曲譜大成傳本入大石調。

荔枝香

夜來寒侵酒席，露微泫。舄履初會，香澤方薰，無端暗雨催人，但怪燈偏簾卷。回顧，始覺驚鴻去遠。　大都世間，最苦唯聚散。到得春殘，看即是、開離宴。細思別後，柳眼花鬚更誰剪。此懷何處逍遣。

原作荔枝香近，注歇指調。九宮大成入大石調。

一寸金

州夾蒼崖，下枕江山是城郭。望海霞接日，紅翻水面，晴風吹草，青摇山腳。波暖鳧鷖泳(一作「作」)。沙痕退、夜潮正落。疏林外、一點炊煙，渡口參差正寥廓。　自歎勞生，經年何事，京華信漂泊。念渚蒲汀柳，空歸閑夢，風輪雨楫，終辜前約。情景牽心眼，流連處、利名易薄。回頭謝、冶葉倡條，便入漁釣樂。

原注小石。九宮大成入越調。

謝逸

柳梢青

香肩輕拍，樽前忍聽，一聲將息。昨夜濃歡，今朝別酒，明日行客。　後回來則須來，便去也、如何去得。無限離情，無窮江水，無邊山色。

九宮大成入雙調。

晁沖之

漢宫春

黯黯離懷，向東門繫馬，南浦移舟。薰風亂飛燕子，時下輕鷗。無情渭水，問誰教、日日東流。常是送、行人去後，煙波一向離愁。　回首舊遊如夢，記踏青殢飲，拾翠狂遊。無端彩雲易散，覆水難收。風流未老，拚千金，重入揚州。應又似、當年載酒，依前名占青樓。

一名漢宫春慢。九宫大成注爲高大石調。

毛滂

七娘子

生居畫閣蘭堂裏，正青春歲方及笄。家世簪纓，儀容嬌媚，那堪身處歡娱地。

曲譜大成鄭本作正宫引子。此曲爲七娘子上闋，不見於毛滂東堂詞，作者待考。

調笑令

城月，冷羅襪，郎睡不知鸞帳揭。香淒翠被燈明滅，花困釵橫時節。河橋楊柳催行色，愁黛有人描得。

即詞體含笑花。曲譜大成傳本載爲越調。此曲已見於前轉踏。

夜遊宫

長記勞君送遠。柳煙重、桃花波暖，花外溪城望不見。古槐邊，故人稀，秋鬢晚。我有淩霄伴。在何處、山寒雲亂，何不隨君弄清淺。見伊時，話陽春，山數點。

曲譜大成傳本載爲般涉調。

河滿子

急雨初收珠點，雲峰巉絶天半。轆轤金井卷甘洌，簾外翠陰遮遍。波翻水精重箔，秋在琉璃雙簟。　漏永流花緩緩。未放晻噏晼晚。紅荷緑芰暮天好，小宴水亭風館。雲亂香噴寶鴨，月冷釵横玉燕。

河一作何。九宫大成入小石調。

惜分飛

淚濕欄杆花著露，愁到眉峰碧聚。此恨平分取，更無言語，空相覷。　短雨殘雲無意緒，寂寞朝朝暮暮。今夜山深處，斷魂分付，潮回去。

一名惜雙雙，一名惜芳菲。九宫大成注爲小石調。

遍地錦

白玉欄邊自凝佇。滿枝頭、彩雲雕霧。甚芳菲、繡得成團，砌合出、韶華好處。暖風前、一笑盈盈，吐檀心、向誰分付。莫與他、西子精神，不枉了、東君雨露。

一名遍地花。九宫大成注爲小石角。

沈蔚

清商怨

城上鴉啼斗轉，漸漸玉壺冰滿。月淡寒梅，清香來小院。誰遣鸞箋寫怨，翻錦字、疊疊如愁卷。夢破秋笳，江南煙樹遠。

九宫大成注爲越調。

劉一止

西　河

山驛晚，行人昨停征轡。白沙翠竹鎖柴門，亂峰相倚。一番急雨洗天回，掃雲風定還起。　斷岸樹，愁無際（劉一止苕溪集無此六字），念凄斷，誰與寄。雙魚尺素難委。遥知洞户隔煙窗，簟横秋水。淡花明玉不勝寒，緑樽初試冰蟻。小歡細酌任欹醉。撲流螢、應卜心事。誰記天涯憔悴。對今宵、皓月明河千里。夢越空城疏煙裏。

九宫大成入大石調。

朱敦儒

孤　鸞

天然標格，是小萼堆紅，芳姿凝白。淡佇新妝，淺點壽陽宫額。東君相留厚意，借年年、與傳消息。昨日前村雪裏，有一枝先折。　念故人、何處水雲隔。縱驛使相逢，難寄春色。試問丹青手，是怎生描得。曉來一番雨過，更那堪、數聲羌笛。歸來和羹未晚，勸行人休摘。

九宫大成注爲小石調。全宋詞據草堂詩餘定爲無名氏詞。

万俟詠

三　臺

見梨花初帶夜月，海棠半含朝雨。内苑春、不禁過青門，御溝漲、潛通南浦。東風静、細柳垂金縷。望鳳闕、非煙非霧。好時代、朝野多歡，遍九陌、太平簫鼓。乍鶯兒百囀斷續，燕子飛來飛去。近緑水、臺榭映秋千，鬥草聚、雙雙遊女。餳香更、酒冷踏青路，曾暗識、夭桃朱户。向晚驟、寶馬雕鞍，醉襟惹、亂花飛絮。正輕寒輕暖漏永，半陰半晴雲暮。禁火天、已是試新妝，歲華到、三分佳處。清明看、漢宫傳蠟炬，散翠煙、飛入槐府。斂兵衛、閶闔門開，住傳宣、又還休務。

曲譜大成傳本入羽調。

芰荷香

小瀟湘。正天影倒碧，波面容光。水仙朝罷，間列緑蓋紅幢。吹風細雨，蕩十頃、浥浥清香。人在水晶中央。霜綃霧縠，襟袂收涼。款放輕舟鬧紅裏，有蜻蜓點水，交頸鴛鴦。翠陰密處，曾覓相並青房。晚霞散綺，泛遠淨、一葉鳴榔。擬去盡促離觴。歌雲未斷，月上飛梁。

九宫大成注作小石調。

春草碧

又隨芳渚生，看翠霽連空，愁遍征路。東風裏，誰望斷西塞，恨迷南浦。天涯地角，意不盡、消沈萬古。曾是送别長亭下，細緑暗煙雨。何處。亂紅鋪繡茵，有醉眠蕩子，拾翠遊女。王孫遠，柳外共殘照，斷雲無語。池塘夢生，謝公後、還能繼否。獨上畫樓，春山暝、鴈飛去。

九宮大成入高大石調。

王庭珪

寰海清

畫鼓轟天。暗塵隨寶馬，人似神仙。天恁不教晝短，明月長圓。天應未知道，天知道（諸本皆作天天）。須肯放、三夜如年。流蘇擁上香軿，爲個甚、晚妝特地鮮妍。花下清陰乍合，曲水橋邊。高人到此也乘興，任橫街、一一須穿。莫言無國豔，有朱門、鎖嬋娟。

九宮大成入大石調。

江致和

五福降中天

喜元宵三五，縱馬御柳溝東。斜日映珠簾，瞥見芳容。秋水嬌橫俊眼，膩雪輕鋪素胸。愛把菱花，笑匀粉面露春蔥。徘徊步懶，奈一點、靈犀未通。悵望七香車去，慢展春風。雲情雨態，願暫入陽臺夢中。路隔煙霞，甚時還許到蓬宮。

九宮大成入中吕宫。

劉浚

期夜月

金鉤花綬繫雙月。腰肢軟低折。揎皓腕，縈繡結。輕盈宛轉，妙若鳳鸞飛越。無别。香檀急扣轉清切。翻纖手飄瞥。催畫鼓，追脆管，鏘洋雅奏，尚與衆音爲節。當時妙選舞袖，慧性雅資，名爲殊絶。滿座傾心注目，不甚窺回雪。纖怯。逡巡一曲霓裳徹。汗透鮫綃濕（濕，一作肌潤），教人與，傳香粉，媚容秀發。宛降蕊珠宫闕。

九宮大成入大石調正曲。

孫道絢

燭影摇紅 上闋

乳燕穿簾，亂鶯啼樹清明近。隔簾時度柳花飛，猶覺寒成陣。長記眉峰偷隱，臉桃紅、難藏酒暈。背人微笑，半嚲鸞釵，輕籠蟬鬢。

沈譜入大石調引曲。此曲全宋詞作無名氏詞，趙萬里輯本孫道絢沖虚居士詞未收，作者待考。

周紫芝

漁家傲

遇坎乘流隨分了，雞蟲得失能多少。兒輩雌黄堪一笑，堪一笑，鶴長凫短從他道。　幾度秋風吹夢到，花姑溪上人空老。唤取扁舟歸去好，歸去好，孤篷一枕秋江曉。

曲譜大成傳本作中吕宫引子。

李清照

念奴嬌　下闋

樓上幾日春寒，簾垂四面，玉欄杆慵倚。被冷香消新夢覺，不許愁人不起。清露長（一作晨）流，新桐初引，多少傷（一作遊）春意。日高煙斂，更看今日晴未。

增訂譜載爲大石調引子。

聲聲慢

尋尋覓覓，冷冷清清，淒淒慘慘戚戚。乍暖還寒時候，最難將息。三杯兩盞淡酒，怎敵他、晚來風急。鴈過也，正傷心，卻是舊時相識。　滿地黄花堆積。憔悴損，如今有誰忺摘。守著窗兒、獨自怎生得黑。梧桐更兼細雨，到黄昏、點點滴滴。這次第，怎一個、愁字了得。

沈譜、增訂譜注爲康伯可作。沈譜入仙呂調慢詞，即引子。增訂譜、曲譜大成鄭本同。

鳳凰臺上憶吹簫

香冷金猊，被翻紅浪，起來慵自（一作人未）梳頭。任寶奩塵滿（一作閒掩），日上簾鉤。生怕別（一作閑）愁離苦，多少事、欲説還休。新來（一作今年）瘦，非干病酒，不是悲秋。休休，這回去也，千萬遍陽關，也則難留。念武陵人遠（一作春晚），煙鎖秦樓。惟有門（一作樓）前流水，應念我、終日凝眸。凝眸處，從今又添，一（一作數）段新愁。

九宫大成入仙呂調。

向子諲

桂殿秋

秋色裏，月明中。紅旌翠節下蓬宫。蟠桃已結瑶池露，桂子初開玉殿風。

曲譜大成傳本注爲大石調。

蔡伸

醜奴兒近

明眸秀色，别是天真瀟灑。更鬢髮堆雲，玉臉淡拂輕霞。醉裏精神，衆中標格誰能畫。當時攜手，花籠淡月，重門深亞。　巫峽夢回，已成陳事，豈堪重話。漫贏得、羅襟清淚，鬢邊霜華。懷念(全宋詞作念□)傷嗟，憑闌煙水渺無涯。秦源目斷，碧雲暮合，難認仙家。

原作醜奴兒慢。曲譜大成傳本載爲正宫過曲。

漁家傲

煙鎖池塘秋欲暮。細細荷香，直到雙棲處。並枕東窗聽夜雨。偎金縷，雲深不見來時路。　曉色朦朧人去住。香覆重簾，密密聞私語。目斷征帆歸别浦。空凝佇，苔痕緑印金蓮步。

曲譜大成傳本作中吕宫引，九宫大成同。

飛雪滿群山

冰結金壺，寒生羅幕，夜闌霜月侵門。翠筠敲竹，疏梅弄影，數聲鴈過南雲。酒醒欹粲枕，愴猶有、殘妝淚痕。繡衾孤擁，餘香未减，猶是那時薰。　長記得，扁舟尋舊約，聽小窗風雨，燈火昏昏。錦茵才展，瓊籤報曙，寶釵又是輕分。黯然攜手處，倚朱箔、愁凝黛顰。夢回雲散，山遥水遠空斷魂。

一名扁舟尋舊約，又「群」一作「堆」。九宫大成入黄鍾宫。

張元幹

訴衷情令

兒時初未識方紅，學語問西東。對客呼爲紅蕊，此興已偏濃。　嗟白首，抗塵容，費牢籠。星毬何在：鶴頂長丹，誰寄南風。

曲譜大成鄭本入小石調引。

楊無咎

端正好

濺濺不住溪流素，憶曾記、碧桃紅露。别來寂寞朝朝暮，恨遮斷、當時路。　仙家豈解空相誤，歎塵世、自難知處。而今重與春爲主，盡浪蕊、浮花妒。

原作於中好。曲譜大成傳本入正宫。

曹勛

二色蓮

鳳沼湛碧，蓮影明潔，清泛波面。素肌鑒玉，煙臉暈紅深淺。占得薰風弄色，照醉眼、梅妝相間。堤上柳垂輕帳，飛塵儘教遮斷。　重重翠荷淨，列向橫塘暖。爭映芳草岸，畫船未槳，清曉最宜遥看。似約鴛鴦並侶，又更與、春鋤爲伴。頻宴賞，香成陣、瑶池任晚。

九宫大成注爲小石調。

李石

搗練子

心自小，玉釵頭。月娥飛下白蘋洲。水中仙，月下游。　江漢佩，洞庭舟，香名薄倖寄青樓。問何如，打泊浮。

曲譜大成鄭本載作雙調引子。

康與之

聲聲慢

尋尋覓覓，冷冷清清，悽悽慘慘戚戚。乍暖還寒時候，正難將息。三杯兩杯淡酒，怎敵他、晚來風急。鴈過也，縱傷心，（卻是）舊時相識。　滿地黄花堆積。憔悴損，如今有誰忺摘。守著窗兒，獨自怎生得黑。梧桐更兼細雨，到黄昏、點點滴滴。這次第，怎一個、愁字了得。

曲譜大成鄭本注爲李清照作，此曲已見前李清照詞。沈譜、增訂譜入仙吕調慢詞，即引子。曲譜大成鄭本同。

醜奴兒

馮夷剪碎澄溪練，飛下同雲。著地無痕，柳絮梅花處處春。　山陰此夜明如畫，月滿前村。莫掩溪門，恐有扁舟乘興人。

增訂譜注爲大石調慢詞，曲譜大成鄭本注爲正宫引子。

寶鼎現

夕陽西下，暮靄紅溢，香風羅綺。乘夜景、華燈争放，濃焰燒空連錦砌。睹皓月，浸嚴城如畫，花影寒籠絳蕊。漸掩映、芙蓉萬頃，迤邐齊開秋水。　太守無限行歌意，擁麾幢、光動珠翠。傾萬井、歌臺舞榭，瞻望朱輪駢鼓吹。控寶馬，耀貔貅千騎，銀燭交光數里。似爛簇、寒星萬點，擁入蓬壺影裏。　來伴（一本無此）宴閣多才，環豔粉、瑶簪珠履。恐看看、丹詔歸春，宸遊燕侍。便趁早、占通宵醉，莫放笙歌起（一作妓）。任畫角、吹徹寒梅，月落西樓十二。

詞本三换頭，故又名三段子，作者又作范周。曲譜大成鄭本載爲雙調引子。

荷葉鋪水面

春光豔冶，遊人踏緑苔。千紅萬紫競香開。暖風拂鼻籟，驀地暗香透滿懷。荼蘼似錦裁，嬌紅間緑白，只怕迅速春回。誤落在塵埃，折向鬢雲間、金鳳釵。

曲譜大成鄭本注爲小石角過曲。

曾覿

木蘭花慢　上闋

正枝頭荔子，晚紅皺，嫋熏風。對碧瓦迷雲，青山似浪，返照浮空。高臺稱吟眺處，繁華清勝，兩兩無窮（此句原爲七字，少一字或兩字）。簾卷榕陰暮合，萬家香靄溟濛。

曲譜大成鄭本作高平調引子。

燕山亭

河漢風清，庭户夜涼，皓月澄秋時候。冰鑒乍開，跨海飛來，光掩滿天星斗。四捲珠簾，漸移影、寶階鴛甃。還又。看歲歲嬋娟，向人依舊。　朱邸高宴簪纓，正歌吹瑶臺，舞翻宫袖。銀管競酬，棣萼相輝，風流古來誰有。玉笛横空，更聽徹、裳霓三奏。難偶。拚醉倒、參横曉漏。

九宫大成入小石調。

趙彦端

賀聖朝

一江風月同君住，了不知秋去。賞心亭下，過帆如馬，墮楓如雨。相將莫問興亡事，舉離觴誰訴。垂楊指點，但歸來，有温柔佳處。

曲譜大成傳本作中吕宫引，九宫大成同。

又

河陽桃李開無數，待乘（一作成）春歸去。小園幾片忽驚飛，恨主人難駐。雛鶯乳燕愁相語，道留君不住。願君隨處作東風，與群芳爲主。

曲譜大成傳本作中吕宫引。

五彩結同心

人間塵斷，雨外風回，涼波自泛仙槎。非郭還非野，閑鶯燕、時傍笑語清佳。銅壺花漏長如線，金鋪碎、香暖簷牙。誰知道、東園五畝，種成國豔天葩。主人漢家龍種，正翩翩迴立，雪紵烏紗。歌舞承平舊，圍紅袖、詩興自寫春華。未知三斗朝天去，定何似、鴻寶丹砂。且一醉、朱顏相慶，共看玉井浮花。

九宫大成入越調。

芰荷香

燕初歸。正春陰暗淡，客意淒迷。玉觴無味，晚花雨褪凝脂。多情細柳，對沈腰、渾不勝衣。垂別忍見離披。江南陌上，强半紅飛。　樂事從今一夢散，縱錦囊空在，金椀誰揮。舞裙歌扇，故應閒瑣幽闈。練江詩就，算檥舟、寧不相思。腸斷莫訴離杯。青雲路穩，白首心期。

九宫大成入小石調。

袁去華

相思引

曉鑒胭脂拂紫綿，未忺梳掠鬌雲偏。日高人静，沉水嫋殘煙。　春老菖蒲花未著，路長魚鴈信難傳。無端風絮，飛到繡床邊。

一名琴挑相思引，又名定風波令。曲譜大成鄭本、傅本入中吕宫作引，九宫大成入小石調。

金蕉葉

江楓半赤，雨初晴、鴈空紺碧。愛籬落、黄花秀色，帶零露旋摘。向晚西風淡日，髮蕭蕭、任從帽側。更莫把茱萸歎息，且更持大白。

曲譜大成傳本注爲越調。

陸游

好事近

客路苦思歸，愁似繭絲千緒。夢裏鏡湖煙雨，看山無重數。尊前消盡少年狂，慵著送春語。花落燕飛庭户，歎年光如許。

一名翠園枝。曲譜大成傳本入中吕宫引曲，九宫大成同。

馬子嚴

孤鸞

沙堤香軟。正宿雨初收，落梅飄滿。可奈東風，暗逐馬蹄輕捲。湖波又還漲緑，粉牆陰、日融煙暖。蓦地刺桐枝上，有一聲春唤。任酒帘、飛動畫樓晚。便指數燒燈，時節非遠。陌上叫聲，好是賣花行院。玉梅對妝雪柳，鬧蛾兒、象生嬌顫。歸去争先戴取，倚寶釵雙燕。

九宫大成入小石調。

馬天驥

城頭月

城頭月色明如畫，總是青霞有。酒醉茶醒，饑餐困睡，不把雙眉皺。坎離龍虎勤交媾，煉得丹將就。借問羅浮鶴侶，還似先生否。

九宫大成入小石調。

樓扶

菩薩蠻

絲絲楊柳鶯聲近，晚風吹過秋千影。寒色一簾輕，燈殘夢不成。耳邊消息在，笑指花梢待。又是不歸來，滿庭花自開。

曲譜大成傳本入正宫。

侯寘

遥天奉翠華引

雪消樓外山。正秦淮、翠溢回瀾。香梢豆蔻，紅輕猶怕春寒。曉光浮晝戟，卷繡簾、風暖玉鉤閒。紫府仙人，花圍羽帔星冠。蓬萊閬苑，意倦遊、常戲世間。佩麟舊都，江左襦袴歌歡。只恐催歸覲，剩清都、休訴酒杯寬。明歲應看，鈞容舞袖歌鬟。

九宫大成入大石調。

楊纘

一枝春

竹爆驚春，競喧填、夜起千門簫鼓。流蘇帳暖，翠鼎緩騰香霧。停杯未舉，奈剛要、送年新句。應自有、歌字清圓，未誇上林鶯語。從他歲窮日暮，縱閑愁、怎減劉郎風度。屠蘇辦了，迤邐柳欺梅妒。宫壺未曉，早嬌馬、繡車盈路。還又把、月夜花朝，自今細數。

九宫大成入黄鍾宫。

張孝祥

糖多令　上闋

花下鈿箜篌，樽前白雪謳。記懷中、朱李曾投。鏡約釵盟心已許，詩寫在、小紅樓。

沈譜入仙吕宫作引，增訂譜同。曲譜大成入越調。

風入松慢　上闋

東風巷陌暮寒驕，燈火鬧河橋。勝遊憶遍錢塘夜，青鸞遠、信斷難招。蕙草情隨雪盡，梨花夢與雲銷。（換頭不録）

沈譜入雙調作引，增訂譜、曲譜大成鄭本同。以上二曲不見於張孝祥于湖詞，作者待考。

趙長卿

小重山

一夜中庭（一作西風）拂翠條。碧紗窗外雨，長涼飆。潮來漲水恰平橋。添清景，疏韻響（一本無響字）、入芭蕉。坐久篆香消。多情人去後，信音遥。即今消瘦沈郎腰。悲秋切，虚過了（一本無了字），可憐宵。

曲譜大成鄭本載爲雙調引子。

辛棄疾

驀山溪 上闋

小橋流水，欲下前溪去。喚取故人來，伴先生、風煙杖屨。行穿窈窕，時歷小崎嶇。斜帶水，半遮山，翠竹栽成路。

沈譜、增訂譜爲大石調慢詞，曲譜大成鄭本作大石調引子。

賀新郎

瑞氣籠清曉。捲珠簾、次第笙歌，一時齊鬧（一作奏）。無限神仙離蓬島，鳳駕鸞車初到。見擁個、仙娥窈窕，玉珮叮噹風縹緲。望嬌姿、一似垂楊嫋。天上有，世間少。（換頭不録）

沈譜、增訂譜入南吕調慢詞，南詞定律作南吕引子，注：與慢詞同。

霜天曉角

吴頭楚尾，一棹人千里。休説舊愁新恨，長亭樹，今如此。宦途吾倦矣。玉人留我醉。明日落花寒食，得且住，爲佳耳。

曲譜大成傳本作越調引子。

程垓

梅花引

娟娟霜月冷（一作又）侵門。怕黄昏，又黄昏，手撚一枝（一作愁把梅花），獨自對芳樽（一作泛清尊）。酒又不禁花又惱，漏聲遠，一更更，總斷魂。斷魂，斷魂，不堪聞。被半温，香半熏。睡也睡也睡不穩，誰與温存。惟有床前，銀燭照啼痕。一夜爲花憔悴損（一作一夜無眠連曉角），人瘦也。比梅花，瘦幾分。

又名攤破江城子，亦名江城梅花引。曲譜大成鄭本作雙調引子。

酷相思

月掛霜林寒欲墜，正門外、催人起。奈離别，如今真個是。欲住也、留無計，欲去也、來無計。馬上離情衣上淚，各自個、供憔悴。問江路梅花開也未。春到也、須頻寄，人到也、須頻寄。

曲譜大成鄭本注爲高平調引子。

攤破南鄉子

休賦惜春詩，留春住、説與人知。一年已負東風瘦，説愁説恨，數期數刻，只望歸時。

莫怪杜鵑啼。真個也、喚得人歸。歸來休恨花開了，梁間燕子，且教知道，人也雙飛。

又名青杏兒，亦名似娘兒。曲譜大成傳本入大石調。

李劉

沁園春

玉露迎寒，金風薦冷，正蘭桂香。覺秋光過半，日臨三九，葱葱佳氣，藹藹琴堂。見説當年，中生穀旦，夢葉長庚天降祥。文章伯，英聲早著，騰踏飛黄。雙鳧暫駐東陽。已種得，春陰千樹棠。有無邊風月，幾多事業，安排青瑣，入與平章。百里民歌，一樽春酒，争勸殷勤稱壽觴。願此去，龜齡難老，長侍君王。

一名洞庭春色。九宫大成入中吕宫引。此曲出於詞譜卷三十六，全宋詞未收。

劉過

醉太平

情高意真，眉長鬢青，小樓明月調箏。寫春風數聲。思君憶君，魂牽夢縈，翠銷香暖雲屏。更那堪酒醒。

曲譜大成入正宫調。此曲全宋詞未收。詞譜卷三注爲劉過。

姜夔

醉吟商

九宫大成注爲中吕宫。

正（詞集「正」上有「又」字）是春歸，細柳暗黄千縷。暮鴉啼處，夢逐金鞍去。一點芳心休訴，琵琶解語。

惜紅衣

九宫大成注爲小石調。

簟枕邀凉，琴書换日，睡餘無力。細灑冰泉，并刀破甘碧。牆頭唤酒，誰問訊、城南詩客。岑寂。高柳晚蟬，説西風消息。　虹梁水陌，魚浪吹香，紅衣半狼藉。維舟試望故國，眇天北。可惜渚邊沙外，不共美人遊歷。問甚時同賦，三十六陂秋色。

史達祖

東風第一枝

草腳愁蘇，花心夢醒，鞭香拂散牛土。舊歌空憶珠簾，彩筆倦題繡户。粘雞貼燕，想立斷、東風來處。暗惹起、一掬相思，亂若翠盤紅縷。　今夜覓、夢池秀句。明日動、探花芳緒。寄聲沽酒人家，預約俊遊伴侶。憐它梅柳，乍忍後、天街酥雨。待過了一月燈期，日日醉扶歸去。

曲譜大成鄭本入大石調引曲。

三姝媚

煙光摇縹瓦，望晴簷多風，柳花如灑。錦瑟横床，想淚痕塵影，鳳弦常下。倦出犀帷，頻夢見、王孫驕馬。諱道相思，偷理綃裙，自驚腰衩。惆悵南樓遥夜，省翠箔張燈，枕肩歌罷。又入銅駝，徧舊家門巷，首詢聲價。可惜東風，將恨與、閑花俱謝。記取崔徽模樣，歸來暗寫。

九宫大成注爲小石調。

醉公子

神仙無膏澤，瓊裾珠佩，卷下塵陌。秀骨依依，誤向山中，得與相識。溪岸側，倚高情、自鎖煙翠，時點空碧。念香襟沾恨，酥手剪愁，今後夢魂隔。相思暗驚清吟客，想玉照堂前，樹三百。雁翅霜輕，鳳羽寒深，誰護春色。詩鬢白，總多因、水村攜酒，煙墅留屐。更時帶、明月同來，與花爲表德。

曲譜大成商調醉公子附史達祖四换頭。

高觀國

金人捧露盤

念瑶姬，翻瑶佩，下瑶池。冷香夢、吹上南枝。羅浮夢杳，憶曾清曉見仙姿。天寒翠袖，可憐是、倚竹依依。　溪痕淺，雪痕凍，月痕淡，粉痕微。江樓怨、一笛休吹。芳音待寄，玉堂煙驛兩淒迷。新愁萬斛，爲春瘦、卻怕春知。

一名西平曲，又「金」一作「銅」。九宫大成注爲越調。

張輯

桂枝香

梧桐雨細。漸滴作秋聲，被風驚碎。潤逼衣篝，線嫋蕙爐沉水。悠悠歲月天涯醉，一分秋、一分憔悴。紫簫吹斷，素箋恨切，夜寒鴻起。　又何苦、淒涼客裏。草（一本「草」前有「負」字）堂春緑，竹溪空翠。落葉西風，吹老幾番塵世。從前諳盡江湖味，聽商歌、歸興千里。露侵宿酒，疏簾淡月，照人無寐。

南詞定律、九宫大成作疏簾淡月。沈譜注作仙吕宫慢詞，即引子。增訂譜、南詞定律、九宫大成同。

念奴嬌

嫩涼生曉，怪得今朝湖上，秋風無跡。古寺桂香山色外，腸斷幽叢金碧。驟雨俄來，蒼煙不見，苔徑孤吟屐。繫船高柳，晚蟬嘶破愁寂。　且約攜酒高歌，與鷗相好，分坐漁磯石。算只藕花知我意，猶把紅芳留客。樓閣空濛，管弦清潤，一水盈盈隔。不如休去，月懸良夜千尺。

曲譜大成傳本載作大石調。

葛長庚

瑶臺月

煙霄凝碧。問紫府清都，今夕何夕。桐陰下，幽情遠、與秋無極。念陳跡、虎殿蚪宫，記往事、龍簫鳳笛。露華冷，蟾光白，雲影淨，天籟息。知得，是蓬萊不遠，身無羽翼。　廣寒宫舞徹霓裳，白玉臺、歌罷瑶席。争不思下界，有人岑寂。羨博望、兩泛仙槎，與曼倩、三偷桃實。把丹鼎，暗融液，乘雲氣，醉麾斥。嗟惜。但城南老樹，人誰我識。

曲譜大成傳本入般涉調。

趙以夫

雙瑞蓮

千機雲錦裏。看並蒂新房，駢頭芳蕊。清標豔態，兩兩翠裳霞袂。似是商量心事，倚緑蓋、無言相對。天蘸水。彩舟過處，鴛鴦驚起。　飄緲漾影摇香，想劉阮風流，雙仙姝麗。閑情未斷，猶戀人間歡會。莫待西風吹老，薦玉醴、碧筒拼醉。清露底，月照一襟凉（一作歸）思。

九宫大成入小石調。

劉子寰

洞仙歌

風鬟雨足，也解爲花地。收拾浮雲放新霽。愛調亭小翠，點滴猩紅。新妝了，妃子朝來睡起。　遥知春有主，整頓歡娱，興在新亭錦圍底。便選歌燕趙，授簡鄒枚，須記作他日，城山盛事。笑東君不用管楊花，任飛去天涯，在東風裏。

曲譜大成傳本入大石調。

吴文英

玉漏遲

絮花寒食路。晴絲罥日，緑陰吹霧。客帽欺風，愁滿畫船煙浦。彩掛秋千散後，悵塵鎖、燕簾鶯户。從間阻。夢雲無准，鬢霜如許。　夜久繡閣藏嬌，記掩扇傳歌，剪燈留語。月約星期，細把花須頻數。彈指一襟怨恨，漫空倩啼鵑聲訴。深院宇，黄昏杏花微雨。

曲譜大成鄭本作黄鍾宫引子。此曲作者應爲趙聞禮，見陽春白雪卷五。

高山流水

素弦一一起秋風。寫柔情、都在春葱。徽外斷腸聲，霜霄暗落驚鴻。低顰處、剪緑裁紅。仙郎伴、新製還賡舊曲，映月簾櫳。似名花並蒂，日日醉春濃。吴中。空傳有西子，應不解、换徵移宫。蘭蕙滿襟懷，唾碧總噴花茸。後堂深、想費春工。客愁重、時聽蕉寒雨碎，淚濕瓊鐘。恁風流也，稱金屋，貯嬌容（一作慵）。

九宫大成入商調。此曲出於詞譜與詞律，未見於吴文英夢窗甲乙稿及全宋詞。

江南春慢

風響牙籤，雲寒古硯，芳銘猶在棠笏。秋床聽雨，妙謝庭、春草吟筆。城市喧鳴轍，清溪上、小山秀潔。便向此。搜松訪石，葺屋營花，紅塵遠避風月。瞿塘路，隨漢節。記羽扇綸巾，氣淩諸葛。青天萬里，料漫憶、蓴絲鱸雪。車馬從休歇，榮華夢、醉歌耳熱。真個是（一本無此三字），天與此翁，芳芷嘉名，紉蘭佩兮瓊玦。

九宫大成入小石調。

李萊老

惜紅衣

笛送西泠，帆過杜曲，畫陰芳緑。門巷清風，還尋故人屋。蒼華髮冷，笑瘦影、相看如竹。幽谷。煙樹晚鶯，訴經年愁獨。　殘陽古木。書畫歸船，匆匆又南北。蘋洲鷗鷺素熟，舊盟續。甚日浩歌招隱，聽雨弁陽同宿。料重來時候，香蕩幾灣紅玉。

九宫大成入小石調。

陳允平

定風波

慵拂妝臺懶畫眉，此情惟有落花知。流水悠悠春脈脈，閑倚繡屏，猶自立多時。　有約莫教鶯解語，多愁卻妒燕于飛。一笑薔薇辜舊約，載酒尋歡，因甚懶支持。

一名定風波令，又「波」一作「流」。曲譜大成鄭本、傅本、九宫大成皆入中吕宫作引。

垂　楊

銀屏夢覺。漸淺黄嫩緑，一聲鶯小。細雨輕塵，建章初閉東風悄。依然千樹長安道。翠雲鎖、玉窗深窈。斷橋人、空倚斜陽，帶舊愁多少。　還是清明過了。任煙縷露條，碧纖青嫋。恨隔天涯，幾回惆悵蘇堤曉。飛花滿地誰爲掃。甚薄倖、隨波縹緲。縱啼鵑、不唤春歸，人自老。

九宫大成注爲陳永平作，當爲陳允平。九宫大成注爲高大石調。

劉辰翁

蘭陵王

送春去，春去人間無路。秋千外、芳草連天，誰遣風沙暗南浦。依依甚意緒。漫憶海門飛絮。亂鴉過，斗轉城荒，不見來時試燈處。　春去，最誰苦。但箭鴈沉邊，梁燕無主。杜鵑聲裏長門暮。想玉樹凋霜（一作土），淚盤如露。咸陽送客屢回顧。斜日未能度。　春去，尚來否，正江令恨别，庾信愁賦。蘇堤盡日風和雨。歎神遊故國，花記前度。人生流落，顧孺子，共夜雨（一作語）。

九宮大成入正宮。

周密

霓裳中序第一

湘屏展翠疊。恨入宮溝流怨葉，釭冷金花暗結。又鴈影帶霜，蛩音淒月。珠寬腕雪。歎錦箋、芳字盈篋。人何在，玉簫舊約，忍對素娥說。　愁絶。夜砧幽咽，任帳底、沈煙漸滅。紅蘭誰采贈別。悵（一本無悵字）洛汜分綃，漢皋（一作浦）遺玦。舞鸞光半缺。最怕聽、離弦乍闋。憑闌久，一庭香露，桂影弄棲蝶。

九宮大成注爲小石角。

蔣捷

一剪梅

一片春愁帶酒澆。江上舟搖，樓上帘招。秋娘容與泰娘嬌。風又飄飄，雨又蕭蕭。　何日雲帆卸浦橋。銀字箏調，心字香燒。流光容易把人拋，紅了櫻桃，綠了芭蕉。

沈譜增定譜注爲南吕引子，九宮大成同。

秋夜雨

黄雲水驛秋笳咽，吹人雙鬢如雪。愁多無奈處，漫碎把、寒花輕絶。紅雲轉入香心裏，夜漸深、人語初歇。此際愁更别，鴈落影、西窗斜月。

曲譜大成鄭本作商調引子，九宫大成同。

張炎

桂枝香

琴書半室。向桂邊，偶然一見秋色。老樹香遲，清露綴花疑滴。山翁翻笑如泥醉，笑平生、無此狂逸。晉人遊處，幽情付與，酒尊吟筆。任簫散、披襟岸幘。歎千古猶今，休問何夕。髮短霜濃，卻恐浩歌消得。明年野客重來此，探枝頭、幾分消息。望西樓遠，西湖更遠，也尋梅驛。

九宫大成入仙吕調。

淡黄柳

楚腰一撚，羞翦青絲結。力未勝春嬌怯怯。暗托鶯聲細説，愁蹙眉心鬥雙葉。正情切，柔條未堪折。應不解、管離别，如今已入東風眼。空望斷章臺，馬蹄何處，閑了黄昏淡月。

九宫大成入羽調。

趙與仁

西江月

夜半沙痕依約。雨餘天氣溟濛。起行微月遍池東。水影浮花，花影動簾櫳。　量減難追醉白。恨長莫盡題紅，鴈聲能到畫樓中。也要玉人，知道有秋風。

曲譜大成鄭本、傅本作中吕宫引曲。

彭元遜

玉女迎春慢

淺入新年，逢人日、拂拂淡煙無雨。葉底妖禽自語，小啄幽香還吐。東風辛苦，便怕有、踏青人誤。清明寒食，消得渡江，黄翠千縷。　看臨小帖宜春，填輕暈濕，碧花生霧。爲説釵頭嫋嫋，繫著輕盈不住。問郎留否。似昨夜、教成鸚鵡。走馬章臺，憶得畫眉歸去。

九宫大成入高大石調。

姚雲文

玲瓏玉

開歲春遲，早贏得、一白瀟瀟。風窗淅簌，夢鷩鴛帳春嬌。是處貂裘透暖，任樽前回舞，紅倦柔腰。今朝。虧陶家、茶鼎寂寥。料得東皇戲劇，怕蛾兒街柳，先鬥元宵。宇宙低迷，倩誰分、淺凸深凹。休嗟空花無據，便真個、瓊雕玉琢，總是虛飄。虛飄。且沉醉，趁樓頭、零片未消。

九宫大成入黄鍾宫。

黄子行

西湖月

初弦月掛林梢，又一度西園，探梅消息。粉牆朱户，苔枝露蕊，淡勻輕飾。玉兒應有恨，爲悵望，東昏相記憶。便解珮、飛入雲階，長伴此花傾國。還嗟瘦損幽人，記立馬攀條，倚欄横笛。少年風味，拈花弄蕊，愛香憐色。揚州何遜在，試點染，吟箋留醉墨。漫贏得、疏影寒窗，夜深孤寂。

九宫大成入商調。

吴奕

昇平樂

水閣層臺，竹（一作短）亭深院，依稀萬木籠陰。飛暑無涯，行雲有勢，晚來細雨回晴。庭槐轉影，近（一無近字）紗廚，兩兩蟬鳴。幽夢斷枕，金猊旋熱，蘭炷微薰。堪命俊才儔侣，對華筵坐列，朱履紅裙。檀板輕敲，金樽滿泛，縱交畏日西沉。金絲玉管，間歌喉、時奏清音。唐虞世，盡陶陶沈醉，且樂昇平。

九宫大成入大石調。

趙德仁

醉春風

陌上清明近，行人難借問。風流何處不歸來，悶悶悶。回鴈峰前，戲魚波上，試尋芳信。夜永蘭膏燼，春睡何曾穩。枕邊珠淚幾時乾，恨恨恨。惟有窗前，過來明月，照人方寸。

一名怨東風。全宋詞注爲無名氏作。沈譜入中吕宫，增訂譜、曲譜大成鄭本、南詞定律、九宫大成同。

歐良

風光好

柳陰陰，水深深。風約雙鳧立不禁，碧波心。孤村橋斷人迷路，舟横渡。旋買村醪淺淺斟，更微吟。

全宋詞注爲無名氏作。九宮大成入羽調引。

無名氏

相思引

笑盈盈、香噴噴，姑射仙人風韻。天與肌膚常素嫩，玉面猶嫌粉。斜倚小樓凝遠信，多少往來人恨。只恐乘春雲雨困，迤邐嬌容褪。

曲譜大成鄭本、傅本作中吕宫引。

柳梢青

依稀曉星明滅，白露點蒼苔敗葉。斷址頹垣，荒煙衰草，漢家宫闕。咸陽道上行人，依舊是利親名切。改换容顔，消磨今古，隴頭殘月。

原注古今詞話無名氏。曲譜大成鄭本作雙調引子。

小重山

不是蛾兒不是酥，化工應道也難摹。花兒清瘦影兒孤，多情處，時有暗香浮。　試問玉肌膚，夜來霜雪重，怕寒無。一枝欲寄洞庭姝，可惜許，只有鴈銜蘆。

原注梅苑無名氏詞。曲譜大成鄭本注爲雙調引子。

玉樓人

去年尋處曾持酒，還是向、南枝見後。宜霜宜雪精神，没些兒、風味減舊。　先春似與群芳鬥，暗度香、不待頻嗅。有人笑折歸來，玉纖長、盡露羅袖。

原注無名氏詞。曲譜大成入正宮，九宮大成入高宮。

導　引

皇家盛事，三殿慶重重。聖主極推崇。瑶編寶列相輝映，歸美意何窮。　鈞韶九奏度春風，彩仗焕儀容。歡聲和氣彌寰宇，皇壽與天同。

同上。曲譜大成入正宮引。

導　引

五年一狩，仙仗到人間，問稼穡艱難。蒼生洗眼秋光裏，今日見天顔。　金戈玉斧臨香火，馳道六龍閑。歌謡到處皆相似，天子壽南山。

同上。九宫大成入正宫引子。

鞓紅

粉香猶嫩，衾寒可慣，怎奈向，春心已轉。玉容别是，一般閑婉。悄不管，桃紅杏淺。月影簾櫳，金堤波面，漸細細，香風滿院。一枝折寄，故人雖遠，莫輒使，江南信斷。

同上。九宫大成入仙吕調。

太平年

皇州春滿群芳麗，散異香旖旎。鼇宫開宴賞佳致，舉笙歌鼎沸，永日遲遲和風媚。柳色煙凝翠。唯恐日西墜，且樂歡醉。

同上。九宫大成入中吕宫。

愛月夜眠遲慢

禁鼓初敲，覺六街夜悄，車馬人稀。暮天澄淡，雲收霧卷，亭亭皎月如珪。冰輪碾出遥空，照臨千里無私。最堪憐、有情風，送得丹桂香微。唯願素魄長圓，把流霞對飲，滿泛觥卮。醉憑欄處賞玩，不忍辜負，好景良時。清歌妙舞連宵，踟躕懶入羅幃。任佳人、盡嗔我，愛月每夜眠遲。

曲譜大成傳本作愛月夜眠遲，原注無名氏詞。曲譜大成傳本、九宫大成皆入越調。

浪淘沙

秋意晚侵尋，庭院深深。嫩凉偷入藕花心。團扇西風容易老，此恨難禁。

原注無名氏詞。南詞定律、九宫大成入越調引。

五彩結同心

珠簾垂户，金索懸窗，家接浣紗溪路。相見桐陰下，一鉤月、恰在鳳凰棲處。素瓊碾就宫腰小。花枝嫋、盈盈嬌步。新妝淺，滿腮紅雪，綽約片雲欲度。　塵寰豈能留住。唯只愁化作，彩雲飛去。蟬翼衫兒薄，冰肌瑩，輕罩一團香霧。彩箋巧綴相思苦。脈脈動、憐才心緒。好作個、秦樓活計，要待吹簫伴侣。

同上。九宫大成注爲越調。

落梅風

宫煙如水濕芳晨，寒梅似雪相親。玉樓側畔數枝春，惹香塵。　壽陽嬌面偏憐惜，妝成一面花新。鏡中重把玉纖匀，酒初醺。

原注無名氏詞。九宫大成入小石調作引。

江亭怨

簾捲曲欄獨倚，江展暮雲無際。淚眼不曾晴，家在吴頭楚尾。數點落花亂委，撲漉沙鷗驚起。詩句欲成時，没入蒼煙叢裏。

同上。九宫大成入小石調作引。

夏日燕黌堂

日初長。正園林换葉，瓜李飄香。簾外雨過，送一霎微涼。萍蕪徑曲凝珠顆，襯沙汀、細簇蜂房。被晚風輕颭，圓荷翻水，潑覺鴛鴦。此景最難忘。趁芳樽泛蟻，筠簟鋪湘。蘭舟棹穩，倚何處垂楊。豈能文字成狂飲，更紅裙、閙也何妨。任醉歸明月，蝦須簾卷，幾線餘霜。

同上。九宫大成注爲小石調。

握金釵

梅蕊破春寒。春來何太早。輕傅粉，向人先笑。比並年時較些少。愁底事，十分清瘦了。影静野塘空，香寒霜月曉。丰韻減，酒醒花老。可煞多情要人道，疏竹外，一支斜更好。

握一作戛，原注無名氏詞。九宫大成注爲小石調。

西地錦

不與群花相續，獨占春光速。幽香遠遠散西東，惟竹籬茅屋，羌管誰調一曲。　送月夜、猶芬馥，憑君折取向玉堂，只這些清福。

同上。九宫大成入黄鍾宫。

誤桃源

砥柱勒銘賦，本贊禹功勳。試官親處分，贊唐文。　秀才冥子裏，鑾駕幸并汾。恰似鄭州去，出曹門。

同上。九宫大成入羽調引。

慶金枝

莫惜金縷衣。勸君惜、少年時。花開堪折直須折，莫待折空枝。　一朝杜宇才鳴後，便從此、歇芳菲。有花有酒且開眉，莫待滿頭絲。

一名慶金枝令，原注無名氏詞。九宫大成入羽調作引。

趙秉文

青杏兒

風雨替花愁，風雨過花也應休。勸君莫惜花前醉，今朝花謝，明朝花謝，白了人頭。乘興三兩甌，揀溪山好處追遊。但教有酒身無事，有花也好，無花也好，選甚春秋。

太和正音譜卷上小石調，北詞廣正譜第八帙。

段成己

月上海棠

酒杯何似浮名好，一入枯腸太山小。喚醒夢中身，鶗鴂數聲春曉。昂頭處，幾點青山屋杪。　人生得計魚遊沼，視過眼光陰向來少。須卜一枝安，笑月底驚烏三繞。無窮事，畢竟何時是了。

曲譜大成鄭本入雙調引曲。

附録二　元明曲集所收宋金詞

陽春白雪

念奴嬌

蘇　軾

大江東去，浪淘盡、千古風流人物。故壘西邊，人道是、三國周郎赤壁。亂石穿空，驚濤拍岸，捲起千堆雪。江山如畫，一時多少豪傑。　遥想公瑾當年，小喬初嫁了，雄姿英發。羽扇綸巾，談笑間、檣櫓灰飛烟滅。故國神遊，多情應笑我，早生華髮。人生如夢，一樽還酹江月。

〔商調〕蝶戀花

司馬槱〔一〕

妾本錢塘江上住，花落花開，不管流年度。燕子啣將春色去，紗窗幾陣黄梅雨。　斜插犀梳雲半吐，檀板輕敲，唱徹黄金縷。望斷彩雲無覓處，夢回明月生南浦。

〔一〕原作「蘇小小」，據《全宋詞》改。一作秦觀。

〔大石調〕鷓鴣天

晏幾道

綵袖殷勤捧玉鍾，當年拚却醉顔紅。舞低楊柳樓心月，歌盡桃花扇底風。　從别後，憶相逢，幾回魂夢與君同。今宵賸把銀釭照，猶恐相逢是夢中。

望海潮

鄧千江

雲雷天塹，金湯地險，名藩自古皋蘭。營屯繡錯，山形米聚，喉襟百二秦關。鏖戰血猶殷，見陣雲冷落，時有鵰盤。静塞樓頭，曉月依舊玉弓彎。　看看定遠西還，有元戎閫令，上將齋壇。區脱晨空，兜零夕舉，甘泉又報平安。吹笛虎牙閑。且宴陪珠履，歌按雲鬟。未招英靈，醉魂長繞賀蘭山。

春草碧

完顔璹〔一〕

幾番風雨西城陌，不見海棠紅，梨花白。底事勝賞匆匆，政自天付酒腸窄。更笑老東君、人間客。　賴有玉管新翻，羅襟醉墨。望中倚闌人，如曾識。舊夢回首何堪，故苑春光又陳迹。落盡後庭花，春草碧。

〔一〕原作「吴彦高」，據《中州集》改。

摸魚兒

辛棄疾

更能消、幾番風雨，匆匆，春色又歸去。惜春長怕花開早，何况落紅無數。春且住，見説道天涯芳春無歸路。怨春不語，算只有殷勤畫簷蛛網，盡日惹飛絮。長門事，準擬佳期又誤。蛾眉曾有人妬，千金縱買相如賦。脉脉此情難訴，君莫舞，君不見玉環飛燕皆塵土。閑愁最苦，休去倚危闌，斜陽正在、煙柳斷腸處。

〔雙調〕雨霖鈴

柳　永

寒蟬凄切，對長亭晚，驟雨初歇。都門暢飲無緒，方留戀處，蘭舟催發，執手相看淚眼，竟無語凝噎。念去去千里煙波，暮靄沉沉楚天闊。多情自古傷離别，更那堪、冷落清秋節。今宵酒醒何處？楊柳岸、曉風殘月。此去經年，應是良辰好景虚設。便縱有千種風情，更與何人説？

〔大石〕生查子

朱淑真

年年玉鏡臺，梅蕊宫粧困。今歲未還家，怕見江南信。酒從别後疏，淚向愁中盡。遥想楚雲深，人遠天涯近。

石州慢

蔡松年

東海蓬萊，風鬟霧鬢，不假梳掠。仙衣捲盡雲霓，方見宮腰纖弱。心期得處，世間言語非真，海犀一點通寥廓。無物比情濃，覓無情相博。　離索，曉來一枕餘香，酒病賴花醫却。灩灩金尊，收拾新愁重酌。片帆雲影，載將無際關山，夢魂應被楊花覺。梅子雨絲絲，滿江干樓閣。

〔中吕〕天仙子

張　先

水調數聲持酒聽，午醉醒來愁未醒。送春春去幾時回，臨曉鏡，傷流景，往事悠悠空記省。　沙上並禽池上暝，雲破月來花弄影。垂垂翠幕密遮燈。風不定，人初静，明日落紅應滿徑。《樂府新編陽春白雪》卷一

雍熙樂府

清平樂

趙令時

春風依舊，著意隨堤柳。搓得鵝兒黄欲就，天氣清明時候。去年紫陌青門，今宵雨歇雲收。斷送了一生憔悴，只消得幾箇昏晝。

永遇樂

歐陽修

南園春畔踏青時，風和聞馬嘶。青梅如豆柳如眉，日長人困，蝴蝶兒又飛。花露重，草烟低，看人家簾幕低垂。鞦韆慵困解羅衣，畫堂中雙燕飛。《雍熙樂府》卷十六

附録三　劇曲目録

官本雜劇段數

争曲六幺　扯攔六幺（三哮）　教聲六幺　鞭帽六幺
衣籠六幺　廚子六幺　孤奪旦六幺　王子高六幺
崔護六幺　骰子六幺　照道六幺　鶯鶯六幺
大宴六幺　驢精六幺　女生外向六幺　慕道六幺
三偌慕道六幺　雙攔哮六幺　趕厥夾六幺　羹湯六幺
索拜瀛府　厚熟瀛府　哭骰子瀛府　醉院君瀛府
燠骨頭瀛府　賭錢望瀛府　四僧梁州　三索梁州
詩曲梁州　頭錢梁州　食店梁州　法事饅頭梁州
四哮伊州　領伊州　鐵指甲伊州　鬧五伯伊州
裴少俊伊州　食店伊州　桔擔新水　雙哮新水
燒花新水　簡帖薄媚　請客薄媚　錯取薄媚

傳神薄媚
拜褥薄媚
三爺老大明樂
趕厥胡渭州
入寺降黃龍
崔護逍遥樂
趕厥石州
霸王中和樂
託合萬年歡
大打調道人歡
打勘長壽仙
孤和法曲
霸王劍器
催妝賀皇恩（三偌）
病和採蓮

九妝薄媚
鄭生遇龍女薄媚
列女降黃龍
單番將胡渭州
榆標降黃龍
瀼湎逍遥樂
塑金剛大聖樂
馬頭中和樂
迓鼓兒熙州
會子道人歡
偌賣妲長壽仙
藏瓶兒法曲
黃傑進延壽樂
封陟中和樂
諸宮調霸王

本事現薄媚
土地大明樂
雙旦降黃龍
銀器胡渭州
打地鋪逍遥樂
單打石州
單打大聖樂
大打調中和樂
駱駝熙州
雙拍道人歡
分頭子長壽仙
車兒法曲
義養娘延壽樂
唐輔採蓮
諸宮調卦冊兒

打調薄媚
打毬大明樂
柳玭上官降黃龍
看燈胡渭州（三厥）
病鄭逍遥樂
石和那石州
柳毅大聖樂
喝貼萬年歡
二郎熙州
越娘道人歡
棋盤法曲
病爺老劍器
扯檻兒賀皇恩
雙哮採蓮
相如文君

崔智韜艾虎兒
四偌皇州
老孤嘉慶樂
能知他泛清波
青陽觀碑彩雲歸
牛五郎罷金征
百花爨
大孝經孤爨
醉青樓爨
醉花陰爨
大徹底錯爨
上借門兒爨
借衫爨
木蘭花爨
撲蝴蝶爨

王崇道休妻
檻偌保金枝
兩相宜萬年芳
三釣魚泛清波
四小將整乾坤
新水爨
三十六拍爨
喜朝天爨
宴瑶池爨
錢爨
黃河賦爨
抹紫粉爨
燒餅爨
月當廳爨
鬧八妝爨

李勉負心
浮漚傳永成雙
進筆慶雲樂
五柳菊花新
四季夾竹桃花
三十拍爨
門子打三教爨
說月爨
錢手帕爨（太平歌）
鶻鶻爨
睡爨
夜半樂爨
調燕爨
醉還醒爨
鍾馗爨

四鄭舞楊花
浮漚暮雲歸
裴航相遇樂
夢巫山彩雲歸
禾打千秋樂
天下太平爨
孝經借衣爨
風花雪月爨
詩書禮樂爨
借聽爨
門兒爨
火發爨
棹孤舟爨
鬧夾棒爨
銅博爨

戀雙雙爨
思鄉早行孤
諱藥孤
孤慘
四孤夜宴
病孤三鄉題
兩同心卦鋪兒
白苧卦鋪兒
三哮揭榜
三哮一檐腳
秀才下酸擂
風流藥
醫馬
鶻打兔變二郎
單調霸王兒

惱子爨
睡孤
大暮故孤
雙孤慘（骨突肉）
四孤好
王魁三鄉題
一井金卦鋪兒
探春卦鋪兒
三哮上小樓
襤哮合房
急慢酸
黃元兒
調笑驢兒
二郎神變二郎神
單調宿

像生爨
迓鼓孤
小暮故孤
三孤慘
四孤披頭
强偌三鄉題
滿皇州卦鋪兒
慶時豐卦鋪兒
三哮文字兒
襤哮店休妲
眼藥酸
論淡
雌虎（崔智韜）
毀廟
單背影

金蓮子爨
論禪孤
老孤遣妲
四孤醉留客
四孤擂
文武問命
變貓卦鋪兒
三哮卦鋪兒
三哮好女兒
襤哮負酸
食藥酸
醫淡
解熊
入廟霸王兒
單頂戴

單唐突
雙搭手
雙頂戴
雙虞候
雙禁師
大雙頭蓮
小雙索
三入舍
三教安公子
三盲一偌
三教化
普天樂打三教
三姐黃鶯兒
四國朝
單折洗
雙厥送
雙園子
雙養娘
雙羅羅啄木兒
小雙頭蓮
雙排軍
三出舍
三社争賽
三教鬧著棋
三京下書
滿皇州打三教
賣花黃鶯兒
四脱空
單兜
雙厥投拜
雙索帽
雙抶
賴房錢啄木兒
大雙慘
醉排軍
三笑月中行
三頂戴
三借窑貨兒
三短鐙
領三教
大四小將
四教化
單搭手
雙三教
雙打毬
雙捉
圍城啄木兒
小雙慘
雙賣妲
三登樂院公狗兒
三偌一賃驢
三獻身
打三教庵宇
三姐醉還醒
四小將
泥孤《武林舊事》卷十

舞隊

大小全棚傀儡

查查鬼（查大）	李大口（一字口）	賀豐年	長瓠歛（長頭）
兔吉（兔毛大伯）	吃遂	大憨兒	麤妲
麻婆子	快活三郎	黃金杏	瞎判官
快活三娘	沈承務	一臉膜	貓兒相公
洞公觜	細妲	河東子	黑遂
王鈌兒	交椅	夾棒	屏風
男女竹馬	男女杵歌	大小斫刀鮑老	交袞鮑老
子弟清音	女童清音	諸國獻寶	六國朝
四國朝	穿心國入貢	孫武子教女兵	遏雲社
緋緑社	胡女	鳳阮嵇琴	撲蝴蝶
回陽丹	大樂	瓦鼓	焦䭔架兒
喬三教	喬迎酒	喬親事	喬樂神（馬明王）

喬捉蛇　喬學堂　喬宅眷　喬像生

喬師娘　獨自喬　地仙　旱划船

教象　裝熊　村田樂　鼓板

踏蹺　撲旗　抱鑼裝鬼　獅豹蠻牌

十齋郎　耍和尚　劉衮　散錢行

貨郎　打嬌惜同上卷二（此據《永樂大典》卷一五一四〇）

院本名目

唐有傳奇，宋有戲曲、唱諢、詞説，金有院本、雜劇、諸宮調。院本、雜劇，其實一也。國朝院本雜劇始釐而二之。院本則五人：一曰副淨，古謂之參軍；一曰副末，古謂之蒼鶻，鶻能擊禽鳥，末可打副淨，故云；一曰引戲；一曰末泥；一曰孤裝。又謂之五花爨弄。或曰宋徽宗見爨國人來朝，衣裝鞵履巾裹，傅粉墨，舉動如此，使優人效之以爲戲。又有焰段，亦院本之意，但差簡耳。取其如火焰，易明而易滅也。其間副淨有散説，有道念，有筋斗，有科泛。教坊色長魏、武、劉三人，鼎新編輯。魏長於念誦，武長於筋斗，劉長於科泛，至今樂人皆宗之。偶得院本名目，用載於此，以資博識者之一覽。

和曲院本

月明法曲　鄆王法曲　燒香法曲　送使法曲

上墳伊州　燒花新水　熙州駱駝　列良瀛府

病鄭逍遥樂　四皓逍遥樂　賀貼萬年歡　搿廪降黄龍

列女降黄龍

上皇院本

壺春堂　太湖石　金明池　戀鰲山

六變妝　萬歲山　打花陣　賞花燈

錯入内　悶相思　探花街　斷上皇

打毬會　春從天上來

題目院本

柳絮風　紅索冷　牆外道　共粉淚

楊柳枝　蔡消閑　方偷眼　呆太守

畫堂前　夢周公　梅花底　三笑圖

脱布衫　呆秀才　隔年期　賀方回
王安石　斷三行　競尋芳　雙打梨花院

霸王院本

悲怨霸王　范增霸王　草馬霸王　散楚霸王
三官霸王　補塑霸王

諸雜大小院本

喬托孤　旦判孤　計算孤　雙判孤
百戲孤　哨啮孤　燒棗孤　孝經孤
菜園孤　貨郎孤　合房酸　麻皮酸
花酒酸　狗皮酸　還魂酸　别離酸
三纏酸　謁食酸　三楪酸　哭貧酸
插撥酸　酸孤旦　毛詩旦　老孤遺旦
纏三旦　禾哨旦　哮賞旦　貧富旦
書櫃兒　紙襴兒　蔡奴兒　剁手兒

喜牌兒
似娘兒
雞鴨兒
小丸兒
鬧學堂
趕湯瓶
壞食店
花酒夢
瑶池會
藏鬮會
鬧結親
三園子
四論藝
呆大郎
長慶館

卦册兒
卦鋪兒
黄丸兒
醜奴兒
鬧浴堂
紙湯瓶
鬧酒店
蝴蝶夢
八仙會
打五臟
倦成親
紅娘子
殿前四藝
四酸擂
癩將軍

繡篋兒
師婆兒
稜角兒
病襄王
寬布衫
鬧旗亭
壞粥店
三出舍
蟠桃會
蘭昌宫
强風情
太平還鄉
競敲門
問前程
兩相同

粥碗兒
教學兒
田牛兒
馬明王
泥布衫
芙蓉亭
莊周夢
三入舍
洗兒會
廣寒宫
大論情
衣錦還鄉
都子撞門
十樣錦
競花枝

五變妝
窮相思
鬧巡鋪
鬧平康
無鬼論
鬧文林
醫作媒
鬥鵪鶉
滿朝歡
雙鬥醫
謝神天
雙福神
酸賣徠
白雲庵
賣花聲

洪福無疆
金壇謁宿
判不由己
趕門不上
四酸諱偌
四國來朝
風流藥院
杜甫游春
月夜聞箏
張生煮海
陳橋兵變
院公狗兒
琴劍書箱
迓鼓二郎
進奉伊州

白牡丹
調雙漸
大勘刀
賣花容
鬧棚闌
雙捉壻
監法童
鴛鴦簡
鼓角將
賒徐饅頭
雙揭榜
告和來
花前飲
壞道場
錯上墳

赤壁鏖兵
官吏不和
同官不睦
同官賀授
雙藥盤街
酒色財氣
漁樵閒話
四酸提猴
鬧芙蓉城
文房四寶
矇啞質庫
佛印燒猪
五鬼聽琴
獨腳五郎
醫五方

打五鋪
硬竹蔡
劉盼盼
四拍板
渰藍橋
香藥車
趕村禾
陰陽孤
偌賣旦
晉宣成道記

拷梅香
義養娘
牆頭馬
大論談
入桃園
四方和
眼藥孤
提頭巾
是耶酸

四道姑
啹師姨
刺董卓
牽龍舟
雙防送
九頭頂
兩同心
三索債
怕水酸

隔簾聽
論秋蟬
鋸周朴
擊梧桐
海棠春
鬧元宵
更漏子
防送哨
回回梨花院

院幺

海棠軒
魯李三
王子端捲簾記
粉牆梨花院

海棠園
慶七夕
紫雲迷四季
妮女梨花院

海棠怨
再相逢
張與孟（夢）楊妃
龐方温道德經

海棠院
風流壻
女狀元春桃記
大江東注

吳彥皋　不抽開　不掀簾　紅梨花

玎璫天賜暗姻緣

諸雜院爨

鬧夾棒六幺　鬧夾棒法曲　望瀛法曲　分拐法曲

送宣道人歡　逍遥樂打馬鋪　撦綵延壽樂　諱老長壽仙

夜半樂打明星　歡呼萬里　山水日月　集賢賓打三教

打白雪歌　地水火風　夜深深三磕胞　佳景堪遊

十四十五郎　喜遷鶯剁草鞋　太公家教　琴棋書畫

滕王閣鬧八妝　春夏秋冬　風花雪月　上小樓衮頭子

噴水胡僧　打注論語　恨秋風鬼點偌　詩書禮樂

論語謁食　下角瓶大醫淡　再遊恩地　累受恩深

送羹湯放火子　擂鼓孝經　香茶酒果　船子和尚四不犯

徐演黄河　單兜望梅花　皇都好景　四偌大提猴

雙聲疊韻　上皇四軸畫　三偌一卜　調猿卦鋪

倬刀饅頭　河轉迓鼓　背箱伊州　酒樓伊州

簑衣百家詩
抹麵長壽仙
王母祝壽
和燕歸梁
偌請都子
清朝無事
金皇聖德
摔盒千字文
講來年好
神農大説藥
變二郎爨
講百禽爨
打王樞密爨
煎布衫爨
跳布袋爨
埋頭百家詩
四偌賣諢
四偌抹紫粉
蘇武和番
雙女頗飯
豐稔太平
皇家萬歲
錯打千字文
講聖州序
食店提猴
講百果爨
講心字爨
水酒梅花爨
賴布衫爨
文房四寶爨
偷酒牡丹香
四偌祈雨
四偌劈馬樁
羹湯六幺
一貫質庫兒
一人有慶
背鼓千字文
木驢千字文
講樂章序
人參腦子爨
講百花爨
變柳七爨
調猿香字爨
雙楪紙爨
開山五花爨
雪詩打樊噲
松竹龜鶴
截紅閙浴堂
河陽舅舅
私媒質庫兒
四海民和
變龍千字文
埋頭千字文
講道德經
斷朱温爨
講蒙求爨
三跳澗爨
三分食爨
謁金門爨

衝撞引首

打三十　打謝樂　打八哥　錯打了
錯取鬼　説狄青　憨郭郎　枝頭巾
小鬧摑　鶯哥貓兒　大陽唐　小陽唐
歇貼韻　三般尿　大驚睡　小驚睡
大分界　小分界　雙鴈兒　唐韻六貼
我來也　情知本分　喬捉蛇　鐺鍋釜竈
代元保　母子御頭　嘴笛兒　山梨柿子
打淡的　一日一箇　村城詩　胡椒雖小
蔡伯喈　遮截架解　窄磚兒　三打步
穿百倬　盤榛子　四魚名　四坐山
提頭帶　天下樂　四怕水　四門兒
説古人　山麻稭　喬道場　黄風蕩蕩
貪狼觀　通一母　串梆子　拖下來
啞伴哥　劉千劉義　歡會旗　生死鼓

擣練子　三群頭　酒糟兒　淨瓶兒
賣官衣　苗青根白　調笑令　鬥鼓笛
柳青娘　論句兒　請車兒　身邊有藝
調劉衮　霸王草　難古典　左必來
香供養　合五百　孏孏嗔　一借一與
已已已　舞秦始皇　學像生　支道饅頭
打調劫　驢城白守　呆木大　定魂刀
説罰錢　年紀大小　打扇　盤蛇
相眼　告假　捉記　照淡
矇啞　投河略通　調賊　多筆
僉押　扯狀　羅打　記水來楞
燒奏　轉花枝　計頭兒　長嬌憐
歇後語　蘆子語　迴且語　大支散

拴搐艷段

襄陽會　驢軸不了　抛繡毬　鞭敲金鐙

門簾兒
金含楞
鬥百草
啞漢書
胡餅大
張天覺
還故里
四妃艷
風花雪月
三文兩樸
打青提
睡馬杓
麥屯兒
謝天地
縛食

天長地久
天下太平
叫子蓋頭
説古棒
嘴揾地
打論語
劉今帶
望長安
錯寄書
大對景
千字文
四生厲
大菜園
十隻脚
毬棒艷

眼藥里
歸塞北
大劉備
唱拄杖
屋裏藏
十果頑
四草蟲
長安住
睡起教柱
小護鄉
酒家詩
喬唱諢
喬打聖
請生打納
破巢艷

衙府則例
春夏秋冬
石榴花詩
日月山河
罵吕布
十般乞
四廚子
罵江南
打婆來
少年遊
三拖旦
桃李子
杏湯來
建成
開封艷

鞍子艷
撅子艷
棗兒艷
眼裏喬
扯休書
諸宮調
舌智
仙哥兒

打虎艷
七捉艷
鑾子艷
訪戴衆半
鞭塞
杴杋掃竹
俯飯

四王艷
修行艷
快樂艷
陳蔡
金鈴
雕出板來
釵髮多

蝗蟲艷
般調艷
慈烏艷
范蠡
感吾智
套靴
襄陽府

打略拴搐

星象名
神道名
書集名
州府名
草名
菩薩名

果子名
燈火名
節令名
相撲名
軍名

草名
衣裳名
虀菜名
法器名
門名

軍器名
鐵器名
縣道名
樂人名
魚名

賭撲名

照天紅　著棋名　衮骰子　琴家弄

悶葫蘆　握𪓰

官職名

説駕頑　敲待制　上官赴任　押刺花赤

飛禽名

青鳺　老鴉　厮科　鷹鶻雕鶻

花名

石竹子　調狗　散水

喫食名

廚難偌　蘑菇菜

佛名

成佛板　爺娘佛

難字兒

盤驢　害字　劉三　一板子

數酒

孟姜女

杜大伯

禿醜生

入口鬼

大口賦

十二月

牽著駱駝

酒下拴

唱尾聲

猜謎

和尚家門

先生家門

秀才家門

四子三元

遮蓋了

大黃

窗下僧

則要胡孫

六十八頭

胡説話

看馬胡孫

詩頭曲尾

坐化

大燒餅

拂袖便去

風魔賦

虎皮袍

唐三藏

清閑真道本

紹運圖

療丁賦

説卦象
二十八宿
萬民快樂
共牛
三十六風
安排鍬钁
針兒線
方頭賦
腳言腳語

列良家門
禾下家門
大夫家門
卒子家門
良頭家門
邦老家門

由命賦
春從天上來
咬得響
傷寒賦
三百六十骨節
甲仗庫
水龍吟
則是便是賊

混星圖
莫延
合死漢
撒五穀
軍鬧

柳簸箕
九斗一石
馬屁勃
便癰賦
陣敗

都子家門

後人收　桃李子　上一上

孤下家門

朕聞上古　刁包待制　絹兒來

司吏家門

罷筆賦　事故榜

仵作家門

一遍生活

撅倈家門

受胎成氣

諸雜砌

摸石江　梅妃　浴佛　三教

姜武　救駕　趙娥娥　石婦吟

變貓　水母　玉環　走鸚哥

上料　瞎腳　易基　武則天

告子　拔蛇　鹿皮　新公太

黄巢　恰來　蛇師　没字碑

卧單　衲襖　封碑　鋸周朴

史弘肇　懸頭梁上《南村輟耕録》卷二十五

附録四　徵引書目

唐宋名賢百家詞一百三十卷　明吴訥編　天津古籍出版社影印天津圖書館藏明鈔本

宋六十名家詞九十一卷　明毛晉編刊　商務印書館影印汲古閣本

紫芝漫鈔九十七卷　清毛扆編校　中華再造善本影印國家圖書館藏清鈔本

詞學叢書二十三卷　清秦恩復編刊　清嘉慶享帚精舍刊本光緒修訂本

四印齋所刻詞六十二卷　清王鵬運編　清光緒刻本

宋元三十一家詞三十一卷　同上

宋元名家詞十七卷　清江標編　清光緒思賢書局刊本

彊村叢書二百六十卷　民國朱祖謀編　上海書店　廣陵古籍刻印社影印三次校補本

影刊宋元本詞六十一卷　民國吴昌綬編　雙照樓刊本

影刊宋金元明本詞七十一卷補編九卷　民國陶湘編　陶氏涉園本

影刊汲古閣鈔宋金詞七種七卷　同上

梅苑十卷　宋黄大輿輯　民國八年武進李氏聖譯樓排印本

花草粹編十二卷　明陳耀文編　清咸豐武進金繩武活字本　民國陶風樓影印明萬曆本

校輯宋金元人詞七十三卷　趙萬里輯　民國排印本
永樂大典戲文三種　中華書局影印本
朝野新聲太平樂府九卷　元楊朝英撰　四部叢刊影印元刻本
樂府新編陽春白雪前集五卷後集五卷　元楊朝英撰　清南陵徐氏影元刊本
梨園按試樂府新聲三卷　元無名氏輯　四部叢刊影印元刻本
樂府群玉五卷　元無名氏輯　隋樹森校訂　上海古籍出版社
樂府群珠四卷　元無名氏輯　盧前校　商務印書館
雍熙樂府二十卷　明郭勛輯　四部叢刊影印明嘉靖刊本
盛世新聲十二卷　明無名氏輯　文學古籍刊行社影印本
詞林摘艷十卷　明張禄輯　文學古籍刊行社影印原刊本
群音類選四十六卷（前五卷缺）　明胡文焕編　中華書局影印本
南北宫詞紀共十二卷　明陳所聞輯　浙江古籍出版社歷代散曲彙纂影印明刊本
新編南九宫詞不分卷　明蔣之翘刊　鄭振鐸影印明三徑草堂本　臺灣世界書局
太霞新奏十四卷　明馮夢龍編　民國富晉書社影印原刊本
南音三籟四卷　明凌濛初輯　上海古籍書店影印明清遞補本

吴騷合編五卷　明張琦、張旭初編　浙江古籍出版社歷代散曲彙纂影印明刊本

詞律二十卷　清萬樹編　清康熙刊本　上海古籍出版社影印光緒刊本

詞譜四十卷　清王奕清等編　清康熙内府刊本　民國古香齋影印本

太和正音譜上下二卷　明朱權撰　中國古代戲曲論著集成排印本

舊編南九宫譜　明蔣孝編　玄覽堂叢書影印明三徑草堂本

嘯餘譜十卷　明程明善輯　清康熙張漢校刻本

南九宫十三調曲譜　明沈璟撰　明刊本

廣輯詞隱先生增定南九宫詞譜　明沈自晉撰　北京大學影印原刊本

彙纂元譜南曲九宫正始　明徐于室輯、鈕少雅訂　臺灣善本戲曲叢刊影印清鈔本

北詞廣正譜　清李玉編　北京大學影印清鈔本

寒山曲譜　明張大復撰　續修四庫全書影印原稿本

曲譜大成　清無名氏撰　國家圖書館首都圖書館藏殘稿本　藝術研究院藏傅惜華藏殘稿本

新編南詞定律十三卷　清吕士雄等撰　清康熙内府朱墨工尺譜本

新定九宫大成南北詞宫譜八十二卷　清周祥鈺等編　清乾隆内府朱墨本　民國古書流

通處影印本

全宋詞　唐圭璋編　中華書局

全元散曲　隋樹森編　中華書局

全元戲曲　王季思主編　人民文學出版社

董解元西廂記八卷　古典文學出版社影印明萬曆本　中華書局上海編輯所影印明嘉靖本　齊魯書社影印楊慎點定本　人民文學出版社凌景埏校注本

劉知遠諸宫調　民國來薰閣影印出土殘卷本　文物出版社影印本　中華再造善本影印本

宋元戲文輯佚　錢南揚輯録　上海古典文學出版社

高麗史　朝鮮鄭麟趾撰　續修四庫全書影印本

歲時廣記四十卷　宋陳元靚撰　叢書集成本

事林廣記　宋陳元靚撰　中華書局影印元至順本、影印北京大學藏元刊本、日本元禄翻刻本

類説六十卷　宋曾慥撰　文學古籍刊行社影印明天啓本

永樂大典十一册　明解縉主編　中華書局影印本

東京夢華録十卷　宋孟元老撰　中華書局點校本

都城紀勝　宋耐得翁撰　商務印書館點校本

夢粱録二十卷　宋吴自牧撰　叢書集成本

西湖老人繁勝録　宋無名氏撰　中國商業出版社點校本

武林舊事十卷　宋周密撰　中華書局點校本

志雅堂雜抄五卷　同上　叢書集成本

齊東野語二十卷　同上　中華書局點校本

藏一話腴四卷　宋陳郁撰　影印四庫全書本

侯鯖録八卷　宋趙令畤撰　叢書集成本

蘆蒲筆記十卷　宋劉昌詩撰　同上

夷堅志　宋洪邁撰　中華書局點校本

錢塘遺事十卷　元劉一清撰　上海古籍出版社點校本

歸潛志　元劉祁撰　中華書局點校本

嫏嬛記三卷　元伊世珍撰　汲古閣本

南村輟耕録　元陶宗儀撰　叢書集成本　中華書局點校本

説郛一百卷　元陶宗儀撰　上海古籍出版社影印宛委山堂本

新編醉翁談録二十卷　宋羅燁撰　中華書局排印本
宣和遺事　古典文學出版社點校本
京本通俗小説七卷　同上
清平山堂話本　明洪楩編　文學古籍刊行社影印本
宋元戲曲史　王國維撰　國學小叢書本
古劇説滙　馮沅君著　作家出版社
宋金雜劇考　胡忌著　古典文學出版社
戲文概論　錢南揚著　上海古籍出版社
錢南揚文集　錢南揚著　中華書局
古典戲曲存目彙考　莊一拂編著　上海古籍出版社
中國古典戲曲論著集成十册　中國戲曲研究院編　中國戲劇出版社
中國長短句體戲曲聲腔音樂　鄭孟津等著　上海社會科學院出版社